WOLFGANG HOHLBEIN
Enwor 5

Buch

Gowenna, die verstoßene Errish, befindet sich mit den Satai Skar und Del auf dem Weg zum »Berg der Götter«, um dort die gefangengenommene Vela zu übergeben. Ihr Freisegler »Sharkaan« wird von dem Dronte, dem schwarzen Schiff, versenkt, und sie und die Besatzung fliehen auf eine riesige Eisinsel. Auf der Suche nach einem anderen Hafen, wo sie ein neues Schiff zu finden hoffen, werden sie bei ihrem Marsch durch Schneewüsten und über Eisgebirge von fürchterlichen Wesen des Dronte angegriffen...

Autor

Wolfgang Hohlbein, geboren 1955 in Weimar, ist der beliebteste deutsche Autor auf dem Gebiet der Fantasy. Seit er 1982 mit dem ersten Enwor-Roman »Der wandernde Wald« und mit dem Jugendbuch »Märchenmond« (gemeinsam mit seiner Frau Heike) bekannt wurde, hat er ein Millionenpublikum gewonnen. Er lebt bei Neuss.

Von Wolfgang Hohlbein lieferbar:

DIE ENWOR-SAGA: 1. Der wandernde Wald (24947), 2. Die brennende Stadt [= Stein der Macht I] (24948), 3. Das tote Land [= Stein der Macht II] (24949), 4. Der steinerne Wolf [= Stein der Macht III] (24950), 5. Das schwarze Schiff (24951), 6. Die Rückkehr der Götter (24952), 7. Das schweigende Netz (24953), 8. Der flüsternde Turm (24954), 9. Das vergessene Heer (24955), 10. Die verbotenen Inseln (24956), 11. Das elfte Buch (24957)

GARTH UND TORIAN: Die Saga von Garth und Torian, Band I. Drei Romane in einem Band (23682), Die Saga von Garth und Torian, Band II. Drei Romane in einem Band (24702)

DAS HERZ DES WALDES: Gwenderon. Cavin. Megidda. Drei Romane in einem Band (24592)

Magog. Roman (9724)

Weitere Bände sind in Vorbereitung.

Wolfgang Hohlbein

Das schwarze Schiff

Enwor 5

BLANVALET

Umwelthinweis:
Alle bedruckten Materialien dieses Taschenbuches
sind chlorfrei und umweltschonend.

Der Blanvalet Verlag ist ein
Unternehmen der Verlagsgruppe Random House.

3. Auflage
Deutsche Taschenbuchausgabe 7/2001

Karte und Innenillustrationen wurden gezeichnet
von Wilhelm Schaberich, Herne
Umschlaggestaltung: Design Team München
Umschlagillustration: Agt. Schlück/Krasny
Druck: GGP Media GmbH, Pößneck
Titelnummer: 24951
V.B. Herstellung: Peter Papenbrok
Printed in Germany
ISBN 3-442-24951-1
www.blanvalet-verlag.de

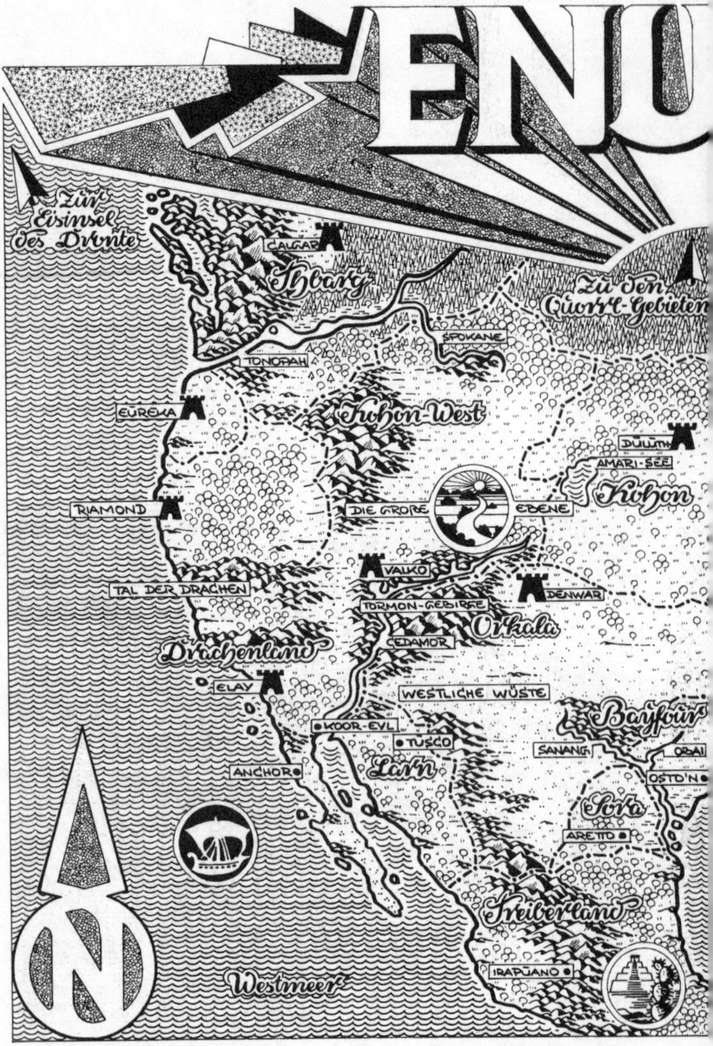
ENU
Zur Eisinsel des Dvrnte
CALGAR
Ihbarg
Zu den Quorrl-Gebieten
SPOKANE
TONOPAH
EUREKA
Kohon-West
DULUTH
AMARI-SEE
Kohon
RIAMOND
DIE GROSSE
EBENE
VALKO
DENWAR
TAL DER DRACHEN
TORMON-GEBIRGE
Orkala
EDAMOR
Drachenland
ELAY
WESTLICHE WÜSTE
Bayfour
KOOR-EYL
TUSCO
SANANG
ORAI
ANCHOR
Larn
OSTD'N
Sora
ARETTO
Freiberland
IRAPIANO
Westmeer

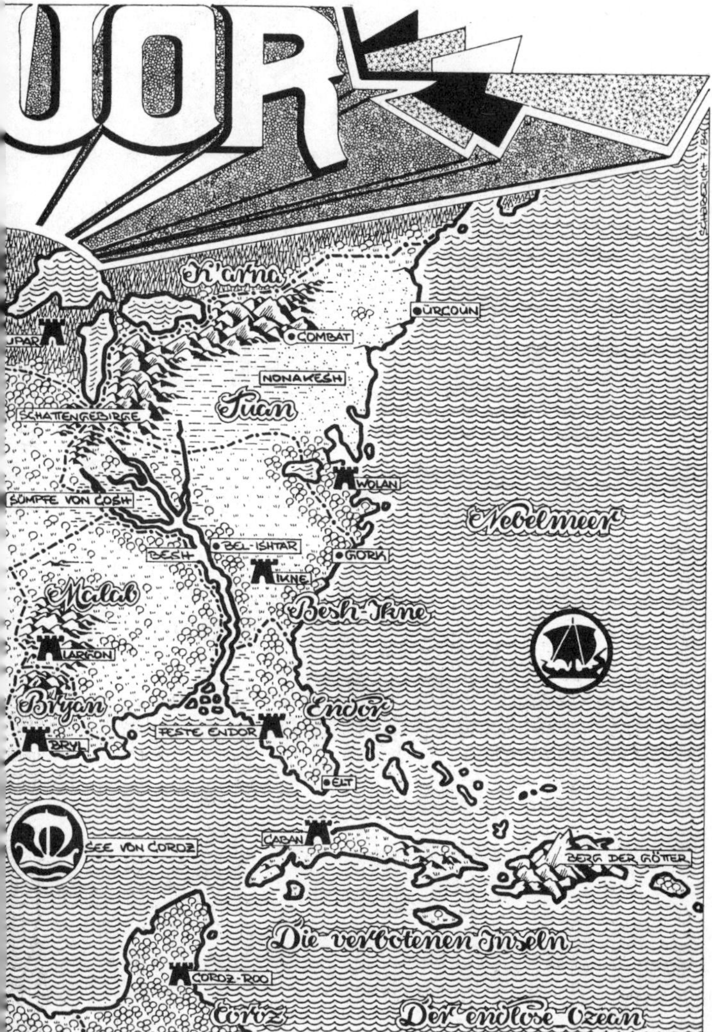
UOR
K'arna
ÜRCOUN
COMBAT
UPAR
NONAKESH
SCHATTENGEBIRGE
Tuan
WOLAN
SÜMPFE VON COSH
Nebelmeer
BEL-ISHTAR
GORK
BESH
IKNE
Besh-Ikne
Malab
LARGON
Bryan
Endor
FESTE ENDOR
BRYL
ELT
CABAN
SEE VON CORDZ
BERG DER GÖTTER
Die verbotenen Inseln
CORDZ-ROO
Cordz
Der endlose Ozean

Rayan legte den Kopf in den Nacken und blinzelte zur Mastspitze empor. Das Gesicht des Freiseglers wirkte blaß und kränklich. Seine Augen waren gerötet und müde; mit tiefen, blauschwarzen Ringen unterlegt und eingefallen, was seinem Aussehen etwas von einer haarlosen fetten Eule verlieh. Die Haut glänzte, wo sie zum Schutz gegen Kälte und Wind mit Fischöl eingerieben war, und seine Bewegungen hatten viel von ihrer Behäbigkeit verloren und waren jetzt unkontrolliert und fahrig; nervös und von der hektischen Art eines Menschen, der am Rande des körperlichen Zusammenbruches stand und sich nur noch mit äußerster Anstrengung auf den Beinen hielt. Er hatte in den vergangenen drei Nächten kaum geschlafen, und die unzähligen Stunden, die er ununterbrochen an Deck gewesen war, begannen ihren Tribut zu fordern. Sein linkes Auge zuckte immer wieder, gleichermaßen nervös wie geblendet vom grellen Licht der Sonne; einer Sonne, die übergroß und strahlend im Zenit stand und Meer und Himmel mit einer Kaskade gelbroter Helligkeit übergoß, als wolle sie der grimmigen Kälte und dem Heulen des Eissturmes Hohn sprechen.

»Nun?«

Skar deutete nach Westen und sah den Freisegler fragend an.

Rayan drehte sich schwerfällig um. Sein linkes Augenlid flackerte noch immer nervös, und unter dem wulstigen Fett seines Doppelkinnes zuckte ein Nerv.

Für einen Moment spiegelte sich das rote Licht der Sonne in seinen Pupillen, was ihm zusammen mit seiner unnatürlich blassen Haut beinahe das Aussehen eines Albinos verlieh. »Nichts«, murmelte er. »Nichts Neues, jedenfalls. Er kommt näher.« Er seufzte, sah noch einmal zu der dickvermummten Gestalt im Mastkorb hinauf und hob die Schultern; eine leere Geste ohne wirkliche Bedeutung, die aber mehr als alle Worte seine Hilflosigkeit ausdrückte.

Skar sah ihn einen Moment lang scharf an, beließ es aber ebenfalls bei einem Achselzucken und fuhr herum, um mit zwei, drei schnellen

Schritten zur Reling hinüberzugehen. Seine Bewegungen wirkten steif und ungelenk, als lähme die Kälte seine Muskeln, so daß sie ihm nur noch widerwillig gehorchten. Die zernarbten Planken ächzten unter seinen Füßen, als könnten sie sein Gewicht kaum mehr verkraften und wären müde geworden wie die Männer, die sie tragen mußten. Das Schiff hob und senkte sich in sanftem, unablässigem Auf und Ab, aber selbst diese Bewegung erschien Skar träge und mühsam, und das Knarren, Quietschen und Stöhnen der Takelage schien einen bizarren Gegentakt zum Heulen des Sturmes zu schlagen.

Skar legte erschöpft die Hände auf die Reling, schloß die Augen und gab sich für die Dauer eines Atemzuges ganz der eisigen Kälte und den wütenden Hieben des Windes hin. Der Sturm riß Wasser in gischtenden Schwaden von der Meeresoberfläche empor und schleuderte es gegen das Schiff. Die nadelspitzen Tropfen bissen wie winzige scharfe Zähne in seine Haut, und der Hauch des Salzwassers vermischte sich mit der Kälte und dem fauligen Geruch, der aus der Bilge heraufstieg, zu einem seltsamen, nicht einmal unbedingt unangenehmen Aroma. Hier, nur wenige Fuß über dem schäumenden Meer, spürte man die Kälte besonders schmerzhaft. Skar konnte fühlen, wie sie aus dem vereisten Holz in seine Fingerspitzen kroch, langsam in seinen Armen emporstieg und sich wie ein klammer, lähmender Mantel über seinen ganzen Körper ausbreitete. Die Luft schmeckte nach Metall und brannte bei jedem Atemzug in seiner Kehle, aber der Schmerz und die Kälte vertrieben wenigstens für einen Moment die quälenden Gedanken aus seinem Schädel und schufen eine wohltuende Leere.

Die SHAROKAAN bebte, als eine besonders mächtige Woge heranrollte und sich brüllend an ihrer Flanke brach.

Der Seegang war nur scheinbar gleichmäßig. Skar hatte Zeit genug gehabt, ihn zu studieren: Jede zehnte oder zwölfte Welle war größer als die anderen, eine brüllende Wand aus schäumendem graugrünem Wasser, als müsse das Meer jedesmal Atem schöpfen, um zu einem besonders wütenden Hieb gegen den frechen Eindringling auszuholen, der es gewagt hatte, so weit in sein Reich einzudringen. Für einen Moment krängte das Schiff über; eisiges Wasser schwappte auf das Deck und schlug mit einer Million winziger schäumender Krallen nach Skars Beinen, so daß er sich unwillkürlich fester an die Reling klammerte. Das bewahrte ihn zwar davor, über Bord gespült zu werden, würde ihm aber nichts nützen, wenn die SHAROKAAN wirklich kenterte. Ein Sturz in das eisige Wasser mußte in wenigen Augenblikken zum Tode führen. Doch er wußte auch, daß das so plump wirkende Schiff eine ganze Menge mehr vertrug als diesen Sturm. Der Freisegler mochte dem ungeübten Auge einer Landratte, wie Del und er es noch vor wenigen Tagen gewesen waren, schwerfällig erscheinen, aber dieser Eindruck täuschte. Der Dreimaster erreichte bei voll aufgezogener Takelage eine erstaunliche Geschwindigkeit, und der breit ausladende Rumpf widerstand Brechern, die weitaus größere Schiffe wie Spielzeuge zerschmettert hätten. Nein – das Meer war nicht ihr Feind. Die wirkliche Gefahr kam aus einer ganz anderen Richtung.

Skar drehte das Gesicht in den Wind und blinzelte aus zusammengekniffenen Augen nach Westen. Selbst mit bloßem Auge war der Dronte jetzt zu erkennen: ein winziger schwarzer Punkt, der im monotonen Takt der Wellen am Horizont erschien und wieder verschwand, erschien und wieder verschwand, immer und immer wieder, als wolle er sie damit zusätzlich verspotten.

Seine Hand glitt unwillkürlich zum Gürtel und fuhr über die leere Schwertscheide. Das Gefühl, unbewaffnet zu sein, irritierte ihn noch immer. Er kam sich nackt und schutzlos vor. Selbst der Gedanke, daß dieser Kampf nach anderen Regeln als den ihm vertrauten ausgetragen wurde und ihm die Waffe sowieso nichts genutzt hätte, änderte nichts daran. Er hatte Rayan einmal gebeten, ihm seine Waffe wiederzugeben, gleich nachdem sie den Dronte zum ersten Mal sichteten, aber der Freisegler war hart geblieben. Niemand außer ihm und den beiden Veden besaß an Bord das Recht, Waffen zu tragen; nicht einmal einen Dolch oder einen Zierdegen. Skar hatte nicht noch einmal gefragt. Er war es nicht gewohnt, zu betteln.

Sein Blick wanderte ziellos über das Deck. Die verquollenen Planken waren von einer matt glänzenden Schicht aus eingetrocknetem Salz und Fett überzogen; da und dort hatten sich Rauhreif und Eis in kleinen glitzernden Nestern festgesetzt. Takelage und Segel waren schwer vom Eis, und von der Reling wuchs ein bizarres Netz blitzender Eiszapfen.

Skar brach ein paar davon mit einer spielerischen Bewegung ab, warf sie ins Meer und sah ihnen nach, bis sie in den schäumenden Fluten versunken waren, ehe er sich herumdrehte und den Matrosen bei ihrem ruhelosen Tun zusah. Die Hälfte der Besatzung schien ununterbrochen damit beschäftigt zu sein, Taue und Segel frei und geschmeidig zu halten. Sie kämpften einen vergeblichen Kampf. Der Sturm überschüttete das Schiff seit Tagen mit einem Sprühregen aus Wasser und Hagel und Schnee. Feuchtigkeit, klamme, alles durchdringende Nässe hüllte es ein wie der Atem eines eisigen Gottes, kroch beharrlich in Holz und Segel und Tauwerk, selbst in die Körper der Männer, durchtränkte gleichermaßen ihre Kleider wie ihre Bewegungen, ihre Gedanken und ihre Seelen. Die SHAROKAAN schien sich mit Wasser vollgesogen zu haben wie ein gigantischer Schwamm, und die eisige Kälte ließ die Feuchtigkeit rascher gefrieren, als die Männer das Eis abkratzen und wegschlagen konnten. Das Schiff stöhnte bereits jetzt unter der schweren Last des Eispanzers, der sich wie ein wucherndes Geschwür über Deck und Rumpf und Segel und Masten ausbreitete, dünne, glitzernde Arme um Reling und Tauwerk schlang und bizarre weiße Gewächse aus Ecken und Winkeln emporsprießen ließ. Selbst das Salz, das sie anfangs verwendeten, um auf den vereisten Planken wenigstens schmale Wege begehbar zu halten, hatte jetzt seine Wirkung verloren. Das Meer schien sich einen bösen Spaß daraus zu machen, es rascher von Deck zu waschen, als sie es ausstreuen konnten, und die so vom Eis befreiten Planken nur noch schneller wieder mit einer rutschigen Schicht zu überziehen. Auch wenn der Dronte mit den gleichen Schwierigkeiten zu kämpfen hatte –, die SHAROKAAN wurde stündlich langsamer, um eine Winzigkeit nur, aber stetig, und der Zeitpunkt war abzusehen, an dem das Schiff überhaupt keine Fahrt mehr machen oder einfach unter dem Gewicht des auf ihm lastenden Eises auseinanderbrechen würde. Es lag schon jetzt merklich tiefer im Wasser als zu Beginn der Reise.

Aber wahrscheinlich würde es gar nicht soweit kommen, dachte Skar düster. Irgendwann im Laufe der nächsten Tage mußte der Dronte nahe genug herangekommen sein, um seine furchtbaren Katapulte einsetzen zu können. Das gnadenlose Rennen zwischen ihnen und dem schwarzen Segler dauerte nun schon mehr als drei Tage und Nächte, aber an seinem Ausgang hatte von Anfang an kein ernsthafter Zweifel bestanden. Der Dronte war schneller. Nicht viel, aber er war schneller.

Skar trat von der Reling zurück und versuchte, die Gedanken an den

Dronte und das, was vor ihnen lag, abzuschütteln. Es ging nicht, genausowenig, wie sie der Gefahr entgehen konnten, indem sie sie einfach ignorierten, konnte er sie aus seinen Gedanken verbannen.

Fröstelnd schlang er die Arme um den Oberkörper, trat einen Moment auf der Stelle und schlitterte dann vorsichtig über das vereiste Deck zum Achteraufbau zurück. Eine Eisplatte löste sich von einem der Hauptsegel, als er unter dem Mast hindurchging, krachte weniger als einen Meter neben ihm wie eine gläserne Guillotine herab und zerbarst klirrend, aber Skar zuckte nicht einmal zusammen. Selbst gegen die größte Gefahr stumpft man mit der Zeit ab, wenn man ihr ständig ausgesetzt ist. Das Segel blähte sich, für einen Moment von der erdrückenden Last des Eises befreit, und ein ganzer Hagel kleinerer Eisstücke und Trümmer prasselte auf das Deck herab. Der Mast ächzte unter der plötzlichen Belastung, und das Knattern des Stoffes erinnerte Skar an den dumpfen Trommelschlag galoppierender Pferde, einen Laut, den er in letzter Zeit immer häufiger vermißte. Satai waren nicht für das Meer geboren, wenigstens das hatte er begriffen. Wenn auch vielleicht zu spät. Das Schiff zitterte unter seinen Füßen. Er blieb stehen, legte den Kopf in den Nacken und blinzelte zu den winzigen, buntgekleideten Gestalten empor, die hoch über ihm durch die Takelage krochen und mit Äxten und Pickeln den schimmernden Panzer aufzubrechen versuchten. Die Männer waren mit Seilen und Ketten gesichert. Trotzdem war das, was sie taten, lebensgefährlich. Sie hatten schon vier Männer verloren; Opfer der Kälte und des tückischen Windes, die die schmalen Spieren in tödliche Fallen verwandelten, vereiste Laufstege, auf denen eine einzige Unaufmerksamkeit, ein Sekundenbruchteil des Leichtsinns bereits den sicheren Tod bedeutete. Der Anblick ließ Skar an ein gewaltiges, kompliziert gewobenes Netz denken, in dessen zahlreichen Zentren sich große plumpe Spinnentiere bewegten. Die vier, die bisher umgekommen waren, würden nicht die letzten sein. Und die Männer dort oben wußten das; vielleicht besser als er. Dessenungeachtet stiegen sie weiter hinauf, ohne zu protestieren, stellten sich dem Wind und der Kälte und arbeiteten, bis ihre Finger steif und nutzlos geworden waren und sie von anderen abgelöst werden mußten.

Skar ging weiter, öffnete die niedrige Tür und eilte zur Kajüte herunter. Die Treppe führte steil in die Tiefe und war auf den obersten

Stufen vereist wie das Deck, und Skar mußte den Kopf einziehen, um sich nicht an der niedrigen Decke zu stoßen. Eine Wolke übelriechender, schaler Luft schlug ihm entgegen, und wie immer, wenn er sich unter Deck aufhielt, hatte er im ersten Moment das Gefühl, ersticken zu müssen.

Freisegler waren keine Passagierschiffe. Es gab hier keine hellen, freundlichen Kabinen mit Schlaf- oder Waschgelegenheiten, sondern nur einen einzigen niedrigen Raum, der gleichermaßen für den Kapitän als auch die Besatzung und eventuelle Passagiere als Unterkunft diente und zudem noch einige Fuß unter der Wasserlinie lag.

Skar blieb eine halbe Sekunde lang unter dem Eingang stehen, sah sich in dem von trüber rötlicher Helligkeit erleuchteten Raum um und ging dann auf Gowenna und Rayan zu, die an einem roh gezimmerten Tisch hockten und aufgeregt miteinander debattierten. Neben dem Freisegler saß Helth, einer der beiden Veden, die ihn gewöhnlich auf Schritt und Tritt begleiteten. Skar zögerte ein wenig im Weitergehen, aber das war nicht allein auf die Anwesenheit des schwarzhaarigen Hünen zurückzuführen – obwohl es kein Geheimnis war, daß sie nicht gerade Freunde waren. Er fühlte sich unwohl, körperlich unwohl. Die Wände waren feucht und strömten einen durchdringenden Modergeruch aus, und die niedrige Decke vermittelte ihm ein kaum zu bezwingendes Gefühl von Platzangst. In den Ritzen des Fußbodens hatte sich Wasser gesammelt, und trotz der glühenden Kohlebecken an den Wänden war es hier und da zur Bildung von Rauhreif gekommen: erste Vorboten des eisigen Winters, der das Schiff gepackt hatte und sich beharrlich in seine Eingeweide wühlte. Dazu kam das Wissen, sich tief unter der Wasseroberfläche zu befinden. Ein Wissen, das in Skar das Gefühl weckte, lebendig begraben zu sein. Er konnte das Wasser spüren. Tonnen um Tonnen eisigen, tödlichen Wassers, das das Schiff wie eine gewaltige Faust umklammerte und gierig an seinen Flanken leckte, immer auf der Suche nach einem Riß, einer Spalte, einer haarfeinen undichten Stelle, die es sprengen und zu einem Leck erweitern konnte.

Skars Atem ging unwillkürlich schneller. Er versuchte den Gedanken zu vertreiben und sich einzureden, daß seine Sorgen unbegründet seien, aber die Furcht in seiner Seele war nicht von der Art, gegen die man sich mit Logik zur Wehr setzen konnte.

AROHAAN

Gowenna sah auf, als er neben sie trat. Ihre Haut glänzte wie Wachs in der trübroten Beleuchtung, und ihr Haar war, obwohl sie es auch hier an Bord jeden Tag sorgsam kämmte und bürstete, strähnig und glanzlos geworden. Das Salzwasser hatte die Farbe herausgebissen. Sie schien um Jahre gealtert und wirkte krank. Aber sie hatte die Wache vor Skar gehabt – zwölf Stunden bei eisigem Wind und kälteklirrender Luft –, und ihre Züge waren von der Anstrengung gezeichnet.

Skar nickte knapp. »Du schläfst nicht?«

Gowenna verneinte. »Nein, wie du siehst.« Sie sprach schnell und fast ohne jede Betonung, und ihre Lippen, die sich nur zur Hälfte bewegten, ließen die Worte noch monotoner erscheinen, als sie ohnehin klangen.

»Ich konnte nicht schlafen.« Sie machte eine einladende Geste, stützte sich mit den Ellenbogen auf die Tischplatte und bettete das Kinn in die Hände.

Skar zögerte einen Moment und ließ sich dann auf einen der dreibeinigen Schemel sinken. Sein Blick suchte den Rayans. Sie waren seit elf Tagen an Bord der SHAROKAAN, aber es war das erste Mal, daß er Rayan – oder irgendein anderes Mitglied der Besatzung – im Gespräch mit Gowenna sah. Bisher hatten sie alle ihre Nähe beinahe ängstlich gemieden.

Zwischen den buschigen Brauen des Freiseglers entstand eine steile Falte. »Du hast Wache«, sagte er leise. Rayan war kein Mann großer Worte. Während der letzten Tage war seine Art zu reden noch knapper als gewöhnlich geworden, und wenn er überhaupt sprach, dann kam er ohne Umschweife oder verzierende Schnörkel direkt zur Sache.

»Möglich«, antwortete Skar trotzig. »Aber ich pflege Befehle nur dann zu befolgen, wenn ich ihren Sinn zu erkennen vermag.«

Seine rüde Antwort tat ihm fast sofort wieder leid. Er hatte keinen Streit mit Rayan; im Gegenteil. Aber die Stimmung an Bord war gereizt, und er machte da keine Ausnahme. Schließlich war auch er nur ein Mensch.

Zu seiner Überraschung nahm Rayan die Worte hin, ohne mehr als ein leises Stirnrunzeln als Zeichen seiner Mißbilligung zu äußern.

»Skar hat recht«, sagte Gowenna. »Eine Wache hat nur dann Sinn, wenn es etwas zu bewachen gibt. Es hat nicht sehr viel Sinn, seine

Kräfte damit zu verschleißen, daß man dem Sturm zusieht und die Hagelkörner zählt. Es wäre klüger, wenn du deine Leute für den Kampf schonst.«

Der Vede wollte auffahren, aber Rayan brachte ihn mit einer raschen Handbewegung zur Ruhe. Er lehnte sich zurück, musterte Gowenna mit einem schwer zu deutenden Blick und verschränkte die Arme vor der Brust. In seiner Stimme schwang ein spöttischer Ton, als er antwortete. »Es wird keinen Kampf geben«, sagte er ruhig. »Gegen Brandgeschosse kämpft es sich schlecht.«

»Wie lange wird es noch dauern, bis sie uns einholen?« fragte Skar hastig, als er sah, wie sich Gowennas Gesicht vor Ärger verdüsterte. Auch sie war reizbarer geworden. Schon eine spöttische Entgegnung wie die Rayans konnte genügen, sie aus der Haut fahren zu lassen. Und das letzte, was sie im Moment gebrauchen konnten, war ein Streit zwischen einem von ihnen und Rayan oder seinen Veden. Sie waren Gäste an Bord, aber – das hatte er sehr schnell begriffen – keine willkommenen, sondern allerhöchstens geduldete Gäste.

Rayan zuckte mit den Achseln, beugte sich vor und griff nach der ausgefransten Zeichenfeder, die vor ihm lag, um damit zu spielen. Ihre Spitze hinterließ eine Reihe unregelmäßiger dunkler Tintenflecke auf der Tischplatte.

»Einen Tag«, antwortete er nach kurzem Überlegen. »Allerhöchstens zwei – wenn wir Glück haben und unser Tempo halten können, heißt das. Vielleicht auch weniger«, fügte er mit einem lakonischen Achselzucken hinzu. »Niemand weiß genau, wie weit ihre Katapulte schießen. Aber wir werden es sicher bald erfahren.«

»Zumindest weiter als unsere Pfeile«, sagte Gowenna. Sie fuhr plötzlich herum, starrte Skar an und schlug die Faust in die geöffnete Linke. »Der Gedanke, mich wie ein Stück Vieh abschlachten zu lassen, macht mich krank«, stieß sie hervor.

Skar erwiderte ihren Blick gelassen. Der unausgesprochene Vorwurf in ihren Worten entging ihm keineswegs, aber er antwortete nicht darauf. Er hatte es aufgegeben, mit Gowenna zu streiten. Weder über dieses noch über irgendein anderes Thema. Sie war nicht mehr die Frau, die er in Ikne kennengelernt hatte. Schon lange nicht mehr. Ihr Gesicht war nicht das einzige, was zerstört war. Der Atem des Drachen hatte auch ihre Seele verbrannt.

»Ich will wenigstens einen von diesen Halunken mitnehmen, ehe es mich erwischt«, fuhr sie nach sekundenlangem Schweigen fort.

»Die Gelegenheit hast du verpaßt«, sagte der Vede halblaut.

Skar sah alarmiert auf. Veden galten schon im allgemeinen als schweigsam und verschlossen, und die beiden schienen sich ihrem Dienstherrn noch mehr angepaßt zu haben. Er konnte sich nicht erinnern, daß einer von ihnen während der ganzen Fahrt mehr als zehn zusammenhängende Worte geredet hätte. Aber er hatte auch nicht viel Kontakt mit ihnen gehabt. Noch mehr als Rayan und seine Männer mieden sie seine und Gowennas oder Dels Nähe, gingen ihnen unauffällig, aber konsequent aus dem Weg und beschränkten sich darauf, auf eine direkte Frage mit einem Kopfnicken oder einer Geste zu antworten. Um so mehr überraschten ihn jetzt die Worte des Veden; nicht so sehr, was er sagte, sondern wie er es tat. Seine Stimme vibrierte beinahe unhörbar, und seine Haltung war nur scheinbar entspannt und drückte in Wahrheit Aggressivität und Wut aus, Regungen, die Skar an dem Veden noch nie zuvor bemerkt hatte.

»Du hättest über Bord springen und den Dronte entern können, als er nahe genug war. Vielleicht hätte uns das einen größeren Vorsprung verschafft.«

»Helth!« sagte Rayan scharf.

Der Vede fuhr zusammen, sah Rayan für die Dauer eines Lidschlages mit undeutbarem Ausdruck an und wandte sich ab. Sein Gesicht erstarrte wieder zu einer unbeweglichen Maske. Für einen Moment erinnerte er Skar an Gowenna – jene Gowenna, die in der flammenden Hölle Combats verbrannt war, nicht die, die neben ihm saß.

Skar sah an der Reaktion auf Gowennas Zügen, daß es in ihr brodelte. Ihre Hand glitt zum Gürtel und krampfte sich um die leere Schwertscheide.

»Du warst dabei, die Karte zu studieren?« fragte er hastig, um die Situation zu entspannen. Die Stimmung an Bord hatte sich während der letzten drei Tage merklich verschlechtert, und er spürte, daß nur noch ein winziger Anlaß notwendig war, um das Schiff wie ein Pulverfaß explodieren zu lassen. Ihr Verhältnis zu den Veden war schon zu Beginn der Reise nicht gerade gut gewesen, besonders Gowenna begegnete den beiden Nordländern mit kaum verhohlener Feindschaft, der gleichen eifersüchtigen Feindschaft, die sie auch ihm anfangs entgegengebracht hatte und die wohl noch immer irgendwo in ihr schlummerte. Aber es war noch etwas anderes hinzugekommen, etwas, das zuvor in ihrem Wesen fehlte und ihr vielleicht einen letzten Rest von Menschlichkeit beließ. Verbitterung. War sie vorher nur von Mißtrauen und einer geradezu grenzenlosen Wut auf die gesamte Menschheit erfüllt gewesen, so war jetzt auch noch Haß hinzugekommen. Selbst Skar ertappte sich in letzter Zeit immer öfter dabei, daß er beinahe so etwas wie Furcht vor Gowenna verspürte. Eine Furcht, die durch den Anblick ihres verbrannten Gesichtes nur noch vertieft wurde. Und die drohende Gefahr hatte die aufgestauten Ängste noch verstärkt. Rayan schenkte ihm einen raschen, dankbaren Blick, der ihm zeigte, daß er seine Absicht durchaus verstanden hatte, und nickte. »Das habe ich. Aber es ist reine Zeitverschwendung.« Er deutete auf die ausgebleichte Karte, die vor ihm auf dem Tisch lag. Fett, Schmutz und große, bräunliche Flecken, wo das Pergament ausgetrocknet und brüchig geworden war, verunzierten ihre Oberfläche. Die Ränder waren unregelmäßig vor langer Zeit einmal aus einer weitaus größeren Karte herausgerissen worden. Die Tinte war längst verblichen und die Schriftzeichen für den, der nicht sowieso wußte, was sie bedeuteten, unleserlich.

Rayan tippte mit dem Zeigefinger auf eine gestrichelte Linie, die Skar mit einiger Phantasie als die Küste des Drachenlandes erkannte.

»Wir sind hier losgesegelt«, erklärte er. »In Anchor. Und hier« – er bezeichnete einen Punkt dicht daneben, ohne daß Skar klar wurde, wieso er in diesem unleserlichen Wirrwarr aus Strichen und Linien und verschmiertem Dreck irgend etwas erkennen oder gar ihre Position bestimmen konnte – »sind wir auf den Dronte gestoßen. Von dort aus sind wir ununterbrochen nach Nordwesten gesegelt und müßten uns jetzt ungefähr...« Er zögerte, fuhr mit der Fingerkuppe über den Rand der Karte hinaus und bezeichnete eine Stelle zwischen der Tischkante und dem Rand des Blattes, »...hier befinden.«

»So weit?« zweifelte Skar.

Rayan nickte. »Eher weiter. Tausend Meilen, schätze ich.«

Rayan verzog beleidigt das Gesicht. »Vielleicht sind es auch nur achthundert« schränkte er ein. »Vielleicht mehr, vielleicht weniger. Dieser verdammte Sturm hat uns weit vom Kurs gebracht. Ich weiß nicht, wie weit er uns von der Küste weggetrieben hat.«

»Könnt ihr Seeleute nicht die Position anhand der Sterne bestimmen?« fragte Gowenna.

Rayan starrte sie finster an und antwortete gar nicht.

»Und was«, fragte Skar rasch, »liegt vor uns?«

»Das wissen die Götter«, antwortete Rayan. »Und vielleicht noch die Fische. Es kann alles sein. Tausend Meilen leerer Ozean, Inseln, Festland, das Nichts...« Er seufzte. »Wenigstens wissen wir, was hinter uns ist.«

Skar wandte unwillkürlich den Blick nach Osten. Selbst durch den massiven Rumpf des Schiffes hindurch glaubte er plötzlich den dunklen, auf und ab hüpfenden Schmutzfleck auf dem Horizont zu erkennen. Es würden noch viele Stunden vergehen, ehe der Punkt so groß wurde, daß er die bizarre Form des gefürchteten schwarzen Segels erkennen konnte, und trotzdem glaubte er, die Nähe der Gefahr wie einen körperlichen Schmerz zu fühlen. Für einen Moment verspürte er ein aberwitziges Gefühl des Bedauerns. Er konnte Gowennas Unruhe verstehen – es war die gleiche Art von Unruhe, die auch ihn quälte, nur gedämpft durch die Erfahrung eines zehn Jahre längeren Lebens; oder was er dafür hielt. Die Gewißheit, einen Kampf ohne die geringsten Aussichten auf einen Sieg antreten zu müssen, war schlimm. Aber Stunde um Stunde dazusitzen und das unbarmherzige Näherkommen des Kaperschiffes zu beobachten war beinahe noch schlimmer.

Er hielt Rayans Blick sekundenlang stand, versuchte zu lächeln und stand auf. Er fror. Die Kälte war längst auch in diesen Teil des Schiffes gekrochen, und die glühenden Kohlebecken kämpften einen vergeblichen Kampf gegen die Feuchtigkeit, die ihr auf dem Fuß folgte. Trotzdem trugen sowohl Gowenna als auch er nur dünne Lederhemden über ihren Panzern. Warme Kleidung, das hatten sie bereits nach den ersten Stunden an Deck feststellen müssen, nutzte an Deck kaum etwas. Der eisige Wind durchdrang alles, tränkte selbst die dicksten Pelze mit Feuchtigkeit und verwandelte sie in wenigen Augenblicken in kalte, klamme Mäntel, die ihre Körper eher noch mehr auskühlten als wärmten.

»Wohin?« fragte Rayan.

Skar deutete mit einer Kopfbewegung auf die niedrige Tür am anderen Ende des Raumes. »Ich werde nach Del sehen«, sagte er. »Vielleicht kann ich auch ein wenig schlafen oder wenigstens ausruhen.«

»Und deine Wache?« erinnerte Helth.

Skar schenkte ihm einen abfälligen Blick. »Ich schenke sie dir«, sagte er bissig. »Stell dich selbst an die Reling, wenn du Angst hast, daß dir der Himmel auf den Kopf fällt.« Seine Worte waren schärfer, als im Augenblick vielleicht angebracht war. Er lag nicht im Streit mit dem Veden und wollte ihn auch nicht, aber die hochmütige Art, in der Helth Gowenna behandelt hatte, ärgerte ihn. Er wußte wohl von allen an Bord am allerbesten, wie wenig Gowenna einen Beschützer brauchte, aber sie waren zu lange zusammen, als daß es ihm gleichgültig sein konnte, wie man sie behandelte. Vielleicht war er auch trotz allem zu sehr Mann und Gowenna, trotz allem, zu sehr Frau. Der logische Teil seines Denkens sagte ihm, daß Gowenna von dem Veden nichts zu befürchten hatte. Helth war, unbeschadet seines hochmütigen Auftretens und der Meisterschaft, mit der er seine Waffen zu handhaben verstand, nicht viel mehr als ein zu groß geratenes Kind, und zudem der einzige an Bord, der nicht wußte, wie sehr Gowenna ihm überlegen war; nicht nur mit Worten. Aber es gab noch einen anderen Skar, einen, der einfach nur Mann war und dessen Beschützerinstinkte durch Gowennas Anwesenheit geweckt wurden, der ihm zumindest das Gefühl gab, etwas für sie zu empfinden, auch wenn es in Wirklichkeit nicht da war. Nicht mehr. Trotzdem konnte er nicht so tun, als wäre sie eine Fremde. Dazu waren sie zu lange zusammengewesen.

Er schenkte Helth einen letzten, bösen Blick, wandte sich mit einem Ruck um und ging mit weit ausgreifenden Schritten auf die Tür zu.

Der Gang war fensterlos niedrig, wie alle Räume an Bord der SHAROKAAN, und führte durch die volle Länge des Schiffes bis zum Bug hin. Der Boden war hier nicht massiv wie in der Mannschaftskabine, sondern bestand lediglich aus einem grob zusammengenagelten Lattenrost, der unter seinen Schritten federte und unter dem das faulige Wasser der Bilge sichtbar wurde. An den Wänden waren Flecken hellgrauen Schmierpilzes gewachsen, und das Dröhnen der Brecher, die monoton gegen den Rumpf schlugen, klang hier unten wie ein dumpfer, nie aufhörender Trommelwirbel. Skars Unwohlsein schien sich zu verstärken, als er den Gang betrat. Die Enge vermittelte ihm den Eindruck, eingesperrt zu sein. Er fragte sich unwillkürlich, warum jemand, der ein Schiff konstruierte und baute, auf diese Winzigkeit verzichten mußte. Die SHAROKAAN war ein großes Schiff – es hätte ihrem Stauraum kaum Abbruch getan, die Decken einen Fuß höher und die Wände ein paar Zoll weiter auseinander anzubringen, so daß man nicht ständig das Gefühl haben mußte, lebendig begraben zu sein. Aber Seefahrer waren ohnehin ein Volk für sich, das er wahrscheinlich nie verstehen würde. Der Gang wurde so gut wie nie benutzt – das Deck der SHAROKAAN war nicht so massiv, wie es einem Außenstehenden erscheinen mochte, sondern bestand im Grunde nur aus einem Balkengerüst, auf das einzelne Platten wie übergroße Dachpfannen aufgelegt waren, so daß jeder Punkt der Laderäume bequem von oben erreicht werden konnte, und Del und er waren vielleicht seit Jahren die ersten, die regelmäßig hier herunterkamen. Auf dem Boden lag der Staub von Jahrzehnten, von Nässe und Fäulnis zu einer schmierigen Schicht zusammengebacken, in der seine Schritte saugende Geräusche verursachten und die ihn festzuhalten versuchte, so daß er ständig glaubte, gegen einen unsichtbaren Widerstand ankämpfen zu müssen.

Skar fröstelte, senkte den Kopf ein wenig und ging schneller. Die Kälte war hier unangenehmer als hinten in der Kabine – nicht schlimmer, aber direkter und aufdringlicher, als hätte sie ihm aufgelauert, um hier, wo er allein und nicht in der Gesellschaft anderer war, mit ganzer Kraft über ihn herzufallen.

Er erreichte das Ende des Ganges, schob den Riegel zurück und betrat die dahinterliegende Kammer. Sie maß kaum drei Schritte im Quadrat und wurde auf der gegenüberliegenden Seite von einem mannshohen, aus fingerdicken Stangen von eisenhartem altem Eichenholz gefertigten Gitter abgeschlossen. Sorgsam zog er die Tür hinter sich wieder zu, ehe er sich umdrehte und den wuchtigen Schlüssel von der Wand nahm. Er war so alt und grob wie dieses Schiff und hing offen an einem krummgeschlagenen Nagel, aber doch so weit vom hinteren Teil der Kammer entfernt, daß keiner, der seinen Arm durch die Gittertür zwängte, ihn erreichen konnte.

Skar steckte den Schlüssel ins Schloß, drehte ihn halb herum und zögerte einen Herzschlag lang. Sein Blick glitt mit einem Mißtrauen, das so unbegründet wie unbewußt war, durch den winzigen, nur schwach erhellten Raum auf der anderen Seite des Gitters.

Er war nur wenig größer als dieser Teil der Kammer, in der er sich jetzt noch befand, und auf schwer in Worte zu fassende Weise düster. Wenn er jemals einen Ort gesehen hatte, auf den das Wort Kerkeratmosphäre zutraf, dann war es dieser winzige Verschlag im Bug der SHAROKAAN. Die Wände zogen sich im vorderen Teil der Kammer, der Krümmung des Schiffsrumpfes folgend, zusammen und schienen seine Insassen erdrücken zu wollen, und wenn der Boden auch hier, anders als hinten im Gang, massiv war, so glaubte er die lauernde kalte Tiefe darunter doch zu spüren.

Del lehnte mit geschlossenen Augen an der Wand und schlief; wie meistens, wenn er herkam, und auch Vela hatte sich auf dem niedrigen, mit Stroh und Decken gepolsterten Lager ausgestreckt und das Gesicht in der Armbeuge vergraben. Die dünne Kette, die ihr linkes Handgelenk mit dem wuchtigen Eisenring in der Wand verband, glitzerte wie eine silberne Schlange auf dem mattgrauen Stoff ihres Gewandes, dessen zerschlissene Seide mit dem schmutzigen Braun der Wände zu verschmelzen schien, als hätte das Schiff bereits angefangen, sie aufzusaugen. Skar drehte den Schlüssel vollends herum und warf sich leicht mit der Schulter gegen das Gitter, um es in den verquollenen hölzernen Angeln zu bewegen. Das quietschende Geräusch hallte überlaut in der winzigen Kammer wider.

Del öffnete träge ein Auge, blinzelte und schnitt eine Grimasse, als er ihn erkannte. Sein Gesicht zeigte jenes verquollene Aussehen eines Menschen, den man unvermittelt aus dem tiefsten Schlaf gerissen hatte. Die Errish rührte sich nicht.

»Ist es schon soweit?« fragte Del gähnend. Er reckte sich, so daß sich seine mächtigen Oberarmmuskeln für einen Moment deutlich unter dem dünnen Wollcape abzeichneten, das er über seinen Panzer geworfen hatte, schlug spielerisch mit den Fingerknöcheln gegen die Wand über seinem Kopf und ließ die Arme klatschend auf seine Oberschenkel fallen. Er trug noch immer den schwarzen Panzer aus Tuan, obwohl er unpraktisch und kaum sicherer als der Lederharnisch der Satai war. Aber er war jung genug, daß Skar ihm diese romantische Spielerei vergab, und früher oder später würde er wohl von selbst einsehen, daß er sich eher lächerlich als interessant machte.

Skar zog das Gitter hinter sich zu und sah den jungen Satai kopfschüttelnd an. »Wenn du mit deiner Frage meinst, ob der Dronte schon heran ist, dann lautet die Antwort nein«, sagte er. »Und wenn du wissen willst, ob deine Wache vorbei ist...« Er hob die Schultern, suchte sich einen einigermaßen trockenen Platz auf dem Fußboden und ließ sich mit überkreuzten Beinen darauf nieder, ehe er weitersprach. »Das kommt darauf an – wenn du das Gefühl hast, ausgeschlafen zu haben, dann müßten die zwölf Stunden vorüber sein.«

Del grinste, warf einen flüchtigen Blick auf die schlafende Errish neben sich und rieb sich mit den Knöcheln der Rechten über die Augen. »Höre ich da so etwas wie Kritik in deiner Stimme?« fragte er. Seine Worte hatten spöttisch klingen sollen, aber er war noch immer nicht richtig wach und sprach so undeutlich, daß Skar Mühe hatte, ihn überhaupt zu verstehen. »Es ist nicht gerade kurzweilig, zwölf Stunden neben einer Stummen zu sitzen, weißt du? Ein Stein ist gesprächiger als sie.«

Skar spürte einen scharfen, raschen Stich in der Brust. Dels Stimme hatte bei den letzten beiden Sätzen kalt geklungen, nicht feindselig, sondern so unbeteiligt, als spräche er tatsächlich über einen Stein. Was immer die Sumpfmänner mit ihm gemacht hatten – sie hatten jedes Gefühl, das er jemals für die Errish empfand, ausgelöscht; so gründlich, als hätte es niemals existiert. Vielleicht gründlicher. Und sie hatten dafür gesorgt, daß es niemals wiederkommen konnte.

Aber der Gedanke beruhigte Skar nicht. Im Gegenteil. Es gab Augenblicke, in denen er sich nicht sicher war, vor wem er mehr Furcht empfinden sollte – vor Vela oder dem breitschultrigen Riesen, der einmal sein Freund gewesen war. Seit sie Elay verlassen hatten, versuchte er sich einzureden, daß das alles nicht stimmte und er sich nur selbst verrückt machte, aber er spürte einfach, daß Del nicht mehr er selbst war. Etwas fehlte in seinem Wesen. Aber er wußte nicht, was.

»Was macht der Kapersegler?« fragte Del, plötzlich wieder ernst werdend.

»Er kommt näher«, antwortete Skar. »Aber wir haben noch Zeit. Vielleicht zwei Tage. Möglicherweise finden wir irgendwo Land oder eine Insel...« Er zuckte abermals mit den Schultern, lehnte sich zurück und fuhr hastig wieder hoch, als sein Rücken die Wand berührte. Das Holz war eisig. Obwohl in der winzigen Kammer nahezu gleich viele Kohlebecken aufgestellt waren wie in der großen Kabine im Heck, vermochte ihre Glut die feuchte Kälte nicht zu vertreiben, die sich in ihren Wänden eingenistet hatte.

Als sie in Anchor aufgebrochen waren, hatte der Sommer seinen Einzug gehalten, aber der Dronte jagte sie immer weiter nach Norden, hinein in ein Reich von ewigem Winter und eisiger Kälte.

»Ich wollte, wir hätten uns zum Kampf gestellt«, murmelte Del, als hätte er seine Gedanken erraten.

Skar spürte einen plötzlichen Zorn in sich aufsteigen. Er war nicht hierhergekommen, um über den Dronte zu reden, und er wollte auch nicht das Gespräch, das Gowenna ihm hatte aufzwingen wollen, nun mit Del fortsetzen. Aber er beherrschte sich und zog statt der scharfen Antwort, die ihm auf der Zunge lag, nur die linke Augenbraue ein Stück nach oben. »Kampf?« wiederholte er. »Was für einen Kampf meinst du, Del? Niemand hat je gegen einen Dronte gekämpft. Er kämpft gegen die anderen. Das ist ein Unterschied.«

Del wischte seinen Einwand mit einer unwilligen Geste beiseite. »Unsinn«, sagte er. »Niemand hat es je versucht. Du hast diese Fischgesichter doch gesehen – sie haben sich doch schon fast vor Angst in die Hosen gemacht, als sie das Schiff nur sahen! Rayan hätte beidrehen und sich zum Kampf stellen sollen. Wir hätten eine gute Chance gehabt. Bisher haben diese Piraten immer nur wehrlose Handelsschiffe überfallen, vergiß das nicht.«

»Während die SHAROKAAN bis an die Zähne bewaffnet ist, wie?« fragte Skar spöttisch. »Mit Tonnen von Caba-Nüssen und Stoffballen, mit denen wir werfen können.«

Del runzelte die Stirn. »Immerhin sind wir an Bord«, erinnerte er.

Skar nickte. »Sicherlich. Zwei Satai, die froh sind, noch einmal mit dem Leben davongekommen zu sein...«

»Und zwei Veden«, fiel ihm Del ins Wort. »Auch wenn ich diese eingebildeten Gimpel nicht leiden kann, heißt das nicht, daß sie nicht imstande wären, ihr Schwert zu führen.« Er setzte sich ein Stück weiter auf, hob die Hand und streckte vier Finger aus. »Und da wäre noch Gowenna«, sagte er und hielt nun auch noch den Daumen in die Höhe. »Wir fünf sollten doch ausreichen, mit ein paar dahergelaufenen Piraten fertig zu werden.«

Skar verzichtete auf eine Antwort. Del wußte so gut wie er, daß er Unsinn redete, aber seine Worte weckten wieder die Erinnerung an ihre erste, schreckliche Begegnung mit dem Dronte. Sie hatte nur wenige Augenblicke gedauert, aber es waren Augenblicke gewesen, die er vielleicht nie wieder vergessen würde. Vorher hatte er alles, was ihm je über die schwarzen Killersegler zu Ohren gekommen war, für übertrieben oder schlicht und einfach unwahr gehalten, aber er war rasch eines Besseren belehrt worden. Die Wirklichkeit war schlimmer gewesen.

Er hatte sich niemals vor Piraten oder ähnlichem Gelichter gefürchtet. Aber Dronte waren keine gewöhnlichen Piraten. Dronte enterten nicht. Sie töteten. Niemand wußte, warum, aber sie taten es, mitleidlos und immer. Kein Schiff hatte je den Angriff eines Dronte überlebt, und so beruhte nahezu alles, was man von ihnen wußte, auf Gerüchten und Legenden, Geschichten, die sich die Seefahrer abends in den Hafenkneipen erzählten oder mit denen sie sich vor Fremden brüsteten. Jedenfalls hatte Skar das geglaubt, bis er dem Dronte selbst gegenübergestanden hatte. Sie waren Killer, mitleidlose Jäger, die ein Wild, auf dessen Spur sie sich einmal gesetzt hatten, nie wieder verloren. Das Schiff war wie ein gigantischer schwarzer Alptraum aus der Nacht hervorgebrochen und hatte warnungslos das Feuer auf die SHAROKAAN eröffnet. Einzig durch Rayans hervorragendes seemännisches Können waren sie davor bewahrt worden, schon von der ersten Salve weißglühender Feuerbälle vernichtet zu werden.

Die Erinnerung ließ Skar schaudern. Keines der todbringenden Katapulte des Dronte hatte seine Ladung ins Ziel gebracht, und trotzdem waren sie der Vernichtung nur mit knapper Not entronnen. Eines der Brandgeschosse war dicht neben der SHAROKAAN im Meer eingeschlagen; ein flammenspeiender Stern, der das Wasser in einen kochenden Hexenkessel verwandelte und das Schiff mit siedendem Dampf verbrühte und in erstickende Schwefelnebel tauchte. Nur ein winziger Spritzer der brennenden Masse hatte das Schiff getroffen, und schon er hätte ihnen beinahe den Untergang gebracht. Fockmast und Segel waren in Flammen aufgegangen, und die Mannschaft konnte das Feuer nur mit äußerster Mühe löschen. Für wenige Augenblicke war die SHAROKAAN in einen lodernden Scheiterhaufen verwandelt, eine schwimmende Fackel inmitten der unendlichen Wasserfläche des Ozeans. Hätte das Geschoß das Schiff voll getroffen, wäre von der SHAROKAAN nichts übriggeblieben. Niemand hätte das Feuer der Hölle löschen können.

Skar schüttelte die Erinnerung mit einer ärgerlichen Bewegung ab. Doch die Bilder verblaßten nicht. Sie zogen sich zurück, verkrochen sich in einem finsteren Winkel seines Gedächtnisses, aber sie waren noch da. Lauernd, bohrend, wie ein Rudel kleiner, gefährlicher Raubtiere, jederzeit bereit, einen Moment der Unaufmerksamkeit auszunutzen und erneut über ihn herzufallen. Vielleicht würde er sie nie wieder vollkommen loswerden. Sie waren durch die Hölle gegangen in diesen wenigen Minuten, eine Hölle aus brennendem Holz und Tauwerk und Qualm und Gestank, Schreien und weißglühenden Geschossen, die erbarmungslos auf den Freisegler herunterregneten.

Aber ihre Reise stand vom ersten Augenblick lang unter keinem guten Stern. Ursprünglich hatten Del und er beabsichtigt, von Elay aus direkt nach Muur-Eyl und dann durch die westliche Wüste nach Larn zu ziehen; ein Weg, der vielleicht mühsam, aber größtenteils ungefährlich war. Aber sie hatten ihre Rechnung ohne die Ehrwürdige Mutter gemacht. Die Herrscherin des Drachenlandes hatte ihnen nicht nur ihre Dankbarkeit bekundet, sondern sie gleichzeitig auch gebeten, Gowenna und die verstoßene Errish zum Berg der Götter zu geleiten. Und die Bitte der Ehrwürdigen Mutter der Errish war Befehl. Auch – oder vielleicht gerade – für einen Satai. So mußten Del und er zustimmen, noch einmal in den Dienst der Errish zu treten und Vela zum Rat der Satai zu bringen, obwohl es ihnen widerstrebte, sich als Kerkermeister zu verdingen. Aber es hatte Gründe gegeben, diesen Auftrag anzunehmen. Gründe, die weit zurücklagen, weiter, als er sich erinnern wollte. Einer der Gründe war das Kind, das Vela in ihrem Leib trug. Sein Kind...

Skar schrak aus seinen Überlegungen hoch, als ihn Del unsanft an der Schulter berührte. »Was...?« fragte er verwirrt.

Del zog eine Grimasse. »Ich habe dich jetzt dreimal hintereinander angesprochen«, bemerkte er spöttisch. »Sprichst du nicht mehr mit jedem, oder wirst du langsam alt?«

Skar rettete sich in ein verlegenes Lächeln. »Ich... war in Gedanken«, sagte er rasch. »Entschuldige.« Er setzte sich gerade auf, seufzte und machte Anstalten, vollends aufzustehen. »Ich lasse dich in vier Stunden ablösen«, bestimmte er. »Dann ist deine Wache nämlich offiziell vorbei. Sieh zu, daß du bis dahin ausgeschlafen hast. Es ist ziemlich ungemütlich an Deck.«

»Warte noch einen Moment«, bat Del. Plötzlich grinste er, und für einen Moment erinnerte er Skar wieder an den großen, jähzornigen Jungen, als den er ihn in Erinnerung hatte. Aber nur für einen Moment. »Ich... muß noch etwas erledigen.« Er stand auf, reckte sich noch einmal und trat gebückt durch die Gittertür. Skar runzelte ärgerlich die Stirn, als Del weiterging und sowohl das Gitter als auch die dahinterliegende Tür achtlos offenließ, verzichtete aber darauf, aufzustehen und sie zu schließen. Er hielt die Sicherheitsmaßnahmen, auf denen die Ehrwürdige Mutter bestanden hatte, ohnehin für übertrieben. Vela stellte keine Gefahr mehr dar. Die Macht, die sie gehabt hatte, war dahin, ein für allemal, und allein die dünne Kette, mit der sie gebunden war, garantierte dafür, daß sie die Zelle nicht verlassen konnte. Sie war aus Sternenstahl geschmiedet, dem gleichen, nahezu unzerstörbaren Material, aus dem auch sein Tschekal gefertigt war. Nicht einmal die Kräfte eines Banthas hätten ausgereicht, sie zu zerreißen.

Aber vielleicht diente sie auch eher Velas Schutz, so wie die Wache, in der sich Del und einer der Veden abwechselten. Es war nicht so sehr das Schiff oder seine Besatzung, die sie vor Vela beschützten, als vielmehr Vela, die zu ihrer eigenen Sicherheit hier vorne untergebracht war. Skar hatte bis jetzt nicht begriffen, wie es Gowenna gelungen war, die Ehrwürdige Mutter zu überreden, ihr – ausgerechnet ihr – die Verantwortung dafür zu übertragen, daß die ehemalige Errish sicher am Berg der Götter ankam. Ein Wächter sollte seinen Gefangenen nicht hassen. Sein Blick glitt über Velas zusammengekrümmte Gestalt. Obwohl sie auf der Seite lag und eine schwere Felldecke über sich ausgebreitet hatte, war jetzt nicht mehr zu übersehen, daß sie schwanger war. Skar versuchte nachzurechnen, wie lange es jetzt noch dauern würde, kam aber zu keinem genauen Ergebnis. Sechs, vielleicht sieben Wochen – es spielte im Grunde keine Rolle. Sie würde tot sein, lange bevor das Kind – sein Kind – zur Welt kommen konnte.

Seltsamerweise ließ ihn der Gedanke beinahe kalt. Es war sein Sohn, der da in ihrem Körper heranwuchs, aber es war ein Kind, das gegen seinen Willen entstanden war und das niemals hätte gezeugt werden dürfen. Er empfand nichts bei dem Gedanken, der Vater dieses Knaben zu sein; allerhöchstens Abscheu. Vielleicht auch so etwas wie Mitleid, aber wenn, dann war es ein Mitleid, wie er es auch einem fremden Kind entgegengebracht hätte; vielleicht mehr als seinem eigenen. Er hatte Kinder niemals gemocht – was nicht hieß, daß er sie verabscheute oder gar haßte –, und der Gedanke, daß er selbst dieses Kind gezeugt hatte und sein Vater sein sollte, erschien ihm beinahe lächerlich. In seinem Leben war kein Platz für Kinder; nicht für fremde und schon gar nicht für eigene. Vielleicht – auch darüber hatte er nachgedacht, ohne zu einem befriedigenden Ergebnis zu kommen – war es auch nur Schutz; ein Mechanismus, mit dem er sich vor sich selbst schützte, eine instinktive Abwehr gegen die Gefühle, die da in seinem Inneren lauern mochten und die sein Leben noch komplizierter gemacht hätten, als es ohnehin war. Nein – alles, was er für dieses Kind, wenn überhaupt, empfand, war Mitleid, Mitleid mit diesem noch ungeborenen Wesen, das im Grunde von ihnen allen die geringste Schuld trug.

Nach allem, was Vela getan hatte, war dies vielleicht der größte Frevel gewesen. Dieses Kind war nicht aus Liebe entstanden, nicht einmal aus Unachtsamkeit oder – und auch das hätte er verstanden und, wenn auch mit Abscheu, akzeptieren können –, um ihn zu erpressen, sondern aus dem einzigen Grund, ihre Macht zu vergrößern. Es wäre zu einer Waffe geworden, einem finsteren Gott des Bösen, ein Dämon, der das Grauen längst vergangener Zeiten wieder hätte auferstehen lassen können.

Aber soweit würde es nicht kommen. Vielleicht war es nicht einmal ein Zufall, daß der schwarze Killersegler ausgerechnet jetzt aufgetaucht war und sie jagte. Skar glaubte nicht an Götter und Dämonen, aber er war auch nicht so vermessen, sich allen Ernstes einzureden, daß es sie nicht doch geben konnte, nur weil er nicht an sie glaubte. Wenn es sie gab – da war er ganz sicher –, dann hatten sie den Dronte geschickt; Feuer gegen Feuer, die größte Geisel der Meere gegen eine Gefahr, die noch nicht einmal geboren war. Die Errish hatte selbst die Götter herausgefordert, und letztlich war es einer von ihnen gewesen, der sie besiegt hatte. Nicht er. Er war nur ein Werkzeug.

Vela bewegte sich. Der graue Stoff ihres Gewandes raschelte, und für einen Moment begegneten sich ihre Blicke. Ihre Augen waren leer; die winzigen, zu schwarzen Punkten zusammengezogenen Pupillen wirkten verschleiert und schienen direkt durch ihn hindurchzusehen. Wahrscheinlich nahm sie weder ihn noch ihre Umgebung wirklich wahr. Skar wußte nicht, was in dem grauen Pulver war, das Gowenna ihr regelmäßig in die Mahlzeiten mischte, aber er hatte am eigenen Leib gespürt, daß sich die Errish auf das Mischen von Drogen verstanden.

Ihr Geist war gefangen. Vielleicht schlief sie, vielleicht stand sie die Qualen der Hölle durch – er wußte es nicht, und er wollte es auch nicht wissen. Die Kette, die ihren Geist gefesselt hielt, war mindestens ebenso stark wie die um ihren Arm.

Del kam zurück, ließ sich fröstelnd neben einem der Kohlebecken niedersinken und rieb die Hände über der Glut aneinander. Sein Gesicht war vor Kälte gerötet. Er zitterte. Die sanitären Einrichtungen der SHAROKAAN waren eine einzige Katastrophe. Es war schon bei gutem Wetter eine Zumutung, seine Notdurft in einem nach drei Seiten offenen Drahtkorb außenbords der Reling verrichten zu müssen. Während eines Eissturmes wie dem, der das Schiff seit drei Tagen beutelte, blieb den Zuschauern selbst das schadenfrohe Lachen buchstäblich im Halse stecken.

Skar stand auf, wandte sich zur Tür und suchte hastig nach festem Halt, als das Schiff von einer stärkeren Woge getroffen wurde und sich bedrohlich auf die Seite legte. Del grinste. Skar schenkte ihm einen bösen Blick, zerbiß einen Fluch auf den Lippen und ging hastig zur Tür.

»Ich lasse dich in vier Stunden ablösen«, sagte er, während er den Schlüssel im Schloß herumdrehte und ihn sorgsam an den Haken zurückhängte.

Del knurrte eine Antwort, rollte sich unter der Wand wie ein Hund zusammen und zog mit der linken Hand eine Decke heran. Kopfschüttelnd wandte sich Skar ab. Er beneidete Del keineswegs um seine Aufgabe. Verglichen mit den Temperaturen in der Mannschaftskabine war es hier unten warm, und trotzdem hatte er schon nach den wenigen Minuten, die er hiergewesen war, das Gefühl gehabt, selbst der Gefangene und nicht der Wächter zu sein.

Mit einem letzten, abschließenden Nicken, das Del schon gar nicht mehr zur Kenntnis nahm, verließ er den Raum, legte den Riegel von außen vor die Tür und eilte durch den niedrigen Gang zurück zur Mannschaftskabine.

Von Rayan und dem Veden war keine Spur mehr zu sehen, als er die Kajüte betrat. Sie waren wieder oben an Deck, wie fast immer, obwohl es dort für sie nichts zu tun gab. Nichts außer zu warten und den näher kommenden schwarzen Punkt am Horizont anzustarren. Aber Rayan gehörte zu jener Art von Kapitänen, die nichts von ihren Männern verlangten, was sie nicht selbst zu tun bereit und in der Lage waren, und er schien dies ununterbrochen unter Beweis stellen zu müssen. Ein Verhalten, für das Skar kein Verständnis hatte. Es nutzte niemandem, sondern schadete im Gegenteil. Aber sie waren in einer Situation, in der rationales Handeln nicht mehr unbedingt die wichtigste Rolle spielte. Vielleicht war Rayans Benehmen auch eine Erklärung für die stoische Gelassenheit, mit der die Männer dort oben noch immer weiterkämpften. Gowenna saß allein an ihrem Tisch und redete mit einem Matrosen, der, vergraben unter einem Berg von Decken und zweckentfremdeten Kleidungsstücken, auf dem Boden lag und ihr mit ernstem Gesicht zuhörte. Skar eilte an ihr vorüber, ohne hinzuhören. Ihr Gespräch drehte sich, wie nahezu alles, was während der letzten drei Tage an Bord des Schiffes gesprochen wurde, um den Dronte. Sie waren der Vernichtung entkommen, aber der Tod war nur hinausgeschoben, nicht besiegt, und es kam Skar manchmal vor, als bildeten sie sich ernsthaft ein, ihn wegdiskutieren zu können.

Er ging zu seinem Lager, einem verlausten Bündel gleich denen der anderen, ließ sich darauf nieder und suchte in den schmuddeligen Fetzen nach etwas, das er als Kopfkissen benutzen konnte. Es gab keine Kojen oder auch nur Bettstellen auf der SHAROKAAN, sondern nur eine Anzahl zerschlissener Bündel, auf denen die Besatzung – und auch da machte Rayan keine Ausnahme – wechselweise schlief. Auch Gowenna und er mußten sich damit begnügen. Nicht weil Rayan sie absichtlich schlecht behandelte, sondern weil es auf dem vollgestopften Schiff einfach keinen anderen Raum gab, in den sie sich hätten zurückziehen können. Sie hatten für die Überfahrt bezahlt, sehr viel bezahlt sogar, aber das bedeutete nicht, daß sie mehr Anspruch auf eine besondere Behandlung als irgendein Mannschaftsmitglied hatten. Das einzige Bett auf dem ganzen Schiff stand vorne in Velas Zelle, und auch dies war erst in Anchor zusätzlich an Bord gebracht worden, auf Geheiß der Ehrwürdigen Mutter.

Das Schiff wiegte sich sanft unter ihm, und das dumpfe, regelmäßige Klatschen, wenn sich die Wellen an der Bordwand brachen, hatte etwas seltsam Beruhigendes. Das dunkelrote Licht der glühenden Kohlen schimmerte sanft durch seine geschlossenen Lider und gaukelte ihm eine Wärme vor, die kaum da war. Er bewegte sich unruhig, zog die Decke enger um die Schultern und drehte das Gesicht zur Wand, um möglichst viel von der ausgestrahlten Wärme aufzufangen.

»Schläfst du?«

Skar öffnete widerwillig die Augen, wälzte sich herum und setzte sich auf. Diesmal vermied er es sorgsam, mit der Wand in Berührung zu kommen.

Gowenna hockte sich neben ihn auf den Boden, stand noch einmal auf, um eine Decke als Unterlage heranzuziehen, und ließ sich mit einem Laut, der sowohl Erschöpfung als auch Resignation – oder beides – ausdrücken konnte, auf das provisorische Lager sinken. Das dunkelrote Dämmerlicht im Inneren der Kabine tauchte ihr Gesicht in gnädige Schatten. Sie hatte sich angewöhnt, stets so zu sitzen, daß sie ihrem Gegenüber die unversehrte rechte Seite zuwandte, und auch er machte da jetzt keine Ausnahme mehr. Es war einmal anders gewesen.

Er merkte plötzlich, daß er sie anstarrte, senkte den Blick und suchte vergeblich nach einem passenden Wort.

»Es braucht dir nicht peinlich zu sein«, bemerkte Gowenna ruhig. »Gerade du solltest wissen, wie ich aussehe.«

Skar sah auf, aber Gowenna sprach rasch weiter und gab ihm keine

Gelegenheit zu antworten. »Glaubst du, daß wir eine Chance haben?« fragte sie.

Skar zögerte. Er wollte einfach nicht mehr darüber sprechen, aber er spürte, daß er es mußte, wenn er nicht wirklich grob werden wollte. »Eine Chance? Gegen den Dronte? Niemand hat ihn jemals besiegt.«

»Aber einige sind ihm entkommen.«

Skar lächelte. »Wer hat das gesagt? Rayan?«

»Nein. Ich... habe Geschichten gehört.«

»Du wählst das richtige Wort«, sagte Skar. »Geschichten. Manche behaupten es, aber ich glaube nicht, daß es wahr ist.«

»Wir wüßten kaum, daß es so etwas wie einen Dronte überhaupt gibt, wenn jede Begegnung mit ihm tödlich enden würde«, beharrte Gowenna.

»Das mag sein – aber wenn, dann hatten die anderen bessere Chancen. Wir machen kaum noch Fahrt. Und er holt immer mehr auf.«

Gowenna schwieg einen Moment, und als sie weitersprach, klang ihre Stimme spöttisch. »Was ist mit dir?« fragte sie. »Hat dich Rayan mit seinem Gerede von Tod und Untergang schon angesteckt?« Sie lächelte, zog die Knie an den Körper und stützte das Kinn darauf. Das dunkelrote Licht des Kohlefeuers gab diesem Lächeln etwas seltsam Warmes, Vertrautes. Für einen kurzen, ganz kurzen Moment glaubte Skar in ihren Zügen eine Schönheit zu entdecken, die vorher nicht dagewesen war. Etwas Sanftes und Weiches und Mädchenhaftes, das vielleicht jahrelang tief in ihr geschlummert hatte und erst jetzt hervorbrach. Aber dann hob sie den Kopf, und Skar blickte wieder in die zerstörte Kraterlandschaft, die früher einmal das Gesicht einer schönen Frau gewesen war. Die Illusion zerplatzte.

»Was wirst du tun, wenn wir es schaffen?« fragte sie plötzlich.

Skar starrte sie an. »Findest du, daß jetzt der richtige Moment –«

»Der einzige Moment, Skar«, unterbrach ihn Gowenna. »Du hast es selbst gesagt – er kommt näher. Wir werden nicht mehr oft Gelegenheit haben, allein miteinander zu reden. Und ich will wissen, woran ich bin. Ich hätte dich schon... schon längst fragen sollen.«

»Wonach?« fragte Skar betont.

»Was du tun wirst, wenn wir in Pan'am ankommen«, antwortete Gowenna.

Skar lachte unsicher. »Das, was die Ehrwürdige Mutter von mir verlangt hat«, sagte er. »Du weißt es. Du warst dabei. Ich werde Vela zum Berg der Götter bringen, damit sie dort ihr Kind zur Welt bringen kann, und...«

»Du weißt, daß sie sterben wird, sobald dies geschehen ist?« unterbrach ihn Gowenna wieder.

»Wieso? Sie ist gesund, und –«

»Das meine ich nicht, und du weißt es. Der Rat der Satai wird sie nicht leben lassen, Skar. Er darf es nicht zulassen, daß sie am Leben bleibt. Nicht nach allem, was geschehen ist.«

Skar schüttelte unwillig den Kopf. Etwas war in Gowennas Stimme, das ihn alarmierte. »Das ist nicht wahr«, sagte er. »Sie stellt keine Gefahr mehr dar, und –«

»Sie nicht, aber ihr Wissen. Sie hat Geheimnisse ergründet, die für uns Menschen verboten sind. Sie ist noch immer gefährlich.«

»Aber das ist doch Unsinn«, murrte Skar. »Du –«

»Du weißt es«, fiel ihm Gowenna ins Wort. »Aber du willst es nicht wahrhaben.«

Skar schwieg. In Gowenna war eine stärkere Veränderung vor sich gegangen, als er befürchtet hatte. Sie war besessen. Besessen von ihrem Wunsch nach Rache. Sie mußte so gut wie er wissen, daß ihr Leben nur noch Stunden zählte, wenn nicht ein Wunder geschah und sich das Meer auftat, um den Dronte zu verschlingen. Aber für sie schien das alles überhaupt keine Rolle zu spielen. Der schwarze Killersegler bedeutete für sie – wenn überhaupt etwas – nicht viel mehr als ein Ärgernis, ein dummes lästiges Ding, das sie daran hinderte, ihre Rache zu vollziehen. Sie war krank. Krank vor Rache und Haß.

»Und wenn ich es weiß?« fragte er nach einer Weile.

In Gowennas sehendem Auge blitzte es zornig auf. Aber sie beherrschte sich. »Dann beantworte mir meine Frage«, verlangte sie. »Wirst du sie zum Berg der Götter bringen oder nicht?«

»Ich werde tun, was die Ehrwürdige Mutter von mir verlangt hat«, antwortete er steif. »Nämlich Vela sicher zum Berg der Götter geleiten und sie beschützen. Auch vor dir.«

»Du bist ein Narr, Skar«, sagte Gowenna ruhig. »Glaubst du wirklich, du könntest mich daran hindern, sie zu töten, wenn ich das wollte?«

»Nein. Und gerade das ist es, was mir Angst macht. Was hast du wirklich vor? Ich weiß, daß du sie nicht töten willst; wie du selbst gesagt hast, hättest du es hundertmal tun können bis jetzt. Und das ist ein Grund mehr für mich, noch wachsamer zu sein.«

Seine Stimme war bei den letzten Worten immer lauter geworden, und Skar sah an der Reaktion auf Gowennas Zügen, wie sehr sie seine Worte verletzten. Weitaus mehr, als er geglaubt hatte, und mehr, als eigentlich normal gewesen wäre. Sekundenlang starrte sie ihn schweigend und voller Verachtung an, und für einen kurzen Moment glaubte er etwas von dem unbeschreiblichen Haß zu spüren, der in ihrer Seele brannte. Sie schien noch etwas sagen zu wollen, schürzte aber dann nur wütend die Lippen und stand auf.

Skar hielt sie am Arm zurück. »Gowenna«, sagte er ernst. »Wir sind eigentlich beide alt genug und kennen uns zu lange, um uns noch Theater vorspielen zu müssen, meinst du nicht?«

Sie versuchte, ihre Hand aus seinem Griff zu befreien, aber Skar hielt sie unbarmherzig fest.

»Bitte«, fuhr er fort. »Wir haben wirklich im Moment andere Sorgen – laß uns wenigstens ehrlich zueinander sein.« Aber er spürte, schon während er die Worte aussprach, daß Gowenna ihm nicht zuhörte, daß sie ihm nicht zuhören wollte.

»Laß mich los!« zischte sie.

Skar seufzte, schüttelte den Kopf und löste seinen Griff. Gowenna wich hastig ein Stück von ihm weg, massierte mit der Linken ihr schmerzendes Handgelenk und starrte ihn haßerfüllt an. Ihre Haut war rot, wo Skar sie gepackt hatte. Ohne sich dessen bewußt zu sein, hatte er mit aller Kraft zugedrückt. Es tat ihm leid.

»Ich danke dir, Satai«, murmelte Gowenna. »Du hast mir die Antwort gegeben, die ich haben wollte.«

»Habe ich das?«

Sie nickte. »Jedenfalls weiß ich jetzt, was ich wissen wollte«, sagte sie. »Ich werde mich danach richten, wenn die Zeit gekommen ist.«

Skar seufzte. Und obwohl er ganz genau wußte, wie sinnlos es war, antwortete er ihr noch einmal: »Ich werde tun, was man mir aufgetragen hat, Gowenna, ich werde Vela und ihr Kind zum Berg der Götter bringen und sie dem Rat der Satai übergeben. Und ich werde mich dem Spruch meiner Herrscher beugen, ganz gleich, wie er ausfällt. Du tätest gut daran, ebenso zu handeln.«

Gowennas Blick sprühte vor Haß, aber sie antwortete nicht mehr auf seine Worte, sondern fuhr mit einer überhastet wirkenden Bewegung herum. Mit raschen Schritten ging sie zwischen den schlafenden Matrosen hindurch und verschwand gebückt auf der Treppe; nicht, weil sie dort oben irgend etwas zu tun gehabt hätte, sondern einzig, um ihn demonstrativ allein zu lassen.

Skar starrte ihr kopfschüttelnd nach. Was war nur mit ihr geschehen in den Monaten, die sie getrennt gewesen waren? Sie war auch zuvor schon verbittert und voller Haß gewesen, aber die Frau, die jetzt mit ihm auf diesem Schiff fuhr, war mehr als nur verbittert. Sie war besessen.

Er ließ sich wieder zurücksinken, schloß die Augen und versuchte an nichts zu denken. Aber er fand keine Ruhe, obwohl er müde war und sein Körper nach Schlaf schrie. Es waren Momente wie diese, in denen er mehr als zuvor daran zweifelte, daß es richtig gewesen war, den Befehl der Margoi zu befolgen. Wahrscheinlich hätten sie sich nicht weigern können, die Bewachung Velas zu übernehmen – aber er hätte sich weigern können, Gowenna als Begleiterin zuzulassen.

Die Ehrwürdige Mutter hätte diesen Wunsch akzeptiert – vielleicht hätte sie ihn sogar begrüßt. Skar war sicher, daß es nicht ihre Idee gewesen war, ausgerechnet Gowenna mit der Aufgabe zu betrauen, die verstoßene Errish zu bewachen. Möglicherweise war es ein Akt von falsch verstandener Wiedergutmachung gewesen, und vielleicht – wahrscheinlich, so, wie er Gowenna während der letzten Tage erlebte – hatte sie selbst das Ihre dazu beigetragen, dieses Gefühl in der Herrscherin von Elay zu erwecken. Wenn sie von diesem Schiff herunter waren – wenn sie es schafften –, dann würden sie sich trennen müssen.

Skar bewegte sich unruhig, drehte das Gesicht zur Wand und versuchte die Kälte zu ignorieren, die beharrlich unter seine Decken kroch. Er war alles andere als ein Fatalist, aber es hatte keinen Sinn, sich mit all diesen Fragen zu belasten. Nicht jetzt. Vielleicht war es richtig gewesen, vielleicht nicht. Er konnte jetzt nichts mehr daran ändern.

Es würde sich herausstellen. Bald.

Er hatte schlecht geschlafen. Sein Rücken schmerzte, und in seinem Kopf war ein dumpfer, an- und abschwellender Druck, nicht wirklich unangenehm, aber doch beinahe quälender als echter Schmerz, der ihn aufstöhnen und spontan die Hände an die Schläfen heben ließ. Er schlug die Augen auf, starrte einen Herzschlag lang die niedrige Decke über sich an und setzte sich dann mit einem Ruck auf. Die Bewegung jagte eine neue Welle von Übelkeit durch seinen Schädel. Das Schiff vibrierte. Das Deck über ihm hallte wider vom hastigen Trappeln zahlreicher Füße, und von irgendwoher drang aufgeregtes Stimmengewirr an sein Ohr. Er verstand die Worte nicht, aber er spürte, daß irgend etwas geschehen sein mußte. Die SHAROKAAN schien wie ein lebendes Wesen vor Erregung zu zittern. Es war, als hätte sich der Pulsschlag des Schiffes beschleunigt.

Skar wartete, bis der dumpfe Druck hinter seinen Schläfen abgeklungen war und das Schwindelgefühl wich. Seine Zunge fühlte sich pelzig an, und seine Augenlider brannten und schienen geschwollen; ein Gefühl, gleich dem, das sich einstellte, wenn man viel zu kurz oder viel zu lange geschlafen hatte. Er atmete ein paarmal bewußt ein, sog die eisige Luft tief in seine Lungen und sah sich um. Die meisten Lager waren verlassen; die Kajüte war fast leer. Die Kohlebecken an den Wänden waren heruntergebrannt, und das Licht war zu einer trüben, unsicheren Helligkeit herabgesunken, die die Umrisse der Dinge im Raum verschwimmen und alles seltsam unwirklich erscheinen ließ. Gleichzeitig war es empfindlich kälter geworden. An den Wänden und der Decke sammelte sich Feuchtigkeit und lief in dünnen, glitzernden Rinnsalen zu Boden. Sein Atem bildete eine feine Dampfwolke vor seinem Gesicht.

Auch Gowennas Schlafplatz war leer, aber als er aufstand, bewegte sich einer der Lumpenhaufen neben ihm. Die Decken wurden auseinandergezogen, und eine dürre Hand, bleich und so abgemagert, daß sich die Knochen unter der Pergamenthaut abzeichneten, wühlte sich ins Freie. Ein schmales, erschöpftes Gesicht erschien zwischen den zerschlissenen Stoffbahnen, dunkle Augen, in denen sich Müdigkeit und Angst und noch etwas anderes, Fremdes spiegelten, starrten zu ihm hinauf. Skar kannte den Mann nicht mit Namen, aber er hatte gesehen, wie er am Vorabend vom Mast gestürzt war und sich schwer verletzt hatte. Wahrscheinlich würde er sterben.

Skar lächelte ihm flüchtig zu, unterdrückte ein Gähnen und reckte sich. Seine Gelenke knackten leise, und die vom langen Liegen steifen Muskeln reagierten mit stechenden Schmerzen auf die plötzliche Bewegung. Sein Kopf dröhnte noch immer, aber der Schlaf hatte ihm merklich gutgetan, und er spürte neue Kraft durch seine Glieder strömen.

Das Gefühl war nicht echt, das wußte er. Schon eine halbe Stunde an Deck würde genügen, um sich wieder so müde und erschöpft zu fühlen wie zuvor. Aber das vage Bewußtsein seiner Stärke brachte ihm auch etwas von seinem normalen Optimismus zurück, und er schob die innere Unruhe einfach von sich. Damit würde er sich auseinandersetzen, wenn es soweit war. Für einen Moment spielte er mit dem Gedanken, nach Del und Vela zu sehen, aber dann hörte er wieder die Schritte über sich und die Stimmen, und seine Neugier erwachte erneut.

Sein Blick streifte Rayans Truhe. Die große, mit bronzenen Riegeln und Schlössern gesicherte Seekiste war das einzige wirklich massive Möbelstück im Raum, sah man von dem festgeschraubten Tisch und den dazugehörigen ebenfalls am Boden befestigten Schemeln ab. Für einen Moment überlegte er ernsthaft, einfach hinüberzugehen und seine Waffen an sich zu nehmen. Die Vorstellung war verlockend – ein schneller Griff, und er würde wieder Satai sein, kein Mann mit einer leeren Schwertscheide am Gürtel. Die altersschwachen Schlösser würden einem ernstgemeinten Versuch, sie aufzubrechen, kaum standhalten, und das vertraute Gewicht der Waffe an seiner Seite würde ihm viel von seiner verlorenen Sicherheit und Ruhe zurückgeben.

Aber er verwarf den Gedanken augenblicklich wieder. Es hatte keinen Zweck, zusätzlich zu allem anderen auch noch eine direkte Konfrontation mit Rayan und seinen Wachhunden zu provozieren.

Skar drehte sich mit einem lautlosen Seufzer herum und ging zur Treppe. Es wurde Zeit, von diesem Schiff herunterzukommen. Gedanken wie die, die ihm jetzt im Kopf herumspukten, paßten vielleicht zu Del, aber kaum zu ihm. Er zwang sich, schneller zu gehen.

Die Tür am oberen Ende der Treppe stand offen, und der Sturm schlug mit eisigen Krallen nach ihm, als er auf das Deck hinaustrat. Skar blinzelte überrascht. Die Sonne stand dicht über dem Horizont – aber sie stand im Osten, und das bedeutete, daß es wieder Morgen war und er den Rest des Tages und die ganze Nacht durchgeschlafen hatte. Er wankte, betroffen von der Wut, mit der der Eissturm über das Deck pfiff, klammerte sich am Türpfosten fest und verzog das Gesicht. Von der unnatürlichen Ruhe, die während der letzten Tage an Bord des Schiffes geherrscht hatte, war nichts mehr geblieben. Das Schiff befand sich in heller Aufregung. Der größte Teil der Besatzung drängte sich an der Backbordreling und starrte aufgeregt nach Osten. Andere liefen wild schreiend und gestikulierend über das Deck oder kletterten behende wie Baumaffen an der Takelage empor, um über die Köpfe der Gaffenden hinwegsehen zu können. Skar blickte instinktiv nach Osten. Aber der dunkle Punkt war noch hinter ihnen, näher als am Tag zuvor, aber hinter ihnen. Die Aufregung mußte einen anderen Grund haben.

Skar griff sich den erstbesten Mann, der vorüberkam, und hielt ihn grob an der Schulter fest. »Was ist los?« fragte er.

»Was los ist?« echote der Matrose verblüfft. »Du...« Er schluckte, sah Skar eine halbe Sekunde lang erschrocken an und verbesserte sich hastig. »Ihr wißt es nicht?«

»Dann würde ich nicht fragen«, antwortete Skar verärgert. Er verstärkte den Druck seiner Hand ein wenig. »Also?«

Ein schmerzhaftes Zucken lief über das Gesicht des Matrosen. »Land«, keuchte er. »Wir haben Land voraus!«

Skar ließ den Freisegler so abrupt los, daß der Mann das Gleichgewicht verlor und auf dem spiegelglatten Boden ausglitt. Mit ein paar raschen Schritten war er an der Reling und bahnte sich einen Weg durch die dreifach gestaffelte Reihe der Seeleute. Ein Ellenbogen traf schmerzhaft seine Rippen, so hart, daß es sicher kein unglücklicher Zufall mehr, sondern Absicht war, und ein harter Stiefel bohrte sich in seine nackten Waden, aber er achtete nicht darauf.

Über dem Horizont, vielleicht noch zehn, zwölf Meilen entfernt, war eine dünne weiße Linie sichtbar geworden; nicht viel mehr als ein Strich, der auf die Trennlinie zwischen Ozean und Himmel gemalt war, aber ein Strich von zu kräftiger Farbe für tiefhängende Wolken und zu kantiger Form für eine Nebelbank. Land! Land oder wenigstens Eis, das vielleicht einer Küste oder einer größeren Insel vorgelagert war.

Skar drehte sich um und hielt nach Rayan Ausschau.

Im ersten Moment konnte er ihn in dem Gedränge nirgends sehen – die gesamte Mannschaft schien auf dieser Seite des Schiffes zusammengelaufen zu sein. Aber dann entdeckte er einen der hochgewachsenen Veden und mit ihm Rayan. Der glatzköpfige Freisegler stand vorne am Bug und war in eine hitzige Diskussion mit Del und einem seiner Offiziere verwickelt. Seine beiden Veden-Leibwächter standen stumm dabei und verfolgten die Szene mit unbewegten Gesichtern. Ihre Haltung wirkte angespannt.

Skar drängte sich zu ihnen durch, tauschte einen raschen Blick mit Rayan und legte Del die Hand auf die Schulter.

»Was ist los?« fragte er. »Und was machst du hier an Deck? Wer ist vorne bei Vela?«

Der junge Satai fuhr herum. Ein zufriedener Ausdruck huschte über sein Gesicht, als er Skar erkannte. »Gut, daß du kommst«, sagte er, ohne auch nur anzudeuten, daß er Skars Fragen überhaupt gehört hatte. Er wirkte aufgebracht. »Dieses verdammte Fischgesicht« – damit deutete er auf Rayan, der die Beleidigung mit einem ärgerlichen Schnauben quittierte – »weigert sich, den Kurs zu ändern.«

»Mit gutem Grund«, gab der Freisegler gereizt zurück. »Das dort drüben ist Eis, kein Land..., sieh selbst!« Er zerrte sein Fernrohr unter dem Gürtel hervor, fuchtelte wild damit in der Luft herum und hielt es Skar mit einer wütenden Bewegung hin.

Skar nahm das Glas entgegen und drehte es einen Moment unschlüssig in den Händen. Rayans aufgeregter Tonfall überraschte ihn. Er hatte den Freisegler bisher stets als ruhigen und überlegten Mann kennengelernt, selbst in extremen Situationen. Aber schließlich war er lange genug mit Del zusammen, um zu wissen, daß der junge Satai jeden aus der Ruhe bringen konnte. Und meistens war er es, der hinterher die Wogen glätten mußte – so wie jetzt. So rasch, wie er in das Gespräch geplatzt war, sah er sich auch schon als Mittelpunkt des Streites. Sowohl Del als auch der Freisegler schienen zu erwarten, daß er ihre jeweilige Partei ergriff. »Ich... glaube dir«, sagte er. »Aber meiner Meinung nach...«

»Papperlapapp«, unterbrach ihn Rayan wütend. »Ich habe dir ein wenig mehr Intelligenz zugetraut, Skar. Auf dem offenen Meer sind wir dem Dronte noch einen Tag und die Nacht und vielleicht sogar noch einen Tag voraus. Wenn ich jetzt den Kurs ändere, dann verschenken wir unseren Vorsprung!«

Skar sah den Freisegler verwirrt an. Er war nicht einmal dazu gekommen, wirklich etwas zu sagen, aber Rayan schien das auch nicht erwartet zu haben. Er war wohl froh, jemanden gefunden zu haben, auf den er seinen Zorn entladen konnte. Aus irgendeinem Grund war ihm Del dazu wohl nicht geeignet erschienen. »Verdammt, Skar«, fuhr er fort, »ich weiß, wieviel ihr euch darauf einbildet, Satai zu sein, und in der Arena und auf dem Schlachtfeld mag dies durchaus seine Berechtigung haben. Aber das hier ist die offene See, und da gelten andere Gesetze!«

»Aber ich habe doch gar nicht –«, begann Skar, wurde aber schon wieder von Rayan unterbrochen.

»Dieser junge Narr« – Rayan stach mit dem Zeigefinger wie mit einem Dolch in Dels Richtung – »verlangt allen Ernstes von mir, daß ich beidrehe und dort hinübersegle. Bring ihn zur Räson, oder ich vergesse mich!«

Del grunzte trotzig und verschränkte die Arme vor der Brust. Hätte er dabei nicht vor Kälte gezittert, würde es vielleicht sogar beeindrukkend gewirkt haben.

»Ich weiß«, sagte Skar rasch, bevor Del antworten und vielleicht noch Öl ins Feuer gießen konnte, »du bist der Seemann, Rayan. Trotzdem glaube ich nicht, daß wir dem Dronte noch lange davonlaufen können.« Er wies, das Fernglas als Zeigestock haltend, über die Köpfe der Matrosen hinweg nach Westen. Die Entfernung zwischen dem Dronte und der SHAROKAAN war sichtlich geschrumpft. Das hatte er schon vorhin bemerkt. Aber er sah jetzt erst, wie sehr. Der schwarze Schatten tauchte jetzt nicht mehr unter den Horizont, sondern blieb, abwechselnd größer und kleiner werdend, sichtbar. Es sah aus, als führe der schwarze Dämon einen Tanz auf den Wellen auf, um sie damit zu verhöhnen. Sie mußten während der Nacht noch mehr von ihrem Vorsprung verloren haben.

Rayan grunzte, stemmte die Arme in die Hüften und starrte ihn feindselig an. »Wenn ich jetzt den Kurs ändere und diesen verdammten Eisberg ansteuere, kann ich genausogut die Segel streichen und hier auf den Dronte warten«, schrie er aufgebracht. »Du kennst diese verdammten schwimmenden Eisinseln nicht, Skar…«

»Aber du, wie?« höhnte Del. Rayan ignorierte ihn.

»Ich habe genug über sie gehört«, fuhr er wütend fort. »Sie sind teuflisch. Das, was du da siehst, ist nur ein kleiner Teil – die Hauptmasse liegt unter der Wasseroberfläche verborgen. Komm ihnen zu nahe, und du wirst aufgeschlitzt, schneller, als du ein Stoßgebet zu deinen Ahnen geschickt hast.« Er hob die linke Hand, legte die Finger zu einer Imitation eines Schiffsrumpfes zusammen und schlug mit der Faust hinein. »Nein!« Er schüttelte wütend den Kopf. »In Küstennähe würde ich es riskieren. Gib mir Festland, und ich manövriere diesen schwarzen Aasgeier aus, daß ihm die Augen aus seinem Schädel fallen. Aber das da ist Selbstmord!«

Del schnaubte erregt. »Der Kerl hat doch nur Angst um sein kostbares Schiff«, bemerkte er bissig. Er fuhr herum, trat an die Reling heran und starrte die weiße Linie über dem Horizont an. »Was glaubt er, wie lange er ihnen noch davonsegeln kann?« fragte er, ohne Rayan dabei anzusehen. Skar schluckte einen Fluch herunter und warf ihm einen beinahe flehenden Blick zu. Del sprach absichtlich in der dritten Person von Rayan, um ihn zu beleidigen und noch mehr zu reizen. »Wahrscheinlich laden sie bereits die Katapulte. Wäre er vor drei Tagen nicht zu feige gewesen, sich zum Kampf zu stellen, dann wären wir jetzt nicht in dieser Lage. Sie werden uns noch vor Sonnenuntergang einholen.«

Einer der beiden Veden hinter Rayan spannte sich. Seine Hand glitt zum Gürtel und legte sich um den Griff des wuchtigen Breitschwertes, aber Rayan hielt ihn mit einer raschen Bewegung zurück. »Vielleicht«, antwortete er gelassen. »Aber ich bin bereit, dieses Risiko einzugehen.«

Del wandte sich wieder um und funkelte wütend auf den zwei Köpfe kleineren Freisegler herunter. »Du vielleicht«, zischte er, »aber ich nicht.«

»Noch bin ich der Kapitän der SHAROKAAN«, antwortete Rayan eisig. »Und noch entscheide ich, was wir tun. Wir haben noch viele Stunden, in denen sich eine Möglichkeit ergeben kann, ihn abzuschütteln. Land. Eine Insel. Was weiß ich.«

Skar zog das Fernrohr auseinander und setzte es an. Es war ein wirklich gutes Glas – die dünne weiße Linie wuchs mit einem Mal zu einer mächtigen glitzernden Mauer heran, scheinbar nur wenige Steinwürfe entfernt. Rayan und Del stritten sich weiter, aber er achtete nicht mehr darauf. Del war trotz allem klug genug, seine Grenzen zu kennen und es nicht auf eine offene Konfrontation ankommen zu lassen. Minutenlang stand Skar reglos da, schwenkte das Glas von rechts nach links und wieder zurück und betrachtete die schimmernde Barriere vor dem Horizont. Sein Mut sank, als er erkannte, wie recht Rayan mit seiner Prophezeiung hatte. Das Eis bildete eine mächtige gläserne Wand, die hundertfünfzig, zweihundert Fuß oder mehr senkrecht aus dem Meer emporwuchs, als hätte ein zorniger Gott hier eine endgültige Sperre errichtet, um ihrem Vordringen ein Ende zu setzen. Das Wasser an ihrem Fuß war von trügerischer Ruhe, aber an vielen Stellen schimmerte es weiß durch die grüngrauen Wogen, und manchmal brachen sich die Wellen mit schaumiger Gischt, lange bevor sie gegen die schimmernde Mauer trafen. Eis, das bis dicht unter die Wasseroberfläche herangewachsen war und nun wie eine Phalanx kleiner heimtückischer Seeungeheuer auf den leichtsinnigen Segler wartete, der ihnen in die Fänge lief. Eine Todesfalle, selbst für einen so erfahrenen Seemann wie Rayan.

Er schwenkte das Fernrohr weiter, aber der Anblick war überall gleich: eine fugenlose Wand, glatt und poliert wie Glas, hier und da gerissen und zu bizarren Mustern gesprungen, aber trotzdem von undurchdringlicher Härte. Nicht einmal ein einzelner Mann hätte dort Zuflucht finden können, geschweige denn ein ganzes Schiff.

»Was ist das da?« fragte Del leise. »Dort vorne?«

Skar setzte das Glas ab, sah den jungen Satai fragend an und blinzelte mit bloßen Augen zum Horizont. Er konnte nichts Außergewöhnliches erkennen. »Was meinst du?«

»Direkt vor uns. Siehst du es nicht?«

Skar hob das Glas erneut an die Augen und starrte in die Richtung, in die Dels Arm wies. Im ersten Moment sah er nichts als schimmerndes Weiß und monotone Glätte, aber dann gewahrte er ein flüchtiges Aufblitzen, das Spiegeln von Licht auf einer gebrochenen Eisfläche, nur sichtbar, wenn sich die SHAROKAAN auf dem Rücken einer Woge befand und kurz davor war, ins nächste Wellental hinabzustürzen.

Wortlos setzte er das Fernrohr ab und gab es Rayan zurück. »Del hat recht. Sieh selbst.«

Der Freisegler griff wütend nach dem Instrument, preßte die Lippen aufeinander und starrte Skar an. Aber schließlich hob er das Glas und blickte sekundenlang durch die Linse.

»Siehst du es?« fragte Skar.

Rayan nickte widerwillig. »Den Einschnitt?«

»Die Durchfahrt«, verbesserte Skar. »Dahinter muß ein See liegen. Siehst du, wie sich das Sonnenlicht auf dem Wasser bricht?«

Rayan antwortete nicht. Sein Gesicht verriet Anspannung, und Skar konnte den lautlosen Kampf, der hinter seiner Stirn tobte, fast sehen. Seine Kiefer mahlten in einer unbewußten, kraftvollen Bewegung. »Ich sehe es, aber...«

Skar brachte ihn mit einer knappen, aber energischen Geste zum Verstummen. Der Anblick der senkrechten, wie mit einer gewaltigen Axt in das Eis gehauenen Bresche ließ einen verzweifelten Plan in ihm Gestalt annehmen. »Was glaubst du?« fragte er langsam. »Ist der Kanal breit genug für die SHAROKAAN?«

Rayan ließ das Glas sinken und starrte Skar an, als zweifle er ernsthaft an seinem Verstand. »Vielleicht«, sagte er. »Auf diese Entfernung kann ich das nicht sagen. Und wenn er breit genug ist, heißt das noch lange nicht, daß er auch genug Tiefgang hat. Warum? Du glaubst doch nicht ernsthaft, daß ich mein Schiff dort hineinmanövriere? Selbst wenn wir hindurchkommen, ohne uns den Rumpf aufzuschlitzen oder wie ein Korken in einem Flaschenhals hängenzubleiben – woher willst du wissen, was dahinter ist? Es kann offenes Meer sein, aber genausogut ein See, aus dem wir nie wieder herauskommen.«

Skar tauschte einen langen Blick mit Del. Sein Gesicht blieb starr, aber er schien den gleichen Gedanken nachzuhängen wie er. Er nahm Rayan das Glas aus der Hand, blickte erneut die Eiswand an und drehte sich herum, um in die entgegengesetzte Richtung zu sehen. Durch das Fernrohr betrachtet, war der Dronte bereits erschreckend nahe gekommen; ein schwarzes Ungeheuer, dessen gewaltiges Hauptsegel das Sonnenlicht aufzusaugen schien. Hinter der niedrigen Reling war nicht das geringste Zeichen von Leben auszumachen, aber Skar war sicher, daß man dort drüben jede Bewegung an Deck der SHAROKAAN mißtrauisch verfolgte.

Skar senkte das Glas, schob es mit einer bedächtigen Bewegung zusammen und begann Rayan mit knappen Sätzen seinen Plan zu erklären.

Die Eiswände glitten so dicht an der Bordwand vorüber, daß man nur die Hand hätte auszustrecken brauchen, um sie zu berühren. Ein hoher, schwingender Ton, als würde irgendwo vor ihnen eine gewaltige gläserne Harfe anschlagen, ließ die Nerven der Männer vibrieren, und das dumpfe Klatschen der Wellen erzeugte ein unwirklich verzerrtes Echo, das die bizarre Atmosphäre im Inneren des Eiskanals noch verstärkte. Die schimmernden Wände färbten das Licht blau.

Skar hob die Hände vor den Mund und blies hinein, um die Kälte aus seinen Fingern zu vertreiben. Die SHAROKAAN bewegte sich nur noch im Schneckentempo vorwärts. Der Wind war vollends zum Erliegen gekommen, als sie in den Kanal eingefahren waren, und die Segel hingen schlaff von den Rahen, nur noch gehalten von dem starren Panzer aus Eis, das sie wie eine glitzernde, halb durchsichtige Haut überzog. Die gesamte Besatzung, selbst die Verwundeten, die noch die Kraft hatten zu stehen und sich hier heraufzuschleppen, hatte zu beiden Seiten an der Reling Aufstellung genommen und stakte das Schiff mit langen, eisenbeschlagenen Stangen und Enterhaken von der Stelle – die einzige Möglichkeit, überhaupt noch Fahrt zu machen. Es gab eine Strömung, aber sie war nicht stark genug, um das schwere Schiff nennenswert zu bewegen, und der Einschnitt war nicht breit genug, um die weit ausladenden Ruder einsetzen zu können.

Sie waren vor über zwei Stunden in den Kanal eingelaufen. Ihr Schwung hatte ausgereicht, sie noch wenige hundert Fuß weiterzutragen, aber seither wurde das Schiff nur von der Muskelkraft der Besatzung bewegt – eine mühsame und kräftezehrende Art, von der Stelle zu kommen, aber die einzig mögliche. Rayan trieb seine Leute unbarmherzig an und verlangte das Letzte von ihnen, aber er griff auch selbst kräftig mit zu und mühte sich wie ein gemeiner Matrose mit der sperrigen Enterstange ab.

Skar drehte sich zum wiederholten Male um und starrte über das Achterdeck. Ihr Vorsprung war zusammengeschrumpft, und der schwarze Mordsegler kam mit jedem Augenblick, den sie länger durch diesen verdammten Kanal krochen, näher. Skar wußte, wie groß das Risiko war – alles hing davon ab, daß sie aus dem Kanal heraus waren, ehe der Pirat an seinem Ende auftauchte und sich querstellen konnte, um eine Breitseite auf sie abzufeuern. Hier, eingesperrt zwischen den glatten, senkrechten Wänden des Eiskanals, gab es keine Möglichkeit, seinen tödlichen Geschossen auszuweichen. Der Kanal war eine Falle, aus der es kein Entkommen gab.

Skars einziger Trost war, daß der Dronte mit Sicherheit die gleichen Schwierigkeiten haben würde wie sie. Selbst er mit seinem geringeren Tiefgang mußte viel Zeit dabei verlieren, das Labyrinth aus dolchspitzen Eisriffen und heimtückischen Fallen zu überwinden, das die Natur vor der Einfahrt errichtet hatte. Vielleicht, sinnierte Skar, ohne jedoch selbst recht daran glauben zu können, tat er ihnen auch den Gefallen und schlitzte sich den Rumpf auf, ehe er nahe genug herankam.

Er legte den Kopf in den Nacken und ließ den Blick an den glatten Wänden des Eises emporwandern, die fast zweihundert Fuß senkrecht in die Höhe strebten und sich leicht gegeneinander zu neigen schienen, so daß man hier unten den Eindruck gewinnen mußte, sich am Grunde eines mächtigen gewölbten Tunnels zu befinden, in dessen Zenit eine schnurgerade blaue Linie eingezeichnet war; eine optische Täuschung, die aber trotzdem etwas bedrückend Reales hatte und Skar das Gefühl vermittelte, lebendig begraben zu sein. Das Eis fing die schräg einfallenden Sonnenstrahlen auf und tauchte das Deck der SHAROKAAN in eine sonderbare, unwirkliche Helligkeit, Licht, das die Segel transparent machte und die Bewegungen der Männer und das sanfte Schaukeln des Schiffes seltsam ruckhaft und abgehackt erscheinen ließ. Skar zog fröstelnd die Schultern zusammen und trat auf der Stelle. Der eisige Biß des Windes war hier drinnen nicht mehr zu spüren, aber dafür strahlten die spiegelnden Wände eine andere Art von Kälte aus, eine Kälte, die weniger seinen Körper als vielmehr seine

Seele streifte und etwas darin erstarren ließ. Die sterile, strenge Geometrie des Eistunnels atmete etwas spürbar Abweisendes aus; das Gefühl, sich an einem Ort zu befinden, der nicht für Menschen geschaffen war und an dem nichts Lebendes etwas zu suchen hatte.

Er versuchte, die bedrückenden Gedanken abzuschütteln, aber es gelang ihm nicht. Und er spürte, daß er mit seinen Empfindungen nicht allein war. Auch die anderen fühlten es. Rayans Männer waren merklich stiller geworden, seit sie in das schweigende Weiß eingedrungen waren. Die Rufe, mit denen sie sich anfangs noch gegenseitig angefeuert hatten, waren nach und nach verstummt. Die Männer arbeiteten jetzt stumm und verbissen, und außer einem gelegentlichen Stöhnen und dem rhythmischen Klirren, mit dem die stählernen Spitzen ihrer Enterhaken in die Wände stießen, herrschte auf dem Schiff eine fast geisterhafte Stille; trotz des gleichmäßigen Klatschens der Wellen und des Ächzens des Rumpfes. Die Geräusche waren bedeutungslos, Illusion, die die wirkliche, tiefer sitzende Stille nicht durchbrechen konnten: dieses Schweigen der Schöpfung, die ihnen auf diese lautlose Art ihre Ablehnung entgegenschrie.

Skar biß sich auf die Lippen und schmeckte salziges Blut, als die spröde gewordene Haut unter der leichten Berührung riß, aber selbst der Schmerz war bedeutungslos und schien kaum bis an sein Bewußtsein zu dringen. Alles um sie herum war Ablehnung. Geht weg! schrie die Stille, und: Geht weg! flüsterte das Klatschen der Wellen. Sie gehörten nicht hierher, sie nicht, das Schiff nicht – nicht einmal der Dronte mit all seiner Fremdartigkeit hatte das Recht, in dieses Reich aus Stille und blauem Licht einzudringen. Mit einem Mal wußte er, daß es kein Zufall war, daß sie diese Eisinsel hier am Rande der Welt gefunden hatten. Sie waren weit über die Grenzen vorgedrungen, die menschlicher Wissensdurst bisher erforscht hatte, weit über den Teil der Welt, in dem es noch Leben gab. Weiter, als sie gedurft hätten. Nicht einmal in der tödlichen Sandöde der Nonakesh hatte er ein derart starkes Gefühl des Lebensverneinenden empfunden. Es war, als wäre diese schwimmende Eisinsel nicht nur tot, sondern von etwas erfüllt, das Skar in Ermangelung eines besseren Wortes als negatives Leben bezeichnete. Jemand trat neben ihn und berührte ihn an der Schulter. Skar fuhr aus seinen Gedanken hoch und drehte sich mit einer hastigen, beinahe schuldbewußten Bewegung um.

Es war Rayan. Der Freisegler wirkte erschöpft. Sein Gesicht glänzte trotz der Kälte vor Schweiß. »Wenn dein Plan nicht aufgeht, dann fahren wir allesamt zum Teufel«, sagte er übergangslos.

Skar lächelte mit einem Optimismus, der ganz und gar nicht im Einklang mit seinen Gedanken stand. »Es wird klappen. Sieh dich doch um«, entgegnete er mit einer übertriebenen, weit ausholenden Geste, die das Schiff und den gesamten Kanal einschloß. »Hast du je eine bessere Falle gesehen? Wenn er einmal hier drinnen ist, dann können wir mit ihm machen, was wir wollen, Rayan. Hier wäre jeder hilflos, und der Dronte erst recht. Er kann seine Katapulte nicht einsetzen. Es sei denn«, fügte er mit einem nur halb gelungenen Versuch, scherzhaft zu klingen, hinzu, »er könnte um die Ecke schießen.«

»Wer sagt dir, daß er es nicht kann?« murrte Rayan, nickte aber trotzdem. Skars Worte waren im Grunde überflüssig – jeder an Bord hatte während der letzten Stunden das immer quälender werdende Gefühl gehabt, in einer tödlichen Falle zu sitzen. Wer immer diesen kaum fünfhundert Meter langen Kanal beherrschte, konnte ihn gegen eine ganze Flotte verteidigen.

»Es ist eine Falle«, stellte Skar noch einmal fest, mehr, um sich selbst Mut zu machen.

»Wenn er hineingeht«, murmelte der Freisegler. »Der Dronte ist nicht dumm.« Er zögerte, sah nervös über die Schulter zurück und dann wieder Skar an. »Sie sind vielleicht gewissenlose Mörder, aber trotzdem hervorragende Seeleute. Und diese Falle würde selbst ein Kind erkennen.«

»Er wird uns folgen«, sagte Skar überzeugt. »Er muß es einfach, wenn er nicht Gefahr laufen will, uns zu verlieren.«

»Er muß überhaupt nichts«, gab Rayan ungehalten zurück. »Ich an seiner Stelle würde den Teufel tun und mit meinem Schiff in dieses Rattenloch segeln.« Er preßte die Lippen zu einem schmalen, blutleeren Strich zusammen und schlug sich mit der flachen Hand klatschend gegen die Oberschenkel. »Willst du wissen, was ich tun würde? Ich würde mich vor der Zufahrt auf die Lauer legen und in aller Ruhe abwarten. Man kann das Spiel nämlich auch andersherum spielen – du hast vollkommen recht, wenn du glaubst, niemand könnte gegen unseren Willen hier herein. Aber wir kommen genausowenig wieder heraus. Und irgendwann müssen wir es.«

Skar nickte. »Natürlich. Aber wann? In einer Woche? Einem Monat? Sechs Monaten? Wie lange reichen unsere Lebensmittel?«

»Einen Monat«, antwortete Rayan, »wahrscheinlich sogar länger. Und die halbe Ladung besteht aus Carbafrüchten. Allerdings fürchte ich, daß dir diese Diät nicht allzu lange munden wird. Ich sehne mich schon jetzt nach einem anständigen Stück Fleisch«, fügte er lächelnd hinzu. »Aber wenn es sein muß, dann halten wir eine ganze Weile aus.«

»Er nicht«, sagte Skar überzeugt. »So lange hält er nicht durch. Entweder er belagert uns und zieht nach ein paar Tagen wieder ab, oder er versucht uns in den Kanal zu folgen. In jedem Fall haben wir die besseren Chancen.«

»Alles ist besser, als sich auf einen Kampf auf offener See einzulassen«, brummte Rayan, krauste aber trotzdem zweifelnd die Stirn und begann mit seinem Dolch zu spielen. Allen waren ihre Waffen zurückgegeben worden, bevor sie in den Kanal einliefen, und Skar mußte, wenn auch widerwillig, zugeben, wie gut Rayan sein Schiff gegen einen Überfall gewappnet hatte. Die scheinbar harmlosen Matrosen waren in bis an die Zähne bewaffnete Krieger verwandelt.

»Ich hoffe, die Götter sind uns gnädig«, murmelte Rayan.

Skar schwieg dazu. Normalerweise lächelte er über derartige Bemerkungen – er hing keiner der drei großen und unzähligen kleinen Religionen Enwors an und verleugnete im Gegenteil alles, was mit Götter- und Dämonenglauben zusammenhing, aber in ihrer jetzigen Situation erschienen ihm Rayans Worte seltsam passend. Wäre er selbst religiös gewesen, dann hätte er jetzt gebetet. Manchmal tat es ihm fast leid, daß er es nicht konnte.

Nebeneinander gingen sie zum Bug. Die SHAROKAAN hatte das Ende des Kanals jetzt fast erreicht. Die schmale Wasserstraße, auf der sich das Schiff bewegte, verbreiterte sich vor ihnen zu einem runden, sicher eine Meile oder mehr durchmessenden See, der sich wie ein gewaltiger blauer Spiegel vor ihnen ausbreitete. Die Wände stiegen an drei Seiten senkrecht in die Höhe und gaben Skar das Gefühl, sich in einem riesigen wassergefüllten Krater zu befinden. Nur an Backbord gab es eine Stelle, die man mit sehr viel gutem Willen als Strand bezeichnen konnte. Das Wasser schwappte dort gegen eine glatte, steil emporsteigende Rampe, deren oberes Ende vom Fuße einer zerklüfteten Eislandschaft gebildet wurde, die sich kraß von den wie poliert wirkenden weißen Mauern ringsum unterschied. Ein geschickter und entsprechend ausgerüsteter Kletterer konnte dort den Aufstieg bewältigen, dachte Skar. Wenigstens saßen sie nicht vollkommen in der Falle, wenn der Dronte den Kanal allen Wahrscheinlichkeiten zum Trotz überwand.

»Perfekt«, lobte er. »Besser konnten wir es uns kaum wünschen. Wenn ich einen Ort wie diesen hätte entwerfen sollen, dann hätte er genauso ausgesehen.«

»Ich hoffe, daß der Kapitän des Dronte nicht dasselbe denkt«, knurrte Rayan. Dann drehte er sich abrupt um und begann Kommandos zu brüllen. Eine hektische Aktivität breitete sich über dem Schiff aus. Stangen und Enterhaken wurden eingezogen, Matrosen turnten mit schnellen, geübten Bewegungen in der Takelage empor und nahmen ihre Plätze ein, und die zwei Dutzend gewaltigen Ruder, die bisher einen eisüberzogenen Zaun beiderseits der Reling gebildet hatten, klatschten gleichzeitig ins Wasser. Das Schiff bebte und erzitterte einen Moment und setzte sich dann wie ein großes, schwerfälliges Tier in Bewegung. Der stumpfe Bug teilte rauschend das Wasser und schwenkte langsam herum. Eine sanfte Wellenbewegung pflanzte sich über den See hinweg fort und zerbrach an den Eiswänden. Der blaue Spiegel zerbarst in ein Mosaik blitzender Scherben.

Skar beobachtete das Treiben an Bord mit wachsender Ungeduld. Nach Tagen untätigen Abwartens brannte es ihm in den Fingern, endlich eine Entscheidung herbeizuführen. Nicht, daß er sich auf den Kampf freute. Sie hatten alle Trümpfe in der Hand, aber der Dronte war ein Gegner, der immer für eine Überraschung gut war, und im stillen hoffte Skar sogar darauf, daß der Pirat die Falle erkennen und sich auf eine Belagerung einlassen würde, die er früher oder später aufgeben mußte. Die Kälte würde ihnen auch hier drinnen zu schaffen machen, aber die zweihundert Fuß hohen Eismauern gaben ihnen wenigstens Schutz vor dem Wind und der unbändigen Kraft des Ozeans, während sich der Dronte draußen mit dem Sturm und anderen Naturgewalten herumschlagen mußte; Gegnern, denen nicht einmal er auf Dauer gewachsen war. Aber irgend etwas sagte ihm, daß es trotzdem zum Kampf kommen würde. Ein Dronte weicht nie wieder von einer einmal aufgenommenen Spur ab, klangen Rayans Worte in ihm nach. Es gibt kein Entkommen und kein Unentschieden.

Das Schiff hatte die Mitte des Sees erreicht und begann sich zu drehen, bis es quer zur Fahrrinne lag. Rayan feuerte die Männer an den Rudern mit zornigem Gebrüll an und beschleunigte ihren Takt. Die SHAROKAAN bewegte sich wie ein störrischer Esel rückwärts und glitt gemächlich an die Eiswand neben dem Kanal heran. Für jeden, der gleich ihnen die schmale Wasserstraße befuhr, war das Schiff jetzt nicht mehr zu sehen. Aber es war da, ein vielleicht plump aussehendes, aber trotzdem gefährliches Raubtier, das sich auf die Lauer gelegt hatte und darauf wartete, daß sein Opfer in die vorbereitete Falle lief.

Die SHAROKAAN war keineswegs wehrlos. Der Ruf, der dem Dronte vorauseilte, der Mythos der Unbesiegbarkeit, fußte zu einem nicht geringen Teil auf der Taktik der schwarzen Mörder, ihre Opfer aus großer Entfernung zu schlagen; sie mit Feuer und Tod zu überziehen, lange ehe es zu einem wirklichen Kampf kommen konnte. Auch, wenn es dem Dronte gelingen sollte, den Kanal zu überwinden, so hatten sie ihm seine stärkste Waffe genommen. Er würde es nicht wagen können, seine Katapulte einzusetzen. Nicht auf diese kurze Distanz. Ihr Höllenfeuer würde ihn selbst ebenso versengen wie sein Opfer.

Er verscheuchte die Gedanken an Kampf und Tod und wandte sich fröstelnd, um zum Achterdeck zurückzugehen. Jetzt, als sie neben der gewaltigen glatten Eiswand lag, erschien ihm die SHAROKAAN kleiner. Das Klatschen der Ruder hatte aufgehört, und das Schiff bewegte sich kaum noch. Auch die Wellen, die es bei seiner Einfahrt in den See selbst verursacht hatte, verliefen sich langsam wieder, und die Wasseroberfläche würde in kurzer Zeit wieder so glatt und unbewegt sein wie zuvor. Skar blieb auf halber Strecke stehen und sah über die Reling aufs Wasser hinab. Rayans Vermutung, es hier mit einem gewaltigen schwimmenden Eisberg zu tun zu haben, war falsch gewesen. Die Strömung, die die SHAROKAAN auf ihrem Weg durch den Kanal begleitet hatte, war keine Strömung, sondern es waren die letzten Ausläufer der Flut. Unter dem Eis mußte Land sein, vielleicht nur eine Insel, aber immerhin festes Land. Vielleicht waren sie sogar an die Küste eines fremden, bisher unbekannten Kontinentes verschlagen worden. Aber wenn, dann war es ein Kontinent der Kälte und des Schweigens. Selbst der Mann oben im Mastkorb sah nichts als Eis und glitzerndes Weiß, obwohl der Blick von dort aus unzählige Meilen weit reichte, so klar, wie die Luft war.

Skar legte die Hände auf die Reling, beugte sich vor und brach mit der Linken ein Stück Eis ab.

»Was tust du da?«

Skar drehte den Kopf, als er Rayans Stimme hörte. Der Freisegler war lautlos herangekommen und betrachtete ihn stirnrunzelnd. Seine beiden Veden-Leibwächter folgten ihm wie Schatten.

Skar deutete zuerst auf das Wasser, dann auf das Eisstückchen in seiner Hand. »Sieh selbst«, sagte er. Mit einer schwungvollen Bewegung warf er den Eisklumpen über Bord. Er tauchte unter, erschien Sekunden später wieder auf dem Wasser und tanzte einen Moment auf der Stelle.

Rayans Stirnrunzeln vertiefte sich. »Was soll das?« fragte er.

»Warte«, antwortete Skar. »Ich glaube, ich habe etwas entdeckt.«

Der Eisbrocken begann langsam, dem Sog der Strömung folgend, zur Mitte des Sees zu treiben. Plötzlich hielt er an, begann immer schneller zu kreiseln – und verschwand.

»Ein Sog«, stellte Rayan fest. »Und? Um das herauszufinden, brauchst du nicht deine und meine Zeit zu vergeuden. Siehst du diese Stelle dort?« Er deutete dorthin, wo der Eisbrocken verschwunden war. Das Wasser war dort ungewöhnlich glatt; wie Glas, das sorgsam poliert worden war. »Der See muß irgendwo einen Abfluß haben«, sagte er. »Deshalb ist die Strömung hier auch so schwach – das Wasser fließt beinahe so schnell ab, wie es hereinkommt. Und was soll uns das nutzen?«

Skar zuckte mit den Achseln. »Keine Ahnung«, gestand er. »Ich weiß nur gerne soviel wie möglich über meine Umgebung. Manchmal kann das sehr nützlich sein.«

»Wir sind soweit«, drang Dels Stimme in ihr Gespräch. Skar nickte, warf einen letzten Blick auf die trügerisch glatte Wasserfläche über dem Sog und streifte mit einer entschlossenen Bewegung den Umhang ab, der ihm bisher Schutz gegen die Kälte gewährt hatte.

Del kam näher und deutete mit einer Kopfbewegung auf das plumpe Heckkatapult, die einzige wirklich weitreichende Waffe der SHAROKAAN, das aus seiner Halterung auf dem Achterdeck entfernt und weiter zur Schiffsmitte hin auf einer provisorischen Rampe aus Balken und Tauen befestigt worden war. Der armlange Stahlbolzen auf der Sehne deutete jetzt nicht mehr auf die Wasseroberfläche, sondern in spitzem Winkel nach oben. Sein Schatten wies wie der Zeiger einer bizarren Sonnenuhr auf die verbrannte Stelle am Heck der SHAROKAAN, wo das Höllenfeuer des Dronte schon einmal gewütet hatte. Wäre Skar abergläubisch gewesen, hätte er es für ein schlechtes Omen gehalten.

»Fertig?« fragte Del.

Skar nickte. Seine Hand glitt nervös über den Griff seines Schwertes. Auf seiner Zunge fühlte er plötzlich einen schlechten Geschmack, und er gestand sich ein, daß er unsicherer war, als er bisher zugegeben hatte. Ihr Plan erschien ihm mit einem Mal gar nicht mehr so narrensicher wie noch vorhin, als er versucht hatte, Rayan davon zu überzeugen. Es waren zu viele Wenns drin, zu viele Spekulationen auf ein Glück, das sie bisher schmählich im Stich gelassen hatte. Plötzlich fielen ihm tausend Dinge ein, die falsch laufen konnten, tausend Umstände, die sie nicht bedacht hatten oder gar nicht hatten wissen können.

Del gab der Bedienungsmannschaft ein Zeichen und trat vorsichtshalber einen Schritt zurück, als die Männer die Winde bedienten und sich die haarfeine Metallsehne mit einem singenden Geräusch spannte.

Der Stahlbolzen zitterte. Seine Spitze hob sich ein wenig, und für einen Moment fürchtete Skar fast, daß das improvisierte Gestell, auf dem sie das Katapult festgemacht hatten, der Belastung nicht gewachsen sein könnte. Die Balken knirschten hörbar.

»Jetzt!« befahl Skar.

Einer der Matrosen hob seine Axt und ließ die Schneide auf das Haltetau heruntersausen. Die Sehne entspannte sich mit einem peitschenden Knall. Der Bolzen wurde zu einem flirrenden Schemen, jagte schräg in den Himmel hinauf und grub sich dicht unterhalb der Mauerkrone in das Eis. Ein Hagelschauer aus kleineren Eisbrocken prasselte auf das Schiff herunter, und das Wasser rings um die SHAROKAAN schien zu kochen.

Skar warf dem Schützen einen anerkennenden Blick zu. »Ein guter Schuß«, lobte er, während er mit einem Fuß auf die Reling trat und prüfend an dem Tau zerrte, das der Bolzen mit sich emporgerissen hatte. Es hielt. Die Kraft der Stahlsehne hatte das Geschoß tief in das Eis getrieben. Es würde sein Körpergewicht tragen.

»Einen Moment noch, Rayan.«

Skar hielt mitten in der Bewegung inne, balancierte einen kurzen Augenblick auf der eisverkrusteten Reling und sprang auf das Deck zurück. Auch Rayan drehte sich deutlich verärgert herum und blickte zu Gowenna hinüber, die auf Deck gekommen und gebückt unter der Tür stehengeblieben war. Neben ihr stand eine schmale, in ein dunkelgraues Gewand gekleidete Gestalt. Ihr Gesicht war unter der tief in die Stirn gezogenen Kapuze des Mantels verborgen; die Hände mit einer dünnen silbernen Kette aneinandergefesselt. Eine zweite Kette führte von ihrem Handgelenk zu einem wuchtigen Ring in Gowennas Fingern. Der Anblick ließ eine Welle heißen Zorns in Skar aufsteigen. Was immer Vela getan hatte, es gab keinen Grund, sie wie einen Hund zu behandeln.

Rayan wollte auffahren, aber Skar legte ihm rasch die Hand auf den Unterarm und trat auf Gowenna zu. »Was hat das zu bedeuten?« fragte er scharf.

Gowenna hielt seinem Blick gelassen stand. »Das wirst du gleich erfahren, Satai«, sagte sie abfällig.

»Ich hoffe es«, mischte sich Rayan ein. »Wir haben im Moment nämlich nicht die nötige Muße, uns zu unterhalten.«

»Vela und ich verlassen das Schiff«, sagte Gowenna kühl.

Rayan blinzelte überrascht. »So?« machte er. »Und wie, wenn ich fragen darf? Wollt ihr schwimmen?«

»Du wirst uns eines deiner Beiboote geben«, antwortete Gowenna. Sie sprach so schnell, als hätte sie sich die Antwort auf seine Frage sorgsam überlegt. »Und ein paar Männer, die uns rudern.«

Rayan ächzte, aber Gowenna gab ihm keine Gelegenheit zu antworten. »Es ist zu gefährlich, während des Kampfes an Bord zu bleiben«, fuhr sie fort. »Das Schiff kann in Brand geraten oder sinken – sie wäre verloren, vorne in ihrer Zelle.«

»Deine Besorgnis ist rührend«, sagte Rayan ätzend, »aber sie kommt zu spät, Gowenna. Wir haben keine Zeit, und ich kann keinen Mann hier an Bord entbehren.«

»Ich habe dich für diese Fahrt bezahlt, Rayan«, antwortete Gowenna. Ihre Stimme klang plötzlich schneidend. »Sehr gut bezahlt sogar. Und mit dem Geld hast du auch die Verantwortung für ihr Leben übernommen. Ich werde mit Vela an Land gehen, bis der Kampf vorüber ist. Gib mir ein Boot und zwei Mann, die uns rudern können.«

Skar sah, wie sich Rayans Gesicht vor Zorn rötete. »Gowenna hat recht«, sagte er hastig. »Es ist zu gefährlich, wenn sie an Bord bleibt.«

Rayan fuhr mit einer wütenden Bewegung herum. »Auf welcher Seite stehst du, Satai?« zischte er.

»Auf der der Ehrwürdigen Mutter«, antwortete Skar ruhig. »Sie hat uns auf diese Reise geschickt, damit wir Vela sicher am Berg der Götter abliefern. Außerdem verlierst du nichts – gib ihr ein, zwei von deinen Männern und die Verletzten mit.«

Rayan schluckte. Aber er schien einzusehen, daß er sich im Moment in der schlechteren Position befand. Natürlich war er der Kapitän des Schiffes und sein Wort hier an Bord Gesetz, ganz egal, was vorher beredet und vereinbart worden war – aber Gowenna hatte recht. Die Errish würde nicht nur keine Hilfe, sondern unter Umständen eine Behinderung sein, wenn es zu einem Nahkampf mit dem Dronte kam. Und er würde sich vor seinen Leuten ins Unrecht setzen, wenn er bei seiner Weigerung blieb. »Gut«, gab er gepreßt von sich. »Zwei Mann, die Verwundeten und Lebensmittel für drei Tage. Aber beeilt euch. Ich will nicht noch mehr Zeit verlieren.«

Skars Blick heftete sich kurz auf den Eisstrand am anderen Ende des Sees. Ein Aufstieg an dieser Seite war sicher ungefährlicher als das, was sie vorhatten, aber auch zeitraubender. Und Zeit war genau das, was sie im Moment nicht hatten. Er griff nach dem Tau, zog es straff und wickelte es sorgsam um Fäuste und Handgelenke.

Rayan wandte sich an den Veden rechts neben sich und wechselte ein paar schnelle Worte mit ihm, die Skar nicht verstand. Der Vede nickte.

»Er wird dich begleiten«, sagte Rayan plötzlich.

Del wollte auffahren, aber Rayan brachte ihn mit einem eisigen Blick zum Schweigen. »Ich habe unseren Plan ein klein wenig geändert«, sagte er ruhig. »Der Satai bleibt hier, Skar. Dafür wird Brad mit dir dort hinaufgehen.«

Skar schwieg einen Moment. Er war nicht einmal sonderlich überrascht. Irgendwie hatte er die ganze Zeit über gespürt, daß der Freisegler ihm nicht traute. Nicht, daß er glaubte, sie würden ihn verraten. Aber sein Vertrauen in ihre Fähigkeiten war nicht so groß wie das der meisten anderen Männer, die Skar kennengelernt hatte. »Du bist mißtrauisch wie eh und je«, bemerkte er.

Rayan zuckte gleichmütig die Achseln.

»Wir möchten nur verhindern, daß ihr kurzfristig eure Meinung ändert und vielleicht plötzlich Sympathie für die andere Seite entdeckt«, mischte der jüngere der beiden Veden sich bissig ein.

Skars Miene verdüsterte sich. Er wußte, daß der Nordländer nicht wirklich meinte, was er da sagte, sondern die Worte einzig aussprach, um ihn zu reizen, aber er ärgerte sich trotzdem darüber. Vielleicht gerade.

Seltsamerweise rief Rayan den Veden nicht zur Ordnung, wie er es normalerweise getan hätte.

»Ein ehrliches Wort.«

»Ein ehrliches Wort im richtigen Moment«, sagte Helth. »Du und Brad werdet dort hinaufgehen. Del und ich werden den Angriff hier unten mitmachen.«

Skar hob ergeben die Schultern. Rayan schwieg noch immer. In seinen Augen stand ein lauernder Ausdruck. Aber Skar dachte nicht daran, die Auseinandersetzung auf die Spitze zu treiben. Es war kaum der richtige Zeitpunkt für eine Kraftprobe. Und es blieb auch gar keine Zeit für lange Diskussionen. Im Grunde hätte es Skar sogar gewundert, wenn Rayan anders als gerade so reagiert hätte.

Ohne ein weiteres Wort drehte er sich um, stieg auf die Reling und stieß sich mit einer kraftvollen Bewegung ab.

Er merkte sofort, daß er sich verschätzt hatte.

Das Tau spannte sich, und die Eiswand sprang wie mit einem plötzlichen Satz auf ihn zu. Durch die Länge des Seiles, an dessen Ende er wie das Gewicht eines überdimensionalen Pendels hing, war seine Geschwindigkeit viel zu hoch. Er zog instinktiv die Beine an, spannte die Muskeln und versuchte, den Aufprall abzufangen.

Der Schlag war von grausamer Härte. Ein weißglühender Schmerz explodierte in seinen Knöcheln, pulsierte durch seinen Körper und ließ ihn aufschreien. Für einen Moment lockerte der Schmerz seinen Griff.

Vom Deck der SHAROKAAN ertönte ein vielstimmiger Aufschrei, als Skar ein Stück weit am Seil abrutschte, bis zur Hüfte ins eiskalte Wasser eintauchte, sich am Ende des Seiles drehte, und ein zweites Mal, diesmal mit Schultern und Hinterkopf, mit immer noch großer Wucht gegen die Wand geschleudert wurde. Das Seil schnitt wie ein Messer in seine Handflächen. Der Ruck war so gewaltig, daß er für einen Moment glaubte, die Arme würden ihm aus den Schultergelenken gerissen. Ein neuer, noch schlimmerer Schmerz raste durch seinen Körper und verwandelte seinen Schrei in ein gequältes Aufheulen. Blut floß in seine Augen und verschleierte seinen Blick. Er spürte, wie sich seine Muskeln unter der Anspannung verkrampften und seine Kraft schwand, als wäre irgendwo in seinem Körper eine unsichtbare Schleuse geöffnet worden, durch die seine Lebensenergie hinauspulsierte. Aber er klammerte sich verzweifelt fest, biß die Zähne zusammen und zog trotz der Höllenqualen die Beine an. Er mußte aus dem Wasser heraus. Schon jetzt, nach wenigen Augenblicken, war sein Körper von den Hüften abwärts taub und alles Gefühl aus seinen Beinen gewichen. Er spürte, wie die Kälte in ihn hineinkroch, in ihrem Gefolge eine beinahe wohltuende, verlockende Lähmung führend, wie sie seine Rücken- und Schultermuskeln erreichte und auch sie betäubte. Sein Griff begann sich zu lockern. Mit jeder Sekunde wurde es schwerer, sich am Seil festzuhalten. Aber wenn er abrutschte, war er verloren. An Schwimmen war bei diesen mörderischen Temperaturen nicht zu denken. Er wäre tot, bevor er die ersten drei Züge gemacht hatte.

Skar schloß die Augen, preßte die Kiefer zusammen und zog sich Zentimeter um Zentimeter aus dem Wasser. Seine Beine waren taub und gehorchten seinen Befehlen nicht mehr, so daß sein ganzes Gewicht nun auf Arm- und Schultermuskeln ruhte, und an seinen Füßen schienen Zentnergewichte zu hängen. Das Wasser hielt ihn fest, zerrte mit aller Macht an ihm und versuchte, sein schon sicher geglaubtes Opfer zurückzuholen. Das feuchte Tau gefror in der eisigen Luft beinahe augenblicklich; seine Finger fanden kaum mehr richtigen Halt. Seine Kraft ließ nach. Langsam, aber unbarmherzig rutschte er ins Wasser zurück.

Irgend etwas sauste an ihm vorbei und grub sich splitternd ins Eis, nur wenige Handbreit von seiner Schulter entfernt. Skar drehte mühsam den Kopf und starrte, ohne zu verstehen, was er sah, auf den Axtstiel, der zitternd neben ihm aus dem Eis ragte.

»Halt dich fest«, schrie eine Stimme. Eine zweite Axt zischte heran und blieb vibrierend neben der ersten stecken.

Skar löste mühsam die rechte Hand vom Seil. Seine Finger waren

SCHABERICH 2/84

steif und verkrampft, die Hand fühlte sich an wie ein Stück Holz. Er glitt ein weiteres Stück ins Wasser, griff mit einer verzweifelten Bewegung nach dem Beil und zog sich mit letzter Kraft empor.

Er wußte nicht, wie lange es dauerte. Irgendwie schaffte er es, seinen gefühllosen Körper noch einmal aus dem Wasser zu ziehen und sich festzuhalten. Begriffe wie Zeit und Raum wurden unwichtig, und alles, was in seinem Hirn Platz hatte, waren Kälte und Schmerz und der einzige Gedanke, nicht loszulassen. Irgendwie gelang es ihm, auch die andere Hand vom Seil zu lösen und sich auf die beiden Axtstiele hinaufzuziehen und in einer einigermaßen sicheren Haltung sitzen zu bleiben. Der See und das Eis begannen sich um ihn zu drehen, und Schwäche breitete sich wie lähmendes Gift in seinen Adern aus. Ihm wurde übel. Er würgte, kämpfte den Brechreiz nieder und versuchte, auch die Schwäche zurückzudrängen. Es war schwer, unendlich schwer, aber es ging. Das dumpfe Dröhnen in seinen Ohren ebbte allmählich ab, und er verstand die Worte, die ihm vom Schiff aus zugerufen wurden.

»Skar!«

Es war Gowennas Stimme. Er blinzelte, hob die Hand ans Gesicht und fühlte Blut. Der rote Schleier war noch immer vor seinen Augen, und irgend etwas Warmes und Klebriges lief seinen Nacken herunter und erstarrte in der eisigen Luft. Er sah das Schiff wie durch einen wogenden, von roten Streifen durchzogenen Schleier. Gowenna stand inmitten der Besatzung hinter der Reling und gestikulierte aufgeregt zu ihm herüber. »Kannst du mich verstehen?«

Er versuchte zu nicken. Die Bewegung war so schwach, daß man sie drüben wahrscheinlich nicht einmal sah. »Es… geht«, sagte er mühsam. Seine Lippen waren taub und rissen auf, als er sich zwang, sie zu bewegen. Die eisige Wand klebte an seiner Haut fest, und in seinen Adern war kein Blut mehr, sondern ein Strom reißender scharfer Eiskristalle, die ihn von innen heraus zerschnitten.

»Kannst du weiterklettern?« rief Gowenna.

Skar hätte gelacht, wenn er die Kraft noch aufgebracht hätte. Seine Muskeln waren hart wie Holz, und seine Linke schien am Seil festgefroren zu sein. Wahrscheinlich fiel er nur deshalb nicht von seinem provisorischen Sitz herunter, weil sein Körper einfach zu steifgefroren war, um sich überhaupt noch bewegen zu können.

»Halt aus!« rief Gowenna. »Wir holen dich!«

Das Katapult wurde neu geladen und ausgerichtet. Die Männer arbeiteten mit fieberhafter Eile, aber ihre Bewegungen kamen Skar trotzdem langsam und träge vor, und das Schiff begann immer wieder vor seinen Augen zu verschwimmen und schien sich immer weiter zu entfernen.

Ein zweiter Bolzen prallte dicht neben dem ersten gegen die Wand, rutschte klirrend herunter und klatschte ins Wasser. Rayan begann zu schreien und überschüttete die Männer am Katapult mit einem Schwall von Flüchen und Verwünschungen. Das Seil wurde eingezogen und neu aufgewickelt, während die Matrosen das Katapult für einen weiteren Schuß spannten.

Skar beobachtete das Treiben auf dem Schiff ohne sonderliche Anteilnahme. Er mußte all seine Willenskraft aufwenden, um nicht einzuschlafen. Die Kälte wich Stück für Stück aus seinem Körper und wurde von einer tauben, auf eigenartige Weise beinahe wohltuenden Müdigkeit abgelöst. Es war sein sicherer Tod, wenn er jetzt einschlief, das wußte er. Trotzdem fiel es ihm von Sekunde zu Sekunde schwerer, die Augen offenzuhalten.

Das Katapult entspannte sich mit einem schmetternden Knall. Diesmal saß der Bolzen sicher im Eis, kaum eine Handbreit unter dem ersten. Eine hochgewachsene, schlanke Gestalt schwang sich mit einer eleganten Bewegung über die Reling der SHAROKAAN, glitt dicht über der Wasseroberfläche auf ihn zu und begann noch während des Sprunges am Seil emporzuklettern. Offensichtlich hatte der Mann aus seinem Fehler gelernt.

Wieder vergingen Minuten; Zeit, in der es Skar immer schwerer fiel, seinen Geist gegen die dunkle Woge hinter seiner Stirn zu behaupten. Die Schwingungen des Seiles neben ihm wurden länger, als der Mann mit kraftvollen Bewegungen daran heraufkletterte.

»Halt aus!« brüllte Rayan. »Brad läßt dir ein Seil herunter!«

Skar wollte nicken, aber selbst dazu fehlte ihm die Kraft.

Von oben ertönte für eine Weile ein hektisches Klirren und Hämmern; Eis rieselte herab und ließ unter ihm das Wasser aufspritzen. Skar zerbrach sich eine Weile den Kopf über die Ursache des Geräusches, aber seine Gedanken führten einen irren Tanz auf und weigerten sich, in geordneten Bahnen zu laufen. Trotzdem klammerte er sich daran fest, lauschte auf jeden Laut, jede Nuance, nur um nicht einzuschlafen.

»Das Seil, Skar!«

Wieder Gowennas Stimme. Er verstand die Worte, aber es war so schwer, ihren Sinn zu begreifen. Er war so müde. Alles was er wollte, war schlafen; die Augen schließen und der verlockenden Wärme nachzugeben. Aber er durfte es nicht. Nicht jetzt.

»Skar! Nimm das Seil! Die Schlaufe!«

Diesmal glaubte er einen Unterton von Verzweiflung in ihren Worten zu hören. Aber sie mußte trotzdem noch vier- oder fünfmal rufen, ehe Skar endlich reagierte. Mühsam hob er den Kopf und blinzelte nach oben. Die Sonne stand als lohender Ball über dem Rand des Kraters. Ihr Licht brach sich in der schimmernden Eiskante und blendete ihn, gaukelte ihm Schatten und Bewegung vor, wo nur eisige Starre war. »Das Seil, Skar!« Wieder diese Stimme. Er blinzelte, zwang sich, in das regenbogenfarbige Licht zu sehen und drehte mühsam den Kopf.

Neben ihm baumelte eine Seilschlaufe. Er griff ungeschickt danach, verfehlte sie und wäre um ein Haar von seinem improvisierten Sitz gefallen. Erst beim zweiten Versuch gelang es ihm, sie mit starren Fingern zu ergreifen und ungeschickt über Kopf und Schultern zu streifen.

Von oben wurde das Seil angezogen. Die Schlaufe zog sich zusammen und schnitt schmerzhaft wie ein glühender Draht in seine Haut. Er bekam kaum noch Luft. Das Seil spannte sich, und Skar wurde unsanft in die Höhe gerissen. Sein Körper pendelte wild hin und her. Er versuchte, sich mit den Händen abzustützen und wenigstens die schlimmsten Schläge aufzufangen, war aber trotzdem schon nach Sekunden von einer Unzahl von Prellungen und blutigen Schürfwunden übersät. Der Schmerz ließ ihn aufstöhnen, aber gleichzeitig war er beinahe dankbar dafür, denn er zerriß die schwarze Decke, die sich über sein Bewußtsein legen wollte. Wie ein Ertrinkender griff er danach, zog sich an ihm entlang wie an einer dünnen, brennenden Rettungsleine, klammerte sich an die letzte Möglichkeit, nicht das Bewußtsein zu verlieren und endgültig in den drohenden Abgrund zu fallen: Bewußtlosigkeit und Schlaf, denen der Tod folgen würde.

Der Aufstieg dauerte nicht lange. Schiff und Meer sackten unter ihm weg, und schon nach kurzer Zeit tauchte die Kante der Eismauer vor ihm auf; dann griffen zwei kräftige Hände unter seine Achseln und zerrten ihn vom Abgrund weg. Dunkle Augen blickten besorgt aus einem sonnengebräunten Gesicht auf ihn herab.

»Bleib ganz ruhig liegen«, sagte Brad. Seine Stimme klang dunkel und rauh; anders, als Skar sie vom Schiff her in Erinnerung hatte. Man spürte, daß er nicht viel sprechen wollte. Er musterte Skar besorgt, streifte dann mit einer entschlossenen Bewegung seinen Fellmantel ab und breitete ihn über Skar aus. »Warte einen Moment.«

Skar drehte mühsam den Kopf. Der Vede hatte eine Anzahl stählerner Haken in das Eis getrieben und eine Art primitiven Flaschenzug daran befestigt: die Hammerschläge, die er unten gehört hatte. Jetzt griff er nach dem Tau und warf es in die Tiefe. »Er lebt!« schrie er mit vollem Stimmaufwand. Skar hörte keine Antwort von unten, aber Brad wandte sich mit einem zufriedenen Nicken um und kam zu ihm zurück. Seine Gestalt verschwamm vor Skars Augen, und seine Stimme klang nach Kälte und Eis.

»Du darfst nicht einschlafen«, sagte Brad warnend. »Wenn du einschläfst, dann stirbst du.« Er sah kurz auf und lächelte rasch und flüchtig. »Das Kunststück, das du da zum besten gegeben hast, war nicht besonders schlau«, sagte er. »Ich habe euch Satai eigentlich immer für intelligenter gehalten. Ich muß mich getäuscht haben.«

»Und ich«, gab Skar mühsam zurück, »habe immer geglaubt, ihr Veden wäret eingebildete Gimpel. Ich scheine mich ebenfalls getäuscht zu haben.«

Brad stutzte, starrte ihn einen Herzschlag lang verwirrt an und lachte plötzlich, schallend und ausdauernd. »Eins zu null für dich, Skar. Man sollte einen Satai doch nicht unterschätzen. Wenigstens mit Worten kannst du umgehen«, fügte er mit gutmütigem Spott hinzu.

Das Seil in seinen Händen ruckte zweimal hintereinander. Brad wandte sich um, trat wieder an die Kante und begann etwas mit Hilfe des Flaschenzuges heraufzuziehen. Wenige Augenblicke später hievte er ein umfangreiches, in Decken und Felle verschnürtes Paket über die Kante, hob es mit einem Ruck hoch und trug es zu Skar hinüber.

»Zieh dich aus«, sagte er, während er das Bündel öffnete und seinen Inhalt durchwühlte.

Skar stemmte sich mühsam hoch und begann, Harnisch und Lendenschurz abzulegen. Seine ungelenken Finger ließen jeden Handgriff zu einem mühsamen, schmerzhaften Abenteuer werden, aber er schaffte es. Nach ein paar Augenblicken hockte er nackt und frierend neben dem Veden.

Brad reichte ihm eine schmale tönerne Flasche. »Hier«, sagte er. »Reib dich damit ein. Aber gründlich.«

Skar griff nach der Flasche und machte sich unbeholfen am Verschluß zu schaffen. Der Vede sah ihm eine Weile amüsiert dabei zu, ehe er ihm wortlos die Flasche aus der Hand nahm und den Korken entfernte. Er goß Skar etwas von ihrem Inhalt über die Schultern und begann die Flüssigkeit methodisch zu verreiben. Sie brannte wie Feuer, aber Skar fühlte sich auch fast augenblicklich besser. Eine Woge wohltuender Wärme floß durch seinen Körper; gleichzeitig begann seine Haut zu schmerzen, als würde sie ihm in Streifen vom Leib gerissen.

»Was ist das?« fragte er.

Brad träufelte eine weitere Handvoll der übelriechenden braunen Brühe auf ihn und ließ seine Hände mit geübten massierenden Bewegungen über seinen Rücken kreisen. »Nashtan«, antwortete er. »Ein Gemisch aus verschiedenen Ölen und Pflanzensäften. Wir benutzen es, wenn wir bei niedrigen Temperaturen ins Wasser müssen. Es legt sich wie eine zweite Haut um dich und hindert deine Körperwärme daran, zu entweichen. Wie eine Decke, weißt du? Nur wirksamer.«

Skar zog eine Grimasse. »Ihr hättet mir vorher sagen können, daß es so etwas gibt.«

Brad grinste. »Niemand hat geahnt, daß du baden wolltest.«

Skar war gerade dabei, etwas darauf zu erwidern, aber Brad schlug ihm in diesem Moment so kräftig zwischen die Schulterblätter, daß er stöhnend in die Knie brach und erst einmal sekundenlang nach Luft rang. Als er wieder zu Atem gekommen war, drückte ihm der Vede die Flasche in die Hand und machte eine auffordernde Bewegung. »Mach allein weiter. Die Bewegung wird dir guttun. Du mußt das Zeug gründlich einmassieren, wenn es helfen soll. Aber vergiß nicht, es hinterher wieder abzuwaschen. Sonst erstickst du.«

Seine Worte erinnerten Skar an irgend etwas, aber er war zu müde, um den Gedanken weiter zu verfolgen. Gehorsam begann er sich von Kopf bis Fuß mit der zähen Flüssigkeit einzureiben. Die versprochene

Wirkung stellte sich fast augenblicklich ein, wenn sie wahrscheinlich auch weniger auf das Öl als auf die Bewegung zurückzuführen war, die er seinen schmerzenden Muskeln aufzwang. Die Lähmung wich allmählich aus seinen Gliedern und wurde von kribbelnden, stechenden Schmerzen abgelöst, winzigen glühenden Nadeln, die tief in sein Fleisch stachen und die Starre daraus vertrieben. Als er fertig war, kauerte er sich zusammen, schlug die Arme um den Oberkörper und verkroch sich unter Brads Umhang.

Der Vede schüttelte mißbilligend den Kopf. »Bleib lieber in Bewegung«, riet er. »Die Wärme täuscht. Du bist unterkühlt – wenn du einschläfst, wirst du nicht wieder erwachen.«

»Das hast du schon einmal gesagt«, fiel ihm Skar grob ins Wort. »Ich bin nicht taub.«

Brad zuckte mit den Achseln, wandte sich um und warf sein Tau ein zweites Mal in die Tiefe, um noch mehr Material von der SHAROKAAN heraufzuziehen. Wenn ihn Skars rüde Worte ärgerten, so ließ er sich nichts anmerken.

Skar bedauerte seinen groben Tonfall bereits wieder. Der Vede hatte ihm das Leben gerettet, ganz egal, wie man es betrachtete. Er hatte kein Recht, so mit ihm zu reden. Aber er war auch zu stolz, sich zu entschuldigen.

Es war nicht die Wahl von Brads Worten gewesen, sondern die Tatsache, daß es ein Vede war, der sie aussprach. Sie waren sich ähnlich, sowohl im Denken als auch in ihrer einsamen Art zu leben, so ähnlich, daß ein Außenstehender die Unterschiede vielleicht gar nicht bemerken würde; aber gerade in dieser Ähnlichkeit, Dinge in der gleichen und doch wieder ganz anderen Art zu sehen und zu tun, lag die unüberbrückbare Kluft zwischen Veden und Satai. Während die Satai überall auf Enwor als Krieger bekannt und gefürchtet waren, bildeten die Veden eine kleine verschworene Gemeinschaft mit einer eigenen Religion, einer eigenen Kultur und sogar einer eigenen Sprache. Es kam nicht oft vor, daß Veden außerhalb ihres Stammesgebietes hoch oben im Norden von Thbarg gesehen wurden. Meistens reisten sie in kleinen Gruppen zu zweien oder dreien, verdingten sich als Leibwächter für Herzöge oder Könige, seltener traten sie – wie Brad und sein Kamerad – in die Dienste eines reichen Kaufmannes. Veden waren teuer. Vielleicht war der grundlegende Unterschied zwischen Veden und Satai der, daß die Satai aus Überzeugung oder auch aus reiner Abenteuerlust handelten, während die Veden ihre Dienste für Geld feilboten, für einen Preis, den selbst Könige nicht immer zu zahlen in der Lage waren. Aber sie waren ihr Geld wert. Selbst ein erfahrener Satai wie Skar würde es sich zweimal überlegen, Händel mit einem Veden zu beginnen.

Und sie waren stolz – ein Stolz, der nach außen hin wie Überheblichkeit aussehen mochte und für den sich die schweigsamen Einzelgänger den Ruf der Borniertheit eingehandelt hatten. Skar wußte, wie falsch dieses Vorurteil war. Er war noch nicht oft mit Veden zusammengetroffen, aber er fühlte, daß sich hinter ihrem verschlossenen Auftreten nichts als Wachsamkeit verbarg, Wachsamkeit und ein tiefsitzendes Mißtrauen nicht nur allem Fremden, sondern selbst dem Bekannten und sich selbst gegenüber, ins Extrem getrieben und über unzählige Generationen weitervererbt. Sie hatten Mißtrauen und Ablehnung zur Richtschnur ihres Handelns erhoben und wie einen Schutzwall um sich herum aufgebaut; ein Wall allerdings, der sie auch isolierte, sie zu Außenseitern machte. Aber man fürchtete sie.

Die Frage, welche der beiden Kasten aus einem ernstgemeinten Zusammenstoß als Sieger hervorgehen würde – Veden oder Satai –, war Anlaß unzähliger Diskussionen gewesen, aber sie war nie geklärt worden und würde niemals geklärt werden. Einem ungeschriebenen Gesetz folgend, gingen sich Satai und Veden aus dem Weg, ein Verhalten, das weniger von Ablehnung oder Mißtrauen, sondern vor allem von gegenseitigem Respekt und dem Wissen um die Fähigkeiten des anderen bestimmt wurde. Skar konnte sich keinen Grund vorstellen, der einen Satai dazu bringen sollte, gegen einen Veden zu kämpfen, oder umgekehrt. Eine ernsthafte Auseinandersetzung zwischen Veden und Satai... Skar schrak allein vor dem Gedanken zurück. Sollte irgendwann einmal das Undenkbare geschehen und ein Krieg zwischen den beiden Kasten ausbrechen, würde es das Ende der Welt bedeuten, wie sie sie kannten.

»Woran denkst du?« fragte Brad unvermittelt.

Skar schrak auf. Für einen Moment fühlte er sich so schuldig, als hätte er seine Gedanken laut ausgesprochen. Was brachte ihn nur auf solche Ideen? Zwischen den Satai und den Veden herrschte Frieden, seit es die beiden Kasten gab – wieso dachte er da an Krieg und Weltuntergang? Hatte ihn der Dronte mit seinem Todesatem schon so weit angesteckt, daß er nur noch in Kategorien von Vernichtung und Tod denken konnte?

»Nichts«, sagte er hastig und lächelte. Für einen Veden war Brad ungewöhnlich gesprächig. Aber vielleicht war er auch nur nervös – Vede oder nicht, er mußte das gleiche fühlen wie Skar. Wenigstens das verband sie, dachte er. Ihre Angst. Sie kannten die gleichen Ängste wie alle anderen Menschen, nur wußten sie sie ein wenig besser zu verbergen und manchmal sogar ins Gegenteil zu wenden, sie sich sogar dienstbar zu machen. Jeder Satai wußte, was Angst war, gut und manchmal sogar zu gut. Ein Mann, der keine Angst kannte, lebte nicht lange genug, um Vede oder Satai zu werden.

»Nichts«, sagte er noch einmal. »Es war... nichts.«

Brad lächelte. »So?«

»Vielleicht habe ich über die Frage nachgedacht, was zwei Veden wie euch an Bord eines Freiseglers gebracht hat«, sagte Skar, eigentlich nur, um überhaupt etwas zu sagen und Brad nicht spüren zu lassen, was er gedacht hatte. »Zahlt Rayan so gut, oder seid ihr ihm auf andere Weise verpflichtet?«

Brad schwieg eine Weile, und Skar fürchtete fast, mit seiner Frage zu weit gegangen zu sein. Die Beweggründe des Veden gingen ihn nichts an, und er wußte, wie empfindlich Veden auf Fragen reagierten, die ihren persönlichen Bereich anrührten.

»Wir sind Brüder«, sagte Brad plötzlich. »Helth und ich sind Brüder. Und Söhne.«

»Wie meinst du das?«

»Rayans Söhne«, gab Brad mit überraschender Offenheit zu. »Wir sind Rayans Söhne, Helth und ich.«

»Rayans...« Skar suchte verblüfft nach Worten. »Der alte Seebär ist ein Vede?« fragte er ungläubig. Für einen Moment erinnerte er sich Rayans, wie er ihn zum letzten Mal unten auf der SHAROKAAN gesehen hatte: klein, kräftig, mit zuviel Speck über den sicherlich vorhandenen Muskeln, kahlköpfig und mit einem scharfen Blick, dem nicht die kleinste Kleinigkeit entging; ein Krämer, der in die Rolle eines Kriegers geschlüpft war. Jedenfalls hatte er das bisher geglaubt. Aber es war gerade umgekehrt.

»Er war es, bis er unsere Mutter traf«, nickte Brad. Es schien ihm nicht das geringste auszumachen, über sich und seine Vergangenheit zu reden, ein Verhalten, das in krassem Gegensatz zu dem Eindruck stand, den Skar bisher von ihm gewonnen hatte. Er schien im Gegenteil froh zu sein, mit jemandem reden zu können. Aber wäre Skar selbst nicht ebenso froh darum gewesen? Wenn nicht er, wer sollte dann wissen, was es hieß, in einer Welt voller Feinde zu leben, allein zu sein? Und hatte er sich selbst nicht schon ein paarmal dabei ertappt, mit dem Wind oder dem Meer zu sprechen? »Er stand vor der Wahl«, fuhr Brad fort, nachdem er sich im Schneidersitz neben Skar niedergelassen und die Arme vor der Brust verschränkt hatte, »sein Weib und sein ungeborenes Kind zu verlassen oder sein Volk. Er entschied sich für sein Weib. Eine Wahl, die einem Mann zur Ehre gereicht«, fügte er hinzu. Bei jedem anderen hätten diese Worte wie eine Rechtfertigung geklungen, aber aus seinem Munde hörten sie sich wie eine Selbstverständlichkeit an.

Skar nickte impulsiv. Nicht viele Männer hätten den Mut aufgebracht, diesen Schritt zu tun. Er mußte das Bild, das er sich über den Freisegler gemacht hatte, überdenken. »Und ihr?«

»Wir wurden Veden«, antwortete Brad. »Ich wurde nach Thbarg gebracht, als ich alt genug war, die Reise ohne meine Mutter oder eine Amme überstehen zu können, und als Rayans Weib das zweite Mal schwanger war, reiste sie selbst nach Thbarg und gebar dort Helth. Unser Volk straft nicht die ungeborenen Kinder für die Fehler ihrer Väter. Wir wuchsen als Veden auf, aber wir gingen, nachdem wir unsere Mannesweihe erhalten hatten. Zuerst ich, später Helth.«

»Ihr habt euer Volk verlassen?«

Brad schüttelte den Kopf. »Nicht für immer. Wir gelobten unserem Vater, ihm bei einer... Aufgabe zu helfen. Wenn sie erfüllt ist, kehren wir nach Thbarg zurück.«

Skar verzichtete darauf, den Veden nach der Art dieser Aufgabe zu fragen. Hätte er darüber reden wollen, so hätte er es getan.

Brad stand mit einem Ruck auf. »Ich habe noch zu tun«, sagte er knapp. »Ruh dich aus. Du wirst deine Kraft später noch brauchen. Aber schlafe nicht ein.« Fast, als wäre ihm erst jetzt und nachträglich bewußt geworden, daß er zuviel und über die falschen Dinge geredet hatte, drehte er sich mit einer hastigen Bewegung um und ging. Skar hörte ihn irgendwo hinter sich hantieren, widerstand aber der Versuchung, sich umzudrehen und das Gespräch fortzusetzen. Er spürte, daß der Vede jetzt allein sein wollte, aber er fühlte auch, daß Brad ihm das alles nicht aus einer Laune heraus oder gar aus Schwatzhaftigkeit erzählt hatte, sondern mit seinen Worten einen bestimmten Zweck verfolgte.

Er zog die behelfsmäßige Decke enger um die Schultern, während Brad damit begann, die beiden Fellbündel vollends aufzuschnüren und ihren Inhalt rings um sich auf dem Eis zu verteilen. Skar fror noch immer, aber die Kälte war jetzt nur noch unangenehm, nicht mehr tödlich, und seine Körperwärme begann sie allmählich unter der Decke herauszujagen. Eine wohlige Müdigkeit ergriff von ihm Besitz. Er schlief nicht, aber sein Zustand kam Schlaf doch sehr nahe; eine Art Trance, in der alles um ihn herum unwichtig wurde und aus der er erst lange nach Dunkelwerden wieder erwachte. Sein Kopf dröhnte, als er unter dem Umhang hervorkroch und sich vorsichtig aufrichtete. Er fieberte. Seine Kehle fühlte sich ausgedörrt und trocken an, und sein Rücken brannte, als wäre er mit Säure verätzt worden. Sein Herz schlug schmerzhaft und hart, und er hatte das Gefühl, keine Luft mehr zu bekommen.

Brads Warnung fiel ihm ein. Widerstrebend stand er auf, streifte die Decke ab und begann sich mit Schnee abzureiben. Hinterher fror er genauso erbärmlich wie in dem Moment, in dem Brad ihn aus dem Wasser gezogen hatte, aber die Ruhe sowie die wärmende Wirkung des Nashtan hatten seinem Körper viel von seiner Kraft zurückgegeben. Er bückte sich, schlüpfte in seine noch immer feuchten Kleider und hielt nach Brad Ausschau. Der Vede stand an der seewärtigen Kante der Eismauer, winzig klein und verloren vor der gewaltigen schimmernden Fläche aus Eis. Skar fiel eigentlich erst jetzt auf, wie riesig das weiße Plateau war, auf das sie hinaufgestiegen waren – mehr als fünfhundert Meter lang, die Länge des Kanals. Was sie bisher als Wand bezeichnet hatten, war eine gewaltige, von einem Jahrtausende geduldig heulenden Wind glattgeschliffene Ebene, mächtig genug, einer Festung als Fundament zu dienen. Skar streckte sich, bewegte prüfend Arme und Beine und ging langsam zu dem Veden hinüber. »Wo ist er?« fragte er.

Brad deutete wortlos auf einen mächtigen schwarzen Schatten, der lautlos unter ihnen vorbeiglitt.

»Er kreuzt seit mehr als zwei Stunden dort. Er hat die Falle erkannt.«

»Du meinst, er wird nicht in den Kanal einfahren?«

Brad schwieg einen Moment. Sein Gesicht wirkte im schwachen Sternenlicht der Nacht bleich, aber auch weicher. Die harten Linien waren verschwunden oder hatten sich zumindest für den Augenblick hinter grauen Schatten verborgen, und um seinen Mund lag ein nachdenklicher, beinahe schon wehmütiger Zug. »Doch«, sagte er plötzlich. »Er wird. Er zögert noch, aber er weiß, daß ihm keine Wahl bleibt. Wahrscheinlich suchen sie nach einer Möglichkeit, die Mauer zu ersteigen, um uns in den Rücken zu fallen. Sie werden keine finden.«

Skar sah nach oben. Die Nacht war ungewöhnlich klar – nicht eine einzige Wolke war am Himmel zu sehen. Der Sturm hatte sich gelegt, und die Luft war von einer Durchsichtigkeit, wie man sie nur sehr weit im Norden und selbst hier äußerst selten fand. Es war hell, sehr hell. Die schimmernde Pracht der Sterne überschüttete das Meer mit einer Kaskade von silbernem, schattenlosem Licht, so daß der Blick fast so weit reichte wie am Tage, auch wenn man nicht so viele Einzelheiten erkennen konnte. Es war, als schienen die Sterne heller als sonst, weil die Götter dem Kampf zusehen wollten, dachte Skar.

Verwundert über sich selbst, rettete er sich in ein verlegenes Lächeln. Was waren das für Gedanken? Seine? Die Gedanken eines Mannes, der die Existenz von Göttern und Dämonen bisher strikt geleugnet hatte? Er versuchte, sie zu vergessen und wandte seine Aufmerksamkeit wieder dem schwarzen Killersegler zu.

Brad würde wohl recht haben. Der Dronte konnte es sich einfach nicht leisten, eine langwierige Belagerung zu beginnen. Das Schiff war größer als die SHAROKAAN, aber im Gegensatz zu dem Freisegler war es kein Frachter, sondern ein Kaperschiff, wahrscheinlich randvoll gestopft mit Waffen und Kriegern. Kriegern, die essen und trinken wollten. Ihre Nahrung mußte bald knapp werden. Jedenfalls eher als die der Freisegler.

»Sie werden wissen, daß wir hier sind«, murmelte er.

Brad nickte. »Sie werden es sich zumindest denken. Ich würde es, wenn ich dort unten wäre. Aber es wird ihnen nichts nutzen.«

Skar verzichtete auf eine Antwort. Brads Worte waren von einer zwingenden Logik, und trotzdem überzeugten sie ihn nicht. Irgend etwas paßte nicht in das Bild, störte ihn. Aber er fand nicht heraus, was. Er versuchte, sich in den Kapitän des Dronte hineinzuversetzen. Er wußte nicht, was er an seiner Stelle tun würde, aber er wußte zumindest, was er nicht täte – nämlich offenen Auges in diese Falle rennen.

Aber hatte er überhaupt eine andere Wahl? Der Block aus Eis, in dem sie Zuflucht gesucht hatten, war gigantisch. Selbst von hier oben aus konnte er seine Grenzen nicht erkennen. Die senkrecht ins Meer stürzenden Wände aus Eis schienen sich meilenweit nach beiden Seiten zu erstrecken, ein endloser, sanft gekrümmter Bogen, dessen Konturen in unbestimmter Entfernung zu verschwimmen begannen, bis sie sich in Nichts auflösten und mit der Nacht verschmolzen. Er glaubte kaum mehr, daß es eine Insel war. Sie hatten die Küste eines neuen Kontinentes gefunden, einer neuen Welt. Wenn auch vielleicht einer Welt, die nur aus grimmiger Kälte und Eis bestand. Ein Land, ja, aber ein totes Land.

Skars Blick suchte wieder den mißgestalteten Rumpf des schwarzen Mordseglers. Trotz des hellen Sternenlichtes konnte er keine Einzelheiten erkennen. Es war, als verberge sich das Schiff hinter einem dunklen, wogenden Schleier, der dem Blick keinen sichtbaren Anhaltspunkt bot und trotzdem verhinderte, daß mehr als ein vager Gesamteindruck von Schwärze und Massigkeit erkennbar war. Trotz der Nähe blieb der Dronte ein plumper, häßlicher Schatten, der wie ein Bild aus einem bedrückenden Alptraum tief unter ihnen dahinzog; ein Schleier aus Nacht und Dunkelheit, der den Dronte wie eine dunkle Aura umgab. Und trotzdem sahen sie in diesem Augenblick wahrscheinlich mehr von dem Piraten als je ein Mensch vor ihnen. Jedenfalls mehr, schränkte er in Gedanken ein, als jeder, der eine Begegnung mit dem Dronte überlebt hatte, um davon zu berichten.

Skar hockte sich neben Brad auf den Boden. Die Hand des Veden lag auf dem Schwert, und auch Skars Finger glitten unbewußt zum Gürtel und legten sich um den lederbezogenen Griff des Tschekal. Die Berührung des kalten Metalls gab ihm Sicherheit; das Gefühl, etwas Bekanntes zu berühren, ein winziges Bindeglied zwischen dieser kalten, lebensfeindlichen Einöde und der Welt, aus der sie kamen.

Die Nachtluft trug ein dumpfes Klatschen zu ihnen herauf, als der Dronte wendete. Der plumpe schwarze Rumpf schwenkte in einer überraschend schnellen Bewegung herum; das Schiff legte sich auf die Seite und brach schäumend durch die Wellen. Die schwarzen Segel blähten sich knatternd.

Brad bewegte sich unruhig. Obwohl er kleiner war als Skar, erhob sich seine Gestalt wie ein riesiger schwarzer Schatten neben ihm gegen den sternenklaren Nachthimmel, und Skar hatte plötzlich ein absurdes Gefühl von Geborgenheit, von Wärme, die er schon lange vermißt hatte. Brad erinnerte ihn an Del, obgleich sie sich so unähnlich waren, wie sich zwei Männer nur sein konnten; nicht an den Del, der unten auf der SHAROKAAN war und auf seine Rückkehr wartete, sondern an einen anderen Del, einen, den er irgendwo auf den tödlichen Ebenen von Tuan verloren hatte, und eine seltsame Wehmut ergriff von ihm Besitz. Sie waren wieder zusammen, seit Del die Sumpfleute siegreich gegen die rebellischen Errish geführt hatte, und niemand hätte den Unterschied bemerkt. Aber es gab einen Unterschied, und er schmerzte. Sie sprachen und lebten miteinander, aber wenn sie es taten, so taten sie es in der Art, in der Fremde miteinander redeten, mit den gleichen vertrauten Worten wie früher, den gleichen Gesten und Bewegungen, den gleichen Scherzen, der gleichen selbstverständlichen Vertrautheit – und doch gab es einen Abstand, eine Kluft zwischen ihnen. Es war, als hätte Vela damals mehr zerstört als nur ihre räumliche Verbundenheit. Er war nicht mehr dazu fähig, jene Art von Freundschaft für den ungestümen jungen Draufgänger zu empfinden wie früher. Sie waren wie Brüder gewesen, mehr noch, wie Vater und Sohn, aber so sehr Skar auch in seinem Inneren nach einem Rest dieses Empfindens suchte, er fand nichts.

»Ist es wahr, was man sich an Bord erzählt?« fragte Brad plötzlich. »Daß das Kind der Errish von dir ist?«

Skar antwortete nicht gleich. Er war überrascht, nicht nur darüber, daß Brad es wußte – er hatte mit niemandem darüber gesprochen, nicht einmal mit Del, aber Gerüchte wie diese pflegten sich immer und überall in Windeseile zu verbreiten –, sondern fast noch mehr darüber, daß er diese Frage überhaupt stellte. Er hatte ihn nicht für schwatzhaft gehalten. Aber eigentlich war ja auch der Brad, der mit ihm hier heraufgekommen war, um die Schlacht gegen den Dronte zu schlagen, ein ganz anderer Brad als der, den er unten auf der SHAROKAAN gekannt hatte.

»Ja«, sagte er nach einer Weile. »Ich... glaube, es ist wahr. Jedenfalls... hat sie es gesagt.«

Brad sah ihn an. »Und trotzdem bringst du sie in die Verbannung?« fragte er. »Die Mutter deines Kindes?« Was war das in seiner Stimme? dachte Skar erstaunt. Vorwurf?

»Es ist nicht mein Kind«, antwortete Skar, eine Spur zu hastig, wie er selbst merkte. »Vielleicht bin ich sein Vater, im körperlichen Sinne. Ich habe es gezeugt, aber das ist auch alles. Es hätte nie geschehen dürfen.«

Brad lächelte, aber Skar war sich nicht sicher, ob er den Grund dafür kannte. »Was hat sie getan?« fragte er.

»Vela?« Wieder zögerte Skar. Für einen Moment war er versucht, Brad den ganzen Hergang zu erzählen. Aber natürlich tat er es nicht. Sie hatten nicht genug Zeit, und er wollte es auch nicht. Es war zuviel Schmerz in dieser Geschichte.

»Ich kann nicht darüber reden«, sagte er. »Und es spielt auch keine Rolle. Jetzt nicht mehr.«

Brad schien das zu akzeptieren. »Hast du sie geliebt?« fragte er.

»Geliebt?« Skar schüttelte den Kopf. »Kaum. Vielleicht war es Mitleid, vielleicht hat sie mich auch behext. Sie war eine Errish, vergiß das nicht. Eine sehr mächtige Errish. Aber geliebt habe ich sie nicht. Ich habe versucht, sie nicht zu hassen, aber ich weiß nicht, ob es mir gelungen ist.«

»Und jetzt?« fragte Brad.

»Ob ich sie hasse?« Skar überlegte einen Moment und schüttelte wieder den Kopf. Nein, sicher nicht. Er hatte versucht, jedes Gefühl für Vela aus sich herauszureißen, und es war ihm gelungen; teilweise wenigstens. »Nein«, sagte er. »Sie... sie ist eine Fremde für mich. Mehr nicht.«

»Ist das der Grund, warum du zuläßt, daß Gowenna sie wie einen Hund behandelt?« fragte Brad ruhig und diesmal, ohne ihn anzusehen.

»Del und ich sind nur zu ihrer Begleitung angeheuert«, antwortete Skar, obwohl das nicht ganz der Wahrheit entsprach. »Vela ist ihre Gefangene, und solange sie sie nicht mißhandelt, haben wir kein Recht einzugreifen.«

»Aber sie mißhandelt sie. Vielleicht nicht körperlich, aber trotzdem sollte niemand einen Menschen behandeln, als wäre er ein Stück Vieh.«

»Gowenna haßt sie«, murmelte Skar. »Du hast ihr Gesicht gesehen – es war Vela, die ihr das angetan hat. Sie war eine schöne Frau, früher.«

»Ich weiß«, sagte Brad. »Es ist nicht das erste Mal, daß sie an Bord unseres Schiffes ist.«

»Und es war auch kein Zufall, daß die SHAROKAAN im Hafen von Anchor lag, als wir die Stadt erreichten«, fügte Skar hinzu. Es war ein Schuß ins Blaue, aber es war auch ein Verdacht, den er schon seit langem hegte.

Brad nickte ungerührt. »Nein. Wir waren zehn Tagesreisen entfernt, als uns ihre Nachricht erreichte. Es war kein Zufall – ebensowenig, wie es Zufall war, daß wir damals in Ikne lagen, um euch den Besh hinaufzubringen. Sie reist fast immer mit der SHAROKAAN, wenn sie eine Seereise antreten muß.«

»Ihr wart auch damals schon an Bord?«

»Natürlich«, sagte Brad. »Aber ihr habt uns nicht gesehen. Gowenna wollte es nicht.«

»Und warum?«

Brad hob in einer seltsam schwerfällig wirkenden Bewegung die Schultern. »Ich weiß es nicht. Sie... spricht nicht viel mit uns, weder mit mir noch mit meinem Bruder. Auch nicht mit Rayan. Ich glaube, sie mag ihn nicht besonders.«

»Aber warum fährt sie dann mit der SHAROKAAN?« fragte Skar verwundert. »Es gibt bequemere Schiffe.«

»Sie kannte unsere Mutter«, erklärte Brad. »Rayan hat es mir einmal erzählt. Bevor sie starb, waren sie oft zusammen. Gowenna war damals noch sehr jung; fast noch ein Kind. Ich glaube, für sie war Suquann – Rayans Weib – so eine Art Mutter. Als sie dann starb, kam sie weiter zu uns, obgleich ich nicht glaube, daß sie für meinen Vater dasselbe empfindet. Ich vermute, sie fühlt sich ihm irgendwie verpflichtet. So wie man weiter die Verbindung zu einer Frau aufrechterhält, deren Mann ein guter Freund war und der gestorben ist, verstehst du?«

Skar schwieg verblüfft. Er wußte, daß Gowenna älter war, als sie auf den ersten Blick wirkte – dreißig, vielleicht darüber, und er hatte auch

Brad auf fast das gleiche Alter geschätzt. Nach seinen Worten war das unmöglich. Aber sein massiger Körperbau, der wild wuchernde Bart und das bis auf die Schultern reichende, volle Haar des Veden, und seine ernste Art, zu reden und sich zu geben, machten es schwer, sein Alter zu bestimmen.

»Sie kannte auch uns«, fuhr Brad fort, als hätte er seine Gedanken gelesen. Wahrscheinlich stand seine Verwunderung deutlich auf seinem Gesicht geschrieben: »Rayan hat erzählt, daß sie mich auf den Knien geschaukelt hat, als ich gerade drei oder vier war. Sie war damals selbst noch ein halbes Kind. Ich kann mich nicht daran erinnern.«

»Und sie trug einen anderen Namen«, murmelte Skar.

Diesmal war es Brad, der erstaunt nickte. »Kiina«, sagte er. »Woher weißt du das? Selbst Rayan hat es nur erfahren, weil sie sich einmal versprochen hat.«

»Das ist eine lange Geschichte«, versuchte Skar auszuweichen. »Vielleicht erzähle ich sie dir, wenn wir heil hier herauskommen. Wenn du sie dann noch hören willst.«

»Ich glaube nicht«, antwortete Brad, und irgendwie spürte Skar, daß dieses Nein endgültig war. Der Vede hatte ihm Vertrauen entgegengebracht, eine Winzigkeit nur, und doch unendlich viel für seine Verhältnisse. Er würde jetzt nicht weiter reden, und später, wenn sie zurück an Bord der SHAROKAAN waren, würde er wieder zu dem verschlossenen, abweisenden Mann werden, als den Skar und wahrscheinlich auch die Männer unten auf dem Schiff, vielleicht sogar sein Vater, ihn kannten.

Er seufzte, fuhr sich mit der Hand über die Augen und sah wieder auf den Ozean hinunter.

»Wir sind zu wenige«, stellte er fest.

Brad nickte. Skar spürte die Bewegung, obwohl sein Blick starr auf den drohenden schwarzen Schatten unter ihnen gerichtet blieb.

»Du hast recht«, murmelte der Vede. »Nur zwei gegen einen Feind, der noch niemals geschlagen wurde. Aber die Männer werden unten auf dem Schiff gebraucht.« Er wandte den Kopf und lächelte flüchtig; eine bedeutungslose Geste, in der keine Wärme, sondern wenn überhaupt ein Gefühl, dann höchstens Resignation und ein Anflug von Fatalismus lagen. In seinem ganzen Benehmen lag eine schwer zu fassende Art von Trauer; seine Bewegungen waren um eine Winzigkeit langsamer als gewohnt, seine Stimme um eine Spur leiser, sein Lachen nicht echt genug. »Die Männer werden unten gebraucht«, wiederholte er noch einmal. »Unsere Chancen stehen nicht schlecht, aber Rayan wird jede Schwerthand brauchen, wenn es doch zum Kampf kommen sollte.«

»Du rechnest damit?«

Brad schüttelte den Kopf. »Nein. Aber wir müssen auch mit dem Unberechenbaren rechnen. Das da unten ist kein dahergelaufener Pirat. Es ist ein Dronte.« Er sprach das Wort auf sonderbare Art aus, nicht so voller Haß, wie es Gowenna und Del und auch Skar selbst getan hatten, sondern beinahe respektvoll.

»Letztlich sind sie auch nur Menschen«, bemerkte Skar.

In Brads Augen erschien ein seltsamer, schwer zu deutender Ausdruck. »Bist du sicher?« fragte er leise.

Skar blinzelte irritiert. Für einen Moment hielt er dem Blick des Veden stand, dann wandte er mit einem Ruck den Kopf und starrte wieder in die Tiefe. Brads Worte hatten ihn erschreckt. Vielleicht, weil er aussprach, was auch Skar die ganze Zeit über fühlte. Nur hatte er den Gedanken angstvoll vertrieben. Der Mordsegler zog dicht unter ihnen vorbei, dicht genug, daß er sich einbilden konnte, die Mastspitze mit der ausgestreckten Hand berühren zu können. Sein Blick tastete an der dunklen Linie des Hauptmastes herunter, glitt über die bizarren Umrisse des geblähten fünfeckigen Segels und verlor sich zwischen huschenden Schatten und ungreifbarem Nichts. Einen Moment lang glaubte er, eine schlanke, schwarze Gestalt auf dem Achterdeck zu entdecken, aber als er genauer hinsah, war sie verschwunden, und er war sich nicht sicher, ob sie wirklich da oder bloße Einbildung gewesen war.

»Wenigstens dieses Geheimnis werden wir lösen«, murmelte er nach einer Weile.

Brad nickte. »Dies und eine Frage, die mich schon lange bewegt.«

Skar wartete darauf, daß er weiterreden würde, aber er tat es nicht, und so fragte er: »Welche?«

»Die Frage, ob sie wirklich unbesiegbar sind, Skar.« Brad seufzte und ließ sich zurücksinken und stützte den Oberkörper mit den Ellbogen ab. Silbernes Sternenlicht wanderte über sein Gesicht und verwandelte es in eine verwirrende Landschaft aus Licht und dunklen, messerscharf gezogenen Schatten, in denen die Augen wie bodenlose schwarze Löcher wirkten. »Ich habe oft darüber nachgedacht, nicht nur während der letzten Tage. Sie gelten als unbesiegbar, aber niemand weiß, ob das stimmt.«

»Ein Mythos.«

»Möglich. Sicher zum großen Teil, aber nicht nur. Niemand hat jemals versucht, sie wirklich zu schlagen. Jedermann weiß, daß es unmöglich ist, einem Dronte zu entkommen. Oder glaubt es zu wissen.« Er lachte leise. »Aber man kann sich hinter einem Mythos so wirksam verbergen wie hinter einem Schild, nicht wahr? Es ist fast so wie mit dir und mir, Skar.« Er ließ sich weiter zurücksinken, seufzte und faltete die Hände hinter dem Kopf; er wirkte, als läge er irgendwo im Sonnenschein auf einer Wiese und genösse den Tag, nicht hier am Ende der Welt auf einer Mauer aus Eis und im Angesicht des schrecklichsten Feindes, gegen den Seeleute jemals gekämpft haben. »Jedermann weiß, wie stark wir Veden sind, und jedermann glaubt zu wissen, daß es Selbstmord ist, einen Kampf mit einem Satai zu beginnen.«

»In gewissem Sinne...«, begann Skar, wurde aber sofort wieder von Brad unterbrochen.

»Stimmt das, ich weiß«, nickte der Vede. »Aber auch wir sind nur Menschen. So mancher von denen, die sich vor uns fürchten, könnte uns in einem ehrlichen Kampf besiegen. Aber niemand versucht es auch nur. Sie haben Angst vor uns, nicht wirklich vor uns, vor den Menschen, die sich hinter euren schwarzen Harnischen oder unseren roten Umhängen verbergen, sondern vor unserem Mythos.«

»Manche versuchen es«, hielt Skar ihm entgegen.

Brad machte eine wegwerfende Geste. »Die Verrückten und Übermütigen«, sagte er.

»Und die Besten«, ergänzte Skar. »Du hast recht – die Menschen haben Angst vor uns, und deshalb wagen es nur die Stärksten, sich uns entgegenzustellen. Vielleicht ist das der Grund, weswegen auch Veden und Satai manchmal besiegt werden.«

Brad lächelte. »Auch eine Art, die Dinge zu betrachten«, murmelte er. »Hoffen wir, daß du recht hast und dein Beispiel auch auf den Dronte zutrifft.«

»Es war deines«, widersprach Skar. »Aber unsere Chancen stehen nicht schlecht. Selbst, wenn es ihnen gelingen sollte, die SHARO-

KAAN zu entern, werden sie eine böse Überraschung erleben. Dein Vater hat sich gut auf einen Zusammenstoß vorbereitet. Dazu kommen Helth und Del...« Er wiegte den Kopf. »Ich würde sagen, die Karten könnten schlechter verteilt sein.«

Aber trotz dieser optimistischen Worte sank seine Zuversicht mehr und mehr. Sicher – die Überraschung war auf ihrer Seite. Der Dronte würde bestimmt hartnäckigen Widerstand erwarten – jedermann wußte, daß Freisegler durchaus in der Lage waren, sich ihrer Haut zu wehren, und die meisten Piraten machten einen großen Bogen um sie –, aber er würde wohl kaum damit rechnen, plötzlich der Elite von Enwors Kriegerkaste gegenüberzustehen. Trotzdem war Vorsicht geboten, mehr denn je. Brads Worte hatten ihm klargemacht, daß der Dronte gar keine andere Wahl hatte, als sich zum Kampf zu stellen. Seine stärkste Waffe war Furcht, die Furcht, die die Seefahrer Enwors allein beim Klang seines Namens ergriff: sein Mythos. Wenn er die SHAROKAAN entkommen ließ, würde dieser Mythos zerbrechen. Er konnte es sich gar nicht leisten, den Freisegler davonfahren zu lassen.

Skar schüttelte mit einem leisen Seufzer den Kopf und blickte wieder auf das Meer hinab. Die Lautlosigkeit, mit der der Dronte dort unten seine Kreise zog, beunruhigte ihn fast mehr, als wenn er endlich angegriffen hätte.

»Ich frage mich, was er vorhat«, murmelte Brad, als hätte er Skars Gedanken erraten. Wahrscheinlich bewegten sich ihre Überlegungen im Moment in ziemlich gleichen Bahnen. »Er muß wissen, was ihm bevorsteht, wenn er in den Kanal einläuft. Ich wüßte es.«

»Ich auch«, bestätigte Skar. »Und ich – runter!«

Das letzte Wort hatte er geschrien. Er federte zur Seite, riß Brad mit einer kraftvollen Bewegung von der Klippe zurück und rollte sich, den Kopf an die Knie gezogen, so eng wie möglich zusammen. Irgendwo auf dem nachtschwarzen Meer unter ihnen war ein winziger, grausam heller Punkt entstanden, war blitzschnell zu einem Feuerball und dann zu einem flammensprühenden Blitz herangewachsen, der mit tödlicher Zielsicherheit zu ihnen heraufraste. Ein ungeheures Dröhnen und Brüllen erfüllte die Luft. Licht; gnadenlose, unerträgliche Helligkeit übergoß die Eislandschaft und fraß sich selbst durch Skars geschlossene Lider. Ein berstender Schlag traf die Klippe. Eine Welle weißglühenden Feuers rollte fauchend über Skar hinweg, versengte seine Haare und brachte seine Kleider zum Schwelen.

»Weg hier!« schrie er. Er fuhr herum, blinzelte aus tränenden Augen in das peinigende weiße Licht und robbte auf Händen und Knien von der Klippe fort. Vor ihm war Feuer, nichts als Feuer, Hitze, wabernde, kochende Luft und gierig ausgestreckte Flammenarme, die seinen Körper zu versengen trachteten. Neben ihm kroch Brad hastig über das Eis. Seine Finger hinterließen blutige Abdrücke auf dem weißen Untergrund.

Skar schrie vor Schmerz, als ein winziger Spritzer der brennenden Flüssigkeit seine Schulter streifte, aber sein Schrei ging im Brüllen der Flammen unter. Hinter ihnen tobte die Hölle. Die Klippe stand auf einer Länge von beinahe fünfzig Metern in Flammen. Das Geschoß des Dronte hatte die Kante mit tödlicher Präzision getroffen und zehn, fünfzehn Meter massives Eis augenblicklich verdampfen lassen. Das eigentliche Brandgeschoß war längst abgerutscht und ins Meer zurückgestürzt, aber das brennende Öl war ausgelaufen und verwandelte die Mauerkrone in ein flammendes Inferno. Eis verwandelte sich zischend und krachend in Dampf, explodierte unter der ungeheuren Hitze zu kochenden grauen Schwaden und wurde unter ihren Füßen rissig und wäßrig firnig. Winzige Pfützen bildeten sich, verschmolzen zu Rinnsalen, dann zu kleinen reißenden Bächen, die sich in die Flammen ergossen und abermals zu brodelnden Dampfwolken wurden, lange bevor sie sie erreichten.

Skar hob schützend den Arm vor das Gesicht und wich weiter zurück. Ein durchdringender schwefeliger Gestank lag in der Luft und nahm ihm den Atem. Der gesamte Berg schien zu vibrieren. Ein tiefer, stöhnender Laut drang an sein Ohr, ein Krachen und Bersten, als schrie die gesamte gewaltige Eismasse unter den Schmerzen, die ihr das Feuer zufügte.

Doch so gewaltig die Hitze auch war, das Eis siegte schließlich. Die Flammen wurden kleiner, verloren an Wut und Macht, wechselten von kalkigem Weiß zu schmutzigem Rot, das nach wenigen Augenblicken endgültig von den immer schneller nachstürzenden Schmelzwassern erstickt wurde. Nur der durchdringende Gestank ein warmer Hauch und das Knistern des Eises blieb.

»Danke«, brachte Brad mühsam hervor.

Skar fiel es schwer, die Worte des Veden überhaupt zu verstehen. In seinen Ohren hallte noch das Dröhnen der gewaltigen Detonation nach. Er stöhnte, fuhr sich mit den Händen über das Gesicht und stocherte mit dem kleinen Finger im linken Ohr herum. Langsam ging er zu Brad hinüber. Das Gesicht des Veden war von Ruß verschmiert, und auf seiner nackten Brust bildete sich langsam eine gewaltige Brandblase. Sein Bart war angesengt.

»Du hast mir das Leben gerettet«, sagte Brad.

Skar winkte ab. »Das war ich dir schuldig. Wir sind quitt.«

Aber das stimmte nicht. Er wußte es, und Brad wußte es auch. Sie waren plötzlich mehr als zufällig zusammengekommene Kampfgefährten. Skar hätte bei jedem anderen genauso gehandelt, ebenso wie Brad sein Leben riskiert hätte, um jeden beliebigen Matrosen der SHAROKAAN aus der Eiswand zu befreien. Aber das, was zwischen ihnen geschehen war, das stückweise und behutsame Einreißen der Mauer, die zwischen Brad und ihm stand, gab dem Geschehen einen völlig neuen Aspekt.

»Das galt uns«, sagte Skar, während er auf die noch immer brennende Klippe zeigte; rasch, beinahe verlegen und nur, um auf ein anderes Thema überzuleiten. »Uns persönlich, Brad. Sie müssen uns gesehen haben. Wir sollten uns irgendwo eine sichere Deckung suchen – ich glaube nicht, daß das der einzige Angriff auf uns war.«

Brad wollte etwas erwidern, aber ein peitschender Knall von jenseits der Eismauer verschluckte seine Worte. Hinter ihnen stieg ein weiterer Höllenfunke in die Höhe, löschte das Samtblau des Himmels und das Silber der Sterne mit Feuer und Glut aus und überzog das Firmament mit Feuer und die Klippe mit tanzenden roten Schatten. Skar duckte sich instinktiv, aber dieser zweite Schuß ging weit über sie hinweg und versank funkensprühend hinter dem jenseitigen Rand der Eisebene.

Brad fuhr zusammen. »Ihr Götter!« keuchte er. »Die SHAROKAAN!«

Für einen winzigen Moment flammten die Wände des Sees in schmerzhaftem Weiß auf, als der Eiskessel das Feuer des Geschosses reflektierte. Skar hatte den Eindruck, direkt am Rande eines ausbrechenden Vulkans zu stehen. Dann erlosch das Licht übergangslos. Ein dumpfer Schlag wehte zu ihnen herauf, ein Laut, als schlüge ein gigantischer Hammer auf einen noch gigantischeren Amboß, dann ertönte ein machtvolles Zischen, und eine ungeheure Dampfwolke verdunkelte den Himmel.

Skar wandte sich geblendet ab. »Du hast recht!« brüllte er über das Zischen und Brodeln der Dampfexplosion hinweg. »Er weiß, daß wir hier sind!«

Brad sagte etwas, das vom Peitschen eines dritten Schusses übertönt wurde, und begann ungehemmt in seiner Heimatsprache vor sich hin zu fluchen. Das Feuer hielt weiter an. Während der nächsten halben Stunde verwandelte sich die Eisinsel in ein Chaos aus flackerndem Licht, Hitze und infernalischem Lärm. Der Dronte schleuderte mehr als drei Dutzend Brandgeschosse über ihre Köpfe hinweg. Der See verschwand unter einer brodelnden, von grellen Blitzen durchzuckten Dampfwolke. Das Eis bebte, hob sich und stöhnte wie ein gewaltiges lebendes Wesen. Die Hitze ließ die Kanten der Eiswände abschmelzen und rund werden, und die Spritzer der brennenden Flüssigkeit, die wie weißglühende lodernde Regentropfen herabrieselten, verwandelten das Eis in eine bizarre Kraterlandschaft. Meterbreite Risse entstanden, Sprünge rannten wie kleine lebende Wesen in unberechenbaren Richtungen durch das Eis und spalteten die Kanalwände, klaffende Wunden, aus denen Wasser und Dampf statt Blut sprudelten und die gierig wie aufgerissene Mäuler nach Brad und Skar schnappten. Überall zischten kochende Dampfgeysire hoch.

Dann, genauso plötzlich, wie der Angriff begonnen hatte, hörte das Feuer auf. Der Himmel war wieder klar, und nur vom See her klang noch das Krachen berstenden Eises und das Zischen von kochendem Wasser zu ihnen herauf.

Brad und Skar näherten sich dem Kanal mit äußerster Vorsicht. Das geschundene Eis schien unter ihrem Gewicht aufzustöhnen. Der Boden vibrierte, dann zerriß ein peitschender Knall die wieder eingetretene Stille, und ein gewaltiges Stück der Kanalwand löste sich und polterte in einer lang anhaltenden Lawine aus Eis und halb geschmolzenem Matsch in den Graben.

Brad fluchte ungehemmt vor sich hin. Seine Hände ballten sich in hilfloser Wut zu Fäusten.

»Ich glaube, wir haben ihn unterschätzt«, sagte Skar.

Brad knurrte. »Wer hier wen unterschätzt hat, wird sich erst noch erweisen müssen, Satai«, sagte er gepreßt. Er tat einen weiteren Schritt, prüfte, ob das brüchig gewordene Eis sein Körpergewicht trug, und ließ sich dann auf Hände und Knie herab, um vorsichtig an den Graben heranzukriechen.

»Dieses kleine Schauspiel war vielleicht eindrucksvoll, aber nicht besonders sinnreich«, sagte er wütend. »Eine überflüssige Demonstration seiner Macht, mehr nicht.«

»Für uns vielleicht«, entgegnete Skar. »Für die Männer auf der SHAROKAAN muß es die Hölle gewesen sein.«

»Sie waren in Sicherheit«, widersprach Brad. »Das Schiff liegt im toten Winkel unter der Wand.«

Skar dachte für einen Moment an Gowenna, die an Land gegangen war, weil sie während des Kampfes nicht an Bord des Schiffes hatte bleiben wollen. Aber irgend etwas sagte ihm, daß ihr nichts geschehen war. Er war völlig sicher.

»Sie kommen.«

Skar sah, durch den plötzlichen Gedankensprung verwirrt, nach Westen, ließ sich ebenfalls auf Hände und Knie nieder und kroch behutsam neben den Veden. Das Eis vibrierte unter seinem Gewicht. Ein paar kleine Brocken lösten sich und stürzten lautlos in die Tiefe. Aber es hielt. Vor der Einfahrt des Kanals war ein gewaltiger schwarzer Schatten aufgetaucht; ein Stück faßbar gewordene Nacht, hinter der die Sterne verblaßten. Noch waren seine Segel gebläht, aber das würde sich ändern, wenn er vollends in den Kanal eingelaufen war. Sie hatten zwei, vielleicht sogar drei Stunden Zeit. Das Kaperschiff mochte eine größere Besatzung als die SHAROKAAN haben und sich vielleicht schneller als sie durch den Kanal staken können, aber auch sie würden Zeit brauchen. Viel mehr Zeit, als Brad und er nötig hatten.

Skar warf dem Veden einen fragenden Blick zu. »Hier?«

»Weiter zum See hin ist es günstiger.« Brad deutete mit einer Kopfbewegung auf das Ende des Kanals, hinter dem die SHAROKAAN auf der Lauer lag. »Vielleicht werden sie leichtsinnig, wenn sie unbehelligt so weit kommen«, murmelte er.

Skar schenkte dem näher kriechenden Schatten einen letzten, nachdenklichen Blick und schob sich dann langsam von der Kante zurück. Er hätte sich gewünscht, daß der Optimismus von Brads Worten mit dem in Einklang stand, was er selbst fühlte.

Sie hatten gewartet; Stunden, die ihnen wie Ewigkeiten vorgekommen waren. Obwohl der Dronte wendiger und schneller war als die SHAROKAAN, kam er kaum besser voran als sie zuvor; anders als der Freisegler hatte er die Strömung gegen sich, und es kam ihnen vor, als wären die Stakgeräusche langsamer geworden in den letzten Minuten. Vielleicht verlangsamte er seine Fahrt aber auch absichtlich, um vorsichtiger in den See einzulaufen. Er mußte wissen, daß die SHAROKAAN irgendwo auf der Lauer lag und ihn erwartete. Skar versuchte, sich in die Männer des schwarzen Seglers hineinzuversetzen. Es war sicher kein gutes Gefühl, mit vollem Wissen in eine Falle zu laufen.

Brad stand auf. »Es wird Zeit.« Er hob den Kopf und starrte einen Moment abwesend zu den Sternen empor. Für die Dauer von zwei, drei Herzschlägen wurde sein Antlitz von silbernem Licht beschienen, und Skar glaubte einen beinahe traurigen Ausdruck in seinen Augen zu gewahren. Aber dann bewegte er sich erneut, und sein Gesicht verlor sich wieder hinter einem Schleier aus anonymem Dunkel. Für den Bruchteil eines Lidzuckens hatte Skar den wirklichen Brad gesehen, das denkende und fühlende Wesen, das sich hinter der Maske einer gefühllosen Kampfmaschine verbarg. Seine Ruhe war nur gespielt. In Wirklichkeit, das spürte er, tobte in der Seele des Mannes ein wütender Kampf. Die bevorstehende Auseinandersetzung mit dem Piraten? Sicher nicht allein. Plötzlich bedauerte Skar, Brad nicht doch nach der Art des Gelöbnisses gefragt zu haben, das er und sein Bruder Rayan gegenüber abgelegt hatten. Er wußte nicht, warum, aber irgendwie glaubte er zu ahnen, daß es mit dem Dronte zusammenhing. Zusammenhängen mußte.

Aber jetzt war es zu spät, ihn danach zu fragen.

Brad ging mit schnellen Schritten zum Rand des gewaltigen Grabens hinüber und blieb hoch aufgerichtet stehen. »Es wird Zeit«, sagte er noch einmal, verharrte aber trotzdem weiterhin reglos. »Da ist... noch etwas, Skar«, begann er, sehr leise und so stockend, daß Skar spürte, wie schwer es ihm fiel weiterzureden.

»Ja?«

»Was ich dir vorhin erzählt habe, Skar«, fuhr Brad fort, immer noch leise und von ihm abgewandt, so daß seine Worte beinahe vom Wind verweht wurden.

»Ich werde nicht darüber reden. Zu niemandem.«

»Ich weiß«, nickte Brad. »Aber ich möchte, daß du mir etwas versprichst. Wenn ... wenn ich sterben sollte, hier oder später, dann kümmere dich um Rayan. Und gib auf Helth acht. Er ist noch sehr jung; ein Kind.«

Skar nickte. Brad hatte ohne jedes Pathos, aber mit großem Ernst gesprochen.

»Gut«, sagte Brad. »Und jetzt laß es uns hinter uns bringen.«

Skar brauchte nicht hinabzusehen, um zu wissen, wo der Dronte war. Das helle Klirren der Eisenstangen, mit dem sich das Schiff an den Kanalwänden entlanghangelte, auf die gleiche Weise, wie es die SHAROKAAN Stunden zuvor ebenfalls getan hatte, war während der letzten halben Stunde näher gekommen und erklang nun direkt unter ihnen. In wenigen Augenblicken würde der Drachenkopf des Mordseglers in der diesseitigen Kanalausfahrt auftauchen.

Skar fühlte, wie seine Nervosität verflog und jener angespannten Ruhe wich, die er immer vor einem Kampf verspürte. Nur etwas war anders als sonst. Es war nicht nur die bekannte Ruhe, die von ihm Besitz ergriffen hatte, sondern noch etwas anderes, ein dumpfes Gefühl quälenden Unbehagens. Diesmal würde es keinen Kampf geben, keine Auseinandersetzung Mann gegen Mann oder Schiff gegen Schiff. Jedenfalls nicht für sie, nicht für Brad und ihn, und auch nicht für den Dronte, wenn sie Erfolg hatten. Auf eine unlogische Art bedauerte Skar beinahe seinen Entschluß, hier heraufzukommen. Brad und er hatten den eindeutig schmutzigeren Teil der Arbeit übernommen, ein Vorhaben, das nach Skars Empfinden verdammt nahe an kaltblütigen Mord herankam. Und das Wissen, daß ihnen gar keine andere Wahl blieb und sie nur mit gleicher Münze zurückzahlten, änderte daran gar nichts. Ihr Vorhaben widersprach nicht nur dem Ehrenkodex der Satai, sondern auch allen Grundsätzen, nach denen er bisher gelebt hatte. Aber er würde diesen Sprung über seinen eigenen Schatten tun müssen, wenn er überleben wollte. Er, Brad, Del, Gowenna und all die anderen unten auf der SHAROKAAN.

Brad spannte seine Armbrust, visierte kurz die gegenüberliegende Wand an und drückte ab. Das Geschoß sirrte davon, zog ein dünnes Seil aus mehrfach verdrilltem Hanf hinter sich her und bohrte sich eine knappe Handbreit unter der Kante in das Eis.

Während Brad daranging, einen Teil ihrer Ausrüstung in ein großes, engmaschiges Netz zu verfrachten, befestigte Skar das Ende des Seiles an einem Haken, den sie schon vorher ins Eis geschlagen hatten. Er zog ein paarmal daran und belastete das Seil schließlich mit seinem ganzen Körpergewicht. Der Haltebolzen ächzte hörbar, aber die Widerhaken hielten ihn sicher fest.

»Fertig?« fragte Brad.

Skar nickte wortlos.

Brad betrachtete sein Werk kritisch und griff dann ohne ein weiteres Wort nach dem Seil. Behende und schnell wie ein Baumaffe hangelte er sich an der Schnur über den Abgrund. Die Haken ächzten hörbar unter seinem Gewicht. Ein heftiger Windstoß fauchte durch den Kanal, traf ihn und ließ ihn einen Augenblick lang wild hin und her pendeln. Aber er hing sicher am Seil.

Skar beobachtete ihn mit wachsender Besorgnis. Eingerahmt von den selbst jetzt noch in unheimlichem weißem Licht leuchtenden Eiswänden bot Brad ein kaum zu verfehlendes Ziel. Wenn auch nur ein einziger Pirat unten auf dem Schiff einen Blick in den Himmel warf, mußte er ihn sehen. Und für einen geübten Bogenschützen stellten die zweihundert Fuß keine nennenswerte Entfernung dar.

Aber seine Besorgnis war überflüssig. Brad erreichte unbehelligt die gegenüberliegende Seite und schwang sich mit einer eleganten Bewegung auf das Eis hinauf. Rasch huschte er ein paar Meter von der Kante fort, blieb geduckt stehen und winkte Skar zu.

Skar befestigte das Netz an einem Haken, hängte es sorgfältig über das Seil und gab ihm einen leichten Stoß. Wenige Augenblicke später hievte Brad das Bündel zu sich hinauf und begann mit seinen Vorbereitungen.

Skar ging zu dem unordentlichen Haufen mit ihrer restlichen Ausrüstung zurück, nachdem er einen letzten Blick auf den Dronte geworfen hatte. Er hockte sich nieder und begann schnell, aber ohne Hast Tontöpfe, Lunten und Stoffstreifen vor sich auszubreiten. Nach kurzer Zeit hatte er mehr als ein Dutzend runder, kopfgroßer Tongefäße in einer Reihe am Rand der Schlucht aufgestellt. Die Ölhändler im fernen Wolan wären erstaunt gewesen, hätten sie gesehen, zu welchem Zweck ihre Ware hier gebraucht wurde. Normalerweise dienten die reich verzierten und bemalten Kalebassen als Öllampen – aber bis an den Rand gefüllt und mit einem brennenden Lappen als Lunte versehen, gaben sie auch ganz passable Brandbomben ab.

Skar griff in das Bündel, holte zwei Feuersteine hervor und begann sie rhythmisch aneinanderzuschlagen. Das leise Klicken hallte geisterhaft durch die Nacht und schlug glasklare, klingende Echos aus dem Eis. Einer der ölgetränkten Fetzen in seiner Hand begann zu schwelen und dann mit einer kleinen blauen Flamme zu brennen. Skar legte ihn vorsichtig vor sich auf den Boden, überzeugte sich davon, daß die Flamme nicht das Eis berührte und sich mit dessen Schmelzwasser selbst erstickte, beugte sich vor und sah nach unten.

Der schwarze, massige Leib des Dronte füllte die Wasserstraße wie ein formloses Ungeheuer aus. Das Boot befand sich noch eine halbe Schiffslänge vom Ende des Kanals entfernt. Seltsamerweise war außer den Stakgeräuschen kein Laut zu hören. Die Piraten schienen vollkommene Ruhe zu bewahren. Skar bemühte sich vergeblich, auf dem schwarzen Deck eine Spur der Besatzung auszumachen: wenn dort unten Männer waren, so verschmolzen sie vollkommen mit der schwarzen Farbe des Schiffes.

Er richtete sich auf und blieb einen Moment reglos stehen. In seiner rechten Hand glomm ein winziger blauer Funke.

Skar zögerte einen Moment, dann stopfte er den brennenden Fetzen in die kaum fingergroße Öffnung der Kalebasse und warf das Gefäß mit kraftvollem Schwung nach unten.

Der Wurf ging zu weit. Die Brandbombe flog über das Segel hinweg, schmolz zu einem schmalen, funkensprühenden Strich zusammen, traf die Reling des Killerseglers und ergoß ihren Inhalt über Bord.

Skar schloß geblendet die Augen. Eine grelle, gelbweiße Flamme breitete sich in Sekundenschnelle auf dem Wasser aus, leckte gierig nach den Eiswänden und dem schwarzen Rumpf des Dronte. Das Eis erstrahlte plötzlich in flackerndem weißem Licht. Ein dumpfes Stöhnen wehte zu Skar hinauf.

Aber das Feuer erlosch so schnell, wie es aufgeflammt war. Die

Flammen wurden kleiner, verzehrten ihre Kraft in einem letzten, machtvollen Flackern und ertranken.

Skar zündete einen weiteren Lappen an und zielte diesmal sorgfältiger. Das Geschoß zeichnete eine funkensprühende Linie in die Nacht, traf das Heck des Dronte und zerplatzte. Ein Schwall brennenden Öls ergoß sich über die schwarzen Planken. Fast im gleichen Augenblick detonierte Brads erstes Brandgeschoß am Hauptsegel und ließ es in Flammen aufgehen.

Skar warf mit fast mechanischer Präzision weiter. Das Deck des Mordseglers verwandelte sich in wenigen Augenblicken in ein flammendes, weißglühendes Inferno. Kleine, grelle Feuerzungen glühten auf, liefen im Zickzack wie feurige Schlangen über Deck und Aufbauten des Dronte und überzogen ihn mit einem Netzwerk aus Glut und waberndem Licht. Das Toppsegel fing mit einem einzigen berstenden Schlag Feuer. Der schmale Kanal war plötzlich von weißer, schmerzhaft greller Glut erfüllt. Ein Feuerpilz wälzte sich brüllend empor, als irgendwo tief im Leib des Dronte ein Teil seiner Ladung auf die ungeheure Hitze antwortete und explodierte.

Skar wich zurück, als die ungeheure Hitzewelle aus dem Schacht brach. Vor seinen Füßen begann das Eis zu dampfen und zu schmelzen. Eine ungeheure Lichtflut brach aus dem Kanal und tauchte die Ebene in gleißende, schattenlose Helligkeit. Skar stöhnte unter dem Gluthauch auf, tastete blind nach einem neuen Brandgeschoß und warf es in die Tiefe. Ein weiterer dumpfer Knall mischte sich in das Prasseln und Brüllen der Flammen, aber er wußte nicht, ob er wirklich getroffen hatte oder ob das Inferno bereits zu selbständigem Leben erwacht war. Die gesamte Insel schien zu zittern.

Er atmete tief durch, schützte das Gesicht mit den Händen vor der Hitze und kroch wieder zum Rand vor. Das Eis unter seinen Händen und Knien wurde matschig und weich.

Der Kanal hatte sich in einen Schmelztiegel verwandelt. Die spiegelnden Wände reflektierten das grelle Licht der Flammen und steigerten es ins Unerträgliche. Der Dronte war zu einem länglichen Schatten geworden, der sich unter dem Glutvorhang wie unter Schmerzen zu winden schien. Das flackernde Licht gaukelte Skar Bewegung vor, und das Brüllen der Flammen erschien ihm plötzlich wie der Todesschrei eines gigantischen hilflosen Tieres. Die Segel des

Dronte waren verbrannt. Seine Masten lohten wie Scheiterhaufen inmitten der Glut; die Explosion von vorhin hatte sein Heck zerrissen und das hintere Drittel des Schiffes in ein Wirrwarr aus Trümmern und Glut verwandelt. Die Wirkung ihrer improvisierten Brandgeschosse allein hätte nicht ausgereicht, eine solche Verheerung anzurichten. Das Feuer mußte die Munition seiner Katapulte erreicht und in Brand gesetzt haben. Sein Rumpf glühte. Zwischen den berstenden Platten brach ein höllisches, blendendweißes Licht hervor.

Der Dronte starb. Er starb an der Glut, mit der er bisher seine Opfer versengt hatte, ging, wie in einer bösen Rache des Schicksals, an seinem eigenen Schrecken zugrunde; eine Vernichtung, rascher und gründlicher, als sie jeder Angreifer hätte hervorrufen können. Noch während Skar hinsah, platzten die Flanken des Dronte wie unter einem gigantischen Axthieb endgültig auf. Ein Schwall flüssigen Feuers ergoß sich wie Blut aus einer schrecklichen Wunde ins Meer und führte den tobenden Flammen neue Nahrung zu. Der Kanal brannte jetzt in voller Länge. Die Flammen leckten achtzig, hundert Fuß an seinen Wänden empor, schlugen brüllend über dem Dronte zusammen und vereinigten sich zu einem Baldachin aus Licht und sengender Glut, unter dem es immer wieder aufblitzte, als der Dronte in einer Serie rasch aufeinanderfolgender Explosionen auseinanderbrach.

Skar fuhr erschrocken zusammen, als er sah, wie sich auf der gegenüberliegenden Seite der Kanalwand ein breiter gezackter Riß bildete, spinnenfingrige Ausläufer nach allen Seiten schickte und schließlich die ganze Wand mit einem einzigen dröhnenden Schlag spaltete.

Sein Warnschrei wurde vom Brüllen der Flammen verschluckt. Der Riß zuckte wie eine gierige, vielfingrige Hand nach Brad, zertrümmerte das Eis unter seinen Füßen und riß ihn in einer Lawine von Splittern und schmelzendem Eis in die Tiefe.

Skar stand wie betäubt da und starrte ins Leere. Unter ihm zerriß eine weitere Explosion den Flammenvorhang und gewährte ihm für Sekunden einen Blick auf den auseinanderbrechenden Leib des Dronte. Die ursprüngliche Form des Schiffes war kaum noch zu erkennen. Das Wasser kochte. Zischende Dampfschwaden stiegen auf, verbrühten das wenige, das die Flammen noch nicht verzehrt hatten, ehe sie von neu emporschießenden Feuerarmen verschluckt und auseinandergerissen wurden.

Aber Skar nahm von alldem kaum etwas wahr.

Es war vorbei.

Sie hatten gewonnen. Der Kampf war zu Ende, ehe er richtig begonnen hatte. Der Dronte war tot, von seinen eigenen Waffen vernichtet. Aber der Gedanke erfüllte ihn nicht mit Triumph oder Stolz. Er war Satai, er hatte mehr Männer sterben sehen, als er zu zählen vermochte, aber dies war kein ehrlicher Kampf gewesen. Es war Mord, schlimmer noch, ein erbarmungsloses Abschlachten, in dem ihr Gegner nicht die Spur einer Chance gehabt hatte. Selbst die Angriffe des Dronte waren auf ihre Art fairer gewesen. Seine Opfer hatten zumindest die Wahl, sich zum Kampf zu stellen oder davonzulaufen.

Und auf eine quälende, unlogische Art fühlte er sich verantwortlich für Brads Tod. Das Eis zitterte. Erneut durchlief ein tiefes, schmerzvolles Stöhnen den Boden, und Skar begriff plötzlich, daß er sich ebenfalls in Gefahr befand. Er trat hastig ein paar Schritte zurück, warf einen letzten Blick auf die glosende Feuerlinie hinter sich und ging mit hängenden Schultern zu dem Seil hinüber, das ihn zurück auf das Deck der SHAROKAAN bringen würde.

Es wurde Morgen, bevor er an Bord des Schiffes zurückkehren konnte. Die Nacht war erfüllt gewesen vom Toben der Flammen und dem Bersten und Mahlen auseinanderbrechenden Eises, und mehr als einmal hatte die Klippe so heftig gebebt, daß Skar um seine Sicherheit fürchten mußte. Immer wieder waren Wrackteile und brennendes Öl auf den See hinausgetrieben, so daß es Rayan nicht wagen konnte, sein Schiff in die Nähe des Kanals zu steuern. Erst als gegen Morgen die Ebbe wieder einsetzte und das brennende Öl ins offene Meer hinaussaugte, erloschen die Flammen nach und nach. Das Eis bebte noch immer, aber die ungestüme Kraft des Feuers war gebrochen.

Die gesamte Mannschaft erwartete ihn, als er auf das Deck der SHAROKAAN heruntersprang; allen voran Del und Rayan, der von einem verschlossen wirkenden Veden – Brads Bruder, wie Skar schmerzhaft zu Bewußtsein kam – flankiert wurde.

Rayans triumphierendes Lächeln erlosch, als er den Ausdruck in Skars Augen sah. Er setzte dazu an, etwas zu sagen, trat dann aber statt dessen stumm an Skar vorbei und legte den Kopf in den Nacken. Sein Blick glitt angstvoll am Seil empor und saugte sich an der Stelle fest, an der Brad hätte auftauchen müssen. Die Konturen der Eismauer waren während der Nacht weicher geworden. Die Glut hatte alle Vorsprünge und Unebenheiten geglättet und abgeschliffen.

»Wo... wo ist Brad?« fragte er mit mühsam beherrschter Stimme.

Skar wich seinem Blick aus. Rayan wußte, was geschehen war. Aber seine Augen flehten Skar an, ihm zu sagen, daß er sich irrte, zu sagen, daß er noch dort oben war, von irgend etwas aufgehalten, daß er kommen würde.

»Tot«, murmelte Skar.

Von allen Reaktionen, die Skar erwartete hatte, traf keine ein. In Rayans Gesicht zuckte ein Nerv. Seine Augen weiteten sich für einen Moment, dann wandte er sich mit einem Ruck um und trat an die Reling. Seine Hände spannten sich so fest um das spröde Holz, als wolle er es zerbrechen.

»Der Dronte?«

Skar lehnte sich gegen den Mast und atmete tief ein. Zum ersten Mal seit Stunden spürte er die Kälte wieder. Sie und die Müdigkeit: eine schwere, bleierne Last, die ihn langsam zu Boden ziehen wollte. Er konnte jetzt nicht antworten. Weder jetzt noch später. Er wollte nicht einmal denken.

»Das Eis«, sagte er nach einer Weile. »Ein Teil der Kanalwand brach unter der Hitze zusammen. Er wurde in die Tiefe gerissen.«

Rayan nickte, ohne sich umzudrehen. »Ich wußte es«, murmelte er. »Ich wußte es, als ich dich das Seil herunterklettern sah.«

»Es... tut mir leid«, murmelte Skar.

Helth fuhr mit einem wütenden Schnauben herum. Seine Augen blitzten. »Es braucht dir nicht leid zu tun, Satai«, stieß er hervor. Allein die Art, in der er das Wort Satai aussprach, hätte ihm unter anderen Umständen und bei einem anderen das Leben kosten können. In seinem Mund kam das Wort einer Beschimpfung gleich, und Skar zweifelte nicht daran, daß es auch genauso gemeint war. Aber er spürte nicht einmal Ärger. Er verstand nur zu gut, was in dem jungen Veden vor sich ging. Es war der Schmerz über den Verlust des Bruders, der sich in Zorn auf ihn, den Überlebenden des Kampfes, entlud. Helth machte ihn für Brads Tod verantwortlich. Sie waren zwei gewesen, als sie hinaufstiegen, und er, Skar, war allein zurückgekommen. Es war nicht einmal nur der Umstand, daß Brad gefallen war. Veden standen mit dem Tod auf du und du, noch mehr als die Satai, und er hatte nichts Erschreckendes oder gar Furchteinflößendes für sie. Aber Skar hätte nicht überleben dürfen. Er hatte kein Recht dazu. Er hätte nicht überleben dürfen. Dadurch, daß er lebte und Brad gefallen war, hatte er seinen Tod – wenigstens in den Augen von Helth – entehrt. Wäre es umgekehrt gewesen, wären Helth und Del dort hinaufgestiegen statt ihm und Brad, und wäre nur Helth allein zurückgekommen, hätte er vielleicht das gleiche gefühlt.

»Wir brauchen kein Mitleid«, preßte Helth noch einmal hervor. »Brad ist im Kampf gestorben. Es war ein ehrenvoller Tod. Ein Tod, wie ihn sich jeder Vede wünscht.«

»Kampf?« Skar verzog abfällig die Lippen. »Von welchem Kampf sprichst du, Vede? Das, was wir dort oben getan haben, war kein Kampf. Wir haben den Dronte abgeschlachtet wie ein Stück Vieh, Helth. Und einen Tod wie diesen hätte sich niemand gewünscht. Auch dein Bruder nicht«, fügte er betont hinzu. Er sah, wie Helth unter jedem Wort wie unter einem Hieb zusammenfuhr, und er spürte, wie weh sie ihm taten. Aber er empfand plötzlich eine fast sadistische Freude dabei, das Messer noch tiefer in die Wunde zu stoßen und herumzudrehen, und er sprach erbarmungslos weiter. »Niemand wünscht sich den Tod, Junge. Weder einen solchen Tod noch einen anderen. Irgendwann wirst auch du das begreifen, wenn du lange genug lebst.«

Helth wollte auffahren, aber Rayan brachte ihn mit einem raschen Blick zum Schweigen.

»Hör auf, Skar«, sagte er leise. »Ich weiß, daß du recht hast, aber ich bitte dich zu schweigen.«

Skar gehorchte. Er wußte selbst nicht, was ihn dazu gebracht hatte, Helth die Wahrheit so brutal ins Gesicht zu schleudern. Vielleicht, weil er sich selbst schmutzig und besudelt vorkam. Weil es Erleichterung brachte, einen anderen zu schlagen, wenn man selbst Schmerzen litt. Er hielt Rayans Blick einen Herzschlag lang stand, drehte sich um und ging langsam zum Heck und zur Kabine hinunter.

Die Kajüte war leer. Die Kohlebecken an den Wänden waren heruntergebrannt und erloschen, und die Kälte hatte endgültig Einzug in das feuchte Holz der Wände gehalten. Skar blieb einen kurzen Moment lang in der Mitte des niedrigen, großen Raumes stehen und schlurfte dann zum Tisch. Er fühlte sich müde, aber irgendwie war ihm der Gedanke an Schlaf zuwider. Mit dem Schlaf würden die Träume kommen, und er fürchtete sich plötzlich davor zu träumen. Er setzte sich, bettete den Kopf auf die Arme und schloß die Augen.

Aber er schlief nicht ein. Sein Körper schrie nach Ruhe, aber sein Geist revoltierte dagegen. Vor seinem inneren Auge tanzten Bilder: Flammen, Schreie, Brads vor Entsetzen entstelltes Gesicht, obwohl er es nicht gesehen hatte.

Hinter ihm erklangen Schritte, leise, zögernde Schritte. Er richtete sich auf, umklammerte mit den Händen die Tischkante, als müsse er sich daran festhalten, und drehte langsam den Kopf. Er war erschöpft, aber beinahe dankbar für die Störung. Er hätte es jetzt nicht ertragen, allein zu sein.

Es war Gowenna. Er hatte sie oben an Deck nicht gesehen und deshalb vermutet, daß Rayan sie noch nicht wieder auf sein Schiff genommen hatte. Aber die Nacht war lang genug gewesen.

»Du bist wieder zurück?« fragte er.

Sie nickte: »Wenn... wenn du willst, gehe ich wieder.«

Skar lächelte matt. »Bleib.«

Er lehnte sich zurück, starrte einen Moment lang an ihr vorbei gegen die Wand und schloß schließlich die Augen. Jetzt, da er nicht mehr allein war, konnte er seiner Müdigkeit nachgeben.

Er war froh, daß Gowenna nicht gekommen war, um mit ihm zu reden. Sie schien zu spüren, daß er weder allein sein noch reden wollte, und war nur da, um bei ihm zu sein, aus keinem anderen Grund als dem, einfach nur dazusein, ein Mensch, der neben ihm saß und ihm allein durch seine Gegenwart Trost spendete.

Früher, dachte er, hätte Del hier gesessen, und es wäre seine Nähe gewesen, die mir half.

Gowenna blieb einen Augenblick hinter ihm stehen, ging dann leise um den Tisch herum und ließ sich auf einen Schemel sinken. Er fühlte ihren Blick, obwohl er sie nicht ansah. Und er spürte, wie sich ihre Hand hob, zögerte, über den Tisch auf die seine zukroch, wieder zögerte, und dann scheu, fast ängstlich seine Finger berührte.

»Meinst du nicht, daß wir... daß wir eine Art Burgfrieden schließen sollten, bis das alles hier vorbei ist?« fragte sie.

Skar schwieg lange. »Haben wir denn Krieg?« fragte er schließlich.

Gowenna antwortete nicht.

Auch nicht, als er seine Hand zurückzog.

Die SHAROKAAN schwenkte in weitem Bogen herum. Die Männer hatten die Segel gerefft und statt dessen wieder die Ruder zu Wasser gelassen. Die Rahen des Schiffes stachen wie blattlose Äste eines bizarren Baumes in den dunstverhangenen Himmel, dürre schwarze Finger, die vergeblich versuchten, das schimmernde Grau hoch über ihnen anzukratzen. Der Segler bewegte sich nur widerwillig. Schiffe wie die SHAROKAAN waren nicht dazu konstruiert, sich auf diese Weise fortzubewegen, und die sanfte, aber beständige Strömung stemmte sich zusätzlich gegen das Schiff und zehrte den Schwung der Blätter wieder auf. Sie ruderten jetzt seit zehn Minuten, aber der Segler schien sich kaum von der Stelle bewegt zu haben.

Skar lehnte sich an die Reling und stützte die Ellbogen auf. Die lähmende Stille, die nach seiner Rückkehr von dem Schiff und der Mannschaft Besitz ergriffen hatte, war dem dumpfen, rhythmischen Klatschen der Ruder und den vielfältigen Geräuschen des langsam wieder erwachenden Schiffes gewichen: dem Knarren und Ächzen von feuchtem Holz, naß und verquollen trotz der fingerdicken Teerschicht, dem ständigen Flappen des Besansegels, das als einziges hochgezogen war, um den Ruderern zu helfen, das schwerfällige Boot auf Kurs zu halten, dem Singen von Tauwerk und Kabel. Es war, als seufzte das Schiff erleichtert, endlich von der erdrückenden Last des Eises befreit zu sein. Durch die Hitze, die das Wasser des Sees zum Kochen gebracht hatte, war auch der Eispanzer über der SHAROKAAN geschmolzen. Zum ersten Mal seit Tagen war das Schiff eisfrei. Der blausilberne Spiegel des Sees war wieder zerbrochen; die Ruhe durch die vielfältigen Geräusche des Schiffes und seiner Besatzung gestört. Vielleicht hatte hier – bevor sie kamen – ein Jahrtausend Schweigen und Stille geherrscht, aber mit der SHAROKAAN waren Hektik und Unruhe über den See hereingebrochen, menschliche Stimmen und Lachen; aber auch Krieg und Feuer und Tod.

Skar bewegte den Kopf. Seine Nackenwirbel knackten leise, und ein dünner, pfeilspitzer Schmerz schoß über seinen Rücken. Es wurde wirklich Zeit, daß er von diesem Schiff herunterkam und wieder festen Boden unter den Füßen fühlte. Er war steif und ungelenk geworden, und es lag nicht allein an der Kälte oder den Anstrengungen der vergangenen Nacht. Er bekam hier an Bord einfach nicht genug Bewegung. Anders als Del widerstrebte es ihm, unter den Augen der Besatzung seine Übungen zu absolvieren. Er wußte selbst nicht, warum, aber er wäre sich albern dabei vorgekommen, Gymnastik zu treiben und Schwertkämpfe gegen nicht vorhandene Gegner auszutragen.

Der See lag noch immer unter einer dichten Decke aus Nebel und Dampf, hinter der die Sonne seltsam unscharf und verschwommen aussah – ein leicht in die Länge gezogener Kreis mit zerfaserten Rändern, gelb und von ungewöhnlich heller Farbe. Der Nebel war warm; wärmer, als er hätte sein dürfen, vermischt mit Dampf, der noch immer vom Kanal herüberwehte. Von Zeit zu Zeit riß der Wind die wirbelnden Schwaden auseinander, und er konnte die großen, trichterförmigen Wunden sehen, die die Brandgeschosse in das Eis geschlagen hatten. Er wußte, wie hart dieses Eis war, hart wie Stahl, gehärtet von unzähligen Jahrhunderten der Kälte, und obwohl er das Höllenfeuer am eigenen Leibe verspürt hatte, erschien es ihm fast unmöglich, daß die Geschosse des Dronte eine solche Verheerung angerichtet haben sollten.

Skar sah flüchtig auf, als Gowenna neben ihn trat. Er ging ihr aus dem Weg, wo er konnte, aber auf einem so kleinen Schiff wie der

SHAROKAAN war das fast unmöglich, und wenn Gowenna es bemerkte, so ignorierte sie es. Seine Lippen verzogen sich für einen Moment zu einem bedeutungslosen Lächeln und erschlafften dann wieder. Seine Muskeln schmerzten. Er gehörte nicht hierher, sondern hinunter in die Kajüte und ins Bett. Aber er wußte, daß er keinen Schlaf finden würde. Gowenna war gegangen, vorhin, aber er war weiter wach geblieben und hatte stundenlang in der leeren Kabine gehockt, bis das Schiff nach und nach wieder zum Leben erwacht war und das Zittern des Rumpfes und die Stimmen der Besatzung seine Müdigkeit vertrieben hatten.

»Du siehst aus wie jemand, der seit drei Wochen mit einem schmerzenden Zahn geschlagen ist«, sagte Gowenna in dem vergeblichen Versuch, ihn aufzuheitern. »Dabei hättest du allen Grund zu triumphieren.«

»So?« murmelte Skar. »Habe ich das?«

Er starrte auf den keilförmigen Durchlaß in der Eiswand. Es würde noch viel Zeit vergehen, ehe die SHAROKAAN ihn erreichte, vielleicht Stunden. Noch immer verwehrten dichte Nebelschleier den direkten Blick auf den Kanal. Das grelle Wetterleuchten darin hatte aufgehört, und die Strömung trug jetzt schon seit Stunden keine Flammen mehr in den See. Nur ein paar Wrackteile trieben von Zeit zu Zeit mit der Flut heran und prallten gegen den Rumpf der SHAROKAAN oder versanken in einem der zahllosen Strudel, die sich unter der trügerisch ruhigen Wasseroberfläche verbargen. Es wäre für die Männer an den Rudern sicher einfacher gewesen, wenn Rayan abgewartet hätte, bis die Ebbe einsetzte und das Schiff ins offene Meer hinauszog. Aber seltsamerweise hatte nicht einer der Männer protestiert, trotz gegenläufiger Flut loszurudern. Jedermann an Bord schien froh zu sein, so rasch wie nur möglich von hier verschwinden zu können. Auch Skar selbst schloß sich da nicht aus. Hätte es Rayan von ihm verlangt, würde er sich selbst hinter eines der schweren Ruder gesetzt haben.

Er versuchte, den wallenden Vorhang aus Nebel und Dunst mit Blicken zu durchdringen. Für einen Moment glaubte er, einen schwarzen, formlosen Umriß zu sehen. Aber er mußte sich getäuscht haben. Er hatte gesehen, wie der Dronte zuerst geborsten und dann gesunken war. Der Mordsegler war vor seinen Augen in zwei Teile zerbrochen und verbrannt. Der Alptraum war vorbei. Endgültig. Aber es fiel ihm immer noch schwer, sich davon zu lösen. Das Bild des schwarzen, zuckenden Leibes hatte sich tief in sein Gedächtnis gebrannt. Und das Bild eines fallenden Körpers...

»Wir haben etwas vollbracht, was vor uns noch keinem gelungen ist«, knüpfte Gowenna an den Gedanken an. »Wir haben einen Dronte besiegt, Skar.«

»Sag das Rayan«, knurrte Skar. »Besiegt...« Er schüttelte den Kopf und stieß einen Laut aus, der irgendwo zwischen einem Lachen und einem unterdrückten Stöhnen zu liegen schien. »Siegen, Gowenna, kann man nur in einem Kampf. Und es war keiner.«

Gowenna starrte ihn einen Herzschlag lang verwundert an. »Wieder die alte Leier, Skar?« fragte sie dann. »Ich nahm an, du hättest Helth diesen Blödsinn nur erzählt, um ihn zu reizen.«

»Es war kein Blödsinn, Gowenna«, antwortete er leise. »Ich dachte, du hättest es begriffen. Hast du wirklich nichts gelernt aus allem, was geschehen ist? Es macht einen Mann nicht zum Helden, einen Feind zu töten. Und eine Frau nicht«, fügte er nach sekundenlangem Schweigen hinzu, »ihren Gegner zu quälen.«

Gowenna gab ein abfälliges Geräusch von sich. »Du und deine Vorstellungen von Ritterlichkeit, Satai«, sagte sie. »Weißt du, wo wir alle jetzt wären, wenn wir fair gekämpft hätten? Auf dem Meeresgrund.« Sie ignorierte seine letzten Worte, obwohl er sie lauter und mit veränderter Stimme gesprochen und sie dabei scharf angesehen hatte.

»Ich weiß«, murmelte Skar. »Ich sage ja auch nicht, daß...« Er brach ab, biß sich auf die Lippen und drehte sich dann mit einer ruckartigen Bewegung weg. »Vergiß es«, sagte er. Es tat ihm schon beinahe leid, das Thema überhaupt angeschnitten zu haben. Er wußte, daß Gowenna ihn verstand, genau begriff, was er sagen wollte, aber er wußte auch, daß er genausogut zu sich selbst oder in den Wind reden konnte. In gewissem Sinne waren sie sich gleich, immer noch. In ihnen beiden brannte ein verzehrendes, unlöschbares Feuer, etwas, das sie vorwärts trieb, ihnen beiden die Kraft gab, um die sie die anderen so beneideten. Die, die nicht wußten, welchen Preis sie dafür zahlen mußten. Aber es war Haß, der Gowenna weitertrieb, ein Haß, der sie aufzehrte, ihr im gleichen Maße, in dem er ihr Kraft gab, immer mehr und mehr von ihrer Menschlichkeit nahm.

Und was ist es bei mir? dachte er. War es nicht das gleiche? War nicht das, was er für Trauer hielt, in Wirklichkeit nur eine andere Form von Haß? Kein Haß wie der Gowennas, der sich in Grausamkeit und Zerstörung entladen würde, sondern eine andere, vielleicht schlimmere Form? Bildete er sich wirklich ein, über den Verlust, den er erlitten hatte, hinweggekommen zu sein? Jemals darüber hinwegkommen zu können?

Es war kein Zufall, daß er so selten mit Gowenna oder Del sprach. Er ging ihnen – beiden – aus dem Weg, seit sie an Bord gekommen waren, aber es hatte bis zu diesem Moment gedauert, bis er sich selbst darüber klargeworden war.

»Laß gut sein, Skar«, murmelte Gowenna nach einer Weile. »Lassen wir das Thema. Du bist müde. Müde und erschöpft. Ich bin eigentlich nur gekommen, weil Rayan mich geschickt hat.«

»Rayan? Was will er?«

»Mit dir reden«, antwortete Gowenna mit einem Achselzucken, »und ich dachte mir, daß es besser ist, wenn ich dich hole. Statt Helth«, fügte sie nach einer hörbaren Pause und mit leicht veränderter Stimme hinzu.

»Wie geht es ihm?«

»Rayan?«

Skar nickte.

»Er spricht wenig«, sagte Gowenna. »Und was er sagt, klingt nicht gut. Er versucht wohl, sich nichts anmerken zu lassen, aber Brads Tod geht ihm nahe. Wußtest du, daß der Vede sein Sohn war?«

Skar nickte. »Brad hat es mir erzählt, als wir auf den Dronte gewartet haben.«

»Er ist ein sonderbarer Mann«, murmelte Gowenna. »Ich hatte geglaubt, ihn zu kennen, aber ich muß mich getäuscht haben.« Sie lachte, sehr leise und auf sonderbare Art, trat neben Skar an die Reling und stützte die Hände auf das feuchte Holz.

»Was hast du mit ihm zu tun?« fragte Skar.

»Mit Rayan?« Gowenna schüttelte den Kopf. »Nichts. Ich kenne ihn. Vela brachte mich einmal zu ihm, als sie mich auf eine ihrer Reisen nicht mitnehmen konnte, und seitdem haben wir uns immer wieder getroffen. Hier und dort – die Welt ist klein.«

Skar sah auf. »Und das ist alles?«

»Das ist alles«, bestätigte Gowenna. »Du solltest nicht hinter allem ein Geheimnis und Verrat sehen, Skar. Ich kenne Rayan. Jedenfalls habe ich das gedacht, bis vor wenigen Augenblicken. Weißt du, was er vorhat?«

Skar schüttelte den Kopf und starrte weiter auf die schimmernde Wasseroberfläche hinunter. Das Sonnenlicht spiegelte sich auf den winzigen Wellen und verlieh ihnen für Sekunden einen eigenartigen Perlmuttglanz.

»Man sollte meinen, daß er nach allem so schnell wie möglich von hier weg will«, fuhr Gowenna fort, »aber er läßt gerade jetzt im Moment ein Beiboot ausrüsten. Wohl kaum, um damit hinter der SHAROKAAN herzurudern. Ich glaube, er will sich das Wrack des Dronte ansehen.« Sie schüttelte wieder den Kopf. »Er ist wie besessen«, sagte sie leise.

»Dann paßt er ja zu uns«, murmelte Skar. Er seufzte, drehte sich herum und schlenderte wortlos an ihr vorbei, ehe sie Gelegenheit hatte, weiterzusprechen. Er ging langsamer, als notwendig gewesen wäre, beinahe, als wolle er so die Begegnung mit Rayan so lange wie möglich hinauszögern, und sei es nur wenige Sekunden.

Der Freisegler stand auf dem erhöhten Achterdeck und feuerte die Männer an den Rudern mit schriller Stimme zu größeren Anstrengungen an. Sein Gesicht war unbewegt, fast starr, und seine Bewegungen waren ruckhaft und von großer Kraft, eine stumme Pantomime, mit der der Freisegler seinen Kummer ausdrückte, ohne es selbst zu merken. Er gab sich noch immer Mühe, sich den Schmerz über den Verlust seines Sohnes nicht anmerken zu lassen. Etwas von einem Veden war wohl immer noch in ihm, auch nach all der Zeit, dachte Skar.

»Du wolltest mich sprechen?«

Rayan schwieg einen Moment und sah ihn an. In seinem Gesicht zuckte es, aber er sagte nichts von alledem, was Skar erwartet hatte, sondern gab sich plötzlich einen sichtlichen Ruck und deutete mit einer knappen Geste auf den Nebelvorhang vor dem Eiskanal. »Das da bereitet mir Sorgen«, sagte er. »Bist du sicher, daß er wirklich gesunken ist?«

Skar verneinte. »Ich habe gesehen, wie er auseinanderbrach und verbrannte«, sagte er. »Dann trieb mich die Hitze zurück. Macht das einen Unterschied?«

Rayan wiegte den mächtigen haarlosen Schädel. »Das Wrack

könnte die Durchfahrt blockieren«, murmelte er. »Ich weiß nicht, wie tief der Kanal ist. Ehrlich gesagt, Skar, ich habe keine große Lust, mit der SHAROKAAN in dieses Mauseloch zu segeln, ohne zu wissen, was mich erwartet.« Er sprach langsam und mit übertriebener Betonung, klammerte sich mit aller Macht an rein pragmatische Probleme, nur um von den Qualen in seinen Gedanken abzulenken. Er war ein starker Mann, aber es gab Augenblicke, da war Stärke ein Fluch.

»Es wird nicht schwierig sein«, sagte Skar mit einem angedeuteten Achselzucken, »das wenige, was noch übrig ist, zu versenken oder aus dem Kanal zu räumen. Schlimmstenfalls warten wir auf die Ebbe. Sie wird die Trümmer herausspülen. Falls es überhaupt Trümmer gibt. Du hast nicht gesehen, wie er gebrannt hat.«

»Trotzdem...« Rayan schürzte die Lippen. »Die letzten Tage haben mich gelehrt, vorsichtig zu sein.« Er blinzelte, fuhr sich mit der Hand über Kinn und Nase und starrte aus zusammengekniffenen Augen nach vorne. Die ehemals glatten Wände des Kanals waren unter der furchtbaren Hitze halb geschmolzen und zu bizarren Formen erstarrt. Der Kanal wirkte plötzlich wie ein gierig aufgerissenes, zahnbewehrtes Maul, der Rachen eines gigantischen Eisdrachens, der nur darauf wartete, über seinem Opfer zusammenzuschlagen.

»Vielleicht sollte man ein Boot mit ein paar Männern vorausschikken«, sagte Skar, um Rayan eine Brücke zu bauen.

»Ich hatte gehofft, daß du das sagst, Satai«, gestand Rayan leise. »Wirst du uns begleiten?«

»Uns?« fragte Skar. »Wer genau ist das?«

»Mich, Helth, ein paar meiner Männer und deinen Freund – wenn du es willst.«

Skar schwieg einen Moment. Ihm war nicht wohl bei dem Gedanken, Gowenna allein mit Vela an Bord zu lassen. Seit er zurückgekommen war, hatte er streng darauf geachtet, daß sie die Zelle mit der gefangenen Errish nicht betrat. Brad hatte recht gehabt – niemand sollte einen Menschen wie einen Hund behandeln.

Rayan schien sein Zögern falsch zu deuten. »Ich gebe zu, daß ich neugierig darauf bin, den Dronte aus der Nähe zu sehen«, sagte er. »Man bekommt eine solche Gelegenheit nicht jeden Tag. Aber es könnte wichtig sein. Vielleicht erfahren wir genug über sie, um die Gefahr ein für allemal bannen zu können.«

Skar zögerte noch immer. Rayans Worte waren logisch –, daß sie nichts als eine Ausrede waren, wenn auch eine Ausrede, die er sich selbst gegenüber brauchte, änderte daran gar nichts –, aber gerade das war es, was ihn störte. Vermutlich würden sie nie wieder eine Gelegenheit wie diese bekommen; weder sie noch irgendein anderer Seefahrer. Im Grunde waren sie sogar verpflichtet, das Wrack des Dronte – falls es eines gab – peinlich genau zu untersuchen.

Skar ertappte sich bei dem Gedanken, daß es gut wäre, nichts zu finden. Die Vorstellung, die verkohlten Überreste des Schiffes aus der Nähe sehen zu müssen, bereitete ihm Unbehagen.

Und auch Rayan war nicht halb so gefaßt, wie er vorgab. Unter der dünnen Tünche aus Selbstbeherrschung brodelte es. Etwas, das nicht allein mit dem Schmerz über den Verlust seines Sohnes oder der Erregung über den Sieg – nicht einmal mit beidem gemeinsam – zu erklären war, ging in dem Freisegler vor. Die Tatsache, das begriff Skar plötzlich, daß Helth und Brad seine Söhne waren, war nicht alles. Sein Geheimnis war größer, größer und düsterer. Und es hing irgendwie mit dem Dronte zusammen.

»Hältst du es für klug, selbst mitzukommen?« fragte er vorsichtig. »Das Schiff wäre ohne Führung, wenn dir etwas zustieße.«

Rayan machte eine wegwerfende Handbewegung. »Wenn uns dort vorne etwas zustößt«, sagte er betont, »wenn es dort noch irgend etwas Lebendes gibt, das uns die Ausfahrt verwehren kann, Skar, dann ist das Schiff so oder so verloren. Ob mit oder ohne Führung.«

Skar überlegte einen Moment; verwundert über seine eigenen Gefühle. Wieso sorgte er sich plötzlich so um Rayan? Der Freisegler war gewiß erfahren genug, allein über sein Schicksal zu entscheiden und die Risiken abzuwägen. Aber seit sie dieses schweigende eisige Grab am Rande der Welt betreten hatten, war etwas mit ihm geschehen. Es war, als wäre die sterile, lebensverneinende Feindseligkeit der weißen Hölle in seine Seele gekrochen und hätte dort einen wahren Sturm von Gefühlen ausgelöst; Gefühle, die ihm selbst fremd waren und ihn erschreckten, etwas, als wehre sich sein Unterbewußtsein gegen das, was da von außen herandrängte.

»Gehen wir«, schlug er vor.

Rayan lief mit raschen Schritten die kurze Treppe zum Hauptdeck herunter und eilte an Skar vorbei zur Backbordreling. Einer seiner

Matrosen verschwand auf einen wortlosen Wink des Freiseglers unter Deck, wahrscheinlich, um Del zu holen.

Das Boot – eine kaum zwölf Fuß lange Pinasse, die nur von zwei Rudern vorwärts bewegt wurde – war bereits zu Wasser gelassen und mit vier kräftigen Matrosen bemannt. Rayan machte eine einladende Geste und sprang mit einem eleganten Satz in das nur wenige Fuß tiefer liegende Boot hinab. Skar folgte ihm auf die gleiche Weise, suchte sich auf der schmalen Sitzbank einen Platz und ließ sich darauf nieder.

Del erschien nach überraschend kurzer Zeit. Der Matrose schien ihm genau gesagt zu haben, was man von ihm erwartete, denn er stieg ohne zu zögern über die Reling, suchte einen Moment mit ausgebreiteten Armen in dem schwankenden Boot nach einem Platz und ließ sich dann neben Skar nieder.

Sie legten ab. Die Matrosen bewegten die Pinasse mit kräftigen Ruderschlägen von der SHAROKAAN weg und auf die Eiswand zu. Der Nebel schien sich zu lichten, als sie näher kamen, aber Skar wußte, daß das nichts als eine optische Täuschung war. Der Blick reichte kaum zwanzig Fuß weit, aber die huschenden Schatten erweckten den Eindruck, in graue Unendlichkeit zu blicken. Treibende Eisbrocken stießen mit dumpfem Geräusch gegen die Bordwand, und einmal schrammte etwas mit einem harten Schlag unter dem Rumpf entlang. Das Geräusch des Windes schien sich zu steigern, war plötzlich nicht mehr das Wimmern von Sturmböen, die sich an den Kanten und Erkern der eisigen Burg brachen, sondern das Heulen eines gewaltigen eisigen Gottes, in dessen Reich sie eingebrochen waren.

Skar warf Rayan einen verstohlenen Blick zu. Der Freisegler hatte jetzt, wo er sich unbeobachtet glaubte, seine starre Maske fallen gelassen. Sein Gesicht wirkte angespannt und verkrampft. Ein seltsames, verzehrendes Feuer glomm in seinen Augen. Schmerz? dachte Skar. Haß? Irgendwie konnte er sich keines von beiden vorstellen. Der Killersegler war ihr Feind gewesen, nicht nur ihrer, sondern der Todfeind aller Seeleute. Aber man haßte einen Dronte nicht. Man konnte es nicht, ebensowenig, wie man ein Erdbeben oder einen Vulkan hassen konnte. Man konnte den Dronte bekämpfen, vor ihm davonlaufen oder ihn verfluchen, aber man konnte ihn nicht hassen. Dronte waren keine Feinde wie normale Kaperschiffe oder Zollsegler, sondern etwas, das mit der Unerbittlichkeit eines Naturereignisses hereinbrach und dem man nur mit den gleichen Gefühlen begegnen konnte.

Jedenfalls hatte er das bis jetzt geglaubt. Aber der Ausdruck auf Rayans Zügen war Haß. Ein Haß von einer Intensität, der dem Gowennas gleichkam und ihn schaudern ließ. Es war ein Haß, der nicht allein aus dem Verlust eines Sohnes geboren war.

Er drehte sich herum und blickte in das Gesicht des Veden, der halb aufgerichtet im Heck der Pinasse hockte und mit einer Hand das Ruder hielt. Helth hatte seinen scharlachroten Fellumhang gegen ein schwarzes, von dünnen silbernen Fäden durchzogenes Cape eingetauscht; ein dunkler, zweifingerbreiter Rußstreifen zog sich über seine Augen bis an die Schläfen herauf, und auf seiner Stirn war eine kleine, V-förmige Schnittwunde, kaum verkrustet und hellrot glänzend. Es war die Art, in der Veden sich zu kleiden pflegten, wenn sie trauerten.

Oder wenn sie in einen Kampf zogen, von dem sie glaubten, sie würden ihn nicht überleben, dachte er erschrocken.

»Langsamer!«

Die Ruderschläge wurden langsamer und hörten schließlich ganz auf. Das Boot trieb noch ein Stück gegen die Strömung an und verharrte schließlich bewegungslos auf der Stelle, als sein Schwung aufgezehrt wurde.

Der Nebel riß unter einem plötzlichen Windstoß auseinander. Zu ihrer Linken tauchte die Eiswand auf, senkrecht, schimmernd und von der Gluthitze des Feuers mit einer Unzahl von Rissen, Einbuchtungen und großen blinden Flecken verunziert, die wie schorfiger Ausschlag aussahen. Davor begann sich ein großer, schwarzer Umriß abzuzeichnen.

Skars Herz schien einen Schlag zu überspringen und dann schneller und unregelmäßiger weiterzuhämmern. Der Nebel verwischte die Umrisse des Schiffes und gab ihm Bewegung und Leben, die nicht da waren; ließ es gleichzeitig größer und bedrohlicher erscheinen, als es war. Aber er war wiederum nicht dicht genug, um zu verbergen, daß das Schiff als länglicher schwarzer Umriß vor der Eiswand hockte, ein mißgestaltetes Monstrum, schwarz, leckgeschlagen und zernagt.

Aber nicht gekentert und schon gar nicht zerbrochen.

»Aber das ist doch... unmöglich«, murmelte er. In einer blitzartigen Vision sah er noch einmal die gleißenden Flammen aus dem aufbrechenden Leib des Dronte hervorquellen, feuriges Blut, das aus den

Wunden brach, die sie ihm geschlagen hatten, noch einmal Wasser sich einen Weg durch die berstenden Rumpfplatten brechen, den Mast aufflammen und verglühen wie einen dürren Ast... Er sah noch einmal, wie sich das Schiff auf die Seite legte und dann langsam in zwei Teile zerbrach. Und bevor er sich dagegen wehren konnte, sah er noch einmal den schwarzen, spinnenfingrigen Riß, der die Eiswand hinauflief und Brad in die Tiefe schleuderte.

Das Boot schwenkte auf ein gemurmeltes Kommando Rayans herum und hielt auf den Dronte zu. Der Freisegler stand auf und trat mit einem schnellen Schritt zum Bug, streckte die Arme aus und blieb in einer erstarrten, beinahe grotesk wirkenden Haltung stehen, die Hände in einer weit geöffneten, greifenden Bewegung vorgestreckt. Sie zitterten, als könne er es nicht mehr erwarten, den Killersegler aus allernächster Nähe zu sehen, ihn zu berühren...

»Schneller!« Rayans Stimme krächzte.

Der Dronte wuchs heran. Er lag tiefer im Wasser, als Skar in Erinnerung hatte. Die Wellen schwappten nur wenige Handbreit unter den Resten der verkohlten Reling gegen den schwarzen Rumpf. Eine ölige, dunkle Flüssigkeit quoll wie dämonisches Blut aus den zerbrochenen Planken und durchsetzte das Meer mit schwarzen Schlieren.

Auch Skar hatte sich halb aufgerichtet und stand direkt hinter dem Freisegler. Seine Gedanken überschlugen sich. Unmöglich! dachte er entsetzt. Es war unmöglich. Un-mög-lich! Er hatte mit eigenen Augen gesehen, wie das Schiff unter einem höllischen inneren Feuer aufgebrochen und bis zur Unkenntlichkeit verbrannt war. Verbrannt und zerbrochen!

Sie konnten weitere Einzelheiten erkennen, als sie näher kamen. Der Dronte war verwundet, tödlich verwundet. Die Masten waren zu schweren, dürren Strünken verkohlt, von denen nicht einmal mehr die Reste von Segeln hingen, die Decksaufbauten verglüht und zu unförmigen Klumpen zusammengesunken, die wie geschmolzenes und nur halb wieder fest gewordenes Wachs aussahen. Formlose, dunkle Dinge bedeckten das verschmorte Deck. Einige davon sahen aus, als wären es einmal Menschen gewesen.

»Irgend etwas stimmt hier nicht«, murmelte Del. Er hatte unwillkürlich die Stimme gesenkt und flüsterte nur noch, als fürchte er, den schwarzen Todesengel allein durch den Klang seiner Worte aufzuwecken. Aber die spiegelnden Eismauern, die sie wie die Wände eines gewaltigen Grabes umschlossen, reflektierten seine Worte und warfen sie vielfach gebrochen und verzerrt wieder zurück. Skar schauderte. Mit einem Mal fror er wieder, aber es war nicht mehr die äußere Kälte, sondern etwas, das aus der Tiefe seiner Seele in ihm emporkroch und sich wie ein lähmendes Gift in seinen Adern ausbreitete. Er hatte das gleiche schon einmal gespürt, einen Tag bevor sie in den Kanal eingelaufen waren, nur war es diesmal ungleich stärker und furchteinflößender.

»Rayan!« keuchte er. »Kehr um. Laß uns hier verschwinden. Irgend etwas stimmt hier nicht. Ich habe mit eigenen Augen gesehen, wie er auseinandergebrochen ist!«

Rayan wandte mühsam den Kopf. Skar sah, wie schwer es ihm fiel, den Blick von den bizarren Umrissen des Dronte zu nehmen. Rayan machte den Eindruck eines Mannes, der aus einem tiefen, quälenden Alptraum erwachte und sich nur mühsam wieder in der Wirklichkeit zurechtfand.

»Umkehren?« murmelte er. »Jetzt? Jetzt, wo ich ihn habe? Wo ich dieses Ungeheuer endlich erlegt habe?« Skar entging der wahre Sinn seiner Worte.

»Du mußt zurück!« sagte er beschwörend. »Irgend etwas stimmt hier nicht. Ich spüre es, Rayan. Glaube mir – ich habe gesehen, wie er verbrannt ist, vor meinen Augen!«

»Du ... du mußt dich getäuscht haben«, sagte Rayan mühsam. »Die Flammen können einem Dinge vorgaukeln, die nicht da sind. Aber das spielt jetzt keine Rolle mehr, ob das Schiff verbrannt ist oder nicht. Seine Besatzung ist es. Niemand kann den Brand überlebt haben. Sie sind tot.«

Skar ballte in hilfloser Verzweiflung die Fäuste. Er wußte, was er gesehen hatte. Der Dronte war verbrannt, tatsächlich, nicht etwa in seiner Einbildung und nicht als Trugbild der Flammen. Aber er wußte auch, wie sinnlos es war, weiter mit Rayan reden zu wollen.

Gowennas Worte fielen ihm ein. Besessen, hatte sie gesagt. Ja, das war er wohl – besessen. Aber besessen wovon? Von Rache? Rache für den Tod seines Sohnes? dachte er. Kaum.

Das Boot stieß mit dumpfem Knirschen gegen das Wrack, und Rayan sprang mit einem kraftvollen Satz auf das Deck des Dronte hinauf. Skar, Helth und zwei der Matrosen folgten ihm, während die beiden anderen Seeleute und Del auf einen knappen Wink des Veden hin zurückblieben, um ihnen für alle Fälle den Rücken zu decken. Das Boot entfernte sich wieder ein Stück und blieb in geringem Abstand liegen.

Skars Anspannung wuchs ins Unerträgliche, als er das Wrack betrat. Er war sich der Tatsache bewußt, daß sie etwas taten, was vor ihnen noch keinem Sterblichen gelungen war. Sie hatten einen Dronte geentert! Der Alptraum aller Seefahrer, das absolute Nonplusultra des Schreckens lag tot und besiegt zu ihren Füßen.

Was hatte Brad gesagt? Das Ende eines Mythos? Ja, das war es wohl. Das Ende einer Legende, das Ende eines Schreckens, der so alt wie das Meer war. Ganz gleich, was aus ihm oder diesen Männern um ihn herum wurde – wenn nur einer von ihnen lebend zurückkam und berichtete, was sich hier abgespielt hatte, waren die Tage der Dronte gezählt. Sie waren nur so lange unbesiegbar gewesen, wie man sie dafür gehalten hatte. Aber Skar verspürte nichts von Hochgefühl oder gar Ehrfurcht, nichts von alledem, was in einem solchen Augenblick angebracht gewesen wäre. Er hatte nur Angst. Erbärmliche Angst.

Und diese Angst war nicht einmal unbegründet. Etwas, das nicht einmal in Gedanken, geschweige denn in Worte zu kleiden war, ging von dem Wrack aus. Eine Stimmung der Düsternis, des Schreckens, als wäre das Schiff von einer unsichtbaren, dunklen Aura umgeben, eingesponnen in ein Netz, dessen Maschen aus den wehklagenden Seelen seiner Opfer geknüpft waren. Es war genau das, was Skar dachte, genau diese Worte; Worte, über deren Sinn und Wahl er in einem anderen Augenblick nur gelacht hätte. Jetzt ängstigten sie ihn.

Er zog sein Tschekal aus der Scheide und sah sich mißtrauisch nach allen Seiten um. Der Anblick war grauenerregend und faszinierend zugleich. Der Dronte war tot, und er war es doch nicht, so wie ein Schlachtfeld nach der Schlacht nicht tot ist, sondern von den Geistern der Erschlagenen spukt. Etwas Dunkles, Unsichtbares schien über dem Deck zu schweben, eine körperlose Stimme, die mit unhörbaren Worten drohte und flüsterte. Rayan und Helth waren vorausgeeilt und zum Bug gegangen, zwei zerbrechlich wirkende Gestalten, die auf dem mattschwarzen Leib des Dronte seltsam deplaciert und falsch wirkten. Mehr als alles andere demonstrierte der Anblick der beiden

Menschen die Fremdartigkeit des Dronte. Das schwarze Monstrum war nicht einfach ein Piratenschiff, das Tod und Verderben säte, sondern ein Ding aus einer anderen Welt. Ein böses Ding aus einer bösen Welt. Wo es war, konnte kein Leben sein, und umgekehrt. Plötzlich begriff Skar, warum die schwarzen Mordsegler so waren. Sie konnten nicht anders. Es war weder Berechnung noch Lust am Töten in ihrem Tun. Die Gegenwart des Dronte schloß die von Leben aus. So wie Feuer und Wasser sich unerbittlich bekämpften, konnte auch in einer Begegnung zwischen dem Dronte und Leben – Leben in jeder Form – nur einer von beiden weiter existieren. Ein Kampf auf Leben und Tod war unvermeidlich.

Irgendwo, tief unter seinen Gedanken, seinem bewußten Zugriff noch entzogen, unformuliert und nicht in Worte gefaßt, war etwas. Er spürte, daß er dicht vor der Lösung eines phantastischen Geheimnisses stand. Aber gleichzeitig schreckte er davor zurück, wehrte sich mit aller Macht gegen den Gedanken.

Von plötzlicher Unruhe gepackt, begann er über das Deck zu wandern. Der Boden unter seinen Füßen fühlte sich seltsam hart und unnachgiebig an, als befände sich unter der krumig verbrannten schwarzen Schicht kein Holz, sondern massiver Stahl. Er blieb stehen und schlug mit seinem Schwert spielerisch auf die Reling. Die Schneide drang fingertief ein und sprang mit einem hellen Klingen zurück.

Skar hob die Waffe verblüfft vor die Augen. Die Klinge aus nahezu unzerstörbarem Sternenstahl hatte eine deutliche Scharte abbekommen.

Ein unmerkliches Beben ging durch den Schiffsrumpf. Skar fuhr zusammen, als er eine Bewegung aus den Augenwinkeln wahrzunehmen glaubte. Für einen winzigen Moment glaubte er, eine schlanke, in schwarzes Leder gehüllte Gestalt am Heck des Schiffes zu sehen, dunkle Augen, die ihn unter einem schwarzen Helm hervor anblickten... Aber da war nichts. Das Schiff lag tot und reglos wie ein gewaltiger verkohlter Leichnam unter ihm.

Ein Blick in die Gesichter der anderen sagte ihm, daß es ihnen nicht besser erging. Selbst die Lippen des Veden zuckten nervös; seine Augen hatten sich um eine Winzigkeit geweitet. Er war blaß. Auch im Tode strahlte der Dronte noch immer Feindseligkeit und Haß aus. Einen Haß, der alles überstieg, was Skar jemals erlebt hatte.

Skar ging mit ein paar Schritten in Richtung Heck und blieb erneut stehen. Hier ungefähr mußte die Stelle sein, an der das Deck des Dronte aufgebrochen war. Aber die schwarzen Planken waren glatt und unbeschädigt. Er glaubte, eine veränderte Färbung entlang einer gezackten Linie zu seinen Füßen zu bemerken, aber er war sich nicht sicher, ob sie Realität war oder er die Wunde nur sah, weil er sie sehen wollte.

Er kniete nieder und fuhr mit den Fingerspitzen über den Boden. Er fühlte sich an dieser Stelle nicht hart, sondern im Gegenteil weich und nachgiebig und – so absurd ihm selbst dieser Vergleich vorkam – fiebrig an.

Skar schloß die Augen und konzentrierte sich für einen Moment ganz auf die Eindrücke, die ihm die Nervenenden in seinen Fingerspitzen übermittelten. Er glaubte, ein sanftes, langsames Vibrieren zu spüren, etwas wie das mühsame Schlagen eines gigantischen Herzens...

Skar griff fester zu. Das scheinbar massive Holz zerriß unter seinen Fingern, zerfaserte zu einer dünnen, lappigen Haut, die von feuchtglänzenden Fäden durchzogen war, und gab den Blick auf den darunterliegenden Hohlraum frei, eine klaffende, dunkle Wunde, auf deren Grund etwas Schwarzes, Formloses brodelte... Dunkle Linien aus Schwarz vor einem noch schwärzeren Hintergrund, ein Netz vibrierender, schimmernder Linien, da und dort verdickt, lebend, pochend, lebend, lebend, lebend...

»Skar!« Dels Stimme kippte fast über vor Panik. »Zurück! Komm zurück! DAS DING LEBT!«

Für eine endlose Sekunde war Skar gelähmt vor Schrecken und ungläubigem Entsetzen. Er wollte sich bewegen, aber es ging nicht. So wie dieses Ding unter ihm plötzlich von Leben erfüllt war, schien sein Körper erstarrt, gelähmt durch den ungeheuerlichen Anblick, durch die Furcht und die Erinnerungen, die er in seinem Geleit führte. Und dann geschah alles gleichzeitig.

Das Schiff bebte. Eine Reihe schneller, krampfartiger Stöße lief durch den Rumpf, ein Vibrieren und Zittern, als schüttle sich der gewaltige Leib unter einer Welle von Schmerz und Qual. Oder Zorn.

Ein Teil der Reling brach ab und stürzte ins Wasser, Wasser, das plötzlich wie unter einer gewaltigen inneren Spannung zu kochen und zu brodeln begann. Ein dumpfes, mahlendes Stöhnen drang aus dem

Rumpf, brach sich an den glatten Eiswänden des Kanals und wurde grausam verzerrt zurückgeworfen. Etwas Großes, Dunkles löste sich mit einem peitschenden Knall vom Hauptmast, sirrte wie die Klinge eines gewaltigen schwarzen Schafotts herunter und blieb zitternd neben Skar stecken. Der Aufprall schlug winzige Splitter aus dem Deck; mikroskopische Pfeile, die rings um ihn niederregneten, über seine Haut schrammten und mit trockenem Knacken von seinem Harnisch abprallten, dunkle Furchen in das steinharte Leder reißend. Einer der winzigen spitzen Dolche traf seinen ungeschützten Oberarm und biß tief in seinen Muskel.

Skar schrie vor Schmerz und Überraschung auf und erwachte endlich aus seiner Erstarrung. Ein neuerliches Beben ließ das Schiff unter seinen Füßen erzittern. Die scheinbar fugenlosen Planken unter ihm brachen auf, verwandelten sich in ein gewaltiges schnappendes Schildkrötenmaul, das ihn zu verschlingen trachtete. Skar prallte zurück, ließ sich blitzschnell zur Seite und nach hinten fallen und rollte über die Schulter ab. Seine Gedanken waren noch immer taub, starr vor Schrecken und ungläubiger Furcht, ein ungläubiges Gefühl fürchterlichen déjà-vus, das ihn stärker lähmte als Gift, aber seine Reflexe, in Jahrzehnten antrainiert, behielten die Oberhand. Seine Schläfe krachte gegen den zusammengeschmolzenen Rest eines Decksaufbaus. Er stöhnte, rollte blindlings herum und sah ein weiteres messerscharfes Knochenmaul vor sich aufklaffen. Blind vor Schmerz und Panik riß er seine Waffe hoch und schlug mit aller Gewalt zu. Die Klinge schrammte über verkohltes schwarzes Horn, geriet zwischen die mahlenden Kiefer und brach ab; der Ruck prellte ihm das Heft aus der Hand und jagte einen neuerlichen lähmenden Schmerz durch seine Arme.

Skar warf sich fluchend herum, kam auf Hände und Knie hoch und robbte keuchend zur Reling. Neben ihm schrie einer der Matrosen gellend auf, warf die Arme in die Luft und verschwand, als der Boden unter ihm aufriß. Sein Schrei brach ab, wurde von einem gräßlichen mahlenden Geräusch verschluckt. Der Schmerz in seinem Arm steigerte sich ins Unerträgliche.

Skar brach zusammen, drehte sich mühsam auf den Rücken und tastete mit zusammengebissenen Zähnen nach dem winzigen beißenden Splitter in seinem Arm. Der Schmerz trieb ihm die Tränen in die Augen, aber er ignorierte ihn und riß das Geschoß heraus. Der Splitter war kaum länger als sein kleiner Finger, aber sein Arm schmerzte, als wäre er von einem Axthieb getroffen worden. Ein Tropfen schwarzer, ölig glänzender Flüssigkeit quoll aus der Wunde, gefolgt von einem Strom hellroten Blutes. Das Schiff zitterte erneut. Ein gellender Aufschrei zerschnitt die Luft, gefolgt von einem hellen, schlangenhaften Zischen und einem fürchterlichen Laut, der ihn an das Geräusch brechender Knochen erinnerte. Skar warf sich blind nach vorne, als er eine Bewegung aus den Augenwinkeln wahrnahm. Seine Finger krallten sich um den verschmorten Rest der Reling. Mit einer verzweifelten Bewegung zog er seinen Körper über Bord. Da, wo er gerade noch gelegen hatte, bohrte sich etwas Riesiges, Dunkles und Schweres in das Deck. Der Aufprall ließ das gesamte Schiff erzittern.

Der Sturz in das eisige Wasser betäubte ihn fast. Mühsam kämpfte er sich an die Oberfläche, rang keuchend nach Atem und versuchte, den immer noch schlimmer werdenden Schmerz in seinem Arm zu ignorieren. Seine Hand war gelähmt und taub, ein nutzloser, verquollener Fleischklumpen, in dem keine anderen Gefühle als Schmerz und unerträgliche Qual waren. Er spürte, wie die Lähmung sein Handgelenk erreichte und unbarmherzig weiterkroch. Obwohl er erst wenige Sekunden im Wasser war, begann die Kälte bereits deutlich an seinen Kräften zu zehren. Er rang keuchend nach Luft, versuchte den Kopf über Wasser zu halten und schwamm, mit ungeschickten, ruckartigen Stößen und nur den rechten Arm und die Beine gebrauchend, auf das Boot zu, in dem Del und die beiden Matrosen hilflos den letzten Akt des Dramas verfolgten. Irgend etwas klatschte neben ihm ins Wasser und versank sprudelnd in der Tiefe.

Skar warf sich herum, schluckte Wasser und kam keuchend und würgend wieder an die Oberfläche, nur um eine halbe Sekunde später erneut wie von einer gewaltigen eisernen Faust in die Tiefe gezogen zu werden. Das Wasser rings um ihn herum schien zu kochen. Die Kälte biß wie flüssiges Feuer durch seine Haut, verwandelte seine Muskeln in verkrampfte, nutzlose Bündel und lähmte seine Lungen. Jemand griff nach seinem Arm – dem linken, schmerzenden Arm –, packte ihn und riß seinen fast leblosen Körper mit einem Ruck, der ihm fast das Schultergelenk auseinanderzureißen schien, an Bord der Pinasse. Seine Rippen schrammten über die niedrige Bordwand.

Er spürte den Schmerz kaum noch. Im Wasser war die Kälte grausam gewesen; hier war sie unerträglich. Skar hustete, erbrach Salzwasser und blutigen Schleim und ließ sich keuchend und würgend zwischen Dels Beinen zu Boden sinken. Die Kälte fiel über ihn her wie ein wütendes Tier, versengte seine Haut, stach und wühlte in seinen Eingeweiden und machte jeden Atemzug zur Höllenqual. Vor seinen Augen wogten blutgetränkte Nebelschleier.

»Bist du in Ordnung?« Del berührte seine Schulter, schlug ihm zweimal hintereinander mit der flachen Hand ins Gesicht und schüttelte ihn so lange, bis er die Augen öffnete. Das Boot zitterte. Eine eisige Welle schwappte über seinen Rand. Ein gellender, unmenschlicher Aufschrei zerschnitt die Luft. Ruder klatschten ins Wasser. Jemand schrie.

»Rayan!« stöhnte Del.

Skar stemmte sich mühsam hoch. Er zitterte. Seine Zähne schlugen klappernd aufeinander, und seine Haut schien am eisverkrusteten Holz des Bootes festzukleben. Er mußte all seine Willenskraft aufbieten, um sich vollends aufzusetzen.

Rayan, Helth und der zweite Matrose waren wie durch ein Wunder noch am Leben. Skar begriff plötzlich, daß seit seinem verzweifelten Sprung ins Wasser erst wenige Sekunden verstrichen waren, obwohl es ihm wie eine halbe Ewigkeit vorgekommen war.

Der Dronte schien alle Energie aufzubieten, um seiner Opfer doch noch habhaft zu werden. Irgend etwas Schwarzes, Formloses wuchs hinter den drei Männern auf und griff mit dünnen, peitschenden Tentakeln nach ihnen. Helth wirbelte herum. Das Schwert sprang wie von selbst in seine Hand, schnitt einen flirrenden Halbkreis in die Luft und zerbrach an schwarzglänzendem Horn. Der Vede taumelte zurück, strauchelte und fiel mit einem gellenden Aufschrei über Bord. Ein Hagel von winzigen Geschossen überschüttete die beiden anderen Männer als sie verzweifelt versuchten, ebenfalls zur Reling durchzubrechen. Der Matrose schrie auf, griff sich an die Brust und brach in die Knie. Roter, blasiger Schaum trat auf seine Lippen. Er ließ seine Waffe fallen, stemmte sich noch einmal hoch und taumelte, blind vor Schmerz und Angst, auf die Reling zu.

Del keuchte, als er die Gefahr erkannte. »Paß auf!«

Seine Warnung kam zu spät. Der Hauptmast zuckte. Rayan schrie

auf, wurde wie eine Stoffpuppe durch die Luft geschleudert und versank in brodelndem Wasser. Eine rasche, wellenförmige Bewegung lief über das Deck des Dronte. Die Rahe senkte sich wie ein absurder dürrer Finger herab, schlug mit einer spielerisch anmutenden Bewegung nach dem flüchtenden Matrosen und schnippte ihm den Kopf von den Schultern. Der verstümmelte Torso taumelte noch zwei, drei Schritte weiter und brach wie vom Blitz getroffen zusammen.

Skar schloß entsetzt die Augen. Eine Übelkeit stieg in ihm empor, die nicht allein auf die Verletzungen und die Schwäche zurückzuführen war. Das Boot bebte, als die beiden Matrosen in die Ruder griffen und verzweifelt auf das zuckende Wrack des Dronte zupaddelten.

Rayan trieb wenige Fuß vor ihnen im Meer, das sich in seiner unmittelbaren Umgebung hellrosa zu färben begann. Del beugte sich hinab, bekam den Gürtel des Freiseglers zu fassen und zerrte ihn mit einer gewaltigen Kraftanstrengung an Bord.

Skars Übelkeit wurde noch schlimmer, als er sah, wie schwer der Freisegler verletzt war. Sein rechter Arm war dicht unter dem Ellbogengelenk abgetrennt, und quer über Schädel und Gesicht zog sich eine klaffende, bis auf den Knochen reichende Wunde. Seltsamerweise bluteten die Wunden kaum.

Das Boot schaukelte heftig und füllte sich knöcheltief mit Wasser, als Helth auf der anderen Seite an Bord kroch. Einer der Matrosen wollte ihm helfen, aber der Vede schlug seine Hand wütend beiseite. Sein schwarzer Umhang war zerfetzt und blutig, und auf seinem Gesicht spiegelten sich Erschöpfung und Furcht, aber auch noch etwas anderes, nämlich Haß und starres, eingefrorenes Grauen. Ein Haß, der Skar an den Ausdruck erinnerte, den er auf Rayans Zügen bemerkt hatte, bevor sie an Bord des Dronte gegangen waren.

Rayan stöhnte leise, während Del sich einen Moment ungeschickt an seinem Gürtel zu schaffen machte und ihn dann kurzerhand entzweiriß, um seinen Armstumpf damit abzubinden. Eine Hilfeleistung, die ebenso schmerzhaft wie sinnlos war, dachte Skar. Sie zögerten das Ende nur hinaus, vermutlich um nicht mehr als Minuten. Es wäre barmherziger, Rayan verbluten zu lassen.

Die gespaltenen Lippen des Freiseglers zuckten. Ein gurgelnder, furchtbarer Laut entrang sich seiner Brust, vermischt mit schnellen, abgerissenen Worten in einer unverständlichen Sprache.

Die Pinasse wendete, und der Dronte fiel rasch hinter ihnen zurück. Schon nach wenigen Augenblicken war das Ungeheuer zu einem formlosen Schatten zusammengeschrumpft, der schließlich ganz hinter treibenden Nebelschwaden verschwand. Aber etwas von ihm schien sie zu begleiten, ein stummer, drohender, unsichtbarer Schatten, ein Stück der körperlosen Furcht, die der Dronte ausatmete. Etwas von seinem Haß auf alles Lebende, Fühlende.

Rayan erwachte wieder, als sie ihn an Bord brachten. Die Männer hatten aus Segeltuch und Stangen eine Trage improvisiert, aber die SHAROKAAN schlingerte so, daß das Gestell immer wieder gegen das Schiff stieß und sich die Erschütterungen schmerzhaft auf den Freisegler übertrugen. Rayan stöhnte, bewegte sich unruhig und warf den Kopf hin und her. Aber sein Blick war klar, als er zu Skar hinaufsah.

Skar wartete, bis die Matrosen das Tragegestell abgesetzt hatten. Jemand hängte ihm eine vorgewärmte Decke über die Schultern, und in seinen Händen dampfte ein Becher mit heißem Wein; Dinge, die die Freisegler für sie alle bereithielten und die plötzlich sinnlos geworden waren. Allmählich kehrte das Gefühl in seine abgestorbenen Glieder zurück; ein schmerzhaftes Kribbeln und Stechen, das jede Bewegung zur Qual werden ließ. Zum ersten Mal, seit er die SHAROKAAN betreten hatte, sehnte er sich nach der muffigen Kabine unter Deck.

»Skar...« Rayan hob den Kopf, starrte sekundenlang auf den Stumpf seines rechten Armes und zog eine Grimasse. »Jetzt... hat er uns doch noch erwischt...«, flüsterte er.

Skar tauschte einen Blick mit Helth, nahm einen Schluck Wein und kniete neben der Bahre nieder. Der Vede begann unruhig hinter ihm auf und ab zu gehen. Seine Hände zuckten, und seine Lippen flüsterten lautlose Worte.

Skar legte die Hand unter Rayans Kopf, zwang sich, das zerstörte Gesicht des Freiseglers anzusehen und setzte ihm den Becher mit dem heißen Wein an die Lippen. Rayan wehrte mühsam ab. »Laß es, Satai«, murmelte er. »Es ist... Verschwendung. Man gießt keinen guten Wein in ein durchlöchertes Faß.«

»Sprich jetzt nicht, Rayan«, sagte Skar. »Ich habe nach Gowenna geschickt. Sie wird dir helfen.«

»Unsinn.« Rayans Stimme zitterte, aber sie war trotzdem noch klar.

Wahrscheinlich hatte er nicht einmal mehr Schmerzen. »Ich weiß, daß... daß ich sterbe. Jetzt. Aber das... das macht nichts. Ich... ich wußte immer, daß er mich eines Tages erwischen würde. Es war... es war ein Spiel, weißt du? Ein Spiel um den höchsten Einsatz, um den ein Mann spielen kann. Fast... fast hätte ich gewonnen.«

Skar musterte den Freisegler verwirrt. Er verstand nicht, was Rayan ihm mit seinen Worten sagen wollte, aber er begriff, daß sie mehr waren als die Fieberphantasien eines Sterbenden.

»Er hat uns alle geholt«, fuhr Rayan fort. »Einen nach dem anderen. Zuerst Suquann, dann... dann Brad... und... und jetzt mich... Helth... was... was ist mit Helth?«

»Er lebt«, sagte Skar leise. Der Vede kniete neben ihm nieder und legte behutsam die Hand auf Rayans Schulter. »Dein Sohn lebt.«

Rayan sah Skar mit einer Spur von Überraschung an. »Du... weißt...«

»Brad erzählte es mir, ehe er starb. Oben, auf der Klippe.«

»Er muß... großes Vertrauen zu dir gehabt haben«, murmelte Rayan. »Es... es gibt nicht sehr viele Menschen, die das Vertrauen eines Veden erringen.«

Skar sah auf, als hinter ihm hastige Schritte über das Deck polterten und Gowenna herbeigeeilt kam. Ein Ausdruck ungläubigen Schrekkens huschte über ihr Gesicht, als sie den verletzten Freisegler sah. Sie ließ sich neben Rayan in die Hocke sinken und untersuchte mit geübten Bewegungen seinen Arm und die Wunde in seinem Schädel.

»Was ist passiert?« fragte sie ungläubig. »Bei allen Göttern, Skar – was ist dort draußen geschehen?«

»Der Dronte«, murmelte Helth dumpf. »Er war nicht ganz so tot, wie dein Freund geglaubt hat.«

Skar sah alarmiert auf, aber Helth starrte mit unbewegtem Gesicht auf den See hinaus. Er schüttelte den Kopf, ließ Rayans Haupt behutsam zurücksinken und setzte sich etwas bequemer hin.

»Kannst du ihm helfen?« fragte er leise.

Gowenna lächelte traurig. »Ich kann ihm seinen Tod erleichtern, Skar«, sagte sie. »Mehr nicht.«

Helth fuhr auf. »Aber du hast ihn ja nicht einmal untersucht.«

»Es gibt nichts, was ich für ihn tun könnte«, wiederholte Gowenna ruhig. »Es tut mir leid, Helth. Er stirbt.«

»Die... die Errish könnte ihm helfen«, stammelte Helth. Plötzlich, von einer Sekunde auf die andere, war von seiner übermenschlichen Selbstbeherrschung nicht einmal mehr eine Spur geblieben. Er war jetzt nur noch ein Sohn, der um seinen sterbenden Vater bangte.

»Auch sie kann nicht zaubern, Helth«, erwiderte Gowenna. »Die Errish können heilen, aber wo der Tod einmal seinen Anspruch angemeldet hat, sind auch sie hilflos.«

»Versuche es«, bat Skar. »Geh hinunter und hole sie.«

»Aber es ist sinnlos, Skar«, sagte Gowenna. »Du weißt es so gut wie ich. Sie...«

»Sie steht unter dem Einfluß der Droge, die du ihr gibst«, sagte Del hart. »Das ist es doch, nicht wahr?«

Gowenna sah mit einem zornigen Laut auf. »Das ist es nicht«, sagte sie wütend. »Sie könnte so oder so nichts mehr für ihn tun. Er stirbt. Er ist schon tot, siehst du das nicht? Er wehrt sich nur noch.«

»Hört auf«, murmelte Rayan. »Bitte – Gowenna hat recht. Ich... weiß, daß es zu Ende geht. Aber... aber ich möchte dich um etwas bitten, Satai. Du... du mußt mir etwas versprechen.«

Skar nickte, und Rayan fuhr nach langem Schweigen fort: »Ich habe dich belogen, Skar. Dich und Gowenna. Es... war kein Zufall, daß wir auf den Dronte gestoßen sind. Nicht auf dieser Fahrt.«

»Wie meinst du das?« fragte Skar. Er spürte, wie sich Helth neben ihm spannte.

Rayans zerschmettertes Gesicht verzerrte sich zu einem mühsamen Lächeln. »Ich habe ihn gesucht«, sagte er. »Mein ganzes Leben lang habe ich ihn gesucht. Ich wollte ihn haben. Ich... wollte diesen Kampf. Die letzten zwanzig Jahre meines Lebens habe ich allein dieser Aufgabe gewidmet, Skar. Ich... habe mehr Fahrten durch das Gebiet des Dronte gemacht als irgendein anderer Kapitän. Ich... ich wußte, daß es eines Tages so kommen würde. Und ich wußte auch, daß nur einer von uns die Begegnung überleben konnte. Die Welt ist nicht groß genug für den Dronte und mich.«

»Den Dronte?« wiederholte Skar betont. »Du redest, als gäbe es nur diesen einen.«

»Das stimmt«, nickte Rayan. »Ich... ich habe ihn so oft gesehen wie kein anderer. Es gibt nur diesen einen. Deshalb... muß er vernichtet werden.«

»Du bist absichtlich in sein Gebiet gesegelt?« fragte Skar ungläubig.

»Ja. Noch... noch nie waren die Karten besser verteilt. Wir hätten es schaffen können. Wir waren nicht so wehrlos wie die anderen. Zwei Veden und zwei Satai auf einem Schiff... Der... der Dronte hat niemals gegen einen gefährlicheren Gegner kämpfen müssen. Wir haben auf diesen Tag zwanzig Jahre lang gewartet, Brad, Helth und ich.«

»Aber warum?« fragte Skar. Er ahnte den Sinn von Rayans Worten. Aber sein Verstand weigerte sich, sie zu glauben.

»Suquann«, murmelte Rayan. »Sie war... mein Weib. Die Mutter von Brad und Helth. Sie... sie starb, als das Schiff, mit dem sie nach Hause kommen sollte, vom Dronte vernichtet wurde. An... an diesem Tag habe ich Rache geschworen. Und... ich habe meinen Schwur gehalten. Beinahe, jedenfalls.« Mit einer Kraft, die Skar seinem geschundenen Körper niemals mehr zugetraut hätte, stemmte er sich hoch und sah ihn an.

»Versprich mir etwas, Satai«, flüsterte er. »Rette das Schiff. Ich... lege das Kommando in deine Hände. Du... du kannst es schaffen, Skar. Nur du.«

»Aber Helth...«

Rayan unterbrach ihn mit einem abgehackten Kopfschütteln. »Du!« beharrte er. »Du bist... wie Brad, und Brad... hätte es geschafft. Es darf nicht alles umsonst gewesen sein! Ich will nicht, daß alle umsonst gestorben sind. Rette das Schiff, Skar! Du... du mußt es zurückbringen und allen sagen, was hier geschehen ist. Sie müssen es wissen. Die... die ganze Welt muß erfahren, daß der Dronte nicht unverwundbar ist. Wir... hätten es schaffen können, aber wir waren nicht stark genug. Aber wenn es alle wissen..., sie..., gemeinsam können sie es schaffen. Gemeinsam können sie ihn vernichten... Sage ihnen, wie man das Meer von dieser Plage befreien kann. Sag ihnen, wie...« Seine Stimme ging in einem unterdrückten Aufschrei unter, als ein neuer Krampf seinen Körper schüttelte. Er fiel zurück, bäumte sich noch einmal auf und lag dann still.

»Er ist tot«, sagte Gowenna.

Skar nickte. Rayan war tot, aber es war ein Tod, um den Skar den Freisegler fast beneidete, trotz all der Qualen, mit denen er verbunden gewesen war. Wenigstens hatte er etwas mit hinüber in das dunkle, schweigende Reich jenseits des Styx nehmen können. Etwas, das wohl die wenigsten auf diesem Fluß ohne Wiederkehr bei sich hatten: Hoffnung.

Er stand auf und winkte einen Matrosen herbei. »Bringt ihn fort. Und behandelt ihn vorsichtig. Er war ein tapferer Mann.«

Ein paar der Seeleute machten sich daran, seinen Befehl zu befolgen, während die anderen stumm dastanden und abwechselnd Skar und den Veden ansahen.

Skar spürte plötzlich die Spannung, die zwischen ihm und Helth bestand. Die ganze Mannschaft war hier auf dem Vorderdeck zusammengekommen. Sie alle hatten die letzten Worte ihres Kapitäns vernommen, und es war wohl nicht einer unter ihnen, der nicht wußte, welcher Schrecken in der treibenden Nebelwand dort vorne auf sie lauerte. Auf allen Gesichtern waren die gleichen Empfindungen geschrieben: Angst, Hoffnungslosigkeit und Schrecken; da und dort Verzweiflung. Keine Hoffnung mehr. Mit Rayan war mehr gestorben als ihr Kapitän.

Skar begann sich mit jeder Sekunde unwohler zu fühlen. Der Freisegler hatte ihm die Verantwortung für ein halbes Hundert Menschenleben aufgebürdet. Eine Verantwortung, die er weder tragen konnte noch wollte. Und da war noch Helth. Rayans Sohn und Erbe. Auch wenn ihn die Besatzung offensichtlich nicht besonders mochte, so war er immer noch Rayans Sohn und bekannter als Skar, der fremde, von allen halbwegs gefürchtete, halbwegs wohl auch bewunderte, aber von keinem geliebte Satai.

»Ihr habt gehört, was Rayan gesagt hat«, sagte er laut. »Ich bin euer neuer Kapitän, bis wir einen Hafen erreicht haben. Erkennt ihr mich an?«

Sein Blick glitt über die Reihe stummer Gesichter und bohrte sich schließlich in den des Veden. Helth blieb stumm; sein Gesicht eine starre, undurchdringliche Maske.

»Erkennt ihr mich an?« fragte er noch einmal.

»Sie werden dich nie anerkennen«, sagte Helth leise. »Nicht dich, Satai. Aber Rayans Letzten Willen. Du bist der Kommandant.«

»Und du Rayans Sohn«, gab Skar ebenso leise zurück. »Ich will keinen Streit mit dir, Helth.«

Der Vede lachte leise. »Ich beuge mich Rayans Wunsch. Er wußte, was er tat. Und ich beneide dich nicht um deine Aufgabe, Satai. Wahrhaftig nicht.« Er starrte Skar noch einen Herzschlag lang durchdringend an, wandte sich dann mit einem Ruck um und ging steifbeinig zum Heck. Skar sah ihm nach, bis er unter Deck verschwunden war.

Er straffte sich. Helth' Worte hatten die letzten Hindernisse beseitigt. Er spürte, daß die Besatzung ihm gehorchen würde, ob er nun ein Fremder war oder nicht.

»Gut«, sagte er mit erhobener Stimme. »Ihr alle habt es gehört. Wendet das Schiff. Wir fahren zurück zum Eisstrand.«

Gowenna löste mit spitzen Fingern den blutdurchtränkten Verband von Skars Arm, schüttelte den Kopf und tunkte den Stoffetzen mehrmals hintereinander in eine Schale mit Wasser. »Ich habe schon Wunden behandelt, die besser aussahen«, murmelte sie.

Skar verdrehte den Hals und bewegte die Schulter, um die Wunde besser sehen zu können. Der Bizeps war geschwollen und rot und blau angelaufen, der Muskel verkrampft und schmerzend, und die Haut glänzte fiebrig. Trotzdem war es nicht mehr so schlimm wie zu Anfang. Wenigstens konnte er die Hand wieder bewegen, wenn auch nicht gut. Ein Schwert würde er in den nächsten Tagen kaum damit führen können.

»Du hast Glück gehabt, weißt du das?« fragte Gowenna, während sie den Verband wieder anlegte und prüfend mit den Fingerspitzen über Skars Haut fuhr. »So ein Ding ins Gesicht oder in den Hals...« Sie lächelte flüchtig, ließ sich zurücksinken und legte die Hände in den Schoß. Ihr Harnisch schrammte hörbar über das gefrorene Holz des Mastes. Es dämmerte. Die Sonne war bereits hinter der Krone der turmhohen Eismauer verschwunden, und die länger werdenden Schatten tasteten wie substanzlose Finger einer bizarren schwarzen Hand über den See. Rings um den flachen Eisstrand, an dem die SHA-

ROKAAN angelegt hatte, schien noch die Sonne; ein winziger halbkreisförmiger Bereich goldener Helligkeit, von allen Seiten durch näher kriechende Schatten und Nacht bedrängt. Der Anblick erschien Skar von einer fast aufdringlichen Symbolik. Aber Symbole halfen weder ihm noch der Besatzung weiter. Was sie brauchten, war ein praktischer Vorschlag.

»Woran denkst du?« fragte Gowenna.

Skar lächelte. »Vielleicht an nichts. Wie kommst du darauf, daß ich denke?«

Gowennas Lächeln wurde um eine Spur spöttischer. »Man sieht es, großer weiser Meister«, sagte sie sarkastisch. »Außerdem höre ich deine Gedanken knirschen. Suchst du nach einer rettenden Idee?«

Skar nickte. Gowennas offenkundiger Spott war ganz und gar unberechtigt, aber verständlich. Eine Art Galgenhumor, der ihr helfen mochte, mit der Situation fertig zu werden. So wie Helth in stummes Brüten verfallen war, Del in verbissenes Nachdenken und ein Großteil der Mannschaft seine Angst mit hektischer Arbeit betäubte, war es bei Gowenna Sarkasmus, in den sie Zuflucht suchte. Er paßte nicht zu ihr, aber die Frau, die ihm gegenübersaß, hatte ohnehin kaum noch viel mit der Gowenna gemein, die er vor fünf Monaten in Cosh verlassen hatte. Durch Velas Verrat war mehr in ihr zerstört worden, als ihm bisher klargeworden war. Sie hatte mehr verloren als ihr Vertrauen und ihre Schönheit. Sie hatte sich selbst verloren. Ihr scheinbar irrationales Verhalten war nichts als ein verzweifelter Versuch, eine neue Identität zu finden. Sie war zeit ihres Lebens immer in Rollen geschlüpft. Selbst zum Schluß, als sie gegen die Errish kämpfte, hatte sie nichts als eine Rolle gespielt: die der Rächerin. Jetzt konnte sie das nicht mehr. Er dachte daran, was sie einmal über Vela gesagt hatte – daß sie nichts als ein Spiel spielte, ein gewaltiges, böses Spiel mit höchstem Einsatz, und in gewissem Sinne stimmte das noch immer. Aber jetzt war es ein Spiel, dessen Regeln ihr nicht vertraut waren, jetzt mußte sie mit einer Situation fertig werden, auf die sie nicht vorbereitet war und die in keine der Schablonen, nach denen sie bisher gelebt hatte, hineinpaßte. Vielleicht, dachte er, war nicht einmal ihr Haß echt. Vielleicht war es nur die einzige Reaktion, die ihr denkbar schien.

Er stand auf, reckte sich – vorsichtig, damit der frisch angelegte Verband nicht verrutschte – und trat an die Reling. Der weit geschwungene Eisstrand reflektierte das Sonnenlicht so stark, daß er blinzeln mußte. Er stützte sich mit den Unterarmen ab, verschränkte die Hände und beugte den Oberkörper leicht vor, so daß er in einer halb nachdenklichen, halb an einen Betenden erinnernden Haltung an der Reling stand. Der Wind ließ ihn frösteln. Aber solange er fror, dachte er in einer Anlehnung an Gowennas Sarkasmus, lebte er wenigstens noch.

Er sah auf, als sie neben ihn trat und sich in ungeschickter Nachahmung seiner eigenen Haltung auf die Reling sinken ließ.

»Sie arbeiten wie die Besessenen«, sagte sie nach einer Weile.

Skar nickte stumm und betrachtete die doppelte Reihe kleiner, ameisengleicher Gestalten, die sich wie eine dunkel gepunktete Linie vom Strand zu der gezackten Öffnung hoch oben im Eis bewegte. Eine schwankende Planke spannte sich vom Deck der SHAROKAAN zum Strand. Das Wasser war zu seicht, als daß sie bis unmittelbar an den Eisstrand hätten heranfahren können; sie hatten die SHAROKAAN so weit ans Ufer heranmanövriert, bis der Rumpf unter Wasser knirschend gegen Eis geschrammt war, aber es verblieb ein gut fünf Meter breiter Streifen tödlich kalten Wassers, über das sie diese Planke gelegt hatten – ein kaum armdickes Stück Holz, das sich unter jedem Tritt wie ein nicht straff genug gespanntes Seil durchbog und wieder hochfederte, so daß das Darübergehen der Männer zu einem absurden Tanz wurde. Es erschien Skar fast wie ein Wunder, daß noch keiner der schwerbeladenen Matrosen auf dem spiegelblanken Stück Holz ausgeglitten und ins eisige Wasser gestürzt war. Aber die Männer bewegten sich so sicher auf dem schwankenden Steg, als hätten sie massiven Fels unter den Füßen. Das Entladen dauerte nun schon fast drei Stunden; trotzdem waren die Laderäume der SHAROKAAN noch lange nicht leer. Sie schafften nur einen kleinen Teil der Ladung an Land, aber es würde noch bis weit in den nächsten Morgen hinein dauern, ehe sie fertig waren.

»Weißt du, was mich wundert?« fragte Gowenna.

»Nein. Und es interessiert mich auch nicht«, antwortete Skar grob.

»Daß sie es so widerspruchslos tun«, fuhr Gowenna fort, als hätte sie seine Worte gar nicht gehört.

Skar zuckte mit den Achseln. »Ich bin der Kommandant.«

Gowenna machte ein abfälliges Geräusch. »Quatsch«, sagte sie. »Du bist hier so lange Kommandant, wie es Helth zuläßt, und keinen Augenblick länger. Oder bildest du dir wirklich ein, sie würden dir gehorchen, wenn es dieser Vede nicht wollte?«

Skar fuhr sich müde mit der Hand durch das Haar. Natürlich hatte Gowenna recht. Er selbst war wohl von allen an Bord am meisten erstaunt über das Benehmen des jungen Veden gewesen. Es paßte einfach nicht zu Helth, aufzugeben und kampflos das Feld zu räumen.

»Du magst ihn nicht, wie?«

Gowenna schnaubte. »Helth? Sicher mag ich ihn. Ungefähr so, wie ich den Dronte mag.«

»Brad erzählte mir, daß du ihn auf den Knien geschaukelt hast, als er ein Kind war.«

»Das stimmt«, antwortete Gowenna so schnell, als hätte sie die Worte erwartet. »Aber ich mochte ihn nie. Ich glaube, niemand an Bord mag ihn. Nicht einmal Rayan – Brad war immer sein Lieblingssohn. Und es ist besser, zu mißtrauisch zu sein als zu vertrauensselig. Wenn ich du wäre, würde ich ihn nicht eine Sekunde aus den Augen lassen.«

»Du bist aber nicht ich«, gab Skar mit erzwungener Ruhe zurück. »Wo ist er überhaupt?«

»Irgendwo unten in den Laderäumen. Er beaufsichtigt die Arbeiten – hattest du ihm das befohlen?«

»Ich habe ihn darum gebeten«, korrigierte Skar. »Ich bin nur Kommandant, solange er es zuläßt – vergiß das nicht.«

Ein Schatten von Ärger huschte über Gowennas Gesicht. »Mach dich ruhig über mich lustig«, grollte sie. »Ich hoffe nur, Helth lacht nicht als letzter. Wenn du mich fragst, dann überläßt er dir nicht das Kommando, sondern nur die Verantwortung. Ich hoffe, daß dir der Unterschied früh genug klar wird.«

Skar verzichtete auf eine Antwort. Was geschehen war, hatte zu sehr an ihren Kräften gezehrt, als daß er noch Ruhe und Überlegenheit von Gowenna oder irgendeinem an Bord verlangen konnte.

Sein Blick glitt an der Reihe der Matrosen entlang und blieb schließlich am gezackten Eingang der Eishöhle hängen. Der schmale, kaum mannshohe und mit messerscharfen eisigen Haifischzähnen besetzte Spalt führte in ein wahres Labyrinth voller kälteklirrender Höhlen und Gänge. Unmöglich, dort oben länger als ein paar Tage zu leben – aber zumindest würden ihnen die mächtigen Wände aus Eis Schutz vor den Geschossen des Dronte gewähren. Die SHAROKAAN mochte hier unten verbrennen, aber die Männer würden leben; wenigstens eine Weile.

Skar lächelte bitter, als ihm dieser Gedanke endgültig vor Augen führte, wie schwer die Bürde war, die Rayan ihm auferlegt hatte. Er nahm diesen Männern mehr, als er je wirklich begreifen konnte. Freisegler waren keine gewöhnlichen Seeleute. Für sie war ihr Schiff nicht ein x-beliebiger Ort, an dem sie arbeiteten und ihren Lebensunterhalt verdienten, sondern ihr Leben selbst. Viele von ihnen – vielleicht alle – wären lieber mit dem Schiff gestorben, als es zu verlassen. Um so härter mußte sie Skars Anordnung getroffen haben, Nahrung und Waffen von Bord zu schaffen und alles für ein endgültiges Verlassen des Schiffes vorzubereiten. Es war nicht einfach ein Aufgeben des Schiffes. Die SHAROKAAN war ihre Heimat, der Ort, an dem sie aufgewachsen waren und gelebt hatten. Viele von ihnen waren sogar auf dem Schiff geboren.

Nein – Rayan hatte ganz genau gewußt, warum er ihm und nicht Helth das Kommando übergab; und Helth wußte es auch. Helth hätte das Schiff niemals aufgegeben, auch wenn er sich jetzt scheinbar widerspruchslos seinen Anordnungen fügte. Der Vede wußte so gut wie er, daß sie – wenn überhaupt – nur dort oben, hinter den meterdicken Eismauern der Höhle, Schutz vor den Brandgeschossen des Dronte finden konnten. Der Mordsegler hatte sich bisher nicht gerührt, aber es konnte nur noch eine Frage der Zeit sein, bis er wie ein feuerspeiender Rachegott über sie herfallen würde. Und es bestand in diesem Kessel nicht die Möglichkeit einer verzweifelten Flucht wie beim ersten Mal. Helth hatte sich seiner Entscheidung gebeugt, weil er das so gut wußte wie Skar. Aber er wußte auch, daß die Besatzung, auf die impulsive, unlogische Art, in der Menschen nun einmal fühlen, es wie Verrat auslegen mußte. Sie würden es begreifen, natürlich. Aber es gab einen Unterschied zwischen Begreifen und Verstehen. Für sie würde es wie Verrat aussehen, Verrat an Rayans Letztem Willen, nicht wie Rückzug und Flucht, sondern Mord, Mord an der SHAROKAAN, an ihrer Vergangenheit, ihrem Leben. Wenn dies alles hier vorüber war, wenn sie wirklich noch das Unmögliche schaffen und diesen Alptraum irgendwie überleben sollten, dann würden die Männer einen Verantwortlichen suchen, jemand, dem sie die Schuld am Verlust des Schiffes, an der Niederlage, ja selbst am Tode Rayans und Brads geben konnten. Und dieser Jemand würde er sein, nicht Helth.

Er ballte in stummem Zorn die Fäuste und blickte in die Richtung, in der der Dronte, noch immer hinter dichten Nebelschwaden verborgen, auf sie lauerte. Er konnte das Schiff nicht sehen, aber dadurch gewann es eher noch an Bedrohlichkeit. Der Nebel entzog den Dronte ihren Blicken, aber er ließ ihrer Phantasie freien Spielraum. Der größte Schrecken ist der, den man nicht sieht.

»Ich begreife es immer noch nicht«, murmelte er mit halb geschlossenen Augen. »Manchmal kommt mir das Ganze wie ein böser Traum vor, aus dem ich nur zu erwachen brauche, um ihn zu überstehen. Aber ich kann nicht erwachen.«

»Wer von uns ist jetzt der Träumer?« fragte Gowenna. »Warst du es nicht, der mir zu allen passenden und unpassenden Gelegenheiten gepredigt hat, kühl und sachlich zu bleiben? Der mir erklärt hat, wie gefährlich es ist, seinen Gefühlen zu folgen?«

Skar atmete hörbar ein. »Du bist unfair.«

»Unfair?« Gowenna lächelte, drehte sich um und lehnte sich mit vor der Brust verschränkten Armen gegen die Reling. Das grelle Gegenlicht der versinkenden Sonne ließ sie zu einem flachen, schwarzen Schatten werden. Skar fiel plötzlich wieder auf, wie weiblich sie trotz allem war. Groß, kräftig und stark wie ein Mann – fast so stark wie er –, aber trotz allem noch eine Frau. Aber nicht nur das. Es war noch etwas an ihr, etwas, das ihn fast ängstigte und das er noch immer nicht verstand und vielleicht niemals verstehen würde. Sie waren sich ähnlich, trotz allem. Manchmal fragte er sich ernsthaft, ob es wirklich ein Zufall war, daß sie sich begegnet waren, oder ob es früher oder später so hatte kommen müssen. Sein Blick glitt an ihrer Gestalt empor, verharrte dort, wo hinter den dunklen Schatten der verbrannte Teil ihres Gesichtes war. Für einen winzigen Moment erinnerte ihn der schwarze Schatten an den Dronte, und für die Dauer eines Lidzuckens spürte er so etwas wie eine widersinnige Angst in sich aufsteigen. Warum hat sie diese Narben behalten? dachte er. Die Sumpfleute hätten sie behandeln können, und auch die Ehrwürdigen Frauen von Elay hätten ihr helfen können. Wahrscheinlich wäre sie nie wieder die schöne Frau geworden, die sie einmal gewesen war, aber sie hätte nicht länger mit diesem abstoßenden Dämonengesicht herumlaufen müssen. Warum hatte sie es nicht getan?

»Ich versuche lediglich nach den Grundsätzen zu handeln, die du mir beigebracht hast, Skar«, fuhr sie fort. »Erkenne die Gefahr, ehe du versuchst, sie zu bekämpfen«, zitierte sie einen von seinen Lieblingssätzen.

Skar lächelte müde. »Vielleicht hast du recht«, murmelte er. »Vielleicht liegt die Lösung offen vor uns, und wir sind zu dumm, sie zu erkennen.«

»Warum schwimmst du nicht hinüber und bittest den Dronte recht freundlich, uns durchzulassen?« fragte Gowenna. Sie mußte an der Reaktion auf seinem Gesicht sehen, wie unüberlegt und verletzend ihre letzte Bemerkung gewesen war, denn sie stockte, trat einen Schritt vor und breitete verlegen die Arme aus.

»Verzeih«, sagte sie.

Skar winkte ab. »Du brauchst dich nicht zu entschuldigen«, entgegnete er. »Ich glaube, es ist dein gutes Recht, verletzend zu sein.« Er drehte sich wieder um, stützte sich erneut auf die Reling und starrte dumpf auf die Wasseroberfläche hinab. Wozu das alles? dachte er. Hat es überhaupt einen Sinn gehabt? Und wenn, hat es sich gelohnt?

»Das hat es, Skar«, antwortete Gowenna. »Auch wenn du's vielleicht nicht begreifst.«

Skar wurde sich plötzlich der Tatsache bewußt, daß er den letzten Gedanken laut ausgesprochen hatte, ohne es zu merken.

»Glaubst du?« fragte er. »Vier Männer sind gestorben, bevor wir überhaupt hierherkamen. Zwei weitere an Bord des Dronte. Dann Rayan und Brad. Acht Menschenleben, Gowenna. Acht! Gibt es einen Grund, der den Tod von acht Menschen rechtfertigt?«

»Seltsame Worte aus dem Mund eines Mannes, dessen Lebensinhalt das Töten ist.«

»Wenn du das wirklich glaubst«, erklärte Skar ruhig, »dann hast du nie verstanden, was ein Satai wirklich ist. Ich habe niemals sinnlos getötet.«

»Das –« Gowenna fuhr auf, wurde aber sofort wieder von Skar unterbrochen.

»Hast du auch nie getan«, führte er den Satz zu Ende. »Ich weiß.

Aber diese acht Männer wären noch am Leben, wenn du Rayan nicht zu dieser Fahrt überredet hättest.«

»Ich habe ihn nicht überredet«, widersprach Gowenna zornig. »Ich habe ihn für diese Fahrt bezahlt, Skar, so wie für viele Fahrten zuvor.«

»Und du willst mir wirklich einreden, du hättest nichts gewußt? Nichts vom Schicksal seiner Frau, nichts von seinem Haß auf den Dronte, nichts von seiner... seiner Besessenheit?«

Gowenna schwieg eine Weile.

»Natürlich«, antwortete sie schließlich. »Ich wußte, was mit seiner Frau geschehen ist. Ich... ich war dabei, als er die Nachricht von ihrem Tod erhielt. Ich kenne ihn seit zwanzig Jahren.«

»Und du hast die ganze Zeit nichts gemerkt?« fragte Skar höhnisch.

»Nein, Skar, das habe ich wirklich nicht. Rayan ist nicht der einzige, der einen Menschen an den Dronte verloren hat. Jeder haßt den Dronte, und jeder Seefahrer fürchtet ihn. Aber deswegen sind doch nicht alle Seeleute besessen. Es ist zwei Jahrzehnte her, daß seine Frau starb – woher sollte ich wissen, daß er seinen Haß die ganze Zeit über mit sich herumgeschleppt hat?«

Es hätte eine Menge gegeben, das Skar darauf antworten konnte – gerade ihr und gerade über das Thema Haß. Aber er tat es nicht. Zwanzig Jahre, dachte er düster. Rayan hatte zwanzig Jahre lang für diesen Augenblick gelebt, für diesen einen, flüchtigen Moment, in dem er über den Dronte triumphieren konnte. Und für ihn war es ein Triumph gewesen, auch wenn er ihn mit dem Leben bezahlt hatte. Wenn nur einer, ein einziger von diesem halben Hundert Menschen, über das Skar plötzlich gebot, überlebte und die Botschaft in die Welt hinaustragen konnte, dann hatten sie gesiegt. Der Dronte war nur so lange stark, wie niemand sein Geheimnis kannte. Er würde vielleicht trotzdem noch jahrelang Schrecken und Tod verbreiten, aber irgendwann würden sie ihn stellen und erlegen. Ja – Rayan hatte triumphiert. Wenn ein Tod wie seiner überhaupt einen Sinn haben konnte, dann hatte der des Freiseglers ihn gehabt.

Skar seufzte, drehte sich um und ließ Gowenna ohne ein weiteres Wort stehen. Er rechnete halbwegs damit, daß sie ihm folgen würde, aber sie blieb reglos an der Reling stehen und starrte ihm bloß nach. Er war froh, daß sie es nicht tat. Es schien ihm sinnlos, das Gespräch fortzusetzen. Er hatte gehofft, daß Gowenna aus dem, was geschehen war, gelernt hatte, aber das stimmte nicht. Selbst Rayans Tod war für sie nur ein weiteres Argument für ihren Haß, eine weitere scheinbare Rechtfertigung für etwas, das nicht zu rechtfertigen war. Rayan war vielleicht besessen gewesen, aber Gowenna, das wußte er jetzt, war krank. Krank vor Haß. Er würde sich von ihr trennen, bei der ersten sich bietenden Gelegenheit.

Das Schiff hatte sich verändert. Ein Teil der Decksplanken war verschwunden, so daß der Blick frei in die mächtigen, bis tief unter die Wasserlinie reichenden Laderäume fiel. Die Männer hatten den Hauptmast mit ein paar raschen Handgriffen in einen Ladebaum verwandelt, und der improvisierte Kran hievte in ununterbrochener Folge Kisten, Bündel und Fässer von Deck. Lebensmittel, Wasser, Wein, Decken, Waffen, die den Männern wenigstens für ein paar Tage das Überleben sichern würden.

Skar balancierte vorsichtig über die schmalen Balken, die zwischen den offenstehenden Luken stehengeblieben waren, zum Achteraufbau hinauf. Die Menge der Waren überraschte ihn. Sicher – es waren an die fünfzig Männer, aber sie würden auswählen und sich von allem, was nicht unbedingt lebensnotwendig war, trennen müssen, wenn sie den Marsch durch die Eiswüste antraten.

Wenn sie ihn antraten, dachte er düster. Wenn es etwas gab, wohin sie gehen konnten.

Er rief einem vorüberhastenden Seemann zu. »Wo ist Helth?«

Der Matrose blieb stehen und versuchte, nicht die Balance mit seiner Last zu verlieren. »Unter Deck, Herr«, sagte er. »Er beaufsichtigt die Entladearbeiten, wie Ihr befohlen habt.«

Skar entließ den Mann mit einem Kopfnicken, sah sich einen Moment unschlüssig um und trat an eine der Ladeluken. Eine schmale Holzleiter führte beinahe senkrecht in die Tiefe. Skar wartete, bis der nächste Matrose, ein unförmiges Bündel auf Kopf und Schultern balancierend, die Leiter heraufgeklettert war, griff nach der obersten Sprosse und stieg mit raschen Bewegungen hinab.

Kälte und Feuchtigkeit hüllten ihn ein, als er den tief unter der Wasserlinie liegenden Boden des Laderaumes betrat. Unter seinen Stiefeln platschte Wasser, und ein wahrhaft atemberaubender Gestank schlug ihm entgegen. Kleine, heftig rußende Kohlebecken verbreiteten die Illusion von Wärme und flackernde, rötliche Helligkeit, in der die Bewegungen der Männer abgehackt und clownhaft erschienen. Der Raum war größer, als er erwartet hatte; und weitaus besser aufgeräumt. An den Wänden zogen sich deckenhohe Regale hin, davor stapelten sich Kisten, Stoffballen und Fässer, und selbst von den Deckenbalken hingen noch zahlreiche Netze, die meisten jetzt schlaff und leer, aber eindeutig zur Aufnahme von Gütern bestimmt. Und dies war nur einer von beinahe einem Dutzend Laderäumen.

Er blieb stehen, trat dann einen Schritt zur Seite, um den vorüberhastenden Männern nicht im Wege zu sein, und hielt gleichzeitig nach Helth Ausschau. Der Vede stand im Hintergrund des Raumes, beaufsichtigte die Arbeit und deutete mit knappen, von scharf vorgebrachten Befehlen begleiteten Gesten auf die Dinge, die sie mitnehmen sollten. Skar beobachtete ihn eine Weile. Helth trug noch immer den zerschlissenen, blutigen Umhang, mit dem er an Bord des Dronte gegangen war; sein Haar war strähnig und von Schmutz verkrustet, winzige Salzkristalle glitzerten darin, und auf seinen Händen waren dunkle, an geronnenes Blut erinnernde Flecken. Irgend etwas war anders an ihm, dachte Skar. Der Vede wirkte verändert, nicht nur äußerlich – so wie sich alle an Bord in erschreckendem Maße verändert hatten. Auch er war nicht mehr der, der in Anchor an Bord des Schiffes gegangen war. Aber er vermochte nicht, den Unterschied in Worte zu fassen. Vielleicht erschreckte ihn der Anblick des Veden auch nur so sehr, weil Helth wie ein Spiegel war, in dem er sich selbst zu erkennen glaubte.

Er räusperte sich, wartete eine Lücke in der Reihe der Männer ab und ging dann mit schnellen Schritten zu Helth hinüber. Der Vede drehte sich erst um, als er bereits ganz nahe war, obwohl er ihn schon lange gehört haben mußte.

»Wie lange braucht ihr noch?« fragte Skar.

Helth deutete auf den kleiner werdenden Stapel mit Lebensmitteln vor sich. Trotz der Mengen, die die Männer von Bord trugen, schienen sie sich gemäß Skars Anweisungen auf das unbedingt Nötige zu beschränken. Aber auch das Allernotwendigste war viel bei einem halben Hundert Menschen.

»Nicht mehr lange«, sagte der Vede. »Waffen, Brennholz und Kleider sind bereits oben in der Höhle. Es fehlen nur noch die Lebensmittel – drei, vielleicht vier Stunden. Bei Sonnenaufgang ist das Schiff soweit leer, daß wir es verlassen können, wie du befohlen hast.«

Skar überlegte einen Moment, ob er auf den vorwurfsvollen Klang in Helth' Stimme reagieren sollte oder nicht. Er hätte es übergehen können – aber das hieße, die Auseinandersetzung zu verschieben.

»Ich verstehe deine Gefühle, Helth«, sagte er. »Ich verstehe und respektiere sie. Aber du mußt auch mich verstehen. Dein Vater hat mir eine schwere Last übergeben. Ich versuche nur, seinen Letzten Willen zu befolgen.«

Helth lachte leise, aber es klang fast wie ein Schluchzen, das er im letzten Moment unterdrücken und in ein Lachen umwandeln wollte, was ihm aber nicht ganz gelang. »Du verstehst mich«, sagte er bitter. »O ja, ich bin sicher, daß du mich verstehst, Satai. Es ist ja auch so einfach.«

»Das ist es gewiß nicht, Helth«, antwortete Skar. »Und ich bin hier, um mit dir darüber zu reden.«

»Reden?« Helth zog die Augenbrauen zusammen. Ein Schatten huschte über sein Gesicht, vielleicht ein Reflex der Fackeln, die überall an den Wänden aufgehängt waren, vielleicht auch etwas anderes. »Es gibt nichts zu reden, Satai. Du bist der Kommandant. Ich gehorche dir.«

»Ich will dieses Kommando nicht«, sagte Skar. »Du kannst es haben. Sag mir einen anderen Weg, das Leben der Männer zu retten, und ich wähle ihn. Egal, wie schwer er ist.«

»Darum geht es dir?« Helth starrte unverwandt an ihm vorbei. Seine Stimme klang tonlos, beinahe, als rede er mit sich selbst oder mit jemandem, der unsichtbar hinter Skar stand. »Nein – es gibt sicher keinen anderen Weg, ihr Leben zu retten. Aber Leben allein«, fuhr er nach einer sekundenlangen Pause fort, »ist nicht alles. Sie mögen überleben, dort oben. Vielleicht ein paar Tage, vielleicht eine Woche oder zwei. Vielleicht gelingt dir sogar das Unmögliche und du findest einen Weg zurück. Aber es ist kein Leben mehr für sie, Skar. Nicht ohne die SHAROKAAN.«

»Für sie – oder für dich?«

Für einen Moment durchbrach Zorn den Ausdruck der Starre auf Helth' Zügen. »Was ich empfinde, das zählt nicht«, sagte er. »Dieses Schiff gehört weder mir, noch ist es meine Heimat. Selbst, wenn wir überleben, werde ich nicht bei ihnen bleiben, sondern nach Thbarg zurückkehren, um –«

»Der Tod deines Vaters und deines Bruders scheint dich nicht sonderlich zu beeindrucken«, unterbrach ihn Skar. Helth' gespielte Ruhe machte ihn allmählich rasend.

Der junge Vede schwieg einen Moment. Skars Angriff war unfair gewesen; er war aus einer Richtung gekommen, aus der er ihn nicht erwartet hatte. Skar spürte deutlich, daß seine Selbstsicherheit erschüttert war. Aber er empfand keine Freude über diesen kleinen Sieg. Wieder spürte er diese Müdigkeit; Müdigkeit zu kämpfen, sich immer wieder gegen ein Schicksal zu wehren, gegen das er letztlich machtlos war. Allmählich begann Helth – sein Verhältnis zu Helth – so zu werden, wie es zwischen ihm und Gowenna war. Bei allen Göttern, dachte er – er hatte lange genug gebraucht, um mit Gowenna eine Art Burgfrieden zu schließen. Er konnte keine Zweitausgabe desselben Streites gebrauchen.

»Beeindrucken?« murmelte Helth nach einer Weile. »Nicht mehr als dich, Skar. Sie starben im Kampf, und auch, wenn du es nicht einsehen willst, es war ein ehrenvoller Tod.«

Skar hätte ihn gerne nach dem Unterschied zwischen einem ehrenvollen und einem unehrenhaften Tod gefragt, aber er sah ein, daß er damit nichts erreichen würde. Helth war einfach noch zu jung, um zu begreifen, daß es keinen ehrenhaften Tod gab. Nicht einmal für einen Veden. Es gab nur den Tod, und er war schmutzig und gemein und voller Blut und Schmerzen, und sonst nichts.

»Gut«, fuhr er mit veränderter Stimme vort. »Deine Gefühle gehen mich nichts an, und ich bin auch nicht hier, um mit dir darüber zu streiten.«

»Sondern?«

»Was verstehst du von Seefahrt und Karten?«

Helth zuckte mit den Achseln. »Nicht viel mehr als du – warum?«

»Ich möchte wissen, wo wir sind«, antwortete Skar.

»Wenn es nicht einmal Rayan wußte, woher soll ich es wissen?« gab Helth zurück. »Wir sind weiter im Norden als jemals ein Schiff vor uns. Vielleicht ist es nicht einmal Land – vielleicht ist nur das Meer gefroren. Kalt genug ist es ja. Unter den Matrosen sind ein paar, die die Position anhand der Sterne zu ermitteln vermögen – aber was soll dir das nutzen? Es gibt keine Karten von diesem Teil der Welt.«

»Ich weiß, aber...« Skar sprach den Satz nicht zu Ende. Er begann sich zu fragen, wozu er überhaupt hier heruntergekommen war; vielleicht, um sich selbst zu beruhigen. Sein Gewissen. Sie hatten nur die Wahl, hierzubleiben und zu sterben – oder das Schiff aufzugeben und einen Marsch ins Ungewisse anzutreten. Es gab nicht nur keine Karten über diesen Teil der Welt – bisher hatten sie nicht einmal gewußt, daß er überhaupt existierte. Was erwartete er zu finden?

»Führ mich zu einem dieser Männer«, bat er halblaut.

Es war reiner Zufall, daß sie diese Höhle gefunden hatten. Vom See her war der Eingang beinahe unsichtbar; nicht mehr als ein länglicher, gezackter Schatten, eine Kerbe im Eis, vielleicht vom Wind oder einer Laune der Natur geschaffen. Als der Dronte das Feuer auf den See eröffnet hatte, waren Gowenna, Vela und die Männer, die sie begleitet hatten, in panischer Furcht den Eishang hinaufgelaufen; auf der Suche nach einer Spalte oder einem Eisüberhang, irgend etwas, das sie vor den Geschossen des Dronte, die wie brennende Sterne vom Himmel regneten und das Eis zum Verdampfen und den See zum Kochen brachten, schützen konnte. Sie hatten die Höhle gefunden; keinen Fluchtweg, aber eine natürliche Festung, in der sie selbst vor der Gewalt seines Höllenfeuers sicher sein würden.

Skar senkte den Kopf, um nicht gegen die niedrige Kante zu stoßen. Der Eingang war nicht mehr als ein schmaler Spalt, kaum mannshoch und so eng, daß er seitwärts gehen mußte, um überhaupt hindurchzukommen. Von der Decke hingen spitze, glitzernde Eisdolche, und der Boden war mit einem Netzwerk von Sprüngen und Rissen durchzogen, wo das Eis – selbst hier oben noch – unter dem Angriff des Dronte geborsten war. Die Hitze seiner Brandgeschosse allein hätte nicht ausgereicht, eine solche Verheerung anzurichten. Trotz allem war der Dronte nicht mehr als ein Zwerg gegen die gigantische weiße Pracht der Eislandschaft, und die Wunden, die er ihr zufügen konnte, waren nicht viel mehr als Nadelstiche. Aber die Hitze hatte das Eis zum Schmelzen gebracht und das vielleicht in Jahrmillionen gewachsene Gleichgewicht des weißen Giganten gestört. Das Eis war geborsten; in gewaltige, tonnenschwere Blöcke zerfallen, die durch ihr eigenes Gewicht aufeinander liegenblieben. Und der Feuerorkan, mit dem der Dronte den See überzog, hatte selbst hier oben seine Spuren hinterlassen; das Eis wirkte milchig und war von großen, nebeligen Schleiern durchzogen, und die Decke war auf der ganzen Länge des Ganges gerissen und hielt nur noch durch den Druck ihres eigenen Gewichtes.

Skar betrachtete den Riß mit gemischten Gefühlen. Das Eis über seinem Kopf war mehr als zehn Meter stark; eine Decke, massiver als die zyklopischen Mauern Elays. Und trotzdem hatte bereits ein flüchtiger Hauch der Brandgeschosse des Dronte gereicht, sie reißen zu lassen. Er war plötzlich gar nicht mehr so überzeugt, daß sie hier oben wirklich sicher waren, wenn der schwarze Mörder zu neuem Leben erwachte und das Feuer auf den Berg eröffnete. Aber es war das beste, was sie hatten. Oben auf dem Eis waren sie vollkommen schutzlos.

Er seufzte, fuhr mit den Fingerspitzen über das Eis der Wand, als könne er so seine Festigkeit prüfen, und ging schließlich weiter.

»Wartet hier, Herr«, sagte der Matrose, der ihn heraufgeführt hatte. Helth selbst war unten auf dem Schiff zurückgeblieben, um die Entladearbeiten weiter zu beaufsichtigen. Skar war froh, daß der Vede ihm wenigstens auf diese Weise half. Gowennas Worte waren ihm schmerzhaft zu Bewußtsein gekommen, als er die bis unter die Decke vollgestopften Laderäume sah. Sie hatte vollkommen recht – er war so lange Kommandant der SHAROKAAN und dieser Männer, wie Helth es zuließ. Der Vede hatte es nicht einmal nötig, sich ihm offen zu widersetzen. Es hätte vollends gereicht, wenn er ihm seine Hilfe versagt hätte. Skar war kein Seemann, und die wenigen Tage auf dem Schiff hatten ihm schmerzhaft vor Augen geführt, wie wenig er von der Seefahrt und der Führung eines Schiffes verstand. Ohne eine helfende Hand an seiner Seite war er verloren.

Er nickte wortlos und blieb unter dem Eingang stehen, während der Freisegler weiterging, um den Navigator zu suchen.

Das Innere der Höhle war vom tanzenden Licht brennender Fakkeln erhellt. Es war merklich wärmer als draußen auf dem Strand, und dort, wo Fackeln und Kohlebecken aufgestellt waren, begann das Eis bereits zu schmelzen und sich in kleinen, schimmernden Rinnsalen zu sammeln. Der Boden der Eishöhle fiel zur Mitte leicht ab, und Skar sah, daß sich an der tiefsten Stelle bereits ein kleiner See aus Schmelzwasser angesammelt hatte. Sein Wasser begann wieder zu gefrieren und zu blattdünnen Schwestern der mächtigen weißen Schollen draußen auf dem See zu erstarren, aber es floß rascher nach, als es gefrieren konnte, und die dünne weiße Haut riß immer wieder auf. Wenn das Eis weiter im gleichen Maße schmolz, dann würden sie bald bis zu den Knöcheln im Wasser stehen. Aber sie brauchten die Wärme, wenn sie auch nur die erste Nacht überstehen wollten.

Skar verschob auch die Lösung dieses Problems – wie so vieler anderer – auf später. Er trat vom Eingang zurück, um einer weiteren Gruppe Matrosen, die schwerbeladen und zitternd vor Kälte hinter ihm durch den Eingang drängten, Platz zu machen, lehnte sich mit verschränkten Armen gegen das Eis und sah sich neugierig um. Er war zum ersten Mal hier oben, und die Höhle war größer, als er erwartet hatte – ein mächtiger gewölbter Dom, dessen Decke von gigantischen Stalagmiten aus Eis wie von bizarren Stützpfeilern getragen wurde. Trotzdem herrschte eine bedrückende Enge. An die dreißig Männer drängten sich auf dem schimmernden Eis, errichteten provisorische Lagerstellen oder waren damit beschäftigt, in dem Durcheinander von Fässern, Kisten und Bündeln wenigstens den Anschein von Ordnung zu schaffen. Und fast die gleiche Anzahl von Männern war noch draußen auf dem Schiff. Es würde sehr eng werden, wenn sie die gesamte Mannschaft hierher evakuieren mußten. Obwohl die Höhle groß war, drängten sich die Männer auf einem relativ kleinen Teil des Innenraumes zusammen; wie eine Herde verängstigter Tiere, die sich schutzsuchend aneinanderschmiegte.

Er entdeckte Dels hochgewachsene, in schwarzes Horn gepanzerte Gestalt im Hintergrund der Höhle, löste sich mit einem Stirnrunzeln von seinem Platz und ging auf ihn zu, so rasch es das Gedränge zuließ.

»Was tust du hier oben?« begann er übergangslos. »Ich dachte, du wärest noch unten auf dem Schiff.«

Del sah von dem Bündel auf, mit dem er beschäftigt gewesen war, schüttelte den Kopf und grinste. »Wie du siehst, bin ich es nicht mehr.«

Skar setzte zu einer wütenden Antwort an, riß sich aber im letzten Moment zusammen und schluckte seinen Ärger hinunter. Er war gereizt, und es hatte wenig Sinn, wenn er sich jetzt zu allem Überfluß auch noch mit Del stritt.

»Vela?«

Del deutete mit einer Kopfbewegung auf eine zusammengekauerte, in graues Tuch gekleidete Gestalt ein Stück hinter sich und stand auf. Sein Gesicht wurde übergangslos ernst. »Ich hatte meine Gründe, schon jetzt hier heraufzukommen, Skar«, sagte er. »Und es ist gut, daß du da bist. Ich hätte dich so oder so rufen lassen. Ich muß mit dir reden.«

Skar deutete auf die Errish. Sie schien zu schlafen. Ihre linke Hand lag in einer unbewußten beschützenden Geste auf ihrem Leib, die andere hatte sich in einen Zipfel ihres Gewandes gekrallt. Ihre Lippen bebten. Wenn sie schlief, dann war es kein guter Schlaf. »Ihretwegen?«

Del nickte. »Auch. Du weißt, daß Gowenna ihr etwas ins Essen mischt.«

Skar nickte. Es war kein Geheimnis – die Ehrwürdige Mutter von Elay selbst hatte Gowenna den Beutel mit dem weißen Pulver gegeben, das sie ihr unter die Mahlzeiten mischte; eine Droge, die sie ruhig und ungefährlich halten würde, bis sie am Ziel ihrer Reise angekommen waren. »Und?«

»Du solltest es ihr verbieten«, sagte Del. »Sag ihr, daß sie damit aufhören soll.«

»Ich kann ihr nichts verbieten«, sagte Skar mit einem entschiedenen Kopfschütteln, »das weißt du. Vela ist ihre Gefangene. Wir sind nur als bessere Leibwächter hier.«

Del stieß ein ungeduldiges Knurren aus. »Unsinn«, sagte er. »Rayan hat dir das Kommando über Schiff und Mannschaft gegeben. Wenn du es ihr befiehlst, dann muß sie gehorchen.«

»Vielleicht«, sagte Skar. »Vielleicht würde sie es tun, wenn ich es befehlen würde. Aber warum?«

»Warum?« Del schürzte wütend die Lippen. »Sieh sie dir doch an, Skar. Niemand hat eine solche Behandlung verdient.«

»Sie –«

»Ich weiß, was sie getan hat«, fiel ihm Del wütend ins Wort. »Aber das spielt jetzt keine Rolle mehr. Kein Mensch sollte so behandelt werden, wie Gowenna es mit ihr tut, ganz gleich, was er verbrochen hat. Ich habe nichts gegen Bestrafung, aber das ist Quälerei. Es ist unwürdig.«

Skar sah alarmiert auf. In Dels Stimme war plötzlich ein neuer, fremder Klang, etwas, das ihn gleichermaßen erschreckte wie überraschte. War es wirklich nur normales menschliches Mitgefühl, was er in Dels Stimme hörte? dachte er erschrocken. Oder war es mehr? Ließ der Zauber der Sumpfleute nach?

»Und ich glaube, es schadet dem Kind«, fügte Del nach sekundenlangem Schweigen hinzu.

Skar ging wortlos an dem jungen Satai vorbei, kniete neben Vela nieder und blickte ihr ins Gesicht. Sie schlief nicht, das sah er jetzt, sondern war bei Bewußtsein – oder das, was in ihrem Zustand dem des Wachseins nahe kommen mochte. Trotz der Kälte war ihre Stirn mit einem Netz feiner, glitzernder Schweißperlen bedeckt. Zögernd streckte er die Hand aus und berührte ihre Wange. Ihre Haut fühlte sich trocken und fiebrig an.

Vela zuckte unter seiner Berührung zusammen und öffnete die Augen. Aber ihr Blick war leer; die Pupillen verschleiert und matt, beinahe gebrochen, als blicke er in die Augen einer Toten. Skar erschrak.

»Du hast recht«, murmelte er. »Ich werde ihr sagen, daß sie die Droge wegläßt.«

Del schüttelte den Kopf. »Das ist es nicht allein«, sagte er. »Sieh sie dir doch an, Skar. Sie braucht einen Arzt. Haben wir einen Heilkundigen an Bord?«

Skar lächelte humorlos. »Ja«, sagte er. »Gowenna. Und sie selbst.«

Del ließ sich neben ihm in die Hocke sinken, legte die Hand unter Velas Kinn und hob ihren Kopf an. Ihre Lippen zuckten stärker, aber sie gab keinen Laut von sich. Ein rascher, krampfartiger Schauer lief durch ihren Körper. »Sie wird das Kind verlieren, wenn wir hier nicht schnellstens wegkommen«, murmelte er.

Vielleicht wäre es das beste so, dachte Skar. Aber laut sagte er nur: »Ich weiß.«

Zwischen Dels Brauen entstand eine tiefe Falte. »Ich weiß?« wiederholte er. »Und das ist alles?«

»Ich kann es nicht ändern«, antwortete Skar scharf. Seine Unsicherheit schlug urplötzlich in Zorn um. »Vielleicht gehst du hinunter und bittest den Dronte, uns freies Geleit zu gewähren. Er macht es sicher, wenn du ihm erzählst, daß wir eine Schwangere an Bord haben.«

Zu seiner eigenen Überraschung blieb Del ruhig. »Es ist immerhin dein Kind, Skar«, sagte er.

Skar stand auf und drehte sich mit einer abrupten Bewegung um. »Dein Kind!« sagte er wütend. »Jetzt fang nicht bitte auch noch damit an. Mein Kind, mein Kind – ich kann es nicht mehr hören, Del. Ihr macht es euch alle ein bißchen sehr einfach, nicht? Dein Kind!« Wieso sollte er verantwortlich für dieses Kind sein, nur weil er zufällig der Vater war? Es war nicht sein Kind. Er hatte es nicht gewollt und hätte im Gegenteil mit aller Macht verhindert, daß es jemals gezeugt wurde, wäre er dazu in der Lage gewesen. Nein, dieses Kind war nicht von ihm. Wenn es überhaupt jemandes Kind war, dann das seines Dunklen Bruders.

Del sog scharf die Luft ein, schwieg aber seltsamerweise. In seinen Augen glomm ein Ausdruck auf, der Skar beinahe erschreckte. Kein Zorn – das hätte er verstanden. Furcht? War es jetzt soweit, daß selbst Del Angst vor ihm hatte?

»Ich werde nach Gowenna schicken«, fuhr er fort, ehe Del Gelegenheit hatte, auf seinen plötzlichen Ausbruch zu reagieren. »Ich rede mit ihr. Sie wird sich um sie kümmern.«

Del lachte leise. »O ja«, sagte er spöttisch. »Davon bin ich überzeugt. So, wie sie sich bisher um sie gekümmert hat.« Plötzlich bebte seine Stimme vor Zorn. »Begreifst du eigentlich nicht, was sie tut, Skar? Es geht mich nichts an, was zwischen dir und Vela war, und ich werde bestimmt nicht auch noch anfangen, dir Vorwürfe zu machen, wenn du solche Angst davor hast. Aber was Gowenna mit ihr macht, geht zu weit. Wenn dir dieses Kind schon egal ist, dann denke wenigstens an den Eid, den du geschworen hast – daß du Leben schützen und Unrecht verhindern wirst, selbst wenn es dein eigenes Leben kostet, Skar. Gowenna bringt sie um, ganz langsam und ohne daß wir es bisher gemerkt haben. Wenn du sie weiter gewähren läßt, dann wirst du einen leeren Körper zum Berg der Götter bringen.«

»Und was soll ich tun?« fragte Skar bitter. »Gowenna ist die einzige an Bord, die etwas von der Heilkunst versteht. Wir werden ihr vertrauen müssen, ob wir wollen oder nicht. Oder möchtest du vielleicht Hebamme spielen, wenn das Kind kommt?«

Er sprach schnell und eine Spur zu laut, um sich nicht anmerken zu lassen, wie sehr ihn Dels Worte getroffen hatten. Allein den Gedanken, daß Del ihn eines Tages an seinen Satai-Eid erinnern würde, hätte er noch vor wenigen Monaten für lächerlich gehalten. Und das Schlimme war, daß er vollkommen recht hatte.

Del schwieg einen Moment. »Ich stimme dir zu«, murmelte er. »Aber ich werde auf sie achtgeben.«

Skar nickte. Er war es müde, zu streiten. Und irgend etwas sagte ihm, daß sie – ganz egal, was sie auch tun würden – Gowennas Pläne doch nicht durchkreuzen konnten. Es war dieses Gefühl der Hilflosigkeit, das so schmerzte. Gowenna hatte niemals vorgehabt, Vela wirklich lebend zum Berg der Götter zu bringen. Und sie gab sich nicht einmal besondere Mühe, wenigstens so zu tun. Warum begriff Del das nicht? War er so blind, nicht zu sehen, was Gowenna wirklich vorhatte? Aber vielleicht wollte er es auch nur nicht sehen. Vielleicht war er auf seine Weise ebenso müde wie er, Skar. Manchmal vergaß er, daß er nicht der einzige war, der gegen Vela gekämpft hatte, und daß Del an der Niederlage der Errish mindestens ebenso teilhatte wie er. Und vielleicht hatte er den höheren Preis gezahlt.

Er wandte sich um, blieb einen Moment mit geschlossenen Augen stehen und sog hörbar die Luft ein. »Ich werde mit ihr reden«, sagte er noch einmal. »Sobald ich wieder unten auf dem Schiff bin.«

»Tu das«, stimmte Del zu. »Und sag ihr, daß ich von jetzt an doppelt auf Vela achtgeben werde.«

Skar schüttelte den Kopf, bedachte Del mit einem letzten, beinahe traurigen Blick und wandte sich endgültig ab. Ein paar Männer beobachteten ihn. Niemand sah ihn direkt an, nicht, wenn er es bemerken konnte, und die meisten gaben sich alle Mühe, so zu tun, als hätten sie von der kurzen Szene nichts mitbekommen, aber er spürte ihre Blicke mit fast schmerzlicher Deutlichkeit. Del und er hatten zum Schluß laut genug gesprochen, daß beinahe jeder in der Höhle ihre Worte mitbekommen haben mußte. Es war nicht gut, wenn er sich in aller Öffentlichkeit mit Del stritt; nicht für seine Position und nicht für die Moral der Männer. Rayan hatte ihm das Kommando vor allem aus dem Grund gegeben, weil er stark war, und weil sie in einer Lage waren, aus der sie wahrscheinlich auch nur ein starker Mann herausbringen konnte.

Ein Mann, der zum Beispiel stark genug war, den Freiseglern alles zu nehmen, um ihr Leben zu retten, dachte er bitter. Stärke. Was war das schon? Er hatte es so oft gehört, hatte so oft gespürt, wie sehr ihn die anderen um seine Kraft beneideten, und er war so wenigen begegnet, die wirklich wußten, welchen Preis man manchmal für diese Stärke zahlen mußte.

Vielleicht war er diesmal zu hoch, dachte er. Vielleicht würde er diesmal verlieren.

Das Meer war glatt wie Glas. Es gab Wellen, aber sie schienen, obgleich sie so langsam und majestätisch wie seit Äonen heranrollten, trotzdem erstarrt, wie durch einen geheimnisvollen Zauber mitten in der Bewegung gefroren, die Schaumkronen zu glitzernden weißen Eiskappen und der Sprühnebel aus winzigen Tröpfchen irgendwo auf halbem Wege zwischen Himmel und Meer zu einem zeitlosen Schweben geworden, als gäbe es mit einem Mal zwei Arten von Bewegung, die sich gegenseitig weder beeinträchtigten noch beeinflußten. Grauer Nebel lag wie der Atem einer eisigen Gottheit über dem Meer und dem Eisstrand, bildete Formen und Umrisse, bizarre Gesichter und Gestalten, Hände, die mit kleinen gierigen Bewegungen über das Eis tasteten und wieder vergingen, wenn sie der Hauch des Windes streifte. Der Himmel war erloschen, ein einziger kalter Stern glitzerte im Zenit, aber auch er schien keine Wärme und nur wenig Licht auszustrahlen. Schließlich verglomm auch er, und undurchdringliche Dunkelheit breitete sich wie eine schwere schwarze Decke über Meer und Land aus.

Unweit des Strandes begannen sich auf der Wasseroberfläche flache kreisförmige Strudel zu bilden, breiteten sich nach allen Seiten aus, als werfe jemand unsichtbare Steine ins Wasser. Die kleinen dadurch entstandenen Wellen verschmolzen mit ihren großen Schwestern oder liefen ihnen davon, bis sie eingeholt wurden oder sich ihre Kraft auf dem glitzernden Strand brach. Blasen stiegen auf, vereinzelt und klein zuerst, dann mehr und größer, wie von einer schimmernden Haut überzogen, so daß ein deutliches Blubbern zu hören war, wenn sie platzten. Etwas Dunkles, Großes, Unförmiges und Unmögliches begann sich unter der Wasseroberfläche zu formen, ein absurdes Ding aus Schwärze und geballter Dunkelheit wuchs heran, tauchte langsam, aber unaufhaltsam weiter empor, wuchs...

Eine Hand berührte Skar unsanft an der Schulter und rüttelte ihn so lange, bis er mit einem Ruck hochfuhr. Für einen Moment hatte er Schwierigkeiten, zwischen Traum und Wirklichkeit zu unterscheiden. Er schlief nicht mehr, war aber auch noch nicht wach, und das Gesicht über ihm erschien ihm dunkel und groß und überaus häßlich...

Skar blinzelte schlaftrunken, versuchte die Hand abzustreifen und sah zum Eingang der Höhle hinüber. Hinter dem gezackten Spalt lag graue Dämmerung. Er konnte nicht lange geschlafen haben; eine Stunde, vielleicht zwei. Trotzdem fühlte er sich, nachdem er die letzten Spinnweben des Traumes abgeschüttelt hatte, das Gesicht vor ihm wieder ein Gesicht und der Laut in seinen Ohren vom Rauschen der Meeresbrandung zum Geräusch zahlreicher, eng zusammengedrängt schlafender Menschen geworden war, überraschend frisch und ausgeruht, und er war fast dankbar dafür, geweckt worden zu sein. Nicht nur wegen des üblen Traumes, der ihn verfolgt hatte. Es gab zu viel zu tun. Er hätte sich nicht einmal diese eine Stunde Schlaf gönnen dürfen, und er hatte auch nicht schlafen wollen, sondern sich nur einen Moment hingehockt und den Kopf gegen das kalte Eis der Wand gelehnt, um auszuruhen. Aber die Strapazen der vergangenen Tage forderten ihren Tribut.

»Herr?«

Skar bemerkte erst jetzt, daß ihn der Mann bereits zum dritten oder vierten Mal ansprach. Er fuhr sich müde mit der Hand über die Augen, unterdrückte ein Gähnen und wandte sich dem Matrosen zu. Sein Blick war verschleiert; das Gesicht des Mannes schien immer wieder mit den unsicheren Schemen im Inneren der Höhle zu verschmelzen, und seine Stimme hatte einen seltsamen, verzerrten Nachhall. Offenbar war er doch noch nicht vollkommen wach.

»Ja?«

»Helth schickt nach Euch«, sagte der Freisegler. Seine Stimme zitterte, aber Skar vermochte nicht zu sagen, ob vor Kälte oder aus einem anderen Grund. Das war auch etwas, was er klären mußte: Die Männer hatten trotz allem noch immer Angst vor ihm, und es war eine Angst, die nicht allein damit zu begründen war, daß er Satai war. Die Freisegler waren ja an die Gesellschaft der beiden Veden gewöhnt. Ein Mann, der ein Meister der Schwertkunst war, konnte also für sie nichts Erschreckendes haben.

»Er braucht Euch unten auf der SHAROKAAN.«

Skar wollte nach dem Grund fragen, beließ es aber dann bei einem wortlosen Nicken, stemmte sich langsam und ächzend wie ein alter Mann hoch und folgte dem Mann zum Ausgang. Die Besatzung hatte noch mehr Kisten und Fässer hinaufgeschafft, während er geschlafen hatte, und die Eishöhle schien bis auf den letzten verfügbaren Meter vollgestopft zu sein. Der See aus Schmelzwasser war größer geworden, wie Skar mit einem besorgten Blick feststellte, und die Hitze der Fackeln hatte bereits tiefe, nach oben spitz auslaufende Höhlungen in die Eiswände gebrannt. Del und Vela schliefen ein Stück abseits der anderen, eng aneinandergeschmiegt, um der Kälte wenigstens notdürftig zu trotzen und sich gegenseitig zu wärmen. Er ging vorsichtig und bemühte sich, kein unnötiges Geräusch zu machen, um die Männer nicht zu wecken. Sie lagen zum Teil da, als wären sie vor Erschöpfung zusammengebrochen und an Ort und Stelle eingeschlafen. Sie brauchten die wenigen Stunden Schlaf, die er ihnen gönnen konnte.

Skar hatte sich an den Gedanken, jetzt Kommandant dieser Männer zu sein, noch immer nicht gewöhnt. Er war schon Führer größerer Gruppen gewesen, ganzer Heere, aber das war etwas anderes. Diese Männer würden ihm gehorchen bis in den Tod, und trotzdem war zwischen ihnen eine unüberbrückbare Kluft.

Kalter Wind schlug ihm entgegen, als er die Höhle verließ. Aber wenigstens hatte sich der Nebel verzogen. Skar zog fröstelnd den Mantel enger um die Schultern zusammen, trat einen Moment auf der Stelle und sah zur Kanaleinfahrt hinüber. Im blassen Sternenlicht wirkte der Einschnitt wie eine klaffende Wunde im schimmernden Weiß der Wand.

Als er weitergehen wollte, kamen ihm drei dunkle Gestalten entgegen, bucklige Schatten, die sich beim Näherkommen in Matrosen verwandelten, gebeugt und wankend unter der Last der Bündel, die sie sich aufgeladen hatten.

Die Sonne war bereits seit einiger Zeit untergegangen, aber über dem Meer und dem Eissee lag noch ein grauer Schimmer von Licht, den die hereinbrechende Nacht noch nicht vertrieben hatte, und unten auf der SHAROKAAN brannten unzählige Fackeln, so daß das Schiff wie eine flammende Insel aus Licht und Wärme am Ufer des Sees lag.

Aber der Wind war kälter geworden, und es schien eine ganz sonderbare Art von Kälte zu sein, gegen die ihn seine wärmende Kleidung nicht zu schützen vermochte; nicht sonderlich intensiv, aber durchdringend.

Er blieb einen Moment lang stehen, zog den Umhang noch enger um die Schultern und rieb die Hände gegeneinander. Dann folgte er dem Matrosen den abschüssigen Hang zum Strand hinab.

Er brauchte lange, um die wenigen Dutzend Schritte zurückzulegen. Das Eis hatte durch das ständige Hin- und Herlaufen der Matrosen viel von seiner Glätte verloren, aber der Hang war noch immer gefährlich, und ein einziger falscher Schritt konnte einen Sturz ins Wasser und damit den Tod bedeuten. Er zitterte vor Kälte, als er die schmale Laufplanke der SHAROKAAN hinaufging.

Helth erwartete ihn am Bug. Der Vede wirkte erschöpft; unter seinen Augen lagen dunkle Ringe, und seine Bewegungen waren fahriger geworden. Er trug noch immer den gleichen Umhang, aber er hatte sein Haar gesäubert, und an seinen Händen klebte kein Blut mehr.

»Was gibt es?« fragte Skar anstelle einer Begrüßung. Er gab sich keine Mühe, seine Stimme freundlich klingen zu lassen. Wie immer, wenn er zu früh und zu abrupt aus dem Schlaf gerissen wurde, war er übler Laune, und er hatte keine Lust, sich zu verstellen.

Helth blickte weiter starr zum Eiskanal hinüber. »Hast du mit Kehlher gesprochen?« fragte er.

Skar nickte. Kehlher war einer der vier Männer aus der Besatzung, die sich darauf verstanden, ihre Position anhand der Sterne zu bestimmen. Aber das Gespräch mit ihm war erfolglos verlaufen. Wie sich dabei herausstellte, hatten er und die anderen schon mehr als nur einmal ihre Position ermittelt, seit sie von dem Dronte von ihrem ursprünglichen Kurs gejagt wurden. Das Problem war nicht die Ermittlung des genauen Standorts. Kehlher hatte ihm auf fünfzehn Seemeilen genau sagen können, wie weit und in welcher Richtung sie von der Küste Elays entfernt waren. Aber wo sie tatsächlich waren, wußte niemand. Kein Schiff war jemals so weit wie die SHAROKAAN nach Norden gesegelt; und wenn, so war es nicht zurückgekehrt.

Helth wartete eine Weile vergeblich auf eine Antwort und deutete schließlich zum Eiskanal hinüber. Skar konnte nicht mehr als wogende Schatten und undeutliche, sich ständig verändernde Umrisse erkennen, die zum Großteil wohl nur seiner Phantasie entsprangen, und jedesmal, wenn er dort hinüberblickte, beschlich ihn erneut ein seltsam bekanntes Gefühl der Furcht, einer Furcht, die nicht allein auf die Anwesenheit des Dronte zurückzuführen war.

»Irgend etwas geht dort vor«, flüsterte Helth. Er sprach so leise, daß Skar Mühe hatte, seine Worte über dem Wimmern des Sturmes zu verstehen. »Ich weiß nicht, was, aber irgend etwas geschieht dort. Man... hört Geräusche.«

Skar lauschte sekundenlang, aber er vernahm nichts außer dem winselnden, auf- und abschwellenden Heulen des Windes.

»Ich höre nichts«, sagte er.

Helth nickte. »Im Augenblick ist es auch nicht. Aber es kommt wieder, verlaß dich darauf.«

Skar sah den jungen Veden fragend an. »Hast du mich deshalb rufen lassen?«

Helth schwieg einen Moment. Der Schatten von Freundlichkeit, der auf seinen Zügen gelegen hatte, verschwand. »Natürlich nicht«, fuhr er mit veränderter Stimme fort. »Ich wollte dir mitteilen, daß wir fertig sind. Was jetzt noch an Bord ist, kann zurückbleiben.«

Skar versuchte vergeblich, einen Unterton von Tadel oder Vorwurf in Helth' Stimme zu hören. Das einzige, was er spürte, war Erschöpfung, allenfalls noch eine Spur von Resignation. Was Helth ihm hatte sagen wollen, hatte er ihm gesagt. Er würde es nicht noch einmal tun.

»Gut«, sagte er. »Dann sollten wir alle hinaufgehen und uns gründlich ausschlafen. Die Männer brauchen Ruhe. Und du auch.«

»Und morgen brechen wir auf?«

Skar zögerte sichtlich, ehe er nickte. Helth wußte so gut wie alle anderen, daß sie bei Sonnenaufgang losmarschieren würden. Wenn er trotzdem fragte, dann, um mit dieser Frage auf den eigentlichen

Grund dieses Gespräches hinzuarbeiten. »Ja. Bei Sonnenaufgang. Wir gehen an der Küste entlang nach Osten. Auf diese Weise haben wir am ehesten eine, wenn auch geringe Chance, auf Land zu stoßen.«

Helth nickte. »Hoffentlich«, murmelte er. »Immer vorausgesetzt, dieser Eisklotz ist nicht Teil einer Insel, sondern ein ans Eismeer reichender Ausläufer eines neuen, unentdeckten Kontinents. – Aber ich habe dich nicht deshalb gerufen, sondern um dir etwas zu zeigen. Komm.« Er fuhr mit einer übertrieben heftigen Bewegung herum und ging an Skar vorbei zum Heck des Schiffes. Skar folgte ihm neugierig.

Die Pinasse war wieder zu Wasser gelassen worden. Aber sie war diesmal nicht mit Männern beladen, sondern mit Fässern; Dutzenden von bauchigen, von schweren Eisenringen zusammengehaltenen Fässern, die mit einem Netzwerk von Tauen und Stricken gesichert waren. Ein scharfer, stechender Geruch schlug Skar entgegen, als er sich über die Reling beugte, und er sah, daß das Boot knöcheltief mit einer öligen Flüssigkeit gefüllt war.

»Was bedeutet das?« fragte er. Der Tonfall seiner Worte ließ keinen Zweifel daran, daß er – ganz gleich, was Helth vorhatte – dagegen sein würde, aber der junge Vede ging nicht darauf ein.

»In zwei Stunden, setzt die Ebbe ein«, sagte Helth. »Das Wasser fließt dann aus dem See ab und strömt durch den Kanal nach draußen ins offene Meer.«

»Ich weiß«, nickte Skar ungeduldig. »Und?«

Helth deutet auf das Tau, das die Pinasse mit der SHAROKAAN verband. »Wir brauchen sie nur der Flut zu übergeben, und sie wird in den Kanal gesogen«, sagte er. »Die Fässer enthalten Öl. Das gleiche Öl, mit dem ihr den Dronte angegriffen habt, Brad und du.«

Skar begann zu begreifen, was der Vede wollte. Er selbst hatte für kurze Zeit mit dem gleichen Gedanken gespielt, ihn aber rasch wieder verworfen. Aber Helth gab ihm keine Gelegenheit, irgendwelche Einwände vorzubringen.

»Ein geschickter Bogenschütze kann einen Pfeil von hier bis zum Kanal schießen«, fuhr er fort.

»Einen brennenden Pfeil«, vermutete Skar.

Helth nickte. Es war zu dunkel, als daß Skar den Ausdruck auf seinem Gesicht hätte erkennen können, aber als er weitersprach, hatte seine Stimme viel von ihrer Ruhe verloren.

»Du bist es mir schuldig, Skar. Mein Vater übergab dir das Kommando über die SHAROKAAN, und ich will mich jetzt nicht mit dir darüber streiten, ob es richtig war oder falsch. Es war sein letzter Wunsch, und ich respektiere ihn. Aber er darf nicht umsonst gestorben sein. Er nicht und Brad nicht. Ich will diese Bestie haben, Skar.«

Skar wollte auffahren, besann sich aber im letzten Augenblick anders. »Wir haben es schon einmal versucht, Helth«, antwortete er. »Du weißt, daß es sinnlos ist. Dein Vater hat diesen Versuch mit dem Leben bezahlt, Helth. Aber wir konnten dieses Ungeheuer nicht töten.«

Helth wischte seinen Einwand mit einer wütenden Armbewegung beiseite. »Du bist es mir schuldig«, wiederholte er stur. »Und wenn schon nicht mir, so Rayan und Brad. Mit dem, was sich dort auf dem Boot befindet, kann ich die halbe Insel in die Luft sprengen.«

»Und genau das wirst du tun, Helth«, unterbrach ihn Skar ruhig. »Die halbe Insel und uns dazu. Es nutzt uns nichts, wenn wir den Dronte vernichten und dabei selbst sterben.«

»Es wird für dieses verdammte Ungeheuer reichen!« fuhr Helth wütend fort, als hätte er Skars Worte gar nicht gehört.

Skar schüttelte sanft den Kopf. »Du hast nicht gesehen, was ich gesehen haben, Helth«, murmelte er. »Der Dronte ist ein Wesen, dessen Element das Feuer ist. Du kannst ihn nicht mit Feuer töten.«

Helth lachte rauh. »Ich wußte, daß du das vorbringen würdest, Satai«, zischte er. »Aber ich werde es trotzdem tun, ob mit oder ohne deine Erlaubnis.«

»Ich kann dich nicht daran hindern, Helth«, antwortete Skar gelassen. »Aber du wirst damit nichts erreichen. Ich will dieses Monster ebenso gerne tot sehen wie du, aber...«

»Gerede«, unterbrach ihn Helth. »Du und diese Gowenna, ihr steht euch in nichts nach. Reden, das könnt ihr...«

»Ich kann auch noch etwas anderes«, sagte eine Stimme hinter ihnen. Skar drehte sich halb um und erkannte Gowenna. Sie war herangekommen, ohne daß er es bemerkt hatte. »Ich kann dich übers Knie legen und dir den Hintern versohlen, Junge. Vielleicht ist es das, was du nötig hast.«

Skar hielt unwillkürlich den Atem an. Helth' Hand zuckte zum Gürtel. Seine Gestalt straffte sich.

Aber der gefährliche Moment ging vorüber, ohne daß Helth die Waffe zog. Er war Gowenna überlegen in diesem Moment. Sie war unbewaffnet und erschöpft, und er hätte sie töten können, wahrscheinlich so schnell, daß nicht einmal Skar in der Lage war, es zu verhindern, und sie wußten es beide. Aber sie wußten auch beide, daß der Kampf zwischen ihnen nicht mit Waffen ausgetragen werden würde. Nicht jetzt. Nicht so. Trotz allem würde Helth niemals einen Gegner angreifen, der in einem – seiner Meinung nach – unfairen Nachteil war. Es wäre kein Sieg; nicht für ihn. Gerade ihre Unterlegenheit schützte Gowenna. Und machte Helth um so wütender.

»Das einzige, was du erreichen wirst, Helth«, fuhr Gowenna fort, »ist, dieses Biest weiter zu reizen. Du hast erlebt, wozu es fähig ist. Ich möchte nicht in der Nähe sein, wenn es wirklich wütend wird.«

Helth' Augen funkelten. »Was kann es uns schon antun«, entgegnete er trotzig. »Es wird die SHAROKAAN so oder so vernichten. Und wenn den Dronte das Feuer nicht zerstört, so bringt es vielleicht den Kanal zum Einsturz und hält ihn fest, wo er ist. Oder hast du Angst, daß er uns aufs Eis nachkriecht?« fügte er höhnisch hinzu.

Gowenna antwortete nicht. Helth' Worte waren nur mehr bloße Verteidigung, eine Geste, mit der er seinen Rückzug deckte, um nicht das Gesicht zu verlieren. Gowenna mußte das wissen, aber zu Skars Verwunderung verzichtete sie darauf, das Messer noch tiefer in die Wunde zu stoßen. Sie schüttelte nur den Kopf, bedachte Helth mit einem beinahe mitleidigen Blick und ging zum Heck des Schiffes zurück.

»Sie hat recht, Helth«, meinte Skar sanft. »Wir –«

Er brach ab, als er bemerkte, daß der junge Vede nicht mehr zuhörte. Noch einmal setzte er dazu an, etwas zu sagen, schüttelte aber dann nur den Kopf und wandte sich resigniert um.

Gowenna stand auf dem erhöhten Achterdeck und blickte über den See. Skar konnte nur ihre verbrannte Gesichtshälfte sehen; das blinde Auge funkelte wie ein winziger Kristall in dem dunkleren Narbengewebe, und in den zerstörten Zügen schien ein Ausdruck unsäglichen Schmerzes eingebrannt zu sein; ein Schmerz, der weit über bloße körperliche Qual hinausging. Ihre Haltung wirkte entspannt, beinahe gelöst, und trotzdem lag etwas darin, das Skar sagte, wie es in ihrem Inneren aussah.

»Du mußt ihn verstehen«, murmelte er. »Es war zuviel für ihn.«

Gowenna drehte langsam den Kopf. »Das ist kein Grund, uns von diesem jungen Narren umbringen zu lassen«, stellte sie ruhig fest.

»Wie würdest du reagieren, wenn du Vater und Bruder an einem einzigen Tag verlierst?« gab Skar zurück. »Er mag den Mantel eines Veden tragen, aber ein Stück bunter Stoff und eine Waffe machen aus einem Kind noch keinen Mann.«

»Sag ihm das«, schnappte Gowenna. »Oder noch besser, prügele es ihm in den Dickschädel hinein. Das scheint die einzige Sprache zu sein, die er versteht.«

Skar lächelte traurig. »Er weiß es, Gowenna. Aber gib ihm eine Chance.«

Gowenna antwortete nicht darauf. Sie sah ihn einen Moment lang durchdringend an, drehte sich dann wieder um und starrte zum gegenüberliegenden Ufer hinüber. Ein leiser, stöhnender Laut drang durch die wogenden Nebel zu ihnen herüber, ein Geräusch, als rege sich dort hinten irgend etwas Mächtiges, Gewaltiges. Der Laut, von dem ihm Helth erzählt hatte. Skar fror plötzlich stärker. Ein Fetzen seines Traumes fiel ihm wieder ein, und er war auf einmal sicher, daß es mehr als ein normaler Alptraum gewesen war. Er überlegte, ob er Gowenna davon erzählen sollte, ließ es aber dann.

»Wir sollten gleich heute aufbrechen«, sagte Gowenna unvermittelt. »Je größer die Entfernung ist, die ich zwischen mich und dieses... Ding bringe, desto wohler fühle ich mich.«

»Wir haben Zeit«, widersprach Skar. »Und die Männer brauchen eine Pause. Wer weiß, wie lange sie marschieren müssen.«

»Zwei Tage, vielleicht drei.«

Skar wandte überrascht den Kopf. »Wie kommst du darauf?«

Gowenna deutete nach Osten. »Ich war dort oben«, antwortete sie, »auf der Eismauer. Vorhin, als du geschlafen hast. Ich bin mir nicht sicher, aber ich glaube, es gibt ein Gebirge im Osten. Man sieht es nicht, aber das Licht der Sonne spiegelt sich auf seinen Gipfeln, kurz bevor sie versinkt.«

Skar überlegte einen Moment. »Selbst, wenn du recht hast«, murmelte er, »woher weißt du, was hinter diesen Bergen liegt?«

»Ich weiß es nicht«, gab Gowenna gleichmütig zu. »Vielleicht eine weitere Eiswüste. Vielleicht das offene Meer... Aber es ist immer noch besser, wir gehen dorthin als in irgendeine andere Richtung. Dein Einverständnis vorausgesetzt«, fügte sie spöttisch hinzu.

Skar spürte, daß sie auf eine Antwort wartete, aber er beschränkte sich auf ein kaum merkliches Nicken und blickte weiter zum Eiskanal hinüber. Er hatte keine Lust mehr zu diskutieren. Ihr Gespräch war sinnlos, diente allenfalls dem Zweck, einfach zu reden, die Stille und die bedrückenden Gedanken in ihrem Gefolge nicht übermächtig werden zu lassen.

Er drehte sich herum, blickte über das Deck der SHAROKAAN, die jetzt still und ruhig wie ein Geisterschiff dalag und wandte sich dann wieder dem Kanal zu. Erneut war dieser dumpfe, stöhnende Laut zu hören. Vielleicht nichts anderes als die Geräusche, mit denen sich das geborstene Eis bewegte, sich die mächtigen, aus ihrer vielleicht Jahrtausenden währenden Ruhe gerissenen Blöcke neu setzten, vielleicht aber auch etwas anderes.

Skar wehrte sich gegen den Gedanken, aber dadurch wurde es eher schlimmer. Die Angst hatte sich in seiner Seele eingenistet, und es war ein Feind, gegen den zu kämpfen sinnlos war. Etwas – irgend etwas – schien aus dem nebelverhangenen Korridor dort drüben herüberzuwehen, ein Ruf, eine lautlose, unhörbare Stimme, spinnenfingrige Geisterhände, die nach seiner Seele griffen und irgend etwas in ihm anrührten. Es war nicht das erste Mal, daß er dieses Gefühl hatte, aber es wurde stärker, mit jedem Mal, mit jeder Sekunde, jedem Atemzug, den er tat.

Und er spürte, wie irgend etwas in ihm antwortete...

Skar erschrak, so heftig, daß die Reaktion auf seinem Gesicht abzulesen sein mußte, denn er sah, wie Gowenna zusammenzuckte und ihn mit plötzlicher neuer Besorgnis beobachtete. Sie schien etwas sagen zu wollen, aber er hob rasch die Hand und schüttelte den Kopf.

Etwas in ihm erwachte, regte sich nach langer, langer Zeit wieder und antwortete auf den Ruf, der aus dem Wrack des Dronte zu ihm herübergetragen wurde, dumpf, dunkel und lockend, eine Stimme aus einer fremden, bedrohlichen, bizarren Welt, fremder noch als der Dronte mit all seinen Schrecken.

Und plötzlich wußte er auch, was es war. Plötzlich wußte er, was er die ganze Zeit über gespürt hatte, woher dieses widersinnige Gefühl des Vertrauten, Bekannten gekommen war. Bilder tauchten in seinem

Geist auf, Bilder von bedrückender Realität, blitzartige Visionen: dunkle, auf seltsam falsche Weise gekrümmte Gänge und Stollen, Treppenschächte, die nicht für Menschen gedacht waren, Gänge und Räume, nach einer fremden, in den Augen schmerzenden Geometrie errichtet... Namen und Orte tauchten in seinem Geist auf, Erinnerungen, schmerzhaft und voller dumpfer Qual: Urcoun... das Labyrinth unter den gläsernen Ebenen...

Er hatte den Atem des Dronte schon einmal gespürt, in Urcoun, der verwunschenen Stadt am Rande der Nonakesh-Wüste, später in Velas unterirdischer Festung in Tuan.

Und er fühlte in sich, jetzt wie damals, wieder die gleiche böse Lust am Vernichten, am Zerstören und Töten, die ihn schon einmal zu überkommen gedroht hatte, dort, und später, beim Kampf mit dem schwarzen Satai am Rande des Schattengebirges. Er war ihr zweimal erlegen, und er hatte sie zweimal besiegt, aber er hatte auch gespürt, wie ungleich schwerer es beim zweiten Mal gewesen war.

Sein dunkler Bruder war erwacht. Er hatte geglaubt, ihn besiegt zu haben, aber das stimmte nicht. Er hatte ihn vertrieben, ihn tief, unendlich tief in seiner Seele vergraben, ihn hinter eine Mauer aus Selbstbeherrschung und Disziplin gesperrt, aber er war noch da, stark und mächtig wie eh und je. Und er wußte nicht, ob er ihn ein drittes Mal bezwingen konnte.

»Was hast du?« fragte Gowenna. Sie wirkte beunruhigt, beinahe schon ängstlich, und als er in ihr Gesicht sah, erblickte er darin einen besorgten Ausdruck, einen schwachen Abglanz seiner eigenen Furcht, des Schreckens, der ihn gefangenhielt.

»Nichts«, murmelte er schwach. »Es ist... nichts...«

»Du bist blaß«, stellte Gowenna fest. »Und du zitterst am ganzen Leib. Also erzähl mir nicht, daß du nichts hast.«

»Ich... mußte an Del denken«, antwortete er ausweichend. Die Lüge klang dünn, und Gowennas einzige Reaktion darauf bestand in einem flüchtigen Lächeln.

»Findest du es fair, von mir Offenheit zu verlangen und selbst nicht bereit dazu zu sein?« fragte sie.

Skar schüttelte verwirrt den Kopf, nickte und wandte sich dann mit einem Ruck ab. »Nicht jetzt, Gowenna«, sagte er leise. »Wir reden darüber, später. Aber nicht jetzt. Bitte. Ich bin auch nur gekommen, um...« Er brach plötzlich ab, sah sie einen Moment lang an und starrte dann an ihr vorbei aufs Meer. Wenn er sie jetzt auf Vela ansprach, würde sie glauben, es wäre nur ein Vorwand, ein Angriff seinerseits, um abzulenken. Er schüttelte den Kopf. »Nichts«, murmelte er. »Es ist nichts. Vergiß es.«

Gowenna sog hörbar die Luft ein. Zwei, drei Sekunden lang starrte sie ihn an, sah dann zum Eiskanal hinüber, als spüre sie, daß dort drüben die Antwort auf all ihre Fragen lag, und drehte sich mit einem Kopfschütteln um. »Wie du meinst«, murmelte sie.

Skar hob langsam die Hand an die Schläfe. Sein Schädel pochte, und irgendwo hinter seinen Gedanken glaubte er ein leises, böses Lachen zu hören. Er ballte in hilfloser Wut die Fäuste, trat dicht an die Reling heran und starrte auf die nahezu unbewegte Wasseroberfläche hinunter. Der Rumpf der SHAROKAAN begann sich bereits wieder mit Eis zu überziehen; ein dünner, glitzernder Panzer, der langsam, vielleicht nicht mehr als ein Fingerbreit pro Stunde, aber unaufhaltsam an den verquollenen Planken emporkroch. Es war wie dieses Etwas in seiner Seele, dachte Skar. Sein Vormarsch war langsam, trügerisch langsam, aber es gab nichts, was ihn stoppen konnte.

Es war der Dronte. Er spürte seinen Ruf, seine Stimme. Die Stimme seines dunklen Bruders, der endlich seinen Gegenpart gefunden hatte.

Skar erschrak. Ohne es bisher selbst zuzugeben, hatte er sich insgeheim an den Gedanken geklammert, daß alles nur Einbildung war, nichts als eine Reaktion seiner überreizten Nerven. Aber er schien an einem Punkt angekommen zu sein, an dem er sich nicht einmal mehr selbst belügen konnte.

»Ich habe mit Del gesprochen«, sagte er leise. »Vorhin, als ich oben in der Höhle war.«

Auf Gowennas Zügen erschien ein seltsamer Ausdruck. Skar überkam plötzlich das Gefühl, daß sie ganz genau wußte, worauf er hinauswollte. »Das soll... öfter vorkommen«, bemerkte sie stockend und in dem vergeblichen Versuch, spöttisch zu klingen. »Ich glaube mich zu erinnern, daß ich euch beide schon einmal im Gespräch gesehen habe.« Sie lachte.

»Vela«, murmelte Skar. »Es geht um Vela. Und dich. Ich möchte, daß du damit aufhörst, sie langsam umzubringen.«

Gowenna schürzte die Lippen. »Tue ich das, Satai?« fragte sie kalt.

Skar blieb ruhig. »Ich will endlich wissen, was du im Schilde führst, Gowenna«, fuhr er ernst fort. »Ich will wissen, was du wirklich vorhast, mit ihr und vielleicht auch mit uns. Ich habe nicht die Kraft, gegen dieses Ungeheuer und dich gleichzeitig zu kämpfen.«

»Du redest Unsinn«, unterbrach ihn Gowenna verärgert. »Ich befolge den Befehl der Ehrwürdigen Mutter in Elay, nicht mehr und nicht weniger.«

»Aber es bereitet dir Freude, sie zu quälen.«

Gowenna schien irritiert, und auch Skar fühlte sich unsicher. Er hatte damit gerechnet, daß sie streiten würden wie so oft, aber Gowenna blieb ganz ruhig, fast, als hätte sie dieses Gespräch vorausgesehen und sich jede mögliche Antwort auf jede mögliche Frage genau überlegt. »Ich quäle sie nicht«, sagte sie. »Sie spürt nichts. Wahrscheinlich ist sie im Moment die einzige, die glücklich ist von uns allen. Und selbst wenn – würde es einen Unterschied machen?«

»Das würde es«, antwortete Skar. »Für mich. Ich habe geschworen, Vela lebend zum Berg der Götter zu bringen, und ich werde meinen Schwur halten. Aber ich möchte einen Menschen dorthin bringen, Gowenna, keine leere Hülle, deren Geist ausgebrannt ist.«

»Ihr wird nichts geschehen«, antwortete Gowenna. »Das Mittel –«

»Sie stirbt«, unterbrach sie Skar. »Ich war bei ihr, vor nicht einmal einer Stunde. Sie siecht unter unseren Händen dahin. Und das Kind mit ihr.«

Gowenna starrte ihn an. »Ist es das?« fragte sie ungläubig. »Fürchtest du um das Leben deines Kindes?« Sie lachte bitter. »Du solltest dich lieber vor dem Tag fürchten, an dem es geboren wird, Satai.«

»Lenk nicht ab«, knurrte Skar. »Ich –«

»Ich lenke keineswegs ab«, fiel ihm Gowenna ins Wort. Plötzlich klang ihre Stimme hart und schneidend. »Ich befolge die Anordnung der Ehrwürdigen Mutter. Du weißt, daß ich sie nicht quäle, weil es mir Spaß macht. Hast du schon vergessen, wozu diese Frau fähig ist? Hast du vergessen, was sie dir angetan hat? Dir und mir und zahllosen anderen? Sie hätte die Welt in Brand gesetzt, wenn wir sie nicht daran gehindert hätten, Skar.«

Plötzlich war er des Streitens müde. Er fühlte, daß er einer ernstgemeinten Auseinandersetzung mit Gowenna nicht gewachsen sein würde. Sie hatte schon immer besser mit Worten umgehen können als er. »Sie ist geschlagen, Gowenna«, sagte er matt. »Begreif das doch. Sie hat den Kampf ihres Lebens gekämpft und verloren. Sie stellt keine Gefahr mehr dar. Weder für dich noch für mich, noch für irgendeinen. Sie ist geschlagen.«

»Nein, Skar«, antwortete Gowenna ernst. »Das ist sie nicht. Sie wird gefährlich bleiben, solange sie lebt. In diesem Punkt ist sie dir und mir ähnlich. Du kannst sie schlagen, aber du kannst sie nie wirklich besiegen.«

Skar seufzte. Es war sinnlos. Gowenna war verblendet, verrannt in ihren Haß, so stark, daß sie rationalen Argumenten nicht mehr zugänglich war.

»Dann verbiete ich es dir«, sagte er leise.

Gowenna fuhr auf. »Das kannst du nicht. Die Ehr –«

»Elay ist weit«, unterbrach sie Skar. »Wenn wir hier lebend herauskommen und den Berg der Götter erreichen sollten, bin ich bereit, die Verantwortung für mein Tun zu übernehmen, Gowenna. Aber jetzt verbiete ich dir, dich ihr auch nur zu nähern. Von jetzt an werden nur noch Del und ich uns um sie kümmern, kein anderer.«

Gowenna setzte zu einer scharfen Entgegnung an, überlegte es sich im letzten Augenblick anders und senkte den Blick. »Ich gehorche«, flüsterte sie kaum vernehmbar. »Aber du wirst diese Entscheidung bereuen, Skar. Ich bete, daß ich mich irre, aber du wirst sie bereuen. Bald sogar.«

»Das mag sein.« Skar zuckte mit den Achseln, lehnte sich auf das hartgefrorene Holz der Reling und blickte zur Eismauer hinauf.

»Aber auch darüber reden wir später«, fügte er nach einer Weile hinzu. »Bist du müde?«

»Müde? Nein.«

»Dann zeig mir deine Berge«, murmelte Skar. »Vielleicht sind sie wirklich da. Und vielleicht haben wir doch noch eine Chance.«

»Hier«, sagte Gowenna. »Nimm meine Hand.«

Skar löste behutsam die Rechte von dem gezackten Vorsprung, an dem er Halt gesucht hatte, griff nach Gowennas hilfreich ausgestreckten Fingern und zog sich mit einer raschen Bewegung in die Höhe. Der Wind traf ihn mit unbarmherziger Wucht, als er auf die spiegelglatte Krone der Eismauer hinaufstieg. Er machte rasch ein paar

Schritte, um aus der unmittelbaren Nähe der Kante zu kommen, zog den Fellumhang enger um die Schultern und sah Gowenna fragend an.

»Dort.« Gowenna deutete nach Osten. Skar sah neugierig in die angegebene Richtung, konnte aber zuerst nichts außer Dunkelheit und dem glitzernden Band der Sterne hoch oben am Himmel erkennen.

Sein Herz hämmerte, und seine Fingerspitzen schienen taub zu sein, schmerzten aber trotzdem. Der Aufstieg war unerwartet anstrengend gewesen, die spiegelglatten Wände gaben ihren Händen und Füßen so gut wie keinen Halt, und sie hatten – obwohl es kaum fünfzehn Meter gewesen waren, die sie überwinden mußten – beinahe eine halbe Stunde gebraucht, um die Eismauer zu ersteigen. Aber er bestand darauf, selbst hier heraufzukommen, um sich das Gebirge, von dem Gowenna gesprochen hatte, anzusehen.

»Ich kann nichts erkennen«, murmelte er.

Gowenna schüttelte verärgert den Kopf. »Es ist direkt vor uns«, sagte sie ungeduldig. »Vielleicht zwanzig Meilen, kaum mehr.«

Skar starrte angestrengt in die angegebene Richtung. Er sah nichts. Das Eis schien das schwache Sternenlicht wie ein gewaltiger Schwamm aufzusaugen, und alles, was weiter als zwei, drei Meilen entfernt war, war hinter einem Vorhang aus Schatten verborgen.

»Achte auf den Horizont«, wies ihn Gowenna an. »Fällt dir nicht auf, wie unregelmäßig er scheint? Das müssen Berge sein.« Aus ihrer Stimme klang Verzweiflung, die bange Angst, daß Skar ihr sagen könnte, daß sie sich täuschte, daß diese Berge nur in ihrer Einbildung da waren, weil sie sie sehen wollte.

Aber sie hatte wohl recht. Als Skar länger hinsah, bemerkte er, daß der Horizont nicht so glatt war, wie er hätte sein müssen. Das schimmernde Band der Sterne verschwand entlang einer gezackten, unregelmäßigen Linie, unter der schwarze Finsternis herrschte.

»Siehst du es?« fragte Gowenna noch einmal.

Diesmal nickte Skar. »Ich sehe es«, murmelte er, ohne den Blick vom Horizont zu wenden. »Aber ich kann deinen Optimismus nicht teilen, Gowenna. Wer sagt dir, daß hinter diesen Bergen etwas anderes ist als diesseits? Wenn es überhaupt Berge sind.«

»Niemand«, erwiderte Gowenna trotzig, den letzten Teil seiner Antwort bewußt ignorierend. »Aber hast du eine bessere Idee? Selbst wenn uns der Dronte nicht angreift, erfrieren oder verhungern wir in ein paar Wochen, wahrscheinlich eher. Da greife ich lieber nach dieser Chance, und sei sie noch so gering.«

»Natürlich«, seufzte Skar. »Es war auch nur...« Er brach ab, senkte den Blick und rang sich ein halbherziges Lächeln ab. Gowenna berührte ihn am Arm und legte den Kopf auf die Seite.

»Du mißtraust mir noch immer.«

»Tue ich das?«

Gowenna nickte. »Ja. Und ich kann es dir nicht einmal verübeln. Ich habe dich ein paarmal zu oft belogen, um noch Vertrauen von dir verlangen zu können, glaube ich. Ich kann dich nur bitten, mir zu glauben.«

»Was zu glauben?« fragte Skar. »Daß du nichts weißt? Daß du mit deiner Kunst am Ende bist, so wie ich und alle anderen?« Er schüttelte den Kopf, streifte ihre Hand ab und deutete auf den still daliegenden See hinunter. Von hier oben aus betrachtet wirkte er wie ein gigantischer schwarzer Spiegel, in dem sich das Licht der Sterne brach.

Vielleicht wäre es für Skar jetzt an der Zeit gewesen, irgendein versöhnliches Wort zu sprechen, aber ihm stand der Sinn nicht nach großmütigen Gesten; im Gegenteil. Alles, was er fühlte, war eine immer tiefer werdende Verzweiflung.

»Angenommen«, fuhr er nach einer Weile des Schweigens fort, »wir überqueren diese Berge und finden auf der anderen Seite nichts als noch mehr Eis und Schnee – was dann?«

»Hast du Angst vor dem Tod, Satai?«

Skar nickte ungerührt. »Du nicht? Ich kalkuliere ihn ein, bei allem, was ich tue, aber das bedeutet nicht, daß ich ihn nicht fürchte. Vor allem dann, wenn er sinnlos ist.« Er seufzte, verbarg die Hände unter seinem Fellumhang und trat nach kurzem Zögern vom Abgrund zurück.

»Ich bin gespannt«, fuhr er in verändertem Tonfall fort, »was Helth sagen wird, wenn ich ihm mitteile, daß er seinen ganzen Kram hier heraufschaffen muß.«

»Das muß er nicht«, erwiderte Gowenna. »Es gibt eine Stelle weiter hinten in der Höhle, wo die Decke so dünn ist, daß das Licht hindurchscheint. Wir können sie durchbrechen und von dort aus hier heraufkommen.«

»Du hast alles genau geplant, wie?« fragte Skar, ohne aufzublicken.

»Sicher. Ich hatte nicht vor, in diesem Eisloch zu überwintern, weißt du?«

Skar setzte zu einer scharfen Antwort an, beließ es aber dann doch bei einem resignierenden Achselzucken. Ihr Zerwürfnis war keineswegs vergessen, auch wenn es nicht einmal offen zum Ausbruch gekommen war. Und fast hätte sich Skar wohler gefühlt, wenn sie sich wirklich gestritten hätten. Sie hatten einen Burgfrieden geschlossen, mehr nicht. Und er nahm sich vor, sich dieser Tatsache immer bewußt zu sein. In jeder Beziehung.

»Und dann?« fragte er.

Gowenna runzelte fragend die Brauen. »Was dann?«

»Der Gedanke, mit einem halben Hundert bis zum Tode erschöpfter Männer über diese Eiswüste zu marschieren, gefällt mir nicht. Sie werden mich fragen, wohin wir gehen. Und ich weiß keine Antwort. Oder«, fügte er wider besseres Wissen hinzu, »soll ich ihnen sagen, daß wir unterwegs sind, um deine Rache zu vollziehen?«

Gowennas Mine verdüsterte sich. »Sag ihnen, was du willst«, schnappte sie.

»Natürlich«, nickte Skar. »Schließlich bin ich ja der Kommandant, nicht?«

Gowenna überging den sarkastischen Tonfall. »Ich weiß nicht, was du ihnen sagen wirst, Skar, aber ich beneide dich nicht um diese Aufgabe.«

»Oh«, spöttelte Skar, »danke. Dein Mitgefühl freut mich.«

»Und dein Spott verletzt mich«, gab Gowenna ernst zurück. »Ich weiß, daß du glaubst, guten Grund dazu zu haben, aber er hilft uns nicht weiter. Wir haben gar keine andere Wahl, als zu diesen Bergen zu gehen.«

Skar schwieg, aber er dachte an Helth, diesen ungestümen jungen Narren, der ihm nur genauso lange gehorchen würde, wie es ihm paßte. Nein; Gowenna hatte recht. Sie konnten nicht hierbleiben. Vielleicht wäre es möglich gewesen ohne Helth, sie hätten auf die winzige Chance bauen können, daß sich der Dronte zurückzog, daß er sie nicht noch einmal angriff. Aber auch das war nur ein Vielleicht. Es konnte Tage dauern, vielleicht Wochen, bis sich das bizarre Wesen soweit erholt hatte, daß es den Kanal freigab. Es war ausgeschlossen, so lange tatenlos herumzusitzen. Ging die Rechnung nicht auf, würden sie trotzdem fliehen müssen. Eine Woche oder einen Monat älter und erschöpfter. Nein – es blieb ihnen keine andere Wahl.

Wie oft hatte er diese Worte schon gedacht, seit er Gowenna zum ersten Mal begegnet war? Zu oft auf jeden Fall. Zu oft hatte er keine andere Wahl mehr gehabt, als das Falsche zu tun. Es war falsch gewesen, Ikne zu verlassen; falsch, nach Combat zu gehen; und falsch, sich Vela auf den brennenden Ebenen vor der Stadt in den Weg zu stellen; falsch, ihr nach Elay zu folgen, falsch, falsch...

Er sah auf, aber Gowenna hatte sich ein paar Schritte entfernt und stand hoch aufgerichtet und starr im Wind, das Gesicht den Bergen am Horizont zugewandt, und er spürte, daß es nicht richtig wäre, sie jetzt zu stören. Vielleicht war es das letzte Mal in ihrem Leben, daß sie noch einmal so etwas wie Hoffnung verspüren konnte.

Er sah wieder auf den See hinab. Das Bild wirkte so friedlich, so absurd friedlich.

Aber wann hatte er das letzte Mal wirklichen Frieden empfunden?

Seine Gedanken kehrten wieder – vielleicht ausgelöst durch die gleiche Situation, die Tatsache, daß er zum zweiten Mal in kurzer Zeit auf der Zinne dieser eisigen Festung stand, zum zweiten Mal nicht allein und doch einsamer als je zuvor in seinem Leben, und zum zweiten Mal am Vorabend einer Schlacht, die er nicht gewinnen konnte – vielleicht ausgelöst durch diese Wiederkehr der Umstände, dachte er wieder an Del, und wieder verspürte er diese seltsame Mischung aus Trauer und Zorn und Verbitterung, wieder war es der Del, den er in Cosh verloren hatte, nicht der, welcher in der Höhle unter ihnen über die schlafende Errish wachte. Ein Bild stieg vor seinem inneren Auge auf; eigentlich zwei Bilder, in einer blitzartigen Vision vermengt zu einem einzigen. – Er sah noch einmal die schwarze, hornschimmernde Gestalt auf dem Achterdeck des Dronte, und er sah noch einmal Brad, der mit einem lautlosen Schrei auf den Lippen in die Tiefe stürzte.

»Woran denkst du?«

Skar sah auf, hielt Gowennas Blick einen Moment stand und starrte dann wieder auf den See hinab. »An Del«, antwortete er.

»Del...« Irgendwie hatte das Wort in Gowennas Mund einen fremden, völlig anderen Klang. So, als spräche sie über einen ganz anderen Menschen als er. »Er hat sich verändert seit Elay, nicht?« Sie lächelte. »Er ist... erwachsen geworden.«

»Du irrst dich«, entgegnete Skar ruhig. »Ich meine nicht den Del, der mit uns auf dem Schiff ist. Der, den ich meine, ist in Cosh gestorben.«

Gowennas Miene verdüsterte sich. Sie blieb einen Moment reglos stehen, kam dann näher und berührte ihn an der Schulter, ganz sanft nur. Ihre Finger waren eisig und glatt, beinahe selbst wie Eis. »Wir hätten schon längst darüber reden sollen«, sagte sie. »Ich bin nicht blind, auch wenn du mir aus dem Weg gehst und nur mit mir sprichst, wenn es sich nicht umgehen läßt. Warum quälst du dich?«

Skar hob den Arm und wollte ihre Hand abstreifen, aber er führte die Bewegung nicht zu Ende, sondern umklammerte nur ihr Handgelenk. Sie zog ihre Hand nicht weg, wie sie es vorher immer getan hatte, aber er spürte, wie sie unter der Berührung zusammenfuhr.

»Warum quälst du dich so?« fragte sie noch einmal. »Ich war lange genug mit ihm zusammen, um –« Sie brach ab, als sie den Ausdruck von Schmerz auf seinen Zügen sah. Wie sollte er ihr erklären, was in ihm vorging? Er hatte Dels Leiche gesehen, einen toten, ausgebluteten Körper, halb vergraben im Schnee. Er hatte die Totenwache neben ihm gehalten, vier Tage, wie es Sitte war, und er hätte ihn begraben, mit eigenen Händen, würde er die Zeit dazu gehabt haben. Er WUSSTE, daß Del tot war.

»Was die Sumpfleute getan haben«, sagte Gowenna sanft, »war keine Zauberei, Skar. Du hast sie erlebt – du hast mit Cosh selbst gesprochen, Skar, du weißt, wozu dieses Wesen in der Lage ist.«

Ja, er wußte es. Noch jetzt glaubte er einen schwachen Hauch der ungeheuren geistigen Macht zu spüren, die ihn gestreift, irgend etwas in seiner Seele berührt und verändert hatte. Nicht einmal der Tod konnte für dieses Wesen unbesiegbar sein.

Und trotzdem. Wenn er die Augen schloß, sah er Dels totes Gesicht, wenn er mit ihm sprach, hörte er den Wind, der die Melodie zu seiner Totenwache gesungen hatte.

»Während du auf dem Weg nach Elay warst, Skar«, sagte Gowenna, »war er bei mir. Wir waren vier Monate zusammen. Und es gab während der ganzen Zeit nur ein Thema für ihn, Skar. Dich. Dieser Junge ist von den Toten wiederauferstanden, und sein erster Gedanke galt DIR, begreifst du das? Er hatte Angst um dich.« Sie trat zurück und richtete sich auf. In ihrem Auge blitzte Zorn. »Er hat das Heer geführt, aber er hat es nicht nach Elay gebracht, um Vela zu besiegen, sondern weil er Angst um dich hatte. Er hat ein zweites Leben geschenkt bekommen, und er war bereit, es zu opfern, um dich zu retten. Und du dankst es ihm, indem du ihn behandelst wie...«

»Wie?« fragte Skar, als Gowenna nicht weitersprach.

»Wie einen Fremden«, fuhr sie fort. »Glaubst du, er merkt es nicht?« Sie schüttelte den Kopf, und diesmal war wirklich Zorn in ihrer Stimme. »Ich habe mich daran gewöhnt, daß du mich wie einen Feind behandelst. Vielleicht habe ich es verdient. Aber Del nicht. Er ist noch immer dein Freund, und es tut ihm weh, was du mit ihm machst. Gib ihm eine Chance. Das bist du ihm schuldig.«

»Ich... kann es nicht«, murmelte Skar. Plötzlich fiel es ihm schwer, ihrem Blick standzuhalten. »Vielleicht hast du recht, aber ich...« Er brach ab, fuhr mit einem Ruck herum und blickte auf den See hinunter. Aber er sah nicht die glänzende schwarze Fläche, sondern die verfallene Burgruine am Rande der Sümpfe von Cosh, in der er Dels Totenwache gehalten hatte.

Gowenna schwieg verwirrt. Sie wußte nicht, was in ihm vorging, nichts von dieser dunklen, bösen Macht in ihm, die mit jedem Tag stärker wurde. Und er würde es ihr auch nicht sagen. Nicht jetzt, und vielleicht gar nicht.

Gowenna seufzte hörbar. »Du gibst mir mit jedem Tag mehr Rätsel auf, Satai«, nahm sie das Gespräch wieder auf.

Skar lächelte. »Ich bin ein gelehriger Schüler, Gowenna.«

»Das kann man wohl sagen, Skar. Ich –«

Gowenna unterbrach sich überrascht und deutete mit einer raschen, erschrockenen Bewegung nach unten. Skar fuhr herum, sah aus zusammengekniffenen Augen auf den See hinunter und erstarrte.

»Dieser Narr!« zischte er. »Dieser verdammte, kindsköpfige Idiot!«

Das Licht reichte nicht aus, um wirklich Einzelheiten zu erkennen, aber das wenige, das Skar sehen konnte, reichte aus. Ein kleiner, schlanker Schatten hatte sich vom gedrungenen Umriß der SHAROKAAN gelöst und trieb nun, gehorsam dem Sog der Ebbe folgend, quer über den See auf den Kanal zu.

»Dieser Idiot«, sagte Skar noch einmal. »Man sollte ihn auf eine zweite Pinasse binden und hinterherschicken.« Er ließ sich dicht vor der Kante auf die Knie herab und formte mit den Händen einen Trichter.

»Helth!« schrie er mit vollem Stimmaufwand. »Ich verbiete es! Tu es nicht! Du bringst uns alle um!«

Seine Stimme schien im Schweigen der Nacht unnatürlich weit zu schallen, und von den blinkenden Eismauern tief unter ihm kamen grotesk verzerrte Echos zurück.

Aber eine Antwort erfolgte nicht. Dafür glomm hinter der Reling der SHAROKAAN ein winziger rötlicher Funke auf.

Skar wollte noch einmal rufen, aber Gowenna hielt ihn mit einem resignierenden Kopfschütteln davon ab. »Es hat keinen Sinn, Skar«, gab sie zu bedenken. »Er wird nicht gehorchen.«

Skar schüttelte den Kopf. Sie hatten eine halbe Stunde gebraucht, allein für den Weg von der Höhle hier herauf. Die Strecke bis ganz hinunter zum See und zur SHAROKAAN war mehr als doppelt so weit, und der Abstieg würde schwieriger werden als der Weg hinauf.

»Nein«, sagte er. »Ich habe keine Lust, von der Explosion irgendwo in der Mauer erwischt zu werden. Das Boot braucht keine zehn Minuten, um den Kanal zu erreichen. Und dieser Irre wird sein Vorhaben ausführen, ganz egal, ob wir unterwegs sind oder nicht.«

Seltsamerweise blieb Gowenna ruhig. »Vielleicht hat er sogar recht«, murmelte sie plötzlich.

Skar starrte sie fassungslos an. »Wie bitte?« fragte er. »Sag das noch einmal, Gowenna.«

Gowenna gab einen undeutbaren Laut von sich. »Ich habe nur versucht, mich in seine Lage zu versetzen«, erklärte sie. »Wäre ich an seiner Stelle, würde ich vielleicht nicht anders handeln. Ich halte das, was er tut, nicht für gut, Skar, aber ich verstehe ihn. Er hat Vater und Bruder durch dieses Monster verloren. Und er ist ein Vede, vergiß das nicht. Von seinem Standpunkt aus hat er gar keine andere Wahl, wenn er sein Gesicht nicht verlieren will.«

Skar schwieg eine Weile. »Ich hoffe nur, er verliert es nicht im wahrsten Sinne des Wortes«, bemerkte er dann.

Gowenna machte eine wegwerfende Handbewegung. »Du übertreibst«, sagte sie. »Er wird ein bißchen Feuerwerk machen, und das ist alles.«

Skar nickte wütend. »Ja«, ergänzte er. »Und er wird dieses Ding zur

Weißglut reizen. »Wir –« Er brach ab, legte den Kopf auf die Seite und lauschte mit geschlossenen Augen. Auf seinem Gesicht erschien plötzlich ein angespannter, nervöser Ausdruck.

»Was ist?« fragte Gowenna.

Skar machte eine rasche Handbewegung und legte den Zeigefinger auf die Lippen. »Ruhig«, zischte er. »Ich... höre etwas.«

Gowenna trat einen halben Schritt zurück. Ihre Hand zuckte zum Gürtel, und ihre Haltung war mit einem Mal so angespannt wie die Skars.

»Schritte«, flüsterte sie. »Das sind Schri... Skar!«

Das letzte Wort hatte sie geschrien. Skar fuhr herum, riß sein Schwert aus dem Gürtel und starrte in die Richtung, in die ihr ausgestreckter Arm wies.

Vor dem sternenübersäten Himmel zeichneten sich zwei dunkle, hochaufgeschossene Schatten ab.

»Ihr Götter!« keuchte Gowenna. »Was ist das?«

Skar wußte die Antwort nicht. Er wußte nur, was die beiden Gestalten nicht waren – nämlich Menschen. Sie waren zu groß, ihre Proportionen stimmten nicht, und ihre Umrisse schienen zu eckig und hart.

Die beiden Fremden kamen langsam näher. Ihre Schritte knirschten hörbar auf dem harten Eis, und ihre Bewegungen schienen, obwohl eckig und von fast unbeholfen wirkender Starrheit, ungeheuer kraftvoll. Alles an ihnen strahlte Kraft aus, eine Kraft und Wildheit, die beinahe fühlbar war. Ihre Haut glänzte, wo sich das Licht der Sterne darauf brach.

Langsam, Schritt für Schritt, wichen sie vor den beiden Fremden zurück. Skar konnte mehr Einzelheiten erkennen, als die beiden schweigenden Riesen näher kamen: Sie mochten beide über sechs Fuß groß sein, und ihre Schulterbreite mußte annähernd das Doppelte der eines normal gewachsenen Mannes betragen. Ihre Körper waren bis auf den letzten Quadratmillimeter von weißen, glänzenden Panzern bedeckt, und die Gesichter verbargen sich hinter glatten Masken ohne sichtbare Öffnungen für Augen oder Mund. Sie waren mit großen dreieckigen und mit gefährlichen Widerhaken bewehrten Schilden und Schwertern bewaffnet, und auch aus den Arm- und Beinstücken ihrer Rüstung wuchsen lange, gefährliche Dorne. Sie wirkten auf schwer zu beschreibende Art roh und unfertig, kaum wie Menschen,

sondern fast wie gewaltige, lebensgroße Statuen, die durch einen unbegreiflichen Zauber zum Leben erweckt und von ihren Sockeln herabgestiegen waren.

Aber das war es nicht, was Skar bis auf den Grund seiner Seele erschreckte. Er hatte schon oft gegen gefährliche und bizarre Gegner antreten müssen und auch gegen solche, deren Bewaffnung eindrucksvoller war als die der beiden Riesen. Es war etwas anderes.

Ihre Rüstungen waren nicht geschmiedet oder sonstwie gefertigt. Sie waren gewachsen.

Die beiden Angreifer bewegten sich jetzt langsam auseinander, und obwohl Skar ihre Gesichter nicht erkennen konnte, hatte er das deutliche Empfinden, beobachtet, angestarrt zu werden, angestarrt von Augen, die bis in die tiefsten Abgründe seiner Seele starrten. Es war das gleiche Gefühl, das er schon einmal gehabt hatte, dort unten, an Bord des Dronte, ein Gefühl, das ihn fast mehr ängstigte als die riesenhaften Gestalten und die Waffen in ihren Händen. Das Gefühl, daß diese beiden Fremden trotz allem etwas Bekanntes, etwas auf schreckliche Weise Vertrautes darstellten...

»Nimm den Rechten«, flüsterte er. »Versuch ihn hinzuhalten. Ich kann nicht mit beiden zugleich kämpfen.«

Gowenna nickte. Er spürte die Bewegung mehr, als er sie sah, aber er wußte, daß er sich auf sie verlassen konnte. Sie war nicht so gut wie Del, aber sie war als Partner noch immer besser als irgendein anderer Mann, dem er je begegnet war. Er hatte sie kämpfen sehen. Der Riese würde sich wundern, wenn er glaubte, leichtes Spiel mit einer Frau zu haben.

Skar wechselte das Schwert von der Rechten in die Linke – nachdem sein Tschekal beim Kampf auf dem Dronte zerbrochen war, hatte er sich ein Ersatzschwert von den Freiseglern geben lassen –, griff unter den Umhang und zog einen der fünfzackigen Shuriken hervor. Das vertraute Gewicht des Wurfsternes flößte ihm für eine halbe Sekunde ein Gefühl trügerischer Sicherheit ein.

Er wog die Waffe abschätzend in der Hand, holte aus und schleuderte sie mit aller Macht. Der silberne Metallstern verwandelte sich in ein funkelndes, irrsinnig schnell rotierendes Rad und jagte mit ungeheurer Wucht auf einen der gepanzerten Riesen zu. Die Abwehrbewegung des Mannes kam zu spät. Der Shuriken schrammte über die

Kante des im letzten Moment hochgerissenen Schildes, kippte im Flug in die Waagerechte und bohrte sich mit einem schmetternden Schlag in sein Gesichtsvisier. Die Kraft des Wurfes war so gewaltig, daß die Waffe fast zur Hälfte in das glänzende Visier eindrang, ehe sie zitternd steckenblieb.

Der Riese wankte. Ein dumpfer, stöhnender Laut wehte über die Eismauer. Er ließ den Schild fallen, hob die Hände ans Gesicht und zerrte vergeblich an der kleinen, tödlichen Waffe.

Die rasiermesserscharf geschliffenen Kanten mußten tief in seinen Schädel eingedrungen sein, aber er fiel nicht. Langsam senkte er die Hände, bückte sich, um seinen Schild aufzuheben und kam weiter auf Skar zu, das Schwert halb erhoben, den Schild abwehrbereit vor den Körper haltend. Der Shuriken ragte aus seinem Gesichtsvisier, direkt dort, wo sich die Augen unter dem schimmernden Weiß verbargen. Er mußte blind sein, blind und halb wahnsinnig vor Schmerzen. Aber er fiel nicht.

Skar war für die Dauer eines Herzschlages starr vor Überraschung. Er wußte, welch grauenhafte Wunden die Shuriken rissen, Wunden, die selbst einen Banta vor Schmerz aufschreien ließen, die kein Mensch überleben konnte. Aber dieses... Ding marschierte weiter, stumm, unbeeindruckt, tödlich.

Ein dumpfes, von einem schmerzhaften Aufschrei gefolgtes Krachen zeugte davon, daß Gowenna mit ihrem Gegner zusammengeprallt war. Aber Skar blieb keine Zeit, auch nur einen Blick an sie zu verschwenden.

Der Gigant griff an.

Skar spreizte die Beine und packte seine Waffe mit beiden Händen, als der dornengepanzerte Riese heranstürmte. Sein Schwert zuckte hoch, parierte einen ungeschickten, aber ungeheuer kraftvoll geführten Hieb des Angreifers und krachte in der Abwärtsbewegung auf dessen Schild. Der Riese taumelte zurück, aber der Schlag vibrierte als dumpfer, krampfartiger Schmerz durch Skars Handgelenke bis in die Schulter hinauf. Der Schild des Giganten war so hart, als bestünde er aus fingerdickem Stahl. Seine Klinge vibrierte, und die Schneide hatte, wie er mit einem raschen Blick feststellte, eine tiefe Scharte abbekommen.

Skar änderte blitzartig seine Taktik. Als sein Gegner das nächste

Mal heranstürmte, fing er seinen Hieb nicht auf, sondern ließ die Klinge dicht über sich hinwegzischen, trat noch einen Schritt auf ihn zu und krümmte blitzschnell den Rücken. Der Angreifer prallte gegen ihn, wurde – von der Wucht seines ungestümen Ansturmes getragen – von den Füßen gerissen und flog in hohem Bogen über Skar hinweg.

Skar wirbelte herum, bevor der Gigant auf dem Boden aufprallte. Er sprang mit einem gellenden Schrei vor, federte kurz in die Knie ein und stieß sich mit aller Macht ab. Seine Füße krachten auf das Visier, glitten ab und bildeten eine tödliche Schere, als er sich im Sprung herumwarf.

Der Ruck schien ihm die Knie aus den Gelenken zu reißen. Der feindliche Krieger wurde hochgerissen und zur Seite geschleudert. Skar prallte hart auf das Eis, verlor sein Schwert und drehte sich blitzschnell auf den Rücken, gerade rechtzeitig, um zu sehen, wie der Riese sich mühsam auf Hände und Knie erhob und nach seinen Waffen tastete.

Skar raffte sein Schwert auf, sprang auf die Füße und holte beidhändig aus, die Klinge krachte in den Nacken des Giganten, schnitt splitternd und berstend durch seine Panzerung und trennte den Schädel vom Körper. Der Krieger brach wie vom Blitz gefällt zusammen und blieb reglos liegen. Sein Helm kollerte davon, fiel über die Kante und verschwand lautlos in der Tiefe.

Skar blieb einen Moment lang bewegungslos stehen. Seine Arme und Beine zitterten, und sein ganzer Körper war ein einziger pulsierender Schmerz. Sein Schwert schien Zentner zu wiegen, und seine Schultermuskeln waren verspannt und schienen seinen Befehlen nicht mehr zu gehorchen.

Mühsam wandte er sich um und hielt nach Gowenna Ausschau.

Sie hatte weniger Glück gehabt als er. Ihr linker Arm hing blutend und nutzlos herunter, und Skar sah, wie ihr Körper bei jedem Schwerthieb des schwarzen Riesen, den sie auffing, von einem schmerzhaften Krampf geschüttelt wurde. Ihr Gesicht war verzerrt von Anstrengung.

Es war nicht Skars Art, einem Gegner in den Rücken zu fallen, aber dies war kein normaler Kampf, und ihre Feinde waren keine normalen Feinde. Ohne ein Wort der Warnung sprang er von hinten an den weißen Riesen heran, packte das Schwert mit beiden Händen und stieß mit aller Macht zu. Die Klinge fuhr krachend durch den Rückenpanzer, glitt mit überraschender Leichtigkeit durch den Körper und barst durch den Brustpanzer wieder hervor.

Skar riß die Waffe mit einer verzweifelten Anstrengung wieder heraus und sprang rasch zwei, drei Schritte zurück. Der Riese wankte. Sein Schwert, bereits zum tödlichen Hieb erhoben, verharrte reglos in der Luft. Er taumelte, drehte sich mit mühsamen, ungelenken Bewegungen herum und brach in die Knie.

Skar sammelte noch einmal alle Kraft, wirbelte blitzartig um seine eigene Achse und schlug aus der Drehung heraus zu. Der Hieb trennte den linken Arm seines Gegners ab, zertrümmerte seinen Brustpanzer und drang fast bis zur Körpermitte ein, ehe die Klinge mit einem knirschenden Laut steckenblieb. Der Riese blieb für die Dauer eines Herzschlags reglos hocken und kippte dann, wie eine Marionette, deren Fäden man urplötzlich durchgeschnitten hatte, zu Boden.

Gowenna sank mit einem schmerzhaften Keuchen in die Knie, blieb einen Moment benommen hocken und hob die Hände ans Gesicht. »Bei allen Göttern«, keuchte sie. »Was war das?«

Skar drehte den reglosen Körper mit dem Fuß auf die Seite. Nach der ungeheuren Kraft, mit der die Giganten gekämpft hatten, erschien er ihm seltsam leicht; fast, als wäre er nicht mehr als eine leere Hülle. Er sah sich kurz nach allen Seiten um, starrte konzentriert über die Eisfläche und schob sein Schwert in den Gürtel zurück. Dann ging er rasch zu Gowenna hinüber und kniete neben ihr nieder.

»Was ist mit deinem Arm?« fragte er besorgt.

Gowenna schüttelte schwach den Kopf. »Nichts«, sagte sie. »Nur ein Kratzer, mehr nicht.«

Skar schob ihre Hand beiseite und betrachtete die Wunde. Es war ein tiefer und sehr schmerzhafter Schnitt, der aber nicht gefährlich schien. Er riß einen Stoffstreifen von seinem Hemd und befestigte ihn zu einem provisorischen Verband über Gowennas Schulter. Sie wollte sich wehren, aber er schob ihre Hand mit sanfter Gewalt beiseite und zog den Verband fest, bis die Blutung zum Stillstand kam. »Wir werden uns etwas Besseres einfallen lassen müssen, wenn wir wieder in der Höhle sind«, sagte er. »Aber für den Moment wird es reichen.«

Gowenna nickte dankbar. Sie versuchte aufzustehen, strauchelte und wäre gestürzt, wenn Skar nicht zugegriffen hätte.

»Was... was war das?« fragte sie noch einmal.

Skar zuckte hilflos mit den Schultern. »Jemand, der uns nicht mag«, antwortete er halblaut. »Aber frag mich jetzt nicht, wo sie hergekommen sind. Ich weiß es sowenig wie du.«

Er stand wieder auf, trat – mit sichtlichem Widerwillen – neben den gefallenen Riesen und ließ sich auf die Knie herabsinken. Seine Finger tasteten behutsam über den schwarzschimmernden Panzer.

»Das... das ist kein Metall«, sagte er.

»Sondern?«

Skar zögerte. Seine Finger glitten weiter über den zerborstenen Brustpanzer und fuhren prüfend über die scharfkantigen Ränder des Risses. Kälte. Er fühlte Kälte, sterile, tödliche Kälte. »Eis«, murmelte er. »Es fühlt sich an wie Eis.« Er tauschte einen hilflosen Blick mit Gowenna, drehte den toten Giganten schließlich mit einem entschlossenen Ruck auf den Rücken und betrachtete den zersplitterten Armstumpf.

Gowenna stieß einen überraschten Laut aus.

Die Rüstung war leer.

»Aber das ist doch... unmöglich«, stammelte sie. »Das ist...« Sie bückte sich, griff zögernd nach dem abgeschlagenen Arm des Riesen und hob ihn auf.

»Leer«, flüstert sie. »Er ist leer!«

Skar schwieg. Die beiden Riesen waren nichts als leere Rüstungen gewesen. Es schien unmöglich, aber er hielt den Beweis in Händen.

Auf seinem Gesicht lag ein betroffener, hilfloser Ausdruck, als er aufstand.

»Wir müssen hinunter«, sagte er leise. Der Wind fing seine Worte auf, trug sie davon und verzerrte sie. Skar fror plötzlich stärker. »Wir müssen die anderen warnen. Wenn diese Bestien unten in der Höhle auftauchen...«

»Du glaubst, es gibt noch mehr davon?«

Skar zuckte mit den Achseln. »Ich weiß es nicht«, gab er zu. »Aber wo zwei sind, können auch mehr sein. Wir müssen die anderen auf jeden Fall warnen. Komm.«

Gowenna trat dicht an die Eiskante heran, ließ sich auf Hände und Knie sinken und sah konzentriert zum See hinunter. Die Pinasse hatte mehr als zwei Drittel ihres Weges zurückgelegt.

»Wir können es bis zu diesem Absatz schaffen«, murmelte sie. »Aber nur, wenn wir uns beeilen.«

»Und dein Arm?«

Gowenna machte eine wegwerfende Geste. »Es wird gehen. Ich habe Schlimmeres überlebt.« Sie lächelte mit erzwungenem Optimismus, drehte sich herum und tastete mit den Füßen nach Halt. Langsam, Zentimeter für Zentimeter, ließ sie sich über die Kante gleiten. Skar sah, wie sich ihre Muskeln unter der Anstrengung spannten. Der Verband über ihrer Schulter rötete sich; die Wunde hatte wieder stärker zu bluten begonnen.

Skar war nicht sehr wohl bei dem Gedanken – aber er wußte auch, daß sie keine andere Wahl hatten. Gowenna und er waren – von Del einmal abgesehen – die besten Kämpfer der Gruppe, und selbst sie hatten die beiden Eiskrieger nur mit Glück und knapper Not besiegt. Wenn auch nur ein halbes Dutzend dieser Monster über die ahnungslosen Freisegler herfiel... Skar schob die Vorstellung hastig beiseite.

Wieder sah er zum See hinunter. Die Pinasse war nicht mehr als ein dunkler, langgestreckter Schatten auf den glitzernden Wellen, weniger noch; nur noch daran zu erkennen, daß sich das Sternenlicht an dieser Stelle nicht auf dem Wasser spiegelte. Ihre Bewegung war von hier oben nicht wahrzunehmen. Trotzdem kam es ihm für den Moment vor, als schösse sie auf den nebelverhangenen Kanal zu.

»Ich bin unten«, drang Gowennas Stimme zu ihm herauf. »Du kannst nachkommen.«

Skar ließ sich, Gowennas Beispiel folgend, auf Hände und Knie hinab und kletterte über die Kante. Das Eis erschien ihm glatter als zuvor, und er drohte mehr als nur einmal den Halt zu verlieren, ehe er auf dem schmalen Eissims neben Gowenna anlangte. Sein Herz raste, und er war trotz der Kälte in Schweiß gebadet. Dabei hatten sie erst den ersten – und leichtesten – Abschnitt des Weges geschafft. Unter ihnen lag eine fast fünfzehn Meter tiefe, senkrecht abfallende Schlucht. Es war ihm fast ein Rätsel, wie sie es geschafft hatten, jemals hier heraufzukommen.

Er wollte weiterklettern, aber Gowenna hielt ihn mit einer raschen Bewegung zurück. »Nicht«, murmelte sie. »Schau.«

Skar sah auf. Sein Herz schien einen schmerzhaften Sprung zu machen, als er auf den See hinabsah.

Die Pinasse hatte den Kanal erreicht. Für einen Moment war sie deutlicher zu erkennen, als sie in die Nebelbank eindrang und sich ihr Umriß schwarz und massig gegen das graue Wogen abhob.

Hinter der Reling der SHAROKAAN glommen vier, fünf, schließlich ein Dutzend kleiner roter Funken auf, Funken, die sich urplötzlich in dünne feurige Linien verwandelten und über den See zischten.

»Zu kurz«, murmelte Gowenna.

Skar nickte, die Pfeile waren allesamt zu kurz gezielt. Sie erhoben sich in die Luft, senkten sich dicht vor der Mitte des Sees wieder und fielen weit hinter der Pinasse ins Wasser.

Eine zweite Salve jagte vom Deck der SHAROKAAN zum Kanal hinüber, auch sie zu kurz, aber schon wesentlich näher als die erste.

Die Pinasse war jetzt mehr als zur Hälfte in die Nebelbank eingedrungen.

»Wenn er noch zweimal danebenschießt, ist sie weg«, murmelte Gowenna.

Skar antwortete nicht darauf. Es war ein frommer Wunsch, und Gowenna wußte es so gut wie er. Helth' Männer waren zu gute Schützen, um ein so großes Ziel zu verfehlen, selbst auf diese Entfernung. Diese beiden ersten Salven waren nicht gezielt gewesen, keinem anderen Zweck dienend, als das Ziel zu fixieren und die Windstärke festzustellen.

Er suchte mit den Händen nach festem Halt an der spiegelnden Mauer und beugte sich ein wenig vor, um einen besseren Blick auf die SHAROKAAN hinab zu haben. Er konnte nicht genau erkennen, was an Bord des Freiseglers vorging, aber eine der dunklen Gestalten hinter der Reling kam ihm ein wenig größer als die anderen vor. Helth. Er schien nicht einmal zu begreifen, in welcher Gefahr er schwebte. Vielleicht war es ihm auch gleichgültig. Vielleicht suchte er auch den Tod. Aber es war nicht nur sein Leben, das er aufs Spiel setzte, sondern ihrer aller.

Wieder glomm der grelle Funke einer brennenden Pechspitze hinter der Reling der SHAROKAAN auf. Ein einzelner Pfeil erhob sich in die Luft, zeichnete eine flackernde, vielfach unterbrochene Feuerlinie über den See und senkte sich mit tödlicher Präzision auf die Pinasse herab.

Das Beiboot verschwand im gleichen Moment hinter der Einfahrt des Kanals, in dem der Pfeil in sein Heck einschlug. Skar hielt unwillkürlich den Atem an. Für zehn, fünfzehn, zwanzig quälende, endlose Sekunden geschah gar nichts, dann glomm hinter der Zufahrt der Eisschlucht ein rotes, böses Licht auf, wuchs zu einer Flamme, einem...

Skar schloß gequält die Augen. Ein weißer, ungeheuer greller Feuerball barst aus dem Kanal hervor, tauchte den See und die Eismauer in gleißende Helligkeit und schickte gierige Flammenarme auf das Wasser hinaus. Ein ungeheurer Donnerschlag erschütterte den See, und Skar spürte selbst hier, fast eine Meile entfernt, den glühenden Luftzug, der die Druckwelle begleitete. Er sank auf die Knie und blickte aus tränenden Augen auf die SHAROKAAN herab. Das Schiff verwandelte sich vor dem Hintergrund des brennenden Eises in einen flachen schwarzen Schatten.

Der Feuerball der Explosion erlosch, aber es war noch nicht vorbei. Aus dem Kanal ergoß sich Feuer in den See; brennendes Wasser, das sich zu einer sprudelnden Flutwelle auftürmte, einer Welle, die schäumend und brüllend über den See schoß, seine Ufer in Brand setzte und die SHAROKAAN wie ein Hammerschlag traf. Das Schiff legte sich in einer unheimlich langsam erscheinenden Bewegung auf die Seite, glitt, von der Gewalt der Flutwelle vorwärts getrieben, ein Stück weit den Strand hinauf und fiel mit einem berstenden Schlag zurück. Drei, vier der winzigen Gestalten, die auf seinem Deck herumgekrabbelt waren, wurden hoch in die Luft und über die Reling geschleudert. Lautlos verschwand das Schiff im kochenden Wasser.

»Skar! Sieh!« Gowenna deutete mit schreckverzerrtem Gesicht über den See.

Der Kanal spie noch immer Feuer. Das Eis selbst schien in Flammen zu stehen, und das Wasser erglühte unter einem unheimlichen, rotgelben Licht, als wäre am Grunde des Sees ein Tor zur Hölle aufgestoßen worden. Das Wasser im Kanal kochte, aber die Dampfschwaden wurden immer wieder von grellweißen Stichflammen zerfetzt, und von den Wänden ergossen sich wahre Sturzbäche dampfenden Schmelzwassers.

Und inmitten dieses Chaos erschien der Dronte!

Zuerst war er nicht mehr als ein schwarzer, verschwommener Umriß, der hinter der Wand aus Licht und Hitze mehr zu ahnen als wirklich zu erkennen war. Dann brach sein Bug durch den Feuervorhang, schwarz, gewaltig und brennend wie der Kopf eines flammenden Rachedämons, teilte das sprudelnde Wasser und schoß weit auf den See hinaus.

Der Dronte brannte. Grelle, orangerote Flammenzungen schlugen aus seinem Rumpf, leckten an den Masten empor und ließen die schwarzen Segel, kaum regeneriert und noch nicht mehr als dünne, verwundbare Häute, zu öligen schwarzen Fäden zusammenschmelzen. Aber er bewegte sich trotzdem weiter, die mächtigen schwarzen Feuerspuren noch unter Wasser nach sich ziehend, und katapultierte den gigantischen Leib unaufhaltsam auf die SHAROKAAN zu.

Skar stöhnte vor Schrecken, als er erkannte, was der Dronte beabsichtigte.

Der Killersegler schoß weit über die Mitte des Sees hinaus. Die Backbordruder hoben sich, bildeten ein brennendes, zerschmelzendes Spalier längs der Reling, während sich die Steuerbordruder ein letztes Mal ins Wasser senkten und den Dronte in eine enge Drehung zwangen.

Als er die Wende halb vollendet hatte, schossen seine Feuerkatapulte eine volle Breitseite ab.

Die SHAROKAAN explodierte.

Die Nacht war zum Tag geworden, als sie zur Höhle zurückkehrten. Mit dem Untergang der SHAROKAAN war das Inferno noch nicht beendet; im Gegenteil. Als hätte der feurige Gott, den Helth erweckt hatte, lediglich für einen Moment den Atem angehalten, um neue Kraft zu schöpfen und vielleicht auch selbst dem letzten Akt des Dramas zuzuschauen, das sich am diesseitigen Ufer des Sees abspielte, schossen die Flammen wie in einer feurigen Antwort auf die Explosion der SHAROKAAN zu einem wabernden Vorhang hoch, ein

Mantel aus Hitze und gnadenlosem grellem Licht, hinter dem die schmelzenden Wände des Kanals zu tanzenden dunklen Schatten wurden. Der See kochte. Brennendes Öl breitete sich, dem Sog der Strömung trotzend, auf dem Wasser aus. Die Hitze trieb wie ein unsichtbarer, lautloser Raubvogel über den See, trieb Skar die Tränen in die Augen und ließ ihn all die unzähligen kleinen halbvergessenen Wunden, die er sich in den letzten Tagen zugezogen hatte, erneut und schmerzhaft spüren.

Er wußte hinterher selbst kaum mehr, wie er das letzte Drittel des Weges zurückgelegt hatte. War der Aufstieg schon schwierig gewesen, so gestaltete sich der Abstieg zu einem lebensgefährlichen Wagnis. Die glühende Luft, die in Schüben wie Wogen eines unsichtbaren Feuerozeans heranflutete, versengte nicht nur seinen Rücken, sondern ließ auch das Eis feucht und schlüpfrig werden und schmirgelte den Großteil der winzigen Risse und Unebenheiten, an denen sie beim Hinaufsteigen noch Halt gefunden hatten, glatt. Der Feuerschein überzog die Wand mit einem Muster tanzender Schatten, und er griff mehr als einmal ins Leere, verwirrt und irregeführt durch die wie irr hin und her huschenden Lichtreflexe und Schatten.

Als er den Fuß der Eismauer erreichte und vorsichtig über den steilen Eishang auf den Höhleneingang zueilte, vollzog sich unter ihm der allerletzte Akt des Schauspiels; nicht mehr als ein von einem grausamen Schicksal inszenierter Epilog, im Grunde überflüssig, und doch mehr als alles andere dazu angetan, die Macht des Dronte zu demonstrieren. Der schwarze Killersegler begann sich langsam auf der Stelle zu drehen. Er brannte noch immer, aber irgendwie wußte Skar, daß ihm das Feuer nichts ausmachte; nicht wirklich, trotz oder vielleicht gerade wegen der schrecklichen Zerstörungen, die er selbst von hier oben aus noch deutlich wahrnehmen konnte. Seine Backbordseite schien eine einzige gezackte Wunde zu sein, aber die Ruderblätter tauchten klatschend ins Wasser und zeichneten dünne, halbkreisförmige brennende Linien unter seine Oberfläche, und der bizarre Drachenkopf richtete sich auf den lodernden Trümmerhaufen, der von der SHAROKAAN übriggeblieben war. Langsam, aber mit der unaufhaltsamen Gewalt einer Naturkatastrophe bohrte sich der Bug des Dronte in die Flanke des Freiseglers. Die SHAROKAAN wurde durch die Wucht des Aufpralls nahezu in zwei Hälften gespalten, krachte mit einem dumpfen, mahlenden Geräusch gegen den Eisstrand und legte sich in einer unendlich langsam anmutenden Bewegung auf die Seite. Dann brach sie auseinander. Brennendes Holz und Tauwerk überschütteten den Strand mit einem Hagel winziger lodernder Feuergeschosse.

Skar riß sich widerwillig von dem gleichermaßen schaurigen wie faszinierenden Anblick los und legte die letzten Meter bis zur Höhle mit ein paar schnellen Schritten zurück. Der Eingang sah im rötlichen Widerschein des Brandes wie eine blutige, zuckende Wunde aus. Skar stürmte mit gesenktem Kopf hindurch, stieß einen Matrosen, der nicht schnell genug zur Seite wich, grob aus dem Weg und sah sich wild um. Die Höhle war vom flackernden Licht zahlreicher Fackeln erhellt, und die Luft roch bereits jetzt brandig und abgestanden. Der größte Teil der Freisegler hatte sich in der Nähe des Eingangs zusammengedrängt, um das Geschehen unten auf dem See verfolgen zu können, obwohl der schmale Spalt kaum Platz für einen Mann bot; eine etwas kleinere Gruppe war weiter hinten im Hintergrund der Höhle geblieben. Und zwischen ihnen, hoch aufgerichtet, aber in seltsam unnatürlicher, verkrampfter Haltung, stand Helth.

Skar spürte eine flüchtige Überraschung, ihn zu sehen. Er hatte nicht damit gerechnet, daß jemand den Untergang der SHAROKAAN überlebt haben konnte.

Helth drehte sich ruckartig herum, als einer der Freisegler die Hand hob und auf Skar deutete. Für einen Moment spiegelte sich eine ganze Reihe einander widersprechender Gefühle auf seinen Zügen: Haß, Zufriedenheit, Furcht, Trotz – vor allem Trotz –, aber auch Resignation und eine winzige Spur von Schuld, dann erstarrte sein Gesicht zu einer undurchdringlichen, ausdruckslosen Maske.

Skar blieb mitten im Schritt stehen, als er dem Blick des Veden begegnete. Seine Fäuste ballten sich so heftig, daß die Knöchel hörbar knackten. Aber er sagte nichts von all dem, was ihm noch vor Sekunden auf den Lippen gelegen hatte. Als er in Helth' Gesicht sah, erlosch alles in ihm schlagartig; er fühlte noch immer Wut, eine brodelnde, hilflose Wut, die wie ein heißer Schmerz in seinem Inneren wühlte. Aber er wußte auch, daß es sinnlos sein würde, etwas zu sagen. Er hatte Lust, Helth zu packen und ihm die Fäuste ins Gesicht zu schlagen, aber er würde damit nichts ändern. Helth hatte die Entscheidung erzwungen, so oder so, und sie würden damit fertig werden müssen, so oder so. Der Vede hatte mehr getan, als seinen Willen durchzusetzen und den Dronte anzugreifen. Er hatte den Bruch zwischen ihnen sichtbar werden lassen, den dünnen Sprung in ihrer aus Not geschmiedeten Gemeinschaft zu einem breiten, klaffenden Riß gemacht, einen Abgrund, zu breit, um noch eine Brücke darüber schlagen zu können. Er hatte Skar nie als Führer anerkannt und dies mit seiner Wahnsinnstat nun überdeutlich gezeigt. Es war mehr als ein Alleingang. Es war eine Herausforderung gewesen, ein unsichtbarer Fehdehandschuh, den er ihm mit aller Kraft ins Gesicht geschleudert hatte. Und der Schlag schmerzte, mehr vielleicht, als Skar jetzt schon spürte.

Skar sah sich in der Höhle um, langsam, als nehme er seine Umgebung erst jetzt zum ersten Mal bewußt wahr. Diejenigen der Freisegler, die nicht vorne am Ausgang standen und auf die brennende SHAROKAAN hinabsahen, hatten sich um ihn und Helth geschart – ein weiter, lockerer Kreis ausdrucksloser Gesichter; eine Arena, in der er und Helth den letzten, entscheidenden Kampf austragen würden. Del kniete, die Hand auf dem Schwertgriff, neben der schlafenden Errish. Sein Blick wanderte zwischen Helth und Skar hin und her.

»Ich sollte dich töten«, sagte Skar ruhig. Die gekrümmten, schimmernden Wände fingen seine Stimme auf und verliehen ihr einen seltsam hohlen Klang; unheilschwanger und drohend wie die eines Priesters, der eine unselige Prophezeiung aussprach. Für einen winzigen Moment glaubte er sich selbst wie durch die Augen eines Fremden zu sehen, als hätte sich sein Geist als Antwort auf das, was geschehen war, vor Schrecken aus seinem Körper zurückgezogen, und er betrachtete sich selbst so, wie ihn Helth in diesem Augenblick sehen mochte, Helth und die anderen – eine große, breitschultrige Gestalt mit verschlossenem Gesicht, in Fetzen gekleidet und die Hand um den Griff des Schwertes gekrampft, so fest, als wolle er es zerbrechen, die Lippen zu einem schmalen Strich zusammengepreßt. Wenn ich ihn jetzt töte, dachte er, wenn ich jetzt das Schwert aus der Scheide ziehe und ihn umbringe, dann hat er gewonnen. Und er weiß es. Und wenn ich es nicht tue, hat er auch gewonnen.

Für einen Moment kam er sich furchtbar hilflos und verlassen vor; allein, trotz all der Menschen um ihn herum. Seine Umgebung kam ihm mit fast schmerzhafter Klarheit zu Bewußtsein. Die Höhle war ein schmutziges, mit eiskaltem Schmelzwasser knöcheltief gefülltes Loch, in das er und die anderen wie eine Herde verängstigter Schafe geflüchtet waren. Er hatte sie hierhergeführt, gegen Helth' Willen, gegen seine eigene Überzeugung, in einem letzten, verzweifelten Versuch, dem Schicksal, das den Stab vielleicht schon lange über ihn und diese Handvoll Männer gebrochen hatte, noch einmal zu entrinnen. Er war im Glauben gewesen, Rayans letzten Willen zu erfüllen, aber vielleicht hatte er gerade das Gegenteil getan. Vielleicht hatte Helth recht gehabt, und alles, was er diesen Männern noch bieten konnte, war ein ehrenvoller Tod. Ihr Leben war die SHAROKAAN gewesen, das Schiff, das jetzt dort unten auf dem See verbrannte, und vielleicht hatte Helth dieses grausame Spiel – auf seine Weise – nur zu einem sauberen Ende bringen wollen.

Er wunderte sich für einen kurzen Augenblick, daß der Vede noch am Leben war. Seine Kleider waren durchnäßt, und das Haar klebte wie eine schwarze Kappe an seinem Schädel. Skar war Augenzeuge gewesen, wie ihn die Wellen gleich einer Spielzeugpuppe vom Deck des Schiffes gefegt hatten, ihn und die anderen, und für einen Moment dachte er daran, daß ein Sturz in das eisige Wasser eigentlich tödlich sein mußte. Helth zitterte am ganzen Leib, obwohl er sich Mühe gab, reglos zu stehen, und Skar konnte durch den dünnen, vor Nässe wie eine zweite Haut festgeklebten Stoff seines Umhanges sehen, wie an seinem Hals eine Ader pochte.

Vom See her drang die dumpfe, vibrierende Schallwelle einer neuerlichen Explosion herauf. Das Eis unter seinen Füßen bebte, und als er sich umdrehte, drang greller Lichtschein durch den Eingang, und die Gestalten der Freisegler davor verwandelten sich für Sekunden in flache schwarze Silhouetten, Figuren aus einem Scherenschnitt, nicht mehr länger lebende Menschen. Vielleicht, dachte er, lebten sie alle nicht wirklich. Vielleicht war dies nichts als ein grausamer Alptraum, aus dem er nur nicht erwachen konnte.

Eine der Figuren bewegte sich plötzlich, stieß eine andere mit einer unwilligen Bewegung zur Seite und eilte, ihren Umhang wie einen wehenden schwarzen Schleier aus gewobener Finsternis hinter sich herziehend, auf ihn zu. Gowenna. Er war ihr vorausgeeilt, draußen auf dem Eis, und für einen Augenblick hatte er sie vollkommen vergessen. Sie, den Dronte, Del und Vela, Combat – seine Gedanken begannen abzuschweifen, entwanden sich seinem Zugriff und begannen eigene, vollkommen sinnlose Wege zu gehen. Hysterie, dachte er, und allein das Wort ließ ihn fast schrill auflachen. Wenn ich mich nicht beherrsche, werde ich gleich wie ein Wahnsinniger anfangen zu stammeln! Aber er beherrschte sich, natürlich. Er war Skar, ein Satai, Sinnbild der Stärke und Unerschütterlichkeit, und deshalb, weil er so war, war er hier.

Gowenna lief an ihm vorbei, seine hastige, warnende Geste nicht beachtend, trat auf Helth zu und schlug ihm ohne Vorwarnung die Faust ins Gesicht. Der Vede war auf den Angriff nicht vorbereitet gewesen, nicht auf diese, trotz allem ruhige, fast selbstverständliche Art, in der sie auf ihn zuging und ihn schlug, wie man ein ungehorsames Kind ohrfeigte. Er taumelte zurück, hob instinktiv die Hände vors Gesicht und krümmte sich zusammen, als Gowenna ihm in den Leib trat.

»Gowenna!« sagte Skar. »Nicht!« Es fiel ihm schwer, die beiden Worte auszusprechen. Er fühlte sich plötzlich wie ein unbeteiligter Beobachter, jemand, den dies alles hier eigentlich nichts anging und der nur zufällig da war, und er mußte all seine Kraft aufwenden, um nicht plötzlich loszuschreien und sinnlose Worte zu stammeln. Ihre Hand, bereits zu einem weiteren Schlag erhoben, erstarrte mitten in der Bewegung. Wütend wandte sie den Kopf und starrte Skar an.

»Und warum nicht?« fragte sie. »Er hätte es verdient, daß ich ihm das Messer zwischen die Rippen jage.«

Helth stemmte sich keuchend hoch. Sein Gesicht war verzerrt, und aus seinem linken Mundwinkel rann ein dünner Blutfaden. Gowenna mußte sehr hart zugeschlagen haben. Seine Hand glitt zum Schwertgriff, und Skar konnte sehen, wie sich sein muskulöser Körper spannte.

»Tu es nicht«, sagte er ruhig. »Sie würde dich schlachten.« Der Bann wich allmählich. Die Dinge und Geräusche in seiner Umgebung wurden wieder klar, rückten wie Teile eines Bildes, die sich nur widerwillig wieder zusammenfügten, an ihren angestammten Platz zurück. Seine Gedanken beruhigten sich. Aber es war eine Warnung gewesen, und er würde sie beachten müssen. Er begriff plötzlich, daß er nicht so stark war, wie er bisher geglaubt hatte, nicht mehr. Die Ereignisse der letzten Zeit hatten fortwährend an seinen Kräften genagt, kleinen grauen Ratten gleich, die sich beharrlich unter den Mauern um seinen Geist hindurchwühlten, und der Zusammenbruch würde kommen.

Helth erstarrte. Irgend etwas, etwas, das Skar mit Worten nicht beschreiben konnte, dafür aber um so deutlicher spürte, geschah. Er konnte fühlen, wie sich die Spannung, die bisher wie eine unsichtbare dräuende Wolke in der Atmosphäre gelegen hatte, löste, etwas anderem und völlig Unerwartetem wich. Jemand lachte; ein kurzer, unechter Laut, der beinahe augenblicklich wieder verklang. Helth' Lippen begannen zu zittern, und plötzlich war er kein Feind mehr, kein Herausforderer, sondern nur noch ein großer dummer Junge, der nicht bereit war, zuzugeben, daß er einen Fehler gemacht hatte.

»Vielleicht hast du recht«, sagte Gowenna betont abfällig. »Ich würde mir nur die Hände an ihm schmutzig machen.«

Helth schien etwas sagen zu wollen, schwieg aber, als er in die Gesichter der Freisegler sah, und auch Skar entspannte sich wieder. Es war vorbei, und diesmal endgültig. Helth hatte sein Spiel gespielt und verloren, aber es war knapp gewesen. Ohne Gowennas Eingreifen...

Skar dachte den Gedanken lieber nicht zu Ende. Sein Blick suchte den Dels, der die ganze Zeit wie ein stummer Schatten in einer Ecke gehockt und die Szene schweigend verfolgt hatte, und obwohl er seine Augen nicht sehen konnte, glaubte er ein kurzes spöttisches Aufblitzen wahrzunehmen. Er hatte keine sehr gute Figur in diesem kurzen, lautlosen Kampf gemacht und vielleicht von Anfang an gewußt, wie die Konfrontation enden mußte. Helth hatte seine Reaktion genau berechnet, sicher, daß Skar in diesem Augenblick nur zwei Dinge würde tun können: ihn töten oder den Kampf aufgeben, beides falsch und beides dazu angetan, ihn zum Verlierer zu stempeln. Auf den Gedanken, ihn wie ein verzogenes Kind, das er trotz allem in Wirklichkeit war, schlichtweg zu verprügeln, war Skar nicht einmal gekommen.

Gowenna berührte ihn unsanft an der Schulter und deutete zum Ausgang. »Komm. Wir müssen sehen, was zu retten ist.«

Zu retten... Ihre Worte erschienen ihm wie ein schlechter Witz. Er hätte am liebsten laut aufgelacht, aber statt dessen nickte er wortlos und folgte ihr zum Ausgang. Die Freisegler traten schweigend zur Seite und gaben ihnen den Weg frei.

Das Eis glühte im Widerschein des Brandes wie unter einem geheimnisvollen inneren Feuer für einen Moment so stark, daß er die

Hand vor die Augen hob und wegsah. Warmer, brandig riechender Wind trieb zu ihnen hinauf, und für einen Moment war es ihm, als sähe er schmale glitzernde Schatten über das Eis auf die Höhle zukriechen.

Die beiden Schiffe waren ineinander verkeilt wie zwei bizarre Meeresungeheuer, die sich im Todeskampf ineinander verbissen hatten. Die SHAROKAAN brannte wie ein gewaltiger schwimmender Scheiterhaufen und warf zuckende Lichtreflexe über das Wasser. Auch der Dronte brannte, aber es war nicht mehr das Höllenfeuer, mit dem Brad und er ihn zu Anfang überschüttet hatten. Der schwarze Killersegler würde sich diesmal schneller erholen. Skar fragte sich, warum der Dronte das getan hatte. Nachdem der SHAROKAAN der Todesstoß versetzt war, hätte er in Ruhe draußen auf dem See abwarten können, bis sie ausgebrannt und gesunken war. Vielleicht war es ein blinder Instinkt, der gleiche Impuls, der eine Ratte dazu trieb, sich in ihr Opfer zu verbeißen und auch dann nicht loszulassen, wenn man ihr das Kreuz brach, aber vielleicht hatte er es auch getan, um sie zu verspotten, ihnen zu zeigen, wie wenig ihm ihr verzweifelter Angriff ausmachte, eine Demonstration seiner Überlegenheit, wie sie eindrucksvoller kaum sein konnte.

Er schob den Gedanken mit einem wütenden Knurren von sich. Sie wußten, daß der Dronte lebte, aber sie hatten keine Beweise, nicht einmal einen Anhaltspunkt dafür, daß er auch ein denkendes Wesen war.

»Aus«, murmelte Gowenna neben ihm. Ihre Stimme bebte vor unterdrückter Wut, und sie sprach das Wort so aus, als wolle sie ihm noch mehr folgen lassen, tat es aber nicht.

Skar spürte die Wärme ihres Körpers neben sich, und ein seltsames aberwitziges Gefühl durchströmte ihn. Es war Irrsinn, aber jetzt, in diesem Moment, im Angesicht des brennenden Schiffes und des schwarzen Mörders, der geduldig dort unten lauerte, sie zu verbrennen, zu töten und mit sich hinab in die Hölle zu reißen, aus der er emporgestiegen war, in diesem Moment, als hätten die lodernden Flammen dort unten bis zu ihnen hinaufgegriffen und irgend etwas in seiner Seele in Brand gesetzt, hatte er Lust auf sie, nicht auf ihren Körper, nicht auf irgendeine Frau, sondern auf sie, Lust, sie an sich zu pressen, ihr die Kleider vom Leib zu reißen, sie zu lieben, seine Lippen gegen das verbrannte Fleisch ihres Gesichtes zu pressen...

Wieder einmal, dachte er. Fast hätte er gelacht. Nichts hatte sich geändert. Sie haßten und liebten sich wie am ersten Tag, und alles, was dazwischen gewesen war, zählte nicht mehr.

Gowenna deutete mit einer müden, kraftlosen Bewegung auf den See hinab. Das flackernde Feuer schien ihr blindes Auge in einen tiefen, von dunkler roter Glut erfüllten Krater zu verwandeln, und für einen Moment huschten Schatten wie kleine lebende Wesen über ihr Gesicht, verformten es in eine bizarre Skulptur aus erstarrtem Leid und Hoffnungslosigkeit. »Wir müssen irgend etwas unternehmen«, sagte sie leise. »Sofort. Solange wir noch etwas tun können.«

Skar nickte. »Ja«, murmelte er. »Wir könnten den Kanal zumauern und warten, bis das Wasser verdunstet und der Dronte auf Grund gelaufen ist, oder etwas ähnlich Sinnvolles.« Seine Worte paßten nicht zu dem, was er empfand, und es war im Grunde nur Gewohnheit, daß er in diesem Moment wieder in seinen alten Zynismus verfiel.

»Wir müssen weg«, sagte Gowenna. Ohne auf seinen verletzenden Tonfall einzugehen.

»Deine Berge?« fragte er spöttisch.

»Dorthin oder in eine andere Richtung, das bleibt sich vollkommen gleich. Aber hier können wir nicht bleiben. Er wird nicht lange brauchen, sich zu erholen.«

Skar nickte fast unmerklich, aber sie stand so dicht neben ihm, daß sie die Bewegung spürte, ohne sie gesehen zu haben. Der Dronte war verletzt, aber keineswegs geschlagen. Selbst jetzt, brennend und halb in die sinkende SHAROKAAN verkeilt, wäre er wahrscheinlich noch in der Lage gewesen, eines seiner Feuergeschosse hinaufzuschleudern und sie damit zu vernichten, die Höhle und alles, was darin war, in einen brennenden Hexenkessel zu verwandeln oder wenigstens den Eingang zuzuschmelzen; eine eisige Grabkammer, in der sie nach wenigen Tagen erfrieren oder verhungern mußten. Es war Skar ein Rätsel, warum er es nicht schon längst getan hatte. Vielleicht spielte er nur mit ihnen, wie eine Katze, die der Maus noch einmal für wenige Augenblicke die Illusion läßt, sie könnte entkommen, ehe sie sie endgültig tötet.

»Du hast recht«, sagte er, ohne den Blick vom brennenden Wrack des Freiseglers zu nehmen. Der Drachenkopf des Dronte ragte wie ein schwarzer, in einen aus Flammen und wogender Glut gewobenen Mantel gekleideter Dämon aus dem Feuer empor, und der Blick seiner

Augen schien jede Bewegung hier oben auf dem Eis mißtrauisch zu verfolgen. Die Katze beobachtet die Maus, dachte er. Sie lauerte, wartete, versuchte, ihre Reaktionen vorauszuberechnen. »Wann brechen wir auf?« fragte er. Seine eigene Stimme klang fremd in seinen Ohren, und der Wind riß ihm die Worte von den Lippen, trug sie mit sich fort, schmetterte sie gegen die schimmernden Eiswände.

Gowenna schwieg einen Moment. Eine seltsame, angespannte Stimmung der Erwartung hatte von ihnen beiden Besitz ergriffen, ein Gefühl, als müsse jeden Augenblick etwas – etwas Furchtbares – passieren. Aber es geschah nichts, und als sie antwortete, war jede Emotion aus ihrer Stimme gewichen, und sie klang wieder so, wie er sie kannte – ruhig und beherrscht, beinahe kalt, ein Mensch, der scheinbar nicht einmal in der Lage zu sein schien, wirklich Gefühle zu empfinden. »Wir müßten den Männern noch eine Erholungspause gönnen und bis zum Sonnenaufgang warten, besser noch einen ganzen Tag. Aber ich fürchte, so viel Zeit wird er uns nicht lassen. Wir brechen jetzt gleich auf. Sofort.«

Skar deutete auf die Eiswand, die sie so mühsam erstiegen hatten. »Dort hinauf oder durch die Höhlendecke?«

Gowenna gab einen undefinierbaren Laut von sich, der sowohl Zustimmung als auch Ungeduld ausdrücken konnte. Aber Skar hatte die Frage ohnehin nur gestellt, um das Schweigen zu durchbrechen, nicht, weil ihn ihre Antwort wirklich interessiert hätte. »Wir lassen den Großteil der Ausrüstung hier und nehmen nur Decken und Nahrung mit«, schlug sie vor. »Die Männer müßten die Bündel mit Seilen hinaufziehen, falls es anders nicht geht. Wenn wir ohne Pause durchmarschieren, dann können wir den Aufstieg bis zum nächsten Sonnenaufgang bewältigt haben. Es wird hart werden, aber es bleibt uns keine andere Wahl mehr.«

Wieder hatte Skar das Gefühl, manipuliert – nein, schlimmer, herumgeschoben – zu werden, eine Figur auf einem Brett, die nicht einmal wußte, wie das Spiel hieß, in dem sie mitspielte. Nichts von all dem, was hier geschah, war Zufall. Alles schien ihm genau berechnet, einem Plan folgend, den er nicht erkennen, aber fühlen konnte. Irgend etwas an ihren Worten – nicht an ihrem Klang, sondern etwas, das unhörbar und doch überdeutlich darin mitzuschwingen schien – mißfiel ihm, weckte sein Mißtrauen. Was, dachte er, wenn diese Berge, von denen sie bisher nur Schatten und sie nicht einmal wirklich gesehen hatten, gar keine Berge waren, sondern irgend etwas anderes, ein Riß, eine ungeheure Spalte im Eis vielleicht, an deren Rändern sich die weißen Schollen zu einer gewaltigen Barriere auftürmten, hinter der nichts als ein bodenloser Abgrund lauerte, oder falls es sie gab, und sie erwiesen sich als unübersteigbar, oder hinter ihnen wartete das offene Meer oder eine weitere leere Eiswüste, oder wenn...

Er schob die Gedanken mit einem müden Achselzucken zur Seite, wandte sich um und ging zur Höhle zurück.

Aber er blieb noch einmal stehen und sah auf den See hinunter, bevor er sie betrat. Die beiden ineinander verbissenen Schiffe schienen hinter dem Vorhang aus Flammen und Glut zu zucken wie große brennende Leiber.

Und kurz bevor er sich endgültig umwandte und ging, glaubte er etwas Gewaltiges, Körperloses zu sehen, das Ding aus seinem Traum, das sich vom Wrack des Dronte löste und lautlos und drohend den Strand hinaufzukriechen begann...

Noch während der Nacht hatte es zu schneien begonnen: schwere, nasse Flocken, die beinahe senkrecht zu Boden schwebten und alles, was mehr als zehn oder zwölf Schritte entfernt war, hinter einem wehenden weißen Schleier verschwimmen ließen. Die Kälte nahm ein wenig ab, aber das flockige Weiß, das sie einzuhüllen begann, ließ die Welt unwirklich werden und erfüllte die gewaltige weiße Ebene mit Leben und Bewegung, die nicht da waren. Es war, als wäre ein zorniger Gott mit einer einzigen gewaltigen Bewegung über die Welt gefahren und hätte jeden Unterschied zwischen Himmel und Erde verwischt. Das Eis dehnte sich endlos vor ihnen aus. Skar hatte längst den Glauben an ein Vorne oder Hinten, Rechts oder Links oder Oben und

Unten, irgendeine beliebige Richtung, aufgegeben; es gab nur noch diese endlose blinkende Fläche aus mattglänzendem brüchigem Eis, die das schwache Licht der Sterne, das ab und zu zwischen den zerrissenen weißen Schleiern über ihren Köpfen sichtbar wurde, und die Geräusche ihres mühsamen Vorwärtsquälens wie ein gewaltiger schwarzer Schwamm aufsaugte, als wäre ihre Bewegung nicht mehr als bloße Illusion.

Skar wechselte sein Bündel zum fünften oder sechsten Mal innerhalb der letzten halben Stunde auf die andere Schulter. Das Gewicht schien seinen Körper trotzdem wie eine Zentnerlast niederzudrücken, als schleppe er Felsbrocken statt ein paar Nahrungsmittel und Dekken. Er ging vornübergebeugt und schleppend wie ein alter Mann. Skar konnte fühlen, wie das Reservoir an Energie in seinem Inneren von Augenblick zu Augenblick zusammenschmolz. Seine Kräfte ließen jetzt rapide nach, und mit der Erschöpfung machte sich auch eine beständig stärker werdende Übelkeit in ihm breit. In seinem Mund war bitterer Kupfergeschmack, und seine Beine waren von den Knien abwärts taub; starre Klötze aus Eis, die jede Bewegung mit einer Welle stechender Schmerzen quittierten. Die Luft schien aus winzigen Eiskristallen zu bestehen, die seiner Kehle bei jedem Atemzug eine neue Anzahl kleiner schmerzhafter Schnitte zufügten.

Sie waren unmittelbar nach seiner und Gowennas Rückkehr in dic Höhle aufgebrochen. Keiner der Freisegler hatte auch nur mit einem Wort widersprochen, als Gowenna sie aufforderte, das Nötigste an Nahrung und Kleidungsstücken zusammenzupacken und auf die Eismauer hinaufzuschaffen, aber der Aufbruch kostete mehr Zeit, als Skar vorher geglaubt hatte. Die Männer waren erschöpft, ausgelaugt bis an den Rand des Zusammenbruchs, und es war, im nachhinein betrachtet, ein reines Wunder, daß der Aufstieg ohne Verletzte oder gar Tote abging.

Seltsamerweise hatte sie auch der Dronte in Ruhe gelassen. Er brannte noch immer, als sie endlich losmarschiert waren.

Jetzt waren sie unterwegs; eine Stunde, schätzte Skar, kaum daß sie sich eine, höchstens anderthalb Meilen nach Osten geschleppt hatten. Die Nacht mußte nahezu vorbei sein. Automatisch legte er den Kopf in den Nacken und blinzelte nach oben. Aber der immer dichter fallende Schnee machte es unmöglich, die Zeit anhand der Sterne zu bestimmen. Vielleicht würde diese Nacht auch nie mehr enden, und sie befanden sich auf dem Marsch ins ewige Nichts, hinein in einen Bereich der Welt, in dem selbst die Zeit gefroren war, und in dem es nichts mehr gab als den Tod.

Die Ebene war nicht so flach, wie sie geglaubt hatten, aber das monotone Weiß ließ alle Unterschiede verschwimmen. Es gab zahllose kleine eisige Buckel; Spalten und handbreite Risse, die den Boden wie ein Spinnennetz gefährlicher Fallstricke und Gruben bedeckten, und der Schnee überzog alles mit einer trügerischen weißen Decke, so daß sie sich noch vorsichtiger bewegen mußten und noch langsamer vorankamen als ohnehin. Selbst wenn die Berge – von denen er nun wußte, daß es sie gab – wirklich nicht mehr als zwanzig Meilen entfernt waren, würden sie länger als einen Tag und eine Nacht brauchen, um sie zu erreichen. Es waren nicht nur Erschöpfung und Kälte, die an ihren Kräften nagten; es war, als hätten sich alle Gewalten der Natur – oder welche Mächte auch immer über diesen Teil der Welt gebieten mochten – gegen sie verschworen. Vielleicht, überlegte Skar matt, war der Dronte gar nicht die reißende Bestie, für die sie ihn hielten, sondern nur ein Werkzeug dieses Landes, ein Ding, das zufällig dagewesen war und dessen sich der böse Geist dieser verbotenen Insel am Ende der Welt bediente, um sie zu vernichten.

Er lächelte. Wie immer, wenn er erschöpft war, begann er, Geheimnisse in Dingen zu sehen, die es nicht gab. Er fragte sich, ob es den Männern ebenso erging. Vielleicht war es gut, daß sie zu müde waren, um zu denken.

Skar sah immer wieder auf und versuchte, die gezackte Schattenlinie weit vor ihnen zu erkennen, aber je mehr er sich anstrengte, desto dichter schien der Schnee vor ihm zu wirbeln, und seine Müdigkeit ließ graue, treibende Schleier vor seinen Augen erscheinen, hinter denen wie ein knöchernes graues Gespenst Erschöpfung und Tod lauerten. Er blinzelte, fuhr sich mit dem Handrücken über die Augen und atmete tief durch. Die eisige Luft schmerzte in seiner Kehle, aber die Kälte vertrieb auch die grauen Spinnweben, die sich hinter seiner Stirn eingenistet hatten und schufen für einen kurzen – einen ganz kurzen – Moment so etwas wie Klarheit in seinen Gedanken.

Einer der Männer strauchelte, versuchte mit einem raschen Schritt sein Gleichgewicht wiederzufinden, verlor aber auf dem unsicheren

Boden dadurch erst vollends die Balance und fiel schwer auf die Knie. Der Laut, mit dem er auf das steinharte Eis prallte, drang wie ein dünner scharfer Schmerz durch den Mantel aus Lethargie, der sich für einen winzigen Moment um Skars Gedanken gelegt hatte. Der Mann wankte, versuchte sich auf Hände und Füße hochzustemmen und fiel unter dem Gewicht seines Bündels abermals nach vorne; Skar konnte es erkennen wie durch die Linse eines unsauber geschliffenen Teleskopes, die nur einen winzigen verschwommenen Kreis der Wirklichkeit bestehen ließ, während ringsum das Nichts lauerte. Er wartete darauf, daß der Mann aufstehen würde, aber er blieb liegen. Sein Gesicht war verzerrt, aber nicht der leiseste Schmerzenslaut kam ihm über die Lippen, und die anderen gingen einfach an ihm vorbei, als hätten sie seinen Fall nicht einmal bemerkt. Er versuchte sich hochzustemmen, aber seine Arme knickten unter dem Gewicht seines Körpers ein, und er stürzte ein drittes Mal schwer auf das glasharte Eis, das unter der trügerischen Decke aus Schnee lauerte. Erst beim vierten Versuch gelang es ihm, auf die Beine zu kommen und weiterzutaumeln.

Sie sind tot, dachte Skar mit einer seltsamen Mischung aus Resignation und Schrecken. Helth hatte recht. Seine Reaktion war falsch, aber er hatte recht. Der Dronte hat nicht nur die SHAROKAAN verbrannt, sondern auch ihr Leben. Sie sind tot. Ein Heer lebender Leichname, das nur noch weitermarschierte, weil er es befahl und sie ihm irgendwann einmal die Treue geschworen hatten. Weil sie ihm *vertrauten.* Aber er hatte sie enttäuscht. Sie hatten ihr Leben in seine Hände gelegt, und er hatte es verspielt. Von Helth war nur zu Ende gebracht worden, was von ihm begonnen worden war. Und alles, was Skar noch zu tun blieb, war, das Ende hinauszuzögern.

Er drehte müde den Kopf und versuchte den jungen Veden zwischen den anderen Männern zu entdecken, konnte es aber nicht. Helth hatte seine durchnäßten Gewänder abgelegt und sich wahllos irgendwelche Kleider aus den Vorräten herausgegriffen, und es gab jetzt nichts mehr, was ihn noch von einem der anderen unterschieden hätte. Das letzte Mal, daß Skar ihn bewußt gesehen hatte, war während des Aufstieges gewesen. Sie hatten dem Freisegler und Del von ihrer Begegnung mit den beiden Eisriesen erzählt, aber auch auf Helth' Gesicht war als Antwort auf diese neuerliche Hiobsbotschaft nur Resignation und Fatalismus zu lesen, kein wirklicher Schrecken mehr.

Er ist auch tot, dachte Skar mit einem neuerlichen Anflug von Hysterie. Sein verzweifelter Angriff auf den Dronte war nicht mehr als ein kurzes Aufbegehren gewesen, ein letztes, kraftloses Flackern des Feuers, das einmal in ihm gebrannt hatte. Helth war im Grunde seiner Seele kein Vede. Er war Freisegler wie sein Vater, ein Mann, der für die Unendlichkeit des Meeres geboren war und nur dort wirklich leben konnte. Er war es immer gewesen und würde es immer bleiben. Mit seinen Kleidern hatte er auch seine Identität als Vede abgelegt; er war jetzt nicht mehr als ein müder verängstigter Mann unter anderen müden verängstigten Männern. Skar hatte für einen kurzen Augenblick darüber nachgedacht, wie Brad in dieser Situation reagiert hätte, aber er war zu keinem Ergebnis gekommen. Seltsam – es fiel ihm immer schwerer, sich auf den wortkargen Veden zu besinnen; die Erinnerung an ihn schien mit jedem Schritt ein kleines bißchen mehr zu verblassen. Nicht einmal sein Gesicht vermochte er sich noch vorzustellen – wenn er es versuchte, sah er nur eine verschwommene Fläche mit dünnen, konturlosen Linien, und selbst sie verschmolz sofort mit den weißen Schwaden vor ihm, verging, versank in der Vergangenheit, als hätte es sie nie gegeben.

Ein grauer Schatten löste sich aus der Gruppe und kam durch den treibenden Schnee auf ihn zu. Skar erwachte für einen Moment aus seiner Lethargie, als er Del erkannte. Er und Vela waren die einzigen, die keine Last trugen. Selbst die Verwundeten hatten sich ihr Bündel aufgeladen, nur der junge Satai nicht. Es hatte ihn auch niemand darum gebeten. Von wenigen kurzen Ausnahmen abgesehen, trug er Vela. Sie war zu schwach zum Laufen.

»Nun«, sagte Skar, »willst du nachsehen, ob ich noch nicht zusammenbreche?« Er versuchte, spöttisch zu klingen, aber es mißlang.

Del schwieg einen Moment und sah ihn ernst an. Er fiel zurück, ging schneller und versuchte sich an den Rhythmus von Skars Schritten zu gewöhnen; aber es schien ihm schwerzufallen. Der Blick, mit dem ihn Skar musterte, gefiel ihm nicht. »Ich mache mir Sorgen um dich«, begann Del ernst.

Skar lächelte mühsam. »Wenigstens einer«, murmelte er. »Aber keine Angst – ich halte schon noch ein bißchen durch.« Er hob die Hand und wischte sich eine Schneeflocke aus dem Auge. Seine Haut prickelte vor Kälte.

»Etwas geschieht mit dir«, fuhr Del fort, ohne auf den bissigen Ton seiner Worte zu reagieren. »Etwas, das mir nicht gefällt. Du siehst müde aus.«

»Ich bin nicht mehr so recht in Form«, erwiderte Skar. »Normalerweise fechte ich in der Woche zwei bis drei Seeschlachten mit irgendwelchen Ungeheuern aus, weißt du? Aber in der letzten Zeit bin ich nicht mehr im Training.« Er lachte, um sich nicht anmerken zu lassen, wie sehr ihn Dels Worte erschreckt hatten. Sieht man es mir jetzt schon an? dachte er erschrocken. Steht es in meinem Gesicht geschrieben, daß ich den Kampf verliere? Daß ER immer stärker wird, und ich nicht mehr die Kraft habe, mich zu wehren?

Wieder schwieg Del eine Weile, als müsse er Skars Worte genau überdenken. Er war ruhiger geworden, seit sie sich wiedergefunden hatten. Ernsthafter. Seltsamerweise hatte es bis jetzt gedauert, bis Skar dies wirklich erkannte. Vielleicht, dachte er müde, war es wirklich so, daß Del einfach erwachsen wurde. Oder er selbst alt...

»Wenn ich dir helfen kann, Skar«, sagte Del, stockend und beinahe verlegen, »dann...«

»Ich glaube nicht, daß du mir helfen kannst«, murmelte Skar, ohne Del anzusehen. Lautlos und nur für sich fügte er hinzu: *Niemand kann das, mein Junge. Nicht einmal der Mann, der du einmal warst.* Es war weder der Dronte noch irgendeine der anderen Gefahren in ihrer Umgebung, was an ihm nagte, so sehr an den Kräften seiner Seele zehrte wie der eisige Wind und die Erschöpfung an denen seines Körpers. Er war es selbst, aber es war ein Teil von ihm, vor dem er sich fürchtete. Sein Dunkler Bruder. Seltsam – aber er hatte es noch nie so klar gesehen wie in diesem Augenblick. Und die Erkenntnis war eigentlich erst gekommen, nachdem er diesen Gedanken so bewußt formuliert hatte. Waren es überhaupt *seine* Gedanken? Oder gewann dieses Ding jetzt bereits Gewalt über seine Zunge?

Del sah ihn nachdenklich an. »Du willst nicht darüber reden«, meinte er. »Gut. Es ist deine Sache. Aber wenn du Hilfe brauchst, dann rufe mich.«

Skar sah ihn an. Dels Gesicht wirkte so müde wie das der anderen, aber es war noch etwas darin, irgendwo zwischen den tiefen Linien der Erschöpfung. Er schien noch etwas sagen zu wollen, zuckte aber dann nur stumm mit den Achseln und ging ohne ein weiteres Wort.

Skar sah ihm nach, bis seine Gestalt im Schneetreiben mit den Schatten der anderen verschmolzen war. Er spürte Zorn, aber nur für einen kurzen Augenblick.

Del konnte nicht wissen, was es war, das er mit sich herumschleppte. Er wußte es ja nicht einmal selbst wirklich. Es war erwacht, als er in den glühenden Sanddünen der Nonakesh um sein Leben gekämpft hatte, aber es war schon lange vorher in ihm gewesen, vielleicht seit seiner Geburt, vielleicht sogar schon *davor*. Es war vielleicht der Grund, aus dem er Satai geworden war, aus dem er – selbst in der Kriegerkaste Enwors – ein herausragender Mann war, vielleicht der stärkste Satai, den es jemals gegeben hatte. Jemand, dem der Mythos der Unbesiegbarkeit vorauseilte. Vielleicht war er nicht einmal ein Mensch, dort unten, tief in seiner Seele, sondern vielleicht war das, was er selbst von sich wußte, nichts als eine Maske, hinter der das Ding jahrzehntelang geduldig gelauert hatte, eine Maske wie die Gowennas, nur ungleich perfekter, und vielleicht...

...und vielleicht waren Velas Worte wahr gewesen, und er trug wirklich das Erbe der alten Menschheit in sich, einen Teil einer Welt, die vor Äonen untergegangen war. Aber wenn das zutraf, wenn das, was er spürte, wenn diese finstere, nur aus Haß und Gewalt bestehende Facette seiner selbst wirklich das Erbe der alten Götter sein sollte, ein Schatten der Welt, wie sie einmal gewesen war, dann konnte es nur gut sein, daß sie versunken und vergessen war.

Er drehte sich herum und sah in die Richtung zurück, aus der sie gekommen waren. Eine Windböe riß den wehenden Schleier aus Grau und flockig fallendem Weiß auseinander, als hätte er in diesem Moment ein Anrecht auf besondere Klarheit, und er konnte den See erkennen; ein gewaltiges, perfekt gerundetes Loch, dessen seeseitige Begrenzung mit dem wogenden Grau des Ozeans verschmolz, so daß es aussah, als hätte ein Meeresungeheuer im Spiel ein gewaltiges Stück aus der Eismauer herausgebissen.

Warum war er eigentlich hier? Nicht hier auf diesem öden Eisklotz, auf den sie der Dronte gejagt hatte, sondern überhaupt hier in diesem Geschehen, auf das er längst keinen Einfluß mehr ausübte? Warum hatte er es zugelassen, daß ihn nun Gowenna statt Vela zu einem Bauer in ihrem Schachspiel degradierte?

Er wußte die Antwort nicht, noch nicht.

Aber er würde sie finden. Irgendwo dort vorne, hinter den Schatten, von denen sie nur hoffen konnten, daß sie Berge waren und daß hinter ihnen ein anderes, weniger tödliches Land lag.

Als die Sonne aufging, waren sie fünf Meilen vom See entfernt. Mit dem Ende der Nacht hörte es auf zu schneien; aber es wurde auch wieder kälter. Wind fauchte vom Meer herauf, als hätte sie der Winter, dem die SHAROKAAN in Anchor davongesegelt war, nun endgültig eingeholt wie ein eisiger Riese, der ihnen mit gewaltigen Schritten über den Ozean nachgeeilt war, vielleicht einzig, um ihnen zu zeigen, daß es selbst in einem Land der Extreme immer noch eine Steigerung geben konnte.

Skar blieb einen Moment stehen, lud sein Bündel von den Schultern und nahm eine dicke wollene Decke heraus, die er wie einen zweiten Mantel um seinen Umhang warf. Sie nutzte nicht viel; der Wind biß selbst durch die dicksten Kleidungsstücke, und sein Körper erstarrte allmählich zu Eis. Die Männer taumelten jetzt mehr als sie gingen, und immer öfter hörte Skar dumpfe Schmerzlaute, wenn einer von ihnen fiel und sich mühsam wieder aufrichtete. Eine der ausgelaugten Gestalten war bereits liegengeblieben, und niemand, auch Skar nicht, hatte noch die Kraft gehabt, ihr wieder auf die Füße zu helfen.

Sie konnten nicht anhalten. Die Männer wären dort, wo sie gerade standen, eingeschlafen und unweigerlich erfroren. Sie hatten nur noch die Wahl, weiterzugehen oder gleich hier aufzugeben, die Wahl zwischen Leben und Tod.

Skar sah nach Osten. Jetzt, als das Licht beinahe waagerecht über den Horizont fiel, konnte er dort eine schmale gezackte Linie erkennen.

Er ging, die Schmerzen in seinen Beinen und das dumpfe Pochen in seinen abgestorbenen Zehen mißachtend, schneller und versuchte, an

Gowennas Seite zu gelangen. Sie war an der Spitze der Kolonne, und ihre Haltung erschien ihm, inmitten der wankenden, ausgelaugten Gestalten ringsum, auf fast anstößige Weise kraftvoll und aufrecht. Skar brauchte lange, um sie einzuholen. Obwohl er so rasch ausschritt, wie seine steif gewordenen Muskeln noch zuließen, bewegte er sich nur um eine Winzigkeit schneller als sie. Auch dies war ein Werk der Kälte. Der Schnee verwischte die Unterschiede in ihrem Äußeren, und sie und die Furcht ließen seine Überlegenheit dahinschmelzen. Als er näher kam, sah er, daß er sich getäuscht hatte. Gowenna war so erschöpft wie die anderen. Ihre Schritte erschienen nur kraftvoll, aber sie waren es nicht. Als er sie ansprach, reagierte sie nicht sofort, und ihr Gesicht wirkte grau und eingefallen. Das rote Licht der aufgehenden Sonne überzog nun auch die gesunde Hälfte ihres Antlitzes mit tiefen, verätzt wirkenden Linien und neuen Narben, aus Schatten gebildet. Aber unter der Erschöpfung in ihrem Blick glomm noch immer das gleiche fanatische Feuer wie am ersten Tag. Haß, der noch immer und vielleicht stärker in ihr brannte und sie vorwärts trieb, ihren Körper gepackt hielt wie eine heimtückische Krankheit, die ihr keine Ruhe lassen würde; nicht, bis sie getan hatte, wozu sie hergekommen war.

»Die Männer können nicht mehr«, sagte er, als wäre sie es, die das Kommando führte, und nicht er. »Wie weit ist es bis zu … deinen Bergen?« Er wußte nicht, ob ihr die unmerkliche Pause oder die Art, in der er die Worte betonte, auffiel. Wenn, so war sie zu erschöpft, um darauf zu reagieren. Müde hob sie den Kopf und sah erst nach rechts, dann nach links. Die Männer in ihrer Umgebung wirkten wie graue, bucklige Scherenschnitte gegen den Sonnenaufgang. Tote, dachte Skar wieder, die wie einmal in Gang gesetzte Maschinen einfach weiterliefen, bis auch das letzte bißchen Kraft verbraucht sein würde und sie wie ausgebrannte leere Hüllen einfach zusammenbrachen, um zu sterben.

»Auf jeden Fall zu weit«, sagte Gowenna nach einer Ewigkeit. »Wir müssen rasten.«

»Und wo? Du wirst fünfzig Leichname finden, wenn du sie hier auf dem Eis schlafen läßt.«

Gowenna starrte einen Moment blicklos in den weißen, unberührten Schnee, der sich endlos vor ihnen ausbreitete. Sie blieb stehen, sah sich noch einmal um und deutete dann mit einer fordernden Geste auf

Rayans Fernrohr, das noch immer in seinem Gürtel steckte. »Gib es mir.«

Skar reichte ihr das Glas. Gowenna zupfte umständlich an den wollenen Lappen, die sie wie alle anderen zum Schutz vor der Kälte um ihre Hände gewickelt hatte, hauchte mehrmals auf die Linse und versuchte sie mit einem Zipfel ihres Umhanges von verkrustetem Eis und Rauhreif zu befreien. Ihr Atem gefror fast sofort zu einer neuen glitzernden Schicht, aber sie bekam das Glas wenigstens notdürftig frei. Lange Zeit starrte sie hindurch, schwenkte es hin und her und suchte die Ebene bis zu den Bergen methodisch ab. Auf ihrem Gesicht lag ein angespannter Ausdruck. Ihre Lippen preßten sich zu einem schmalen, blutleeren Strich zusammen, und ihre Hände umklammerten das Glas fester, als nötig gewesen wäre. So fest, daß es schmerzen mußte. Skar hatte das Gefühl, daß sie nach etwas ganz Bestimmtem Ausschau hielt.

Schließlich setzte sie das Glas ab und deutete nach Norden, fast im rechten Winkel fort von ihrem bisherigen Kurs. »Dort.«

Skar griff mit tauben Fingern nach dem Fernrohr und starrte angestrengt in die angegebene Richtung. Er sah sofort, was Gowenna entdeckt – oder wiedergefunden – hatte: Das Eis war, nicht viel weiter als eine Meile entfernt, entlang eines gezackten, allmählich breiter werdenden Risses aufgebrochen und an seinem Ende zu einem flachen Buckel hochgetürmt, kantige Schollen, die unter dem Druck der ungezählten Tonnen Eis, die sich dort aneinandergerieben hatten, über- und aufeinandergeschoben worden waren. Der frische Schnee hatte an seiner rechten Seite eine fast mannshohe Verwehung gebildet, die den Hügel wie ein sanft gerundeter Hang zur Meerseite hin abschirmte. Der Sturm blies pulverigen Schnee in einer dünnen, durch die große Entfernung fast schwerelos wirkenden Wolke über die Anhäufung zermalmter Eisschollen.

Skar setzte das Glas ab, schob es wieder unter seinen Gürtel und nickte. Jetzt, als er einmal wußte, wonach er zu suchen hatte, konnte er den Riß und den Eisbuckel an seinem Ende auch mit bloßem Auge erkennen. Er widersprach nicht, als Gowenna sich umdrehte und den Männern mit erhobener Stimme befahl, in nördlicher Richtung weiterzugehen. Eine Meile konnte eine lange Strecke sein für einen Mann, der am Ende seiner Kräfte war. Aber vielleicht fanden sie dort drüben Schutz vor dem unablässig heulenden Wind und der eisigen Kälte.

Wieder wechselte er sein Bündel auf die andere Schulter, aber es half nichts. Die Last schien mit jedem Wechsel schwerer zu werden, und er spürte die scharfkantigen Schalen der Caba-Nüsse – alles, was sie an Nahrung mitgenommen hatten – wie winzige stumpfe Messerklingen durch den Stoff hindurch. Seine Schultern fühlten sich wund an, als wären sie zerschnitten, und für einen bangen Moment schien die Ebene vor seinen Augen zu verschwimmen. Er wankte, machte einen schnellen Schritt und fand sein Gleichgewicht wieder. Die Schwäche kam nicht allein von der Anstrengung der letzten Tage, das wußte er. Sie war vielmehr Folge des gnadenlosen, kräftezehrenden Kampfes, der tief in seinem Inneren tobte. Das Drängen wurde stärker, und wenn er in sich hineinlauschte, dann konnte er die dumpfe, wispernde Stimme jetzt ununterbrochen hören. Er wußte, daß es dunkle und gefährliche Geheimnisse waren, die sie ihm zuflüsterte. So wie Gowennas Haß mit jedem Meter, den sie sich dem Gebirge näherten, heller zu lodern schien, so gewann auch sein Dunkler Bruder mit jedem Schritt an Kraft. Je schwächer er selbst wurde, desto stärker wurde er.

Die Meile war mehr als eine Meile, und der Eisbuckel war kein Buckel, sondern eine mächtige, zwanzig Fuß hohe und mehr als fünfmal so breite Masse zerborstener, gesplitterter Eisschollen, die sich wie ein künstlicher Berg aus der Ebene erhob; Eis, das zermalmt und mit Urgewalt aus der Tiefe der Erde herausgepreßt worden war. Der Sturm nahm an Kraft zu und zerrte an ihren Haaren und Kleidern, und sein Heulen klang zornig, als ahne er, daß ihm seine sicher geglaubten Opfer doch noch entkommen sollten. Sie näherten sich der Erhebung in einer lang auseinandergezogenen, unregelmäßigen Kette. Skar sah, daß Gowennas Wahl gut gewesen war: Der Buckel war nur von dieser Seite glattgeschliffen vom Wind und flach – zum Gebirge hin war das Oval durchbrochen; Teil einer schimmernden, von der Hand der Natur errichteten Kuppel aus wasserklarem Eis, zur Hälfte eingestürzt. Schnee und neu hinzugekommenes Eis hatten den entstandenen Hohlraum – mal wie eine dünne glitzernde Haut den ursprünglichen Konturen der Wände folgend, mal willkürlich schimmernde Blöcke und Skulpturen, messerscharfe Grate und kleine, tödliche Sperren aus nadelspitzen eisigen Dolchen bildend – in ein bizarres Labyrinth aus Höhlen und Gängen verwandelt, in dem sie Schutz vor dem Wind und wohl auch vor der schlimmsten Kälte finden würden.

Die Männer taumelten mit letzter Kraft in den Schutz der Eismasse und ließen sich erschöpft zu Boden sinken. Manche errichteten einfache Lager aus Decken, andere begnügten sich damit, den Kopf auf ihrem Bündel zu betten, oder schliefen auch einfach auf dem nackten Boden, eine kleine Erhebung, einen Klotz aus Eis oder auch den eigenen Arm als Kissen.

Skar protestierte diesmal nicht. Wahrscheinlich würden nicht alle von denen, die jetzt einschliefen, wieder aufwachen. Aber er war machtlos dagegen. Sie hatten kein Holz, um Feuer zu machen, und nicht genügend Decken und Kleider, um sich auf andere Weise wirksam gegen die Kälte zu schützen. Nur die, die noch die Kraft hatten, wieder aufzustehen, würden auch die Berge erreichen.

Er war so müde wie irgendeiner der Männer, aber er begnügte sich damit, für einige kurze Augenblicke sitzen zu bleiben und sich auszuruhen. Dann stand er erneut auf und drang gebückt und vorsichtig tiefer in das eisige Labyrinth ein. Die gewaltigen klaren Blöcke schützten sie wie ein natürlicher Schild gegen den heulenden Wind; verglichen mit den Temperaturen draußen war es hier drinnen beinahe warm. Schattiges Halbdunkel hüllte ihn ein, als er, vorsichtig den Haifischgebissen und Eisdolchen ausweichend, die aus Wänden und Decke wuchsen, noch tiefer in das Labyrinth aus blitzendem Weiß hineinging, das die übereinandergeschichteten Eismassen gebildet hatten. Er durchquerte einen großen, zur Hälfte von bizarr wuchernden Kristallblumen und Eisgewächsen erfüllten Raum, bückte sich unter einem scharfkantigen Block hindurch und gelangte in eine seltsam geometrisch wirkende Art Halle.

Es dauerte einen Moment, bis er begriff, aber als es soweit war, war er nicht überrascht.

Die Kuppel dieses Raumes war *künstlich.*

Die Erkenntnis hätte ihn erschrecken müssen, aber sie tat es nicht. Er war zu müde, zu abgestumpft – und vielleicht hatte er es auch erwartet.

Und die Kuppel war *alt,* vielleicht nur ein kleiner Teil eines ehemals viel größeren Baues, der von Wind und Zeit zerstört und bis auf diesen kümmerlichen Überrest abgeschmirgelt worden war. Es war nicht zu erkennen, was in seiner Umgebung künstlich und was aus natürlichem Eis nachgewachsen war. Manche Linien waren zu gerade, um gewachsen zu sein, andere Formen zu bizarr, um von der Hand eines denkenden Wesens erschaffen worden zu sein.

Das Geräusch leiser Schritte riß ihn aus seinen Gedanken. Er sah auf, drehte sich um und erkannte Del.

»Du schläfst nicht?« fragte er ruhig. Seine Stimme war leise, schleppend; Del mußte spüren, daß er nur sprach, um überhaupt etwas zu sagen und den Schein von Vertrautheit zwischen ihnen zu wahren.

Del schwieg einen Moment. Das Licht reichte nicht aus, um Skar irgendeine Reaktion auf seine Worte erkennen zu lassen, aber wieder schien er von einem Ernst, der nicht zu dem Del paßte, den er gekannt hatte.

»Ich bin nicht müde«, sagte Del schließlich. »Außerdem halte ich es für besser, wenn von jetzt an immer nur einer von uns schläft und der andere wacht. Wenn du willst«, fügte er nach einer winzigen, aber hörbaren Pause hinzu, »übernehme ich die erste Wache.«

Skar ging ein paar Schritte weiter in die teils künstliche, teils aus Eis und zusammengebackenem Schnee gewachsene Höhle hinein und ließ sich auf einen Vorsprung sinken; eine schmale, asymmetrische Kante, deren ursprünglichen Sinn er nicht einmal zu erraten imstande war. Seine Müdigkeit meldete sich jetzt mit aller Macht, aber er drängte sie noch einmal zurück. »Warum?« fragte er mit müdem Spott. »Hast du Angst, daß uns der Dronte aufs Eis nachkriecht?«

Del schüttelte unwillig den Kopf. Selbst in dieser winzigen Bewegung war noch immer eine unglaubliche Kraft. »Unsinn.« Er bewegte sich auf ihn zu, blieb einen Moment stehen und setzte sich dann neben ihn. Skar widerstand im letzten Moment dem Impuls, aufzustehen und die Distanz zwischen Del und sich wieder zu vergrößern. Er hatte die Nähe anderer Menschen nie ertragen. Wie ein Tier, dessen Fluchtdistanz unterschritten war, machte es ihn nervös, jemanden dichter als auf Armeslänge bei sich zu wissen. Del war einmal der einzige gewesen, bei dem er dieses Gefühl nicht gehabt hatte. Jetzt war es nicht mehr so. Und Del spürte es.

»Ich mache mir Sorgen um Gowenna«, sagte Del plötzlich.

Skar sah auf.

»Sorgen ist vielleicht das falsche Wort.« Del lächelte flüchtig, wurde aber sofort wieder ernst. Skar hielt seinem Blick nur mit Mühe stand. In seinem Gesicht waren dunkle, tiefe Linien, die er vorher nicht an ihm bemerkt hatte. Er wirkte – älter? Nein. Erwachsener vielleicht, ernster und auf eine schwer in Worte zu kleidende Weise *traurig*.

»Ich traue ihr nicht.« Er seufzte, stützte die Unterarme auf die Schenkel und sah Skar an.

Skar schwieg weiter.

»Sie führt irgend etwas im Schilde«, fuhr Del fort.

»Wie kommst du darauf?«

Del lachte leise. »Was bist du, Skar? Blind? Sie hat Vela nicht eines Blickes gewürdigt, seit wir die Höhle verlassen haben.«

Skar nickte widerstrebend. Natürlich war auch ihm aufgefallen, wie leicht und widerspruchslos sich Gowenna seinem Befehl gefügt hatte, nach allem, was vorher geschehen war. Aber er war müde. Er wollte nicht reden, nicht über Vela, Gowenna oder sonst irgend etwas. Er wollte nicht einmal denken. »Im Moment«, sagte er ohne rechte Überzeugung, »besteht kaum die Gefahr, daß sie flieht.«

»Die gab es auf dem Schiff auch nicht«, widersprach Del erregt. Er wartete sichtlich darauf, daß er etwas erwiderte, aber Skar starrte nur weiter schweigend an ihm vorbei und stand schließlich auf. »Wenn du nicht müde bist, ich bin es«, erklärte er. »Ich brauche ein paar Stunden Schlaf. Weck mich, wenn ich dich ablösen soll.« Er wollte gehen, aber Del hielt ihn mit einer groben Bewegung zurück. »Warte.«

Skar blieb stehen, sah auf Dels Hand hinab, die sein Gelenk umklammert hielt. Del zog die Hand zurück.

»Wofür hältst du das alles hier?«

Skar zuckte mit den Achseln.

»Es ist künstlich«, fuhr Del fort, als er nicht antwortete.

»Möglich«, räumte Skar einsilbig ein. »Aber wenn es das ist, dann ist es uralt.« Er schüttelte den Kopf, seufzte hörbar und ließ sich noch einmal neben Del sinken. Das Eis in seinem Rücken fühlte sich kälter an als beim ersten Mal. »Die, die das hier erbaut haben, leben schon lange nicht mehr.«

»Wenn sie überhaupt je *gelebt* haben«, sagte Del ernsthaft. Skar sah ihn an, aber Del erwiderte seinen Blick nur stumm, fuhr plötzlich auf und ließ die flache Hand gegen das Weiß der Wände klatschen.

»Ich weiß ja, daß du es nicht gerne hörst«, fuhr er fort, »aber ich spüre einfach, daß Gowenna einen Plan verfolgt. Und er hat irgend etwas mit diesen Bergen dort drüben zu tun.«

»Du übertreibst«, murmelte Skar, obwohl er genau wußte, daß Del mit jedem Wort recht hatte. »Sie konnte nicht wissen, daß –«

»Sie hat es aber gewußt«, unterbrach ihn Del.

Skar sah müde auf. Del kannte ihn gut genug, um zu spüren, daß er nicht in der Stimmung war, zu reden. Trotzdem erwartete er eine Antwort. »Was meinst du?« fragte er unwillig.

»Woher weißt du von den Bergen? Hast du sie gesehen? Bevor wir aufgebrochen sind, meine ich?«

Skar nickte zögernd. »Sicher. Ich war oben auf der Wand.«

»Weil Gowenna dich hinaufgeführt hat. Nicht wahr? Woher wußte sie davon?«

»Sie... hat sie gesehen, als –«

»Das hat sie nicht, Skar«, unterbrach ihn Del. »Sie hat dir erzählt, daß sie oben war, aber das war gelogen.«

Skar starrte ihn an.

»Mit Ausnahme der Stunde, die wir zusammen in der Eishöhle waren«, sprach Del weiter, »habe ich Gowenna nicht aus den Augen gelassen, seit wir diesen verdammten Eisklotz betreten haben, Skar. Ich habe dir gesagt, daß ich ihr nicht traue, und das war mein Ernst. Ich habe sie beobachtet, die ganze Zeit. Es ist keine Stunde vergangen, in der ich sie nicht wenigstens einmal gesehen hätte. Sie war niemals hier oben, Skar. Das erste Mal mit dir.«

»Aber...« Skar hob hilflos die Hände. »Wie konnte sie...«

»Wissen, daß es sie gibt?« Del schüttelte den Kopf. »Bei allen Göttern, Skar – was ist aus dem Mann geworden, der du einmal warst? Begreifst du denn immer noch nicht? Sie hat es gewußt. Sie wollte hierher. Sie hat niemals vorgehabt, Vela vor den Rat der Dreizehn zu bringen. Sie wollte hierher, Skar, vom ersten Augenblick an!«

Er schlief, aber er schlief schlecht, und es war eher ein Zustand der Erschöpfung als wirklicher Schlaf. Die Kälte verfolgte ihn selbst bis in seine Träume, und er schrak ein paarmal am ganzen Leibe zitternd und mit schmerzenden Fingern und Zehen hoch, ehe ihn Del vollends wachrüttelte. Kaum daß er aufgestanden war, kroch der unter seine angewärmten Decken und schlief fast augenblicklich ein.

Skar betrachtete ihn mit einer Mischung aus Neid und Verwirrung. Sein Platz wäre jetzt draußen gewesen, wo er Helth, Gowenna und Vela gleichermaßen im Auge gehabt hätte. Aber obwohl er wußte, daß Del mit seinem Mißtrauen durchaus recht hatte, war ihm auch gleichzeitig klar, daß es sinnlos war, auf Gowenna zu achten. Was immer sie vorhatte, sie würde es tun, so oder so.

Skar lächelte dünn. Es war noch nicht lange her, da wäre es umgekehrt gewesen. Da hätte er gewarnt, und Del hätte ihm nicht geglaubt.

Er gab sich einen Ruck, wandte sich um und trat gebückt unter dem halb eingestürzten Durchgang hindurch, von dem er jetzt wußte, daß er einmal eine Tür gewesen war. Ein paar Männer waren wie Del und er tiefer in das Gebäude eingedrungen, um der Kälte zu entfliehen, und lagen schlafend auf dem Boden. Er ging leise, um sie nicht zu wecken; jede Sekunde Schlaf war kostbar, jede Stunde, die sie ruhten, konnte eine Stunde sein, die sie draußen auf dem Eis länger lebten.

Narr! wisperte eine Stimme hinter seiner Stirn. Du denkst noch immer wie ein Satai! Aber das bist du nicht mehr. Und diese Männer sind keine Krieger, die du befehligen kannst. Er blieb stehen, schloß die Augen und ballte mit einem unterdrückten Stöhnen die Fäuste. Fast angstvoll wartete er darauf, daß die Stimme zu sprechen fortfuhr, aber sie schwieg, und so ging er schließlich weiter.

Dicht vor dem Eingang lagen drei Männer nebeneinander, gemeinsam unter drei übereinandergelegte Decken gekrochen, um sich so mit ihren Körpern noch gegenseitig zu wärmen, und einer von ihnen war Helth. Skar blieb stehen und betrachtete ihn einen Moment. Er schlief, aber in verkrümmter, beinahe verkrampfter Haltung, die Arme um den Leib geschlungen und die Hände gegen Brust und Hals gepreßt, als leide er Atemnot, und seine Wangenmuskeln waren angespannt. Skar sah ihn einen Herzschlag lang an und überlegte, ob er ihn wecken und so dem Alpdruck entreißen sollte, den er zweifellos durchlitt, ließ es aber dann. Die Wirklichkeit war auch nichts als ein anderer, sogar tödlicher Alptraum. Nur, daß sie aus ihm nicht einfach aufwachen konnten, um ihm zu entfliehen. Leise drehte er sich um und ging weiter.

Er fand Vela in einem geschützten Winkel unweit des Ausganges, stieg behutsam über einen schlafenden Mann hinweg und ließ sich neben ihr in die Hocke sinken. Sie schlief. Ihr Gesicht war noch immer blaß, aber ihr Atem ging ruhig. Langsam und beinahe überrascht über sein eigenes Tun hob er die Hand und berührte ihre Wange. Ihre Haut war heiß. Sie hatte Fieber. Aber das hatten sie wohl alle.

»Zufrieden?«

Skar fuhr zusammen und zog die Hand beinahe schuldbewußt zurück. Gowenna war lautlos herangekommen und beobachtete ihn aus ihrem einzigen, spöttisch funkelnden Auge. »Sie schläft«, sagte sie. »Und ich wäre an deiner Stelle froh, daß sie nicht erwacht.«

Skar sprang mit einer übertrieben hastigen Bewegung auf und trat an ihr vorbei. Sein Fuß streifte einen der Schlafenden; der Mann bewegte sich unruhig, wachte aber nicht auf. »Ich habe keine Lust, mich mit dir zu streiten«, entgegnete er knapp.

Gowenna lächelte. »Ich streite nicht«, erklärte sie. »Ich versuche nur, dich zu warnen. Aber vielleicht ist es auch gar nicht nötig. Del und du bewacht sie so gut, daß ihr ohnehin als erste merken werdet, was geschieht. Habt ihr Angst, daß ich mich nachts an ihr Lager schleiche und ihr etwas zuleide tue?«

Skar überging den beißenden Spott in ihrer Stimme. Vielleicht war die Gelegenheit günstig, sie zur Rede zu stellen; sie waren ungestört, die Männer schliefen, und es gab genügend Räume und Winkel in dieser bizarren Ruine, in die sie sich hätten zurückziehen können. Aber er spürte auch, daß sie auf die Auseinandersetzung vorbereitet war. Er nicht. Gowenna war nicht dumm. Sie mußte sich ausgerechnet haben, daß er irgendwann erkennen würde, was geschah.

Nein, dachte er. Nicht jetzt. Später. Vielleicht nie.

»Bitte«, sagte er leise. »Nicht jetzt, Gowenna.«

Sie sah ihn einen Moment mit undeutbarem Ausdruck an, schlug ihren Umhang zurück und fuhr sich mit einer unbewußten, glättenden Geste über Kettenhemd und Hose. Die Bewegung verlieh ihrer tristen Umgebung etwas seltsam Vertrautes. »Wie du willst«, murmelte sie, plötzlich sichtlich darum bemüht, das Thema zu wechseln, nur noch mit dem Krieger, der er war, zu reden, nicht mehr mit dem Mann, der er einmal gewesen war und den sie – vielleicht, denn nicht einmal dessen war sich Skar jetzt mehr sicher – geliebt hatte. Was zwischen ihnen gewesen war, war ohnehin vorbei, und sie gehörten beide nicht zu den Menschen, die sich an zerbrochene Träume klammerten.

Trotzdem war es diesmal Skar, der sie zurückhielt. »Die Männer halten den Marsch nicht mehr durch«, sagte er. »Zwanzig Meilen durch diese Kälte schaffen sie nicht mehr. Selbst Helth nicht.«

»Sie werden es müssen«, antwortete Gowenna ruhig. »Sie haben keine andere Wahl. Und wir auch nicht.«

Normalerweise hätte ihn die eisige, menschenverachtende Art, in der sie diese Worte sprach, in Rage gebracht. Aber er war noch immer müde, jetzt vielleicht mehr denn je, und er sah einfach keinen Sinn mehr darin, sich – ganz egal worüber – mit ihr zu streiten. So verzog er nur verärgert das Gesicht. »Was erwartest du eigentlich?« fragte er halblaut. »Daß ich eine Gruppe von fünfzig halbtoten Männern hundert Meilen durch diese Eiswüste führe, ohne –«

»Warte«, unterbrach sie ihn. »Ich zeige dir etwas, bevor du weitersprichst. Ich bin ohnehin deshalb gekommen, nicht, um mich mit dir herumzustreiten. Komm.«

Bevor er Gelegenheit hatte, eine weitere Frage zu stellen, wandte sie sich um und verschwand gebückt durch den Ausgang. Ihre Stiefel knirschten auf dem Eis, als ginge sie über zermahlenes Glas.

Skar starrte ihr wütend nach, beeilte sich aber trotzdem, ihr zu folgen. Wenigstens kannte er Gowenna mittlerweile gut genug, um zu spüren, wann sie mit ihm spielte und wann sie es ernst meinte.

Die Sonne stand fast im Zenit, als er die schützende Ruine verließ und hinter Gowenna ins Freie trat. Die Kälte sprang ihn an wie ein reißendes Tier, das geduldig auf seine Rückkehr gewartet hatte, und der Wind peitschte ihm Eiskristalle und feinen, pulvrigen Schnee ins Gesicht. Unwillkürlich zog er seinen Mantel enger um die Schulter, aber der Stoff war klamm und so eisig, daß er fast noch stärker fror. Er merkte erst jetzt richtig, wie geschützt sie drinnen gewesen waren. In dieser Hölle aus Weiß und klirrender Kälte machten selbst ein paar Grad einen spürbaren Unterschied.

Gowenna wartete, bis er neben ihr war, wandte sich wortlos um und begann die zerrissene Flanke der Ruine zu ersteigen. Ihre Bewegungen waren langsam und müde, aber trotzdem geschickt, und Skar hatte Mühe, ihr zu folgen. Sein Herz jagte, als er die zwanzig Fuß hohe Mauer bewältigt hatte und vorsichtig auf dem unsicheren Untergrund nach festem Halt suchte.

Gowenna starrte unverwandt nach Westen, in die Richtung, aus der sie gekommen waren. Der Wind spielte mit ihrem Haar und ließ es wie einen schwarzen Schleier vor ihrem Gesicht auf und ab wehen; ihr Umhang bauschte sich, als wäre er ein lebendes Wesen, und über den zerstörten Teil ihres Gesichtes huschten Schatten, als versuche sie selbst jetzt noch, sich seinen Blicken zu entziehen. Plötzlich fragte er sich, warum sie keine Maske trug oder wenigstens einen Schleier, wie es die Errish allgemein taten. Sie litt unter diesem zerstörten Antlitz, das wußte er, aber sie unternahm auch nichts, um es zu verbergen.

»Also?« fragte er. Obwohl Gowenna schwieg und ihn nicht ansah, spürte er deutlich die Veränderung, die plötzlich mit ihr vonstatten ging. Sie wirkte angespannt, aber auf eine schwer faßbare, aggressive Art. Ihre Hand lag auf dem Schwertgriff.

Gowenna strich sich das Haar aus dem Gesicht, hielt es mit der linken Hand im Nacken zusammen und zeigte mit der anderen auf das zusammengeschobene Fernrohr in Skars Gürtel. Skar holte es hervor und wollte es ihr reichen, aber sie schüttelte nur den Kopf und deutete nach Westen. Das Meer war jetzt mit bloßem Auge nur noch als feine graue Linie vor dem Horizont zu erkennen; davor ein dunkler, verschwommener Schatten von annähernder Kreisform. Der See. Es kam Skar fast wie Hohn vor, daß sie ihn noch immer sehen konnten. Aber vielleicht folgte er ihnen ja auch, und vielleicht trug sie dieses verfluchte Land mit der gleichen Geschwindigkeit, mit der sie sich vorwärts bewegten, wieder zurück. Wie Fliegen, dachte er, die über eine eingefettete Glasscheibe krabbeln und nicht einmal merken, daß sie ebenso rasch zurückrutschen, wie sie an Höhe gewinnen.

Er vertrieb den Gedanken und hob das Glas an die Augen. Der Kratersee rückte scheinbar auf Armeslänge heran, als er die Linse mit einem Zipfel seines Umhanges von Eis und verklebtem Schmutz gereinigt hatte. Die Luft über dem gewaltigen Trichter flimmerte, und ab und zu huschte ein roter Lichtblitz über seine Wände. Das Wrack der SHAROKAAN mußte noch immer brennen, obwohl ihm dies beinahe unglaublich erschien. Aber das Feuer des Dronte war kein normales Feuer, sondern die Glut der Hölle.

»Sieh weiter hinaus«, sagte Gowenna leise. »Nach Süden. Aufs Meer.«

Gehorsam hob Skar das Glas und ließ es weiterwandern, bis er die Ausfahrt auf der gegenüberliegenden Seite des Trichters erkennen konnte. Selbst durch die stark vergrößernde Linse des Glases betrachtet war sie nicht mehr als ein dünner, mit feinen Schattenlinien gezeichneter Strich. Einen Moment lang verweilte sein Blick darauf, dann schwenkte er das Glas weiter, tastete den Weg zurück, den sie gekommen waren, und folgte der sanft gekrümmten Linie des Kanals bis hinaus aufs Meer.

Der Anblick traf ihn wie ein Schlag.

Der Dronte hockte wie eine mißgestaltete schwarze Spinne vor dem Horizont, die Ruder wie gebrochene Insektenbeine ausgebreitet, als suche er Halt in der glitzernden Meeresoberfläche, die Masten verkrümmt, schwarze Strünke aus zerschmolzenem Wachs, von denen noch Hitze in flimmernden Wellen und dünne Rauchfäden aufstiegen. Da und dort nistete noch ein winziger gelber Glutfunke auf seinem Leib, und seine Umrisse schienen zu verschwimmen, da und dorthin zu wogen wie ein Spiegelbild auf bewegtem Wasser, als versuche er, sich seinen Blicken zu entziehen. Skar hatte plötzlich das Gefühl, daß der Dronte ihn beobachtete, seinen Blick – kalt und doch voller boshafter, berechnender Intelligenz – erwiderte.

»Es ging schneller diesmal«, bemerkte Gowenna.

Skar ließ verblüfft das Glas sinken und starrte sie an.

»Bei allen Göttern...« Sie seufzte. »Es würde mich wirklich nicht mehr wundern, wenn er uns nachkriechen würde.«

Aber das hat er doch bereits getan, wisperte eine Stimme in Skar. Etwas von ihm ist euch doch gefolgt.

Er setzte das Glas wieder an, schwenkte es weiter, immer der Linie der Küste folgend, zurück zum See, beendete den Kreis und folgte schließlich mit dem Teleskop dem Weg, den sie gekommen waren.

Wenigstens bis zur Hälfte.

»Wie viele sind es?« fragte Gowenna leise.

Skar antwortete nicht. Sein Blick hing wie gebannt an den schlanken, in blitzende Eispanzer und reißende Stacheln gekleideten Gestalten, die reglos wie bizarre Statuen aus poliertem Glas auf dem Eis standen.

»Wie viele?« fragte Gowenna noch einmal.

»Vier«, murmelte Skar, ohne den Blick von den weiß schimmernden Kriegern zu nehmen. »Nur vier. Aber sie rühren sich nicht.« Er senkte das Glas, sah Gowenna verstört an und blickte dann aus zusammengekniffenen Augen über die blinkende endlose Fläche. Jetzt, als feststand, daß sie da waren, glaubte er, sie auch ohne das Fernrohr zu erkennen, obwohl er wußte, daß das unmöglich war. »Zu wenige für einen Angriff«, murmelte er.

»Aber genug, um uns am Umkehren zu hindern«, fügte Gowenna grimmig hinzu.

Skars Hand glitt zum Schwert und legte sich fest um den lederbezogenen Griff. Aber er verwarf den Gedanken an einen Kampf so rasch, wie er gekommen war. Sicher, sie würden sie schlagen können. Es waren nur vier, vier gegen Gowenna, Del, Helth und ihn selbst, und sie waren bei aller Kraft und Fremdartigkeit nicht unverwundbar. Einen Moment lang dachte er ernsthaft darüber nach, ob es wirklich Zufall war, daß es gerade vier waren. Vier – für jeden von ihnen einer.

Aber es würde nichts nutzen, diese vier Verfolger niederzumachen. Skar zweifelte nicht daran, daß es ebensogut vierzig oder vierhundert hätten sein können, und ebenso plötzlich wußte er auch, daß ihre Zahl *kein* Zufall war. Nein – diese Kreaturen dort drüben waren nicht ausgesandt worden, um sie zu töten. Ihr einziger Auftrag war, dazusein, immer dicht am Rande des Sichtbaren zu bleiben, ihnen zu zeigen, daß es kein Entkommen gab, so weit sie auch fliehen würden.

Erneut hob er das Glas an die Augen und starrte den Dronte an, und wieder überkam ihn das Gefühl, daß sein Blick erwidert würde. Der Dronte hatte Wunden davongetragen in diesem Kampf, aber halb zerstört und geschmolzen, wie er war, wirkte er beinahe noch bedrohlicher als zuvor.

»Seine Katapulte...«, murmelte er.

Gowenna schüttelte den Kopf. »Sie schießen weit, aber nicht so weit«, sagte sie. »Außerdem will er uns nicht töten. Noch nicht.« Sie fuhr sich müde mit der Hand über das Gesicht und deutete nach Norden. »Hinter den Bergen liegt eine Bucht«, erklärte sie. »Eine Art natürlicher Hafen. Dort wird er uns erwarten.« Es erschien ihr ganz selbstverständlich, ihm damit preiszugeben, daß sie dieses Land kannte, besser, als sie bisher zugegeben hatte, und für einen Moment überlegte Skar, ob sie sein Gespräch mit Del belauscht haben konnte. Aber vielleicht wartete sie auch nur seit Tagen darauf, daß Skar endlich die Wahrheit begriff, und war des Versteckspielens einfach müde.

»Ich begreife das einfach nicht«, murmelte Skar. »Warum tut er das? Wenn er uns umbringen wollte...«

»Hätte er es ein Dutzend Mal tun können«, führte Gowenna den Satz zu Ende. »Mindestens. Ich fürchte, so leicht ist es nicht, Skar. Er will nicht unseren Tod. Er will *sie.*«

»Sie?«

»Vela. Er ist nicht gekommen, um uns zu vernichten. Er hätte sich niemals so weit aus seinem Revier herausgewagt, nur um die SHAROKAAN zu verbrennen, Skar. Er kann andere Opfer haben, und solche, die sich nicht so zur Wehr setzen wie ein Schiff der Freisegler. Es gibt immer wieder Narren, die sich in die Meere hinauswagen, die von ihm beherrscht werden. Nein – er kam, um Vela zu befreien.«

Skar starrte sie einen Moment ungläubig an. Er spürte, daß sie recht hatte. Es war die einzig logische Erklärung; wenn das Wort Logik nach allem, was sie bisher erlebt hatten, überhaupt noch berechtigt war. Aber etwas in ihm sträubte sich dagegen, Gowenna zu glauben. »Das ist... nicht dein Ernst«, sagte er stockend.

Gowenna lachte bitter. »Ich wünschte, es wäre so«, antwortete sie. »Sage mir einen anderen Grund. Hast du vergessen, welche Kräfte sie geweckt hat? Welche Wesen es waren, über die sie gebot? Er ist einer von ihnen, Skar. Ich... habe keinen Beweis, daß es wirklich so ist, aber ich habe es befürchtet, vom ersten Tage an. Es gibt keinen anderen Grund. Etwas von ihrer alten Macht ist noch in ihr.« Er wollte widersprechen, aber Gowenna fuhr schnell und in beinahe beschwörendem Tonfall fort: »Sie ist nicht besiegt, Skar, glaube mir.«

»Niemand würde nach einer solchen Niederlage die Kraft für einen zweiten Kampf aufbringen«, widersprach Skar. »Nicht einmal ich, Gowenna. Oder du.«

»Vielleicht. Aber sie war schon lange nicht mehr Herr ihrer selbst, das weißt du so gut wie ich«, sagte Gowenna aufgebracht. »Die Frau, die du in Ikne kennengelernt hast, ist gestorben, lange bevor sie Elay auch nur erreicht hat. Sie ist der Mächte, die sie erweckt hat, nicht mehr Herr geworden, auch das weißt du. Sie war nur noch ein Werkzeug für einen anderen, stärkeren Geist. Warum weigerst du dich, die Wahrheit zuzugeben? Du wußtest es damals, und du weißt es heute. Sie hat etwas geweckt, als sie mit dem Stein der Macht experimentiert hat, aber sie hatte niemals die Kraft, es zu beherrschen.«

»Etwas geweckt!« Skar lachte rauh, aber es mißlang und hatte nicht die Wirkung, die es haben sollte. »Etwas geweckt... einen bösen Geist aus äonenalter Vergangenheit vielleicht?« fragte er spöttisch. »Das absolut Böse, durch ihren Zauberspruch aus seinem Gefängnis befreit und aus den Tiefen der Hölle emporgestiegen, um uns Menschen zu vernichten?«

»Vielleicht«, antwortete Gowenna. »Ja, vielleicht war es wirklich so. Wir wissen es nicht, weder ich noch die Margoi oder eine der anderen Errish, mit denen ich sprach. Du hast es besiegt, aber es lebt noch. Und es wartet.«

»Ja«, machte Skar zynisch, »und jetzt ist es in den Dronte gekrochen und will uns alle fressen.«

Gowenna ignorierte seinen Sarkasmus. »Vielleicht war es auch immer da«, fuhr sie sehr leise und in einem Ton, als spräche sie nur mit sich selbst, fort, »und vielleicht war Vela von Anfang an nur ein Werkzeug. Vielleicht war es nur ein Zufall, daß sie auserwählt wurde. Vielleicht mußte es so kommen.« Sie schwieg einen Moment. »Man sagt, daß irgendwann, am Ende der Zeiten, die große Schlacht zwischen Gut und Böse entbrennen wird. Vielleicht ist es jetzt soweit, und wir alle sind nichts als Figuren in einem Spiel, dessen Regeln Mächtigere bestimmen.«

»Jetzt bringe bitte nicht auch noch die Götter mit ins Spiel«, seufzte Skar. Aber er war nicht so ruhig, wie er tat. Gowennas Worte hatten etwas in ihm berührt, etwas wie ein tief verborgenes, schlummerndes Wissen in ihm geweckt, von dem er noch nicht sagen konnte, was es bedeutete, aber deutlich spürte, daß es da war. Ohne ein weiteres Wort drehte er sich um und stieg vorsichtig vom Eisdach des halb zusammengestürzten Gebäudes herab. Er entfernte sich ein paar Schritte von dessen Eingang, weit genug, daß keiner der Männer ihre Stimmen hören konnte, und blieb am Rande der Eisspalte stehen. Kälte stieg in unsichtbaren Wellen aus dem gewaltigen Riß hoch und hüllte ihn ein.

»Was ist hinter diesen Bergen?« fragte er, als Gowenna nach einer Weile zu ihm trat.

»Ich weiß es nicht«, antwortete sie, und er fühlte, daß es die Wahrheit war. »Ich war niemals hier. Niemand war je hier.«

»Aber du kanntest diese Insel.«

Sie nickte. »Die Heimat des Dronte, ja. Und vielleicht Schlimmerem.«

»Dann wußtest du, daß er uns auflauern würde?«

»Nein. Niemand von uns hat es gewußt oder auch nur geahnt. Aber ich wußte, was geschehen würde, als ich ihn sah.«

»Und warum hast du uns nicht gewarnt?«

Gowenna hockte sich neben ihm nieder, formte einen Schneeball und warf ihn in die Spalte. Er verschwand lautlos in der Tiefe. Skar wartete auf das Geräusch seines Aufpralls, aber das einzige, was er hörte, war das unablässige Heulen des Windes.

»Was hätte es genutzt?«

Skar setzte zu einer scharfen Antwort an, aber Gowenna stand schnell auf und trat zwei, drei Schritte zurück. Es sah aus wie eine Flucht, und das war es wohl auch. Diesmal war sie es, die einer Konfrontation aus dem Wege gehen würde.

»Vielleicht wären ein paar von uns dann noch am Leben«, sagte er leise.

»Das vielleicht. Aber es hätte nichts geändert. Er wollte uns hier haben, Skar, und er hätte uns auf jeden Fall hierhergetrieben, ganz gleich, wie.«

»So wie du, nicht?«

Gowenna war für einen Moment verunsichert. »Wie –«

»Ich meine es so, wie ich es sage, Gowenna«, fuhr Skar fort, so ruhig, daß es ihn beinahe selbst überraschte. »Du hast niemals vorgehabt, Vela zum Berg der Götter zu bringen. Du wolltest sie hier haben, genau hier.« Es waren – beinahe genau – die gleichen Worte, die Del wenige Stunden zuvor gesagt hatte, und er spürte eigentlich erst jetzt, daß sie richtig waren. Er hatte auch nicht in der Art einer Frage gesprochen.

»Und wenn es so wäre?« fragte Gowenna leise.

Skar trat auf sie zu und hob die Hand. Gowenna fuhr zusammen, als erwarte sie einen Schlag, aber Skar berührte nur sanft ihr Gesicht und folgte mit den Fingerspitzen den dünnen, tiefen Linien der Narben, die der Drachenatem in ihre Haut gefressen hatte.

»Ich weiß es nicht«, gestand er. »Ich... müßte dich hassen, aber ich kann es immer noch nicht. Vielleicht spielt es auch keine Rolle, was du gewollt hast. Der Dronte hat alles geändert, was irgendwer von uns irgendwann einmal *gewollt* hat. Es... täte mir nur weh, wenn du mich belogen hättest.«

»Es gibt Situationen, in denen man keine Rücksicht mehr auf Gefühle nehmen kann, Skar.«

Skar lachte, und Gowenna sah ihn verwundert an. »Du lachst?«

»Ja – normalerweise wäre ich der, der diese Worte sprechen müßte, weißt du das?« Er wurde wieder ernst, zog seine Hand zurück und streckte sie, nach kurzem Zögern, abermals aus; diesmal, um Gowenna in die Arme zu nehmen. Sie ließ es zu, aber Skar spürte, wie sich ihr Körper unter dem unförmigen Mantel versteifte.

»Nicht, Skar«, flüsterte sie. Er ließ sie los. Gowenna trat zurück, zog – nur um ihre Hände zu beschäftigen und nicht, weil es nötig gewesen wäre – ihren Mantel höher und wich seinem Blick aus.

»Warum sagst du es mir nicht?« fragte er.

»Was?«

»Was du vorhast, Gowenna. Ich weiß, daß du Vela niemals vor den Rat der Dreizehn bringen wolltest. Wenn du sie töten willst –«

»Das will ich nicht«, fiel ihm Gowenna ins Wort, so heftig, daß er spürte, wie weh ihr sein Verdacht tat.

»Ich würde es verstehen«, fuhr er unbeeindruckt fort. »Vielleicht glaubst du, daß ich noch irgend etwas für sie empfinde, wegen des Kindes, aber das ist nicht der Fall. Es war niemals so.«

»Bitte, frag nicht weiter, Skar«, bat Gowenna. Ihre Stimme klang gequält. »Du... du hast es selbst gesagt, daß es keine Rolle mehr spielt, was wir gewollt haben. Ich... ich gehe jetzt, um Del und Helth zu holen.«

Sie wollte sich umdrehen und gehen, aber Skar hielt sie noch einmal zurück. »Dieser Hafen«, fragte er, »von dem du erzählt hast – haben wir eine Chance, von dort wegzukommen?«

Gowenna überlegte einen Moment. »Vielleicht. Ich weiß es nicht. Niemand ist bisher von dieser Insel zurückgekehrt.«

»Unsinn«, antwortete Skar. »Wäre es so, woher wüßtest du dann von den Bergen und dieser Bucht?«

»Es gibt nicht viel, was die Errish nicht wissen«, antwortete Gowenna geheimnisvoll. Sie hielt seinem Blick noch einen Moment stand, drehte sich dann abermals um und ging. Diesmal hielt er sie nicht mehr zurück.

Skar blickte ihr nach, hilflos; verwirrter als zuvor. Aber was hatte er erwartet?

Drei, vier Besatzungsmitglieder der SHAROKAAN hatten sich gleich unter dem Eingang zum Schlafen gelegt, und Gowenna mußte umständlich über sie hinwegsteigen. Wenn sie einen von ihnen anstieß, dachte Skar ernsthaft, dann würde er zerbrechen wie Glas.

Er blieb lange Zeit stehen und starrte nach Westen, reglos und stumm, als wäre er selbst bereits zu Eis erstarrt und zu einem Teil dieser gefrorenen, toten Welt geworden. Er wußte nicht einmal, wieviel Zeit vergangen war, als Gowenna mit Helth und Del zurückkam. Zeit war bedeutungslos geworden.

Del wirkte müde. Seine Haut glänzte wächsern, und seine Augen waren klein und gerötet, aber ihr Blick war trotzdem wach.

Er winkte Helth zu sich heran, reichte ihm wortlos das Glas und deutete auf die glitzernden weißen Schemen vor dem Horizont. Der Vede sah einen Moment lang durch das Fernrohr, und Skar glaubte, so etwas wie Schrecken über sein Gesicht huschen zu sehen. Aber seine Stimme klang ruhig, als er sich umwandte und das Glas absetzte. »Das sind Krieger wie die, auf die ihr gestern getroffen seid«, stellte er fest.

»Es sind keine Krieger, Helth«, sagte Gowenna betont. »Es ist der Dronte. Etwas von ihm.« Del schwieg, griff aber ebenfalls nach dem Glas und blickte lange und mit unbewegtem Gesicht hindurch.

Helth starrte sie sekundenlang schweigend an. Skar versuchte vergeblich zu erraten, was hinter seiner Stirn vorging. Sein Blick konnte ebensogut Schrecken wie Resignation ausdrücken. »Und was erwartet ihr jetzt?« fragte er. »Daß ich die Männer zusammenrufe und wir uns auf sie stürzen?« Die Worte waren bitterer Spott, aber der Klang seiner Stimme behauptete das Gegenteil; sie war flach und ausdruckslos, so, als interessiere ihn dies alles hier im Grunde schon nicht mehr, und er antwortete nur, um wenigstens noch einen Schein von Form zu wahren.

»Ich glaube nicht, daß das viel Sinn hätte«, erwiderte Skar rasch, als er den Zorn auf Gowennas Gesicht sah. »Sie sind nicht hier, um mit uns zu kämpfen, Helth. Sie beobachten nur. Und deine Männer würden einen Kampf gegen sie wohl kaum noch durchstehen.«

»Es sind nur vier.« Ein dünnes, humorloses Lächeln huschte über Helth' Züge. »Und es sind nicht meine Männer, Skar. Es sind deine Männer. *Meine* Leute sind auf der SHAROKAAN gestorben.«

Gowenna sog scharf die Luft ein und trat einen Schritt auf den Veden zu, aber Skar hielt sie mit einem raschen, warnenden Blick zurück und schluckte die scharfe Entgegnung, die ihm selbst auf der Zunge lag, hinunter. Del schob mit einer bedächtigen Bewegung das Fernrohr zusammen und gab es ihm zurück. Wie durch Zufall trat er dabei halbwegs zwischen Gowenna und den Veden. Skar schenkte ihm einen raschen dankbaren Blick. Sie waren noch immer ein Team.

»Ich habe dich nicht gerufen, um mit dir zu streiten«, sagte er so ruhig, wie er konnte.

»Du hast mich überhaupt nicht *gerufen*«, erwiderte Helth kalt. »Du hast mich *rufen lassen.*«

»Warum sprichst du überhaupt noch mit ihm?« fragte Del. »Er ist ein Narr und wird es bleiben.«

Helth' Augen blitzten belustigt. »Vielleicht bin ich das«, sagte er gleichmütig. »Man muß schon ein verdammter Narr sein, um euch freiwillig in diese Hölle zu folgen. Wir hätten auf der SHAROKAAN bleiben und mit ihr untergehen sollen, wie es sich für freie Männer gehört.«

»Vielleicht hätte dir Gowenna auch die Tracht Prügel verabreichen sollen, die du verdienst«, bemerkte Del. Skar unterdrückte ein zustimmendes Nicken. Obwohl er sich vorgenommen hatte, ruhig zu bleiben, brachten ihn die Worte des Veden schon wieder in Rage. »Gut«, sagte er mit einem resignierenden Seufzen. »Ich habe dich *rufen lassen,* um dir die Krieger dort drüben zu zeigen. Ich dachte, du würdest begreifen, was ihr Auftauchen bedeutet.«

»Und was wäre das?«

»Daß ein Sinn dahintersteckt«, erklärte Skar mit einer Geduld, die ihn schon beinahe selbst erstaunte. Und in ihm, leise und wispernd, aber unüberhörbar, fügte eine Stimme hinzu: *Und daß du diesen Sinn ganz genau kennst, Skar.* »Glaubst du wirklich noch, Helth, daß alles nur ein Zufall war?« fügte er laut hinzu. »Daß uns der Pirat aus reiner Willkür in diese Falle gejagt hat? Keiner von uns wäre noch am Leben, wenn es in seiner Absicht gelegen hätte, uns umzubringen. Er wollte uns hier. Genau hier, wo wir sind.«

Helth sah verwirrt zwischen ihm, Gowenna und Del hin und her, und Gowenna war diplomatisch genug, in diesem Moment zu schweigen. Sie wirkte ein ganz kleines bißchen angespannt, beherrschte sich aber.

»Selbst wenn es so wäre...«, begann Helth unsicher, sprach aber nicht weiter, sondern drehte sich wieder um und starrte aus zusammengekniffenen Augen nach Westen. Diesmal, da war Skar sicher, zeigte der Ausdruck auf seinen Zügen Furcht. Vielleicht war er einfach zu erschöpft gewesen, um es gleich zu begreifen.

»Es ist so, Helth. Wer immer uns diese Bestien auf den Hals gehetzt hat, verfolgt einen ganz bestimmten Zweck damit. Und bis jetzt hat er ihn erreicht.«

»Mit deiner Hilfe, ja«, sagte Helth. Aber seine Stimme zitterte, und von seiner bisherigen Selbstsicherheit war nicht viel geblieben.

»Unsinn«, schnappte Skar. »Vielleicht war es ein Fehler, das Schiff aufzugeben, aber deine Lösung war mindestens genauso falsch. Es hätte niemandem genutzt, wenn wir alle auf dem Schiff verbrannt wären.«

»Aber es nutzt uns, hier zu erfrieren.«

Wieder zögerte Skar sekundenlang zu antworten. Seine Zunge stieß wie ein kleines lebendes Wesen gegen die Zähne, als müsse er jedes einzelne Wort, das er aussprach, genau überlegen und abwägen. Er war nie ein großer Redner gewesen, aber es war ihm auch noch nie so schwergefallen wie jetzt, die richtigen Worte zu finden.

»Wir werden nicht sterben«, sagte er. »Wenn wir das Gebirge erreichen, haben wir eine Chance.«

In Dels Augen stand plötzlich ein fragender Ausdruck. Skar schüttelte unmerklich den Kopf. Del schwieg.

Helth lachte bitter. *»Eine Chance!«* wiederholte er mit einer Betonung, als hätte Skar einen besonders geschmacklosen Scherz gemacht. »Sei kein Narr, Skar. Ihr Satai legt so großen Wert auf eure Überlegenheit und euren scharfen Geist. Dann gestehe es auch ein, daß du verloren hast.«

»Muß ich dich wirklich an deinen Treueeid erinnern?« fragte Del.

Helth fuhr herum. »Ich habe Rayan Treue geschworen, Satai«, zischte er. »Meinem *Vater.*«

»Und er hat deinen Eid auf mich übertragen«, ergänzte Skar ungerührt. »Ich habe ihm geschworen, so viele von euch zu retten, wie ich kann, und ich werde dieses Versprechen halten, Helth. Ich weiß, daß ich dich enttäuscht habe«, fuhr er hastig fort, als Helth auffahren wollte. »Dich und deine Männer. Ihr habt euer Schicksal in meine Hand gelegt, und es sieht so aus, als hätte ich versagt. Euer Schiff ist verbrannt, und viele deiner Kameraden sind tot. Es werden noch mehr sterben, bis wir die Berge erreicht haben. Aber die, die es bis dorthin schaffen, Helth, werde ich retten. Ich werde es wenigstens versuchen.«

»Sicher«, sagte Helth bissig. Seine Augen funkelten, und seine Haltung wirkte mit einem Male angespannt – aber auf sonderbar falsche Art, fand Skar. Er sah aus wie ein Mann, der Schmerzen ausstand. Starke Schmerzen. »Du wirst einen Zauberspruch aufsagen und ihnen zeigen, wie man über das Wasser wandelt.«

»Ich werde auf jeden Fall verhindern, daß sie aufgeben und sterben. Vielleicht habe ich in deinen Augen kein Recht mehr, irgend etwas von euch zu fordern, aber ich tue es trotzdem. Für euch. Um Rayans Vermächtnis zu erfüllen, Helth. Ich habe deinem Vater mein Wort als Satai gegeben, und ich werde es halten.« Es war gelogen. Er wußte, daß er es nicht konnte und daß er Helth und seine Männer, wenn überhaupt irgendwohin, so nur in den Tod führen würde, einen Tod, gegen den das Erfrieren hier draußen auf dem Eis vielleicht eine Gnade war. Aber er sprach trotzdem weiter, redete, mit einem Mal flüssig, mit ruhiger, überlegter und fast suggestiv klingender Stimme und versprach Helth eine Hoffnung, die nicht existierte. »Ich könnte dich bitten, mir ein letztes Mal zu vertrauen, Helth, aber das werde ich nicht tun. Ich befehle es dir. Ich verspreche dir kein neues Schiff, nicht einmal dein Leben, aber ich verspreche dir, daß derjenige, welcher den Untergang der SHAROKAAN auf dem Gewissen hat, dafür bezahlen wird. Wir werden ihn entweder vernichten oder selbst untergehen. Aber ich lasse nicht zu, daß deine Männer ihr Leben wegwerfen.

Ich lasse nicht zu, daß du es wegwirfst, Helth.«

Es waren nicht seine Worte, die ihm da so glatt über die Lippen kamen, sondern Worte, die ihm das *Ding* in seinem Inneren eingab. Er spürte es, fühlte, wie es wie eine schwarze, brodelnde Woge aus den tiefsten Abgründen seiner Seele emporquoll, seine Gedanken, seinen Willen überflutete und sein Bewußtsein in ein Netz undurchdringlicher Finsternis einzuspinnen begann. Aber er wehrte sich nicht mehr dagegen. Er hatte es zu oft getan, und jetzt fehlte ihm die Kraft dazu. Im gleichen Moment, in dem er den Fuß auf den Leib des Dronte gesetzt hatte, war es erwacht, und es war stärker als je zuvor.

»Dort drüben, Helth«, sagte er mit einer theatralischen, weit ausholenden Geste, »irgendwo hinter den Bergen wird die Entscheidung fallen. Vielleicht werden wir alle sterben, bevor wir ihnen auch nur nahe kommen, aber wenn, dann haben wir es wenigstens versucht. Du willst nicht, daß deine Männer wie die Tiere krepieren – das waren doch deine Worte. Du hast die Wahl: Ihr könnt hierbleiben und sterben, oder ihr könnt euch zum Kampf stellen, wie es sich für freie Männer gehört. Tiere, Helth, legen sich hin und sterben, wenn sie keinen Ausweg mehr sehen. Menschen kämpfen.«

»Und sterben ebenfalls.«

»Manchmal«, schränkte Skar ein. »Aber manchmal siegen sie auch und leben weiter.« Seine Worte waren fast das genaue Gegenteil von dem, was er noch vor Augenblicken gesagt hatte, aber Helth schien das nicht zu merken. Er hatte gewonnen. Er spürte es, noch bevor er in Helth' Augen sah und den Ausdruck darin erkannte. Seine Worte waren von fast hypnotischer Eindringlichkeit gewesen; Helth war keine Chance geblieben, sich zu wehren. Er war ein Kind im Körper eines Mannes, auf seine Art naiv und verletzlich, und Skars Worte hatten ihn an seiner verwundbarsten Stelle getroffen. Er hatte ihn daran erinnert, als was er gelebt, woran er geglaubt hatte. Zu einer anderen Zeit und an einem anderen Ort hätte Helth vielleicht darüber gelacht, aber was geschehen war, hatte die Mauern, die er um sich herum aufgerichtet hatte, durchbrochen und ihn verletzlich werden lassen. Seine Welt war zusammengestürzt, Stück für Stück, und alles, was ihm geblieben war, waren Erinnerungen. Skar gab ihm die Chance, sie noch einmal, wenn auch nur für kurze Zeit, auferstehen zu lassen.

Aber er hatte ihn belogen. Es gab keinen ehrenvollen Tod, nicht hier und nicht für diese Männer, und es wäre barmherziger und – wenn er das Wort schon benutzen wollte – wohl auch ehrenhafter gewesen, sie hier in Ruhe sterben zu lassen.

Es muß sein, wisperte die Stimme in ihm. *Sie werden dir gehorchen, ohne Fragen zu stellen. Sie werden deinen Worten glauben, Skar. Dir.*

Er schloß die Augen und versuchte das Wispern dahin zurückzudrängen, wo es hergekommen war, aber es ging nicht. Das Ungeheuer war erwacht, und er begann zu begreifen, daß er bisher nur einen winzigen Teil seiner wahren Macht zu spüren bekommen hatte. *Sie vertrauen dir, Skar,* fuhr die Stimme fort, leise, einschmeichelnd und die ganze Zeit von einem Geräusch wie von einem fernen leisen Lachen untermalt. *Sie haben dir schon einmal vertraut, Skar. Du hast versagt. Aber sie werden dir noch einmal vertrauen, nicht weil du Satai bist, sondern nur, weil du* DU *bist, weil Rayan ihnen gesagt hat, daß sie dir vertrauen sollen. Diesmal wirst du sie nicht enttäuschen. Aber du wirst sie belügen. Weil du sie brauchst. Weil du ihre Körper brauchst. Ihre Waffen. Weil du sie zu Werkzeugen machen mußt, wenn du diesen Kampf gewinnen willst.*

Skar drehte sich mit einer abrupten Bewegung um und wandte das Gesicht nach Westen, so daß es aussah, als starre er zu ihren Verfolgern hinüber. Seine Hände ballten sich in hilflosem Zorn zu Fäusten, aber es lag keine Kraft mehr in dieser Bewegung.

Der Abend dämmerte schon, als sie die Ebene hinter sich hatten. Die Sonne hockte wie ein gewaltiges, loderndes böses Auge über dem Horizont und überschüttete das Land mit flüssigem Gold und der Illusion von Wärme, und über den zerschrundenen Gipfeln der Berge führten Elmsfeuer einen stummen wirbelnden Tanz auf wie kleine, glühende Feen, die die Ankunft der Nacht begrüßen. Der Wind war noch kälter als an den Tagen zuvor, und in seinem Heulen und Wimmern schwangen geheimnisvolle Worte mit; und ein Lachen, ebenso fremd wie bösartig.

Zwanzig Meilen, dachte Skar. Vielleicht ein paar mehr, vielleicht weniger. Aber Gowennas Schätzung war annähernd richtig gewesen. Kein Wunder, bedachte man, daß die Schätzung keine Schätzung war. Fünfzigtausend Schritte, von denen sie jeder einzelne tiefer in diese weiße, kälteklirrende Hölle hineingeführt hatte.

Sie waren noch zweiundvierzig, als sie sich über die ersten vereisten Buckel quälten und auf die zerrissenen Flanken der Berge zuwankten.

Waren es überhaupt Berge? Skar blieb stehen, legte den Kopf in den Nacken und hob schützend die Hand über die Augen, als ihn das rote Licht der untergehenden Sonne, von den vereisten Felsen wie von einem gewaltigen, vielfach gebrochenen Spiegel reflektiert und verstärkt, blendete. Die dunklen, von glitzerndem Eis wie von einem schimmernden Panzer eingehüllten Mauern zogen sich in beide Richtungen bis zum Horizont dahin, einer imaginären Linie folgend, die die Insel in zwei Hälften teilte. Ihre Konturen schienen ihm fast zu regelmäßig, zerschrunden und rissig zwar, aber trotzdem einer eigenen, schwer zu fassenden Geometrie folgend. Das Bild verschwamm vor seinen Augen, als er einige Sekunden hingesehen hatte.

Er drehte sich um, zum vielleicht hundertsten Male, seit sie losmarschiert waren, und ließ den Blick über die zerrissene Linie grauer Gestalten streifen, die hinter ihm über das Eis wankten. Sie hatten einen hohen Preis gezahlt. Achtzehn von ihnen waren tot; zwei in einem Schlaf, aus dem sie nicht wieder aufwachen würden, in der Ruine draußen auf dem Eis zurückgeblieben, die übrigen einer nach dem anderen unterwegs zusammengebrochen.

Einer pro Meile, dachte er. Aber vielleicht war das auch der Tribut, den sie diesem Land zollen mußten, den es dafür forderte, von etwas Lebendem besudelt zu werden.

Der Gedanke ließ ihn nicht mehr los, auch nicht, als er weiterging und das Gelände schwieriger wurde. Die Mauer, die die Welt vor ihnen begrenzte, war nicht sehr hoch. Siebzig, an manchen Stellen vielleicht hundert Fuß, da und dort auch weniger als die Hälfte, nicht viel höher als ein normaler, von Menschen geschaffener Festungswall, aber das Eis schliff jeden Vorsprung und jede Kante glatt, machte aus sanft ansteigenden Hängen unübersteigbare, tödliche Rutschbahnen und ließ kaum meterhohe Hindernisse zu unüberwindlichen Barrieren werden, die sie immer wieder zu Umwegen oder ebenso kräftezehrenden wie gefährlichen Klettereien zwangen. Es wurde dunkler, und gleichzeitig fiel die Temperatur weiter. Der Wind nahm zu wie am Abend vorher, und die Luft roch durchdringend nach Schnee. Die Sturmböen brachen sich heulend an den Felsen, und selbst dieses Geräusch klang kalt.

Jemand berührte ihn an der Schulter. Er blieb stehen, drehte sich um und starrte in das eingefallene graue Gesicht unter der Kapuze. Helth. Er war während des gesamten Marsches in seiner Nähe geblieben.

»Sie sind immer noch da«, murmelte er.

Skar blickte nach Westen. Natürlich sah er die Gestalten nicht. Die Dunkelheit hatte sie vollends verschluckt, und er hätte sie selbst mit seinem Fernrohr jetzt nicht mehr ausmachen können. Aber er wußte, daß sie da waren. Er fühlte ihre Anwesenheit wie einen üblen, durchdringenden Hauch. Es war das Böse. Etwas, das dem *Ding* in seinem Inneren mehr verwandt war, als er zugeben wollte. Es war, als schrie etwas in seiner Seele diesen weißen, eisgepanzerten Gestalten eine stumme Herausforderung entgegen. Oder ein Willkommen.

»Und?« fragte er. Seine Lippen waren taub vor Kälte, und seine eigene Stimme kam ihm fremd vor.

»Wir müssen etwas tun«, fuhr Helth fort. Seine Finger spielten nervös mit dem Ende seines Gürtels, und seine Stimme klang nicht mehr wie die eines stolzen Veden. Er war endgültig zu dem geworden, was er eigentlich die ganze Zeit über gewesen war. Ein Kind, dachte Skar, das einen Erwachsenen um Hilfe bittet.

»Vielleicht finden wir hier irgendwo eine Höhle oder einen Felsvorsprung, der uns Schutz gewährt«, wollte ihn Skar beruhigen. »Ein paar Stunden Schlaf werden den Männern guttun.« Er versuchte zu lächeln, aber die Kälte hatte sein Gesicht gelähmt und machte eine Grimasse daraus.

»Die Männer werden sie sehen, wenn die Sonne aufgeht«, beharrte Helth, als hätte er seine Worte gar nicht gehört. »Wir müssen etwas tun, Skar.«

»Sie sind Meilen hinter uns«, antwortete Skar widerwillig. »Niemand wird sie sehen. Und wir können nichts tun.«

»Wir müssen sie vernichten.«

Skar schüttelte den Kopf. Der Unterton in Helth' Stimme warnte ihn, aber er war viel zu müde, um noch mehr als ein paar Worte zu sprechen. »Es geht nicht.«

Helth starrte fast eine Minute lang im schwächer werdenden Licht nach Westen, und fuhr dann mit einer abrupten Bewegung herum, als hätten Skars Worte so lange gebraucht, ihn zu erreichen.

»Und warum nicht? Sie werden uns folgen. Wenn wir ihnen einen Hinterhalt legen...«

»Und fünf oder zehn Männer in einem Kampf verlieren, der vollkommen sinnlos ist«, fiel ihm Skar ins Wort. »Sei vernünftig, Helth. Was deine Männer brauchen, ist Ruhe, Schlaf und ein wenig Wärme. Wir suchen uns eine Höhle oder eine windgeschützte Schlucht, und Del und ich werden abwechselnd Wache halten.«

Aber es ist doch gar nicht die Kälte, die sie tötet, flüsterte es in ihm. *Du weißt es doch schon lange. Warum willst du es nicht zugeben? Es ist dieses Land, das sie umbringt. Laß sie schlafen, und die Hälfte von ihnen wird nicht mehr erwachen.*

»Vielleicht wäre das besser«, flüsterte Skar.

Helth sah verwirrt auf. »Was?«

Skar schüttelte hastig den Kopf und nahm dem Veden das Fernrohr aus der Hand. »Nichts«, sagte er in bewußt beiläufigem Tonfall. »Ich führe Selbstgespräche. Das kommt vor, wenn man alt wird.« Er setzte das Glas an und sah zur Küste zurück. Das Meer war noch immer zu erkennen, wenn auch nur als dünne graue Linie vor dem allmählich verblassenden Rosa des Sonnenunterganges. Die lodernde Glut über dem See war erloschen. Vom Dronte war keine Spur mehr zu sehen.

Er schob das Glas wieder zusammen, gab es Helth zurück und schloß für einen Moment die Augen. Sein Herz pochte, und die Geräusche des Windes steigerten sich in seinen Ohren für einen Moment zu einem höhnischen, bösen Lachen. *Was ist das?* dachte er erschrokken. *Werde ich allmählich verrückt? Es war keine Einbildung. Es war dieses Land. Es saugte das Leben aus ihnen heraus. Es war tot, und es tötete jeden, der sich in ihm aufhielt.*

Helth schüttelte auch diesmal den Kopf, als hätte Skar den Gedanken laut ausgesprochen, lächelte traurig und ging weiter. Seine Gestalt verschmolz mit den tanzenden Schatten der Dämmerung.

Auch Skar löste sich nach kurzem Zögern von seinem Platz und schleppte sich weiter. Das Eis knirschte unter seinen Stiefeln, und tief unter dem milchigen Weiß glaubte er die Konturen von Gebäuden und Straßen zu erkennen, obwohl das Licht dazu nicht ausgereicht hätte, selbst wenn es so gewesen wäre, glaubte für einen Moment, das dumpfe Raunen von Stimmen zu hören, Lachen, Schreien, Rufen, die Geräusche der Wesen, die einmal hier gelebt hatten, bevor der Tod seine weiße Hand über dieses Land legte. Dels Worte fielen ihm ein: wenn sie jemals gelebt hatten.

»Das habe ich nicht gemeint, Satai«, sagte Helth plötzlich. Skar sah, beinahe erschrocken, auf und bemerkte erst jetzt, daß der Vede erneut stehengeblieben war und auf ihn wartete. Jetzt knüpfte er an seine letzten Worte an, als wäre dazwischen niemals eine Pause gewesen. »Sie brauchen Schlaf und Wärme, aber was sie noch dringender brauchen, sind ein paar Worte von dir.«

»Ein paar Worte«, wiederholte er tonlos. Noch ein paar Lügen? Wieder glitt sein Blick an der senkrechten schwarzen Wand vor ihnen empor, und wieder fragte er sich, ob es wirklich Berge waren, und wenn, ob sie nicht nur die Gipfel eines gewaltigen, zerklüfteten Gebirges sahen, die Häupter mächtiger steinerner Riesen, deren Leiber unter einer vielleicht meilenhohen Eisschicht begraben lagen. Da und dort glaubte er eine Linie zu erkennen, die zu gerade, eine Kante, die zu stark geglättet, eine Rundung, die zu perfekt war.

Helth schwieg, wich aber nicht mehr von seiner Seite. Sie schleppten sich weiter, tiefer in die zerrissenen Flanken der Eisbarriere hinein und gleichzeitig höher. Der Wind gewann an Kraft, als es später wurde, und die Dämmerung schien endlos zu dauern. Das Eis fing das schwache Licht der Sonne auf und reflektierte es, so daß es aussah, als lodere das Land in dunkler, roter Glut. Die Felsen wurden nach und nach zu gewaltigen finsteren Schatten, den Mauern eines tödlichen Labyrinths, aus denen sie keinen Ausweg mehr finden würden, und die Dunkelheit ließ Spalten und Risse, denen sie noch vor wenigen Augenblicken hätten ausweichen können, zu todbringenden Fallgruben werden, die warnungslos vor ihnen aufklafften. So wie dieses Land tot war, schienen die Berge plötzlich zu eigenständigem Leben erwacht zu sein: Giganten, die von einem bösen, lauernden Geist beseelt waren, der alles in seiner Macht Stehende tun würde, sie zu vernichten.

Irgendwo in der Dunkelheit vor Skar erscholl ein spitzer abgehackter Schrei, gefolgt von einem dumpfen Schlag und einem lang anhaltenden Bersten und Poltern.

Neunzehn, dachte er. Er versuchte vergeblich, die Laute, die er gehört hatte, mit dem Bild eines Menschen in Zusammenhang zu bringen, aber es gelang ihm nicht. Er war abgestumpft, unfähig, noch irgend etwas zu empfinden, und auch das war eine Auswirkung dieses Landes, der Atem des Todes, der wie eine drückende Last über allem lag. Er tötete die Sinne. Erst die Gefühle, die Empfindungen, dann würde er vielleicht aufhören, Schmerzen zu fühlen. Zum Schluß würde seine Seele sterben und dann, kurz danach, sein Körper. Alles wurde irreal, verschwamm, und für einen kurzen Moment hatte er Mühe, sich darauf zu besinnen, wo er war.

Jemand berührte ihn an der Schulter, und er wußte, noch bevor er den Kopf wandte, daß es Del war. Wie Helth war der junge Satai den ganzen Tag über nicht aus seiner Nähe gewichen, hatte sich aber trotzdem im Hintergrund gehalten.

»Du bist krank, Skar«, sagte Del sanft.

Skar schlug seine Hand mit einer übertrieben heftigen Bewegung zur Seite und zog eine Grimasse. »Das bin ich nicht«, verneinte er rauh. Seine Stimme zitterte.

»Du brauchst Ruhe«, widersprach Del, ohne seine Worte zu beachten. »Du bist nicht so stark, wie du glaubst. Nicht mehr.«

Es fiel Skar schwer, Dels Worten zu folgen. Wieder begann das Bild vor seinen Augen zu verschwimmen, und er mußte sich an der Schulter des jungen Satai festhalten, um nicht auf dem glatten Boden das Gleichgewicht zu verlieren und zu stürzen. Del hob die Hand und berührte ihn im Gesicht. »Du hast Fieber«, stellte er fest. Seine Finger fühlten sich kühl und trocken an; wie Schlangenhaut. Es waren nicht Dels Finger, die nicht in Ordnung waren, sondern er. Aber die Berührung gab ihm auch Kraft, beinahe, als hätte Del ihm damit etwas von seiner Jugend und Stärke übertragen.

»Einer der Freisegler hat eine Höhle entdeckt«, sagte Del. »Wir können die Nacht dort verbringen.«

Skar nickte stumm. Er hatte nicht mehr die Kraft zu widersprechen. Del ergriff ihn am Arm und führte ihn mit sanftem Druck neben sich her.

Sie bewegten sich tiefer in den Schatten der Berge hinein, wichen ein Stück von ihrem bisherigen Kurs ab und betraten eine schmale, mit Geröll und Eistrümmern angefüllte Schlucht. Meilen entfernt, wie es Skar vorkam, glomm das trübe Licht einer Fackel. In ihrem Schein war der Eingang einer Höhle zu erkennen.

Skar befreite sich aus Dels Griff und ging die letzten Schritte aus eigener Kraft. Er war kaum in der Position, sich noch Stolz leisten zu können, aber er wollte nicht, daß die Freisegler sahen, wie schwach er wirklich war. Manchmal, dachte er bitter, war es nicht leicht, ein Vorbild sein zu müssen.

Vorsichtig ging er zwischen den kreuz und quer daliegenden Felsen hindurch, stieg, die Arme wie ein Seiltänzer ausgebreitet, um das Gleichgewicht zu halten, über titanische Eisschollen, die wie Glas vom Himmel gestürzt waren, und bückte sich, um in die Höhle hineinsehen zu können.

Im ersten Moment sah er nichts. Die einzelne Fackel, die einer der Männer entzündet und in einen Riß direkt neben dem Eingang gesteckt hatte, spendete kaum genug Licht, um mehr als vage Schatten erkennen zu können, und aus der Tiefe der Höhle wogte Dunkelheit wie eine körperlose schwarze Welle heran. Skar richtete sich auf, sah zurück und lehnte sich gegen die Wand, um seine Schwäche zu verbergen. Die Männer schleppten sich in einer weit auseinandergezogenen Kette an ihm vorbei und verschwanden gebückt oder auf Händen und Knien kriechend im Inneren des Berges.

Das Schwindelgefühl in seinem Kopf verging allmählich. Der Schwächeanfall war vorüber, aber Skar wußte, daß er wiederkommen würde. Das, was er gespürt hatte, war eine erste Warnung gewesen, mehr nicht; ein erstes, noch zaghaftes Anklopfen der Erschöpfung. Einen weiteren Tag würde er nicht durchstehen, er nicht und die anderen auch nicht. Nicht einmal Del. Die Entscheidung würde morgen fallen, so oder so.

Er wartete, bis der letzte Mann die Höhle betreten hatte, ließ sich dann auf Hände und Knie sinken und kroch ebenfalls durch den Eingang. Der Fels war sehr dick; sieben, vielleicht acht Meter; der Höhleneingang war eher ein Tunnel. Er kroch bis zum Ende des Stollens, richtete sich auf, hielt sich mit der Linken an der Wand fest und sah sich im flackernden roten Licht der Fackel um. Selbst hier, im Inneren des Berges, war überall Eis. Aber es war spürbar wärmer als draußen, und sie fanden Schutz vor dem Wind. Die meisten Männer schliefen bereits. Ein paar saßen in kleinen Gruppen zusammen und aßen, hier und da hörte er Fetzen eines Gespräches, und als er, behutsam zwischen den kreuz und quer daliegenden Männern hindurchgehend, tiefer in das niedrige steinerne Gewölbe eindrang, glaubte er fast so etwas wie Gesang zu hören. Aber es waren nur die Laute der Schlafenden: Atemzüge, ein gedämpftes Stöhnen und Raunen, Laute, die sich in seiner Phantasie zu einem düsteren Todesgesang vereinten.

Er entdeckte Gowenna allein im Hintergrund der Höhle und arbeitete sich gebückt zu ihr durch. Die Decke war hier so niedrig, daß er vornübergebeugt gehen mußte und selbst dann noch gegen den Fels stieß. Eisige Luft wehte aus dem dunklen Teil der Höhle zu ihnen heraus. Die Katakomben mußten gewaltig sein. Der Fels knisterte über seinem Kopf, als würde er leben, und irgendwo weiter hinten löste sich etwas mit dumpfem Poltern von der Decke und fiel zu Boden.

Er setzte sich, griff wortlos nach dem Beutel mit Gowennas Vorräten und nahm eine Handvoll der bitter schmeckenden Caba-Nüsse hervor. Ihre Schalen zersprangen wie sprödes Glas, als er die Faust darum schloß. Das Fruchtfleisch erschien ihm bitterer als sonst und so salzig, daß er beinahe augenblicklich Durst bekam.

Gowenna hockte auf einem Felsen, die Ellbogen auf den Knien abgestützt und das Haar wie einen verfilzten schwarzen Schleier vor dem Gesicht hängend. Auch sie war sichtlich am Ende ihrer Kräfte.

Der Anblick erfüllte Skar beinahe mit Zufriedenheit. Er hatte schon angefangen zu glauben, daß diese Frau überhaupt keine Erschöpfung kannte.

Er kaute, langsam und sorgfältig, spülte mit einem Schluck geschmacklosem, von winzigen schwebenden Eisklümpchen durchsetztem Wasser nach, nahm sich eine weitere Handvoll Nüsse. Sie hatten nichts anderes. Die Laderäume der SHAROKAAN waren voll gewesen mit Lebensmitteln, aber sie durften trotzdem nur diese Nüsse mitnehmen. Die hartschaligen braunen Früchte waren unglaublich nahrhaft, und ein Mann vermochte von der Menge, die er problemlos tragen konnte, mehrere Wochen zu leben. Aber sie trockneten den Körper auch aus. Wenn man wie sie ausschließlich davon lebte, litt man praktisch ununterbrochen unter Durst.

»Warum schläfst du nicht?« fragte er nach einer Weile.

Gowenna sah auf, strich sich das Haar aus der Stirn und sah an ihm vorbei zu den reglos daliegenden Männern hinüber. Von Del und Vela war keine Spur zu sehen; Helth hockte mit angezogenen Knien auf der anderen Seite der Höhle, nicht inmitten seiner Männer, wie Skar erwartet hatte, sondern allein. Er wirkte sehr einsam. Seine Haltung war verkrampft, und wieder fragte sich Skar, ob er Schmerzen hatte.

»Wir sollten Wachen aufstellen«, schlug Gowenna vor, seine Frage ignorierend. »Und vielleicht eine Patrouille aussenden.«

Skar lachte leise. »Hat dich Helth jetzt schon angesteckt?« fragte er. »Aber du hast recht – ich werde das Heer bei Sonnenaufgang antreten lassen. Die Reiterei in der Mitte und an den Flanken die Fußtruppen. Das beste wird sein, wir schicken zusätzlich tausend Bogenschützen auf die Berge hinauf.« Er brach ab, zerknackte eine Nuß und spielte einen Moment mit der Schale. »Du solltest schlafen. Del und ich werden abwechselnd wachen.«

Gowenna schüttelte den Kopf. »Ich bin nicht müde«, behauptete sie.

Skar lachte rauh. »Man sieht es. Du siehst aus wie das blühende Leben. Warum läufst du nicht ein paarmal um den Berg herum, um deine überschüssigen Energien loszuwerden?«

»Und du?« fragte Gowenna dagegen. »Warum schläfst du nicht? Glaubst du immer noch, du müßtest auf mich aufpassen?« Skar verzichtete auf eine Antwort, und Gowenna fuhr erregt fort: »Du mißtraust mir noch immer, wie? Was soll ich noch tun? Ich habe dir gesagt, was ich weiß.«

Das stimmte. Skar wußte, daß Gowenna ihm die Wahrheit gesagt hatte, was den Dronte und diese Insel hier anging. Aber gleichzeitig wußte er auch, daß sie ihm etwas verschwieg. Sie hatte ihm ein kleines Geheimnis verraten, um von einem großen abzulenken; ein uralter Kunstgriff. Und sie gab sich nicht einmal sonderliche Mühe, sehr überzeugend zu wirken. Eigentlich hätte er zornig sein müssen.

»Die Berge sind unwegsam«, sagte Gowenna plötzlich. »Vielleicht können wir diese Kreaturen irgendwie abschütteln. In die Irre führen.«

Die Sprunghaftigkeit ihrer Gedanken überraschte Skar kaum mehr. Sie waren alle zu erschöpft, um sich noch mit Überflüssigem zu belasten. Sie hatte keine Kraft mehr für wohlklingende Worte und gedrechselte Überleitungen.

»Wir könnten ihnen einen Hinterhalt legen«, murmelte Skar, obwohl er so gut wie sie wußte, wie unsinnig dieser Vorschlag war. Die Wesen, gegen die sie kämpften, waren keine Menschen.

Er lehnte sich zurück an die kalte Felswand und schwieg einen Moment. Die Dunkelheit schien sich zu vertiefen, während er so dalag und die Decke anstarrte. Es war, als kröche das Licht der Fackel Schritt für Schritt zurück, verlöre den Boden, den es gewonnen hatte, ganz langsam wieder an die vorrückende Finsternis. Müde drehte er den Kopf und sah nach hinten, in den dunklen Teil der Höhle. Er hätte nachsehen müssen, was dort war, fühlte sich aber zu müde dazu. Und er spürte, daß keine Gefahr bestand. Es gab auf dieser Insel nichts Lebendes, nichts außer ihm, Vela und Gowenna und diesen Männern. Vielleicht war es das erste Mal seit Äonen, daß lebende Wesen ihren Fuß auf das Eis dieser bizarren weißen Welt gesetzt hatten.

»Dein Auftritt vorhin«, fragte Gowenna nach einer Weile. »Was sollte das?«

»Was meinst du?« murmelte Skar. Ohne daß er es gemerkt hatte, war er halbwegs eingeschlafen. Er gähnte, stemmte sich auf die Ellbogen hoch und fuhr sich mit dem Handrücken über die Augen.

Gowenna lächelte. »Die flammende Rede, die du Helth gehalten hast«, erklärte sie. »Ich gebe zu, daß sie eindrucksvoll war – aber warum?«

»Warum? Nun –« Skar blinzelte, schwieg einen Moment und schüttelte den Kopf. *Warum.* Wie sollte er es ihr erklären? Wie sollte er ihr klarmachen, daß diese Worte weniger Helth oder Del oder gar den Freiseglern gegolten hatten, sondern mehr sich selbst? Gowennas Frage war eine deutliche Warnung: Er begann, sein Handeln von Dingen bestimmen zu lassen, von denen weder sie noch einer der anderen wissen konnte.

»Mir war gerade nach einem kleinen dramatischen Auftritt«, murmelte er.

»Und das ist der ganze Grund?« Sie sah ihn scharf an.

»Sollte es einen anderen geben?«

Gowenna setzte dazu an, etwas zu sagen. Aber sie tat es nicht. Ihre Hand fuhr in einer unbewußten, raschen Bewegung über ihr Haar.

Skar fiel auf, daß eine dreifingerbreite Strähne über dem verbrannten Teil ihres Gesichtes weiß geworden war, und er versuchte sich zu erinnern, wie lange es schon so war. Es gelang ihm nicht.

»Was tun wir hier eigentlich?« fragte er leise.

Gowenna sah auf. »Wir versuchen zu überleben, Skar.«

»Das meine ich nicht.« Er überlegte, ob er überhaupt weitersprechen sollte, lächelte unsicher und setzte sich vollends auf. »Dieser ganze Kampf, diese...« Er zögerte. »Auseinandersetzung? Ist es das?«

»Ich glaube nicht, daß ich verstehe, was du meinst«, sagte Gowenna leise.

»Ich wäre froh, wenn ich es selbst wüßte«, gestand Skar. »Ich frage mich, welcher Sinn dahintersteckt. Du und ich, wir... wir gehören zusammen, Gowenna.«

Ihre Miene verfinsterte sich. »Fang nicht schon wieder an, Skar«, bat sie. »Es ist vorbei.«

Skar schüttelte den Kopf und legte die Hand auf ihre Schulter. Sie streifte sie ab. »Das meine ich nicht, Gowenna. Es gibt etwas, das uns verbindet, und ich glaube, du weißt das ebensogut wie ich. Etwas, das schon bestand, bevor wir uns kannten. Glaubst du wirklich, daß es Zufall war, daß Vela ausgerechnet dich ausgewählt hat, um ihre Vertraute zu sein?«

Gowenna antwortete nicht. Skars Worte schienen sie nicht einmal zu überraschen.

»Warum sind wir nicht ehrlich zueinander?« fragte er leise.

»Ehrlich?« Gowenna lächelte. »Was würde das nutzen, Skar? Du würdest mir nicht glauben, wenn ich es wäre.«

»Versuche es.«

»Wer sagt dir, daß ich es nicht bin?« antwortete Gowenna. Plötzlich schüttelte sie den Kopf, rückte ein Stück näher an ihn heran und berührte ihn ihrerseits am Arm. Ihr Griff war warm und fest. Stark wie der eines Mannes. »Was muß noch geschehen, bis du begreifst, daß ich nicht dein Feind bin, Skar? Du hast es selbst gesagt – wir gehören zusammen. Nicht als Mann und Frau. Das haben wir versucht, aber ich glaube nicht, daß ein zweiter Versuch viel Sinn hätte. Er... würde uns nur weh tun, uns beiden. Aber wir stehen auf der gleichen Seite.«

»Wirklich?«

Sie nickte.

»Warum bist du dann nicht endlich ehrlich zu mir?« fragte Skar. »So wie du zu mir?«

Skar lächelte bitter. »Ich habe dir gesagt, daß ich dir nicht traue.«

»Sicher – wenn du das mit dem Wort Ehrlichkeit bezeichnest...« Sie zuckte mit den Achseln und zog die Hand zurück. Plötzlich mußte Skar mit aller Gewalt gegen den Impuls angehen, sie an sich zu reißen und festzuhalten. »Du warst in Elay«, fuhr Gowenna fort. »Du hast die Verbotene Stadt gesehen, und du hast ihre Macht gespürt, Skar. Du hast die Margoi gesprochen.« Das hatte er. Er war der Frau begegnet, die Vela auf dem Thron, den sie sich für wenige Wochen angeeignet hatte, gefolgt war, und obwohl es nur wenige Augenblicke gewesen waren und er nicht einmal ihr Gesicht gesehen hatte, war etwas in ihm vor der Ausstrahlung dieser Frau zurückgeschreckt. Es war... ja, jetzt, als er Gowenna so dicht wie selten zuvor in den letzten Monaten gegenübersaß und an die Margoi dachte, spürte er es deutlich: Es war das gleiche Gefühl gewesen, das er in ihrer Nähe hatte, nur ungleich stärker. »Glaubst du wirklich, ich könnte sie betrügen?« fuhr Gowenna fort. »Ich könnte dich betrügen, Del – vielleicht sogar die Sumpfleute, obwohl ich mir da nicht sicher bin. Aber sie nicht. Ich bin in ihrem Auftrag hier, und was ich tue, entspricht ihrem Willen. Sie vertraut mir, Skar.«

»Entspricht es auch dem Willen der Margoi, daß du Vela quälst?«

»Tue ich das?« Sie drehte den Kopf und sah in die Richtung, in der Vela irgendwo in der Dunkelheit lag und schlief.

Skar machte eine unwillige Geste. »Spiel nicht mit mir«, sagte er. »Du hast es getan.«

»Vielleicht hat es so ausgesehen, in deinen Augen, aber...«

»Dann sag endlich die Wahrheit!« unterbrach Skar sie zornig. »Verdammt, Gowenna, wir werden wahrscheinlich sterben, wir alle. Keiner von uns hat noch die Kraft, einen weiteren Tag in dieser Hölle durchzustehen. Sag mir, was hinter diesen Bergen auf uns wartet. Du weißt es.«

»Ich... kann es nicht«, murmelte Gowenna. »Ich... es geht nicht. Ich kann dich nur bitten, mir zu vertrauen.«

»Ist es das Kind?« fragte Skar. Er sah, wie Gowenna unter seinen Worten wie unter einem Hieb zusammenzuckte. »Ist es das?«

»Du –«

»Ich habe es dir nie gesagt«, fuhr er fort, »aber Vela hat mir von diesem Kind erzählt. Sie sagte, es würde meine Macht erben, und es würde hundertmal stärker sein als ich. Ich habe ihren Worten damals keine Bedeutung zugemessen, aber vielleicht hätte ich es tun sollen. Ist es das?«

»Nein«, sagte Gowenna. Sie sprach ein wenig zu laut und ein wenig zu hastig, als daß er ihr glaubte.

»Wenn es so ist, wäre es besser, wir würden zusammenhalten, statt uns zu bekämpfen«, fuhr er ungerührt fort. »Es wird nämlich sterben, wenn nicht ein Wunder geschieht.«

»Vielleicht wäre es das beste«, murmelte Gowenna. Sie sah auf. Ihr Gesicht wirkte mit einem Mal maskenhaft und starr, und er wußte, daß seine Worte ihren Widerstand eher noch gestärkt hatten. »Du hast recht, Skar«, pflichtete sie ihm bei, plötzlich wieder ganz ruhig. »Die Männer halten keinen weiteren Tag durch, und auch wir nicht. Die Entscheidung wird morgen fallen. Deshalb solltest du versuchen zu schlafen. Ich gebe dir mein Wort, daß ich mich Vela nicht einmal nähern werde.«

Sie sprach nicht weiter, und nach einer Weile ließ sich Skar wieder zurücksinken und starrte von neuem die niedrige, feuchtglitzernde Decke an. Schatten und die Illusion von Wärme begannen ihn einzulullen. Er wehrte sich nicht dagegen, obwohl er Angst hatte einzuschlafen. Er wußte, daß die Träume wiederkommen würden, Träume, die mehr als normaler Alpdruck waren, eine Botschaft, die er nicht zu interpretieren wußte. Er wußte nicht einmal, ob sie ihm galt oder diesem *Ding* in ihm.

Trotzdem schlief er ein, aber es war kein richtiger Schlaf, sondern nur ein Dämmern, in dem er alle Geräusche und Bewegungen in seiner Umgebung weiter registrierte und nur sein Körper ruhte.

Irgendwann, nach Stunden, vielleicht auch nur Minuten, rüttelte ihn jemand an der Schulter. Er öffnete widerwillig die Augen und blinzelte in Dels Gesicht.

»Dort draußen ist etwas.«

»Ja«, murmelte Skar verschlafen. »Eis und Schnee und noch mehr Eis. Weck mich, wenn du eine Oase siehst.«

Del verzog verärgert das Gesicht, packte ihn – wesentlich unsanfter als beim ersten Mal – bei den Schultern und riß ihn grob von seinem

Lager hoch. Skar streifte seine Hand ab, blieb einen Herzschlag lang benommen sitzen und stemmte sich dann vollends auf die Füße. Die Fackel neben dem Eingang war fast heruntergebrannt. Er mußte vier oder fünf Stunden geruht haben. Nicht viel. Aber es war doch mehr, als er zu hoffen gewagt hatte. Automatisch drehte er den Kopf und sah sich nach Gowenna um. Sie war nicht mehr da, nur ihre Decken lagen noch neben ihm.

Skar zweifelte keine Sekunde an Dels Worten. Aber es fiel ihm seltsam schwer, ihre wahre Bedeutung zu erfassen, und so wenig, wie er bisher wirklich geschlafen hatte, gelang es ihm jetzt, wirklich wach zu werden. Er schüttelte ein paarmal den Kopf, um das taube Gefühl zwischen seinen Schläfen zu vertreiben, hob seinen Mantel auf und ging auf unsicheren Beinen hinter Del zum Ausgang.

Der Himmel war jetzt grau, nicht mehr schwarz, und es konnte nicht mehr lange dauern, bis sich der erste Schimmer der Dämmerung über dem Meer zeigte. Er blieb einen Moment neben der Höhle stehen, nahm eine Handvoll verharschten Schnee auf und fuhr sich damit durch das Gesicht. Die Kälte half ihm, ein wenig klarer zu werden. Aber er fühlte sich noch immer benommen.

»Wo?« fragte er.

Del wies nach vorne, zum Ende der Schlucht, der einzig möglichen Richtung, in der sie sich bewegen konnten. Skar lauschte, hörte aber nichts außer dem ewig gleichbleibenden Geräusch des Windes und dem Hämmern seines eigenen Herzens. Ein vages Gefühl von Furcht begann sich in seiner Seele zu rühren. Es wurde stärker, im gleichen Maße, in dem er die Benommenheit überwand und sich seine Gedanken weiter klärten. Wenn es jetzt soweit war, wenn der Dronte bis zu diesem Moment gewartet hatte, um seine Opfer zu schlagen, dann bestand für sie kaum eine Chance. Die Höhle, in die er die Männer geführt hatte, war nicht nur Schutz. Sie war auch eine Falle. Und trotzdem war er auf eine aberwitzige Art beinahe froh, daß es so kam. Noch vor wenigen Stunden hatten ihn die gleichen Worte, aus Helth' Mund gesprochen, in Zorn versetzt. Aber plötzlich wünschte er sich nichts mehr, als im Kampf zu sterben. Schnell und schmerzlos.

»Gut«, erklärte er. »Du wirst mich begleiten. Wecke Gowenna. Sie und Helth werden hier auf uns warten. Wenn wir bis Sonnenaufgang nicht zurück sind, dann sollen sie ohne uns weiterziehen.«

Del drehte sich wortlos um und verschwand in der Höhle, und Skar wartete geduldig, bis er zurückkam. Der junge Satai hatte das zerbrochene Tschekal, das bisher in der Scheide an seinem Gürtel stak, gegen eine Waffe der Freisegler eingetauscht. Ein Schwert – ein bizarres gekrümmtes Ding mit zwei Schneiden und zahlreichen, wie Widerhaken nach hinten gekrümmten Spitzen. Keine Waffe für einen ehrenhaften Kampf, sondern ein Werkzeug zum Morden und Reißen und Schlachten. Über dem Arm trug er ein zusammengefaltetes Tuch, das Skar erst nach Augenblicken als seinen eigenen Mantel erkannte.

»Ich dachte, daß du das haben wolltest«, sagte Del.

Skar lächelte dankbar. Er warf das schmuddelige Wollcape, das er zum Schutz vor der Kälte übergestreift hatte, zu Boden und schlug sich statt dessen den viel dünneren schwarzen Satai-Umhang um die Schultern. Eine überflüssige und in dieser Umgebung vielleicht sogar alberne Geste, denn das Cape schützte kaum gegen den Wind und noch viel weniger gegen die Kälte. Trotzdem erfüllte es ihn mit einer beinahe kindlichen Freude, das Kleidungsstück nach so langer Zeit wieder auf der Haut zu fühlen.

Vorsichtig löste er die Handlappen, bewegte ein paarmal prüfend die Finger und zog das Schwert aus dem Gürtel. Wie Del hatte er seine Satai-Waffe verloren, und wie Del mußte er sich jetzt mit einem Schwert der Freisegler begnügen: eine schlanke, rapierähnliche Waffe aus gehärtetem Stahl, die gut in der Hand lag und fast nichts wog. Der Griff war trotz der darumgewickelten Lederriemen so kalt, daß es beinahe schmerzte. Er schob die Waffe zurück, schloß die schmale silberne Spange, die seinen Umhang zusammenhielt, und sah Del an.

Als sie losgehen wollten, vertrat ihnen eine Gestalt den Weg. Skar fuhr erschrocken zusammen und legte unwillkürlich die Hand auf den Schwertgriff, dann erkannte er Helth. Mit einem hörbaren Seufzer der Erleichterung ließ er die Waffe los. Der Vede mußte die Höhle schon vor ihnen verlassen haben. Er hatte die ganze Zeit reglos irgendwo im Schatten gestanden. Skar spürte Zorn. Er haßte es, belauscht zu werden.

»Was willst du?« fragte er grob.

Helth machte eine vage Geste zum Ende der Schlucht hin. »Ich begleite euch.«

Skar schüttelte unwillig den Kopf. Er sah, daß der Vede seine Waffe umgeschnallt hatte und – wie er – die zerschlissenen, aber warmen Lumpen, die er bisher trug, gegen den schwarzen Zeremonienmantel seiner Kaste eingetauscht hatte. Unwillkürlich fragte er sich, ob er selbst wohl ebenso albern aussehen mochte wie Helth, der Mühe hatte, in dem dünnen Kleidungsstück nicht vor Kälte zu zittern.

»Und warum nicht?« fragte Helth finster. »Ich bin so gut wie einer von euch. Gibt es einen Grund, weshalb ich nicht mitkommen könnte? Vielleicht«, fügte er nach einer winzigen Pause hinzu, »etwas, was ich nicht wissen soll?«

»Es gibt viele Gründe, warum du hierbleiben mußt«, erwiderte Skar, und die Stimme in seinen Gedanken fügte hinzu: *Sechsunddreißig. Die sechsunddreißig Schwerter, die du brauchst.*

»Du wirst hier benötigt. Jemand muß bei den Männern sein, falls uns etwas zustößt«, sagte Del.

Helth schnaubte. »Ich bin kein Kind, Satai, also versuche nicht, mich so zu behandeln. Wenn wir auf einen Gegner treffen, den wir mit vereinten Kräften nicht schlagen können, dann sind die Männer so oder so verloren.«

Skar schwieg einen Moment. »Vielleicht hast du recht«, murmelte er dann.

Del wandte verwundert den Kopf und sah ihn an, schwieg aber. »Welcher von deinen Männern ist der zuverlässigste?« fuhr Skar nach einer Weile fort.

»Sie sind alle zuverlässig. Warum?«

»Wenn du uns begleitest«, sagte Skar langsam, »dann wird auch Gowenna mit uns kommen. Ich lasse sie nicht allein zurück. Einer deiner Männer muß auf Vela achtgeben.«

Helth blinzelte verwundert, ging aber nicht weiter darauf ein. »Wie du meinst«, sagte er. »Dann werde ich eine Wache abstellen, die sich um die Errish kümmert. Und Gowenna holen. Sonst keinen?«

»Sonst keinen«, bestätigte Skar. »Du hast es selbst gesagt – wenn wir auf eine Gefahr stoßen, mit der wir vier nicht fertig werden, dann rettet die Männer ohnehin nichts mehr.«

Helth nickte, ließ sich auf Hände und Knie herab und verschwand kriechend in der Höhle.

Del wartete, bis er außer Hörweite war. »Bist du sicher, daß es klug ist, ihn mitzunehmen?« fragte er.

»Ich bin ziemlich sicher, daß es nicht klug ist«, antwortete er. »Aber ich will einfach keine weitere Kraftprobe mehr. Und mir ist wohler, wenn Gowenna bei uns ist. Was hast du gehört?«

Del hatte Mühe, dem plötzlichen Gedankensprung zu folgen.

»Nicht... viel«, sagte er stockend. »Schritte, aber ich bin nicht sicher. Ein paar Steine sind...« Er brach mitten im Satz ab und runzelte verärgert die Stirn. »Verdammt, muß ich dir erklären, wie man spürt, wenn etwas nicht in Ordnung ist?«

»Nein«, sagte Skar leise. »Das mußt du nicht. Verzeih, Del.« Er drehte sich um, blickte zu dem schmalen Spalt, den sie am Ende der Schlucht erkennen konnten, und wartete ungeduldig auf Helth und Gowenna.

Der Talkessel war rund: von so perfekter Form, als wäre er mit einem gewaltigen Zirkel vorgezeichnet und dann ausgestanzt worden, ein Trichter mit steil aufgeworfenen Wänden und nahezu flachem, eisfreiem Boden. Der mattschwarze Fels an seinem Grund saugte das Licht der Sterne auf, so daß Skar das Gefühl hatte, in einen gewaltigen, bodenlosen Schacht zu blicken.

Helth bewegte sich neben ihm. Sein metallener Schild schabte hörbar über den Fels, als er sein Körpergewicht von der einen auf die andere Seite verlagerte. Skar warf ihm einen stummen, mahnenden Blick zu. Trotz des unablässig heulenden Windes schien ihm jeder Laut überdeutlich hörbar zu sein. Er wußte, daß dieser Eindruck zu einem Gutteil einzig in seiner eigenen Nervosität begründet war, aber er wußte auch, daß sie es nicht mit *menschlichen* Gegnern zu tun hatten. Obwohl sie die beiden Gestalten am Grunde des vereisten Trichters nur als dunkle Schemen erkennen konnten, war ihnen allen klar, wem sie gegenüberstanden.

Er schob sich ein Stück in den Schatten des Felsüberhanges zurück und versuchte, das stoffliche Schwarz auf der anderen Seite des Kraters mit Blicken zu durchdringen. Del und Gowenna waren irgendwo dort drüben, in der Dunkelheit selbst nicht mehr als zwei Schatten und so lautlos wie die Wesen, die sie belauerten.

Es waren keine Menschen. Sie waren zu weiß und zu eckig, und ihre Bewegungen waren ruckhaft und abgehackt wie die von Puppen, die von unsichtbaren Fäden bewegt wurden.

Er kroch weiter zurück, richtete sich behutsam auf die Knie auf und winkte Helth mit einem stummen Blick zu sich heran. Der Vede kroch lautlos an seine Seite, legte seinen Schild – vorsichtig, um jeden überflüssigen Laut zu vermeiden – zu Boden und erhob sich ebenfalls auf die Knie. »Warum greifen wir sie nicht an?« fragte er.

Skar unterdrückte die scharfe Antwort, die ihm auf der Zunge lag. Helth' Ungeduld war durchaus verständlich; vielleicht hatte er sogar recht, von seinem Standpunkt aus. Er durfte nicht in den Fehler verfallen, Helth von vornherein als Prellbock für seine gereizten Nerven zu benutzen. Trotz allem war er ein Vede und damit ein Mann, der das Kriegshandwerk ebensogut beherrschte wie er. Er schüttelte stumm den Kopf, gebot Helth mit einer Geste zu schweigen und sah an ihm vorbei zur gegenüberliegenden Seite des Kraters, wo Del und Gowenna auftauchen mußten. Del hatte gesagt, er würde ihm ein Zeichen geben, wenn er bereit war, aber nicht, welcher Art dieses Zeichen sein würde. Seltsam – früher hätte er über diese Frage nicht einmal nachgedacht.

»Wir warten, bis die anderen soweit sind«, sagte er widerwillig.

Helth verzog das Gesicht. »Es sind nur zwei«, meinte er. »Ich glaube nicht, daß wir ihre Hilfe brauchen, um mit ihnen fertig zu werden.«

Skar schüttelte den Kopf. »Kannst du auch noch an etwas anderes als an Kampf und Tod denken?« fragte er scharf; schärfer, als er eigentlich beabsichtigt hatte. »Entschuldige«, fügte er nach einer Pause und in versöhnlichem Ton hinzu. »Es war nicht so gemeint. Aber gerade, *daß* es nur zwei sind, macht mir Sorgen. Ich frage mich, wo die anderen sein mögen.«

Helth lächelte. »Schon gut. Du hast ja recht.« Er gab einen Laut von sich, von dem Skar nicht ganz sicher war, ob er ein Seufzen oder etwas anderes ausdrücken sollte, setzte sich auf, so daß er nur noch auf den Zehenspitzen balancierte, und blickte wieder in den Krater hinab. Die beiden breitschultrigen weißen Gestalten hatten sich nicht gerührt. Wie leblose Statuen aus Eis standen sie vor dem mattschwarzen Fels, reglos, starr und stumm. Aber sie wirkten fast noch bedrohlicher, als hätten sie ein Zeichen von Leben von sich gegeben.

Helth' Augen brannten. Weder Skar noch Gowenna hatten viel von ihrer Begegnung mit den ersten beiden Eiskriegern erzählt; gerade, daß sie berichteten, wie sie auf sie gestoßen waren, und daß sie sie getötet hatten, aber das schien auch nicht nötig. Skar konnte den Haß, der in dem jungen Vede brannte, beinahe riechen.

Er versuchte sich in seine Lage zu versetzen, aber es gelang ihm – wenn überhaupt – nur sehr unvollständig. Für Helth waren die beiden Krieger dort unten die Mörder seines Vaters. Seines Vaters, seines Bruders, seiner Mutter und letztlich auch seines Schiffes. Vielleicht seine eigenen Mörder.

Skar fragte sich, ob es nicht doch besser gewesen wäre, Helth zurückzulassen. Er war nicht mit dem Vorsatz hergekommen zu kämpfen, sondern vielmehr, die Eiskrieger zu beobachten. Eine Falle verlor viel von ihrer Gefährlichkeit, wenn man ihre Beschaffenheit erkannt hatte, und manchmal kehrte sie sich auch ins Gegenteil, so daß sich der, der sie aufgestellt hatte, darin fing. Aber Helth würde die erste Gelegenheit nutzen, sich auf seine Gegner zu stürzen und das zu vollziehen, was er vielleicht für Rache hielt.

Ein leises Geräusch drang in seine Gedanken: ein Klirren, als schlüge Stahl oder Glas gegen Fels. Vorsichtig erhob er sich auf die Zehenspitzen, balancierte sein Körpergewicht aus und griff nach seiner Waffe.

Das Geräusch wiederholte sich, ein wenig lauter, aber kaum näher und noch immer dicht an der Grenze des überhaupt Hörbaren.

»Del?« fragte Helth leise.

Skar schüttelte stumm den Kopf. Der Laut schien von irgendwo jenseits der Berge zu kommen, aber es war schwer, in dieser bizarren Umgebung die Herkunft eines Geräusches wirklich zu bestimmen. Er sah auf und blinzelte zu den eisgekrönten Graten über ihren Köpfen empor. Für einen Moment glaubte er, einen schwachen rötlichen Lichtschein zu sehen.

»Ich sehe nach«, flüsterte Helth. Skar fuhr herum und wollte nach seinem Arm greifen, aber Helth war schneller. Mit einer geschmeidigen Bewegung sprang er auf, fuhr geduckt herum und verschwand nahezu lautlos in der Dunkelheit.

Skar schluckte im letzten Moment einen Fluch hinunter. Er hätte diesen verdammten Narren nicht mitnehmen dürfen! Del hatte recht gehabt – Helth würde sie mit seiner Unbeherrschtheit alle in Gefahr bringen.

Er richtete sich ein wenig weiter auf, gerade weit genug, um von den beiden Wesen, die sie belauerten, nicht gesehen werden zu können, ballte in stummem Zorn die Fäuste und starrte in die Richtung, in der Helth verschwunden war. Die Dunkelheit schien sich vor ihm zusammenzuballen; wie oft, wenn man sich zu sehr zu konzentrieren versuchte, sah er weniger als zuvor.

Aber es vergingen nur ein paar kurze Augenblicke, bis der Vede zurückkam. Sein Atem ging schnell. »Es ist niemand zu sehen«, flüsterte er. »Aber ich spüre, daß hier etwas nicht stimmt. Laß uns zurück zur Höhle gehen. Das ist eine Falle. Eine verdammte Falle, Skar!«

Skar gebot ihm mit einer hastigen Geste zu schweigen und konzentrierte sich ganz auf die gedämpften Laute, die der Wind mit sich trug.

»Das müssen die beiden anderen sein«, flüsterte Helth. Seine Stimme bebte vor Erregung. »Du hattest recht, Skar.«

»Halt endlich den Mund!« schnappte Skar. »Und wenn du das nächste Mal auf eigene Faust losläufst, sieh dich wenigstens richtig um, du Narr.« Er richtete sich ganz auf, wobei er allerdings darauf achtete, weiter im Schatten der überhängenden Felsen zu bleiben, unterstrich seine Worte noch einmal mit einer befehlenden Geste und versuchte, die dunkle Wand vor sich mit Blicken zu durchdringen. Das Gelände bot nicht viel Deckung. Zur Rechten waren die Berge, aber vor ihnen stellte der flache Trichter, in dem die beiden Eiskrieger warteten, das einzige Versteck dar, in dem auch nur ein Hund Platz gefunden hätte.

Er sah sich um, blickte nach oben, dann zurück nach Süden, zur Küste, die jetzt unsichtbar unter dem Mantel der Nacht verborgen lag. Für einen winzigen Moment glaubte er, etwas Gewaltiges, Körperloses und Finsteres zu sehen, das über das Eis auf sie zukroch.

»Skar!« Helth' Stimme war nicht viel mehr als ein heiseres Flüstern, als er ihn beim Arm ergriff und nach unten deutete. Die beiden Eiskrieger bewegten sich; langsam, beinahe träge, aber doch mit unglaublicher Kraft. Helth zitterte. Seine Hand krampfte sich so fest um den Griff seiner Waffe, daß seine Knöchel hörbar knackten. Noch einmal und mit fast schmerzhafter Deutlichkeit kam Skar wieder zu Bewußtsein, daß Helth ein Vede war. Ein Narr und ein halbes Kind zwar, aber trotzdem ein Angehöriger einer Kaste, deren Lebensinhalt der Kampf war, die von Kindesbeinen an in allen nur denkbaren Techniken und an allen bekannten Waffen ausgebildet wurden. Er hatte es fast vergessen.

»Ruhig«, mahnte er. »Warte, bis Del und Gowenna soweit sind.«

Helth nickte. Die Bewegung wirkte nervös, abgehackt. Wie Skar mußte er instinktiv erkannt haben, wie gefährlich die Gegner waren, denen sie gegenüberstanden.

Skar schob sich noch ein Stück weiter vor und starrte angestrengt zu den beiden Dronte-Kriegern hinab. Das Licht reichte nicht aus, Einzelheiten zu erkennen, aber er sah doch mehr als von seinem Beobachtungsposten unter dem Felsüberhang aus. Sie unterschieden sich von den beiden, auf die Gowenna und er getroffen waren. Ihre Bewegungen waren flüssiger, noch immer ruckhaft und alles andere als menschlich, aber trotzdem schneller und auf schwer zu beschreibende Art eleganter, und die Kraft, die hinter ihnen lauerte, war beinahe sichtbar. Skar strengte sich verzweifelt an, mehr Einzelheiten zu erkennen, aber die Entfernung war zu groß und die Nacht zu dunkel. Trotzdem glaubte er, noch einen weiteren Unterschied zu sehen. Die Gesichter dieser beiden Eiskrieger waren nicht flach und konturlos wie die der ersten zwei. Menschliche Züge waren darauf zu erkennen, grob und nur angedeutet, aber unübersehbar.

Er lernt, dachte er schaudernd. Er lernt schnell. Es wird nicht mehr lange dauern, und er schickt uns Menschen entgegen, perfekte Kopien.

Aber Kopien *wovon*?

Skar kam nicht dazu, den Gedanken weiter zu verfolgen. Wieder ertönte vom gegenüberliegenden Rand des Kraters ein Geräusch, aber diesmal war es anders; ein Laut, den Skar nur zu gut kannte. Das dumpfe Geräusch, mit dem ein menschlicher Körper gegen Stein und Eis prallt. Ein gurgelnder, halb erstickter Schrei erklang, seltsam gedämpft und flach, wie durch einen Vorhang hindurch, und ein geduckter Schatten erschien am gegenüberliegenden Rand des Trichters, wankte, stand einen Moment reglos und in unmöglichem Winkel still und fiel schließlich wie ein Stein in die Tiefe.

»Del!«

Helth reagierte um eine Winzigkeit rascher als er. Mit einer einzigen blitzschnellen Bewegung sprang der Vede auf die Füße, raffte Schild und Schwert auf, sprang an den Kraterrand und federte mit einem gewaltigen Satz hinab. Sein Schwert blitzte in der Dunkelheit wie der Stachel eines bizarren tödlichen Metallinsektes.

Skar sprang eine halbe Sekunde nach ihm. Helth war auf dem vereisten Boden gestrauchelt, hatte den Schwung seines Sprunges aber geschickt genutzt, um mit einem raschen Schritt die Balance wiederzufinden und gleichzeitig auf die beiden Eiskrieger einzudringen. Skar hatte weniger Glück; wie Helth verlor er auf dem spiegelglatten Boden den Halt, kippte zur Seite und schlug schmerzhaft auf die Schulter. Die Zeit schien stehenzubleiben. Wie oft in Momenten der Gefahr sah er alles überdeutlich, die Welt schien um ihn herum erstarrt, die Bewegungen des Veden und der beiden eisigen Giganten wirkten langsam und träge, als müßten sie gegen einen unsichtbaren Widerstand ankämpfen. Del lag reglos am Fuße der Wand, die Glieder verrenkt, das Haar wirr im Gesicht. Seine Augen waren halb geöffnet, aber er war trotzdem ohne Bewußtsein; vielleicht sogar tot. Einer der beiden Eiskrieger hatte sich halbwegs zu Skar herumgedreht; sein Oberkörper war in einer grotesken, halb erstarrten Verbeugung vorgeneigt, die schrecklichen Eiskrallen weit geöffnet, wie ein Raubvogel, der mit gespreizten Fängen auf seine Beute herabstößt. Der zweite stand zwischen ihm und Helth, das Schwert in der einen und einen gewaltigen dreieckigen Schild in der anderen Hand. Skar sah jetzt deutlich, wie sich die Wesen verändert hatten – sie wirkten noch immer roh und ungeschlacht, aber ihre Konturen waren glatter, menschlicher. Sie hatten keine Augen, sondern nur einen gekrümmten, fingerbreiten Schlitz in der oberen Hälfte des bizarren Visiers, das sie anstelle eines Gesichtes trugen, Nase und Mund waren angedeutet, ihre Form begonnen, aber noch nicht zu Ende geführt, und die Hände hatten nur drei Finger, dafür aber zwei Daumen, als hätte ihr Schöpfer versucht, seine Kreaturen nicht nur ihren Vorbildern anzupassen, sondern sie zu verbessern.

Als Skar auf die Füße sprang, sah er, wie Helth gleichzeitig mit Schwert und Schild zuschlug. Seine Klinge prallte gegen das mächtige Schwert des Eiskriegers und zerbrach, aber sein Schild traf die Schulter des Giganten im gleichen Augenblick mit grausamer Wucht. Der Riese wankte. Ein helles, splitterndes Klirren war zu hören, wo ein lebendes Wesen einen Schmerzenslaut ausgestoßen hätte. Eis und Metallsplitter spritzten in einer lautlosen Explosion unter Helth' Schild hervor. Der Vede und sein Gegner taumelten auseinander, von der ungestümen Wucht des Zusammenpralles zurückgeworfen. Helth ging zu Boden, raffte sich aber sofort wieder auf und zog einen langen zweischneidigen Dolch aus dem Gürtel.

Skar starrte fasziniert und entsetzt zugleich auf das unglaubliche Bild. Es war das erste Mal, daß er den Veden im Kampf sah, und er begriff plötzlich, daß eine Menge von dem, was er insgeheim über Helth gedacht – und zum Teil auch ausgesprochen – hatte, falsch gewesen war. Helth' Angriff war unglaublich schnell gewesen, so schnell, daß Skar nicht einmal sicher war, ob er selbst ihn hätte parieren können.

Auch die Waffe des Eiskriegers war zerbrochen, und sein linker Arm war fort, zerschmettert unter der ungestümen Wucht von Helth' Schildstoß. Aus dem zersplitterten Stumpf rieselten Eiskristalle wie ein Strom glitzernden gläsernen Blutes, und durch seine Schulter zog sich ein fast handbreiter, gezackter Riß bis zum Hals hinauf. Er wankte. Seine Hand öffnete sich und ließ das zerbrochene Schwert fallen. Es zerbarst vollends, als es auf dem Boden aufschlug.

Helth wollte abermals auf den Eiskrieger eindringen, aber Skar hielt ihn mit einer raschen, warnenden Bewegung zurück. Der zweite Eisgigant hatte bisher keine Anstalten gemacht, in den Kampf einzugreifen, aber seine Hand war in Dels Haar gekrallt und bog seinen Kopf mit einem brutalen Ruck nach hinten; die andere schwebte, zur Faust geballt, über seinem Gesicht.

»Er bringt ihn um, wenn wir angreifen«, sagte Skar gepreßt. Für einen winzigen Moment sah es so aus, als würde Helth trotzdem angreifen. Dann entspannte er sich.

»Mach jetzt keinen Fehler«, murmelte Skar. »Eine falsche Bewegung, und er tötet Del.«

Helth richtete sich ein wenig auf und wich nach links aus, während sich Skar behutsam in die entgegengesetzte Richtung bewegte. Sein

Blick irrte nervös zwischen den beiden stummen Eisriesen hin und her. Ihr Verhalten irritierte ihn. Wenn Helth recht hatte und dies wirklich eine Falle war, dann hätten sie anders handeln müssen.

»Lenk sie ab«, flüsterte Helth. »Ich versuche den zu erwischen, der Del hält.«

Skar nickte. Rasch wechselte er sein Schwert von der rechten in die linke Hand, zog einen der fünfzackigen Wurfsterne aus dem Gürtel und nahm ihn zwischen Daumen und Zeigefinger. Die Waffe lag ungewohnt schwer in seiner Hand, und wie schon zuvor nahm er seine Umgebung plötzlich mit seltener Klarheit und Schärfe wahr. Das Gefühl, einen Fehler zu begehen, wurde stärker.

»Jetzt!« schrie Helth.

Es war, als wären sie seit Jahren aufeinander eingespielt: Skar fuhr mit einem gellenden Kampfschrei herum und sprang auf den verwundeten Eiskrieger zu. Helth riß den Arm mit dem Messer hoch. Der Eiskrieger hob die Hand. Skar schleuderte seinen Shuriken und nutzte den Schwung seines Wurfes, um sich nach vorne kippen zu lassen. Helth' Dolch zischte mit einem häßlichen Geräusch eine Handbreit über seinen gekrümmten Rücken hinweg und zerschmetterte die Eisfaust über Dels Gesicht, nahezu im gleichen Augenblick, in dem Skars Wurfstern in den Hals des zweiten Eisgiganten hämmerte und ihn wie sprödes Glas zerspringen ließ. Skar kam mit einer blitzschnellen Rolle wieder auf die Füße, fing den zusammenbrechenden Riesen auf und warf ihn mit einer kraftvollen Hebelbewegung über sich hinweg.

Es war vorüber, bevor es richtig begonnen hatte. Skars Gegner vollführte einen grotesken Salto, flog – von seiner eigenen ungeheuren Kraft geschleudert, die Skar nun gegen ihn selbst gewandt hatte – durch die Luft und prallte seitlich gegen die zweite Kristallkreatur. Die beiden Titanen brachen in einem wirren Knäuel aus berstenden Gliedmaßen und splitterndem Eis zusammen und zerbrachen wie riesige gläserne Statuen. Als Skar, das Schwert wieder in der Rechten, mit einem gewaltigen Satz neben Del anlangte, gab es nichts mehr, wogegen er hätte kämpfen können.

Trotzdem drehte er sich noch einmal im Kreis und suchte mißtrauisch die Ränder des Kraters ab, ehe er neben Del niederkniete. Helth blieb in zwei Schritten Entfernung stehen. Sein Atem ging schnell und rasselnd; der kurze Kampf hatte ihn sichtlich erschöpft. Skar löste das gekrümmte Schwert von Dels Gürtel, warf es dem Veden zu und legte seine eigene Waffe aus der Hand. Ein zerbrochener, grob modellierter Finger aus Eis knirschte unter seinem Knie, als er sich über Del beugte.

Er lebte. Sein Atem war flach, und an seinem Hals pochte eine Ader, aber von ein paar Kratzern und Hautabschürfungen abgesehen, konnte Skar – zumindest bei dieser ersten, flüchtigen Untersuchung – keine Wunden finden. Behutsam hob er Dels Kopf an, tastete mit geschickten Fingern nach einem bestimmten Punkt in seinem Nacken und drückte ein paarmal hintereinander zu. Del stöhnte. Seine Lider hoben sich, aber sein Blick war verschleiert. Es dauerte fast eine Minute, ehe er Skar erkannte.

»Was... ist passiert?« fragte er mühsam. Er wollte sich hochstemmen, aber Skar drückte ihn mit sanfter Gewalt zurück. »Bleib noch einen Moment liegen.«

»Was ist geschehen?« fragte Del noch einmal. Er schluckte, krampfhaft und mehrmals hintereinander. Skar konnte sehen, wie er gegen eine Übelkeit ankämpfte.

»Bleib liegen«, sagte er noch einmal. »Du brauchst nicht den Helden zu spielen. Das haben wir schon getan.«

Del reagierte weder auf seine Mahnung noch auf den Spott in seiner Stimme. »Verdammt – ich will wissen, was passiert ist«, sagte er wütend. »Wer...« Sein Blick fiel auf die zersplitterten Körper der Eiskrieger, und Skar sah, wie er erschrak.

»Das hätte ich gerne von dir gewußt«, sagte Skar. »Du bist plötzlich dort oben aufgetaucht und dann abgestürzt. Was war los?«

»Gowenna«, murmelte Del zögernd. »Ich... sie war hinter mir. Ich hatte ihr befohlen zurückzubleiben, und dann...« Er schüttelte den Kopf, verzog das Gesicht und hob die Hand an den Schädel. »Ich weiß nicht, was passiert ist«, gestand er. »Ich bekam einen Schlag, das ist alles, woran ich mich erinnern kann.«

»Gowenna?«

Del zog eine Grimasse. »Wer sonst?« Er versuchte sich aufzurichten, stöhnte wieder und schloß die Augen, stemmte sich aber trotzdem hoch. »Eines muß man ihr lassen«, sagte er gepreßt. »Sie schlägt zu wie ein Mann. Ich hoffe nur, sie kann ebensoviel einstecken, wenn ich sie wiedersehe.«

Skar schwieg verwirrt. Dels Worte klangen logisch – er und Gowenna waren allein dort oben gewesen, und bei aller Menschenähnlichkeit waren die Eiskrieger nicht in der Lage, sich so lautlos zu bewegen, wie es nötig gewesen wäre, um einen Mann wie Del überrumpeln zu können. Und vermutlich wäre er nicht mehr am Leben, hätte ihn die Faust eines dieser Giganten getroffen.

»Unterhalten könnt ihr euch später«, sagte Helth ungeduldig. »Wir müssen hier weg. Die beiden anderen können jeden Augenblick auftauchen.«

»Kaum«, murmelte Skar.

Helth trat ungeduldig von einem Fuß auf den anderen, schlug seinen Umhang zurück und spielte mit seinem Schwert. »Wie meinst du das?«

Skar schwieg einen Moment. Helth' kraftvoller, rücksichtsloser Einsatz hatte ihn überrascht, und für einen Moment hätte er fast vergessen, in welchem Zustand der Vede war. Daß er so gut zu kämpfen verstand wie ein Satai, besagte nichts. Helth war mit seiner Selbstbeherrschung am Ende. Ein falsches Wort konnte genügen, ihn vollends zusammenbrechen zu lassen.

»Ich weiß, daß es sich verrückt anhören muß«, begann er vorsichtig. »Aber ich glaube nicht, daß diese beiden wirklich kämpfen wollten.«

»Du –« Helth brach ab und starrte ihn ungläubig an, aber Skar gab ihm keine Gelegenheit, weitere Fragen zu stellen.

»Du hast recht«, fuhr er fort. »Zum Reden ist später noch Zeit genug. Bleib einen Moment hier bei Del.« Er stand auf, nahm seine Waffe an sich und stieg ohne ein weiteres Wort der Erklärung die Wand empor. Es war leichter, als er befürchtet hatte. Von oben aus betrachtet hatten die Kraterwände glatt und wie poliert ausgesehen, aber es gab zahllose Risse und Vorsprünge, in denen seine Hände und Füße genügend Halt fanden; er brauchte kaum eine halbe Minute, um die drei Meter zu überwinden und sich mit einer letzten kraftvollen Anstrengung über die Kante zu ziehen.

Das ungute Gefühl in Skar wuchs, als er sich auf Hände und Knie hochstemmte und noch im Aufstehen seine Waffe zog. Er war allein. Das Sternenlicht war nicht sehr hell, aber es reichte, ihn seine Umgebung zumindest in groben Umrissen erkennen zu lassen. Von Gowenna war keine Spur zu sehen.

Skar blieb einen Moment lang hoch aufgerichtet und stumm am

Rande des Kraters stehen und lauschte. Der Wind sang sein monotones Lied, doch darunter glaubte er andere Laute zu hören, aber er wußte nicht, ob sie wirklich da waren oder ob es nur seine überreizte Phantasie war, die ihm einen Streich spielte. Mißtrauisch blickte er um sich. Der Boden war hart gefroren; Eis glitzerte auf dem Fels wie ein dünner, nur halb durchsichtiger Panzer. Der Wind hatte den Schnee hier am Hang des Gebirges so schnell weggeblasen, wie er gefallen war. Es gab keine Spuren.

Skar sah sich aufmerksam um, machte ein paar Schritte und ging zu der Stelle zurück, an der Del gehockt haben mußte, als ihn der Hieb getroffen hatte. Es gab auch hier keine Spuren; der Boden war glatt und wie poliert. Ein perfekter Ort für jemanden, der einen Hinterhalt plante.

Es dauerte nur einen Moment, bis Skar der Fehler in diesem Gedanken auffiel. Gowenna konnte dies alles nicht geplant haben. Nicht, wenn nicht *sie* es war, die hinter dem Tun des Dronte steckte. Und sie war es nicht.

Etwas Dunkles glitzerte auf dem blinkenden Eis vor ihm. Skar bückte sich, streckte zögernd die Hand aus und tastete mit der Spitze des Zeigefingers danach. Es war Blut. Es war nicht viel, nur ein paar Tropfen; wahrscheinlich würde Del die Wunde schon am nächsten Morgen nicht mehr spüren. Aber er hatte Glück gehabt, trotz allem. Der drei Meter tiefe Sturz auf das stahlharte Eis hätte ihm auch das Genick brechen können. Er wollte sich wieder aufrichten und zum Kraterrand zurückgehen, beugte sich aber dann noch einmal hinab und folgte der dünnen, glitzernden Spur aus dunkelroten Tropfen mit Blicken. Sie verlief ein paar Schritte parallel zum Kraterrand, machte dann einen scharfen Knick nach rechts und hörte auf, sichtbar zu sein, als der Boden nicht mehr aus Eis, sondern aus nacktem Fels bestand. Aber sie führte vom Krater *weg*.

Skar schüttelte nervös den Kopf. *Unsinn*. Was er dachte, war Unsinn. Es konnte genausogut umgekehrt sein – Del konnte den Schlag hier erhalten und halb benommen zum Krater getaumelt sein, ehe er über seine Kante stürzte.

Er seufzte, ließ sich vollends auf die Knie sinken und beugte sich über den Kraterrand. »Hier oben ist alles ruhig«, sagte er. »Ihr könnt kommen.«

»Gowenna?«

Skar zuckte mit den Schultern, ehe ihm einfiel, daß er für Helth und Del nicht mehr als ein formloser Schatten gegen den Nachthimmel sein konnte und sie die Bewegung wahrscheinlich nicht sahen. »Sie ist verschwunden«, sagte er.

Del fluchte, entriß Helth mit einem wütenden Ruck seine Waffe und stieg mit geschickten Bewegungen zu ihm herauf. Helth folgte Augenblicke später, weniger elegant, aber ebenso schnell.

»Diese verdammte Hexe«, zischte Del. »Ich wußte, daß sie uns hintergeht. Aber du konntest ja nicht auf mich hören.«

»Es nutzt keinem, wenn wir uns jetzt gegenseitig Vorwürfe machen«, sagte Helth zu Skars Überraschung. Er war, anders als Del, nicht ganz aufgestanden, sondern hatte sich nur auf die Knie erhoben; sein Atem ging schwer, und seine linke Hand lag auf seinem Oberschenkel, als müsse er sich abstützen. Skar fiel auf, daß er seinen Schild unten im Krater zurückgelassen hatte. Wo die metallenen Halteschlaufen gewesen waren, färbte sich der Stoff seines Hemdes dunkel.

»Du bist verletzt!« sagte er erschrocken. Er wollte sich nach dem jungen Veden bücken, aber Helth sprang mit einer beinahe hastigen Bewegung auf die Füße und stieß ihn weg.

»Das ist nichts«, sagte er unwillig. »Ein Kratzer.«

»Unsinn.« Skar streckte die Hand nach seinem Arm aus. »Laß ihn mich ansehen, wenn es wirklich nur ein Kratzer ist.«

Helth' Reaktion überraschte ihn. In den Augen des Veden blitzte es zornig auf. Er wich einen weiteren Schritt zurück, legte die Hand über die dunkle Stelle auf seinem Hemdsärmel und schüttelte trotzig den Kopf. »Es ist nichts«, wiederholte er scharf. »Ich brauche keine Hilfe.«

»Laß ihn, Skar«, sagte Del murrend. »Warum verschwendest du deine Zeit mit diesem Kindskopf? Laß ihn doch verbluten, wenn er will.«

»Dieser Kindskopf hat dir immerhin das Leben gerettet«, sagte Skar scharf, ohne Del allerdings dabei anzusehen. »Ohne ihn hätte ich dich nämlich kaum da raushauen können.«

Del runzelte die Stirn, schien etwas sagen zu wollen und wandte sich dann mit einem stummen Achselzucken ab. Sein Verhalten überraschte Skar nicht im geringsten. Es war nie Dels Art gewesen, Dankbarkeit offen zu zeigen. Er war noch jung genug, verlegen zu werden, wenn er sich bedanken mußte.

Und Helth schien es auch nicht zu erwarten. »Laßt uns endlich gehen«, schlug er vor. »Die Hexe hat dich nicht aus Übermut niedergeschlagen, Del. Sie führt etwas im Schilde.«

Ja, dachte Skar. Und was immer es war, sie würden zu spät kommen, um es zu verhindern.

Die Nacht schien voller flüsternder Laute und huschender Schatten zu sein, als sie zurück zur Höhle gingen. Es war nicht sehr weit – nicht viel mehr als eine Meile –, aber sie kamen kaum rascher voran als auf dem Hinweg, obwohl sie jetzt nicht mehr darauf achteten, sich möglichst leise zu bewegen und ungesehen zu bleiben. Del versuchte zu laufen, verlor aber auf dem unsicheren Untergrund fast augenblicklich den Halt und wäre gestürzt, wenn Skar ihn nicht aufgefangen hätte. Die Dunkelheit verdichtete sich, je mehr sie sich der Schlucht näherten, in der Vela und die Freisegler auf sie warteten. Der Wind trug ein unheimliches, an- und abschwellendes Heulen mit sich, und mehr als einmal glaubte Skar in den finsteren Schatten jenseits der Felsen formlose große Dinge zu sehen, die ihnen folgten. Aber er wußte nicht, ob sie wirklich da waren, und er sprach auch zu den anderen nicht von seiner Beobachtung. Etwas – irgend etwas – war dort, auf der anderen Seite dieser Felsbarriere, die sie für Berge gehalten hatten. Aber er war nicht sicher, ob es nicht nur für ihn und nicht auch für die anderen da war.

Und wenn, ob es auf sie alle oder nur auf ihn wartete.

Er versuchte den Gedanken zu verscheuchen, aber er blieb, wurde im Gegenteil sogar immer stärker und begleitete ihn, bis sie die Schlucht erreichten.

Die Höhle war hell erleuchtet, als sie zurückkehrten. Sie sahen den flackernden Lichtschein der Fackeln schon, als sie die Schlucht betraten, und die aufgeregten Stimmen der Freisegler wehten ihnen wie ein dumpfer Chor entgegen; Laute, die sich an den eisverkrusteten Wänden des Felsenrisses brachen und sonderbare kichernde Echos hervorriefen.

Helth murmelte einen Fluch und eilte voraus. Er war der erste, der durch den niedrigen Tunnel ins Innere des Berges kroch und sich an seinem jenseitigen Ende wieder aufrichtete.

Fast ein Dutzend Fackeln brannten in dem steinernen Gewölbe, als Skar hinter ihm auf die Füße kam. Eine Handvoll Männer umstand den Veden und redete aufgeregt auf ihn ein, die meisten aber drängten sich um eine Stelle weiter im Hintergrund der Höhle. Skar wartete, bis Del hinter ihm durch den Stollen gekrochen war, schob die Männer, die ihm im Weg standen, kurzerhand beiseite und bahnte sich so eine Gasse. Del und Helth folgten ihm dichtauf.

Vela war verschwunden. Die dünne Kette, mit der ihre Handgelenke aneinandergefesselt waren, lag zerrissen auf dem Boden. Das Lager aus Decken und Kleidungsstücken, auf dem sie geruht hatte, war zerwühlt, und statt der Errish lag der verkrümmte, ausgeblutete Körper eines Freiseglers dort. Sein Kopf war unnatürlich weit in den Nacken gebogen und die Kehle mit einem sauberen Schnitt von einem Ohr zum anderen durchtrennt.

Helth fluchte, drängte sich an Skar vorbei, sank neben dem Toten auf die Knie und drehte den reglosen Körper auf den Rücken. Der Kopf des Freiseglers pendelte hin und her, und in Skar stieg für einen Moment die aberwitzige Vorstellung empor, daß er davonrollen würde wie ein Ball, wenn Helth nicht vorsichtiger war. Der Schnitt war sehr tief.

»Diese verdammte Hexe«, murmelte Helth. Seine Stimme bebte, und als er aufsah und Skar anblickte, war sein Gesicht verzerrt von Haß. »Ich schwöre dir, daß ich sie umbringen werde, Skar. Und wenn es das letzte ist, was ich tue.«

»Sei mit deinen Racheschwüren nicht so voreilig«, antwortete Skar ruhig. Auch er mußte seine ganze Kraft aufbieten, um seine Selbstbeherrschung zu wahren. Aber er würde sich nicht von seinem Zorn dazu hinreißen lassen, die Dinge so zu sehen, wie er sie sehen *sollte.*

Helth' Augen wurden schmal. »Wie meinst du das, Satai?«

Statt einer direkten Antwort drehte sich Skar um und sah prüfend in die Gesichter der Freisegler, die ihnen gefolgt waren und sie jetzt in einer dichten Mauer umstanden. Der Ausdruck, den er sah, war überall gleich: Zorn, ohnmächtige, hilflose Wut – und Furcht.

»Was ist hier geschehen?« fragte er mit erhobener Stimme.

»Das fragst du noch?« fuhr Helth auf. »Diese verdammte Hexe hat –«

»Hat jemand gesehen, was passiert ist?« fragte Skar noch einmal, so ruhig wie zuvor, aber eine winzige Spur lauter, so daß Helth verstummte und ihn nur mit wachsendem Zorn anstarrte.

Keiner der Männer antwortete, und die, die Skar ansah, senkten den Blick.

»Also niemand?« vergewisserte sich Skar. »Von sechsunddreißig Männern will nicht einer gesehen oder gehört haben, wie Gowenna in die Höhle zurückgekommen ist, diesen Mann ermordet und Vela entführt hat?«

»Es ... ging zu schnell«, sagte einer der Männer. Skar sah auf, trat einen Schritt auf den Matrosen zu und maß ihn mit einem langen, nachdenklichen Blick.

»*Was* ging zu schnell?« bohrte er weiter.

Der Mann begann nervös mit den Händen zu ringen. Er war zwei Köpfe kleiner als Skar, hatte schulterlanges, für einen Freisegler ungewöhnlich dunkles Haar und wirkte auf unbestimmte Art ängstlich und schüchtern. Sein Gesicht war gezeichnet von den Anstrengungen und Schrecken der vergangenen Tage, aber die Furcht in seinem Blick hatte andere Gründe. Er setzte zu einer Antwort an, biß sich auf die Unterlippe und warf Helth einen raschen, flehenden Blick zu. »Ich habe ... Lärm gehört«, sagte er stockend. »Einen Schrei ... glaube ich.«

»Du glaubst?« mischte sich Del ein.

»Ich sagte doch – es ging zu schnell«, antwortete der Freisegler. »Ich wurde wach und hörte den Schrei, und –«

»Und du hast niemanden gesehen?«

Skar runzelte die Stirn und wandte sich zu Helth um. Seine Frage hatte ein wenig zu suggestiv geklungen für seinen Geschmack.

»Einen ... Schatten«, sagte der Matrose stockend. »Aber ehe ich hiersein konnte, war schon alles vorbei.«

Del gab ein ungläubiges Schnauben von sich. »Du willst mir erzählen, sie hätte dies alles hier getan und wäre aus der Höhle entkommen, ohne daß sie auch nur einer von euch gesehen hätte?« fragte er. »Mitten durch sechsunddreißig schlafende Männer hindurch, ohne daß auch nur einer von ihnen wach geworden wäre?«

»Fünfunddreißig«, verbesserte Helth. »Und einen Toten.«

Del wollte auffahren, aber Skar brachte ihn mit einem warnenden Blick zum Schweigen. »Du mußt zugeben, Helth«, sagte er ruhig, »daß die Geschichte recht unwahrscheinlich klingt.«

Helth lachte. »Das tun Geschichten über lebende Schiffe und Krieger aus Eis auch«, sagte er wütend. »Nenne mir einen Grund, weswegen meine Männer diese Hexe decken sollten! Sie hat einen von uns getötet, Skar. Und letztlich ist es ihre Schuld, daß wir überhaupt hier sind.«

»Sie ist nicht durch den Ausgang entflohen, Herr«, meldete sich der dunkelhaarige Matrose wieder zu Wort.

Skar starrte ihn an. »Wo entlang sonst?«

Wieder zögerte der Mann zu antworten. Dann hob er langsam und so, als müsse er gegen einen unsichtbaren Widerstand ankämpfen, die Hand und deutete tiefer in die Höhle hinein.

»Dort entlang?« fragte Skar zweifelnd. Vergeblich versuchte er, die Wand aus Schwärze im hinteren Teil der Höhle mit Blicken zu durchdringen. Das rötliche Licht der Fackeln reichte jetzt, da mehr von ihnen brannten, weiter als vorhin, aber es verlor sich noch immer nach wenigen Schritten in Finsternis und Nacht, als gäbe es da etwas, das das Licht aufsaugte.

»Warum habt ihr sie nicht verfolgt?« fragte Del mißtrauisch.

»Weil... dort kein Weg entlangführt«, antwortete der Mann. »Die Höhle hat keinen zweiten Ausgang.«

Del lachte, aber es klang nicht sehr überzeugend. »Dann ist sie wohl durch die Wand gegangen, wie?«

Seltsamerweise erschreckten Skar diese Worte. Mehr, als er zugeben wollte.

»Gebt mir ein Licht«, verlangte er. Einer der Matrosen reichte ihm eine brennende Fackel, trat aber sofort wieder zurück, fast als hätte er Angst, ihm zu nahe zu kommen. Skar konnte die Ablehnung, die ihm plötzlich aus den Reihen der Männer entgegenschlug, beinahe sehen. Und er verstand sie sogar. Gowenna, Del und er waren eins für die Freisegler. Sie waren Fremde, Menschen, die von draußen in die abgeschlossene Welt dieses seefahrenden Volkes eingebrochen waren, und sie hatten Unglück und Tod in ihrem Gefolge mitgebracht.

Skar schob den Gedanken beiseite und hob die Fackel hoch über den Kopf. Die Flamme leckte gegen die niedrige, eisverkrustete Decke und fächerte wie ein feuriger Pilz auseinander. Für einen Moment reichte ihr Licht weiter und gewährte Skar einen flüchtigen Blick auf glitzerndes Weiß und bizarre Formen aus Kalk und Eis und Felsen, von den Jahrhunderten zu einer Einheit verschmolzen. Dann schloß sich die Finsternis wieder wie eine schwarze Woge über dem Bild.

Er wartete, bis Del und Helth sich ebenfalls eine Fackel genommen hatten, zog seine Waffe und ging vorsichtig los. Der Boden war abschüssig, und Schmelzwasser war in den hinteren Teil der Höhle gelaufen und unterwegs wieder gefroren, so daß er doppelt vorsichtig gehen mußte. Die flackernden, durchbrochenen Lichtkreise ihrer Fackeln eilten ihnen voraus, während sie nebeneinander tiefer in die Höhle eindrangen, und an ihren Rändern bewegten sich körperlose finstere Dinge; Schatten, die aus einer anderen Welt herübergekommen zu sein schienen, um ihn zu verhöhnen. Skar wußte, daß sie nur für ihn da waren, aber das machte es nicht besser. Er lauschte in sich hinein, aber das Flüstern war verstummt, die Stimme schwieg, so wie immer, wenn er darauf wartete, daß sie etwas sagte. Nicht einmal das Lachen, das ihn so oft verspottet hatte, war zu hören. Er war allein, allein mit sich und seiner Furcht.

Die Höhle war nicht sehr groß. Sie waren kaum zwanzig Schritte gegangen, als der Boden sanft anzusteigen begann und nach wenigen weiteren Metern in eine senkrechte, glatte Wand überging. Und es war so, wie der Mann gesagt hatte – es gab keinen zweiten Ausgang. Nicht einmal einen Spalt. Die Rückwand der Höhle war so glatt und fugenlos, als wäre sie versiegelt worden.

»Aber das ist doch unmöglich«, murmelte Del. Skar schwieg. Er schwenkte die Fackel, hielt sie so dicht an die Wand heran, daß die Flamme zischend gegen das Eis leckte, und fuhr mit der Hand über das schimmernde Weiß. Das Eis fühlte sich glatt an, beinahe zu glatt. Er trat ein Stück zurück, sah nach rechts und links und blickte dann wieder zu der Stelle hinauf, wo die Flamme seiner Fackel die Wand berührt hatte. Das flache Oval, das die Hitze in das Eis gebrannt hatte, war die einzige sichtbare Unterbrechung der schimmernden weißen Fläche.

»Hier ist sie jedenfalls nicht raus«, sagte Del bestimmt. »Deine Männer haben gelogen.«

Die Worte galten Helth, und der Vede fuhr mit einem wütenden Zischen herum und funkelte Del an. Sein Atem bildete flüchtige graue Wölkchen vor seinem Gesicht, und für einen winzigen Moment schienen Skar die Züge, die er dahinter wahrnahm, kaum noch menschlich, sondern auf bizarre Weise verzerrt und verdreht. Aber das mußte an der unsicheren Beleuchtung liegen. »Hüte deine Zunge, Satai«, riet er ihm. »Ich weiß sowenig wie du, wie sie es bewerkstelligt hat. Vielleicht war dunkle Magie im Spiel oder irgendeiner der Tricks, den diese Errish auf Lager haben. Aber wenn meine Männer sagen, sie ist hier entlang gegangen, dann ist es so.«

Del verzog spöttisch die Lippen. »Und wie, wenn ich fragen darf? Hat sie vielleicht einen Zauberspruch aufgesagt, auf den hin sich die Wand vor ihr aufgetan hat?«

»So ungefähr«, mischte sich Skar wieder ein, bevor Helth auf seinen sarkastischen Ton reagieren und vollends auffahren konnte. Del sah ihn verwirrt an, und auch Helth drehte sich zu ihm um und zog fragend die Augenbrauen in die Höhe.

»Der Matrose hat die Wahrheit gesagt«, stellte er ruhig fest. Er reichte Del seine Fackel, zog sein Schwert aus dem Gürtel und packte es mit beiden Händen.

»Was –«

Del verstummte, als Skar die Waffe schwang und die dünne Klinge wuchtig gegen die Wand krachen ließ.

Das scheinbar massive Eis zersprang wie Glas. Ein ungeheures, nicht endendes Klirren und Bersten ließ die Höhle erzittern, als Skar immer und immer wieder zuschlug und kopfgroße Stücke aus der Wand heraushieb.

Nach kaum einer Minute hatte er eine Öffnung geschaffen, durch die ein erwachsener Mann bequem hindurchgehen konnte. Das Eis war nur scheinbar massiv. Es war nicht so klar wie normales Eis, sondern von milchiger weißer Farbe, so daß sie den Eindruck bekommen hatten, vor einer meterdicken Mauer zu stehen. Aber die Wand war kaum stärker als eine Schwertklinge, und die Höhle setzte sich auf der anderen Seite fort. Ein eisiger Luftzug wehte durch den entstandenen Durchgang und ließ ihre Fackeln flackern.

Del keuchte, trat näher an das gezackte Loch heran und beugte sich neugierig vor. Skar hielt ihn zurück, als er mit einem Schritt hindurchtreten wollte. »Tu es nicht.«

»Warum?« fragte Del. »Ihr Vorsprung kann noch nicht sehr groß sein.«

Statt einer direkten Antwort wies Skar auf die Ränder der Öffnung.

Das Eis wuchs nach.

Als liefe die Zeit vor ihren Augen hundert Mal schneller ab, bildeten sich blitzende Kristalle und glitzernde, blattdünne Häutchen an den zerborstenen Kanten, wuchsen zu Schollen und großen durchbrochenen Mustern zusammen und begannen den Durchgang zu verschließen.

Del keuchte. Seine Augen weiteten sich ungläubig. »Das ist –«

»Zauberei«, sagte Helth erregt. »Geh ruhig hindurch, Satai. Ich bin sicher, sie wird dir einen würdigen Empfang bereiten.« Sein Blick wurde hart. Mit einer wütenden Bewegung ließ er die Faust auf den Rand des Loches krachen; ein weiteres Stück brach aus der Wand und zersplitterte auf dem Boden, aber auch hier begann der unheimliche Regenerationsprozeß beinahe augenblicklich. Der Anblick erinnerte Skar überdeutlich an das, was er draußen im See mit dem Dronte erlebt hatte.

»Glaubt ihr mir jetzt?« fragte Helth. »Sie hat uns alle nur benutzt, auch euch, ihr stolzen, tapferen Satai! Die beiden Eiskrieger dort draußen waren nur dazu da, uns hier wegzulocken, und –«

»Schweig lieber«, unterbrach ihn Skar. Er sprach ganz ruhig, aber in seiner Stimme war ein leiser, warnender Ton, der Helth zum Verstummen brachte. Der junge Vede zitterte. Seine Hände fuhren in fahrigen, unbewußten Bewegungen über den Gürtel, strichen über die leere Schwertscheide und fingerten an den Ösen des Kettenhemdes, das er unter seinem Wams trug. Skar war plötzlich sicher, daß er ihn angegriffen hätte, wäre er im Besitz einer Waffe gewesen.

»Warum?« fragte Helth verbissen. »Hast du Angst, die Wahrheit zu hören? Geht es gegen deine Ehre, zuzugeben, daß man dich hereingelegt hat, du tapferer Satai?«

Del spannte sich ein ganz kleines bißchen. Die Bewegung war im flackernden Licht der Pechfackel mehr zu erahnen als wirklich zu sehen, aber sowohl Skar als auch Helth spürten es.

Skar deutete durch die Bresche in der Eiswand. »Wir müssen sie verfolgen«, befahl er knapp. »Rufe ein paar deiner Männer, Helth.«

Der Vede rührte sich nicht von der Stelle. »Das ist doch sinnlos«, sagte er trotzig. »Sie ist längst verschwunden, und –«

»Vielleicht finden wir Spuren«, unterbrach ihn Skar. »Aber nur, wenn wir uns beeilen, Helth. Wenn es wieder zu schneien beginnt oder der Wind auffrischt, ist es zu spät. Geh und rufe ein paar deiner Männer.«

Es war nicht nötig. Die Freisegler waren ihnen gefolgt, in großem Abstand zwar und weitaus vorsichtiger als sie, aber doch dicht genug, daß sie seine Worte verstanden hatten. Drei, vier der ausgemergelten Gestalten traten zögernd in den Kreis flackernder Helligkeit, der sie umgab; unter ihnen der dunkelhaarige Mann, mit dem Skar schon zuvor gesprochen hatte.

»Niemand von uns wird euch dorthin folgen, Herr«, sagte er und zeigte auf das finstere Gewölbe, das hinter der gezackten Öffnung sichtbar geworden war. Seine Stimme klang leise, aber fest. Er hielt Skars Blick nicht stand. »Hier ist Hexenkunst am Werke, Herr, und –«

»Blödsinn«, mischte sich Del ein. »Das ist keine Hexerei, sondern ein übler Trick dieser Errish, die –«

»Laß ihn, Del«, sagte Skar. Zu dem Matrosen gewandt, fuhr er fort: »Ich respektiere eure Gründe. Mir ist selbst nicht wohl bei der Vorstellung, aber ich fürchte, wir haben gar keine andere Wahl mehr, als sie zu verfolgen. Ihr braucht nicht mit uns zu kommen. Del, ich und« – er sah den Veden scharf an und zögerte einen unmerklichen Moment – »Helth werden gehen. Nehmt euch Äxte und Schwerter und haltet den Durchgang offen, das ist alles, was ich verlange.«

Der Mann nickte nervös. Sein Blick flackerte unstet. Selbst die bloße Nähe dieser auf so unglaubliche Weise entstandenen Wand schien ihm Unbehagen zu bereiten.

Skar lächelte aufmunternd, bückte sich und trat mit einem entschlossenen Schritt durch die mannshohe Öffnung. Der Wind fauchte ihm wütend entgegen, zerrte an seinen Haaren und seinen Kleidern und ließ ihn taumeln. Es war kälter auf dieser Seite der Barriere, merklich kälter sogar, und das Licht der Fackeln bildete einen kleinen, flakkernden Kreis aus rotgelber Helligkeit, der unter dem Ansturm der Finsternis beständig zusammenzuschrumpfen schien. Er streckte fordernd die Hand aus und nahm seine und Dels Fackeln entgegen, dann trat er zur Seite und ließ den jungen Satai herüber. Auch Del fröstelte, und Skar wußte, daß die Kälte auf dieser Seite nicht eingebildet war.

»Wo bleibst du?« fragte Del ungeduldig, als Helth noch zögerte, ihnen zu folgen.

»Ich... brauche eine Waffe«, erklärte der Vede unsicher. Er sprach stockend, und man mußte kein großer Menschenkenner sein, um zu spüren, daß es eine Ausrede war. Trotzdem nickte Skar.

Del runzelte die Stirn, als Helth sich mit einer hastigen Drehung umwandte und ging. »Was soll das?« murmelte er, so leise, daß die Männer auf der anderen Seite der Wand die Worte nicht verstehen konnten. »Er hat Angst. Aber wovor?«

Es dauerte einen Moment, bis Skar antwortete. Er sah sich um. Das Licht reichte auch jetzt, als sie die Fackeln mit herübergebracht hatten, nicht weit genug, um die ganze Höhle überblicken zu können, aber er glaubte die Schemen gewaltiger geborstener Felsen zu sehen, titanischer Brocken, die von der Decke gestürzt waren und die Höhle in ein Labyrinth aus Steinen und verkrustetem Eis verwandelten. Der Wind nahm an Intensität und Kälte zu. Die Höhle konnte nicht sehr groß sein. Und er wußte, daß sie einen zweiten Ausgang finden würden, nicht sehr weit von hier. »Vielleicht vor dem, was wir finden«, murmelte er.

»Vor dem, was...« Del seufzte. »Hat dich Gowenna jetzt schon angesteckt? Oder kommst du dir besonders interessant dabei vor, in Rätseln zu sprechen?«

Skar blieb ernst. »Ich... bin nicht sicher«, murmelte er. »Aber ich...« Er zögerte. »Es fällt mir schwer, zu glauben, daß es wirklich Gowenna gewesen sein soll, Del.«

Del zog eine Grimasse und griff sich mit der Linken an den Schädel. »Zumindest ist sie für meine Kopfschmerzen verantwortlich«, brummte er. »Ich würde mich gerne mit ihr darüber unterhalten.«

»Aber sie hatte keinen Grund«, murmelte Skar. Er dachte wieder an die Blutspur, die er gefunden hatte. Eine Spur, die vom Krater *weg*wies.

»Keinen Grund?« Del fuhr herum und wies mit einer übertriebenen Geste zurück in die Haupthöhle. »Wenn das, was hier passiert ist, nicht Grund genug ist...«

Skar nickte. »Das meine ich nicht, Del.« Er überlegte einen Moment, ob er Del von seinem Gespräch mit Gowenna erzählen sollte. Er wußte, daß sie ihn nicht belogen hatte. Trotz allem war Gowenna – auf ihre Art – ehrlich. Aber Del würde das nicht verstehen. »Hier stimmt etwas nicht«, fuhr er fort, leise und mehr zu sich selbst als an Del gewandt. »Ich habe Blut gefunden, oben auf den Felsen, wo... du niedergeschlagen wurdest.« Er hob die Hand. An der Kuppe seines Mittelfingers war noch ein winziger brauner Fleck zu erkennen. »Wenn es nicht von dir stammt, dann bleibt nur noch eine Möglichkeit.«

»Gowenna?« fragte Del ungläubig. »Aber wer sollte...«

»Der gleiche, der uns glauben machen will, daß sie zurückgekommen ist, den Matrosen erschlagen und Vela entführt hat, und das alles so schnell und so lautlos, daß sechsunddreißig Männer nur einen Schatten gesehen haben.« Skar lachte humorlos. »Jemand versucht uns an der Nase herumzuführen, Del, aber er stellt sich nicht besonders geschickt dabei an. Du hast die Wunde am Hals des Mannes gesehen. Wofür hältst du sie – für einen Schnitt oder einen Schwerthieb?«

»Einen Schnitt«, antwortete Del, ohne zu überlegen. »Ein Hieb von solcher Wucht hätte ihm den Kopf von den Schultern getrennt.«

Skar schüttelte den Kopf. »Kein Mensch hat die Kraft für einen solchen Schnitt, Del«, erklärte er. »Er ging durch bis zum Rückgrat. Und die Kette – hast du sie nicht gesehen? Glaubst du, Gowenna wäre stark genug, eine Kette aus Sternenstahl zu zerreißen?« Plötzlich war alles ganz klar. »In einem Punkt hatte Helth recht«, folgerte er grimmig. »Die beiden Eiskrieger sollten uns weglocken – aber uns alle.«

Del schwieg einen Moment. Auf seinem Gesicht lag ein betroffener Ausdruck. »Und Gowenna?«

»Ich weiß es nicht«, gestand Skar. »Ich wollte, ich wüßte, welche Rolle sie in alldem spielt.« Und lautlos, nur für sich und in Gedanken, fügte er hinzu: *Und ob sie noch lebt.*

Er sah auf, als auf der anderen Seite der Wand Stimmen und Geräusche laut wurden und der Vede zurückkam. »Kein Wort zu Helth«, fügte er hastig hinzu. »Ich will erst sicher sein, daß ich mich nicht täusche.«

Er hob seine Fackel ein wenig höher und trat zur Seite, als Helth gebückt durch den gezackten Riß in der Wand trat. Der Vede trug jetzt wieder Schild und Schwert; zusätzlich hatte er eine gewaltige zweischneidige Axt in den Gürtel geschoben. Skar unterdrückte ein Seufzen. Helth war und blieb ein Kind.

Schweigend gingen sie los. Der hintere Teil der Höhle unterschied sich kaum von dem, in welchem die Matrosen lagerten – der Boden war uneben, aber glatt, und von der Decke wuchsen bizarre Gebilde aus Eis oder Kalk, die Unterschiede waren nicht mehr auszumachen, verwischt von Jahrhunderten der Kälte und Dunkelheit. Von Zeit zu Zeit ertönte hinter ihnen ein gedämpftes Klirren und Splittern, wenn die Matrosen Skars Befehl folgten und die Öffnung in der Eiswand wieder aufbrachen. Im hinteren Viertel des Gewölbes bildeten Felsen ein beinahe unübersteigbares Gewirr; die Decke war hier höher, und ein breiter, gezackter Riß ließ den schwachen Schein der Sterne hindurch.

»Dort.« Del deutete auf einen halbrunden, mehr als mannshohen Durchgang in der rückwärtigen Wand der Höhle und schwenkte seine Fackel. Ihr Licht ließ die geschliffenen Kanten breiter, aus wasserklarem Eis geformter Stufen in der Dunkelheit aufblitzen.

Skar ging an ihm vorbei, blieb unmittelbar vor dem künstlichen Durchgang stehen und berührte die unterste Stufe mit dem Fuß. Das Eis knisterte, und von oben fiel das bleiche Licht des Nachthimmels zu ihm herab. Die Treppe war nicht sehr lang – drei, vielleicht vier Dutzend Stufen, die sehr steil in die Höhe führten und mit den unregelmäßigen Schatten des Ausganges verschmolzen. Skar setzte vorsichtig einen Fuß auf die unterste Stufe, so langsam, als müsse er sich davon überzeugen, daß sie sein Körpergewicht trug und nicht etwa unter ihm zusammenbrach, winkte den beiden anderen, ihm zu folgen, und ging los. Seine linke Hand tastete am glatten Eis der Wand entlang, und für einen Moment glaubte er, ein dumpfes Pochen und Vibrieren zu spüren; etwas wie das Schlagen eines gewaltigen Herzens. Eine Vision blitzte vor seinem inneren Auge auf: Er sah sich noch einmal auf dem Deck des Dronte knien und in die schwarze Höhlung seines Leibes hinabblicken. Er schüttelte den Kopf und vertrieb das Bild, aber etwas blieb zurück. Die Gewißheit, daß es keinen Zufall gab: Diese Insel war mehr als ein lebloser Eis- und Steinklotz in der Weite des Meeres. Was immer es war, das den Dronte beseelte, es war auch hier. Und er hatte das Gefühl, der Lösung des Rätsels sehr nahe zu sein.

Der Wind schlug ihm wie eine eisige Faust ins Gesicht, als er das Ende des Stollens erreichte und aus dem Berg heraustrat. Hinter im drängten Del und Helth ins Freie.

Sie waren auf der anderen Seite der Berge. Unter ihren Füßen lag ein schmaler, felsiger Sims, der durch eine Laune der Natur vollkommen eisfrei geblieben war, davor fiel der Fels steil und beinahe senkrecht sechzig, siebzig Fuß weit in die Tiefe. Der diesseitige Teil des Landes mußte tiefer liegen als die Ebene.

Skar versuchte vergeblich, Einzelheiten seiner Umgebung zu erkennen. Vor und unter ihnen sah er Dinge, formlose zerfranste Schatten, grau und weiß und mit dem Eis der Ebene verschmolzen. Er konnte nicht sagen, ob es Eis oder Felsen oder vielleicht auch die Überreste von Gebäuden waren, ähnlich dem, in welchem sie draußen auf der Ebene übernachtet hatten. Der Himmel war jetzt grau, nicht mehr schwarz, aber es war jener flüchtige Teil der Dämmerung, in dem sich Nacht und Morgengrauen die Waage hielten und der Blick noch weniger weit reichte als im Sternenlicht.

»Was ist das, Skar?« murmelte Del.

Skar starrte weiter auf die endlose, mit formlosen Umrissen übersäte Ebene hinab. »Unser Ziel«, murmelte er. »Der Ort, an dem uns der Dronte haben wollte, Del. Er – oder wer oder was immer ihn lenkt.« Mühsam riß er sich von dem bizarren Anblick los, drehte sich halb um und ließ sich auf die Knie sinken. Der Boden war eisfrei, aber der Fels unter seinen Fingern war hart wie Stahl; selbst bei Tageslicht hätte er nicht die geringste Spur gefunden.

Zur Linken führten weitere Stufen in die Tiefe, bereits halb zerschmolzen und abgeschmirgelt von der Wut des Sturmes und – wie jene im Inneren des Berges – ein wenig zu hoch und zu breit, um wirklich bequem darauf gehen zu können.

Helth wollte an ihm vorbei und die Stufen hinabgehen, aber Skar hielt ihn zurück.

»Das ist sinnlos, Helth«, sagte er. »Wer immer die Errish hier herausgeschafft hat, ist längst fort.« Er seufzte. Sein Blick irrte nach Westen. Der schwarze Buckel des Gebirges verlor sich schon nach wenigen Dutzend Schritten in den Schatten der weichenden Nacht. Aber er mußte ihn auch nicht sehen, um zu wissen, daß der Dronte wartete, irgendwo dort draußen. Er – oder das, was aus ihm herausgekrochen war.

»Gehen wir zurück«, entschied er. »Es wird bald hell. Wenn die Sonne aufgeht, finden wir vielleicht Spuren.«

Helth widersprach nicht. Er wirkte sichtlich erleichtert, als sie sich umwandten und zu den wartenden Freiseglern in die Höhle zurückgingen.

In der Höhle herrschte bedrücktes Schweigen, als sie zu den Freiseglern zurückkehrten. Ein halbes Dutzend von ihnen hatte Skars Befehl befolgt und den Durchgang freigehalten, aber die anderen drängten sich in einem kleinen Bereich unmittelbar vor dem Ausgang des steinernen Gewölbes zusammen. Sie fürchteten sich, dem hinteren Teil der Höhle zu nahe zu kommen, und wahrscheinlich fürchteten sie sich auch ebenso vor ihm; vor ihm und Del, vielleicht auch vor Helth.

Skar verstand gut, was in den Männern vorging. Er war nicht der einzige, der den Atem des Dronte spürte, das körperlose, unheimliche Ding, das ihnen vom See her gefolgt war und geduldig auf den Moment lauerte an dem es zuschlagen konnte. Im Grunde bewunderte er die Männer der SHAROKAAN sogar – sie waren Seeleute, Männer zwar, welche die harte Welt des offenen Meeres und all ihre Gefahren kannten, aber der Feind, mit dem sie hier konfrontiert wurden, war kein normaler Gegner. Er war verschlagen und todbringend, aber das war es nicht, was diese Männer bis auf den Grund ihrer Seelen erschreckte. Die Meere Enwors waren auch voller Gefahren und unbekannter, tödlicher Geheimnisse, und jeder einzelne von ihnen hatte sein Leben sicher schon ein Dutzend Mal gegen Piraten und Kaperschiffe verteidigen müssen; vielleicht auch gegen Ungeheuer, die Del und er sich nicht einmal vorzustellen vermochten. Aber dies hier war etwas anderes. Hätten sie einem Gegner aus Fleisch und Blut gegenübergestanden, würde sich Skar im Kreis dieser schweigsamen, harten Männer sicher gefühlt haben. Aber die schlimmste Waffe ihres Feindes waren nicht Feuer und Glut des Dronte, auch nicht die blitzenden Klingen der Eiskrieger. Es war seine Fremdartigkeit, die Aura des anderen, Nichtlebenden, die wie ein unsichtbarer Pesthauch über dieser Insel lag und langsam ihre Gedanken vergiftete, zehnmal mehr an ihren Kräften zehrte, als es die Kälte und die Entbehrungen allein gekonnt hätten. Auch Skar selbst spürte es; vielleicht stärker als sie alle. Vielleicht war die körperlose Stimme in ihm nicht sein dunkler Bruder, dieses Erbe der alten Menschen, mit dem er geschlagen war wie mit einem bösen Fluch, sondern nichts als ein Echo, die Antwort seiner eigenen Seele auf den Ruf des Dronte, seine eigene Art, mit der Furcht vor dem Fremden fertig zu werden.

Die Männer wichen zur Seite, als Skar zu seinem Lager ging und sich mit einem erschöpften Seufzen auf die zerschlissenen Decken sinken ließ. Er fror, und er fühlte sich – inmitten dieses immer noch beinahe halben Hunderts Männer – einsam, auf eine quälende, entmutigende Art allein. Die Matrosen gingen einer nach dem anderen wieder zu ihren Plätzen zurück, und Skar fiel plötzlich und mit schmerzhafter Intensität wieder auf, daß sein eigenes Lager ein Stück abseits der anderen war; nicht viel, aber doch so deutlich, daß es kein Zufall mehr sein konnte. Sie wichen vor ihm zurück, aber er spürte, daß es weniger Respekt war, der das Verhalten der Männer bestimmte, sondern vielmehr Furcht. Furcht wovor, dachte er. Vor seinen Händen, mit denen er töten konnte wie sie mit Schwert und Bogen? Kaum. Sie waren noch immer sechsunddreißig, mehr als genug, um auch mit einem Satai fertig zu werden. Oder war es vielleicht so, daß sie keinen Unterschied zwischen ihm und dem Dronte machten, daß er einfach fremd und damit ein Eindringling, vielleicht sogar ein Feind war?

Im Grunde war dies nicht ihr Kampf. Alles, was geschehen war, hatte auf die eine oder andere Weise mit ihm, mit Gowenna oder Vela zu tun. Das Schicksal der Freisegler war entschieden, als der Dronte ihr Schiff verbrannt hatte, und vielleicht war es wirklich so, wie Helth sagte: Er zögerte ihren Tod nur hinaus und verlängerte ihn um seine eigenen Qualen.

Er dachte wieder an Rayan, und er wußte jetzt, daß der Freisegler recht damit tat, ihm das Kommando über seine Männer zu übertragen und nicht Helth; zumindest von seinem Standpunkt aus. Hätte der Vede die Männer geführt, wäre er es gewesen, der sie hierher, ans Ende der Welt und ans Ende jeder Hoffnung brachte, säße er jetzt statt seiner hier und würde ihre Furcht und ihre Ablehnung spüren. Rayan mußte gewußt haben, daß es keine Rettung mehr für sie gab. Und er hatte nicht seinen Sohn, sondern ihn zum Schuldigen gemacht.

Skar sah auf, als Del sich mit überkreuzten Beinen neben ihn auf das Lager sinken ließ und den Kopf gegen die Wand lehnte.

»Was hast du?« fragte der junge Satai. »Du siehst aus, als würde dich etwas bedrücken.« Er lächelte.

Es hatte eine Zeit gegeben, da hätte er Dels gutmütigen Spott als die Aufmunterung empfunden, als die es gemeint war, und es hätte sogar funktioniert. Jetzt war es nichts als Gewohnheit, daß er sein Lächeln erwiderte.

»Es ist nichts«, murmelte er. »Ich übe mich ein bißchen in Selbstmitleid, das ist alles.«

»Selbstmitleid?« Dels linke Augenbraue zuckte ein Stück in die Höhe. »Ich erinnere mich an einen Mann, der mir stundenlange Vorträge darüber gehalten hat, wie wenig nutzbringend es ist, über Dinge zu jammern, die geschehen sind und sich nicht mehr rückgängig machen lassen. Was ist mit ihm geschehen?«

Skar antwortete nicht, aber Dels Worte übten eine eigenartige Wirkung auf ihn aus. War es das? Del hatte es schon einmal gesagt, aber damals hatte er nicht begriffen, was der junge Satai wirklich damit meinte; er hatte nicht darüber nachgedacht, vielleicht nicht einmal darüber nachdenken wollen, weil er da schon spürte, daß Del sich im Recht und er sich im Unrecht befand. Waren es vielleicht gar nicht Del und Gowenna, die sich verändert hatten, sondern er?

Er erschrak. Als hätte die Frage eine unsichtbare Barriere in seinen Gedanken niedergerissen, fielen ihm noch einmal die tausend Dinge ein, die seither geschehen waren, Belanglosigkeiten zumeist, die Unterschiede, die er bei Del zu sehen geglaubt hatte und die vielleicht in Wirklichkeit bei ihm lagen.

»Im Ernst, Skar«, fuhr Del fort, als ihm nach einer Weile klar wurde, daß Skar nicht von sich aus antworten würde. »Wir müssen etwas unternehmen.«

»Und was?« fragte Skar.

Dels Blick verhärtete sich. Seine Augen glitzerten wie kleine polierte Stahlkugeln im Halbdunkel der Höhle. »Was soll das, Skar?« fragte er leise. »Seit wann gibst du auf? Seit wann legst du die Hände in den Schoß und resignierst? Ich dachte, das wäre etwas für Männer wie Helth.«

Skar überging den lauernden Ton in seiner Stimme. »Ich weiß einfach nicht weiter«, bekannte er und starrte an Del vorbei in die tanzenden Schatten, die sich wieder wie ein Vorhang zwischen sie und die glatte Eiswand im hinteren Drittel der Höhle geschoben hatten. Die Männer waren – mit wenigen Ausnahmen – wieder zu ihren Lagern zurückgekehrt, aber keiner von ihnen schien zu schlafen. Da und dort hatten sich kleine Gruppen zusammengefunden; einige redeten miteinander, die meisten saßen nur da und starrten dumpf vor sich hin, sie waren nicht zusammen, um zu reden, sondern nur, um nicht allein sein zu müssen. Angst lag wie etwas Spürbares, Finsteres in der Luft.

»Irgend jemand spielt mit uns«, murmelte er. »Aber ich weiß nicht, wer, und ich weiß nicht, warum.« Er ballte die Faust, wie um sich damit auf die Schenkel zu schlagen, und ließ die Hand dann mit einem kraftlosen Kopfschütteln wieder sinken. »Verdammt, Del, ich kann nicht gegen einen Gegner kämpfen, den ich nicht kenne. Ich kann keinen Kampf gewinnen, von dem ich nicht einmal weiß, worum es geht.«

»Du kannst nicht gegen die ganze Welt kämpfen, Skar«, murmelte Del. »Es wird Zeit, daß du das begreifst. Du wirst dir Verbündete suchen müssen.«

»Wie –«

»Frag mich nicht, wie ich das gemeint habe«, entgegnete Del scharf. Seine Augen waren noch immer geschlossen; sein Kopf lehnte entspannt am Felsen. Aber seine Worte straften die Haltung Lügen. »Du weißt es ganz genau, Skar.« Er lachte ganz leise. »Sieh dich doch um. Diese Männer hier – sie sind nicht deine Verbündeten. Es sind nicht einmal *deine* Männer. Ich glaube, im Grunde fürchtest du dich sogar vor ihnen.« Er schwieg einen Moment, setzte sich wieder auf und blickte an Skar vorbei zum Höhlenausgang. Vor dem niedrigen Halbrund begann sich das erste Grau der Dämmerung abzuzeichnen. »Helth?« fuhr er fort und lachte wieder. »Über ihn brauchen wir nicht zu reden. Und was ist mit mir?«

»Du –«

Wieder unterbrach ihn Del, und diesmal war etwas in seiner Stimme, was Skar alarmiert aufhorchen ließ. »Ich beginne mich zu fragen, ob es nicht ein Fehler war, zu dir zurückzukehren, Skar«, sagte er. »Man sagt, daß ein Satai spürt, wenn seine Ausbildung beendet ist und er allein weiterziehen muß. Vielleicht habe ich diesen Zeitpunkt verpaßt. Vielleicht hätte ich nie einen Fuß auf dieses Schiff setzen sollen.«

»Bitte, Del«, murmelte Skar. »Ich... ich habe nicht die Kraft, mich jetzt auch noch mit dir zu streiten.«

»Genau das ist es«, erwiderte Del ruhig. »Ich will nicht mit dir streiten, Skar. Ich will nur mit dir reden, mehr nicht. Wir waren einmal Freunde.«

»Sind wir das nicht mehr?«

»Ich weiß es nicht«, entgegnete Del. Seine Stimme klang plötzlich sehr ernst. »Ich weiß, daß es der schlechteste Moment ist, um darüber zu reden, aber...«

»Warum tust du es dann?«

»Vielleicht, weil es der letzte mögliche Moment ist, Skar. Vielleicht, weil wir morgen sterben werden, und weil ich wissen möchte, ob ich neben einem Freund oder einem Fremden kämpfe, Skar. Ist es wegen... Vela?« Er lächelte bitter. »Ich habe sie geliebt, ich weiß, aber es ist vorbei. Die Frau, die sie einmal war –«

»Existiert nicht mehr, ich weiß«, unterbrach ihn Skar verärgert. »Weißt du eigentlich, wie oft ich diesen Satz in den letzten Tagen gehört habe?«

»Vielleicht sollte ich statt dessen sagen, daß der Mann, den ich einmal gekannt habe, nicht mehr existiert«, verbesserte sich Del. Plötzlich schwang ein neuer, aggressiver Ton in seinen Worten. »Was ist mit dir, Skar? Du hast dich verändert, seit...« er zögerte, »seit ich dich verlassen habe, damals in Cosh. Ist es das? Hast du es nicht verwunden, daß ich dich im Stich gelassen habe, einer Frau wegen?«

Skar schüttelte den Kopf. Nein. Das war es nicht gewesen. Aber Del war der Antwort nahe, vielleicht näher, als er selbst ahnte.

»Vielleicht frage ich mich, wer du bist, Del«, murmelte er. »Vielleicht weiß ich nicht, wer aus den Sümpfen von Cosh zurückgekehrt ist. Hineingebracht haben sie dich.« *Deinen Leichnam,* fügte er in Gedanken hinzu.

Del zog die Beine an, beugte den Oberkörper vor und legte die verschränkten Arme auf die Knie. »Das ist es also«, murmelte er. »Sie haben mich gewarnt, weißt du das?« Skar schwieg, aber Del erwartete auch nicht wirklich eine Antwort. »El-tra hat mir gesagt, daß es besser sei, wenn ich verschweigen würde, was mir... zugestoßen ist. Aber ich dachte nicht, daß du...«

»Das ist es nicht allein«, sagte Skar, aber Del sprach weiter, als hätte er seine Worte gar nicht gehört. »Gerade du, Skar? Weißt du nicht am besten, wie es ist? Hast du nicht selbst schon an der Schwelle gestanden, damals in Went?«

Skar hatte gewußt, daß Del dies sagen würde. Und es war einer der Gründe gewesen, weshalb er vor der Aussprache, die Del ihm so offensichtlich aufzwingen wollte, zurückgeschreckt war. Seltsamerweise schmerzten seine Worte nicht halb so sehr, wie er befürchtet hatte.

»Das war… etwas anderes«, sagte er ausweichend.

»Nein! Das war dasselbe«, antwortete Del grob. »Du warst tot, nachdem dich der *Khtaam* angefallen und gebissen hatte, Skar. Dein Herz schlug nicht mehr, und dein Körper war kalt. Du warst gestorben.«

»Unsinn«, widersprach Skar. »Du weißt, daß das nicht stimmt.«

»So wenig wie bei mir.« Del schüttelte den Kopf, seufzte tief und legte das Kinn auf die Arme. »Natürlich weiß ich, daß es anders war«, sagte er leise. »Ein Mensch hört nicht auf zu leben, wenn sein Herz nicht mehr schlägt. Du weißt es, und ich weiß es. Wir haben es erlebt; beide.« Er sah auf; lächelte. »Ist das nicht sonderbar? Je mehr wir zu ergründen versuchen, was uns trennt, desto mehr Gemeinsames finden wir.«

»Das ist es nicht allein«, sinnierte Skar halblaut. Es fiel ihm immer schwerer, Dels Blick standzuhalten. »Ich…« Er lächelte nervös. »Ich frage mich ernsthaft, ob ich langsam verrückt werde.«

Del nickte, als hätte er diese Antwort erwartet. »Nicht nur du allein, Skar«, sagte er. »Glaubst du, mir geht es besser? Mir oder« – er machte eine hastige, fahrige Geste in die Höhle hinein – »irgendeinem dieser Männer? Schiffe, die sich in Ungeheuer verwandeln. Krieger aus Eis! Bei allen Göttern, Skar – wenn es das ist, was dich bedrückt, dann…«

»Das ist es nicht«, unterbrach ihn Skar, und diesmal auf eine Art, die Del abrupt verstummen und ihn beinahe erschrocken anstarren ließ. Für einen Moment war er nahe daran gewesen, ihm von seinem Fluch zu erzählen, der Stimme in seinem Inneren, die wieder erwacht war und ihn langsam, aber unerbittlich in den Wahnsinn trieb.

Aber natürlich tat er es nicht.

Er spürte, daß Del nicht weiterreden würde, aber er war nicht erleichtert darüber, sondern beinahe enttäuscht. Nun, was hatte er erwartet? Eine große, melodramatische Aussprache, nach der sie sich in die Arme schließen und wieder die unzertrennlichen Freunde sein würden, die sie gewesen waren? *Narr.*

Del wollte aufstehen und gehen, aber Skar hielt ihn zurück. »Warte.«

Del zögerte, machte noch einen halben Schritt und ließ sich widerwillig noch einmal auf die durchnäßten Decken sinken.

»Wir müssen weiter«, erklärte Skar. »Die Sonne geht auf. Wenn wir im Schutz der Berge bleiben, erreichen wir vielleicht bis zum Abend die Küste. Und wir müssen Gowenna suchen«, fügte er nach einer winzigen Pause hinzu.

Del runzelte die Stirn. »Suchen? *Hier*?« Er schüttelte den Kopf, sah zum Ausgang und seufzte übertrieben. »Glaubst du wirklich, daß das Sinn hat?« fragte er.

»Sinn oder nicht, wir müssen es tun«, antwortete Skar, plötzlich beinahe krampfhaft darum bemüht weiterzureden, als könne er damit das, was sie vorher besprochen hatten, rechtfertigen, vielleicht auch ungeschehen machen.

»Ihr werdet sie nicht finden, Satai.«

Skar sah auf und starrte Helth einen Herzschlag lang böse an. Er hatte nicht gehört, wie der Vede näher gekommen war, und er wußte auch nicht, wieviel von ihrem Gespräch er belauscht hatte. Aber er schluckte die wütende Entgegnung, die ihm auf der Zunge lag, hinunter. Wieder einmal.

»Woher willst du das wissen?« fragte Del ungerührt.

»Sie hat uns benutzt, dich und deinen Freund und uns«, fuhr Helth fort. Skar hatte den Eindruck, daß er Dels Frage bewußt ignorierte und nur auf einen Moment gewartet hatte, sich in ihr Gespräch zu mischen. Es war kein Zufall. Helth war aus einem ganz bestimmten Grund zu ihnen gekommen.

Skar schwieg weiter, aber Del schürzte die Lippen und gab ein leises, abfälliges Lachen von sich. »Das hast du schon einmal gesagt, Vede«, stellte er ruhig fest. »Ist das dein Lieblingssatz, oder kannst du nur den einen?«

Helth' Miene erstarrte. Skar setzte dazu an, Del zur Ruhe zu mahnen, tat es aber dann doch nicht. Vielleicht hatte Del recht. Früher oder später würde Helth einen Zusammenstoß provozieren. Und vielleicht würden die Umstände später günstiger sein; für ihn.

Aber der erwartete Wutausbruch blieb aus. Helth beschränkte sich darauf, Del länger als eine halbe Minute wortlos anzustarren, und wenn er das stumme Duell auch nicht gewann, so senkte er doch auch nicht den Blick. Skar spannte sich unmerklich. Helth war sehr aufgeregt, aber auch von einer Entschlossenheit, die neu an ihm war. Wie durch Zufall streifte sein Blick den linken Arm des Veden. Die Wunde, die ihm während des Kampfes zugefügt worden war, schien noch immer zu bluten; sein Hemd war bis zum Ellbogen hinauf dunkel und feucht.

»Wir haben keinen Beweis, daß es wirklich Gowenna war, die Del niedergeschlagen und den Matrosen ermordet hat«, versuchte er richtigzustellen.

Helth schnaubte. »Wer denn sonst, Satai? Sie hat das alles von Anfang an geplant. Sie brauchte uns, damit wir sie und die Errish sicher hierherbringen.«

»Natürlich«, sagte Del ernsthaft. »Und sie hat auch den Dronte herbeigelockt, nicht wahr? Und später hat sie die Eiskrieger erschaffen und ihnen mittels Gedankenübertragung den Befehl gegeben, uns draußen eine Falle zu stellen.«

Helth wurde sichtlich blaß. Seine Hand spannte sich um den Schwertgriff, und Skar sah, wie er auf dem glatten Höhlenboden nach festem Halt suchte.

»Nicht, Del«, sagte Skar begütigend. »Es nutzt nichts, wenn wir uns jetzt auch noch untereinander bekämpfen.« Er stand auf, trat auf den Veden zu und legte ihm die Hand auf die Schulter, aber Helth schlug seinen Arm mit einer wütenden Bewegung zur Seite und wich gleichzeitig einen Schritt zurück. Auch Del erhob sich und trat wie zufällig, halb hinter den Veden.

»Statt uns zu streiten, sollten wir lieber einen Plan fassen, wie wir hier herauskommen«, bemerkte Skar, um Zeit zu gewinnen.

Aber er hätte ebensogut gegen die Wand reden können. Helth wollte seine Worte gar nicht hören. »Einen Plan!« zischte er. »Was für einen Plan, Satai? Es gibt nichts, wohin wir fliehen könnten, das weißt du so gut wie ich! Wir –«

»Wenn es wirklich Gowenna war«, unterbrach ihn Skar sanft, »dann hat sie auch vorgesorgt, lebend von hier zu entkommen. Ginge es ihr nur darum, Vela zu töten, so hätte sie es ein Dutzend Mal leichter und mit geringerem Risiko tun können, Helth. Wir warten, bis die Sonne vollends aufgegangen ist, und dann verfolgen wir sie. Ihr Vorsprung ist nicht groß.«

»Nein, Satai«, widersprach Helth. »Das werden wir nicht tun.« Seine Stimme klang plötzlich ganz ruhig, aber in seinen Augen war ein Flackern, das Skar warnte. Seine Hände strichen jetzt nicht mehr nervös über seine Kleider, sondern lagen flach nebeneinander auf seiner Gürtelschnalle.

»Und was schlägst du statt dessen vor?« erkundigte sich Del ruhig.

»Ich schlage nichts vor«, antwortete Helth, ohne Skar und Del dabei aus den Augen zu lassen. »Ich bin nicht gekommen, um mit euch zu diskutieren, Satai. Wir haben geredet und geredet, seit wir diese verfluchte Insel betreten haben, und das einzige, was dabei herausgekommen ist, sind ein halbes Dutzend Tote. Männer, die mein Vater euch anvertraut hat, Satai. Er hat ihr Leben in eure Hand gelegt, aber ihr habt versagt. Bleibt von mir aus hier und redet weiter miteinander, aber wir gehen zurück.«

»Wir?« fragte Skar betont. »Wer ist das, wir?«

Helth machte eine weit ausholende Geste mit der Linken. Seine andere Hand rutschte ein Stück näher an den Schwertgriff heran, berührte ihn aber noch nicht. »Wir alle, Skar«, antwortete er. »Mein Vater hat dir die Verantwortung über diese Männer gegeben, und ich nehme sie dir wieder.«

»Die Verantwortung für drei Dutzend Menschenleben, Helth?« fragte Del belustigt. »Deine Schultern sind zu schmal dafür, Junge.«

Helth ignorierte ihn. Sein Blick bohrte sich in den Skars.

»Das ist Wahnsinn, Helth«, gab ihm Skar kopfschüttelnd zu bedenken. Einige Männer waren aufgestanden und blickten zu ihnen herüber. Helth hatte laut genug gesprochen, daß seine Worte überall in der Höhle zu hören gewesen waren; wahrscheinlich absichtlich. »Wie weit würdet ihr kommen? Fünf Meilen? Zehn?«

»Weit genug«, antwortete Helth. »Wir sind hierhergekommen, wir schaffen auch den Weg zurück.«

»Und dann? fragte Del. »Was macht ihr dann?«

»Das, was wir von Anfang an hätten tun sollen, Satai. Wir werden uns zum Kampf stellen, wie es aufrechten Männern gebührt. Wir haben den Dronte schon zweimal fast besiegt.«

Skar nickte. »Du sagst es selbst, Helth: fast. Aber dicht daneben ist auch vorbei, weißt du? Vergiß diesen verrückten Plan. Keiner deiner Männer würde einen Angriff auf diese Bestie überleben. Und selbst wenn, würdet ihr umkommen. Die SHAROKAAN ist verbrannt, hast du das vergessen? Ihr hättet keine Möglichkeit mehr, von hier fort zu kommen. Wenn wir Gowenna folgen, haben wir wenigstens eine Chance.«

Helth lachte, aber es hörte sich eher wie ein schlecht unterdrückter Aufschrei an. »Eine Chance!« wiederholte er. »Eine Chance gegen Hexenkunst und schwarze Magie, Satai? Wir sind Krieger, keine Magier. Eine Chance hattest auch du, als du zusammen mit Brad auf die Eiswand gestiegen bist, um den Dronte anzugreifen. Du hast sie vertan.«

»Und ich bin allein zurückgekommen«, sagte Skar ruhig. »Sprich es ruhig aus, Helth. Du machst mich für den Tod deines Bruders verantwortlich.« Er hob die Stimme; eine Winzigkeit nur, aber deutlich. »Du suchst in Wirklichkeit keinen ehrenvollen Tod, Helth«, sagte er. »Du willst Rache. Du kannst es nicht verwinden, daß du einen Kampf verloren hast, und Del und ich sind dir gerade gut genug, um dafür...«

»Es reicht«, unterbrach ihn Helth. Seine Stimme bebte, und seine Hand lag jetzt auf dem Schwert, nicht mehr daneben. »Ich will nichts mehr hören, Skar. Ich habe genug von deinem Gerede, und –«

Einer der Männer stieß einen krächzenden Schrei aus und deutete zum Eingang. Skar, Del und der Vede fuhren gleichzeitig herum.

Im ersten Moment erkannte er nur einen zusammengekrümmten Schatten; ein formloses Etwas, das unter dem Eingang der Höhle erschienen war, als hätte es die Dämmerung ausgespien. Dann bewegte er sich, wurde zu einer Gestalt, die sich mühsam, mit qualvollen, unendlich langsamen Bewegungen durch den Tunnel schleppte.

Skar hatte plötzlich das Gefühl, von einer eisigen, körperlosen Hand gestreift zu werden. Er wollte sich bewegen, aber er konnte es nicht, auch als die Gestalt liegenblieb und mit einem schrecklichen, röchelnden Laut den Kopf hob. Er war gelähmt, zum ersten Mal, solange er sich erinnern konnte, betäubt von ungläubigem, tödlichem Schrecken. Gowennas Gesicht glitzerte im schwachen Licht der Fakkeln wie eine grausige Totenmaske aus rotem, halb geronnenem Blut.

Er stand noch immer wie gelähmt da, auch als Del endlich aus seiner Erstarrung erwachte und mit einem Satz neben Gowenna niederkniete.

Es war hell geworden; nach einer Dämmerung, die so lang und grau und voller immer wieder neu zwischen den Felsen hervorkriechender Schatten gewesen war, als wolle sie überhaupt kein Ende mehr finden. Wie schon am vergangenen Morgen waren die Temperaturen mit dem Erwachen des Tages gefallen, und die Sonne, die über den vereisten Berggipfeln in seinem Rücken erschienen war und damit begonnen hatte, das Land mit Licht und dunkelroten flackernden Schatten zu überziehen, schien Kälte zu verstrahlen, statt Wärme.

Skar war wieder hierhergekommen, in den hinteren Teil der Höhle, hinauf auf den schmalen steinernen Sims, der wie ein natürlich gewachsener Balkon aus der Rückseite des Berges wuchs. Es hatte ihn nicht überrascht, daß die Treppe beinahe verschwunden war – sowohl im inneren Teil der Höhle als auch hier draußen: Die aus Eis geformten Stufen waren geschmolzen, ihre Ränder abgerundet und flach, hier und da zerfressen von Schmelzwasser, das in kleinen, schmutzigen Rinnsalen in die Tiefe floß und sich am Fuße des Felsens zu einem unregelmäßig geformten See sammelte. Sie war, wie die Eiskrieger und die Wand, die er abermals durchbrochen hatte, um hierherzugelangen, das Werk von Kräften, die er nicht begriff – Magie, wie es Helth ausgedrückt hatte, auch wenn es das sicher nicht war – und die er erst gar nicht zu verstehen versuchte. Er hatte auch nicht mehr die Kraft, zu staunen oder mehr als einen vagen Schrecken zu empfinden. Er nahm zur Kenntnis, das war alles.

Die Sonne stieg langsam höher, und wenn ihre Strahlen auch keine Wärme brachten, vertrieben sie doch wenigstens den Nebel, und Skar konnte mehr vom diesseitigen Teil der Eisebene erkennen; der Grund, weshalb er überhaupt hierhergekommen war.

Del und er hatten Gowenna versorgt, so gut sie es konnten – hauptsächlich Del, der in dieser Beziehung eine Menge dazugelernt zu haben schien, seit sie sich wiedergefunden hatten –, aber sie konnten es eben nicht sehr gut. Es gab weder saubere Tücher für einen Verband noch heißes Wasser, um die klaffende Wunde in Gowennas Schädel zu säubern, noch irgend etwas, um ihre Schmerzen zu lindern. Sie war bei Bewußtsein gewesen, die ganze Zeit, aber sie hatte weder auf ihre Fragen geantwortet noch sonst irgendwie reagiert; ihr Zustand erinnerte Skar auf bedrückende Weise an den Velas, und vielleicht – die Vorstellung war absurd, aber sie hatte sich einmal in ihm festgekrallt und blieb – war es nicht einmal ein Zufall. Schließlich konnte er es nicht mehr ertragen und ließ Del mit Gowenna allein, um sich noch einmal und im hellen Tageslicht auf diesem Teil der Ebene umzusehen. Wenigstens hatte er dies Del und den anderen gegenüber behauptet, auch wenn er – und wohl auch Del – ganz genau wußten, daß das nicht der wahre Grund war. In Wirklichkeit war er geflohen. Er hatte es einfach nicht mehr ertragen; nicht in der Höhle, nicht in der Nähe all dieser zum Tode verdammten Männer, nicht einmal mehr in der Dels. Skar hatte niemals Angst vor Höhlen oder engen Räumen gehabt, aber jetzt, in diesem Moment, hatte er plötzlich das Gefühl, nicht mehr atmen zu können. Er war die letzten Schritte hier herauf gerannt, nicht mehr gegangen.

Ein eisiger Windhauch streifte ihn. Der Sturm, der auf der anderen Seite der Berge noch immer mit ungebrochener Wut heulte, war auch hier noch fühlbar; nicht mehr so wie drüben, aber schlimm genug. Die steinernen Grate und Wälle, die seine Gewalt eigentlich brechen sollten, lenkten die eisigen Böen ab, zerrissen sie aber auch zu unzähligen einzelnen Wirbeln und ließen winzige Schneehosen und kleine Dämonen aus wirbelndem Eis und Schneestaub über die Ebene tanzen; Skar konnte die Kälte beinahe *sehen.*

Aber vielleicht war es auch gar nicht die Kälte, die ihn schaudern ließ. Er war nicht sicher, ob sein Entschluß, auf dieser Seite der Bergkette weiterzumarschieren, richtig war. Die Landschaft vor ihnen war anders, vollkommen anders als die auf der Seeseite. Vor ihm waren... Er suchte vergeblich nach einem Wort, einer passenden Bezeichnung oder auch nur Umschreibung dessen, was er sah. Es waren *Dinge*. Gebilde aus Eis und Schnee und erstarrter Luft, die die Ebene wie ein gefrorener gläserner Wald bis zum Horizont bedeckten, manche so klein, daß er sie von seinem erhöhten Standpunkt aus nur als Punkte erkennen konnte, andere gewaltig, groß wie eine Festung. Es gab keine Regel, kein Muster, dem sie folgten, kein System. Es war wie damals in Urcoun, der Festung der Sternengeborenen, aber schlimmer, tausendmal schlimmer. Unter ihm erstreckte sich ein gewaltiges weißes Labyrinth, in dem nicht einmal das Licht beständig war, sondern flackerte, hierhin und dorthin kroch, als würden sich die blinkenden Eisflächen ständig bewegen und die Strahlen der Sonne in ständig neuem Winkel reflektieren, in dem die Schatten lebendig waren und die Furcht Körper bekommen hatte. Da und dort glaubte er eine vertraute Form zu erkennen, eine Linie, an die sich sein Blick klammern, ein Bild, das er wiedererkennen oder wenigstens einordnen konnte, aber es gelang ihm nie, sie wiederzufinden, wenn er einmal wegsah, und ein paarmal hatte er geglaubt, eine Bewegung zu sehen.

Und es war ein Anblick von fast tödlicher Schönheit. Obwohl er Zeit gehabt hatte, sich daran zu gewöhnen, im gleichen Maße, in dem das Grau der Dämmerung dem erbarmungslosen Weiß dieses bizarren gläsernen Waldes wich, faszinierte ihn das Bild so sehr, daß es ihm unmöglich war, sich davon zu lösen. Eine seltsame, böse Verlockung ging von ihm aus, etwas, das ihn gleichermaßen mit Grauen erfüllte, wie es ihn anzog. Ein paarmal hatte er geglaubt, Stimmen zu hören, Stimmen, die verbotene Worte in einer uralten, seit Äonen vergessenen Sprache wisperten; Worte, die er nicht verstehen konnte und die ihn trotzdem auf sonderbare Weise berührten. So ähnlich, dachte er, mußte es sein, wenn man in ein Traumkristall blickte. Er hatte Männer gesehen, deren Geist zerbrochen war, auf ewig gefangen in den blitzenden Facetten dieser verbotenen weißen Steine. Vielleicht, dachte er mit einem Anflug von Hysterie, war dies alles gar nicht wahr. Vielleicht war auch er längst nicht mehr Herr seiner Sinne, sondern gefangen in einem endlosen, quälenden Alptraum, der irgendwo dort draußen auf dem Meer begonnen hatte.

Skar hörte ein Geräusch hinter sich, riß sich gewaltsam aus seinen Gedanken und von dem bizarren Anblick los und wandte sich um. Automatisch straffte er sich; eine nutzlose Geste angesichts des gigantischen weißen Molochs in seinem Rücken. Aber er hatte auch nicht mehr die Kraft, gegen Gewohnheiten zu kämpfen.

Es war einer der Freisegler, der sich, auf Händen und Knien kriechend, die halb geschmolzenen Eisstufen hinaufquälte. Skar trat ihm entgegen, ergriff seine ausgestreckte Hand und zog ihn mit einem kraftvollen Ruck zu sich herauf. Der Mann nickte dankbar, richtete sich auf und erstarrte, als er des blitzenden Labyrinths ansichtig wurde.

»Ja?« sagte Skar, schnell und so barsch, daß der Freisegler ihn beinahe automatisch wieder ansah. Sein Blick flackerte.

»Ihr... der Satai verlangt nach Euch, Herr«, meldete er stockend. »Ich soll Euch holen.«

Der Satai, wiederholte Skar in Gedanken. Die Männer kannten seinen und Dels Namen so gut wie sie selbst, aber für sie waren sie immer noch *die Satai* – was hatte er erwartet? Freundschaft?

»Ich komme«, beschied er ihm einsilbig. »Geh voraus und sage Del Bescheid.«

»Ihr sollt gleich kommen, Herr. Der Satai sagte ausdrücklich sofort.« Der Mann war nervös. Sein Blick hielt dem Skars nicht stand; wie immer, wenn er mit einem der Freisegler sprach. *Warum haben sie Angst vor mir?* dachte er. Und irgendwo, tief unter seinen Gedanken, antwortete eine Stimme: *Weil du ihr Todesengel bist, Skar. Und weil sie es wissen.* Er nickte, deutete mit einer knappen Geste in die Höhle zurück und folgte dem Matrosen.

Del kam ihm auf halber Strecke entgegen, blieb jedoch im vorderen Teil der Höhle, dicht hinter der gezackten Öffnung, die Skar in die Eiswand gebrochen hatte. Das Eis wuchs jetzt nicht mehr nach; die Wand war wieder eine Wand, nicht mehr, der Zauber erloschen. Wer immer diese verwunschene Insel beherrschte, ging sparsam mit seinen Kräften um.

»Nun?« fragte Skar übergangslos. »Was gibt es?«

Del deutete mit einer Kopfbewegung hinter sich. Die Männer hatten begonnen, ihre Decken und Bündel wieder zusammenzuschnüren und alles für den Weitermarsch vorzubereiten. Ihre Bewegungen waren sehr langsam. »Gowenna«, sagte Del knapp. »Sie spricht. Und ich dachte mir, du solltest hören, was sie sagt.«

Skar wollte an ihm vorbeigehen, aber Del hielt ihn zurück und fügte mit gesenkter Stimme hinzu: »Paß auf Helth auf, Skar. Ich glaube, er führt irgend etwas im Schilde.«

»Was meinst du damit?« fragte Skar ebenso leise. »Hat er irgend etwas gesagt?«

»Er redet ununterbrochen«, antwortete Del. »Aber was er sagt, gefällt mir nicht.« Seine Stimme hatte jenen hellen, gehetzten Flüsterton, den man fast ebensoweit wie ein normal gesprochenes Wort verstehen konnte, und sein übertrieben geheimnisvolles Verhalten erschien Skar sinnlos, beinahe albern. Aber für einen ganz kurzen Moment erinnerte es ihn auch an den Del, den er früher gekannt hatte.

»Dann behalte ihn im Auge.«

Del nickte, ließ seinen Arm los und deutete mit einer Kopfbewegung auf Gowennas Lager, ein flaches Bündel aus Decken und zusammengewickelten Kleidungsstücken im windgeschützten toten Winkel neben dem Eingang. Helth hockte auf Armeslänge neben ihr und starrte ins Leere. Sein Gesicht war ausdruckslos, aber seine Haltung wirkte verkrampft. Skar begriff, weshalb Del so besorgt war. Helth wartete. Er wußte nicht, worauf, aber er wartete.

Skar verscheuchte den Gedanken und ging rasch auf Gowenna zu. Sie hatten sie zugedeckt, so gut es ging, aber sie zitterte trotzdem vor Kälte, und als Skar neben ihr niederkniete und nach ihrer Hand griff, fühlte sich ihre Haut kalt wie Eis an. Skar vermied es absichtlich, Gowenna direkt anzusehen. Sie hatten nicht einmal genug Wasser gehabt, das eingetrocknete Blut vollends aus ihrem Gesicht zu waschen, und die braunrote Kruste war mit dem Narbengewebe auf ihren Zügen zu einer grausigen Maske verschmolzen. Noch vor wenigen Tagen hätte der Anblick Skar nichts ausgemacht. Aber sein Panzer war durchbrochen, endgültig, und er war jetzt verwundbarer als zuvor.

»Kannst du mich verstehen?« fragte er leise. Er hob nun doch den Blick, bemühte sich aber angestrengt, nur ihre unversehrte rechte Gesichtshälfte anzusehen. Natürlich gelang es ihm nicht.

»Wie rührend«, sagte Helth leise. Skar ignorierte ihn.

Gowennas Lippen bebten; zuerst glaubte er, vor Schmerzen, dann wurde ihm klar, daß sie zu sprechen versuchte. Er setzte sich bequemer hin, beugte sich vor und brachte sein Ohr ganz dicht an ihren Mund. Ihr Atem streifte sein Gesicht. Er roch schlecht: heiß, nach Fieber und Krankheit und Schwäche. Skar unterdrückte den Widerwillen, der in ihm aufstieg.

»Vela«, stöhnte Gowenna. »Du mußt... Vela finden, Skar. Sie... Das... das Kind. Es darf... darf nicht...« Ihre Worte wurden unverständlich. Ihre Finger, die gerade noch schwach und eisig wie die einer Toten in Skars Hand gelegen hatten, verkrampften sich plötzlich, so daß die Nägel tief in seine Haut schnitten. Skar setzte sich wieder auf, löste ihre Hand mit sanfter Gewalt aus der seinen und berührte ihre Stirn. Sie hatte Fieber und er konnte selbst durch den Verband hindurch spüren, wie ihr Puls jagte.

»Ich begreife es nicht«, murmelte Del. Es fiel Skar schwer, seinen Blick von Gowennas verschleierten, fiebrigen Augen zu lösen und den Kopf zu heben.

»Die Wunde ist nicht so schlimm, wie es im ersten Moment aussah«, beantwortete Del seine unausgesprochene Frage. »Sie hat viel Blut verloren, aber...« Er schüttelte den Kopf, ließ sich im Schneidersitz auf der anderen Seite des Lagers nieder – wie durch Zufall so, daß er genau zwischen ihr und Helth war, ohne dem Veden dabei allerdings den Rücken zuzukehren – und deutete mit einer Geste auf Gowennas bandagierte Schläfe. »Du kennst sie besser als ich, Skar. Sie hat eine Konstitution wie ein Mann. Der Schlag allein ist nicht schuld an ihrem Zustand.«

Skar sah wieder auf Gowennas Gesicht herab. Ihre Augen waren jetzt weit geöffnet und starrten ihn an. Aber sie sah nicht ihn, sondern irgend etwas anderes. Skar hatte nie einen Ausdruck so tiefer, so abgrundtiefer schrecklicher Furcht im Blick eines Menschen gesehen.

»Woher willst du das wissen?« fragte er halblaut. »Du bist kein Heiler. Der einzige Heiler, den wir hatten, ist sie selbst.«

»Warum hilft sie sich denn nicht selbst?« fragte Helth böse.

Skar sog hörbar die Luft ein. Er sah, wie sich Helth ein ganz kleines bißchen mehr spannte, fing einen warnenden Blick von Del auf und deutete ein Kopfschütteln an. Helth wollte sie provizieren, und nicht das erste Mal.

»Ich habe eine Menge gelernt, während ich bei den Sumpfleuten war«, antwortete Del, als hätte er Helth' Worte nicht gehört. »Nicht soviel wie sie oder Vela, aber genug.« Er schüttelte wieder den Kopf, um seine Worte zu bekräftigen. »Es ist nicht allein die Wunde, Skar.

Wäre sie es, dann hätte sie niemals die Kraft gehabt, allein hierher zurückzukommen. Ein Mensch in diesem Zustand kriecht nicht eine Meile über Felsen und Eis.«

»Vielleicht hatte sie Helfer«, giftete Helth. »Zwei sogar.« Del drehte sich nun doch zu ihm um. »Halt endlich den Mund, Helth«, gebot er. »Ich lasse dich rufen, wenn ich deinen Rat brauche.«

»Du wirst sehr laut rufen müssen, Satai«, antwortete Helth gereizt. »Ich werde nämlich bald nicht mehr dasein. Und die Männer auch nicht.«

Del verdrehte in komisch gespielter Verzweiflung die Augen. »Jetzt fang nicht schon wieder an«, sagte er. »Ich dachte, wir hätten über dieses Thema bereits geredet.«

Helth sprang auf und stemmte herausfordernd die Fäuste in die Hüften. »Das haben wir nicht, Satai«, zischte er. »Ich habe euch gesagt, daß ich diesen Wahnsinnsmarsch nicht mitmachen werde, aber die Antwort darauf seid ihr mir bis jetzt schuldig geblieben.«

»Oh, wenn es das ist...« Del lächelte, erhob sich erst auf die Knie, stützte die Hände auf seinen Oberschenkel ab und stemmte sich ganz langsam in die Höhe. Skar konnte direkt sehen, wie er die Bewegung genoß. Als er sich ganz aufgerichtet hatte, überragte er den Veden um mehr als Haupteslänge. »Die Antwort ist *nein,* Helth«, erklärte er betont. »Keiner von uns wird zurückgehen. Skar nicht, ich nicht, deine Männer nicht, und auch du nicht.«

Gowenna regte sich. Für einen Moment wurde ihr Blick klar, aber der Schrecken, der sich darin spiegelte, war kaum kleiner als der, den das Fieber hineingezwungen hatte. »Skar«, stöhnte sie. »Du mußt... sie finden, bevor das Kind geboren wird. Es darf –«

»Und sie?« fragte Helth so laut, daß Skar unwillkürlich aufsah und sich spannte. »Was ist mit ihr?«

Del zuckte mit den Achseln und wich einen halben Schritt zurück. »Was soll mit ihr sein?« bemerkte er gleichmütig. »Wir nehmen sie mit.«

Helth lachte. Es hörte sich an wie ein Schrei. »Mitnehmen?! Du solltest dieser Hexe die Kehle durchschneiden, nach allem, was sie tat. Sie hat einen meiner Männer getötet, und –«

»Das behauptest du«, unterbrach ihn Skar. »Bisher wissen wir nicht, wer es war.«

Helth drehte mit einem wütenden Ruck den Kopf und starrte zu ihm herab. »Wer soll es sonst gewesen sein?«

Skar ließ behutsam Gowennas Hand los und stand ebenfalls auf. »Warten wir, bis sie wach ist«, schlug er vor. »Vielleicht erfahren wir es dann.«

Helth wurde mit jeder Sekunde nervöser. In seinen Augen erschien ein warnendes Flackern. Ein Blick, den Skar nur zu gut kannte. Er sah, wie sich seine Muskeln unter dem dünnen Zeremonienmantel spannten. »Warten!« keuchte er. »Wo willst du warten? Hier vielleicht? Es kann Tage dauern, bis sie erwacht, und vielleicht geschieht das auch nie. Wie lange willst du in diesem Grab bleiben, Skar – bis sie stark genug ist, aus eigener Kraft zu laufen?« Er lachte schrill. »Sie wird nicht mitkommen. Ich verlange, daß du sie zurückläßt, Satai!«

»Ach«, begehrte Del auf. »Mit welchem Recht, *Vede*?«

»Mit dem gleichen Recht, mit dem wir ein halbes Dutzend meiner Männer sterbend auf dem Eis zurückgelassen haben«, zischte Helth. »Sie ist nichts Besseres als einer von ihnen – im Gegenteil. Ohne sie wären wir nicht hier.«

»Natürlich nicht«, antwortete Del gleichmütig. »Und wäre Rayan nicht zufällig dein Vater, wärest du uns niemals begegnet – vielleicht wäre das besser gewesen.« Er lächelte, aber es geriet eher wie ein Zähnefletschen, und Helth wich unwillkürlich einen halben Schritt vor ihm zurück. »Ich habe keine Lust, mit dir zu streiten, Helth«, fuhr er fort. »Pack deine Sachen zusammen, oder laß sie meinetwegen hier und erfriere draußen auf dem Eis – aber wir werden gehen. Wir alle.«

»Und wenn ich mich weigere?«

»Das wirst du nicht, Helth«, sagte Del eisig. »Ich habe dich lieber vor mir als im Rücken, weißt du? Du *wirst* mitkommen.«

Skars Bewegung kam beinahe zu spät. Obwohl er gewußt hatte, was passieren würde, und obwohl er – spätestens seit dem Kampf im Krater – wußte, *wie* schnell der Vede war, kam Helth' Angriff beinahe zu schnell, als daß er noch darauf reagieren konnte. Der Vede trat mit einem krächzenden Schrei vor, drehte den Oberkörper zur Seite und griff nach seiner Waffe. Die Klinge glitt scharrend aus der metallbesetzten Scheide. Der Stahl blitzte auf; blutrot im flackernden Licht der Pechfackeln, traf er Skars Arm, riß eine dünne Linie aus flammendem Schmerz durch seine Haut und sprang wie eine zustoßende Schlange nach seinem Gesicht, verfehlte es und stach, in der gleichen, fließenden Bewegung, nach Del, machte dessen instinktive Ausweichbewegung mit und züngelte nach seiner Kehle. Del riß im letzten Moment die Arme hoch, fing den Hieb auf und schmetterte Helth' Klinge mit einem wuchtigen Schlag nach unten; hart, aber nicht hart genug. Das Schwert schrammte über seine Brust, zerfetzte sein Hemd und hinterließ einen langen, blutigen Kratzer auf seiner Haut, alles in einer einzigen, unglaublich schnellen Aktion. Helth taumelte, fing sich wieder und wirbelte erneut herum, aber diesmal war er nicht schnell genug. Skar täuschte einen Fußtritt an, ließ sich zur Seite fallen und trat nun wirklich zu. Helth sprang zurück, holte zu einem weiteren Hieb aus und schrie überrascht, als Del von hinten nach seinem Arm griff und ihn verdrehte. Helth' Handgelenk knirschte hörbar. Die Waffe polterte zu Boden. Helth trat nach Dels Knie, traf es und schickte den Satai mit einem blitzschnellen Ellbogenstoß in den Leib zu Boden.

»Feiglinge!« keuchte er. Sein Atem ging schwer, als hätten sie stundenlang gerungen. »Zu zweit greift ihr einen Mann an – ist das die Ritterlichkeit, für die die Satai berühmt sind?«

»Ich glaube, du verwechselst hier etwas«, sagte Del. Er war wieder auf die Füße gekommen und einen halben Schritt zur Wand zurückgewichen. Seine Mundwinkel zuckten. Mit der Linken faßte er an die Stelle, wo ihn Helth' Ellbogen getroffen hatte. »Ich habe eher den Eindruck, daß du es bist, der uns angreift. Ich kann mich natürlich täuschen«, fügte er spöttisch hinzu. »Aber wenn es das ist, wovor du Angst hast – bitte.« Er trat weiter zurück, lehnte sich gegen die Wand und verschränkte die Arme vor der Brust.

Helth schien verwirrt. Sein Blick irrte unstet zwischen Skar und Del hin und her; für einen Moment schien er nicht zu wissen, was er tun sollte. Es war Del gewesen, dem der Angriff galt, und er hatte wohl instinktiv damit gerechnet, daß er sich nun auch zum Kampf stellen würde. Dann huschte ein grimmiges Lächeln über seine Züge. »Wie ihr meint«, preßte er hervor. »Ich wollte schon lange wissen, wer nun wirklich besser ist – ein Satai oder ein Vede.«

»Ich nicht«, murmelte Skar. »Es gibt Fragen, die besser unbeantwortet bleiben, Junge.« Aber wenn Helth seine Worte überhaupt hörte, so ignorierte er sie.

Langsam kam der Vede näher, umkreiste Skar zur Hälfte, bis er zwischen ihm und dem Ausgang stand, und spreizte die Beine. Sein Oberkörper beugte sich leicht vor. Die linke Hand lag, zur Faust geballt, auf seinem Hüftgelenk, der rechte Arm war ausgestreckt, die Hand aufwärts gerichtet, die letzten Glieder der Finger und der Daumen eingeknickt. So vollführte er langsame acht-förmige Bewegungen vor seinem Körper. Sein Gesicht war angespannt, aber trotzdem ausdruckslos.

Skar blieb stehen, wie er war. Er wußte um die Gefährlichkeit der Kampftechnik, die Helth so offensichtlich beherrschte und noch offensichtlicher zur Schau stellte. Er beherrschte sie ebenfalls – und noch ein paar andere dazu. Aber er hielt nicht viel von Grundstellungen und ausgeklügelten Posen. Sie mochten ihren Zweck haben, aber sie verrieten zuviel von dem, was man vorhatte, und die meisten besaßen ihre Schwächen, die für einen geschickten Gegner einer offenen Einladung gleichkamen. Und er hatte die Erfahrung gemacht, daß durch eine simple Ohrfeige – mit aller Kraft geführt – schon so mancher hochtrainierte Kämpfer aus dem Konzept gebracht worden war.

»Laß es, Helth«, riet er ihm noch einmal. »Keiner von uns sollte seine noch verbliebene Kraft für diesen überflüssigen Kampf vergeuden.«

Helth griff an. Ein kurzer, abgehackter Schrei kam über seine Lippen. Seine rechte Hand stieß vor, täuschte einen geraden Stoß nach Skars Kopf an; gleichzeitig vollführte der Vede eine blitzschnelle halbe Drehung, riß das Knie hoch und versuchte ihn in den Leib zu treten. Skar ignorierte seinen Fauststoß, schlug seinen Fuß zur Seite und trat ihm beinahe gleichzeitig gegen das Knie. Helth taumelte zurück, fand im letzten Augenblick sein Gleichgewicht wieder und wandelte den begonnenen Sturz in einen kraftvollen, aber schlecht gezielten Tritt um. Skar wich ihm mühelos aus.

»Du bist ein wenig zu hastig, Helth«, bemerkte Del. Seine Stimme klang belustigt. »Ich gebe zu, daß du Talent hast, aber du solltest noch ein paar Jahre üben, ehe du dich mit Männern schlägst.«

Helth schrie wutentbrannt auf und sprang mit weit ausgebreiteten Armen vor. Skar tat so, als würde er ausweichen, sprang dem Veden aber im Gegenteil entgegen, drehte sich im letzten Moment zur Seite und schmetterte ihm das Knie ins Gesicht. Helth keuchte. Seine Hände glitten kraftlos an Skars Körper ab. Er fiel, stemmte sich auf Hände und

Knie hoch, griff nach seinem Mund und spuckte Blut und Stücke von abgebrochenen Zähnen aus. Seine Unterlippe war aufgeplatzt; Blut lief über sein Kinn. Für einen Moment wurde sein Blick glasig.

»Hör auf, Junge«, mahnte Skar sanft. »Ich will dich nicht verletzen.«

Helth stöhnte. Er stemmte sich hoch, wankte und griff haltsuchend nach der Wand. Aber er fing sich rasch wieder. Er war stärker, als Skar geglaubt hatte. »Dafür töte ich dich, Satai«, keuchte er. Wieder griff er an, und diesesmal änderte er seine Taktik. Rücksichtslos nahm er zwei, drei harte Schläge gegen Kopf und Brust hin, durchbrach Skars Deckung mit seinem ganzen Körpergewicht und rammte ihm die Schulter in die Brust. Skar wankte, und Helth hämmerte ihm den Ellbogen mit aller Gewalt in den Leib. Sein Arm zuckte in der gleichen Bewegung nach oben, die Knöchel seiner Faust krachten hart gegen Skars Wangenknochen und warfen seinen Kopf zurück. Seine andere Hand tastete nach Skars Hoden und versuchte, sie zu zerquetschen. Skar schrie auf, griff blindlings zu und brach Helth mit einem kurzen, harten Ruck zwei Finger. Der Vede heulte in einer Mischung aus Wut und Schmerz auf. Skar umschlang seinen Hals, riß ihn mit einer rücksichtslosen Bewegung auf die Füße und zwang ihn herum. Helth taumelte, verlor das Gleichgewicht und stürzte direkt auf Skars vorgestrecktes Knie. Pfeifend entwich die Luft aus seinen Lungen. Skar riß ihn abermals hoch, versetzte ihm zwei, drei Hiebe mit der flachen Hand ins Gesicht und legte von hinten den Arm um seinen Hals, als der Vede von der Wucht der Schläge herumgewirbelt wurde. Mit aller Gewalt schnürte er ihm die Luft ab, drückte aber nicht so fest zu, um ihm den Kehlkopf zu zerquetschen. Er wollte ihn nicht umbringen. Helth strampelte, riß verzweifelt die Arme hoch und tastete nach Skars Gesicht. Seine Finger fanden seine Augen und drückten zu. Gleichzeitig ließ er sich nach vorne kippen und griff mit der anderen Hand nach Skars Schulter. Skar keuchte, ließ Helth' Hals los und stieß sich ab, als der Vede ihn über die Schulter nach vorne warf. Er flog fast dreimal so weit, wie Helth erwartet hatte, durch die Luft, rollte sich über die Schulter ab und kam mit einem wütenden Kampfschrei wieder auf die Füße. Sein Gesicht brannte. Er konnte nur noch undeutlich sehen, und seine Augen schmerzten, als wären sie mit glühenden Kohlen in Berührung gekommen. Wie durch einen wogenden Schleier sah er Helth auf sich zutaumeln, fing seinen Faustschlag mit dem Unterarm ab und schlug zurück. Er spürte, wie er traf, und er spürte, wie hart er getroffen hatte. Helth stieß ein würgendes Keuchen aus, taumelte fünf, sechs Schritte zurück und brach in einer grotesk langsamen Bewegung in die Knie.

Skar blieb einen Moment stehen, fuhr sich mit dem Handrücken über die Augen. Die roten Nebelschleier lichteten sich allmählich, und im gleichen Maße, in dem der irrsinnige Schmerz nachließ, verebbte auch die rasende Wut in ihm. Er durfte sich nicht hinreißen lassen. Unbeherrschtheit und Wut waren der erste Schritt zur Niederlage. Wäre Helth auch nur eine Winzigkeit besser, als er war, hätte ihm diese Sekunde blinden Zornes das Leben kosten können.

Langsam ging er auf den Veden zu. Helth stemmte sich mühsam hoch, hob die Hände und ballte sie zu Fäusten, aber es war keine Kraft mehr in der Bewegung. Er atmete nicht. Skar hatte blind zugeschlagen, aber wozu sein Verstand nicht mehr in der Lage gewesen war, hatten das seine Reflexe getan – sein Hieb hatte die empfindlichste Stelle unter dem Brustbein des Veden mit tödlicher Präzision getroffen und sein Atemzentrum gelähmt. Hätte Helth kein Kettenhemd getragen, wäre er jetzt tot. Gegen seinen Willen mußte Skar den jungen Veden beinahe bewundern.

Helth hob die Hände ein wenig höher. Er atmete immer noch nicht.

»Gib auf, Junge«, riet Del sanft. »Ehe du ihn wirklich wütend machst.«

Helth taumelte. Seine Lippen zitterten. Er wankte, fing sich mit einer Kraft, die er eigentlich gar nicht mehr haben dürfte, noch einmal und machte einen Schritt auf Skar zu. Seine Faust schlug in einer geradezu lächerlich langsamen Bewegung nach Skars Gesicht. Skar packte sein Handgelenk, verdrehte es und versetzte ihm eine schallende Ohrfeige; gleichzeitig ließ er seinen Arm los. Helth taumelte zurück, fiel abermals auf die Knie und krümmte sich. Ein einzelner, schmerzerfüllter Atemzug schüttelte seinen Körper. Er krümmte sich weiter, übergab sich würgend und mehrmals hintereinander und rang qualvoll nach Luft. Skar riß ihn vom Boden hoch, schlug ihm noch einmal die flache Hand ins Gesicht und warf ihn gegen die Wand. Helth versuchte ungeschickt, seinen Sturz aufzufangen, schlug mit dem Kopf gegen einen Felszacken und sackte lautlos zu Boden.

»Packt... sie«, würgte er hervor. »Packt sie und... bringt sie um.«

Es dauerte einen Moment, bis Skar begriff, was Helth' Worte bedeuteten. Aber selbst dann weigerte er sich, es zu glauben.

Del spannte sich. Seine Hand glitt zum Schwertgriff und zog die Waffe ein Stück weit aus dem Gürtel.

»Packt sie!« keuchte Helth noch einmal. Das Sprechen mußte ihm Schmerzen bereiten; sein Gesicht zuckte, und aus seinem Mund lief noch immer Blut. Aber er sprach laut genug, daß seine Worte selbst im hintersten Winkel der Höhle noch deutlich hörbar waren.

Skar drehte sich rasch, aber ohne Hast um. Die Freisegler waren herangekommen und hatten einen weiten, halboffenen Kreis um ihn, Del und den Veden gebildet. Keiner von ihnen hob auch nur einen Finger, um Helth' Befehl zu befolgen. Auf ihren Gesichtern war das gleiche Gefühl zu lesen, das auch in Skar emporstieg – Unglauben, Staunen; vielleicht Verwirrung und Furcht.

»Ihr sollt sie töten!« keuchte Helth. Er bäumte sich auf, suchte mit den Händen nach Halt an der Wand und sank mit einem schmerzerfüllten Wimmern zurück.

»Bemühe dich nicht«, sagte Skar leise. Seine Stimme zitterte, und er begann erst jetzt wirklich zu spüren, wie sehr ihn der kurze Kampf erschöpft hatte. Helth war ein härterer Gegner gewesen, als er geglaubt hatte. »Sie werden dir nicht gehorchen.«

Helth' Blick irrte unstet umher. Noch einmal versuchte er auf die Füße zu kommen, und diesmal gelang es ihm, sich in eine halbwegs sitzende Position hochzustemmen. Seine Augen waren geweitet. Irgend etwas flackerte darin, etwas, das Wahnsinn sein konnte, aber auch etwas anderes und Schlimmeres. »Warum... gehorcht ihr nicht?« würgte er stockend hervor. »Tötet sie beide! *Ich befehle es!*«

»Wenn du noch einen einzigen Laut von dir gibst, Helth«, drohte Del leise, »dann verspreche ich dir, daß ich dich windelweich schlage – vor deinen Männern.«

»Nicht«, sagte Skar. »Laß ihn, Del.« Er schüttelte den Kopf, blickte über die Reihe der stumm dastehenden Männer und, wieder an Helth gewandt, fuhr er ruhig fort:

»Sie werden dir nicht folgen, Helth. Jetzt nicht mehr. Sie hätten es vielleicht getan, bevor du mich herausgefordert hast, aber jetzt werden sie es nicht mehr tun. Gib auf.«

Helth keuchte. Mit letzter Kraft stemmte er sich hoch, taumelte an Skar vorbei und packte den am nächsten stehenden Freisegler bei den Armen. »Ihr sollt gehorchen!« brüllte er. »Ich befehle es euch! Ich bin euer Kommandant! Der Erbe Rayans.«

»Nein«, widersprach ihm Del hart. »Das warst du vielleicht, Helth. Wenn du überhaupt ein Erbe hattest, dann hast du es gerade verspielt.«

Helth stöhnte. Seine letzte Kraft schwand. Plötzlich mußte er sich an den Schultern des Mannes, den er gerade noch geschüttelt hatte, festhalten. Er zitterte. Ein rascher, schmerzhafter Krampf durchfuhr seinen Körper. Der Matrose verzog angewidert das Gesicht, streifte seine Hände ab und machte einen Schritt zurück. Helth sank mit einem kraftlosen Wimmern auf die Knie.

»Gib auf, Helth«, forderte ihn Del nochmals auf. »Sie folgen keinem Wahnsinnigen.« Skar sah ihn warnend an, aber Del hatte ohnehin gesagt, was er hatte sagen wollen. Mit einem letzten, abfälligen Schnauben wandte er sich um und ging zu Gowennas Lager zurück.

Auch die Freisegler begannen einer nach dem anderen, sich wieder ihren Schlafstellen zuzuwenden, nicht, weil es dort noch etwas für sie zu tun gab, sondern einzig, um Helth den Rücken zuzukehren. Der Kreis, den sie um den Kampfplatz gebildet hatten, brach auf. Helth blieb allein zurück, und wider besseres Wissen ließ sich Skar neben ihm auf ein Knie nieder und versuchte, ihm ins Gesicht zu sehen. Helth drehte den Kopf zur Seite.

»Du hast verloren, Junge«, sagte er sanft. »Aber auch ich habe nicht alle meine Gegner bezwungen. Es ist keine Schande, einen guten Kampf zu verlieren. Und du hast gut gekämpft.«

Seine Worte waren sinnlos. Er spürte es. Aber er war sie viel mehr sich selbst als dem Veden schuldig gewesen. Sein Sieg erfüllte ihn nicht mit Befriedigung oder gar Triumph. Helth hatte keine faire Chance gehabt. Nicht gegen ihn und nicht in der psychischen Verfassung, in der er gewesen war.

Er stand auf, berührte Helth an der Schulter und streckte ihm die Hand entgegen.

Der Schlag kam so überraschend, daß er erst begriff, was überhaupt geschehen war, als er auf dem Rücken lag und sein Kopf hart gegen den felsigen Boden schlug.

Helth kam mit einem Schrei, der kaum mehr menschlich klang, auf die Füße, sprang mit einem verzweifelten Satz über Skar hinweg und griff nach dem Schwert, das ihm Del entwunden hatte. Seine Finger schlossen sich um den lederbezogenen Griff der Waffe. Er rollte herum, taumelte auf die Füße und schlug blind nach Del, der ebenfalls aufgesprungen war und einen Schritt auf ihn zugemacht hatte. Die Klinge verfehlte sein Gesicht um Millimeter und riß einen dreieckigen Stoffetzen aus seinem Cape. Del prallte zurück, verlor auf dem spiegelglatten Boden das Gleichgewicht und fiel. Helth war mit einem gellenden Schrei über ihm, trat ihm mit aller Gewalt ins Gesicht und fuhr herum, als einer der Matrosen von hinten nach seinem Arm griff. Sein Schwert vollführte eine irrsinnig schnelle Kreisbewegung. Der Freisegler wankte zurück, griff mit beiden Händen nach seiner durchschnittenen Kehle und brach zusammen. Helth stieß wieder diesen unmenschlichen Wahnsinnsschrei aus, fuhr abermals herum und hetzte zum Ausgang.

Als Skar auf die Füße kam, hatte er bereits die Hälfte des niedrigen Felstunnels hinter sich gebracht und kroch hastig weiter.

Zwei Männer aus der Mannschaft zogen ihre Waffen und wollten ihm folgen. Skar hielt sie mit einer hastigen Geste zurück. »Er würde euch töten«, sagte er. Einer der Männer nickte; der andere machte einen weiteren Schritt hinter dem Veden her und blieb dann ebenfalls stehen.

Skar kniete neben dem gestürzten Matrosen nieder, aber er sah gleich, daß er ihm nicht mehr helfen konnte. Der Mann war bereits tot. Helth' Hieb hatte seine Kehle durchschnitten, so sauber, als hätte es ein geschickter Arzt mit einem Skalpell getan. Und der Schnitt war tief; sehr tief. Kopfschüttelnd stand er auf, ging zu Del und half ihm auf die Beine.

»Alles in Ordnung?« fragte er.

Del schüttelte den Kopf und nuschelte etwas, das sich wie ›ja‹ anhörte. Seine Unterlippe war geschwollen, und sein Gesicht begann sich da, wo ihn Helth' Fuß getroffen hatte, zu röten. »Immer auf den Kopf«, murrte er. »Als ob es keine anderen Stellen gäbe, wo man hinschlagen kann.«

Skar unterdrückte ein Grinsen, wurde aber sofort wieder ernst. »Laß mich dein Gesicht ansehen«, bat er.

Del drehte den Kopf weg und schlug seine Hand beiseite. »Sieh dich lieber selbst an, du großer Krieger«, sagte er giftig. »Du siehst eher aus, als hättest du einen Heilkundigen nötig.«

Skar hob unwillkürlich die Hand an sein Gesicht, führte die Bewegung aber nicht zu Ende. Jetzt, als die Anspannung des Kampfes allmählich von ihm abfiel, begann er jeden Hieb, den ihm Helth versetzt hatte, schmerzhaft zu registrieren. Sein Arm blutete noch immer, nicht stark, aber beständig, und sein rechtes Auge brannte wie Feuer. Als er über seine Wange tastete, spürte er Blut.

»Der Kleine hat dir ganz schön zu schaffen gemacht«, bemerkte Del schadenfroh. »Du wirst allmählich alt, scheint mir.«

Skar blieb ernst. »Ich fürchte«, sagte er, Dels Wortwahl bewußt aufgreifend, »daß uns der Kleine noch mehr zu schaffen machen wird.«

»Sollen wir ihm nach?«

Skar schüttelte den Kopf. »Das ist sinnlos. Wir werden keine Spuren finden. Aber wir müssen vorsichtig sein, wenn wir weitergehen.« Er seufzte. Er hatte die ganze Zeit geahnt, daß es so kommen würde. Aber er hatte gehofft, daß ihnen noch ein wenig Zeit blieb.

»Du glaubst, daß er uns auflauern wird?« fragte Del.

»Ich weiß überhaupt nicht, was ich glauben soll«, murmelte Skar. Er ließ sich neben Del auf das zerwühlte Lager sinken, nahm einen der grauen Stoffetzen auf und wischte sich Blut und Schweiß aus dem Gesicht. Zwei Männer knieten vor ihnen nieder und hoben den Toten auf, um ihn in den hinteren Teil der Höhle zu tragen. Skar betrachtete sie teilnahmslos. Stärker noch als zuvor fühlte er sich einsam, obwohl er von fast vierzig Männern umgeben war. Aber sie erschienen ihm weniger denn je wie Menschen, sondern eher wie graue Puppen, denen nur eine Statistenrolle in diesem grausamen Spiel zugefallen war. Ihm fiel plötzlich ein, daß er nicht einmal ihre Namen wußte. Nicht von einem. »Warum hat er diesen Kampf provoziert?« murmelte er. »Er mußte wissen, daß er ihn verliert. Es war so... so sinnlos.« Er sah auf. Als wäre es nötig gewesen, den Gedanken laut auszusprechen, spürte er erst jetzt, *wie* widersinnig Helth' Verhalten war. Er würde sterben, allein dort draußen. In den Kleidern, die er anhatte, würde er nicht einmal bis zum Sonnenuntergang durchhalten.

Del zuckte mit den Achseln. »Vielleicht hat er sich schlicht und einfach überschätzt«, sagte er.

»Kaum.« Skar knüllte den Stoffetzen zusammen, tupfte das Blut von seinem Arm und schloß die Finger zur Faust. Die Wunde begann stärker zu bluten. Er zog eine Grimasse, suchte einen einigermaßen sauberen Stoffstreifen und wickelte ihn ungeschickt um seinen Unterarm. Del sah ihm einen Moment kopfschüttelnd dabei zu, ehe er sich vorbeugte, den Verband wenig sanft herunternahm und sauberer und straffer wieder anlegte.

»Er wußte, daß er keine Chance gegen mich haben konnte.«

»Bist du es jetzt, der sich überschätzt?« fragte Del, ohne von seinem Arm aufzusehen.

»Und wenn schon nicht gegen mich, dann gegen dich, Del«, fuhr Skar unbeirrt fort. »Es war so sinnlos.«

»Vielleicht ist er schlicht und einfach verrückt geworden«, vermutete Del. »Wenigstens kam es mir so vor – diese Idee, zum See zurückzumarschieren und mit einer Handvoll halbtoter Männer den Dronte anzugreifen, war geradezu hirnrissig.«

»Nein«, widersprach Skar, sehr ernst und in einem Ton, der Del unwillkürlich innehalten und aufsehen ließ. »Verrückt ist er sicher nicht, Del. Und wenn, dann steckt ein System hinter diesem Wahn.«

»Also, ich kann beim besten Willen kein System darin erkennen, ohne Mantel in die Kälte hinauszurennen«, sagte Del. »Er wird erfrieren. Wenn nicht sofort, dann in der nächsten Nacht.«

Skar schwieg. Für einen Moment, für einen ganz kurzen, flüchtigen Moment, hatte er das Gefühl gehabt, die Lösung des Rätsels in Händen zu halten. Aber der Gedanke entschlüpfte ihm, bevor er danach greifen konnte. Es waren nur Kleinigkeiten, das spürte er. Winzige Details, die offen und sichtbar vor ihm lagen und die er nur richtig einzuordnen brauchte, um endlich Klarheit zu haben. Aber es gelang ihm nicht.

Del wurde plötzlich ernst. »Wir müssen los«, mahnte er.

»Ich weiß.«

»Dann weißt du hoffentlich auch, daß du zu den Männern reden mußt, Skar«, fuhr Del leise fort. Er wirkte mit einem Male besorgt. »Ob es dir paßt oder nicht – du hast jetzt die Verantwortung für sie.«

Skar sah an Del vorbei zu den Männern hinüber. Schatten. Er sah Schatten, stumme, grau gewordene Gesichter und Augen, in denen die Angst ihre Spuren hinterlassen hatte. Er fand keine Beziehung zu ihnen, selbst der Gedanke, daß sie Menschen waren und jeder von ihnen ein Leben lebte, das so kompliziert und voller Höhen und Tiefen war wie sein eigenes, erschien ihm mit einem Mal lachhaft. Er hatte die Verantwortung für diese Männer nicht gewollt. Sie war ihm aufgezwungen worden, und er begann eigentlich erst jetzt zu spüren, wie schwer die Last ihn drückte, die ihm von Rayan aufgebürdet worden war. Sein Blick streifte Gowenna, und selbst sie erschien ihm plötzlich nur wie ein Schatten, ein schwaches Abbild ihrer selbst. Nicht echt. Alles um ihn herum war nicht echt.

»Ich bin kein großer Redner«, bekannte er halblaut. Die Worte kamen schleppend. Mit einem Male fühlte er sich müde. Unendlich müde. »Übernimm du das – bitte.«

Del zögerte. Er wollte etwas sagen, aber ein Blick in Skars Augen ließ ihn verstummen.

»Vergiß es«, murmelte Skar. »Ich werde es tun – nachher, bevor wir aufbrechen.«

»Und wohin?« fragte Del leise.

Skar ließ sich zurücksinken, lehnte den Kopf gegen die eisverkrustete Wand und schloß die Augen. Sofort stiegen Bilder in ihm empor, blitzartige Visionen, die nichts miteinander zu tun hatten, sich aber zu einem irrsinnigen, tobenden Tanz des Schreckens vermengten, so daß er die Lider hastig wieder hob. »Nach Westen«, sagte er. »Die Felsenkette führt zur Küste. Es gibt einen ...« er zögerte, »eine Art natürliches Hafenbecken dort. Vielleicht finden wir eine Möglichkeit, von hier wegzukommen.«

Del blinzelte. »Woher weißt du das?«

»Von Gowenna«, antwortete Skar. »Sie hat es mir erzählt. Gestern morgen, bevor wir aus der Ruine aufgebrochen sind.«

»Go ...« Del brach ab, schüttelte ein paarmal hintereinander verwirrt den Kopf und starrte erst ihn, dann Gowenna und dann wieder ihn an. Skar spürte, wie Zorn in dem jungen Satai hochstieg. »*Sie* hat es dir erzählt?« wiederholte er, als könne er nicht glauben, was er gerade gehört hatte. »Was hat sie dir noch erzählt?«

»Nichts«, murmelte Skar. »Nichts Wichtiges jedenfalls.«

»Nichts Wichtiges, so«, grollte Del. Er richtete sich ein wenig auf und straffte die Schultern. Obwohl er vor Skar auf den Knien hockte, überragte er ihn um mehr als Haupteslänge. »Aber der Herr hatte es nicht nötig, mich davon zu unterrichten, wie?« warf er ihm zornig vor. »Manchmal frage ich mich wirklich, Skar, ob wir noch Freunde oder bereits Feinde sind. Was hat sie dir noch über dieses Land gesagt?«

»Nichts«, antwortete Skar ungeduldig. »Und ich glaube, selbst das wenige, was sie mir gesagt hat, wollte sie mir eigentlich nicht verraten. Diese verdammte Insel ist noch nie von Menschen betreten worden.«

»Unsinn!« Del schlug wütend mit der Faust auf den Boden. »Die Ruine draußen auf dem Eis ist nicht vom Himmel gefallen, und die Treppe dort hinten ist nicht von selbst gewachsen. Dieser verdammte Eisklotz ist alles andere als tot, Skar.«

»Vielleicht ist es gerade das, wovor ich Angst habe«, murmelte Skar, aber so leise, daß Del die Worte nicht verstehen konnte.

Del knotete die Enden des improvisierten Verbandes zusammen, überzeugte sich von seinem festen Sitz und ließ sich mit angezogenen Knien neben Skar auf das Lager zurücksinken. Er seufzte. Sein Gesicht wirkte mit einem Male alt und eingefallen, und wie Skar schien er die Erschöpfung erst jetzt richtig zu spüren. »Hast du dir schon einmal überlegt, daß Helth recht haben könnte?« fragte er.

»Womit?«

»Mit seinem Verdacht, Skar. Vielleicht...« Er stockte, sah wieder auf Gowennas Gesicht herab und starrte es endlose Sekunden lang an, als könne er dort die Antwort auf all ihre Fragen finden. »Vielleicht hat sie alles von Anfang an so geplant.«

Skar schüttelte den Kopf, sah Del aber nicht an. »Sie hat nicht die Kraft, so etwas zu tun«, entgegnete er mit einer Geste auf die Eiswand, die jetzt wieder hinter einem dunklen Vorhang aus Schatten und Nacht verschwunden war.

»Sie allein nicht«, stimmte Del zu. »Aber sie könnte Verbündete haben.«

»Aber natürlich. Den Dronte und die von den Toten auferstandenen Bewohner dieser Insel.«

Del zog eine Grimasse. »Für Sarkasmus bin ich hier zuständig«, sagte er. »Nicht du.« Er stand auf, reckte sich und tastete behutsam mit den Fingerspitzen über sein Gesicht. Es begann jetzt sichtlich anzuschwellen. Einer der Matrosen erhob sich, sprach mit leiser Stimme ein paar Worte zu ihm, die Skar nicht verstand und die ihn auch nicht interessierten, und wandte sich wieder ab.

Skar schloß die Augen. Wieder drohten Visionen aus seiner Seele aufzusteigen und seine Gedanken zu überschwemmen, Bilder, diesmal nicht Bilder des Dronte und ihrer verzweifelten Flucht, sondern etwas, das dem *Ding* auf der anderen Seite der Berge glich und doch wieder ganz anders war, aber diesmal drängte er sie zurück, schuf mit aller Gewalt eine tiefe, dunkle Leere in seinem Inneren und gab sich bewußt seiner Müdigkeit hin. Del sagte noch etwas, aber er verstand die Worte nicht mehr. Plötzlich schienen seine Sinne eingeengt; er roch, spürte und hörte noch alles, was um ihn herum vorging, deutlicher vielleicht als zuvor, aber seine Empfindungen waren auf einen kleinen, nur wenige Schritte messenden Bereich rings um ihn herum begrenzt. Er spürte Del neben sich, hörte Gowennas mühsame, aber regelmäßige Atemzüge und fühlte den eisigen Wind, der durch den Tunnel ins Innere der Höhle fauchte.

Dann verging auch dies. Übergangslos schlief er ein.

Er stand am Rand einer unendlichen gläsernen Ebene, spürte die Kälte des Windes und den Ruf der Einsamkeit, ein rötliches Flackern, und der Gestank verschmorenden Fleisches hüllte ihn ein, und er wußte – anders als in einem normalen Traum –, daß er träumte, daß all dies nicht real und es wieder Bilder aus seinem Unterbewußtsein waren, die die Schwäche des Schlafes ausgenutzt hatten, um Gewalt über sein Denken zu erlangen. Die gläserne Ebene war die Eiswand, auf die er zusammen mit Brad hinaufgestiegen war, das rote Licht die Flammen, die den Dronte tief unter ihnen verzehrten. Er war allein, die SHAROKAAN und Del und Gowenna und alle anderen verschwunden, der See lag glatt und unberührt wie ein gewaltiger Spiegel unter ihnen. Langsam kniete er am Rande der gewaltigen Schlucht nieder, breitete die Arme aus, als wolle er fliegen, und beugte sich über den Abgrund.

Er fiel nicht. Unter ihm brannte der Dronte, und er hörte seine Schmerzensschreie, spürte den Zorn und die Qual dieses unbegreiflichen Wesens, aber auch die Verwirrung, dazwischen Gefühle, die ihm fremd waren und für die es keine Worte in der menschlichen Sprache gab. Er sah den Riß in der gegenüberliegenden Wand, einen schwarzen, gezackten Blitz, der die Ebene auf der anderen Seite in zwei ungleichmäßige Hälften spaltete, das Eis an seinen Rändern war aufgeworfen wie die Ränder einer Wunde, der flackernde Widerschein des Feuers färbte sie rot, sie und das Schmelzwasser, das wie eisiges Blut die Wand herablief. Sie hatten nicht nur dem Dronte Schmerz zugefügt, sondern diesem Land, dem Geist, vielleicht dem Gott dieser eisigen Insel am Ende der Welt. Er beugte sich weiter vor, so unmöglich weit, daß er eigentlich hätte fallen müssen, aber irgend etwas hielt ihn, gegen alle Logik, er sah hinab, blickte in die Flammen und sah das Gesicht darin, Brads Gesicht, seinen Körper, der vom Zucken des Eises abgeschüttelt und in die Tiefe gerissen worden war, zerbrochen, verbrannt, ein schreiendes Bündel, das auf dem weißglühenden Deck des Dronte aufschlug und mit seinem zerlaufenden Leib verschmolz, eins wurde mit der teerähnlichen schwarzen Masse, die unter der Glut des Feuers zerkochte, in dem brodelnden Schwarz versank wie ein bizarres Tier der Vorzeit in einem Teersee; im Tode vereint mit seinem Opfer. Skar wollte zurückweichen, aber die gleiche Kraft, die ihn hielt, hinderte ihn auch daran und zwang ihn, weiter in die Tiefe zu blicken und dem qualvollen Sterben des Dronte zuzusehen, und

»Skar?«

gleichzeitig spürte er, daß diese Bilder mehr waren als ein bloßer Traum, daß es eine Botschaft, eine Warnung oder vielleicht auch nur der Versuch einer Ver-

»Skar! Wach auf – es ist Zeit.«

ständigung war, einer Verständigung über Abgründe hinweg, die tiefer waren als alles, worüber…

Eine Hand klatschte in sein Gesicht. Der Schlag war nicht fest, schmerzte nicht einmal, aber er weckte ihn endgültig, und die Scheinrealität des Traumes wich der flackernden roten Kälte der Höhle. Er blinzelte, sah – mit plötzlichem Schrecken – zum Ausgang und stellte erleichtert fest, daß es draußen noch hell war. Für den Bruchteil eines Atemzuges hatte sich die bizarre Vorstellung in ihm festgesetzt, daß er den Tag verschlafen haben könnte und draußen wieder Nacht war. Die letzte Nacht.

Del grinste. »Endlich aufgewacht?«

»Wie lange… habe ich geschlafen?« murmelte Skar benommen. Es fiel ihm schwer, ganz wach zu werden. Der Traum war sofort gekommen, direkt und unmittelbar und ohne den Umweg über den Schlaf, der sonst die Pforten zu diesem verschlossenen Bereich der Seele öffnete. Für einen Moment versuchte sich Skar fast verzweifelt an die Bilder zu klammern, die seinen Geist erfüllt hatten, versuchte diesen Traum mit Gewalt zurückzuzwingen, wußte er doch, daß die Lösung aller Rätsel darin lag. Aber das Bild verblaßte, versank in einem Strudel von Visionen und durcheinanderwirbelnden Gedankenfetzen; Fragmenten von Gesprächen und Bildern, die er erlebt und gesehen hatte. Für einen Moment verspürte er fast Zorn auf Del, daß er ihn geweckt hatte.

»Nicht lange«, antwortete Del. »Nur wenige Minuten. Aber ich dachte mir, daß du den Schlaf brauchst. Du hast sowenig Ruhe wie ich bekommen, und wir haben einen anstrengenden Tag vor uns.« Plötzlich grinste er wieder. »So ist das, wenn man alt wird, Meister«, spöttelte er. »Ein Nickerchen hier und da…«

Skar blieb ernst. Mühsam stemmte er sich hoch, wollte nach seinen Decken greifen und merkte erst jetzt, daß Del sein Bündel bereits geschnürt und nur den dicken Wollmantel offen liegengelassen hatte. Er nickte, stumm und dankbar, legte sich das Kleidungsstück über die Schultern und sah sich um. Del hatte ihn wirklich bis zum letzten möglichen Augenblick ruhen lassen: Die Männer waren abmarschbereit, die Fackeln bis auf eine letzte, die so weit heruntergebrannt war, daß sich ein Mitnehmen nicht mehr lohnte, gelöscht. Er drehte sich zu Gowenna um. Sie war wach und hatte sich an der Wand aufgesetzt. Ihr Atem ging schnell und so hart, daß er das Heben und Senken ihrer Brust selbst durch die beiden Mäntel hindurch sehen konnte, die sie – oder Del – übergestreift hatte. Ihr Gesicht war fast vollständig unter einer tief in die Stirn gezogenen Kapuze verborgen; nur die Augen und ein Teil von Wangen und Stirn waren überhaupt sichtbar. Es wirkte seltsam bleich, blutleer und weiß wie der Schnee draußen vor der Höhle. Hätten ihre Mundwinkel nicht von Zeit zu Zeit gezuckt, hätte er sie für tot gehalten.

»Ich werde sie tragen«, erklärte Del.

Skar runzelte die Stirn. Er wußte, wie unglaublich stark Del war, aber sie hatten Strapazen hinter – und vielleicht noch vor – sich, die jeder Beschreibung spotteten. »Bist du sicher, daß du es schaffst?« fragte er. »Die Männer werden dir nicht helfen können. Und ich auch nicht«, fügte er nach einer merklichen Pause hinzu.

Del nickte. »Ich weiß«, sagte er gleichmütig. »Aber es geht schon. Sie ist nicht viel schwerer als Vela.«

»Das ist nicht nötig, Del. Ich kann gehen.«

Skar drehte sich überrascht um. Del hatte leise gesprochen, und nach dem leeren Blick ihrer Augen hatte er nicht geglaubt, daß Gowenna wirklich etwas von ihrer Umgebung wahrnahm. Aber sie war wach, und der Schmerz in ihrem Blick war nicht von der Art, wie man ihm im Schlaf oder im Koma begegnet. Zögernd ließ er sich vor ihr in die Hocke nieder, sah ihr einen Moment durchdringend in die Augen und wiegte den Kopf.

»Du bist also wach«, stellte er fest. »Hast du Schmerzen?«

Sie nickte. »Ja. Aber es ist… nicht schlimm.« Ihre Stimme klang brüchig. »Ich werde gehen können. Del wird seine Kraft noch dringend brauchen. Und du auch, Skar.«

Skar wollte sie fragen, wozu, aber er wußte, daß sie ihm nicht antworten würde. Ihre Stimme klang schleppend; es mußte ihr Mühe bereiten, überhaupt zu reden, und er kannte Gowenna gut genug, um zu wissen, daß sie diese offensichtliche Schwäche ausnutzen würde, um nicht auf seine Fragen antworten zu müssen.

»Sie hat recht, Skar«, bestätigte Del leise. »Was mir viel mehr Sorgen bereitet, ist dieser Verrückte dort draußen. Er wird uns auflauern, das ist dir doch klar.«

Skar sah unwillkürlich auf Helth' Lager hinab. Del hatte auch die Sachen des Veden zusammengesucht und zu einem Bündel verschnürt. Die Kleider lagen ein Stück abseits und waren mit Öl getränkt; Del würde sie verbrennen, ehe er die Höhle verließ. Schild, Schwert und Bogen lagen griffbereit daneben. Sie würden mitnehmen, was sie nicht zerstören konnten. – Natürlich. Sie durften es sich nicht leisten, irgend etwas zurückzulassen, was Helth von Nutzen sein konnte.

Irgendwie – so absurd es klang – fühlte sich Skar beinahe erleichtert.

Der Vede war sicher ein gefährlicher Gegner, und weder Del noch er rechneten wirklich damit, daß er einfach aufgeben und sich irgendwo draußen in den Schnee legen würde, um zu sterben. Aber er war ein Gegner, den sie fassen konnten. Ein Mensch.

Sie brachen auf. Skar war der erste, der auf Händen und Knien durch den niedrigen Stollen ins Freie kroch; vorsichtig und immer wieder anhaltend, um zu lauschen und das Spiel von Licht und Schatten auf dem Schnee draußen zu beobachten. Er glaubte nicht wirklich daran, daß Helth ihnen unmittelbar dort draußen vor der Höhle auflauern würde; er mußte damit rechnen, daß zumindest einer von ihnen den Berg durch die rückwärtige Öffnung verließ und ihm in den Rükken fiel. Aber Helth war verrückt und somit unberechenbar.

Der Sturm empfing ihn mit triumphierendem Gebrüll, als er aus dem Berg kroch und sich aufrichtete, die rechte Hand am Schwert. Obwohl es mittlerweile heller Tag war, herrschte hier, zwischen den lotrecht aufragenden Wänden der Schlucht, noch immer unsicheres Dämmerlicht. Ihr jenseitiges Ende erschien ihm wesentlich weiter entfernt als zuvor, und für die Dauer eines Atemzuges hatte er die bedrückende Vorstellung, die Wände könnten wie die Kiefer eines gigantischen steinernen Ungeheuers zusammenklappen und ihn und alle anderen einfach zerquetschen.

Er kämpfte den Gedanken nieder und trat hastig beiseite, um den Ausgang freizugeben. Die Männer schlüpften einer nach dem anderen ins Freie; Del, der das Kunststück fertigbrachte, Gowenna zu stützen, ohne sie dabei wie einen leblosen Sack über den felsigen Boden zerren zu müssen, als letzter. Skar half ihm, aufzustehen und Gowenna auf die Füße zu stellen. Ihr Blick ging durch ihn hindurch ins Leere, so wie zuvor, und als Skar die Hand über ihr Gesicht hob und vor ihren Augen hin und her bewegte, reagierte sie erst nach Sekunden und sehr langsam. Del hatte recht, überlegte Skar bedrückt. Es konnte nicht der Hieb allein sein, der für ihren Zustand verantwortlich war.

Obwohl sie sich beeilten, verging noch fast eine halbe Stunde, ehe die Schlucht wirklich hinter ihnen lag. Wie am Tage zuvor gingen sie im Gänsemarsch, aber dichter aufgeschlossen, ein Mann im Windschatten des vorderen. Es nutzte nicht viel, weder gegen die Kälte noch gegen den Wind, aber vielleicht half den Männern wenigstens die Nähe der anderen.

Zwei Stunden marschierten sie nach Westen, ehe Skar eine Möglichkeit fand, die Felsenkette zu überschreiten. Er hatte absichtlich darauf verzichtet, die Männer die Höhle durch den rückwärtigen Ausgang verlassen zu lassen. Die Eisstufen waren vor seinen Augen zerfallen; es wäre zu gefährlich gewesen, sie an der lotrechten Felswand abzuseilen. Aber je weiter sie nach Westen vordrangen, desto mehr Zweifel überkamen ihn, ob es wirklich richtig gewesen war, auf eine andere Möglichkeit zu warten. Gestern abend, im letzten Licht des Tages, hatten die Felsen grau und zerrissen ausgesehen, die Dämmerung hatte ihre Konturen verwischt und ihn wenig mehr als Schatten erkennen lassen. Jetzt sah er, daß sie noch wilder und unübersteigbarer waren, als er befürchtet hatte. Die Felsen stiegen die letzten zwanzig, fünfundzwanzig Fuß nahezu senkrecht in die Höhe, und das Eis überzog jeden Vorsprung, jede Kante und jeden Riß, in denen ihre Hände und Füße hätten Halt finden können, mit einem milchigen, spiegelglatten Panzer. Sie mußten sich annähernd fünf Meilen am Fuße der Felskette nach Westen weiterquälen, ehe sie endlich eine Möglichkeit fanden, sie zu übersteigen.

Es war Del, der die V-förmige Spalte in der grauen Wand entdeckte. Er sagte kein Wort, sondern deutete nur mit einer stummen Kopfbewegung nach vorne. Obwohl er Gowenna die ganze Zeit gestützt hatte, ohne ein einziges Mal stehen zu bleiben oder auch nur ihr Gewicht zu verlagern, hatte er beinahe mühelos mit Skar Schritt gehalten, und der Ausdruck der Erschöpfung auf seinen Zügen war dem einer grimmigen Entschlossenheit gewichen. Skar ließ sich davon nicht täuschen: Er kannte Del gut genug, um zu wissen, daß auch er jetzt an den Grenzen seiner Kräfte angelangt war.

»Laß die Männer für einen Moment rasten«, sagte er. Del sah überrascht auf, und Skar fügte hastig hinzu: »Nur einen Moment, nicht länger. Es ist besser, wenn wir allein vorausgehen. Es wäre nicht sehr sinnvoll, dort hinaufzuklettern, nur um vor einem Abgrund zu stehen, nicht?«

»Warte einen Moment.« Del sah sich suchend um, erblickte eine halbwegs windgeschützte Stelle zwischen den Felsen und wollte Gowenna dorthin führen, aber Skar hielt ihn mit einer raschen Bewegung zurück.

»Nein«, sagte er. »Sie kommt mit.«

Del schien für einen Moment sprachlos vor Verblüffung zu sein. Sein Blick bohrte sich in den Skars, huschte dann die steil ansteigende, vereiste Schneefläche vor der Bresche hinauf und richtete sich wieder auf Skar. »Bist du verrückt geworden? Sie –«

»Ich habe meine Gründe.« Skar schnitt ihm wütend das Wort ab und faßte nach Gowennas Oberarm. Sie strauchelte unter dem groben Zugriff, mit dem er sie zu sich heranzog und herumdrehte, protestierte aber mit keinem Laut. Del preßte verärgert die Lippen zusammen.

»Wie du meinst«, entgegnete er zornig. »Von mir aus kannst du sie hinauftragen, wenn es dir Spaß macht.« Er fuhr herum, ließ Skar ohne ein weiteres Wort stehen und eilte voraus, hielt jedoch nach ein paar Schritten wieder inne und blickte ihn mit einer Mischung aus Ärger und Ungeduld über die Schulter an.

»Komm«, sagte Skar leise. Gowenna setzte sich gehorsam in Bewegung, kam jedoch schon beim ersten Schritt ins Stolpern, so daß Skar sie stützen mußte wie zuvor Del.

Dels Zorn war bereits verflogen, als sie ihn einholten, und in seinem Blick war jetzt nur noch Verwirrung. Sie wußten beide, *warum* Skar darauf bestandenen hatte, als erste über den Grat zu steigen. Die Felsen waren rechts und links des Einschnittes zerklüfteter und unübersichtlicher als anderenorts; es gab Verstecke genug, um eine kleine Armee zu verbergen. Um so mehr mußte es ihn verwundert haben, daß Skar so großen Wert darauf legte, Gowenna mitzunehmen.

»Wenn er wirklich dort oben wartet, ist er ein Idiot«, knurrte Del, während sie nebeneinander den verharschten Hang hinaufstiegen. Sein Blick streifte Gowenna, und die Unsicherheit auf seinen Zügen wuchs. Skar sah starr an ihm vorbei. »Aber es kann genausogut sein, daß er darauf hofft, daß wir so denken.« Er legte die Hand auf den Schwertgriff, zog die Waffe halb aus der Scheide und stieß sie mit einem ärgerlichen Schnauben wieder zurück, als die dünne Eisdecke unter seinem Gewicht einbrach und er bis zu den Kniekehlen in dem darunter verborgenen pulverfeinen Schnee versank. Skar wollte ihm aufhelfen und ließ Gowennas Arm los. Sie kam erneut ins Stolpern und fiel auf die Knie. Skar drehte sich mitten in der Bewegung um, um sie aufzufangen, aber auch er versank beinahe augenblicklich im Schnee; Schnee, der so fein und trocken war, daß er wie Sand in seine zugebundenen Stiefelschäfte rieselte und ihn vor Kälte aufstöhnen ließ. Del grinste, beugte sich vor, angelte nach einer Felszacke und zog sich ächzend weiter daran nach oben. Skar und Gowenna – mehr von Skar geschoben und von Del gezogen als aus eigener Kraft – folgten ihm auf die gleiche Weise. Es war absurd, aber er mußte in diesem Augenblick daran denken, daß Del und er für die Männer unter ihnen zwei ziemlich lächerliche Figuren abgeben mußten, wie sie sich Hand über Hand und mehr kriechend als gehend weiter nach oben arbeiteten.

Der Weg wurde schwieriger. Unter dem Eis, das wie eine steil ansteigende weiße Straße zum Felsdurchbruch hinaufführte, war jetzt nicht mehr Schnee, sondern scharfkantiger Stein, so daß sie von diesem nur scheinbar leichten Weg abwichen und kurzerhand den Fels rechts und links davon hinaufkletterten; eine Aufgabe, die allein durch Gowennas Gegenwart beinahe unlösbar wurde. Skar trug ihr Gewicht nahezu allein; Del half ihm nur da, wo es wirklich nicht anders ging, die übrige Zeit blieb er zwar in ihrer unmittelbaren Nähe, um im Notfall sofort zugreifen zu können, sah aber mit einem schadenfrohen Grinsen zu, wie Skar Gowenna über die zerklüfteten Steine zog und teilweise trug.

Skars vor Kälte taube Hände waren bald blutig und eingerissen, aber das spürte er kaum noch. Sein Blick suchte immer wieder die zerborstenen Felsen beiderseits des Durchbruches ab, aber das einzige, was er sah, war der Schnee, der vom Wind immer wieder hochgewirbelt wurde.

Die letzten Meter waren wieder leichter. Das Eis war hier oben fest und trug ihr Gewicht, und Del und er konnten nebeneinander gehen. Skar widerstand der Versuchung, seine Waffe zu ziehen. Aber seine Schritte wurden langsamer, je weiter sie sich dem Punkt näherten, an dem sie die andere Seite der Ebene zu sehen hofften.

Der Anblick traf Del wie eine Ohrfeige. Er blieb stehen, so abrupt, als hätte ihn eine unsichtbare Hand mitten in der Bewegung zurückgerissen, starrte aus ungläubig aufgerissenen Augen auf die endlose weiße Fläche unter sich hinab und suchte vergeblich nach Worten.

Gowenna reagierte anders – so, wie er erwartet hatte. Ein rasches Aufblitzen von Erkennen huschte über ihre Züge, gemischt mit Furcht.

»Das ist es, wohin Vela wollte«, sagte Skar. »Nicht wahr?«

Obwohl der Anblick für ihn nicht neu war wie für Del, lähmte ihn das bizarre Bild beinahe im gleichen Maße. Anders als am Morgen löste es jetzt Furcht in ihm aus. Irgend etwas war anders. Er konnte den Unterschied nicht in Worte fassen, aber er spürte ihn. War die Ebene am Morgen nur fremd gewesen, so wehte ihnen jetzt etwas Feindseliges, Böses entgegen, ein Hauch wie jener, den er an Bord des Dronte verspürt hatte, aber direkter, drohender.

»Skar – was ist das?« murmelte Del. Sein Blick hing noch immer wie gebannt an den blitzenden Konturen dieses gigantischen weißen Labyrinthes, das ein verspielter Gott über die Welt verstreut zu haben schien.

Skar zuckte mit den Achseln und sah Gowenna an. »Frag sie«, knurrte er halblaut. »Ich weiß es so wenig wie du. Ich weiß nur, daß wir hindurch müssen. Oder?« Gowenna antwortete nicht, sondern tat weiter so, als registriere sie gar nicht, was um sie herum vorging. Der Sturm zerrte an ihren Kleidern. Sie wankte, und Skar konnte sehen, wie sich ihre Hände unter dem Mantel nervös bewegten.

»Müssen wir das wirklich?« Del riß sich los und starrte Gowenna an. »Und dann?« fuhr er fort. »Was dann, Gowenna?« In seiner Stimme war plötzlich ein gereizter, aggressiver Unterton. »Was ist das, dort unten? Und was erwartet uns dort?«

Gowenna sah auf. Ihr Gesicht zuckte. Eine Sekunde lang hielt Del ihrem Blick stand, dann trat er plötzlich auf sie zu, packte sie bei den Schultern und schüttelte sie so heftig, daß Skar ihn instinktiv zurückriß. Gowenna wankte, griff haltsuchend nach einem Felsen und fand im letzten Moment ihr Gleichgewicht wieder.

Wütend schlug Del Skars Hand beiseite und trat abermals auf Gowenna zu. »Ich habe dich etwas gefragt«, sagte er drohend. »Also?«

Gowenna schluckte. Ihr Blick suchte den Skars und wurde flehend. Skar sah weg.

»Skar hat... hat recht«, brachte sie stockend hervor. »Das dort unten ist Velas Ziel. Der Ort, an den sie... gerufen wurde. Das weiße Labyrinth.«

»Dafür, daß du nichts weißt, weißt du eine Menge«, knurrte Del. »Aber das beantwortet meine Frage nicht, Gowenna – *was* ist das?« Er ergriff sie abermals bei den Schultern, schüttelte sie aber diesmal nicht, sondern begnügte sich damit, sie grob herumzudrehen und festzuhalten, so daß sie auf die glitzernde weiße Einöde hinuntersehen mußte.

»Und Helth?« fragte er. »Was ist mit ihm? Wird er dort unten auf uns warten – oder vielleicht deine Eisfreunde oder der Dronte?«

»Laß mich los«, bat Gowenna. »Du tust mir weh.«

Zu Skars Überraschung ließ Del sie wirklich los, ergriff sie jedoch gleich darauf wieder am Arm und drehte sie abermals herum. Gowennas Gesicht zuckte vor Schmerzen, und für einen ganz kurzen Moment stieg Zorn in Skar auf. Aber er zwang sich dazu, ruhig dabeizustehen und zuzuhören.

Gowenna begann sich unter Dels Griff zu winden. »Ich weiß nichts von Helth«, keuchte sie. »Ich… Skar – hilf mir, bitte!«

Skar seufzte, trat neben Del und drückte dessen Hand mit sanfter Gewalt herunter. Del fauchte wütend, ließ es aber trotzdem geschehen. Seine Lippen bebten vor Wut. »Gowenna, bitte«, wandte Skar sich ihr zu. Seine Stimme klang flach und dünn; er hätte Zorn verspüren müssen oder wenigstens Ärger. Aber er fühlte nichts. Nur Kälte. »Ich habe nicht mehr die Kraft, auch noch gegen dich zu kämpfen. Sage uns, was du weißt und warum wir überhaupt hier sind. Und wenn schon nicht unseretwegen, dann« – er deutete mit einer Kopfbewegung nach hinten, wo die Männer der SHAROKAAN standen und die für sie stumme Szene mit ausdruckslosen Gesichtern verfolgten – »um ihretwillen. Oder bedeuten dir diese vierunddreißig Menschenleben gar nichts mehr?«

Gowenna starrte ihn an. Der Ausdruck in ihrem Blick sollte Trotz sein, aber er war es nicht. Sie zitterte. »Du verstehst nichts«, murmelte sie.

»Dann hilf ihm«, sagte Del wütend. »Ich bin sicher, er wird dich verstehen, wenn du endlich die Wahrheit sagst.«

»Sei still«, gebot Skar rasch. Zu Gowenna gewandt, fuhr er fort: »Du wußtest, was uns erwartet, nicht? Du wußtest vom Dronte, und du wußtest von diesem… diesem Etwas da unten. Was hat das alles zu bedeuten? *Wo ist Vela?*«

»Ich weiß es nicht«, murmelte Gowenna. Diesmal klang es ehrlich.

»Du lügst«, behauptete Del. »Du hast im Fieber gesprochen, Gowenna. Entweder lügst du jetzt, oder du hast heute morgen gelogen. Aber ich habe noch nie von einem Fall gehört, in dem ein Mensch im Fieber die Unwahrheit gesagt hätte.«

Es dauerte lange, bis Gowenna antwortete. Als sie es tat, sah sie Skar an, nicht Del. »Vela ist völlig unwichtig«, erklärte sie. »Du hattest recht, als du gesagt hast, sie hätte nicht mehr die Kraft, noch einmal zu kämpfen. Ich... ich glaube, sie wird sterben, Skar.«

»Und warum sind wir dann hier?« wollte Del wissen. Skar warf ihm einen raschen, warnenden Blick zu, den Del wütend erwiderte. Aber wenigstens hielt er den Mund.

»Es ist wegen...« Wieder brach sie ab und blickte an Skar vorbei. Ihre Mundwinkel zuckten. »Wegen des Kindes«, stieß sie schließlich hervor. »Die Gefahr ist das Kind, nicht Vela.«

»Das Kind?« ächzte Del. »Welche Gefahr soll von einem ungeborenen Kind ausgehen?«

»Keine«, antwortete Gowenna. Ihre Lippen bewegten sich kaum beim Sprechen. »Aber wenn es geboren ist, wird es schlimmer und tödlicher sein, als Vela jemals hätte werden können. Es wird ein Kind des Schreckens sein, Skar, ein Werkzeug des Bösen, gegen das alle Dämonen, die Vela heraufbeschworen hat, zu einem Nichts verblassen.«

Skar hatte plötzlich das Bedürfnis zu lachen, schrill, laut und hysterisch zu lachen. Aber er brachte keinen Laut hervor. Gowenna hatte nur ausgesprochen, was er schon lange Zeit insgeheim wußte. Dieses Kind war sein Erbe. Der Erbe des *Dinges,* das in ihm schlummerte.

»Das da unten«, fuhr Gowenna nach einer Weile fort, und er hörte ihre Stimme nur dünn, wie durch einen unsichtbaren, dämpfenden Schleier hindurch, »ist *Cor-ty-cor,* die Festung der Sternengeborenen. Ihr wart in Combat, und ihr habt gesehen, mit welchen Waffen sie gegen die Alten gekämpft haben. Feuer. Es war das Feuer der Sterne, Skar, das sie aus ihrer Heimat mitgebracht und gegen die Menschen geschleudert haben, und die Alten wehrten sich mit Eis und Kälte.«

Feuer und Eis, dachte Skar. Wo hatte er diese Worte schon einmal gehört? Tantor. Es war Tantor, der Zwerg, gewesen, der sie benutzte, immer und immer wieder, aber er hatte ihnen keine Bedeutung zugemessen. Plötzlich fiel ihm ein, wie wenig er im Grunde noch immer über ihn wußte. Seinen Namen, nicht mehr. Er war sicher, daß Tantor ihnen mehr hätte sagen können. Aber Tantor war tot.

»Festung«, murmelte Del fassungslos. »Das...«

»Was du siehst«, unterbrach ihn Gowenna, »sind ihre Ruinen. Sie war aus Eis und Dunkelheit gebaut, und sie versank in Eis und Schweigen, als alles vorbei war. Sie ist tot, Del. Und ihre Bewohner schlafen.«

Del wollte erneut auffahren, aber diesmal brachte Skar ihn sofort zum Schweigen. Es war das zweite Mal, daß Gowenna ein Wort benutzte, das nicht paßte, und er war sicher, daß es kein Zufall war.

»Was bedeutet das?« fragte er: »Schlafen?«

»Das, was es bedeutet«, antwortete Gowenna ausweichend. »Sie schlafen nur, Skar. Sie sind nicht tot, sowenig wie die Hornkrieger Tuans. Keine Macht dieser Welt wäre stark genug, sie zu töten, denn sie sind der Tod.«

Skar widersprach nicht. Gowennas Worte hörten sich ebenso auswendig gelernt wie lächerlich an, aber er hatte den Dronte gesehen, hatte seinen Atem gespürt und im gleichen Moment *gewußt,* daß keine Macht des Universums dieses Wesen wirklich vernichten konnte. Vielleicht nicht einmal die Götter selbst. »Und Vela hat sie geweckt«, flüsterte er.

Gowenna verneinte. »Diese Macht hatte sie nicht«, sagte sie ernst. »Hätte sie es getan, Skar, dann wären wir alle nicht mehr am Leben. Die Großen Alten haben ein Jahrtausend gegen sie gekämpft, und nicht einmal sie konnten sie besiegen. Sie haben sie in Schlaf versetzt, einen Schlaf, der bis ans Ende der Zeiten dauern sollte. Der Dronte und die Heerscharen Tuans sind nur niedere Wesen, Diener derer, die *Cor-ty-cor* erschufen und Krieg gegen die Menschen führten, Skar. Einige von ihnen leben noch, so wie der Dronte und andere. Aber sie sind es nicht, vor denen ich mich fürchte. Es ist das Kind, Skar. Hast du vergessen, was Vela dir erzählt hat?«

O nein, das hatte er nicht. Ihre Worte klangen so deutlich in ihm nach, als stünde sie unsichtbar neben ihm und wiederholte sie immer und immer wieder: *Ein paar von ihnen überlebten. Nur wenige – vielleicht fünfzig, verteilt über den ganzen Planeten. Sie vergaßen ihr Erbe und ihre Herkunft, aber sie lebten weiter.*

In ihm.

Und in seinem Kind...

»Was wird geschehen, wenn... wenn es geboren wird?« fragte er mühsam.

»Das weiß ich nicht, Skar«, erwiderte Gowenna. »Niemand weiß das. Vielleicht nichts –« Sie lachte, leise und bitter. »Eine Zeitlang haben wir uns an die Hoffnung geklammert, es wäre so. Das Kind könnte geboren werden und ganz normal aufwachsen, so wie du. Aber es wird anders kommen, Skar. Wir... waren im Zweifel, und was geschehen ist, beweist mir, daß unsere Sorgen berechtigt waren. Vela hat die Sternengeborenen nicht wecken können, aber sie hat *etwas* geweckt, und dieses Etwas hat Gewalt über sie erlangt, lange bevor du sie in Tuan getroffen hast. Es war alles geplant, Skar: das Kind, deine Flucht, ich glaube, sogar ihre Niederlage. Sie war nichts als ein Werkzeug, das geopfert werden konnte.«

»Und dieses Kind...«, begann Skar halblaut, schüttelte den Kopf und blickte mit neu erwachendem Schrecken auf die bizarre Eislandschaft zu seinen Füßen herab. *Cor-ty-cor,* dachte er. *Combat. Urcoun. Tuan. Der Dronte.* Seine Gedanken begannen einen wilden Tanz aufzuführen. War denn diese ganze Welt ein Irrenhaus?

»...könnte die Macht haben, sie zu erwecken«, vollendete Gowenna, als Skar nicht weitersprach. »Es darf nie geboren werden. Nicht hier.«

»Einen Moment«, unterbrach sie Del mit einem ebenso wütenden wie verwirrten Seitenblick auf Skar. »Auch wenn ich nur die Hälfte von dem verstehe, was ihr beide da redet – aber wenn dieses Kind so gefährlich ist, warum habt ihr es ihr dann nicht genommen? Die Errish haben die Möglichkeit –«

»Es hätte gegen unseren Glauben verstoßen, Del«, sagte Gowenna ernst. »Dieses Kind kann nichts dafür, daß man es mißbraucht, und das Leben ist uns heilig, auch das ungeborene.«

»Aber das ist doch –«

»Und es hätte nichts genutzt«, fuhr Gowenna ungerührt fort. »Die Macht ist schon in ihm – welche Macht es auch immer sein mag, Del. Selbst wenn wir Vela jetzt wiederfinden, könnten wir die Entwicklung nicht mehr aufhalten. Es würde nichts nutzen, das Kind zu töten. Was immer sie geweckt hat, Del, ist in ihm. Tötest du es, wäre es frei.«

»Aber dann –«

Gowenna unterbrach ihn erneut. »Deshalb wollten wir, daß Vela ihr Kind im Berg der Götter bekommt, Del. Wir können es nicht töten. Wir können nur dafür sorgen, daß die Macht, die es einmal haben wird, in den richtigen Händen liegt.« Sie lächelte. »Du solltest wissen, worüber ich rede, Satai. *Lenke eine Kraft um, wenn du sie nicht brechen kannst.*«

Dels Miene verfinsterte sich, aber Gowenna sprach weiter, ehe er

Gelegenheit zu einer Entgegnung hatte. »Das ist doch einer der drei Grundsätze eurer Philosophie, nicht? Der Schaden, den sie angerichtet hat, ist nicht rückgängig zu machen. Sie wollte dieses Kind als Waffe, und es wird geboren werden. Aber diese Waffe kann sich genausogut gegen die richten, die sie erschaffen haben.«

»Und wenn es hier geboren wird?«

Gowenna schwieg, aber es war ein Schweigen, das seine eigene Sprache sprach.

»Was ist, wenn es hier geboren wird?« fragte Skar noch einmal. »Was wird dann geschehen?«

Gowenna senkte den Blick. »Noch vor zwei Tagen hätte ich mir einzureden versucht, daß wir dann noch eine Chance hätten«, antwortete sie, sehr leise und in einem Tonfall, der Skar frösteln ließ. »Aber jetzt...« Sie schüttelte den Kopf, trat einen Schritt zur Seite und lehnte sich mit der Schulter gegen den eisglitzernden Felsen. »Ihr habt den Dronte erlebt. Die Wesen, die erwachen könnten, werden tausendmal schlimmer sein.«

»Aber das ist doch geradezu hirnrissig!« warf Del ein. »Bei allen Göttern, Gowenna – wenn du all das gewußt hast, was hattest du dann vor? Warum hast du uns durch diese Hölle marschieren lassen? Um uns *das da* zu zeigen?«

Gowenna blickte traurig hinunter auf die glitzernden Ruinen von Cor-ty-cor, auf die Dels ausgestreckter Arm wies. »Nein«, sagte sie. »Aber was sollten wir denn tun? Auf dem Wrack der SHAROKAAN bleiben und warten, bis einer nach dem anderen gestorben wäre?«

»Und was willst du hier tun?«

»Ich weiß es nicht. Ich... ich hatte gehofft, den Hafen zu finden, von dem die alten Lieder berichten. Cor-ty-cor liegt am Meer, und in einem Hafen gibt es Schiffe.«

»Schiffe!« keuchte Del. »Eine ganze Flotte kleiner Dronte-Kinder, wie? Und du hättest eines von ihnen an die Leine genommen, und –«

»Del, bitte.« Skar seufzte hörbar. Gowenna hatte recht – wo es einen Hafen gab, *konnte* es Schiffe geben, und sie waren verzweifelt genug, um nach einem Strohhalm greifen zu müssen. Draußen am See wäre ihnen der Tod gewiß gewesen.

»Außerdem sehe ich keinen Hafen«, murrte Del.

»Er ist da, und es ist nicht einmal mehr sehr weit«, antwortete Gowenna ruhig. »Er liegt unter der Erde, Del, so wie fast alles, was die Sternengeborenen erbaut haben. Wir könnten ihn in wenigen Stunden erreichen.«

Del zog eine Grimasse. »Aber das wäre zu einfach, wie?«

»Wir müssen Vela finden. Es kann sein, daß es nichts mehr gibt, wohin wir uns wenden könnten, wenn wir ein Schiff nehmen und davonsegeln würden.« Sie sprach ernst, und diesmal schien selbst Del zu spüren, daß sie von ihren Worten überzeugt war. Er erwiderte nichts mehr.

»Wieviel Zeit ist noch«, fragte Skar, »bis das Kind geboren wird?«

»Ein paar Wochen – unter normalen Umständen. Aber ich fürchte, es wird eher kommen.«

»Und selbst wenn nicht, könnten wir keine paar Wochen nach ihr suchen«, murmelte Del. Er sah wieder auf die schimmernde Stadt aus Eis herab und ballte in ohnmächtigem Zorn die Fäuste. »Da unten kann sich eine Armee verstecken – und du willst einen einzelnen Menschen finden?« Er lachte böse. »Die Männer werden nicht mehr aufstehen, wenn sie sich noch einmal zum Schlafen niederlegen. Das heißt, wir müssen sie heute finden. In wenigen *Stunden*, Gowenna. Und du weißt, daß das unmöglich ist.«

»Ich werde wissen, wenn wir uns ihr nähern«, behauptete Gowenna. »Und Skar auch.«

Del sah überrascht auf. »Du –«

»Nicht Vela – aber dem Kind.« Gowennas Stimme hatte plötzlich etwas Beschwörendes, aber als er sie ansah, war in ihrem Gesicht nur Müdigkeit, und er begriff, daß er selbst es war, die Furcht in ihm, die ihren Worten den Klang eines unseligen bösen Omens verlieh.

»Ist das wahr?« fragte Del.

Skar lächelte und widerstand im letzten Moment der Versuchung, sich umzudrehen, damit Del die Unsicherheit auf seinen Zügen nicht mehr sehen konnte. »Natürlich«, sagte er in übertrieben erheitertem Tonfall. »Hast du noch nie etwas von Vatergefühlen gehört?«

Del blieb ernst. »Doch«, sagte er. »das habe ich. Aber ich habe allmählich die Nase voll davon, auf klare Fragen nur Rätsel zur Antwort zu bekommen, Skar.« Er schwieg einen Moment, trat dann zwischen sie, als wäre er in der Arena und darum bemüht, den Blickkontakt zwischen zwei Kämpfern zu unterbrechen, und starrte Skar an. »Auf welcher Seite stehst du eigentlich?«

Skar drehte sich um. Er konnte spüren, daß die Kluft zwischen ihnen wieder da war, tiefer und unüberbrückbarer als zuvor. Sie war niemals geschlossen gewesen. Die scheinbare Gefahr hatte sie für ein paar kurze flüchtige Momente zusammengeschweißt, aber es war nichts als Gewohnheit gewesen, vielleicht nicht einmal mehr als ein Reflex. Del war und blieb der Fremde, den er seit dem ersten Tag ihrer Reise in ihm gesehen hatte. Mit einem Male ertrug er es nicht einmal mehr, ihm in die Augen zu sehen. »Ich wollte, ich wüßte es«, flüsterte er.

»Auch eine Art, *nicht* zu antworten«, bemerkte Del böse. Aber der Zornesausbruch, mit dem Skar gerechnet hatte, blieb aus. Vielleicht hatte auch er nicht mehr die Kraft dazu.

»Wir müssen weiter«, entschied Skar. Angesichts der gewaltigen weißen Einöde unter ihm kamen ihm seine eigenen Worte beinahe wie böser Hohn vor. »Wie weit ist es bis zu diesem Hafen, Gowenna?«

»Fünf Meilen, vielleicht sechs.« Gowenna hob die Hand und wies nach Nordwesten. Skar versuchte, in der angegebenen Richtung etwas zu erkennen, aber obwohl die Luft über dem weißen Labyrinth klar wie Kristall war, vermochte er nicht weiter als zwei, allerhöchstens drei Meilen zu sehen. Alles, was dahinter lag, verschmolz mit den bizarren Formen Cor-ty-cors. Es war ein Anblick, der durchaus geeignet war, den Geist eines Menschen zu verwirren, sah man zu lange hin.

»Du erwartest doch nicht im Ernst, daß ich auch nur einen Fuß in dieses... dieses *Ding* setze«, fuhr Del auf. »Eine perfektere Falle ist mir noch nie begegnet. Helth kann uns da unten einen nach dem anderen erledigen, ganz wie es ihm gefällt.«

Skar schüttelte heftig den Kopf. »Glaubst du ernstlich, daß er allein und praktisch ohne Waffen in dieser Hölle überleben und einen Privatkrieg gegen uns führen kann?« fragte er. »Das ist doch lächerlich. Vermutlich ist er längst tot. Und wenn nicht, wird er in wenigen Stunden sterben.« Er deutete nach Süden. Der Himmel über dem Meer hatte sich schwefelgelb gefärbt. Das Meer war in grauem Dunst versunken, Horizont und Himmel miteinander verschmolzen. Die Luft roch durchdringend nach Schnee. »Ich fürchte, wir werden dort unten Unterschlupf suchen müssen, ob wir wollen oder nicht. Dort hinten zieht ein mächtiger Sturm auf.«

»Wie praktisch.« Del ballte die Faust und stieß die Luft durch die Nase aus. »Und genau im richtigen Moment, nicht wahr?«

»Jetzt werde bitte nicht albern«, versetzte Skar grob. »Für den Sturm können weder Gowenna noch Helth. Vielleicht hilft er uns sogar. Wir werden irgendwo Deckung finden, aber mit etwas Glück schafft er uns diesen Verrückten vom Hals.«

»Und wenn Vela nicht dort ist?« versteifte sich Del. »Sieh dir diesen Irrgarten doch an! Wer sagt dir, daß wir sie finden, wenn wir den Hafen erreichen – vorausgesetzt, er existiert überhaupt?«

»Er existiert«, behauptete Gowenna rasch. »Und wir werden sie dort treffen, Del. Sie ist so wie wir darauf angewiesen, Cor-ty-cor zu verlassen, wenn sie überleben will. Sie und das Kind.«

Skar wußte genau, daß Gowennas Worte nichts als ein verzweifelter Versuch waren, sich selbst zu belügen – und vielleicht Del zu beschwichtigen. Velas Leben spielte längst keine Rolle mehr, so wenig wie das des Kindes. Es genügte, wenn es geboren wurde und das Erbe, das es trug, denen übergab, die darauf warteten. Aber Del widersprach diesmal nicht mehr, und auch Skar schwieg.

»Hol die Männer herauf«, sagte er nach einer Weile. »Wir müssen eine passende Deckung finden, ehe der Sturm losbricht.«

Del grunzte irgend etwas, das er nicht verstand, fuhr auf dem Absatz herum und begann den Hang hinabzulaufen. Eis und Schnee behinderten ihn, noch mehr als während des Aufstieges, aber er war wütend genug, beides zu ignorieren und stürmte mit weit ausgreifenden Schritten zu den wartenden Freiseglern hinunter. Prompt kam er in dem lockeren Pulverschnee ins Rutschen, schlug lang hin und schlitterte ein gehöriges Stück talwärts, ehe er Halt fand und wieder auf die Füße kam.

Skar wartete, bis er ganz sicher war, daß sich Del außer Hörweite befand, ehe er sich wieder zu Gowenna umdrehte. »Du weißt, daß ich ihn belogen habe, nicht?« fragte er.

»Hast du das?« Gowenna wich seinem Blick aus.

»So wie du«, knurrte Skar verärgert. »Verdammt, Gowenna – ich beginne mich zu fragen, ob Del nicht recht hat und ich mir meine Verbündeten auf der falschen Seite suche. Del und ich waren einmal Freunde.«

»So wie wir.«

Die Worte stachen wie kleine dünne Messer in seine Brust. »Das war etwas anderes«, knurrte er. »Vielleicht erfüllt es dich mit Stolz, wenn ich dir sage, daß es vor dir noch niemandem gelungen ist, mich soweit zu bringen, Del zu belügen.«

»Aber das tust du doch gar nicht, Skar«, antwortete Gowenna leise. »Du belügst dich doch nur selbst.«

»Du –«

»Du scheinst mich für blind zu halten, Skar, oder dumm. Aber ich bin weder das eine noch das andere«, fuhr sie ungerührt fort. »Del ist nicht mehr der, den du gekannt hast, und du weißt es. Und du weißt auch, daß die Schuld daran nicht bei den Sumpfleuten oder Vela zu suchen ist. Er hat sich verändert, und du versuchst ihn mit Gewalt wieder zu dem zu machen, was er einmal war. So wie du in mir die Frau sehen willst, die ich nicht mehr bin. Ich bin mir nicht sicher, ob ich es jemals war, Skar.«

»Lenk nicht ab.« Er wußte selbst nicht, wieso, aber Gowennas Worte taten weh. Sehr weh.

»Das tue ich nicht, Skar. Du wirfst uns vor, wir hätten uns verändert – und du? Was ist aus dem Mann geworden, der mit mir in Combat war? Der Elay gestürmt und Velas Macht gebrochen hat, ganz allein? Wo ist der Satai geblieben, der für die Gerechtigkeit gekämpft hat und –«

»Hör auf«, rief Skar. Seine Stimme zitterte. Gowenna gehorchte, aber sie starrte ihn weiter an, der Blick ihrer Augen – des rechten, sehenden und des linken, erloschenen – sprach weiter; Worte, die er nicht zum Verstummen bringen konnte.

»Was willst du tun, wenn du sie findest?« fragte er mühsam. »Ich will die Wahrheit wissen, Gowenna. Nicht wieder: Ich weiß es nicht. Vielleicht hat es dir Del geglaubt, aber ich nicht. *Was wirst du mit ihr machen?*«

»Das einzige, was zu tun bleibt«, antwortete Gowenna ernst, »falls wir sie finden, bevor das Kind geboren wird.«

Der Sturm brach los, als sie nach einer halben Stunde tief in die Stadt eingedrungen waren, und er war – wie alles, dem sie auf dieser Insel am Ende der Welt begegnet waren – extrem. Der Himmel wurde erst gelb, dann grau und wenig später schwarz, wie eine brodelnde Decke, die sich über den glitzernden Skulpturen Cor-ty-cors ausbreitete.

Skar hatte niemals einen Sturm wie diesen erlebt. Der Wind steigerte sich in wenigen Augenblicken zum Orkan und überschüttete sie mit unablässigen Hagelschauern von Schnee und winzigen scharfen Eiskristallen, die sich wie Glassplitter in ihren Haaren und Kleidern festsetzten und ihre Haut zerschnitten, wo sie sie ungeschützt und mit der ganzen Kraft, mit der sie der Sturm peitschte, trafen, und in immer schnellerer Folge zuckten Blitze aus den Wolken herab, ohne in die Erde oder in einen der gekrümmten Eisfinger, die die Stadt in den Himmel reckte, auch nur einmal einzuschlagen. Das Gespenstischste aber war die Lautlosigkeit, mit der dies alles geschah. Die Wolken brodelten wie ein schwarzgrauer Hexenkessel über der Ebene, so tief, daß Skar glaubte, nur den Arm ausstrecken zu müssen, um seine Hand in der wabernden schwarzen Masse versinken zu sehen, und der Sturm fing sich in den bizarr gekrümmten Gassen und Wegen, die zwischen den Eisruinen hindurchführten wie in einem Windkanal und gewann so noch zusätzlich an Kraft – und trotzdem war von alledem kaum mehr zu hören als ein dumpfes Rauschen und Brausen, das nicht viel intensiver war als der Laut einer noch weit entfernten Meeresbrandung. Anders als normales Eis reflektierte die blitzende Masse rings um sie herum den Schall nicht, sondern sog ihn auf und verschluckte ihn wie ein gewaltiger weißer Schwamm. Skar war schon zuvor aufgefallen, wie lautlos ihr Vormarsch vonstatten ging: Nicht einer von ihnen hatte noch Kraft oder gar Lust zum Reden gehabt, aber sie waren immerhin siebenunddreißig, und trotzdem war das Geräusch ihrer Schritte auf dem harten Eis beinahe unhörbar gewesen. Aber da hatte er seiner Beobachtung keine Bedeutung zugemessen. Und wahrscheinlich hatte sie auch keine – außer der, das Rätsel dieser Insel noch weiter zu vergrößern und der Liste des Unerklärlichen, dem sie begegnet waren, einen weiteren Punkt hinzuzufügen.

Del, der wenige Schritte vor ihm ging, wandte den Kopf, hielt die Hand schützend vor das Gesicht und schrie etwas; Skar erkannte es nur an seinen Lippenbewegungen. Die senkrechte weiße Wand, in deren Windschatten sie sich vorwärts tasteten, verschluckte seine Worte und ließ eine stumme Pantomime daraus werden. Skar schüttelte den Kopf, deutete auf sein Ohr und schüttelte wieder den Kopf; mit der übertriebenen Art, deren sich Menschen bedienen, die auf Gesten angewiesen sind. Del verstand. Vorsichtig, die linke Hand haltsuchend an die Wand gepreßt, um nicht durch eine plötzliche Böe von den Füßen gerissen zu werden, drehte er sich um, schützte die Augen mit der anderen Hand gegen die heranrasenden Eissplitter und Schneekristalle und wandte Skar vollends das Gesicht zu. Solange sie in direktem Blickkontakt zueinander standen – wenigstens das hatten sie herausgefunden –, war eine Verständigung möglich.

»Wir... ...ssen ...ein Versteck suchen!« brüllte Del. »Der Sturm wird noch stä... er!« Er sagte noch mehr, aber Skar verstand nur Fetzen – seine Stimme klang noch immer seltsam verzerrt und so dumpf, daß Skar die Worte mehr erriet als wirklich hörte. Es war ein Gefühl, als hätte er Wasser in den Ohren. Ein äußerst unangenehmes Gefühl. Er nickte, hob den Kopf und blinzelte in die tobenden Sturmböen. Sie waren eine halbe Stunde lang durch diesen bizarren weißen Irrgarten gelaufen, ehe der Sturm sie eingeholt hatte, aber es war Skar mit jedem Schritt schwerer gefallen, wirklich zu glauben, daß dies eine Stadt sein sollte. Die Gebilde, die ihren Weg flankierten, schienen vollkommen willkürlich geformt. Anders als bei der Ruine, in der sie draußen auf dem Eis übernachtet hatten, war hier nicht mehr zu erkennen, was künstlich geschaffen und was im Laufe der Jahrhunderte entstanden war – die Mächte, die den eisigen Tod über Cor-ty-cor gebracht hatten, waren hier gründlicher gewesen. Ein paarmal hatte er geglaubt, eine vertraute Form zu erkennen – eine Treppe, ein Stück eines Turmes, ein Fenster. Aber er war sich nie sicher gewesen. Die Vielfalt der Formen war so gewaltig – und die Phantasie, die Eis und Stürme bei der Erschaffung ihrer Geschöpfe entwickelt hatten, so überschwenglich –, daß vielleicht gerade das, was er wiederzuerkennen glaubte, nichts als eine zufällige Ähnlichkeit war.

Er blickte zurück. Die Freisegler bildeten eine lange, vielfach unterbrochene Reihe gebückt gehender Gestalten, die letzten bereits in wirbelndem Schnee und Sturm verschwunden. Sie hatten bisher keinen Mann verloren, aber das war reines Glück, mehr nicht. Wenn der Sturm noch an Gewalt zunahm, würde ein Dutzend Tote ihren Weg markieren. Del hatte recht.

Er ging ein paar Schritte weiter, blieb abermals stehen und deutete auf ein niedriges, entfernt kuppelförmiges Etwas, das wie der Buckel eines urzeitlichen Panzertieres wenige Schritte entfernt aus dem Eis ragte. Durch die wirbelnden weißen Schwaden erkannte er einen schmalen, halbrunden Eingang, hinter dem er die Wände eines weitläufigen Innenraumes zu erkennen glaubte. »Dort!« brüllte er.

Del nickte und wollte losgehen, aber Gowenna hielt ihn zurück, schüttelte heftig den Kopf und begann zu gestikulieren, als sie merkte, daß weder Del noch Skar ihre Worte verstanden. Gebückt und gegen die Gewalt des Sturmes absurd stark zur Seite geneigt, taumelte sie an Skar vorüber, sah sich ungeduldig um und deutete schließlich auf ein formloses weißes Gebilde fünfzig Schritte weiter.

Skar widersprach nicht. Er war sicher, daß Gowenna ihre Gründe hatte, und es blieben ihnen weder Zeit noch Kraft, darüber zu diskutieren – es diskutierte sich auch schlecht, wenn man nicht miteinander reden konnte. Er signalisierte mit den Händen seine Zustimmung, stemmte sich gegen den Orkan fünf, zehn Schritte zurück und blieb stehen, um die Männer einzuweisen. Es wäre nicht nötig gewesen – es war sowieso kaum einer unter ihnen, der noch darauf achtete, was um ihn vorging. Sie folgten einfach stur dem Vordermann, ganz gleich, wohin er gegangen wäre – aber er fühlte sich trotz allem noch für sie verantwortlich. Ein paar von ihnen waren so schwach, daß sie kaum mehr die Kraft hatten, sich auf den Beinen zu halten.

So war er der letzte, der in den Schutz der Eisruine hineinstolperte und sich mit einem erschöpften Keuchen gleich hinter dem Eingang zu Boden sinken ließ. Er sah nicht viel von seiner Umgebung: Was er wahrnahm, war weiß, Formen und blinkende sinnlose Flächen von grausam hellem Weiß, und er wunderte sich beinahe, daß noch keiner der Männer schneeblind geworden war. Für einen Moment – wie oft in Augenblicken der Entspannung – drohten ihn seine Kräfte vollends zu verlassen, Müdigkeit hüllte ihn ein und begann seine Gedanken zu umnebeln, aber er kämpfte die Erschöpfung nieder und zwang sich, noch einmal aufzustehen und zu Gowenna hinüberzugehen. Sie war ein paar Schritte weiter getaumelt als er und die meisten Männer, aber trotzdem dicht beim Eingang geblieben. Del war bei ihr. Er war nicht von ihrer Seite gewichen, seit sie den Paß überschritten hatten, aber er machte keinen Hehl daraus, daß er jetzt als Bewacher bei ihr blieb, nicht als Helfer. Es schien Gowenna auch nichts auszumachen.

Skar stakste ungeschickt zwischen den kreuz und quer auf dem eisigen Boden liegenden und sitzenden Männern hindurch und ging vor Gowenna in die Hocke. Sie hatte sich auf eine schmale Eiszunge gesetzt, die aus einer der Wände wuchs – eine von zahllosen bizarren Formen, über deren Sinn und Zweck er schon lange nicht mehr nachdachte –, und war zusammengesunken, die Arme auf die Oberschenkel gestützt, Kopf und Oberkörper so weit nach vorne geneigt, daß sie eigentlich hätte vornüber kippen müssen. Ihr Atem ging rasch; jetzt, als er direkt vor ihr kniete, hörte er es.

Gowenna spürte seine Nähe und sah auf. Eiskristalle glitzerten auf ihrer Haut und gaben ihrem Gesicht etwas Maskenhaftes.

»Was ist das hier?« fragte Skar. Seine Worte versickerten in den Wänden. Eine bizarre, fremdartige Akustik war hier drinnen deutlich zu spüren. Trotzdem verstand ihn Gowenna.

Der Raum, in dem sie Unterschlupf gefunden hatten, war niedrig, aber groß. Das Eis über ihm war klar wie Glas, aber etwas in ihm führte seinen Blick in die Irre, so daß er nicht erkennen konnte, was darüber lag. Del würde nicht aufrecht hier stehen können, ohne gegen die Decke zu stoßen, aber die gegenüberliegenden Wände des Saales verloren sich in der Entfernung, so daß Skar nicht sicher war, was von dem, was er sah, wirklich und was Schatten war. Er war verwirrt. Von außen hatte das Gebäude klein ausgesehen.

Gowenna bewegte die Lippen. Skar winkte ab, legte behutsam die Hand unter ihr Kinn und drehte ihren Kopf so, daß sie ihn direkt ansah. Er spürte, wie sie unter der Berührung seiner Finger zusammenzuckte.

»...ffe, einer der Zugänge«, verstand er. Sein Herz hämmerte, und das dumpfe Rauschen seines eigenen Blutes füllte seine Ohren und machte es zusätzlich schwer, ihre Worte zu verstehen.

»Was für ein Zugang? Zum Hafen?«

Gowenna nickte. »Es gibt viele Wege, um hinunterzugelangen«, antwortete sie. »Meist sind sie in Türmen wie diesen. Ich... werde danach suchen. Laß mich nur einen Moment ausruhen.«

»Ich glaube, wir können alle eine Pause vertragen«, mischte sich Del ein. Er setzte sich auf, massierte grimassenschneidend seinen Nacken und bewegte die Finger, einzeln und nacheinander, als hätte er Angst, sie könnten schon zu steif und damit unbrauchbar geworden sein. Es war Skar ein Rätsel, wie es möglich war, Gowennas Worte zu verstehen. Vielleicht hatte er sie auch einfach erraten. Es war nicht schwer. »Wir sollten warten, bis der Orkan vorüber ist.«

»Wenn wir so viel Zeit haben..., aber du hast recht. Die Männer sollen ausruhen, solange der Sturm tobt. Können wir Feuer machen?«

Del nickte. »Selbstverständlich. Wenn du weißt, wie man Eis zum Brennen bringt, heißt das.«

Skar überging die Bemerkung und drehte den Kopf wieder zu Gowenna. »Dieser Zugang – wo liegt er?«

Gowenna fuhr auf. »Bei allem, was heilig ist, Skar – woher soll ich das wissen? Ich war sowenig hier wie du oder irgendein anderer. Es kann Dutzende von Türmen wie diesen hier geben. Wir sind eine Meile über der Stadt, vergiß das nicht.« Sie sprach schnell und laut und gereizt, aber es war ein Zorn, der nur ihrer Erschöpfung entsprang. Nicht genug, sie zu einer Unbedachtsamkeit zu verleiten. »Wenn es ihn gibt, dann muß es eine Treppe sein, vielleicht auch nur eine Rampe – was weiß ich.«

Skar zwang sich mit Gewalt, ruhig zu bleiben. Schließlich war *er* es, der *sie* aus der Reserve locken wollte, nicht umgekehrt. »Dann werden wir danach suchen«, sagte er gepreßt: »Del?«

Del machte keinen Hehl daraus, daß er alles andere als begeistert von Skars Idee war. Trotzdem stand er auf, verschränkte die Finger ineinander und ließ die Gelenke knacken. Seltsamerweise war dieser Laut deutlich zu hören. Einen Moment lang blieb er reglos stehen, dann beugte er sich zu einem der Matrosen hinab, wechselte ein paar Worte mit ihm und deutete auf Gowenna. Der Mann nickte. Gowennas Miene verfinsterte sich sichtlich.

»Wohin?«

Skar sah sich unschlüssig um. Alles um ihn herum war weiß, weiß in allen nur denkbaren und einer ganzen Menge undenkbaren Schattierungen und Tiefen. Er sehnte sich nach Farbe. Selbst das Feuer des Dronte erschien ihm für einen Moment besser als diese erstarrte weiße Einöde.

»Dort entlang.« Skar deutete ziellos nach vorne. Jede Richtung schien so gut wie die andere.

Del nickte; eine knappe, abgehackt wirkende Bewegung, bei der sein Blick dem Skars auswich, sein Gesicht war starr, nur um die Mundwinkel zuckte es manchmal. Skar hatte diesen Ausdruck unzählige Male auf seinen Zügen gesehen: dieses rasche, nur an Del zu beobachtende Nicken und die Art, in der sich seine Finger immer wieder um den Griff seiner Waffe schlossen. Es war Dels ganz persönliche Art, sich (auf einen Kampf?) vorzubereiten. Mit seiner Nervosität fertig zu werden. Er ahnte, was in dem jungen Satai vorging. Es war schlimm genug, zwischen den bizarren weißen Gebilden draußen auf dem Eis herumgehen zu müssen. Ins Innere dieses Monstrums aus Eis und erstarrter Furcht vordringen zu sollen war ein Alptraum. Und für einen kurzen, ganz kurzen Moment glaubte er dem alten Del gegenüberzustehen, spürte er einen schwachen Hauch dieses vertrauten, warmen Gefühles, das sie einst verbunden hatte.

»Komm.«

Das Wort ließ die Illusion zerplatzen. Skar nickte, kramte eine Fackel aus seinem Bündel und suchte nach Feuersteinen. Er fand keine, hob resignierend die Schultern und legte die Fackel zurück. Sie würden nicht so tief in das Gebäude vordringen, um sie zu brauchen.

Sie ließen Gowenna und die Freisegler zurück und machten sich auf den Weg ins Innere des blitzenden Riesenkristalles. »Du weißt schon, daß es nicht viel nutzt, ziellos hier herumzustolpern, nicht?« fragte Del.

Skar nickte. Er wußte selbst nicht so recht, was er zu finden hoffte – vielleicht wollte er einfach nur allein sein. Und er hatte Angst gehabt, einzuschlafen, sobald er sich ruhig hinsetzte.

Nach einer Weile wurde der Boden uneben. Die Decke senkte sich, so daß bald nicht nur Del, sondern auch er gebückt gehen mußten und im Boden gähnten jetzt Löcher, zu perfekt gerundet, um zufällig entstanden zu sein, aber nur wenige Fuß tief. Dann erreichten sie die gegenüberliegende Wand. Skar blieb stehen, drehte sich um und sah zurück in die Richtung, aus der sie gekommen waren. Die Männer waren nicht mehr zu sehen, obwohl sie nur ein paar Dutzend Schritte zurückgelegt hatten.

»Da vorne ist eine Tür«, sagte Del. Skar blickte in die Richtung, in die er wies. Es war ein niedriger, dreieckiger Durchgang, hinter dem die ersten Stufen einer steil in die Tiefe führenden Treppe sichtbar wurden. Sie gingen weiter, blieben aber erneut stehen, als sie den Durchgang erreicht hatten. Del spielte nervös mit seiner Waffe, und das flackernde Licht verlieh seinen Zügen Bewegung, die nicht da war. Skar setzte dazu an, etwas zu sagen, aber Del schüttelte hastig den Kopf; Skar schwieg und lauschte.

Vor ihnen, auf der anderen Seite der schimmernden Wand aus Weiß und finsterer Magie, war etwas. Der Raum dort drüben war nicht still und verlassen, sondern voller Dinge, die nicht dorthin gehörten. Es war nichts Greifbares, nur Geräusche, die die Barriere aus Schweigen unterliefen und vielleicht natürlichen Ursprunges waren, zu denen seine Phantasie aber Bilder erschuf, ohne daß er sich dagegen wehren konnte: Laute wie von fernen Blitzen, die in Wälder fuhren, ein Krachen und Bersten wie von zersplitterndem Eis oder von Kontinenten, die sich aneinanderrieben, das Heulen des Sturmes, das er draußen vermißt hatte und das plötzlich wie ein mühsames Atmen klang. Ein Pochen und Schlagen wie das eines gewaltigen bösen Herzens...

Skar schüttelte die Bilder mühsam ab und versuchte sich einzureden, daß es nichts als Einbildung war, vielleicht ein letzter Schatten des Traumes, den er am Morgen gehabt hatte und der ihm in die Wirklichkeit hinüber gefolgt war und seine Sinne narrte. Aber als er sich aufrichtete und in Dels Gesicht sah, erkannte er, daß er diesmal nicht allein mit seiner Furcht war, daß auch er es spürte und daß es ihn ebenso erschreckte. Vielleicht mehr. Er hatte etwas die ganze Zeit über gefühlt, den Ruf des unseligen Geistes, der diesem Land innewohnte. Für Del war die Stimme dieses finsteren Gottes neu und doppelt erschreckend.

Del machte einen einzelnen Schritt, blieb wieder stehen und zog sein Schwert. Der Stahl fing das weiße Licht des Eises auf und warf es verzerrt zurück an die Wand; für den Bruchteil einer Sekunde glaubte Skar, durch das milchige Eis hindurchsehen zu können, etwas Großes, Gigantisches und Böses zu erkennen, das dort drüben lauerte, mit der Geduld eines finsteren Rachegottes wartete und lauerte...

Skar atmete hörbar ein. Das Flüstern in seinem Inneren wurde lauter, drängender, hatte jetzt eindeutig den Charakter einer Warnung. Für einen Moment ließen die flackernden Lichtblitze die Umrisse seines eigenen Gesichtes auf der Wand vor ihm entstehen. Dann verging es, das Eis war wieder glatt und makellos.

Del atmete hörbar ein und schlug mit dem Schwertknauf gegen die Wand neben dem Durchgang, als hätte er Angst, das Eis könne hinter ihm zusammenbrechen, ehe er gebückt hindurchtrat und vorsichtig den Fuß auf die oberste Stufe setzte. Skar folgte ihm.

Die Treppe führte steil in die Tiefe. Ihre Stufen waren unterschiedlich hoch und in verschiedenen Winkeln zueinander geneigt, das Gehen war schwierig. Das Licht, das hinter ihnen durch die Tür fiel, breitete sich wie eine glitzernde Flüssigkeit in den Wänden aus und ließ sie von innen heraus leuchten. Skar versuchte, die Stufen zu zählen, die sie nahmen, aber irgend etwas schien mit seinen Gedanken zu geschehen: Er verzählte sich, wußte plötzlich nicht mehr weiter und gab es auf.

»Skar!« Dels Stimme wehte geisterhaft verzerrt zu ihm herauf, leise und hallend, als wäre er Meilen unter ihm statt weniger Schritte. »Hier geht es weiter.«

Del deutete mit der Schwertspitze auf ein gezacktes, mannsgroßes Loch in der Wand, zögerte einen Moment und trat dann kurz entschlossen hindurch. Skar beeilte sich, ihm zu folgen.

Der Anblick war überwältigend, von fast betäubender Wirkung. Sie standen auf einem schmalen, an einer Seite im Nichts endenden Sims aus Eis, zu ihren Füßen ein Schacht, der geradewegs in die Hölle hinabzuführen schien. In seiner Mitte erhob sich eine gewaltige zerschrundene Säule aus Eis, hundert oder mehr Manneslängen durchmessend und auf unmögliche Weise zusammengestaucht und in sich selbst verdreht. Skar schwindelte, als er versuchte, an ihr hinabzusehen. Der Schacht mußte mehr als eine Meile in die Tiefe führen; der Fuß der gewaltigen Eissäule verlor sich in wogendem Nebel, und irgendwo unter ihnen leuchtete etwas.

»Endstation«, sagte Del lakonisch. Seine Stimme wurde vom Eis aufgefangen und reflektiert, tausendfach gebrochen und verzerrt. »Hier geht es jedenfalls nicht weiter.«

Der Sims, auf dem sie standen, führte auf einer Seite in kühnem Bogen über den Abgrund und verschmolz mit den obersten Stufen einer steilen, wie ein Schneckenhaus gewundenen Treppe, die in einer endlosen Spirale an der Außenseite des titanischen Pfeilers in die Tiefe führte. Der Anblick erinnerte ihn an die Höhle der Drachen tief unter den Mauern Elays. Aber anders als dort war diese Treppe zerstört; die Stufen endeten nach wenigen Metern im Nichts, zerfetzt und zerbrochen von den gleichen Gewalten, die den Pfeiler zusammengepreßt hatten. Skar war fast erleichtert. Die Vorstellung, über diese Treppe eine Meile oder vielleicht mehr hinabsteigen zu sollen, jagte ihm einen eisigen Schauer über den Rücken.

Skar schluckte, um den bitteren Geschmack, den er auf seiner Zunge spürte, loszuwerden, drehte sich um und trat wieder hinaus auf die Treppe. Der Weg hinauf erschien ihm weiter als der hinunter, und mit jeder Stufe, die er nahm, wurde das Bedürfnis stärker, einfach loszustürmen und zu rennen, so schnell er konnte. Er atmete erleichtert auf, als sie endlich wieder oben in der Halle waren.

Etwas war anders. Es war, als wäre ihnen die Furcht, die sie dort unten überfallen hatte, nachgekrochen und hätte sich in den eisigen Wänden hier oben eingenistet. Anders als noch vor wenigen Augenblicken fingen die glitzernden Eisskulpturen an den Wänden und an der Decke das Licht auf und verstärkten es; der Saal schimmerte wie ein gewaltiger ausgehöhlter Kristall, in dem ein Strahl Sonnenlicht eingefangen war. Skar machte einen Schritt, blieb stehen und tauschte einen beinahe hilflosen Blick mit Del. Das Knistern und Mahlen war noch immer zu hören, aber es gelang Skar nicht, die Quelle des Geräusches auszumachen – es schien aus Boden und Wänden und Decke, ja selbst aus der Luft zu kommen, körperlos und unabhängig von irgend etwas anderem zu entstehen, als hätte es keine Ursache, sondern existierte isoliert. Vielleicht war es kein Geräusch, sondern etwas, das er nur dafür hielt, weil er kein anderes Wort dafür fand. Und es war jetzt auf *dieser* Seite der Wand...

Del drehte sich langsam um seine eigene Achse, streckte den Arm aus und stützte sich an der Wand ab. Das Eis begann unter seinen Fingern zu schmelzen; Dels Körperwärme verwandelte es in Wasser, das in winzigen gezackten Bahnen zu Boden lief und auf halbem Wege wieder gefror. Tausendmal rascher als normal. Der Gedanke blitzte so schnell hinter Skars Stirn auf, als wäre er nicht in ihm entstanden, sondern von außen gekommen; eine Botschaft. Vielleicht eine Warnung.

»Skar«, keuchte Del. »Was... was ist das?« Sein Blick flackerte, und in seiner Stimme war ein leiser, beinahe schon hysterischer Unterton. Seine Fingernägel bohrten sich durch den Umhang in Skars Oberarm, so fest, daß er vor Schmerz aufstöhnte. Del schien es nicht einmal zu bemerken. »Was ist das, Skar?« wiederholte er. Sein Blick saugte sich an einer Stelle unweit des Durchganges fest, und als Skar ihm folgte, erkannte er etwas Dunkles, Wirbelndes hinter dem blitzenden Eis. Felsen, der kein Felsen war.

Skar streifte seine Hand ab, zog sein Schwert aus dem Gürtel und machte einen zögernden Schritt nach vorn. Seine Hände zitterten. Das Eis knisterte unter seinen Stiefeln wie eine dünne, verwundbare Haut.

Dicht vor der Wand blieb er stehen, wechselte das Schwert in die Linke und griff mit der rechten Hand nach dem Eis. Seine Finger zitterten stärker, verharrten Millimeter über der trügerischen weißen Glätte. Plötzlich hatte er Angst, sie zu berühren.

Er war nicht überrascht, als er die Finger gegen das Eis preßte und das Wispern hörte. Das Schlagen eines gewaltigen finsteren Herzens. Die Stimme des Dronte, mit der das Eis flüsterte. Seine Finger folgten den dunklen, haarfeinen Linien, die sich unter der milchigen Oberfläche der Wand abzeichneten. Es waren Risse, dünne, geborstene Linien, die einer fremdartigen Symmetrie folgten, weiterliefen, noch während er dastand und sie anstarrte, ein Muster, ein Netz bildeten...

Skar fuhr so abrupt herum, als wäre die Wand plötzlich glühend heiß geworden. Sein Blick streifte Del, glitt neben ihm an der Wand hinab, über den Boden und wieder hinauf. Es war überall, nicht nur hier, sondern hinter und neben Del, selbst unter seinen Füßen. Ein Netz dunkler zuckender Linien, Risse und Sprünge, das mit unglaublicher Geschwindigkeit wuchs. Das Eis sprang, zerbarst mit lautlosen, harten Schlägen und formte sich zu etwas Neuem, Tödlichem.

Del spürte es auch. Seine Augen weiteten sich, als er sah, wie die Risse weiterliefen, sich die dunklen Linien vereinigten und titanische, grob modellierte Körper zu formen versuchten: menschenähnlich und doch grotesk verzerrt, eine böse Karikatur der beiden Eiskrieger, denen sie draußen begegnet waren.

»Es ist soweit«, sagte Skar leise. »Die Jagd geht los, Del.«

Er hatte mit Widerspruch gerechnet, aber Del schwieg und starrte weiter auf die groteske Veränderung, die mit dem Eis zu seinen Füßen vorging. Skar versuchte vergeblich, einen Körper zu erkennen, ein System in den zuckenden Linien auszumachen. Was immer es war, es entzog sich seinen Blicken auf unheimliche Art, war in beständiger Verwandlung und Änderung. Einmal glaubte er einen Menschen zu erkennen, dann ein Ding wie eine Kreuzung zwischen einem Banta und einer Riesenspinne, die groteske Karikatur einer sprungbereiten Beterin – es war ein Ding, das nicht leben durfte und es auch nicht tat, sondern auf eine andere, unbegreifliche Weise existierte, der Schrekken einer Zeit, die vor Äonen untergegangen war und ihnen jetzt mit Riesenschritten über den Abgrund der Jahrtausende nacheilte. Der einzige klare Eindruck, den er hatte, war der des Fremdartigen. Und einer Feindseligkeit, die ihn innerlich aufstöhnen ließ. Er wich einen Schritt nach links, als sich die Schemen unter seinen Füßen zu bewegen schienen. Glitzernde Spinnenaugen folgten jeder seiner Bewegungen. Kälte hüllte ihn ein, Kälte, die die Kreatur ausatmete, die ihr Lebenselixier war wie Luft und Wärme das der Menschen.

»Wir... müssen hier raus, Del«, stöhnte er.

Del sah ihn an und runzelte die Stirn, und Skar fiel plötzlich wieder ein, daß er seine Worte nicht verstanden haben konnte. »Laß uns zu den anderen zurückgehen«, sagte er noch einmal und übermäßig betont. »Aber sag ihnen nichts von... von dem hier.«

Del war sichtlich überrascht, aber wieder widersprach er nicht, sondern setzte sich gehorsam in Bewegung, als Skar losging. Die Veränderung war nur auf einen relativ kleinen Bereich unmittelbar hinter dem Durchgang beschränkt, aber die dunklen Rißlinien eilten ihnen nach, verwandelten das Eis in ein Labyrinth miteinander verschmolzener Formen und Umrisse, und das Wispern und Lachen der Geisterstimmen wehte ihnen noch lange hinterher, auch als unter ihren Füßen längst wieder massives Eis war. Skar ging immer rascher und rannte schließlich fast. Sein Atem ging schnell und stoßweise, als er zu den wartenden Freiseglern zurückkehrte, und er hatte Mühe, sich seine Erregung nicht zu deutlich anmerken zu lassen. Für einen Moment war er fast froh über die bizarre Akustik dieser Welt.

»Wir brechen auf«, sagte er laut. Nur wenige der Leute verstanden die Worte wirklich, aber auch die, die nur die Lippenbewegungen und seine Gesten sahen, gehorchten. Es ging schnell; schneller, als er zu hoffen gewagt hatte. Die Männer standen auf und sammelten sich vor dem Ausgang. Skar registrierte besorgt, daß die Mehrzahl von ihnen wankte; ein paar hatten kaum mehr die Kraft aufzustehen und mußten sich von Kameraden helfen lassen, trotzdem hörte er nicht ein einziges Wort des Protestes.

Er fuhr zusammen, als ihn eine Hand am Arm berührte, und drehte sich mit einer übertrieben heftigen Bewegung herum. Es war Gowenna. Sie hatte die Kapuze zurückgeschlagen und den Verband von ihren Schläfen genommen. Die Wunde an ihrem Kopf glitzerte noch feucht. Aber sie war kleiner – und wohl auch harmloser –, als Skar am Morgen befürchtet hatte. »Habt ihr den Weg gefunden?«

Skar nickte und machte seinen Arm los. »Ja. Aber er führt ins Nirgendwo.« Auf Gowennas Zügen erschien ein fragender Ausdruck, aber Skar sprach nicht weiter, sondern drehte sich weg und ging auf die wartenden Männer zu. Del war schon vorausgeeilt, aber so wie sie wenige Schritte vor dem Ausgang stehengeblieben. Der Sturm hatte nachgelassen. Auf dem schmalen Streifen freien Himmels, den sie von hier aus sehen konnten, türmten sich zwar noch immer schwarze Wolken, aber sie bildeten keine kompakte Decke mehr, sondern waren aufgerissen; hier und da stach sogar ein Sonnenstrahl auf die Ruinen Cor-ty-cors herab. Das Toben der Eiskristalle hatte nachgelassen. Es war jetzt nur noch ein normaler Sturm, keine Apokalypse mehr. Sie konnten es riskieren hinauszugehen.

Es ging zu schnell, als daß Skar auch nur Zeit für einen Warnschrei gehabt hätte. Die kochenden Schwaden vor dem Ausgang teilten sich, und Helth wuchs wie ein Dämon aus einer fremden Welt vor ihnen empor. Mit einem gellenden Schrei sprang er auf den vordersten Mann zu und tötete ihn mit einem einzigen blitzschnellen Hieb.

»Bist du soweit?« Del hob den Schild in die Höhe, den er auf Skars Bitte hin aus ihrer Ausrüstung herausgesucht hatte, hielt ihn einen Moment wie einen gewaltigen Spiegel ins Licht und ließ ihn wieder sinken. Es war ein gewaltiger Schild, fast einen Meter im Durchmesser und aus zollstarkem, auf der Außenseite mit gehämmertem Kupfer belegtem Eichenholz gefertigt. Trotzdem wirkte er in Dels Händen wie ein Spielzeug.

Skar nahm ihn entgegen, schob die Hand durch den Haltegriff und bewegte prüfend den Arm. Sein Gewicht zerrte merklich an ihm, aber er gab ihm auch ein Gefühl der Sicherheit. Er nickte.

»Es wäre wirklich besser, wenn ich gehen würde, Skar«, sagte Del leise. Es war nicht das erste Mal, und es war auch nicht das erste Mal, daß Skar mit einem entschiedenen Kopfschütteln darauf antwortete. Nicht, daß Del nicht recht gehabt hätte – seine Kräfte neigten sich jetzt spürbar dem Ende entgegen, und Del hätte sicherlich mehr Aussichten gehabt, Helth zu besiegen. Skar war sich nicht mehr sicher, ob es ihm wirklich gelingen würde. Aber darauf kam es auch gar nicht an. Er mußte ihn aufhalten, wenige Augenblicke, bis Del und das halbe Dutzend Männer, das er für den Kampf ausgesucht hatte, ihm gefolgt waren.

Sein Blick streifte den Toten. Sie hatten ihn liegenlassen, wo er gestürzt war, aber herumgedreht, um sein zerschmettertes Gesicht nicht weiter ansehen zu müssen. Sein Kopf lag in einer großen, glitzernden Blutlache. Wahrscheinlich hatte er den tödlichen Hieb nicht einmal gespürt.

Skar versuchte, das Gefühl der Furcht, das der Anblick in ihm auslöste, zurückzudrängen, aber es gelang ihm nicht ganz. Nervös zog er sein Schwert aus dem Gürtel, drehte sich noch einmal zu Del und Gowenna um und atmete tief durch. »Ihr wißt, was ihr zu tun habt.« Gowenna antwortete irgend etwas, aber Skar hatte sich schon wieder herumgedreht und verstand sie nicht mehr. Das Schweigen, das sie einhüllte, erschien ihm mit einem Mal um eine Winzigkeit drohender als bisher, und durch das Rauschen des Blutes in seinen Ohren glaubte er das Knistern und Splittern des Eises zu hören. Es war Einbildung – wenn die bizarre Metamorphose, deren Zeugen Del und er geworden waren, sich mit der gleichen Geschwindigkeit fortsetzte, würde noch eine halbe Stunde oder mehr vergehen, ehe sie, so langsam vorrükkend, die Krieger und den Ausgang erreichte –, aber deshalb nicht weniger furchteinflößend. Er schloß die Augen, schüttelte das Bild ab und spannte sich. Wieder spürte er mit schmerzhafter Deutlichkeit, wieviel er in den vergangenen Tagen seinem Körper abverlangt hatte. Zu viel.

»*Jetzt*!« rief Del.

Skar rannte los, duckte sich und federte mit einem kraftvollen Hechtsprung durch den Ausgang. Die Stadt und der kochende Himmel führten einen irren Veitstanz um ihn herum auf. Er fiel, rollte über die Schulter ab, sprang wieder auf die Füße und riß den Schild in die Höhe. Der Sturm schlug wie mit unsichtbaren Fäusten auf ihn ein. Aber der erwartete Angriff blieb aus.

Eine, vielleicht zwei Sekunden blieb Skar reglos und geduckt neben dem Eingang stehen, ehe er es wagte, den Schild herunterzunehmen, und sich – noch immer vorsichtig und jederzeit auf einen Angriff gefaßt – aufrichtete. Um ihn herum tobte ein weißes Inferno aus wirbelnden Schwaden, hinter denen die Umrisse der anderen Gebäude seltsam verschwommen und schemenhaft erschienen.

»Bravo, Satai.« Die Stimme schien von überall her gleichzeitig zu kommen. Der Sturm und die glitzernden Eiswände reflektierten sie, brachen ihren Klang und vermittelten Skar den Eindruck, als stünde der Sprecher unmittelbar neben ihm. Er fuhr herum, hob das Schwert ein wenig höher und versuchte, Helth hinter den kochenden Schneewirbeln auszumachen.

»Eine eindrucksvolle Vorstellung!« höhnte der Vede. »Aber nicht sehr klug. Hast du mich wirklich für so närrisch gehalten, direkt vor der Tür auf dich zu warten?« Er lachte, schrill und in einem Tonfall, der Skar schaudern ließ. Seine Stimme klang nicht mehr menschlich. Sie war hart; Töne, die von Stimmbändern aus Eis erzeugt wurden. Skar trat einen Schritt zur Seite, blinzelte aus zusammengekniffenen Augen in den tobenden Sturm und winkte mit dem Schwert; das Zeichen für Del und die Männer, ihm zu folgen.

Endlich entdeckte er Helth. Er stand, hoch aufgerichtet und völlig deckungslos, als gäbe es den Sturm und die reißenden Eiskristalle nicht, dreißig oder vierzig Schritte entfernt auf einem mannshohen Vorsprung und blickte herausfordernd in seine Richtung. »Komm her!« schrie Skar. »Wenn du einen Kampf willst, dann komm her, Helth!« Er kam sich beinahe albern vor, und der Sturm und Cor-tycor verschluckten seine Worte, aber Helth verstand sie trotzdem, so wie auch Skar seine Stimme hörte.

Er lachte. »Narr!« höhnte er. »Du hattest die Chance zu einem fairen Kampf, Satai, aber du wolltest ja nicht. Jetzt spielen wir nach meinen Regeln!« Seine Hände bewegten sich, und – war es wirklich Zufall, dachte Skar entsetzt? – die tobenden Schwaden rissen auf, der Sturm legte sich, und der Schnee trieb auseinander, so daß er Helth deutlicher erkennen konnte.

»Bei allen Göttern!« keuchte Del neben ihm. Skar hatte nicht gemerkt, wie er herangekommen war, und er drehte sich auch jetzt nicht herum, sondern starrte gleichermaßen fasziniert wie von Grauen gepackt zu der schlanken Gestalt des Veden hinauf. Helth war nackt. Seine Haut glitzerte wie ein starrer gefrorener Panzer, Haar und Brauen waren zu Eis erstarrt, und sein Körper war mit dunklen Flekken übersät, wo die Haut bereits abgestorben und zu spröden schwarzen Flecken erstarrt war. Seine Füße waren bis zu den Waden hinauf dunkel und erfroren und die Hände zu verkrümmten, schwarzglitzernden Klauen geschrumpft. Skar hatte plötzlich die irrsinnige Vorstellung, Helth' Gelenke wie trockenes Laub rascheln zu hören, als der Vede mit kraftvollem Schwung von seinem Standort heruntersprang und über das Eis auf sie zukam.

»Du willst kämpfen?« fragte Helth noch einmal. »Du bist ein Idiot, Satai. Wie viele von euch muß ich noch umbringen, bis du begreifst, daß du verloren hast. Ich gebe dir eine letzte Chance. Geh zurück zum See, Skar. Vielleicht ist noch genug von der SHAROKAAN übrig, um ein Floß daraus zu bauen. Geh, oder ich muß euch töten.«

Del wollte antworten, aber Skar brachte ihn mit einem hastigen Wink zum Schweigen. Sein Verstand weigerte sich, das Bild, das seine Augen sahen, als wahr anzuerkennen, aber Skar versuchte erst gar nicht mehr, eine logische Erklärung zu finden. *Er ist tot*, dachte er hysterisch. *Erstarrt. Er ist erfroren.*

»Geh zurück, Skar!« sagte Helth noch einmal. »Mir liegt nichts an eurem Tod. Aber ich werde euch vernichten, wenn ihr nicht umkehrt. Du weißt, daß ich es kann.«

»Halt ihn auf«, flüsterte Del. »Versuche ihn irgendwie hinzuhalten.«

Skar nickte fast unmerklich. Del verschwand zwischen den Männern, die einer nach dem anderen aus dem Gebäude drängten, und Skar machte einen Schritt auf Helth zu, blieb aber stehen, als der Vede warnend die Hand hob. »Was willst du?« fragte er laut. »Und wer bist du, Helth?«

Helth lachte, schrill und mißtönend. Seine Reaktionen sind nicht mehr die eines Menschen, dachte Skar bestürzt. Er benahm sich wie jemand – oder etwas –, der darum bemüht ist, menschliches Verhalten nachzuahmen. Gut, aber nicht gut genug, um ihn zu täuschen. »Wer ich bin? Ich bin Helth, Rayans Sohn«, antwortete er. »Und Brads Bruder, Satai. Das weißt du doch. Schließlich hast du sie beide umgebracht.«

Skar fuhr sich nervös mit der Zunge über die Lippen. Er wußte nicht, was Del vorhatte, aber er mußte Zeit gewinnen. Warum fiel es ihm nur so schwer, sich zu konzentrieren, einen klaren Gedanken zu fassen? »Das ist nicht wahr«, sagte er lahm. »Du bist nicht Helth. Du –«

Helth schnitt ihm mit einer ungeduldigen Bewegung das Wort ab. »Genug geredet, Satai«, zischte er. »Geh, solange noch Zeit ist. Ich schenke dir dein Leben, Satai. Dir, deinem Freund und den Männern.«

Skar schwieg einen Moment. »Und Gowenna?«

»Sie bleibt.« Helth kicherte. »Sie würde sowieso keinen Wert darauf legen, dich zu begleiten, glaube ich. Entscheide dich, Satai – gleich. Geh, oder –«

Skar wußte nicht, wie es Del gelungen war, das Gebäude in wenigen Sekunden zu umrunden und in Helth' Rücken zu gelangen, aber der junge Satai war plötzlich da, überwand die letzten Meter mit einem kraftvollen Satz und warf sich mit weit ausgebreiteten Armen auf den Veden.

Aber Helth reagierte vollkommen anders, als Del erwartet hatte. Er versuchte weder auszuweichen noch Dels eigene Kraft auszunutzen, um den Angreifer über sich hinwegzuschleudern; auf beides wäre Del

SCHOBERICH 5/84

vorbereitet gewesen und hätte entsprechend reagiert, aber Helth blieb einfach stehen, fing Dels Anprall mit übermenschlicher Kraft auf und rammte ihm im gleichen Augenblick die Faust in den Leib. Del stolperte zurück, brach in die Knie und preßte die Hände gegen den Leib. Sein Mund öffnete sich zu einem lautlosen Schrei.

Skar rannte mit verzweifelter Kraft los, aber er hatte plötzlich das Gefühl, durch einen unsichtbaren, zähen Sirup zu waten. Seine Bewegungen kamen ihm lächerlich langsam vor. Hinter ihm setzten sich die Krieger in Bewegung, aber Skar wußte, daß sie zu spät kommen würden. Er schrie, um Helth von Del abzulenken, riß den Schild in die Höhe und führte gleichzeitig einen geraden Stich nach Helth' Gesicht.

Der Vede wich dem Angriff mit der gleichen übermenschlichen Schnelligkeit aus, mit der er auf Dels Angriff reagiert hatte. Er lachte, ließ die flache Hand auf Skars Schild prallen und brachte ihn damit aus dem Gleichgewicht. Skar stolperte an ihm vorüber, fiel und schlug noch im gleichen Moment zu. Die Spitze seines Schwertes schrammte über Helth' Bein und riß es vom Fußknöchel bis zum Knie auf. Helth taumelte mit einem wütenden Knurren zurück, kämpfte einen Herzschlag lang um sein Gleichgewicht und stürzte auf die Knie, als das verletzte Bein unter seinem Körpergewicht nachgab. Aber die Wunde war nicht tief; ein Kratzer, der gerade durch die Haut gedrungen war und nur hier und da blutete. Skar und er kamen im gleichen Augenblick wieder auf die Füße.

Der Vede griff sofort wieder an. Seine Faust schoß vor und traf Skars Schild; seine erfrorenen schwarzen Finger verkrallten sich in seinen Rand und rissen Skar mit einem brutalen Ruck abermals aus dem Gleichgewicht. Skar trat nach seinem Bein und traf, aber Helth schien den Tritt nicht einmal zu spüren. Er lachte schrill, griff auch mit der anderen Hand nach Skars Schild und wirbelte ihn wie ein Spielzeug herum. Skar schrie auf, riß das Schwert empor und schlug zu, während Helth weiterhin mit brutaler Kraft an seinem Schild zerrte. Die Klinge traf seine Schläfe nur mit der Breitseite und einem Bruchteil der Wucht, die der Hieb gehabt hatte. Helth nahm auch diesen Treffer hin, ohne mehr als einen grunzenden Schmerzenslaut auszustoßen, spreizte die Beine und riß Skar gleichzeitig zu sich heran und in die Höhe. Er fiel. Helth ließ den Schild nicht los, verdrehte ihn und seinen Arm, der in den metallenen Halteschlaufen gefangen war. Skar schrie vor Schmerz, sein Schwert entfiel ihm und er begann sich zu winden, aber Helth vollzog jede seiner Bewegungen mit unglaublicher Schnelligkeit nach und verdrehte seinen Arm weiter. Der Schmerz wurde unerträglich. Eine Winzigkeit mehr, und sein Ellbogengelenk würde zerbrechen wie eine Nußschale.

Dann verschwand der Druck von seinem Arm. Skar brach mit einem krächzenden Laut vollends zusammen, wälzte sich auf den Rükken und versuchte, die blutigen Schleier vor seinen Augen wegzublinzeln. Helth war zurückgetaumelt. Eine frische blutende Schnittwunde zog sich quer über seine Stirn, blendete das rechte Auge und verlief weiter über seine Wange bis zum Hals hinunter, aber der Mann, der den Hieb geführt hatte, lag reglos zu seinen Füßen. Sein Schwert war zerbrochen. Das Eis unter seinem Kopf rötete sich. Ein zweiter Freisegler drang – wie Skar mit Schild und Schwert bewaffnet – auf den Veden ein, hackte nach seinem Kopf und duckte sich blitzschnell hinter seinen Schild, als Helth sich wegduckte und gleichzeitig zurückschlug. Sein Hieb ließ den Schild erbeben und brach den Arm, der ihn hielt. Der Mann keuchte, torkelte mit schmerzverzerrtem Gesicht zur Seite und verlor seine Waffe. Helth sprang zu ihm hin und stieß die Hand nach dem Gesicht des Kriegers; Daumen, Ring- und kleinen Finger einwärts geknickt, Zeige- und Mittelfinger wie tödliche Dolche ausgestreckt. Der Freisegler schrie auf, taumelte ein paar Schritte, stürzte auf die Knie und schlug die Hände vor seine leeren, blutenden Augenhöhlen.

Helth setzte ihm abermals nach, bückte sich nach seinem Schwert und riß die Waffe mit einem triumphierenden Schrei hoch. Ein weiterer Freisegler starb, so schnell, daß Skar den Hieb, der ihn tötete, nicht einmal *sah.* Die anderen wichen angstvoll zurück und ließen die Waffen sinken.

Der Vede drehte sich herum und kam mit wiegenden Schritten auf ihn zu. Skar versuchte sich aufzusetzen und gleichzeitig nach seinem Schwert zu greifen, aber er führte die Absicht nicht zu Ende. Helth lachte, aber seine Lippen bewegten sich nicht dabei. Sein rechtes Auge war blind, die Wange darunter von einem Schwerthieb zerfetzt, so tief, daß Skar den Knochen darunter erkennen konnte. Seine Halsschlagader war zerrissen, und seine rechte Körperhälfte begann sich in ein bizarres Netz roter Linien zu verwandeln. Aber er lebte weiter.

»Du wolltest den Kampf, Satai!« krächzte er. Seine Finger schlossen sich um den Schwertgriff, zermalmten ihn. Die Waffe polterte zu Boden. »Du wirst sterben – du und alle, die bei dir sind. Niemand wird je–«

Ein silberner Blitz fegte auf ihn zu und traf seinen Leib eine Handbreit unterhalb des Nabels. Helth brüllte vor Schmerz und Zorn, torkelte zurück und zerrte mit beiden Händen an den rasiermesserscharfen Zacken des *Shuriken*, den Del nach ihm geschleudert hatte. Del kam mit einem unartikulierten Laut auf die Füße, packte ihn mit der Rechten zwischen den Schenkeln und verkrallte die andere Hand in seine Kehle. Helth kreischte. Del riß den Veden wie ein Spielzeug in die Höhe, hielt ihn eine halbe Sekunde hoch über dem Kopf in der Schwebe und schleuderte ihn mit aller Macht zu Boden. Helth überschlug sich mehrmals, bevor er mit haltlos zuckenden Gliedern liegenblieb. Del war sofort wieder über ihm, trat nach seinem Gesicht und ließ sich nach vorne fallen. Seine Knie trafen Helth' Brustkorb mit der ganzen Wucht seines Körpergewichts und brachen seine Rippen. Helth versuchte nach seinen Augen zu stechen, wie zuvor nach denen des Matrosen; Del schlug seine Hand mit einem wütenden Knurren zur Seite, legte die Hände um seinen Hals und drückte mit seiner ganzen gewaltigen Kraft zu, um dem Veden das Rückgrat zu brechen.

Helth' Genick brach nicht. Skar wußte, *wie* stark Del war; er hatte gesehen, wie der junge Satai armdicke Balken mit der Kraft seiner gewaltigen Pranken zerbrochen und massive Eichentüren mit bloßen Fäusten eingeschlagen hatte, manchmal nur zum Spaß. Aber Helth war stärker. Langsam, Millimeter für Millimeter, stemmte er sich hoch, stützte sich mit Händen, Füßen und Ellbogen auf dem Eis ab und drückte seinen Gegner zurück. Del begann vor Anstrengung zu keuchen. Skar sah, wie sich seine Nacken- und Schultermuskeln spannten, als würden sie jeden Moment zerreißen. Schweiß perlte auf seiner Stirn. Aber Helth drängte ihn weiter zurück. Dels Knie rutschten von seiner Brust, dann verlor er vollends den Halt, kippte zur Seite, kam aber mit einer Rolle wieder auf die Füße.

Helth erhob sich etwas langsamer. Er wankte. Sein Gesicht war zu einer Grimasse verzerrt, und seine Hände zuckten ununterbrochen. Er wollte etwas sagen, aber sein Mund war voller Blut, und er brachte nur ein krächzendes Geräusch zustande.

Langsam begannen sich die beiden Gegner wieder zu umkreisen. Dels Arme pendelten lose vor seinem Leib, aber jeder übrige Muskel seines Körpers war bis zum Zerreißen angespannt. Er blieb stehen, spreizte die Beine und suchte auf dem Eis nach festem Stand. Auch Helth verharrte. Seine Hände waren jetzt vollends zu Klauen geworden, und der Blick seines unversehrten Auges loderte vor Haß. Skar spürte, daß seine Kraft noch lange nicht gebrochen war. Das unselige *Ding*, das von ihm Besitz ergriffen hatte, war so mächtig und wild wie im ersten Moment. Vielleicht stärker.

Er wollte aufstehen und Del zu Hilfe eilen, aber der junge Satai machte eine hastige Geste mit der Hand, als hätte er die Bewegung hinter seinem Rücken gefühlt, und Skar erstarrte wieder. Der Kampf verlagerte sich, ging von einer Sekunde zur anderen auf eine neue, unbegreifliche Ebene über. Skar spürte, wie *irgend etwas* in dem zerfetzten Bündel, das einmal ein Mensch gewesen war, zum Leben erwachte, etwas Dunkles, Pulsierendes und unendlich Böses mit unsichtbaren Linien puren Hasses nach Del griff...

...aber er fühlte auch, wie die Kraft von Del abprallte und mit schmerzhafter Wucht zurückgeschleudert wurde...

Für einen kurzen, unendlich quälenden Moment hatte Skar ein furchtbares Empfinden des *déjà-vu*, schoben sich Bilder in seinen Geist, die nicht hierher gehörten und die er in die tiefsten Abgründe seiner Seele verbannt zu haben glaubte. Er sah sich wieder in einer winzigen Laubhütte am anderen Ende der Welt, fühlte die unsichtbare psionische Faust, die sich zum Schlag ballte, bereit, alles zu zerschmettern, was sich ihr in den Weg stellte. Die Gestalt Dels verschwamm vor seinen Blicken, wurde grau und unscharf, flackerte wie ein Trugbild. Er stöhnte, versuchte die Augen zu schließen und konnte es nicht, sondern sah weiter zu, ein hilfloser Zeuge eines Kampfes zwischen zwei Wesen, von denen eines unbegreiflicher schien als das andere. Helth taumelte. Sein geschundenes Gesicht zuckte wie unter Schmerzen.

Aber auch Del wankte. Seine Hände hatten sich geöffnet, und sein Atem ging rasselnd und mühsam. An seinem Hals pochte eine Ader.

»Skar...« Es war nicht Dels Stimme, auch wenn es seine Lippen waren, die den Namen formten. Skar sprang vollends auf, ergriff sein Schwert und lief los, im gleichen Moment, in dem auch Helth vorsprang und abermals nach seinem Gegner schlug. Del versuchte dem Hieb auszuweichen, aber Helth war zu schnell. Seine Faust traf Del zweimal hintereinander an Kopf und Brust und ließ ihn zusammenbrechen.

Skar warf sich mit einem verzweifelten Satz zwischen ihn und seinen unheimlichen Gegner, tauchte unter einem Hieb von Helth' Krallenhand hinweg und schlug blind zu. Er traf, aber der Schlag war schlecht gezielt, und Helth hatte sich im letzten Moment noch einmal zurückgeworfen: Die Klinge traf nicht seinen Hals, sondern hackte schräg über Wangenknochen und Schläfe in seinen Schädel und spaltete ihn.

Helth kippte mit einem sonderbar pfeifenden Laut nach hinten, griff sich an den Kopf und begann zu schreien. Skar setzte ihm nach, aber Helth trat nach ihm, kam torkelnd auf die Füße und versetzte ihm einen Stoß vor die Brust, der ihn zurücktaumeln und abermals zu Boden stürzen ließ.

Als er aufsprang, war der Vede verschwunden. Für einen kurzen Moment glaubte er seine Gestalt noch einmal zu sehen, dann schlossen sich die tanzenden Schleier um ihn; der Sturm hatte ihn verschluckt.

Schweratmend ließ Skar seine Waffe sinken, blieb eine Sekunde reglos und mit geschlossenen Augen stehen und wartete darauf, daß das schmerzhafte Pochen in seiner Brust aufhörte. Als er sich umwandte, sah er, daß Del zusammengekrümmt im Schnee hockte, die Hand gegen den Hals preßte und Blut spuckte. Seine Gestalt schien zu flakkern, und als er den Kopf hob und Skar anschaute, war sein Blick trüb. Sein Gesicht schien leblos, als wäre es nicht echt, sondern nur eine Maske, die aus Wachs gegossen war und allmählich ihre Form verlor.

Skar blieb neben ihm stehen und starrte ihn schweigend fast eine Minute lang an. Die Männer kamen langsam näher, aber er beachtete sie nicht.

»Geht es wieder?« fragte er leise.

Del nickte. Auf seinen Lippen war Blut. »Es... ist nicht schlimm«, murmelte er. »Laß mich einen Moment hier sitzen.«

Skar nickte. »Geht zurück«, rief er laut dem halben Dutzend Männern zu, die fassungslos ihn, Del und die drei Toten umstanden. Nicht einmal die Furcht auf ihren Zügen vermochte ihn noch zu erschüttern.

»Geht!« sagte er noch einmal, als die Männer zögerten. »Del und ich kommen gleich nach. Geht zuruck in die Ruine.« Er wartete geduldig, bis sie sich umgewandt hatten und gegangen waren, aber er schwieg weiter, wartete, bis auch der letzte im Inneren des Gebäudes verschwand und sie allein waren. Erst dann ließ er sich vor Del auf die Knie sinken und griff nach seiner Schulter.

»Hast du Schmerzen?« fragte er. Del mußte spürten, wie schwer es ihm fiel, ruhig zu bleiben. In seinem Inneren schien ein Taifun von widerstrebenden Gefühlen zu toben.

Del schüttelte mühsam den Kopf. »Jetzt nicht mehr.« Er lächelte, aber sein Gesicht verweigerte ihm den Dienst, als hätte er seine Muskeln nicht mehr völlig unter Kontrolle.

»Was war das, Del?« fragte Skar. Seine Stimme klang brüchig, flach und in seinen eigenen Ohren fremd. Irgendwo in seiner Brust erwachte ein dünner, quälender Schmerz. Er spürte, daß er nicht mehr lange die Kontrolle über sich selbst haben würde.

»Helth?« Del atmete hörbar ein. »Ich fürchte, wir haben einen schrecklichen Fehler gemacht, Skar. Es sieht so aus, als wäre unser Feind die ganze Zeit unter uns gewesen.«

»Dieses Ding war nicht Helth«, murmelte Skar.

»Nicht mehr«, verbesserte ihn Del. »Wir waren blind, Skar – du, ich, Gowenna... wir alle. Er hat die ganze Zeit nur auf eine Gelegenheit wie diese gewartet.«

»Er?«

»Der Dronte«, erwiderte Del ernst. »Dieses Ding ist ein Stück von ihm, Skar.« Er schwieg einen Moment, hob den Kopf und starrte an Skar vorbei nach Westen, dorthin, wo hinter den Ruinen Cor-ty-cors das Meer lag, als könne er den schwarzen Killersegler schon sehen. »Helth war der letzte, der von Bord des Dronte geflohen ist«, sagte er leise. »Er war länger auf diesem Ding als irgendeiner von uns, Skar. Irgend etwas ist mit ihm geschehen.« Seine Stimme zitterte, aber er sprach trotzdem, laut und beinahe zu ruhig, weiter. »Ich weiß nicht was, Skar, und ich weiß nicht wie, aber er hat von ihm Besitz ergriffen. Dieser Mann war schon nicht mehr Helth, als wir auf die SHAROKAAN zurückkehrten.«

Skar schwieg. Er wußte, daß Del recht hatte, aber etwas in ihm sträubte sich dagegen, seinen Worten zu glauben. Es war die ganze Zeit unter ihnen gewesen, vom ersten Moment an. Vielleicht nicht so mächtig und stark wie jetzt, aber schon im Keim vorhanden. Vielleicht war es gewachsen, ganz langsam, aber unerbittlich, hatte Helth wie ein Parasit Stück für Stück innerlich aufgefressen und ihn vom Mensch zum Ungeheuer werden lassen.

»Es war nicht Helth«, wiederholte Del noch einmal. »Der Vede ist zusammen mit seinem Vater und seinem Schiff gestorben, Skar.« Er bewegte die Schultern, schloß für einen Herzschlag die Augen und wollte aufstehen. Skar griff nach seinem Arm, umklammerte sein Gelenk und drückte mit aller Gewalt zu. Dels Lippen zuckten vor Schmerz.

»Ich habe noch eine Frage«, sagte er leise, »und ich möchte eine Antwort darauf.«

In Dels Augen blitzte es auf. Aber er schwieg.

»Du hast recht«, fuhr Skar fort. »Dieses Wesen war nicht mehr Helth. Aber wenn wir schon einmal dabei sind, Geheimnisse zu lüften, dann...« Er stockte. Alles in ihm sträubte sich dagegen, die Worte auszusprechen, und als er es tat, war seine Stimme nur noch ein heiseres Krächzen.

»Ich will wissen, wer mit mir in Anchor an Bord des Schiffes gegangen ist. Es war ein Mann, der aussah wie Del, wie er redete und sich benahm wie er. Aber er war es nicht. *Wer bist du*?«

Del schwieg einen Moment. Auf seinen Zügen entstand ein Ausdruck von Verblüffung, aber er war nicht echt, nur gespielt. Er versuchte, seinen Arm loszumachen, aber Skar drückte nur noch fester zu und stieß ihn grob zurück. »Wer bist du?!« sagte – schrie er.

»Bist du von Sinnen?« keuchte Del. »Ich bin Del!«

»Wer bist du?« wiederholte Skar stur. In seinem Hals saß plötzlich ein schmerzhafter, scharfer Klumpen.

Del seufzte. »So genau weiß ich das selbst nicht«, antwortete er, in jenem halb ungeduldigen, halb resignierenden Ton, in dem man einem Blinden versucht, Farben zu erklären. »Meine Eltern haben mich ausgesetzt, als ich ein Jahr alt war. Ich wuchs bei verschiedenen Leuten auf, bis mich eine Räuberbande fand und...«

Skar schlug ihn. Del kippte nach hinten, stützte sich im letzten Moment mit den Händen ab und starrte Skar verblüfft an.

»Ich warne dich«, krächzte Skar. »Spiel nicht mit mir! Sag mir die Wahrheit, oder ich schwöre dir, daß ich dich töten werde.«

Irgend etwas in Dels Blick änderte sich. Langsam setzte er sich auf, starrte einen Moment zu Boden und sah Skar dann erneut an. Seine Augen wirkten plötzlich wie zwei grundlose graue Seen. Es waren nicht Dels Augen. Es waren nicht einmal die Augen eines Menschen, dachte Skar schaudernd. Es waren die Augen eines Wesens, das in Jahrmillionen zu rechnen gewohnt war, nicht in den Spannen eines Menschenlebens, für das es keine Geheimnisse und keine Fragen mehr gab, das nicht einmal in diese Welt gehörte.

»Vielleicht ist es so am besten«, sagte er leise. »Ich möchte nur eines, Skar. Ich möchte, daß du weißt, daß ich es nicht gerne getan habe. Wir hassen es zu lügen, und wir hassen es besonders, Freunde zu belügen.«

»Freunde?«

Del (Del?) nickte. »Du hast recht«, bekannte er. »Ich bin nicht Del. Nicht der Del, den du kennst, Skar, und doch ein Stück von ihm. Vielleicht mehr, als ich selbst bisher gewußt habe.« Seine Züge zerflossen. Schatten huschten auf unsichtbaren flinken Füßen über sein Gesicht, ließen es grau und konturlos werden, eine brodelnde Fläche ohne erkennbare Umrisse. Skar stöhnte.

»Freunde«, sagte der Sumpfmann noch einmal. »Ich kann verstehen, wenn du mich jetzt haßt, Skar, aber ich fühle für dich wie für einen Freund.«

»Wie... wie ist dein Name?« fragte Skar stockend. Er war unfähig, einen klaren Gedanken zu fassen. Er hatte es gewußt, Augenblicke bevor das Gesicht seines Gegenübers zerfloß und zu dem des Schattenmannes wurde. Trotzdem lähmte ihn der Anblick.

»Mein Name...« Der Sumpfmann lächelte traurig, und Skar sah es, obgleich er kein Gesicht hatte. »Mein Name ist Yar-gan – oder er war es einmal. Warum nennst du mich nicht Del wie bisher? Ich bin es, Skar.«

»Del ist...«

»Nicht, was du denkst«, sagte der Sumpfmann schnell. »Er lebt.«

Skar lachte krächzend. »Wo?« murmelte er. »In dir? In Cosh? In eurer Erinnerung?«

»In allem«, erwiderte der Sumpfmann ernst. »Und auch in sich, Skar. Doch ein Teil von ihm ist auch in mir.«

»Er ist tot, nicht?« fragte Skar. »Ihr...«

»Er lebt«, sagte Yar-gan zum wiederholten Mal. »Der Mann, dessen Leichnam du an den Ufern des Besh gefunden hast, war nicht Del.«

Skar starrte ihn an. Die Worte des Sumpfmannes hatten ihn getroffen wie ein Fausthieb. »Er…«

»Es war nicht Del, den du aus Cosh fortreiten sahst«, fuhr Yar-gan fort. »Velas Gift war zu stark in ihm, Skar. Es wäre sein Untergang gewesen, hätten wir deinem Wunsch entsprochen und ihn gehen lassen. Er wäre mit ihr in den Tod gegangen, und er hätte vielen anderen den Tod gebracht. Glaube mir. Vielleicht«, fügte er nach einer winzigen Pause hinzu, »hättest du den Kampf verloren, hätten wir ihn gehen lassen. Er ist ein Satai wie du, vergiß das nicht. Er weiß alles, was du weißt, und er ist jung und stark.«

Skar keuchte. »Ihr habt…«

»Ich kenne ihn«, fuhr der Sumpfmann unbeeindruckt fort, »vergiß das nicht. Ein Teil von ihm ist auch in mir. Ich kenne seine Gedanken und seine Art zu reagieren und zu handeln. Vielleicht hätte er dich besiegt. Del ist *dein* Schüler, und er hat viel von dir gelernt. Mehr, als du selbst ahnst, Skar.«

»Wo ist er?« keuchte Skar. »Noch in Anchor? Oder bei euch in Cosh?«

»Wir haben ihn zurückgeschickt zum Berg der Götter«, antwortete Yar-gan. »Er und ich haben Cosh zur gleichen Zeit verlassen. Wir haben für ihn getan, was wir konnten, doch auch unserer Macht sind Grenzen gesetzt. Wir haben die Wunden seines Körpers geheilt und seine Matrix wieder hergestellt, doch die Narben auf seiner Seele können nur die Hohen Satai pflegen. Du wirst ihn treffen, wenn du zum Berg der Götter zurückkehrst. Ich glaube, er wartet auf dich.« Plötzlich blitzte ein Lächeln durch die wogenden Schemen vor seinem Gesicht. »Du hast es die ganze Zeit gefühlt, nicht wahr?« fragte er. Skar nickte, und Yar-gan fuhr nach einer hörbaren Pause fort: »Ich wußte es. Del und du, ihr seid mehr als Freunde. Ich weiß nicht, was es ist, das euch verbindet, aber es ist zu stark, um auf Dauer getäuscht zu werden. Es ist gut, daß du die Wahrheit erkannt hast, Skar.«

»Warum?« fragte Skar matt. »Warum diese Lügen, Yar-gan? Warum habt ihr es mir nicht gesagt, als wir uns in Elay getroffen haben und alles vorbei war?«

»Weil es das nicht war«, antwortete Yar-gan ernst. »Es war nicht vorbei, und es ist immer noch nicht vorbei – vielleicht wird es niemals enden. Die Errish hat Kräfte geweckt, die diese Welt wie eine Eierschale zerbrechen können, Skar. Sie hat ihre Ziele nicht erreicht, aber sie hat das Schicksal dieser Welt verändert. Die Zukunft wird anders aussehen, so oder so.«

Skar fuhr sich müde mit den Händen über die Augen. Plötzlich fühlte er sich müde und ausgebrannt. »Und Gowenna? Weiß sie...«

»Von mir?« Yar-gan schüttelte hastig den Kopf. »Nein. Und es wäre gut, wenn sie weiterhin in dem Glauben bliebe, ich wäre Del. Es ist anders gekommen, als ich geglaubt habe, aber ursprünglich bin ich *ihretwegen* mitgekommen, Skar. Vieles mag für dich anders aussehen als noch vor Minuten, aber eines ist gleich geblieben: Ich traue ihr nicht. Sie hatte ihre eigenen Pläne mit Vela, sie hatte sie, und ich glaube, sie hat sie noch.«

»Warum zwingst du sie nicht, die Wahrheit zu sagen?« fragte Skar.

»Ich kann es nicht, Skar«, antwortete der Sumpfmann ernst. »Du überschätzt unsere Möglichkeiten, wie die meisten. Wir haben Macht über die Gedanken der Menschen, das ist wahr, aber sie ist beschränkt. Wir können ein wenig täuschen und Dinge vorgaukeln, die nicht sind, und einen schwachen Geist vermögen wir zu beeinflussen; manchmal. Aber ihr Geist ist stark, so stark wie der deine, und in ihr schlummern die gleichen Kräfte wie in dir. Vielleicht wäre ich nicht einmal in der Lage, ihr zu widerstehen, wenn es zu einem Kampf zwischen uns käme.«

»Zu einem Kampf...«, wiederholte Skar halblaut. »Glaubst du wirklich, daß es dazu kommen könnte?«

Yar-gan antwortete erst nach einer Weile. Sein Blick ging an Skar vorbei ins Leere, und obwohl sein Gesicht wieder menschliche Züge angenommen hatte, bewegten sich seine Lippen nicht beim Sprechen. »Ich weiß nicht, was kommen könnte«, murmelte er. »Helth hat alles geändert. Ich glaube nicht, daß sich die Frage für uns stellen wird, Skar. Selbst wenn wir Vela finden, ehe sie das Kind gebiert, werden wir sterben.«

Skar machte eine ärgerliche Geste. »Du hast wirklich mehr von Del in dir, als ich dachte«, knurrte er. »Er spricht auch ununterbrochen von Tod und Sterben, weißt du? Noch leben wir, und wir sind vierzig gegen einen. Helth ist keineswegs unsterblich und schon gar nicht unverwundbar. Wäre er es, wäre er... nicht... geflohen.« Plötzlich fiel es ihm schwer weiter zu reden. Sein Verhalten kam ihm mit einem Mal absurd vor, so absurd wie ihre ganze Situation.

»Du bist verwirrt«, sagte Yar-gan leise. Skar versuchte zu lächeln, sah weg und atmete hörbar ein. Yar-gan hatte recht – er *war* verwirrt, mehr als jemals zuvor in seinem Leben, und man mußte kein Sumpfmann sein und hinter die Stirn seines Gegenübers blicken können, um dies zu erkennen. Was Yar-gan nicht wußte, war der Grund für seine Verwirrung. Es war nicht die plötzliche Demaskierung des Sumpfmannes; er hatte die ganze Zeit gespürt, daß Del nicht Del war, und seine Überraschung hielt nur wenige Augenblicke an. Er vermochte selbst nicht zu sagen, woher das quälende Gefühl in seinem Inneren kam. Irgend etwas stimmte nicht. Yar-gan mochte der Meinung sein, ihm den letzten Teil des Geheimnisses verraten zu haben, aber das war nicht wahr. Etwas fehlte noch, damit alles einen Sinn ergab. Etwas Entscheidendes.

»Gehen wir zurück«, schlug er nach einem Blick in den Himmel vor. Die Wolken zerrissen zusehends; das Firmament jedoch war noch immer von einem tiefen, drohenden Schwefelgelb, aber die größte Wut des Sturmes war gebrochen.

Yar-gan erhob sich wortlos, hob seine Waffen vom Boden auf und steckte Schwert und Dolch wieder in den Gürtel.

Der Mann neben ihm war wieder Del, als sie zu den wartenden Männern in die Turmruine zurückkehrten. Die Veränderung war so schnell vonstatten gegangen, daß er nicht einmal gemerkt hatte, *wie* es geschah – das graue Schattengesicht hatte sich von einer Sekunde auf die andere in Dels vertraute Züge zurückverwandelt, und selbst seine Art zu gehen und sich zu bewegen war anders geworden: noch immer kraftvoll und schnell, – viel kraftvoller als seine eigenen oder die irgendeines anderen –, aber doch wieder von Müdigkeit und Erschöpfung geprägt, als hätte der Sumpfmann mit seinem wahren Aussehen auch einen Teil seiner übermenschlichen Kraft eingebüßt. Er schien nicht einfach in die Maske eines Menschen geschlüpft, sondern wirklich zum Menschen *geworden* zu sein, und es fiel Skar – so absurd ihm der Gedanke selbst vorkam – plötzlich schwer, zu glauben, daß der Mann an seiner Seite *nicht* Del war; beinahe ebenso schwer, wie es ihm zuvor gefallen war, Del in ihm zu sehen. Der Gedanke ließ ihn lächeln. Yar-gan hatte recht – er *war* verwirrt.

Die Männer wichen vor ihnen zurück, als sie durch den Eingang traten. Skar spürte gleich, daß sich etwas verändert hatte. Die Kluft zwischen ihnen war noch tiefer geworden, aber es war jetzt nicht mehr dieser mit Furcht gemischte Respekt, der ihm – und auch Yar-gan, wie ihm plötzlich klar wurde – entgegenschlug. Nicht nur. Irgend etwas war hinzugekommen.

Er blieb stehen, tauschte einen raschen Blick mit dem Sumpfmann und versuchte zu lächeln. Es mißlang. Die Männer starrten ihn an, und Skar hatte plötzlich das Gefühl, daß in ihrem Schweigen etwas unbestimmt Drohendes, ja beinahe Feindseliges lag.

Er schüttelte den Gedanken ab, hob sein Gepäck und seinen Mantel auf und warf sich beides über die Schultern. »Seid ihr soweit?« Er versuchte, seiner Stimme einen möglichst beiläufigen Ton zu geben, kam sich aber gleichzeitig albern dabei vor, denn von den einunddreißig Männern, die ihm und Yar-gan gegenüberstanden, hörten sowieso nur zwei oder drei seine Worte. Die anderen waren zur Taubheit verdammt, Gefangene des Schweigens, das Cor-ty-cors Mauern ausstrahlten. Einzig die Stimme des Sumpfmannes war normal zu verstehen, als unterliege sie nicht den verdrehten Gesetzen dieser Stadt, und das Gespräch mit ihm hatte Skar fast vergessen lassen, daß die Welt hier nicht mehr so war, wie er sie kannte.

Einer der Männer trat vor, richtete sich gerade auf und sah ihn an. In seinen Augen war Furcht; aber auch eine Entschlossenheit, die Skar bisher an keinem von ihnen bemerkt hatte. Es war der dunkelhaarige Matrose, mit dem er schon in der Höhle gesprochen hatte. Skar kannte seinen Namen noch immer nicht.

»Ja?« fragte Skar knapp. Diesmal gab er sich Mühe, seiner Stimme den beabsichtigten Ton zu verleihen: überrascht, ein wenig neugierig, aber auch hörbar ungeduldig. Er sah, wie die mühsam aufrecht erhaltene Selbstbeherrschung im Blick des Mannes zu schmelzen begann.

»Wir... gehen nicht weiter, Herr«, sagte der Matrose. Er schluckte. Seine Finger waren so heftig gegen seinen Gürtel gepreßt, daß sie zitterten.

Skar blickte ihn ausdruckslos an. »Ihr geht nicht weiter«, wiederholte er. »So. Und was habt ihr vor?« Ein dünnes, abfälliges Lächeln huschte über seine Lippen, so rasch, daß es die Männer sehen mußten, aber nicht sicher sein konnten, ob sie es auch sollten. Skar schwieg einen Moment, setzte dazu an weiterzusprechen und tat es dann doch nicht. Er hatte Situationen wie diese oft genug erlebt, um zu wissen, daß er den Widerstand der Männer mit wenigen wohlgezielten Worten würde brechen können, aber plötzlich kam ihm sein Verhalten sinnlos und dumm vor. Dumm und unfair. Diese Leute verdienten nicht, wie Figuren auf einem Spielbrett behandelt zu werden. Sie hatten bewiesen, daß sie bereit waren, für ihn und Gowenna zu sterben, und er kannte nicht einmal ihre Namen; ja, nicht einmal ihre Gesichter. Vielleicht hätte er überhaupt nicht gemerkt, wenn plötzlich statt dieser dreißig Männer dreißig andere um ihn herum gewesen wären.

»Ihr habt Angst, nicht?« fragte er, sehr leise und in so verändertem Tonfall, daß Yar-gan überrascht aufsah.

Der Matrose nickte. »Ja. Wir... haben Euch Treue geschworen, Herr. Ihr seid Rayans Erbe und Nachfolger, und wir würden für Euch sterben, wenn Ihr es verlangtet.« Er sprach langsam und schleppend, aber doch fest, und seine gestelzte Art zu reden erzielte – auch wenn sie ein deutliches Zeichen für seine Unsicherheit war – doch die gewünschte Wirkung. Es hätte Skar nur ein Wort gekostet, ein genau dosiertes Lächeln, zwei, drei scharfe Befehle in der richtigen Tonlage, ihn zum Verstummen zu bringen, aber er konnte es nicht. Er brachte es nicht mehr fertig zu lügen. »Wir würden Euch folgen, wohin Ihr wolltet«, fuhr der Mann fort. »Aber wir... wir können nicht gegen Dämonen kämpfen, Herr.«

Das also war es. Skar schalt sich innerlich einen Narren, daß er die Entwicklung nicht schon vorausgesehen hatte. Diese Männer waren einfache Krieger und Seeleute, die gar nicht verstehen *konnten*, was dies alles zu bedeuten hatte.

»Helth ist kein Dämon«, sagte er ruhig. »Ich weiß nicht, was mit ihm geschah, aber es ist...« Er stockte. Es war sinnlos. Wie sollte er etwas erklären, was er selbst nicht verstand. War er denn so sicher, daß es so etwas wie Dämonen und Magie wirklich nicht gab? Und selbst wenn er recht hatte, selbst wenn der Dronte und diese Stadt und das Wesen, das von dem Veden Besitz ergriffen hatte, nicht durch Magie, sondern durch etwas anderes, vielleicht noch Unbegreiflicheres entstanden waren – wo lag der Unterschied?

»Ich verstehe, was ihr meint«, fuhr er fort. »Und ich respektiere eure Gründe. Ihr könnt gehen, wenn ihr wollt. Wenn es der Treueid ist, den euch Rayan abverlangt hat, dann entbinde ich euch davon. Aber wohin wollt ihr gehen? Zurück zum Wrack der SHAROKAAN? Keiner von euch würde den See lebend erreichen.«

»Ich weiß, Herr«, antwortete der Matrose ernst. »Aber es...« Er rang sichtlich nach Worten und sah Skar beinahe hilfesuchend an. »Vielleicht ist der Tod draußen auf dem Eis besser als das, was uns hier erwartet«, brachte er schließlich stockend hervor. Seine Stimme zitterte. »Helth... dieses Wesen, das...« Wieder brach er ab, schwieg einen Moment und setzte erneut an: »Wir hätten das Schiff nicht verlassen dürfen, Herr. Die SHAROKAAN war unsere Heimat. Ihr werdet darüber lachen, Herr, aber wir glauben, daß...«

»Daß er ein Dämon ist?« mischte sich Yar-gan ein. Skar warf ihm einen warnenden Blick zu, aber er ignorierte ihn. Ganz, wie Del es getan hätte. Er lachte sogar, so höhnisch, daß der Freisegler wie unter einem Hieb zusammenfuhr. »Daß Rayans oder Brads Geist zurückgekehrt ist, um euch zu holen, wie? Es ist nichts von alledem, Freisegler.«

»Er ist kein Dämon«, ergriff Skar rasch wieder das Wort. »Er ist ein Wesen aus Fleisch und Blut wie du und ich. Ihr habt gesehen, daß Del ihn verwundet hat. Er ist sterblich wie wir.«

»Aber was... was ist er?« murmelte der Mann. Plötzlich wirkte er nur noch hilflos, seine Worte waren wie ein geflüsterter Schrei.

»Das weiß ich nicht«, gestand Skar. »Vielleicht etwas wie der Dronte. Aber er ist kein Dämon. Wäre er es, er würde kaum vor uns geflohen sein. Wahrscheinlich hätte er uns bereits vernichtet, schon lange bevor wir diese Stadt überhaupt betreten hätten. Wenn ihr jetzt zurückgeht, wählt ihr den Tod. Glaube mir.«

»Und hier, Herr?«

Skar zögerte. »Ich weiß es nicht«, sagte er schließlich. »Vielleicht gibt es diesen Hafen, von dem Gowenna gesprochen hat, und vielleicht finden wir eine Möglichkeit, von hier wegzukommen. Vielleicht sterben wir auch alle. Und vielleicht...« Er sprach nicht weiter. Er spürte, daß es sinnlos war, daß – was immer er sagen würde – nicht gegen den Schrecken ankam, der sich in die Herzen der Männer gekrallt hatte.

»Es tut mir leid, Herr«, beharrte der Matrose. »Aber –«

»Aber ihr *werdet* mit uns kommen«, fuhr ihm Yar-gan ins Wort. In seiner Stimme war ein scharfer, fremder Klang, etwas, das nur Skar auffiel, sein Gegenüber aber abrupt zum Verstummen brachte und seinen Widerstand brach. Es ging ganz schnell. Die Augen des Mannes wurden leer, dann trat ein neuer, ergebener Ausdruck auf seine Züge. Skar spürte, wie der Geist des Matrosen vor der suggestiven Macht des Sumpfmannes zurückzuckte und sein Wille erlosch.

Und für einen winzigen Moment war alles, was er für den Sumpfmann empfand, Furcht. Eine Furcht, die beinahe so stark war wie die vor dem Dronte und Helth.

»Ihr werdet mit uns kommen«, sagte Yar-gan noch einmal, »und wenn ich euch alle einzeln –« Er stockte, starrte den Mann für die Dauer eines Atemzuges verwirrt an und sah dann mit einem Ruck auf. »Gowenna!« stieß er hervor. »Wo ist Gowenna?«

Auch Skar blickte auf. Er hatte sie nicht gesehen, seit sie zurückgekommen waren, aber das besagte nichts. Die Männer bildeten einen dichten, dreifach gestaffelten Ring um ihn und den Sumpfmann.

»Wo ist Gowenna?« fragte Yar-gan noch einmal. Er packte den Matrosen, riß ihn mit einer rohen Bewegung zu sich heran und schüttelte ihn. »Verdammt, wo ist sie?«

»Das... das weiß ich nicht, Herr«, keuchte der Freisegler. »Sie hat –«

Aber Yar-gan hörte schon gar nicht mehr zu. Er ließ den Mann los, fuhr herum und trat erregt einen Schritt auf Skar zu. »Das ist ein Trick, Skar!« keuchte er. »Dieser Kerl ist nicht Herr seines Willens.« Er sprach nicht weiter, aber Skar wußte auch so, was er meinte. Die Männer wichen zurück, als Yar-gan ihren Sprecher packte, der Kreis, den sie um ihn und Skar gebildet hatten, löste sich auf. Der Saal hinter ihnen war leer.

»Diese verdammte Hexe!« zischte Yar-gan. »Sie hat uns hereingelegt, Skar – während wir draußen gegen Helth gekämpft haben, ist sie geflohen. Und diese Narren haben ihr dabei geholfen, ohne es überhaupt zu merken!«

Er wollte herumfahren und aus dem Haus stürmen, aber Skar hielt ihn zurück. »Das ist sinnlos«, sagte er. »Wir finden sie dort draußen niemals.«

Yar-gan riß seinen Arm los. »Ich finde sie!« widersprach er wütend. »Und wenn ich diese ganze Stadt von oben nach unten durchsuchen muß.« In diesem Moment war er Del. Es war nicht mehr der Sumpfmann, dem Skar gegenüberstand, sondern Del, der aufbrausende, hitzköpfige Narr, der er so oft sein konnte. Was immer es war, das von Del in ihm lebte, es war stark, vielleicht stärker, als er selbst ahnte.

»Sei vernünftig, Del«, mahnte ihn Skar kopfschüttelnd. »Es nutzt dir nichts, wenn du jetzt blindwütig losrennst. Du würdest umkommen.«

Yar-gans Gestalt entspannte sich. Skar hatte den Namen Del so betont, daß der Sumpfmann die Warnung begreifen mußte. Für den Bruchteil eines Atemzuges glomm Erstaunen in seinem Blick auf, dann hatte er sich wieder in der Gewalt. »Wir müssen ihr nach, Skar«, ließ er nicht locker, nun wieder mit der nichtmenschlichen Ruhe und Sicherheit des Sumpfmannes, der er war. »Und wir müssen es schnell tun. Begreifst du denn nicht? Sie kann nicht weit gekommen sein.« Er deutete auf die Freisegler. »Sie hat diesen Männern ihren Willen aufgezwungen, um uns abzulenken. Es muß sie ungeheure Kraft gekostet haben. Mehr, als sie sich leisten kann, Skar. Und das bedeutet, daß ihr Ziel irgendwo hier in der Nähe liegt!«

»Überschätzt du sie jetzt nicht ein wenig?« fragte Skar spöttisch. »Es sind dreißig Männer, Yar-gan. Nicht einmal du könntest dreißig Menschen gleichzeitig beeinflussen.«

Yar-gan lachte hart. »Überschätzen?« keuchte er. »O nein, Skar. »Wenn es einen Menschen auf dieser Welt gibt, der so etwas kann, dann sie.«

Skar wollte ihn unterbrechen, aber Yar-gan fuhr schnell und in erregtem, halbwegs schreiendem Ton fort: »Wir waren drei Monate in Elay, Skar. Hast du dich eigentlich nie gefragt, was in dieser Zeit hinter den Mauern der Verbotenen Stadt vorgegangen ist? Vela hat die *Mar-*

goi getötet. Der Thron von Elay war verwaist. Aber die Errish brauchten eine Führerin, Skar, eine Frau, die die verbotenen Künste der Alten beherrscht und deren Geist stark genug ist, nicht unter dem Wissen zu zerbrechen, mit dem er leben muß. Wenige Tage vor unserer Abreise wurde die neue Errish gewählt und eingeführt, Skar.« Skar hatte plötzlich das Gefühl, von einer eisigen Hand berührt zu werden. Kälte breitete sich in ihm aus, eine Kälte, die tausendmal schlimmer war als die, die von außen auf ihn eindrang. Er wußte, was Yar-gan sagen würde, noch bevor er die Worte hörte.

»Wenn irgendein Mensch auf dieser Welt zu so etwas fähig ist, Skar, dann nur die *Margoi* der Errish«, sagte der Sumpfmann, leise und jede Silbe übermäßig betonend. Die Worte trafen Skar wie Ohrfeigen. »Niemand hat je hinter den Schleier einer *Margoi* gesehen, Skar. Selbst den Errish wird die Erinnerung an sie genommen, sobald sie erwählt ist. Aber du und ich, Skar, wir kennen das Gesicht der Frau, die den Thron Elays innehat. *Ihr Name ist Gowenna.*«

Der Sturm hatte zu wüten aufgehört, und auch der Wind war zum Erliegen gekommen – zum ersten Mal, seit sie diese Insel betreten hatten. Die Männer gingen noch immer gebückt und vornüber geneigt unter der Last ihrer Bündel und der zahllosen Meilen, die sie zurückgelegt hatten, aber die unbarmherzige Kralle des eisigen Windes fehlte, und das Atmen fiel leichter. Der Himmel hatte aufgeklart: Die Wolken waren vom Sturm hinweggepeitscht worden, und auch die schwefelgelbe Farbe, die das Firmament wie ein böses Omen überzogen hatte, war wieder dem Stahlblau des Nachmittagshimmels gewichen. Trotzdem wurde es nicht richtig hell. Obwohl das Eis das Licht der Sonne reflektierte und mit seinem blendenden Weiß verstärkte, schien Corty-cor in einer endlosen Dämmerung versunken zu sein, als wäre diese Insel und alles, was auf ihr war, auf ewig gefangen in einem zeitlosen Bereich zwischen Tag und Nacht, Tod und Leben.

Skar war der letzte, der die Ruine verlassen hatte, und er hielt sich auch weiter am Ende der Kolonne – wie er sagte, um ihren Rücken zu decken, so wie Del sich an die Spitze ihrer zerschlagenen Armee gesetzt hatte, um Helth jeder Möglichkeit eines überraschenden Angriffes zu berauben –, in Wahrheit aber, um allein zu sein, nachdenken zu können (oder vielleicht auch gerade *nicht* denken zu müssen).

Es war noch mehr als eine Stunde vergangen, ehe Yar-gan den von Gowenna über die Männer gelegten Bann brechen konnte und sie endlich weitermarschiert waren. Der Sumpfmann war bemüht gewesen, Skar zu erklären, was sie getan hatte – es fielen Worte wie *Hypnose* und *suggestiver Block*, die aber Skar nichts bedeuteten und die er in diesem Moment auch gar nicht verstehen wollte. Im ersten Augenblick hatte er sich einfach geweigert, Yar-gans Worten zu glauben.

»Das... das ist nicht wahr«, hatte er gestottert, schließlich geschrien, ohne weiter auf die Freisegler Rücksicht zu nehmen.

Yar-gan hatte einen Moment geschwiegen, ihn am Arm ergriffen und ein Stück in die Ruine hineingeführt, weit genug, um allein mit ihm und sicher sein zu können, daß keiner der anderen ihre Worte belauschen konnte. »Es ist wahr, Skar«, hatte der Sumpfmann ernst beteuert. »Du weißt, daß es so ist. Lausche in dich hinein. Frage deine Seele, und du wirst sehen, daß sie sie als das erkennt, was sie ist.«

Skar hatte gespürt – *gewußt* –, daß Yar-gan die Wahrheit sprach, so sicher, wie er wußte, daß er er selbst und dieser Mann vor ihm nicht Del war. Und trotzdem war sein Verstand nicht bereit gewesen, die Wahrheit zu akzeptieren. »Sie... sie ist nicht einmal eine Errish«, hatte er hilflos gestammelt.

Yar-gan hatte den Kopf geschüttelt und ihn verständnisvoll, beinahe mitleidig, ohne daß es verletzend gewirkt hätte, angesehen und erwidert: »Sie ist viel mehr, Skar. Du und sie, ihr seid euch ähnlicher, als du ahnst. In ihr schlummern die gleichen Kräfte wie in dir, Skar. Ihr tragt beide das Erbe eurer Vorfahren, und es ist für euch beide Fluch und Segen zugleich.«

»Du meinst...«

»Ich meine das, was du deinen Dunklen Bruder nennst, Skar«, hatte ihn Yar-gan unterbrochen. »Die Stimme in deinem Inneren, die du so fürchtest und die doch ein Teil von dir ist, ein Teil, ohne den du nicht leben könntest. Das, was in deinem Kind sein wird. Vela hat diese Kraft erkannt, schon als sie Gowenna das erste Mal sah. Es war kein Zufall, daß sie dieses einfache Bauernmädchen mit sich nahm, Skar. Und es war kein Zufall, daß sie sie *nicht* zu den Errish brachte. Der Ehrwürdigen Mutter wäre ihre Begabung ebenfalls sofort aufgefallen, und es wäre Vela niemals möglich gewesen, sie für ihre Zwecke zu benutzen.«

Er hatte noch mehr gesagt, aber seine Worte waren nicht mehr in Skars Bewußtsein eingedrungen; er hatte sie zwar noch gehört, ohne aber ihren Sinn zu begreifen und ihre Bedeutung an seinen Geist weiterzuleiten. Er wußte, daß der Sumpfmann recht hatte. Gowenna war vor ihm in Combat gewesen, Jahre bevor er überhaupt erfuhr, daß es so etwas wie einen Stein der Macht gab, und sie war ihm näher gekommen als irgendein anderer lebender Mensch vor ihr. Sie hatte Vela widerstanden, obwohl der Errish die Macht der Alten zur Seite stand, und es war ihr sogar gelungen, die Sumpfmänner zu täuschen. »Ich... begreife das alles nicht«, hatte er nach einer Weile geflüstert. »Wenn es so ist – wenn du die Wahrheit sagst, Yar-gan, warum sind wir dann hier? Warum ist sie nicht in Elay geblieben? Niemand hätte eine Frage gestellt, niemand hätte es gewagt, an ihren Entscheidungen zu zweifeln. Die *Margoi* ist eine Göttin, Del! Warum diese Reise zum Berg der Götter?«

Yar-gan hatte plötzlich gelächelt, und Skar war zu Bewußtsein gekommen, daß er ihn *Del* genannt – und in diesem Moment auch mit Del geredet – hatte. Dann war er wieder ernst geworden. »Ich weiß es nicht, Skar. Ich habe versucht, ihren Geist zu ergründen, aber er ist mir verschlossen. Sie ist stark, viel stärker als du oder ich, auf ihre Weise. Und sie konnte nicht mit dem Dronte rechnen.«

»Konnte sie das wirklich nicht?« Skar hatte den Blick gesenkt und eine Sekunde lang das verzerrte Spiegelbild seines eigenen Gesichtes angestarrt, und für einen Moment war es ihm unwirklicher und fremdartiger als das Yar-gans vorgekommen. Er wußte, daß hinter Dels Zügen die grauen Schemen eines Schattengesichtes warteten. Und hinter seinen eigenen? Was war das, was da in ihm lauerte und ihn manchmal aus seinen eigenen Augen spöttisch ansah? Schließlich hatte er sich von dem Bild losgerissen und wieder den Sumpfmann angestarrt. »Aber selbst ohne das Zusammentreffen mit ihm wäre die Reise gefährlich und hart geworden, Yar-gan. Es ist ein weiter Weg zum Berg der Götter.«

»Vielleicht verspürte sie immer noch Angst vor Vela«, hatte Yar-gan vermutet. »Oder vor dem Kind. Vielleicht auch Angst, ihre Macht allein würde nicht ausreichen, mit ihm fertig zu werden.«

»Oder sie plante etwas, das nicht einmal die *Margoi* wissen durfte. Etwas, das –«

»Es nutzt nichts, wenn wir wild herumrätseln«, hatte der Sumpfmann ihn unterbrochen. Seine Stimme war plötzlich verändert; ungeduldig, beinahe drängend. »Wir müssen sie suchen, Skar.«

Suchen... Um ein Haar hätte Skar schrill aufgelacht. Allein der Gedanke, in dieser Hölle aus Kälte und Weiß einen einzelnen Menschen suchen und – in wenigen Stunden – finden zu wollen, erschien ihm lächerlich. Aber er besaß einfach nicht mehr die Kraft dazu. In diesem Moment war etwas in ihm, etwas, das die ganze Zeit unter einem unerträglichen Druck gestanden hatte, vollends zerbrochen. Wäre Helth in diesem Moment erneut aufgetaucht, um ihn zu töten, er hätte sich nicht einmal mehr gewehrt. Yar-gans weitere Worte waren nicht mehr bis zu Skars Verstand vorgedrungen, und schließlich hatte sich der Sumpfmann schweigend umgewandt und war zu den Männern gegangen, um die Wirkung von Gowennas Beeinflussung rückgängig zu machen.

Eine Veränderung in seiner Umgebung ließ ihn aus seinen Gedanken schrecken. Er sah auf, wischte die Tränen, die Müdigkeit und Erschöpfung in seine Augen getrieben hatten, mit der Hand fort und blinzelte. Vor ihnen lag eine breite, von senkrechten, in Form und Größe nicht genau auszumachenden Wänden gesäumte Straße, deren Ende sich in flackernder grauer Dämmerung verlor. Das Eis war hier trüb, durchzogen von grauen Schlieren wie gefangenen Wolken und Millionen winziger feinverästelter Risse. Dieser Anblick ließ ihn für einen Moment an die Turmruine denken, aber der Schrecken, der diese Erinnerung begleitete, verging rasch.

Ein paar der Männer waren stehengeblieben, und er sah, daß Del – *Yar-gan*, verbesserte er sich hastig in Gedanken – sich umgedreht hatte und heftig mit beiden Armen gestikulierte. Skar starrte ihn einen Herzschlag verständnislos an, ehe er begriff. Seine Gedanken bewegten sich zäh wie Lava. Er lud sein Bündel ab, öffnete die Spange seines Mantels, um bequemer gehen zu können, und eilte auf den Sumpfmann zu.

»Helth?« fragte er. Seine Stimme versickerte in der Luft, aber Yargan hätte ihn auch verstanden, wenn er ihn nicht direkt angesehen hätte. Er schüttelte den Kopf, trat beiseite und deutete nach vorn. Skar folgte der angezeigten Richtung und fuhr zusammen.

Der Weg gabelte sich vor ihnen; nach links führte die Straße so breit und eben wie bisher weiter, zur anderen Seite hin wurde sie schmaler und stieg gleichzeitig sanft an. Aber sie würden nicht frei wählen können, denn auf der linken Seite, fünfzig, allerhöchstens sechzig Schritt entfernt, standen zwei gewaltige, weiß schimmernde Gestalten – die beiden Eiskrieger, die ihnen vom See her gefolgt waren!

Skar erkannte sie sofort wieder, obwohl sie sich weiter verändert hatten und halb hinter wehenden weißen Schwaden verborgen waren, die wie Dampf vom Boden aufstiegen.

Yar-gan wollte sein Schwert ziehen, aber Skar hielt ihn mit einem raschen Kopfschütteln zurück. Es war wie die ersten beiden Male, als sie auf zwei dieser unglaublichen Wesen gestoßen waren – er wußte einerseits, daß der Gedanke schlichtweg lächerlich sein mußte, aber er spürte andererseits einfach, daß diese Krieger aus Eis nicht kämpfen *wollten*.

»Nicht«, sagte er leise. »Das hat keinen Zweck, Del.«

Yar-gan schob seine Waffe gehorsam in die Scheide zurück, sah Skar aber weiter verwundert an. Skar ignorierte seinen Blick und starrte weiter zu den gewaltigen weißen Gestalten vor ihnen hinüber. Sie kamen ihm größer vor als bisher, gleichzeitig aber auch schlanker, besser proportioniert und auf bedrückende Weise *menschlicher*, obwohl sich an ihrem Äußeren nichts geändert zu haben schien: Sie waren immer noch gigantisch, weiße Titanen, deren Körper und Rüstung eins waren, deren Hände mit Schwert und Schild verwachsen und deren Gesichter aus dem gleichen Material gemeißelt waren, aus dem diese ganze Stadt bestand. Und doch waren sie gleichzeitig anders, ganz anders. Bisher hatte er nur plumpe weiße Kolosse in ihnen gesehen, und sie waren wohl auch nicht viel mehr gewesen; mörderische, aber nur halb gelungene Kopien menschlicher Wesen. Jetzt war es anders. Skar spürte noch immer die Aura unglaublicher Kraft, die die Wesen ausstrahlten, aber es war auch etwas anderes darunter. Obwohl sie zu weit entfernt waren, um ihre Gesichter zu erkennen, war Skar sicher, daß die blitzenden weißen Flächen unter ihren Helmen nicht länger leer waren, sondern menschliche Züge aufwiesen.

Yar-gan wurde ungeduldig. »Greifen wir sie nacheinander an, oder teilen wir uns?« fragte er. Die beiden Giganten standen ein Stück voneinander entfernt; der eine etwas weiter hinten und auf der anderen Seite der Straße, so daß sie sie nicht gleichzeitig angreifen konnten.

»Weder noch«, antwortete Skar, ohne den Blick von der bizarren Erscheinung vor sich zu nehmen. »Wir nehmen den anderen Weg.«

Yar-gan starrte ihn ungläubig an. »Das kann nicht dein Ernst sein, Skar!« Er zog nun doch sein Schwert und deutete erregt mit der Spitze auf den rechten, freigebliebenen Weg, dann auf die beiden Eiskrieger. »Das ist eine Falle!« behauptete er. »Jedes Kind würde sie erkennen!«

Skar lächelte. »Oder eine Warnung«, murmelte er.

»Unsinn«, entgegnete der Sumpfmann ungehalten. »Er wird plötzlich sein Herz für uns erkannt haben, wie?«

Skar löste sich mühsam vom Anblick der beiden titanischen Eiskrieger, drehte sich und sah Yar-gan an. Zorn verzerrte die Züge des Sumpfmannes, die gleiche jähzornige Wut, die so typisch für Del gewesen war und die ihn so oft in haarsträubende Situationen gebracht hatte. Er lächelte, aber er bezweifelte, daß Yar-gan den wahren Grund für dieses Lächeln begriff.

»Vielleicht ist es eine Falle«, gab er zu. »Aber selbst wenn, haben wir wohl keine große Auswahl, Del. Wir können nicht gegen sie kämpfen.«

»Es sind nur zwei!«

»Es waren auch nur zwei, die Gowenna und mich angegriffen haben«, widersprach Skar ruhig. »Und es waren nur zwei, auf die wir gestern gestoßen sind. Mein Gott, Del – wenn der Dronte diese Kreaturen ausgesandt hätte, um uns zu töten, hätten sie es längst getan! Er hätte Tausende von diesen Monstern auf uns hetzen können, statt nur zwei. Woher willst du wissen, daß nicht immer wieder *nur zwei* auftauchen? So lange, bis keiner von uns mehr übrig ist, um sie zu vernichten?«

Yar-gan schnappte hörbar nach Luft, aber Skar ließ ihn nicht zu Wort kommen, sondern sprach schnell weiter. »Möglicherweise ist es eine Falle«, sagte er noch einmal, »aber wenn, so sind wir darauf vorbereitet. Und vielleicht ist es auch etwas anderes.«

»Und was?« fragte Yar-gan übellaunig. »Etwa gar eine freundliche Einladung zu –«

»Herr!« keuchte einer der Freisegler. Yar-gan brach mitten im Satz ab, fuhr herum und erstarrte für eine halbe Sekunde.

Die beiden Giganten waren aus ihrer Erstarrung erwacht und kamen langsam auf sie zu. Skar sah, daß auch ihre Art, sich zu bewegen, menschlicher geworden war. Ihre Schritte waren leicht, beinahe elegant, aber man spürte die Kraft, die in ihren künstlichen Muskeln war. Eine Kraft, der weder er noch der Sumpfmann etwas entgegenzusetzen hätte. Nein, dachte er überzeugt. Wenn diese beiden Riesen gekommen wären, um sie zu vernichten, hätten sie es längst getan.

Yar-gan wich Schritt für Schritt zurück, und auch die Freisegler begannen unruhig zu werden. Zwei, drei Krieger wandten sich um und begannen zu laufen, während die anderen den beiden näher kommenden Titanen voller Furcht entgegensahen.

»Skar!« sagte Yar-gan. Seine Stimme bebte. »Tu etwas!«

Ein gellender Schrei wehte vom entgegengesetzten Ende der Straße zu ihnen herüber. Skar und der Sumpfmann fuhren in einer einzigen, synchronen Bewegung herum. Yar-gan keuchte.

Auch der Rückweg war ihnen verwehrt. Hinter den letzten Männern war Nebel aufgekommen, lautlos und schnell, unwirkliche, schwere graue Schwaden, die aus Boden und Wänden zu quellen schienen und den Weg wie eine wirbelnde Barriere versperrten, und hinter ihnen zeichneten sich die Gestalten zweier weiterer Eiskrieger ab, stumm und drohend und so tödlich wie die beiden vor ihnen.

Skars Hand fuhr zum Gürtel. Seine Finger faßten um den lederbezogenen Griff des Schwertes. Aber das vertraute, sichere Gefühl, das die Berührung der Waffe ihm immer vermittelt hatte, kam nicht.

»Nicht...«, flüsterte er. »Yar-gan – mach jetzt keinen Fehler!« Seine Hände begannen zu zittern. Wie oft in Augenblicken der Gefahr sah er wieder alles mit phantastischer Klarheit, nahm er Dinge und Einzelheiten wahr, über die er normalerweise hinweggesehen hätte, ohne sie überhaupt zur Kenntnis zu nehmen: Die Unruhe, die die Freisegler gepackt hatte, etwas, was nicht nur Furcht allein war, das nervöse Zucken um Yar-gans Mundwinkel, die unsicheren kleinen Bewegungen, mit denen die Männer nach ihren Waffen griffen, die Blicke, mit denen sie verzweifelt nach einem Fluchtweg suchten, den es nicht mehr gab...

»Nicht kämpfen«, flüsterte er noch einmal. »Eine einzige falsche Bewegung, und wir sind alle tot.«

Yar-gan nickte, zum Zeichen, daß er verstanden hatte. Seine Lippen waren zu einem schmalen Strich zusammengepreßt.

Skar sah sich um. Die beiden ersten Krieger waren näher gekommen, jedoch einen Schritt vor der Abzweigung stehen geblieben. Skar spürte, wie er von Blicken unsichtbarer, aus Eis gemeißelter Augen gemustert wurde, Augen, die hinter seine Stirn sahen und seine Gedanken lasen, Dinge in seiner Seele erblickten, die ihm selbst verschlossen waren.

Einer der beiden senkte seinen Schild, trat – sehr langsam, als wisse er, daß eine einzige unbedachte Bewegung den Sumpfmann zu einem Angriff verleiten mochte – noch einen weiteren Schritt vor und hob den Arm. Die Spitze des Schwertes, mit dem seine Hand verwachsen war, deutete nach rechts, den einzigen freigebliebenen Weg hinab. Der Nebel an seinem Ende trieb auseinander, als wäre die Bewegung des Eiskriegers das Zeichen dazu gewesen, und Skar erkannte ein niedriges, achteckiges Gebäude. Ein Teil seiner südlichen Wand war eingestürzt. Yar-gan atmete hörbar ein.

»Verdammt, Skar, das ist eine Falle!« murmelte er.

Skar ignorierte ihn. Sein Blick saugte sich am Gesicht des Eiskriegers fest. Aus dem glatten Visier war ein menschliches Antlitz geworden, Kinn und Nase, zuvor nur angedeutet, waren jetzt deutlich zu erkennen, der schmale Sehschlitz hatte sich zurückgebildet und war in der Mitte geschlossen, so daß zwei tiefe, noch leere Augenhöhlen entstanden waren. Es wirkte immer noch nicht völlig menschlich, sondern eher wie eine aus Eis gefrorene Totenmaske, in der die Züge dessen, den sie darstellen sollte, nur angedeutet, stilisiert waren.

Und doch hatte dieses Gesicht etwas seltsam Vertrautes...

Skar sah mit einem Ruck auf und starrte den zweiten Eismann an. Er war zu weit entfernt und sein Gesicht hinter den wogenden Nebelschwaden verborgen, die ihnen nachgekrochen waren wie eisiger Atem, aber er wußte, daß er unter seinem Helm die gleichen Züge erblicken würde. Für den Bruchteil einer Sekunde blitzte ein Gedanke hinter seiner Stirn auf, etwas, das mit seinem Traum und mit dem Dronte zu tun hatte, aber er verschwand zu schnell, als daß er ihn greifen konnte.

Mühsam löste er seine Hand vom Schwertgriff, drückte Yar-gans Waffenarm herunter und deutete in die Richtung, in die der Eiskrieger wies. »Wir gehen.«

»Du bist wahnsinnig!« keuchte Yar-gan. »Das –«

»Wir gehen«, sagte Skar noch einmal, so scharf, daß Yar-gan nicht weitersprach, sondern nur abwechselnd ihn und die beiden eisigen Kreaturen anstarrte. Nach einer Ewigkeit senkte auch er seine Waffe vollends und entspannte sich. Aber er steckte das Schwert nicht ein.

»Wie du willst, Satai«, sagte er. Seine Stimme klang kalt.

Skar sah ihn einen Herzschlag lang schweigend an, drehte sich herum und ging langsam an ihm und den wartenden Eiskriegern vorbei.

Skar wußte nicht, wie viele Stufen sie in die Tiefe gestiegen waren. Er wußte nicht mehr, wie viele Rampen und Schächte sie hinabgegangen, über wie viele Hindernisse sie geklettert waren und wie viele Räume sie durchquert hatten. Die Zeit war bedeutungslos geworden, und nach einer Weile waren selbst die Schmerzen in seinen verkrampften Muskeln verblaßt und das Jagen seines Herzens zu einem mühsamen, schweren Schlagen geworden. Über ihnen mußte die Sonne untergegangen sein, aber so wie es hier unter dem Eis niemals richtig hell wurde, wurde es auch nicht dunkel. Die Wände verstrahlten ein unwirkliches, graues Licht, in dem ihre Bewegungen abgehackt und ruckhaft wirkten; schneller, als sie waren, und in dem man niemals wirklich sagen konnte, wie weit sich der Weg noch erstreckte, der vor ihnen lag. Die Gänge und Stollen schienen endlos, und jedesmal, wenn Skar glaubte, nun endlich die unterste Sohle dieses furchteinflößenden grauweißen Labyrinths erreicht zu haben, klaffte ein neuer Abgrund, ein neuer Treppenschacht, eine weitere vereiste Rampe vor ihnen auf, ging es tiefer hinab in die Erde und den eisigen Panzer, der Cor-ty-cor erstickt hatte.

Die Eiskrieger waren hinter ihnen zurückgeblieben, als sie den Eingang gefunden hatten, aber Skar wußte, daß sie weiter in ihrer Nähe waren, so wie sie sie die ganze Zeit wie unsichtbare stumme Schatten begleitet hatten, sie beobachteten, vielleicht belauerten und warteten. Auch die Stimme in seinem Inneren schwieg. Aber es war nicht wie die Male vorher, als sie eingeschlafen war und er sie für tot und besiegt gehalten hatte. Sie wartete wie die Eiskrieger, wie Helth und die Macht, die ihn lenkte, wie Yar-gan und die Krieger, wartete auf etwas, von dem sich Skar keine Vorstellung zu machen wagte und das ihn trotzdem erschreckte. Mehr als irgend etwas, das er je zuvor in seinem Leben gespürt hatte.

Sie waren noch dreiundzwanzig, als sie den Hafen erreichten. Die graue Dämmerung teilte sich vor ihnen und gab den Blick auf eine glatte, wie polierter Stahl schimmernde Wand frei, auf deren Oberfläche sich die Gestalten der Männer wie bizarre Doppelgänger spiegelten. Durch einen halbhohen, wie fast alles hier unten in Größe und Form nicht wirklich zu erkennenden Durchgang gewahrten sie eine sichelförmige, von einem Gewirr ineinander verwachsener, brusthoher Eiszähne begrenzte Plattform. Es fiel Skar schwer, durch den Nebel aus Erschöpfung vor seinen Augen noch Einzelheiten zu sehen, aber über, unter und hinter ihr glaubte er die Wände einer titanischen Höhle zu erkennen. Der sterile Geruch des Eises war dem scharfen Aroma von Salzwasser gewichen. Der Boden unter seinen Füßen zitterte schwach, und das dumpfe Pochen, das jeden ihrer Schritte begleitete und das seine Phantasie zum Schlagen eines schwarzen Riesenherzens hatte werden lassen, war das Geräusch der Brandung, die irgendwo jenseits der Wand gegen einen eisigen Strand rollte. Plötzlich fürchtete sich Skar davor, den nächsten Schritt zu tun und auf den Balkon auf der anderen Seite zu treten. Für einen kurzen Moment verspürte er eine irrsinnige Furcht, Angst, dort hinüber zu gehen und vielleicht nichts als eine weitere leere Katakombe zu entdecken, zu erkennen, daß dieser Hafen leer und tot wie der Rest Cor-ty-cors war, und sich eingestehen zu müssen, daß ihre letzte Hoffnung zerbrochen und alles, was sie noch erwarten konnten, ein hoffentlich rascher Tod war. Aber auch diese Furcht verging, versank in der Woge von Schwäche und Müdigkeit, die seine Gedanken einzunebeln begann. Als hätten sich jetzt selbst seine Instinkte gegen ihn gewandt, gab ihm der Anblick nicht noch einmal jenen verzweifelten Trost, den er mobilisieren sollte, sondern lähmte ihn. Er kam sich vor wie ein Verdurstender, der nach tagelangem Marsch durch die Wüste das rettende Wasserloch gefunden und nicht mehr die Kraft hatte, die letzten zwei Meter zu kriechen.

Er blieb stehen, atmete ein paarmal tief durch und hob die Hand, um auch die Männer zum Anhalten zu bewegen. Einige blieben stehen, andere sanken wortlos zu Boden oder gegen die Wände, ein paar marschierten auch einfach weiter, zu erschöpft, um das Zeichen zu sehen, oder zu kraftlos, um noch darauf zu reagieren. Eine der ausgemergelten Gestalten brach direkt vor Yar-gans Füßen zusammen, krümmte sich und rang mit einem schrecklichen, pfeifenden Laut nach Luft. Der Sumpfmann beugte sich zu ihm hinab und berührte seine Stirn; der Atem des Mannes beruhigte sich, und der erstarrte Ausdruck von Schmerz auf seinen Zügen wich dem einer tiefen Entspannung. Aber Skar wußte, daß die Hilfe, die Yar-gan den Männern spenden konnte, trügerisch und nur von kurzer Dauer war. Es traf zu, was er selbst gesagt hatte: Er konnte ein wenig täuschen und Dinge vorgaukeln, die nicht wirklich waren; nicht nur dem Geist, sondern auch dem Körper. Die Kraft, die er dem zu Tode Erschöpften gab, war seine eigene, Teil seiner letzten Reserven, die er mit dem verborgenen Wissen seiner Art zu wecken imstande war. Aber sie waren fast aufgebraucht. Selbst den Kräften des Sumpfmannes waren Grenzen gesetzt, und er hatte sie erreicht.

Skar lehnte sich erschöpft gegen die Wand, atmete erneut tief durch und versuchte vergeblich, noch so etwas wie Hoffnung in sich zu entdecken. Das Eis in seinem Rücken ließ ihn erschauern, und es war, als dränge die Kälte bis in seine Seele und lähme sie, so daß er nicht einmal mehr fähig war, Schmerz zu empfinden. Sieben der einunddreißig Männer, die mit ihnen den Abstieg in dieses unirdische Reich der Dämmerung und Kälte begonnen hatten, waren tot. Zu Tode gestürzt auf Stufen, die nicht für menschliche Füße gemacht waren, mit einem lautlosen Schrei in Abgründen verschwunden, die plötzlich vor ihnen aufklafften, oder einfach zusammengebrochen wie leere Hüllen, in denen das letzte bißchen Lebenskraft verbraucht war. Zwei weitere waren zurückgeblieben, noch nicht tot, aber zu schwach, um weiterzugehen. Auch sie würden sterben. Der Schlaf, der der Erschöpfung folgte, würde der letzte sein. Aber er fühlte keine Trauer mehr, nicht einmal Mitleid. Fast beneidete er die Toten.

Yar-gan sagte etwas, aber Skar verstand die Worte nicht mehr. Das

Gesicht des Sumpfmannes verschwand immer wieder hinter Schleiern der Erschöpfung, und seine Worte zerbrachen zu Lauten und Silben, die sein Verstand nicht mehr zu deuten imstande war. Etwas Dunkles, Warmes und unglaublich Mächtiges begann Besitz von seinen Gedanken zu ergreifen. Sein Dunkler Bruder oder der Tod; vielleicht beides.

Yar-gan packte ihn unsanft bei der Schulter und schüttelte ihn so brutal, daß Skars Kopf zurückflog und gegen das Eis prallte. Der Schmerz erschien ihm unwirklich, und die Dunkelheit hinter seiner Stirn wurde tiefer. Er schmeckte Blut. Yar-gan schüttelte ihn noch heftiger, riß ihn schließlich grob zu sich heran und preßte seine Hand auf Skars Augen. Die Berührung tat weh. Dünne, flammende Linien aus rotem Schmerz fraßen sich durch seine Lider und zuckten wie glühende Dolche in seinen Schädel; er versuchte, Yar-gans Hand abzustreifen, aber der Griff des Sumpfmannes war eisern und verstärkte sich eher noch. Skar stöhnte.

»Verdammt, Skar, reiß dich zusammen!«

Diesmal verstand er die Worte. Die Dunkelheit wich zurück, aber nicht weit genug, floh nicht, sondern sammelte nur Kraft für einen neuen Ansturm. Er bewegte sich, krallte die Hand in Yar-gans Mantel und versuchte, den Sumpfmann zurückzustoßen. Yar-gan knurrte wütend, schlug seine Hand zur Seite und versetzte ihm einen schallenden Schlag ins Gesicht. Skar taumelte gegen die Wand, rutschte kraftlos zu Boden und stöhnte erneut, als Yar-gan ihn grob auf die Füße riß und erneut ohrfeigte.

»Laß... mich«, murmelte er schwach.

»Ich denke nicht daran«, zischte der Sumpfmann. »Du wirst jetzt nicht aufgeben, Skar. Wir gehen weiter, und wenn ich dich dort hindurchprügeln muß!« Er drehte Skar wie eine willenlose Puppe herum, versetzte ihm einen Stoß in den Rücken, der ihn auf den Durchgang zutaumeln ließ, und fing ihn auf, als er zu stürzen drohte. Der Griff der Dunkelheit um Skars Gedanken lockerte sich, aber er fühlte sich noch immer wie in einem Traum, seine Umgebung erschien schemenhaft und unwirklich, er war nur müde. Er stolperte, fiel auf Hände und Knie und schluckte einen Schmerzenslaut hinunter. Die Welt vor seinen Augen begann sich rot zu färben.

Yar-gan kniete mit einem gemurmelten Fluch neben ihm nieder, riß ihn herum und legte die Hand – wie schon zuvor, aber weniger heftig, so daß die Berührung nur noch unangenehm und nicht mehr qualvoll war – auf seine Augen. Diesmal ließ es Skar geschehen, ohne sich zu wehren.

Einen Moment lang geschah nichts, dann fühlte er wieder eine Welle der Wärme und Entspannung in sich aufsteigen, beinahe so stark und mächtig wie die Woge der Dunkelheit zuvor, anders als sie, nicht lockend und tödlich.

Yar-gan blieb fast eine Minute neben ihm hocken, preßte Daumen und Mittelfinger auf seine geschlossenen Lider und murmelte in seiner Muttersprache vor sich hin, ehe er die Hand herunternahm. Skar atmete hörbar ein, versuchte vorsichtig die Augen aufzuschlagen und blinzelte ein paarmal. Er sah tanzende farbige Ringe und Kreise, aber es waren nur die Folgen des Druckes, den der Sumpfmann auf seine Augäpfel ausgeübt hatte, nicht mehr die Vorboten des Todes.

»Geht es wieder?«

Skar nickte. »Ja. Ich...« Er schüttelte den Kopf, schlug die Hände vor das Gesicht und betastete vorsichtig seine Wangenknochen. Yar-gans Griff war fest wie der einer stählernen Klaue gewesen. »Danke«, murmelte er. »Ich glaube, du hast mir gerade das Leben gerettet. Was hast du getan?«

»Dazu bin ich schließlich da«, sagte Yar-gan, ohne auf seine Frage einzugehen. »Kannst du aufstehen?«

Skar nickte, setzte sich gerade auf und sah zu dem gekrümmten Ausschnitt der Höhlendecke hinauf, der durch die Tür sichtbar wurde. Er spürte, wie neue Kraft in seine Glieder strömte, aber er wußte auch, daß dieses Gefühl trog. Es war geliehene Stärke, Kraft, die zu nutzen verboten und gefährlich war. Was er jetzt verbrauchte, war nicht die Kraft, die seine Beine und Arme bewegte und sein Herz schlagen ließ, sondern die Kräfte des Lebens selbst, die Energien, die die Flamme in seinem Inneren weiterbrennen ließen. Skar wußte, was geschehen würde, wenn er sich ihrer zu lange bediente. Er hatte es gesehen, hier, bei diesem Haufen Verdammter, die ihn und Yar-gan begleiteten, in Kämpfen und auf dem Marsch durch Nacht und Eis, unzählige Male: ein letztes Aufbäumen, jener kurze, beängstigende Ausbruch von Kraft und oft genug Raserei, der einen Mann manchmal zu unglaublichen Leistungen befähigen konnte. Und ihn tötete.

Yar-gan stand schweigend auf, trat gebückt durch den Durchgang und ging mit zwei, drei raschen Schritten auf die Barriere aus Eiszakken zu. Skar folgte ihm, langsamer und in großem Abstand. Sein Herz begann erneut schneller zu schlagen, als er neben den Sumpfmann trat und die Hände auf die natürlich gewachsene Balkonbrüstung legte.

Er wußte nicht, was er erwartet hatte – eigentlich nichts, nicht nach allem, dem sie begegnet waren. Cor-ty-cor entzog sich seinen Erwartungen, war eine Welt, in der die Phantasie des Menschen nach einer Weile kapitulierte und es aufgab, sich ausmalen zu wollen, wie etwas Bestimmtes aussehen, *sein* würde. Trotzdem lähmte ihn der Anblick für Minuten. Aber es war diesmal nicht seine Fremdartigkeit, sondern gerade das Gefühl des Vertrauten, Bekannten, das das Bild in ihm weckte.

Der Balkon lag weniger als fünf Meter über dem Boden, und es war kein Balkon, nichts künstlich Geschaffenes, sondern einer von zahllosen Vorsprüngen und Erkern, die die Natur willkürlich über die Wände verstreut hatte, als sie diese zyklopische Höhle erschuf, nur nachträglich geglättet und mit einer Brüstung versehen. Die Höhle selbst war gigantisch – eine kuppelförmige Blase aus zernarbtem braungrauem Fels, deren Wände nicht einmal das geduldig vorrükkende Eis vollkommen bedecken konnten. Ihr höchster Punkt mußte annähernd eine halbe Meile über ihren Köpfen liegen. Skar war verwirrt, aber auch erleichtert, auf eine schwer zu beschreibende Art. Wenn dies wirklich ein Teil der Stadt war, deren erstarrten Leichnam sie durchquert hatten, so einer, der von ihren Erbauern unverändert von der Natur übernommen und für ihre Zwecke nutzbar gemacht worden war. Obwohl die Kälte und der scharfe, durchdringende Geruch des Salzwassers wie kleine scharfe Messer in seine Kehle schnitten, hatte er plötzlich das Gefühl, zum ersten Mal seit Tagen wieder frei atmen zu können. Der die ganze Zeit auf seinen Gedanken und seiner Seele lastende Druck wurde schwächer.

»Was, glaubst du, ist das hier?« fragte Yar-gan. Skar verstand die Worte, obwohl er ihn nicht angesehen und der Sumpfmann mit Dels – menschlicher – Stimme geredet hatte. Der finstere Zauber Cor-ty-cors war hinter ihnen zurückgeblieben. »Jedenfalls kein Eis«, antwortete Skar mit einer Heiterkeit, die ihn selbst erstaunte. Er seufzte. »Ich habe schon angefangen zu glauben, daß die ganze Welt aus Eis besteht.«

Yar-gan lächelte kurz und wurde dann wieder ernst. »Dort drüben scheint die Einfahrt zu sein«, murmelte er. Skar sah in die Richtung, in die der Sumpfmann deutete. Der braune Fels und das Wasser, das geduldig an ihm nagte, saugten das Licht auf und machten es schwer, Einzelheiten zu erkennen; der Blick reichte nicht weit über die Hälfte der steinernen Blase hinaus, und alles, was dahinter lag, waren Schatten und Finsternis. Aber ein Teil dieser Dunkelheit schien tiefer zu sein, nur um eine winzige Nuance; ein noch dunkleres Schwarz auf schwarzem Hintergrund, und als Skar eine Weile hinsah, glaubte er eine Anzahl winziger flimmernder Punkte zu erkennen. Sterne, die auf dem Nachthimmel glitzerten, der hinter dem niedergebrochenen Teil der Höhlenwand erkennbar war. Wenn es so war, dann mußte die Einfahrt gewaltig sein: breit genug, zehn Schiffe von der Größe der SHAROKAAN gleichzeitig hindurchzulassen. Die Vorstellung erschreckte Skar. Dieser Hafen konnte eine Armada aufnehmen, die größer war als alle Kriegs- und Handelsflotten der Welt zusammengenommen.

»Dort unten ist etwas«, sagte Yar-gan. Er beugte sich weit vor, hielt sich mit der Linken an der Balkonbrüstung fest, um nicht das Gleichgewicht zu verlieren, und deutete mit der anderen Hand nach unten. Skar erkannte, was der Sumpfmann meinte: Etwa eine Meile entfernt schaukelten drei dunkle, gedrungene Schatten auf der Wasseroberfläche.

»Schiffe?« fragte er.

Yar-gan zuckte mit den Schultern. »Ich kann zwar etwas besser sehen als du, aber...« Er überlegte einen Moment, zuckte abermals mit den Achseln und richtete sich wieder auf. Das Eis war geschmolzen, wo er sich festgehalten hatte. Seine Hand hinterließ einen deutlichen Abdruck auf der weißen Fläche. »Holen wir die Männer und sehen nach«, sagte er. »Wenn es Schiffe sind, finden wir auch eine Möglichkeit, sie wieder seetüchtig zu machen und von hier zu verschwinden.« Plötzlich lächelte er. »Es scheint fast, als hätten wir ausnahmsweise einmal Glück, Skar.«

»Aber sicher«, erwiderte Skar bissig. »Wir müssen nur noch Vela und Gowenna finden, Gowennas Pläne durchkreuzen – wie immer sie aussehen mögen –, Helth unschädlich machen, die Eiskrieger besiegen und den Dronte vernichten. Mehr nicht.«

Gegen seine Erwartung wurde Yar-gans Grinsen noch eine Spur breiter. »Allmählich beginnst du wieder zu dem zu werden, der du einmal warst, Skar«, sagte er. »Ich habe deine herzerfrischende Art, einem Mut zu machen, schon immer geliebt.« Er lachte, drehte sich um und deutete auf den Stollen. »Warte hier. Ich hole die Männer.«

Skar blickte ihm verwirrt nach. Yar-gans Worte hatten ein seltsames Echo in ihm ausgelöst. Das Gefühl von etwas Vertrautem, denn der Sumpfmann hatte auf eine Weise und in einem Tonfall mit ihm geredet, wie er es sonst nur von Del gekannt hatte, aber auch fast so etwas wie Erstaunen über sich selbst. Plötzlich fiel ihm auf, wie sehr sich seine Gedanken geklärt hatten, seit sie aus dem Stollen heraus waren. Alles wirkte mit einem Mal wieder real und echt, selbst die Kälte und die zahllosen winzigen schmerzenden Wunden an seinen Gliedern – es war, als wäre ein Schleier von seinen Sinnen gezogen worden, als wären die vergangenen Tage wirklich nicht mehr als ein übler Traum gewesen, aus dem er allmählich erwachte. Yar-gan hatte recht gehabt – er schien zu erwachen wie aus einem tiefen, bedrückenden Schlaf, wurde wieder zu dem Mann, der er gewesen war, bevor dieser Alptraum begann. Selbst das Gefühl der Mutlosigkeit wich allmählich jenem Jetzt-erst-recht, das er von Del gelernt und das ihm schon so oft geholfen hatte. Und es ging schnell, sehr schnell. Der logische Teil seines Denkens sagte ihm immer noch, daß sie so gut wie verloren waren und nicht nur ein, sondern gleich ein halbes Dutzend Wunder brauchen würden, um diese Insel lebend zu verlassen, aber daneben war auch, noch schwach, aber mit jedem Atemzug an Kraft gewinnend, der alte Trotz, der Wille zu überleben, ganz gleich wie, weiterzukämpfen, auch wenn seine Lage noch so aussichtslos erschien.

Er spürte erst jetzt, wie sehr er dieses Gefühl vermißt hatte in den letzten Tagen. Und im gleichen Maße wurde ihm klar, wie oft er an den Tod gedacht hatte. Wie konnte er es geschehen lassen, daß er sich ihm näherte, es zulassen, daß er sich Stück für Stück an ihn herantastete, bis er ihm fast wie eine Erlösung erschienen war! Sein Blick wanderte nachdenklich über die verzerrten Ränder des Eistunnels, durch den sie hierher gekommen waren. Yar-gan war dabei, die Männer zusammenzurufen – einigen mußte er helfen, überhaupt noch auf die Füße zu kommen –, aber ihre Gestalten kamen ihm unwirklich und beinahe transparent vor. Es gab eine unsichtbare Grenze, irgendwo zwischen dem Platz, an dem er stand, und dem Eingang zur Stadt, eine Linie, hinter der alles irreal und verschwommen wirkte; die Grenze zwischen seiner und der Welt der Sternengeborenen, die sie mit hierher auf Enwor gebracht hatten. Cor-ty-cor war mehr als eine tote Stadt, dachte er schaudernd. Der Geist, der ihre Mauern einst beseelte, war noch immer da. Die Seele der Stadt lebte noch, und sie war fremd und erschreckend wie ein schleichendes Gift, das in die Gedanken aller sickerte, die es wagten, sich ihr zu nähern. Cor-ty-cor brauchte keine Wächter, weder den Dronte noch die Eiskrieger oder Helth. Sie schützte sich selbst. Diese Stadt *war* der Tod, und sie tötete jeden, der sie betrat; langsam, fast unmerklich, aber unerbittlich.

Skar verscheuchte den Gedanken und drehte sich wieder herum. Nach allem, was sie durchgemacht hatten, mußte ihm selbst eine Umgebung, die nur um eine Winzigkeit weniger tödlich und fremd war, wie ein Paradies erscheinen, und er wußte, daß das Hochgefühl in ihm trog, unter Umständen sogar ein ebenso gefährlicher Feind wie der böse Geist Cor-ty-cors sein konnte.

Er blickte erneut und aufmerksamer als beim ersten Mal über das Hafenbecken und den braungrauen porösen Fels, der die kreisförmige Wasserfläche säumte. Es gab keine Kais oder Hafenanlagen in irgendeiner Form, sondern nur ein glattes, vereistes Felsband, das sich am Fuße der Höhlenwand rings um das Wasser zog; nicht mehr als zehn oder zwölf Schritte breit und ohne sichtbare Unterbrechungen. Da und dort entdeckte er weitere Stollen wie den, durch den sie hierher gelangt waren, manche ebenerdig oder auf Vorsprüngen und Balkonen endend, ähnlich dem, auf dem er stand, andere wie die Einfluglöcher von übergroßen Vogelhöhlen weit oben in der Wand, ohne daß es eine Treppe oder irgendeine andere Möglichkeit zu geben schien, zu ihnen hinaufzugelangen. Aber vielleicht waren sie auch zerfallen in all den Äonen, die vergangen waren, seit sich das Schweigen des Todes über diese Stadt gelegt hatte. Hier draußen war die Zeit nicht stehengeblieben wie in den anderen Teilen Cor-ty-cors. Ihre Spuren waren überall. Der Fels war zernagt von Äonen voller Wind und Salzwasser und Erosion, und im gleichen Maße, in dem sich seine Augen an das unsichere Dämmerlicht gewöhnten, begann er, die Spuren zu erkennen, die das Meer in die Wände gegraben hatte: dunkle, übereinanderliegende Linien, die sich von der Wasserlinie bis fast unter die Decke erstreckten, ein Dutzend oder mehr Markierungen, jede für ein Jahrtausend oder mehr stehend. Der Wasserspiegel des Ozeans mußte sich mehrmals gehoben und gesenkt haben, seit diese Hohle entstanden war. Vielleicht hatte es damals noch nicht einmal einen Ozean gegeben. Vielleicht war sie älter als die Meere, so alt wie diese Welt, eine Narbe, die von ihrer Geburt zurückgeblieben war, und vielleicht hatte es Millionen und Abermillionen Jahre lang hier unten weder Licht noch Laute gegeben, sondern es war ein Universum des Schweigens gewesen, so lange, bis ein Teil ihrer Wand einstürzte und das Meer brausend und schäumend in den Hohlraum schoß. Sie mußte bereits uralt gewesen sein, als die Sternengeborenen sie entdeckten und für ihre Zwecke nutzten.

Irgendwie beruhigte Skar die Vorstellung. Der Schrecken, den sie in den vergangenen Tagen durchlebt hatten, verlor ein wenig von seiner Macht angesichts der schweigenden Größe dieses unterirdischen Hafens. Vielleicht spielte es gar keine Rolle, was sie taten, dachte er. Vielleicht blieb es sich gleich, ob sie gewannen oder verloren. Ob es die Menschen oder die Erbauer dieser Stadt waren, die für die nächsten hundert oder auch hunderttausend Jahre über Enwor herrschten. Wer immer es wäre, irgendwann würde seine Zeit abgelaufen sein, und irgendwann würde er gehen, und alles würde sein wie vorher. Ein Jahrtausend war eine so lächerlich kurze Zeit für das Schicksal einer Welt.

Yar-gan kam mit den ersten Männern zurück, und Skar drehte sich zu ihm um und scheuchte die Gedanken dorthin zurück, wo sie hingehörten. Später, wenn sie die Insel verlassen hatten, war Zeit genug, über die Zukunft dieser Welt nachzudenken. Wenn es ein *Später* für sie gab.

Er ging Yar-gan entgegen, half ihm jedoch nicht, sondern sah schweigend zu, wie er den Männern beistand, die letzten Schritte zu tun. Skar wußte aus eigener Erfahrung, wie schwer sie waren. Cor-ty-cor wehrte sich gegen das Fremde, aber es hielt auch eifersüchtig diejenigen fest, die ihm einmal ausgeliefert waren.

»Rasten wir hier, oder willst du gleich weiter?« fragte der Sumpfmann mit einer Kopfbewegung dorthin, wo hinter dem Vorhang aus Dunkelheit und Schatten die Hafenausfahrt lag. Und hinter ihr das offene Meer.

Skar antwortete nicht sofort. Das beste wäre wohl gewesen, so schnell wie möglich weiterzugehen, die Freisegler auf dem kürzest möglichen Weg aus dieser kälteklirrenden Hölle herauszuführen. Das Beste, und das einzig Logische, überlegte er düster. Aber es ging schon lange nicht mehr um das, was logisch oder gar gut für ihn oder einen der anderen war. Erneut und schmerzhafter als zuvor kam ihm zu Bewußtsein, in welch erbärmlichem Zustand sich die Männer befanden, die den Marsch hierher überlebt hatten – ein paar von ihnen waren auf Händen und Knien auf den Balkon hinausgekrochen, und wenn Skar auch sicher war, daß Cor-ty-cors Gift bei ihnen seine Wirkung ebenso schnell verlieren würde wie bei ihm selbst, so waren sie doch am Ende ihrer Kräfte.

So wie schon ein halbes Dutzend Mal zuvor überlegte er finster. Nur, daß sie es diesmal *endgültig* waren.

»Ich möchte mir die –« Er zögerte, drehte den Kopf und sprach erst nach sekundenlangem Schweigen weiter, »– die Schiffe ansehen. Aber es ist nicht nötig, daß du mitkommst. Ich kann genausogut allein gehen.«

Yar-gan schüttelte den Kopf. »Ich begleite dich«, sagte er entschieden. »Es ist zu gefährlich für einen einzelnen Mann allein.«

»Gefährlich?« Skar zog eine Grimasse. »Du denkst, Helth könnte irgendwo dort vorne auf mich warten, um mich ins Meer zu zerren und zu ersäufen?«

Sein Spott verfehlte sein Ziel. »Vielleicht.«

»Vielleicht wartet er aber auch gerade darauf, daß wir beide gehen und die Männer allein zurücklassen.«

»Mach dich nicht lächerlich, Skar«, knurrte Yar-gan. »Es sind immer noch zwanzig Mann. Sie brauchen keinen Aufpasser.«

»Aber ich, wie?« Skar lachte, aber es war ein Lachen ohne Humor; es war hart und verletzend, bewußt verletzend. »Wenn Helth uns umbringen wollte, dann hätte er es ein Dutzend Mal tun können«, fuhr er fort. »Es gab Gelegenheit genug dazu auf dem Weg hier herunter, das weißt du.«

Yar-gan wollte erneut widersprechen, aber Skar drehte sich schnell und demonstrativ um, ging zur Schmalseite des Balkons hinüber und beugte sich vor. Der Boden lag fünf Meter unter ihm – schon für einen ausgeruhten und kräftigen Mann ein gewagter Sprung. Für die vollkommen erschöpften Krieger mußte es – selbst mit den Seilen, die sie mitgebracht hatten – eine lebensgefährliche Kletterpartie werden. Und wohl auch für ihn, fügte er in Gedanken hinzu. Sie waren der Stadt entkommen, aber dieser kleine Sieg durfte ihn jetzt nicht dazu verleiten, leichtsinnig zu werden. Auch er hatte seine Grenzen schmerzhaft zu spüren bekommen in den letzten Tagen. Mehrmals. Er konnte nicht genau erkennen, woraus der Boden unter ihnen bestand, aus Eis oder Fels. Aber das blieb sich gleich. Schon ein verstauchter Fuß war hier gleichbedeutend mit einem Todesurteil.

»Dann nimm wenigstens eine Fackel mit.« Yar-gans Stimme klang resignierend, als er neben ihn trat. Die Worte waren bewußt banal gewählt, aber Skar spürte, daß der Sumpfmann ihn anstarrte, so durchdringend, als erwarte er eine ganz bestimmte Reaktion, eine Antwort auf eine Frage, die er noch nicht gestellt hatte.

Er drehte sich wieder um, lehnte sich gegen die Brüstung und stützte sich mit weit gespreizten Armen auf dem Eis ab; eine Haltung, die Entspannung vortäuschte und das Gegenteil bedeutete. Yar-gans Gesicht schien im grauen Licht selbst grau zu werden, und für einen Moment waren seine Augen nicht mehr die eines Menschen, sondern lichtlose schwarze Löcher, leer und doch nicht leer. Die Augen eines unbegreiflichen, nichtmenschlichen Wesens, in denen eine gestaltlose Furcht loderte.

Er hat Angst! dachte Skar bestürzt. Der Gedanke verwirrte ihn, aber er löste – wie ein bizarres gedankliches Echo – auch in ihm Furcht aus. Er hatte bisher nicht einmal gewußt, daß diese Wesen fähig waren, so etwas wie Angst zu empfinden, aber der Ausdruck in Yar-gans Augen log nicht. Er hatte Angst, panische Angst. Eine Angst, die er nur noch mit Mühe zu beherrschen imstande schien. Sein Gesicht zuckte, und diesmal war Skar sicher, daß es kein Lichtreflex, kein Schatten und kein Trugbild war. Die Maske des Del begann zu zerfließen, wurde zu grauem Nichts und festigte sich wieder, aber Skar spürte, welches Übermaß an Kraft es den Sumpfmann kostete, sie aufrechtzuerhalten.

»Verzeih«, sagte er so leise, daß nur der Sumpfmann seine Worte hören konnte. »Ich wollte dich nicht kränken. Wir gehen zusammen, wenn du willst.«

Diesmal war es Yar-gan, der den Kopf schüttelte. »Du hast recht, Skar«, sagte er. »Jemand muß bei den Männern bleiben. Ein paar von ihnen sterben, wenn ich ihnen nicht helfe.« Seine Stimme gewann mit jedem Wort an Kraft, und auch seine Züge festigten sich wieder. Er starrte Skar eine endlos scheinende weitere Sekunde an, trat einen halben Schritt zurück und lachte ganz leise. »Das ist jetzt das zweite Mal, daß du mich vor einer Unbesonnenheit bewahrst, Skar«, fuhr er fort. »Ich fürchte, ich war zu lange mit Del verschmolzen. Sage mir Bescheid, wenn er zu stark wird.«

Der Augenblick der Schwäche war vorbei. Yar-gan war wieder er selbst, der starke, unnahbare Sumpfmann, ein Wesen, das auf seine Weise so fremd und unmenschlich zu sein schien wie die, die diese Stadt erschaffen hatten. Aber für einen kurzen, ganz kurzen Moment hatte Skar einen Blick hinter die Maske des Sumpfwesens getan, und seltsamerweise erschien er ihm jetzt menschlicher als zuvor. Ohne ein weiteres Wort schwang er sich auf die niedrige Brüstung, balancierte einen Moment auf dem Eis und sprang federnd in die Tiefe.

Der Aufprall war weniger hart, als er gefürchtet hatte. Sofort rollte er sich instinktiv zusammen und überschlug sich zwei-, dreimal, ehe er mit einer geübten Bewegung wieder auf die Füße kam. Sein eigener Schwung riß ihn abermals vorwärts, und um den Sturz abzufangen, rollte er über die Schulter ab. Er prallte unsanft gegen die Wand und blieb einen Moment lang mit geschlossenen Augen liegen, lauschte in sich hinein und suchte seinen Körper nach neuen Verletzungen und Schmerzen ab, wie er es gelernt hatte. Dann stemmte er sich hoch und sah zu Yar-gan hinauf. Der Boden fühlte sich seltsam weich und nachgiebig unter seinen Fingern an, gar nicht wie Fels, sondern wie zähes Leder. Er achtete nicht darauf.

»Alles in Ordnung?« Die Stimme des Sumpfmannes hatte hier, obwohl er kaum fünf Meter unter ihm stand, einen völlig anderen Klang: dünn und bleich, halb verschmolzen mit dem Flüstern und Murmeln der Brandung und beinahe geisterhaft. Seine Gestalt hob sich nur noch als dunkler Schatten über dem Eis ab.

Skar nickte und hob wortlos die Hand. Yar-gan setzte die Fackel in Brand, schwenkte sie ein paarmal hin und her, bis die Flamme in dem feucht gewordenen Holz genügend Nahrung gefunden hatte und hell loderte, und warf sie zu ihm herab. Skar versuchte sie aufzufangen, aber er griff daneben; sie prallte dicht vor seinen Füßen auf den Boden, hüpfte wie ein Gummiball davon und verzischte im Wasser. Beim zweiten Versuch hatten sie mehr Glück. Skar bekam die Fackel zu fassen – wenn auch am falschen Ende – verbrannte sich jämmerlich die Finger und wechselte das brennende Holz fluchend in die andere Hand.

Yar-gan lachte schadenfroh, aber es war auch ein hörbarer Unterton von Sorge darin. Skars Griff war nicht nur ein Mißgeschick gewesen, sondern ein deutliches Zeichen, wie sehr seine Konzentration bereits nachgelassen hatte. »Eine Stunde«, rief der Sumpfmann. »Wenn du bis dahin nicht zurück bist, folge ich dir.«

Wenn ich in einer Stunde nicht zurück bin, mein Freund, dachte Skar, *brauchst du das nicht. Dann gibt es niemanden mehr, dem du folgen müßtest.* Aber er sagte nichts, sondern drehte sich mit einem stummen Kopfnicken um und machte sich mit eiligen Schritten auf den Weg.

Es *waren* Schiffe. Aber sie würden damit nicht zurückfahren können.

Skar hatte fast ein Drittel der Frist, die Yar-gan ihm zugestanden hatte verbraucht, um das Hafenbecken soweit zu umrunden, daß aus den gedrungenen flachen Schatten, die sie gesehen hatten, zuerst dreidimensionale Körper und dann die Rümpfe von Schiffen geworden waren.

Schiffe einer Bauart, wie er sie noch nie zuvor gesehen hatte. Sie waren groß, sehr groß, dabei aber so flach gebaut, daß ihr Deck nur wenig mehr als einen Fuß über die Wasserlinie hinausragte. Trotzdem waren ihre Rümpfe gewaltig; die Dunkelheit und die spiegelnde Wasseroberfläche machten es schwer, Einzelheiten zu erkennen, aber Skar hatte den Eindruck von etwas Großem, Klobigem, einem Ding wie ein gigantischer schwarzer Wal, das Masten und Aufbauten wie bizarre Flossen und Finnen durch das Wasser des Hafenbeckens in die Luft reckte.

Die Schiffe mußten seit Jahrtausenden hier liegen, dachte Skar, während er langsam näher an die gewaltigen schwarzen Leiber heranging. Seine Schritte waren – ohne daß er es selbst gemerkt hatte – immer langsamer geworden, und jetzt, eine halbe Pfeilschußweite von den Schiffen entfernt, war er beinahe stehengeblieben. Ein seltsames Gefühl hatte von ihm Besitz ergriffen; keine Furcht, sondern nur das Empfinden von Alter und Größe, einer stummen, erstarrten Macht, die von den drei unförmigen Schatten ausging.

Vor der Hafeneinfahrt lag noch immer Nacht wie ein schwarzer

Vorhang, und die Dunkelheit kroch auf schwarzen Spinnenfüßen zu ihm hinein. Skar hielt die Fackel hoch über den Kopf, und das flakkernde rote Licht trieb die Schatten ins Wasser zurück und spiegelte sich rot wie geschmolzenes Gold auf den niedrigen Wellen, aber die Dunkelheit wich trotzdem nur zögernd von den Schiffen; hielt sie eifersüchtig umklammert wie eine finstere Geliebte und verschluckte das Licht der Flamme. Das Meer bewegte sich träge zu seinen Füßen, viel langsamer als draußen, wie es ihm vorkam, als hätten selbst die Gezeiten hier drinnen ihre Macht verloren. Die Wellen brachen sich mit leisen, gluckernden Lauten an den senkrechten Flanken der Schiffe, und ab und zu gelang einem schaumigen weißen Spritzer der Sprung bis zu Skar hinauf. Das Wasser war eisig.

Aber die Schiffe bewegten sich nicht.

Zuerst hatte er geglaubt, es wäre eine Täuschung, ein Trugbild, hervorgerufen durch die Dunkelheit und das tanzende Licht der Fackel, die Bewegung entstehen ließ, wo keine war, und sie umgekehrt verbarg, aber als er näher kam, sah er, daß die Schiffe reglos wie schwarze Riffe im Wasser lagen, der Tide und allen Naturgesetzen trotzend. Eine Anzahl lächerlich dünner Trossen verband sie mit drei großen eisernen Ringen, die in Kopfhöhe in die Felswand eingelassen waren. Auch die Taue schienen starr, durchgebogen und schlaff, aber starr, etwa wie Holz.

Skar ging zögernd weiter, senkte die Fackel, um mehr Einzelheiten erkennen zu können und berührte eine der Trossen mit der Hand.

Das Seil war versteinert. Die feinen, zu einem Seil verdrillten Hanffasern waren noch genau zu erkennen, jede winzige Unebenheit, jede rauhe Stelle und jeder Kratzer mit fast schon übertriebener Deutlichkeit erhalten, aber es war kein Tau mehr, sondern eine schwarze granitharte Masse, zusammengebacken von Salzwasser und den unzähligen Millenien, die es hier gehangen hatte.

Skar drehte sich um und ging, die rechte Hand auf dem Tau, wie ein Blinder an einem Seil, das ihn führte, auf das Schiff zu. Seine Fackel warf zuckende Lichtreflexe auf den schwarzen Rumpf, aber sie waren hart, glitzernd wie ein Kristall oder Glas, und er wußte, noch bevor er niederkniete und behutsam die Finger nach der niedrigen Reling ausstreckte, daß auch die Schiffe versteinert waren, unlösbar verwachsen mit der Hafenmauer und vermutlich auch dem Meeresgrund.

Tiefe Enttäuschung machte sich in ihm breit. Er hatte nicht ernsthaft damit gerechnet, mit diesen Schiffen davonsegeln zu können wie mit einem Geschenk des Himmels, aber was er sah, erschien ihm wie ein besonders boshafter Scherz der Natur, eigens dazu erschaffen, ihn zu verhöhnen.

Er stand auf, ging vorsichtig über die durchhängenden Taue hinweg und inspizierte auch noch die anderen beiden Schiffe. Selbst jetzt, als er direkt vor ihnen stand, fiel es ihm schwer, ihre genaue Form und Größe zu bestimmen. Ganz leicht erinnerten sie ihn an den Dronte, aber die Ähnlichkeit war nur oberflächlich und vielleicht nur da, weil er sie sehen wollte.

Skar ging bis zum letzten der drei Boote, starrte einen Moment in die Dunkelheit dahinter und drehte sich dann, enttäuscht und beinahe niedergeschlagen, herum.

Aus der Achterluke des mittleren Schiffes schimmerte Licht herauf.

Skar blieb stehen, senkte seine Fackel und schirmte sie mit der Hand ab, so gut es ging. Aber das Licht blieb: ein schwacher, dunkelroter Schimmer, der durch die Ritzen der nicht völlig geschlossenen Luke heraufdrang, der Widerschein eines Feuers oder einer anderen Fackel, die dort drinnen brannte. Als er das erste Mal an den Schiffen vorübergegangen war, mußte es vom Schein seiner eigenen Fackel überdeckt worden sein, nur ein Lichtreflex unter vielen, die das Jahrtausend der Dunkelheit über diesen Booten durchbrochen hatten. Jetzt sah er es deutlich.

Skars Gedanken überschlugen sich für einen Moment. Sein Blick irrte zurück zu der Stelle, an der Del und die anderen auf ihn warteten, tastete – beinahe angstvoll – wieder über den schwarzen Rumpf des versteinerten Schiffes und blieben erneut an dem schmalen Streifen trübroter Helligkeit hängen. Seine Hand legte sich auf das Schwert, er zog die Waffe halb aus dem Gürtel und schob sie wieder zurück. Yargans Warnung fiel ihm ein. Er hätte zurückgehen und den Sumpfmann und die Krieger holen müssen. Sie wenigstens warnen.

Statt dessen ging er langsam in die Hocke, legte die Fackel zu Boden – schräg auf das versteinerte Tau gestützt und so, daß sie weder umfallen und erlöschen konnte noch die Flamme das Seil berührte –, richtete sich wieder auf und trat, nach einem weiteren, unmerklichen Zögern, auf das Schiff hinauf. Er erwartete instinktiv, das uralte Holz unter seinen Stiefeln knarren zu hören, aber der Schiffsrumpf saugte das Geräusch seiner Schritte im Gegenteil auf. Sein Herz begann schneller zu schlagen. Seine Handflächen waren feucht, als er das Achterdeck erreichte und sich neben der Luke auf die Knie sinken ließ. Er beugte sich vor, lauschte einen Moment und versuchte, durch die Ritzen zu spähen.

Alles, was er sah, war Licht. Rotes Licht und Schatten, wie symmetrische dunkle Flecken in den trüben Schein hineingeschnitten, und alles, was er hörte, waren das Geräusch der Wellen und sein eigener hämmernder Herzschlag. Wieder sah er auf und blickte in die Richtung zurück, aus der er gekommen war, und wieder flüsterte eine Stimme in ihm, daß er zurückgehen mußte. Es war nicht nur sein eigenes Leben, das er in Gefahr brachte.

Skar griff zögernd nach dem schweren Lukendeckel, spannte die Muskeln und hob ihn um Zentimeter an. Die Scharniere waren versteinert wie alles auf diesem Schiff, aber sie funktionierten noch: Die Luke schwang leicht und beinahe lautlos nach oben. Der Deckel war schwer, viel schwerer, als er erwartet hatte, und Skar mußte rasch nachgreifen, um ihn nicht wieder fahren zu lassen. Behutsam stand er auf, stemmte den Deckel ganz hoch und lehnte ihn gegen den Achteraufbau. Eine schmale versteinerte Holztreppe führte nahezu senkrecht in die Tiefe. Unter ihm lag ein langgestreckter, nach allem, was er erlebt hatte, wohltuend normal aussehender Raum.

Rotes Licht und Wärme schlugen ihm entgegen, als er in das Schiff hinabstieg. Skar blieb am Fuße der Leiter stehen, drehte sich einmal um seine Achse und lauschte. Wieder senkte sich seine Hand auf das Schwert, aber er zog die Waffe auch diesmal nicht. Es war beinahe unheimlich still hier drinnen. Selbst das kaum hörbare Geräusch, mit dem das Schwert aus der Scheide glitt, konnte ihn verraten.

Der Lichtschein kam vom entgegengesetzten Ende des Raums. Eine schmale, kaum anderthalb Meter hohe Tür führte tiefer in den Schiffsrumpf hinein, und als er weiterging, stieg ihm ein leichter Geruch wie nach schwelender Kohle in die Nase.

Es wurde wärmer. Auf den versteinerten Planken zu seinen Füßen glitzerte Wasser; Kälte, die unter dem warmen Hauch, der aus dem Leib des Schiffes heraufdrang, geschmolzen war. Skar ging vorsichtig bis zur Tür, sah sich noch einmal sichernd um und drang dann, gebückt, denn der Gang war so niedrig, daß er gegen die Decke gestoßen wäre, hätte er sich zu seiner vollen Größe aufgerichtet, tiefer in das Schiff vor. Licht und Brandgeruch wurden stärker, seine Gesichtshaut begann unter dem warmen Hauch zu prickeln. Der Gang führte zehn, zwölf Schritte geradeaus und endete vor einer schmalen, irgendwie geduckt wirkenden Tür, versteinert und schwarz wie alles hier, aber brüchig und von fingerbreiten gezackten Rissen durchzogen, so daß das Licht aus dem dahinterliegenden Raum hindurchschimmern konnte. Skar blieb abermals stehen und sah sich aufmerksam um. Seine Augen hatten sich an den blutigroten Schein gewöhnt; er erkannte mehr Einzelheiten seiner Umgebung. Direkt neben der Tür hing ein Bild, aus Holz geschnitzt und mit der Wand verwachsen. Die Zeit hatte seine Linien verwischt, er konnte nicht mehr erkennen, was es dargestellt haben mochte. Aber es waren *normale* Linien, nicht die sinnverwirrenden, verdrehten Winkel und Parallelen Cor-ty-cors. So wie auch dieses Schiff normal und menschlich war, dachte Skar. Es war fremd, vollkommen anders als jedes Schiff, von dem er jemals gehört hatte, aber trotzdem ein Gebilde, das von *Menschen* gebaut worden war.

Er verscheuchte den Gedanken und legte vorsichtig die Hand auf die Tür. Sie schwang nach innen, kaum daß seine Finger das steinharte Holz berührt hatten.

Flackerndes rotgelbes Licht schlug ihm entgegen, und der Brandgeruch wurde so durchdringend, daß er ihm für einen Moment den Atem nahm. Zuckende Lichtblitze liefen in blitzschnellem Hin und Her über die gebogenen Wände und die Decke, und die Wärme wurde so intensiv, daß er instinktiv die Hand hob, um seinen Mantel zu öffnen, es aber dann nicht tat. Er stand so, daß er nur einen kleinen Teil des Raumes überblicken konnte, aber er sah jetzt nicht nur das Licht, sondern hörte auch das leise Knacken und Prasseln von Flammen. Warme Luft berührte ihn wie eine streichelnde sanfte Hand und trieb die Kälte unter seine Haut zurück.

Skar preßte sich neben der Tür gegen die Wand, schloß für einen Moment die Augen und lauschte.

Jetzt, als die Tür geöffnet war, erfüllten die Flammen den Gang mit einer Vielzahl knisternder und knackender Laute. Geräusche, die ihn die Kälte, die sich in seinen Gliedern eingenistet hatte, doppelt schmerzhaft spüren ließen, und nach einer Weile glaubte er eine menschliche Stimme zu hören, eine Stimme, die Worte in einer Sprache murmelte, die ihm fremd war und die ihm trotzdem auf eine seltsame Weise bekannt vorkam, als hätte er ihre Klangfarbe, ihren Ton schon unzählige Male gehört, ohne sich erinnern zu können, wo. Dann glaubte er Weinen zu hören, ein schmerzhaftes, nur mit Mühe unterdrücktes Schluchzen, dazwischen kratzende, harte Geräusche, als schramme Stahl über Stein oder Horn. Skar blieb noch eine weitere Sekunde reglos stehen, dann spannte er sich und trat mit einem entschlossenen Schritt durch die Tür und zog gleichzeitig sein Schwert.

Seltsamerweise überraschte ihn der Anblick kaum. Im Gegenteil. Nach allem, was geschehen war, schien es ihm nur logisch, er empfand keinen Schrecken, keinen Zorn, nicht einmal Erstaunen – und wenn, so höchstens darüber, daß er nicht schon vor langer Zeit erkannt hatte, was Gowenna wirklich plante.

Sie waren beide da: Gowenna und die Errish. Dieses versteinerte Schiff am Rande der toten Stadt war der Endpunkt ihrer Wanderung, für jede der beiden Frauen auf ihre Weise.

Skar kam sich plötzlich albern vor, wie er so dastand, geduckt, jeder einzelne Muskel in seinem Körper gespannt und bereit zum Sprung, das Schwert so fest in der Hand, daß die Klinge vibrierte. Es gab hier nichts, wogegen *er* hätte kämpfen können. Der Kampf, der hier stattgefunden hatte, war vorüber. Schon lange.

Mit einer fast verlegenen Bewegung richtete er sich auf, ließ die Waffe sinken und trat zwischen die beiden Feuerschalen, die den Raum mit flackernder Helligkeit erfüllten. Er fühlte sich betäubt, leer – und unsagbar dumm. Alles war so klar gewesen, daß er es hätte wissen müssen; spätestens in dem Moment, in dem ihn Yar-gan über Gowennas wahre Identität aufgeklärt hatte.

Aber vielleicht hatte er es nicht wissen wollen.

Die Wärme der beiden Feuerschalen wurde unangenehm. In den flachen eisernen Becken brannten Stücke des versteinerten Holzes, die Flammen schlugen beinahe meterhoch und schleuderten kleine glühende Funken gegen die Decke: Skar wich einen halben Schritt zurück und öffnete seinen Mantel. Das rote Licht verlieh dem Bild etwas Unwirkliches und ließ es wie eine bedrückende blutige Vision erscheinen: eine irreale Szene aus einem Alptraum, verborgen hinter einem wogenden roten Schleier.

Gowenna sah ihn an, aber ihr Blick war leer und ins Nirgendwo gerichtet; sie sah zu ihm hin, aber sie sah ihn nicht. Eine einzelne Träne lief aus ihrem erloschenen Auge und malte eine dünne, glitzernde Spur in das verhärtete Narbengewebe darunter; er gewahrte es mit einer geradezu absurden Klarheit. Sein Gesichtssinn schien plötzlich verändert und nur noch selektiv zu funktionieren. Das Bild verschwamm immer stärker vor seinen Augen, aber er sah andere Dinge überdeutlich. Gowennas Haltung war verkrampft, wie die eines Menschen, der unerträgliche Qualen aussteht. Ihr Mund war zusammengepreßt, so fest, daß sich ihre Zähne in die Unterlippe gegraben hatten und Blut über ihr Kinn lief. Trotz der niedrigen Temperaturen hier drinnen trug sie nur ein dünnes, halb durchsichtiges graues Kleid; ihr Körper zitterte vor Kälte. Ihre Hände lagen, nebeneinander und so weiß, als gehörten sie nicht mehr zu ihrem Körper, sondern wären bereits abgestorben und tot, auf Velas Gesicht, die Handballen auf Stirn und Schläfen gepreßt, die Daumen rechts und links der Nasenwurzel, die Mittelfinger auf ihren geschlossenen Lidern, so fest, als wolle sie ihr die Augen ausdrücken. Wie Gowenna war Vela nur in ein dünnes graues Kleid gehüllt; ihr aufgequollener Leib zeichnete sich deutlich darunter ab, ihre Hände waren verkrampft, die Beine angezogen und leicht gespreizt, ihre Haut war fleckig und von der Kälte angegriffen, Finger und Zehen wiesen dunkle Erfrierungen auf. Trotzdem erschien sie ihm schöner und verlockender als jemals zuvor. Ihr Gesicht wirkte friedlich und sanft, und wenn sie tot war, so mußte sie einen sehr friedlichen Tod gestorben sein. Keine Schmerzen und keine Qual mehr. Die Schwangerschaft verunstaltete ihren Körper, aber sie ließ ihn auch gleichzeitig fraulicher und weicher erscheinen; jünger.

Gowenna schluchzte: ein leiser, mühsamer und von unerträglicher Pein erfüllter Laut, der irgendwo tief, sehr tief aus ihrem Körper heraufdrängte und als halberstickter Schrei über ihre Lippen kam. Sie bewegte sich, nahm die Hände von Velas Gesicht herunter und senkte den Kopf. Skar sah, daß sich dünne rote Linien über Velas Antlitz zogen, dort, wo Gowennas Fingerspitzen gelegen hatten wie dünne blutige Tränen auf Velas Augenlidern beginnend, hinauf zur Stirn und den Schläfen laufend und wieder abwärts, bis sie sich mit anderen, breiteren und wie sie mit menschlichem Blut gemalten Linien vereinigten, die die Körper der Errish und Gowennas umschlossen.

Skar stöhnte. Er spürte, wie sich seine Gedanken zu verwirren begannen, wie der Schrecken, den er bisher nicht verspürt hatte, nun mit aller Macht nach ihm griff und eine neue, eisige Kälte in seinem Inneren entstehen ließ. Sein Blick folgte den dunklen Linien aus Blut, saugte sich für einen Moment an den ungeschickten, aber noch erkennbaren Mustern fest, den winzigen Schnitten auf Velas Händen und dem Blut, das daraus hervorgequollen war und sich mit dem Gowennas verbunden hatte. *Blut zu Blut,* dachte er, die verbotenen Worte wiederholend, die er vor zahllosen Jahren einmal gehört und vergessen zu haben geglaubt hatte. *Seele zu Seele, Sai zu Sai.* Die dunklen Flecken auf Velas Körper waren keine Erfrierungen, sondern Stigmata des Unaussprechlichen, Verbotenen, das Gowenna ihr angetan hatte. Er hob den Kopf, wollte etwas sagen, aber seine Stimme versagte ihm den Dienst, als er in Gowennas Augen, in ihre *beiden* sehenden Augen blickte.

»Skar...«

Es war nicht wirklich sein Name, nur ein Laut, der ihm ähnlich war, eigentlich nur ein Schrei, zu dem ihr die Kraft fehlte. Sie weinte, lautlos und voller Qual, aber ihr Gesicht blieb starr, ihr Körper so unbeweglich wie eine steinerne Statue. Sie schien nicht einmal zu atmen.

Skar löste sich mühsam von seinem Platz, ging auf sie zu und blieb einen halben Schritt vor dem Kreis aus getrocknetem Blut stehen, der die beiden Frauen umgab. Vela war blaß, ihre Haut weiß wie Schnee, und ihre Brust bewegte sich nicht. *»Sai-tan...«*, sagte er stockend. »Das also war es. Du... hast es die ganze Zeit über gewollt, nicht wahr?« Er suchte vergeblich nach Zorn in sich, und er versuchte ebenso vergeblich, seiner Stimme einen vorwurfsvollen Klang zu geben. Sie klang ihm selbst fremd in den Ohren. »Schon bevor wir aufgebrochen sind.« *Ja,* dachte er, *so war es gewesen.* Nicht erst in Elay oder irgendwo auf dem Weg hierher, sondern schon viel früher. Sie hatte auf diesen Moment gewartet, seit sie an jenem Morgen auf den gläsernen Ebenen Tuans aus dem Fieber erwacht und zum ersten Mal das verkohlte Fleisch unter ihren Fingerspitzen gefühlt hatte. Sie hatte von Anfang an auf diesen Moment gewartet, und vielleicht hatte sie den Kampf einzig aus diesem einen Grund durchgestanden. Es war nicht die Welt gewesen, die sie retten wollte. Das Schicksal Enwors war ihr – auf ihre Weise – so gleichgültig gewesen wie Vela. Skar drängte mit

Mühe ein bitteres Lachen zurück. *Du bist blind gewesen, Bruder,* wisperte die Stimme in seinem Inneren plötzlich so laut und deutlich wie niemals zuvor, voller Macht und Stärke – und abgrundtiefer Verachtung. *Du hast geglaubt, an der Seite einer Frau zu reiten, die ihr Leben für die Zukunft deiner Welt riskiert? Narr! Sie wollte Rache. DIES hier war es, was sie gewollt hat, die ganze Zeit über.*

Er wehrte sich nicht mehr. Die Stimme hatte recht, so wie sie die ganze Zeit über recht gehabt hatte, mit allem. Sie mochte die dunkle Seite seiner Seele sein, boshaft und hart, aber sie log nicht. Es war ihr nicht um das Schicksal der Errish oder die Zukunft Enwors gegangen. Sie wollte Rache, wollte den Körper der Frau, die ihren eigenen zerstört und geschändet hatte. *Sai-tan,* der Tausch der Seele, das war es gewesen. Vela hatte sie zerstört, ihren Körper zu einem verunstalteten abstoßenden Etwas gemacht, ein Gefängnis, in dem sie für den Rest ihres Lebens nichts als Qual und Einsamkeit empfinden würde, und vielleicht – ja, dachte Skar, vielleicht war es, von einem Standpunkt, den nachzuempfinden er nicht in der Lage war, wohl aber verstehen konnte, nur gerecht, daß sie selbst es jetzt sein sollte, die darin lebte, daß Gowenna ihren jungen, gesunden Leib nahm und ihr ihren eigenen zerstörten dafür gab.

»Ist sie... tot?« fragte er leise.

Gowenna sah auf. Ihr Antlitz wirkte fahl im roten Licht der Flammen, und ein einzelner Blutstropfen lief über ihre aufgesprungene Lippe und fiel auf Velas Stirn. Velas Augenlider bebten, ganz leicht nur, und ein kurzer, rascher Schauer lief durch ihren Körper. Skar blickte verwirrt von ihr zu Gowenna.

»Ich... konnte... es... nicht...«, flüsterte Gowenna. »Ich... Skar, ich...« Sie brach ab, begann zu schluchzen und sank plötzlich nach vorne. Ein Weinkrampf schüttelte ihren Körper.

Skar ging vorsichtig um Vela herum, ließ sich neben Gowenna auf die Knie sinken und hob die Hand, zog die Finger aber zurück, ehe sie Gowennas Schulter berühren konnten. Plötzlich begriff er, was geschehen war, obwohl er dieses Begreifen weder in Worte noch in Gedanken zu kleiden imstande war. Er wußte, woher Gowenna diese unglaubliche übermenschliche Kraft bezogen hatte, eine Kraft, auf die selbst er manchmal neidisch gewesen war. Ihre Worte fielen ihm ein: *»Ich werde sie suchen. Skar. Ich werde weiterleben, und ich werde Vela finden,* *ganz egal, wo sie sich versteckt. Ich werde sie finden. Und ich werde sie töten.«* Sie hatte es getan. Sie hatte sie gejagt bis ans Ende der Welt und darüber hinaus, und doch würde sie ihren Schwur nicht wahrmachen. Sie konnte es nicht. Sie hatte das Wissen, und sie hatte die Macht, die nötig waren, das verbotene Zeremoniell des *Sai-tan* zu vollziehen. Und doch konnte sie es nicht. So wenig, wie er seinem Dunklen Bruder nachzugeben und sich damit seiner Macht zu bedienen in der Lage war, konnte sie den Rest von Menschlichkeit, den Teil von sich, den sie all die Jahre mühsam tief in ihr Inneres verbannt und begraben hatte, besiegen.

»Gowenna«, sagte er leise. »Du –«

Sie sah auf, drehte mühsam den Kopf und blickte ihn an. Der Streifen weißen Haares über ihrer verbrannten Gesichtshälfte war breiter geworden. »Nenn mich nicht so.« Sie weinte nicht mehr, und ihre Stimme klang fest, noch immer sehr leise und kraftlos, aber beherrscht. Etwas von ihrer Kraft war noch immer in ihr. »Das ist nicht mein Name. Gowenna ist gestorben, vor langer Zeit, Skar.«

»Ich weiß.« Er nickte, beugte sich vor und griff nach ihrer Hand. Er führte die Bewegung nicht zu Ende, aber nach einer Weile hob Gowenna die Finger und berührte ganz leicht seinen Handrücken. Ihre Haut war kalt. »Sie starb vor den Toren Combats, nicht? Und Kiina lebt.« Er zögerte, legte das Schwert zu Boden und legte die Hand auf ihre Schulter. Gowenna schauderte, und für einen winzigen Moment glaubte er, sie würde seine Hand abstreifen und ihn zurückstoßen, aber dann tat sie das Gegenteil, umklammerte sie mit aller Kraft und ließ sich gegen ihn sinken. »Die Frau, die ich als Gowenna kennenlernte, hätte niemals den Thron Elays besteigen können.«

»Du... weißt es?« fragte Gowenna.

»Ja, ich weiß es, Gowenna...«

Kiina, verbesserte er sich in Gedanken. Es fiel ihm schwer, sich an diesen Namen zu gewöhnen, aber er würde es müssen. Nach Del und Helth war nun auch sie nicht mehr der Mensch, an dessen Seite er aufgebrochen war, und er fragte sich unwillkürlich, ob er der nächste sein würde und wenn, ob die Veränderung vielleicht schon begonnen hatte, ohne daß er es selbst spürte. Gowenna löste sich aus seinen Armen, setzte sich auf und widerstand im letzten Moment der Versuchung, sich die Tränen aus dem Gesicht zu wischen. »Der Sumpfmann hat es dir gesagt.«

Er nickte. Für einen Moment war er überrascht, daß Gowenna das Geheimnis des Sumpfmannes kannte, aber dann fiel ihm wieder ein, daß sie längst nicht mehr auf die beschränkten Möglichkeiten, Wissen und Erkenntnis zu erlangen, die ihm zur Verfügung standen, angewiesen war. Im Grunde begriff er erst jetzt wirklich, *wem* er gegenübersaß. Es war nicht irgendeine Frau, nicht irgend jemand, der über ein paar besondere Fähigkeiten und ein bißchen geheimes Wissen verfügte, sondern die *Margoi* der Errish. Vielleicht gab es auf dieser ganzen Welt niemanden, der so viel verbotenes Wissen und eine so gewaltige geistige Kraft in sich vereinigte wie sie.

»Ja«, sagte er leise. »Als du... als du fort warst. Warum hast du es mir nicht gesagt?«

»Ich konnte es nicht«, antwortete Gowenna ernst. Sie wirkte jetzt sehr viel gefaßter. »Du wärst nicht mitgekommen, wenn du die Wahrheit gewußt hättest. Weder über mich noch über Yar-gan.«

Skar überlegte einen Moment und nickte. Sie hatte recht. Er wäre zurückgeschreckt wie ein Kind, das unversehens einem Gott begegnet, hätte er gewußt, wer Gowenna in Wirklichkeit war. Und er hätte sich ebenso geweigert, mit einem Wechselbalg in der Gestalt Dels zu reisen. »Mußte ich es denn?« fragte er. »Yar-gan und du, ihr habt die Macht von Göttern«, sagte er bitter. »Oh, ich weiß, daß ihr es nicht seid, aber ihr habt die Macht von Göttern, und ich bin nichts als ein normaler Mensch. Was kann ich tun, das ihr nicht tausendmal besser könntet?«

Statt einer Antwort hob Gowenna abermals die Hand und berührte ihn flüchtig an der Stirn, und Skar spürte, wie das *Ding* in seinem Inneren zurückprallte und sich mit einem lautlosen Schmerzensschrei in die tiefsten Abgründe seiner Seele flüchtete, dorthin, wo es selbst vor Gowenna in Sicherheit war. Für einen Moment schwindelte ihm.

»Das Kind«, sagte Gowenna ernst. »Es wird geboren werden, Skar, noch heute. *Dein* Kind.« *Mein Kind?* dachte er. *Oder das Kind meines Dunklen Bruders?* Hatte ihm nicht Vela deutlich genug gesagt, daß es das Erbe dieses *Dinges* in ihm war, das in seinem Kind weiterleben würde, daß es *seine* Kräfte waren, tausendmal stärker als in ihm selbst, über die sein Sohn gebieten würde?

»Weder ich noch Yar-gan könnten ihm widerstehen, Skar«, fuhr Gowenna fort. »Du kannst es.«

»Und was soll ich tun?« fragte er bitter. »Es töten?«

»Vielleicht«, antwortete sie leise. »Ich hoffe, daß wir einen anderen Weg finden, Skar. Aber es kann sein, daß uns nur dieser Ausweg bleibt. Vielleicht mußt du es töten, Skar, dein eigenes Kind. Doch wenn, dann nicht mit deinen Händen oder deinem Schwert.«

Er war sich nicht sicher, ob er wirklich verstand, was Gowenna meinte, und etwas in ihm schreckte davor zurück, es auch nur zu versuchen. Aber er spürte, daß er es wissen würde, wenn es soweit war.

»Das Kind...«, murmelte er. Sein Blick glitt über die reglose Gestalt der Errish. Wieder lief ein rascher, schmerzhafter Schauer durch ihren Körper. Die Augen hinter den geschlossenen Lidern bewegten sich. Ihre Haut wirkte fast transparent.

»Die Wehen haben begonnen«, sagte Gowenna leise. »Schon vor Stunden. Es ist fast soweit.«

»Hast du es deshalb nicht getan?« fragte Skar mit einer Kopfbewegung auf die dunklen Linien aus geronnenem Blut und die breiten, noch feuchten Wunden an den Innenseiten ihrer Handgelenke. Gowenna starrte ihn an, und Skar senkte betreten den Blick.

»Verzeih«, murmelte er. »Das... wollte ich nicht sagen. Es tut mir leid.«

Gowenna winkte ab. »Ich glaube, wir haben uns gegenseitig zu viel angetan, als daß einer von uns den anderen noch für irgend etwas um Verzeihung bitten müßte«, sagte sie lächelnd. Mit einer unbewußten Geste strich sie durch das Haar und griff nach ihrem Mantel. Skar spürte plötzlich, wie kalt es trotz der prasselnden Flammen hier drinnen war. Das Feuer konnte den Atem des Winters nicht wirklich vertreiben.

»Sie stirbt«, fuhr Gowenna fort, während sie den Mantel überstreifte und seine Spangen schloß. »Ich hoffe nur, sie hält durch, bis das Kind geboren ist.«

»Kannst du... nichts für sie tun?« fragte Skar stockend.

Gowenna verneinte. »Mit leeren Händen?« Ein trauriges Lächeln huschte über ihre Züge. Sie stand auf, ging gebückt zu den beiden Feuerschalen hinüber und warf neues Holz in die Flammen. Skar sah, daß sie es achtlos aus einer der Seitenwände gehackt und kleingetreten hatte. Das Holz war steinhart, aber offensichtlich so spröde, daß es schon unter der geringsten Belastung zerbrach. »Wir Errish vermögen zu heilen und zu helfen«, stellte sie fest, ohne ihn anzusehen, »aber nicht zu zaubern.«

Skar dachte an die Berührung ihrer Hände und den Schmerz, den sie dem *Ding* in seinem Innersten zugefügt hatte, aber er schwieg. Gowenna kam zurück, ließ sich ihm gegenüber auf die Knie sinken und beugte sich für einen Moment über die schlafende Errish. »Warum gehst du nicht zurück und holst Yar-gan und die anderen?« fragte sie. »Wir werden mit diesen Schiffen nicht fortkommen, aber es wartet sich besser hier drinnen. Es ist wärmer.«

»Warten?« wiederholte Skar. »Worauf?«

Gowenna deutete stumm auf Velas Leib.

»Und dann?« fragte Skar. Ein seltsames Gefühl der Verzweiflung machte sich in ihm breit. »Was ist dann, Gowenna? Was soll ich ihnen sagen – daß es keine Schiffe gibt und sie nach Hause schwimmen müssen?«

Er hatte sie mit diesen Worten verletzen wollen, aber Gowennas Miene blieb unverändert ausdruckslos. »Was ist dann?« wiederholte sie seine Frage, und sie tat es auf so seltsame Weise, daß er unwillkürlich wieder fror. »Es spielt keine Rolle, was mit uns geschieht, Skar«, sagte sie ernst. »Ganz egal, ob wir gewinnen oder verlieren. Wenn dieses Kind seinen ersten Schrei tut, ist unsere Aufgabe beendet. Laß uns darüber nachdenken, wenn wir dann noch leben«, fügte sie mit leicht veränderter Betonung hinzu.

Skar versuchte sich zu konzentrieren, aber es fiel ihm unglaublich schwer, den Sturm einander widersprechender Gefühle in seinem Innern niederzukämpfen und sich den greifbaren Problemen zuzuwenden. »Woher wußtest du, daß sie hier ist?« wollte er wissen.

»Es war der einzig in Frage kommende Ort«, antwortete Gowenna. »Der einzige Ort, an dem ich sie finden konnte.« Sie sog hörbar die Luft ein. Ihr Atem bildete kleine Dampfwölkchen vor ihrem Gesicht. »Ich wußte es, als wir in die Höhle zurückkehrten und sie fort war.« Plötzlich lächelte sie. »Der zweite Fehler, den Helth gemacht hat.«

»Du meinst, *er* hat sie hierher gebracht?«

»Er oder seine Kreaturen, das bleibt sich gleich«, antwortete sie. »Er hat mich und Del niedergeschlagen und Vela entführt, damit ihr mich verdächtigt, aber er hätte sich davon überzeugen sollen, daß ich auch wirklich tot war – sein erster Fehler.«

»Deshalb also dieser sinnlose Angriff, als du plötzlich wieder zurückgekommen bist«, murmelte Skar.

Gowenna wirkte für einen winzigen Moment unsicher, aber sie fing sich wieder, so rasch, daß er nicht genau wußte, ob sie ihm wirklich etwas verschwieg oder er einfach nur zu mißtrauisch geworden war. »Ja«, sagte sie. »Er ist verschlagen und hinterlistig, aber nicht besonders klug. Wäre er es, hätte er uns alle schon viel früher umgebracht.« Sie schüttelte den Kopf. »Ich wußte, daß ich sie hier finde, Skar. Helth – das Ding, in das er sich verwandelt hat – braucht mich, um sie am Leben zu erhalten. So lange, bis das Kind geboren ist.«

Vela regte sich. Als wäre Gowennas Erklärung ein Stichwort gewesen, kam ein leiser, stöhnender Laut über ihre Lippen, und ein neuer, viel heftigerer Krampf schüttelte ihren Körper.

»Ist es soweit?« fragte Skar.

Gowenna schüttelte den Kopf und beugte sich abermals über die Errish. Ihre Finger tasteten geschickt über ihren Leib, verharrten einen Moment und glitten tiefer. »Sie ist zu schwach«, murmelte sie besorgt. »Sie...« Sie stockte, hob mit einem Ruck den Kopf und deutete zum Ausgang. »Geh und hole den Sumpfmann, Skar. Vielleicht kann er uns helfen. Ich fürchte, sie stirbt, wenn die Preßwehen einsetzen.«

Skar wollte noch etwas sagen, aber Gowennas Blick wurde so ernst, daß er sich wortlos erhob und zur Tür ging. Als er den Raum verließ und ihn die Kälte mit aller Macht ansprang, war er fast dankbar dafür.

Die Geburt begann am frühen Morgen, im gleichen Moment, in dem sich der erste Streifen fahlgrauer Dämmerung am Himmel vor der Hafeneinfahrt zeigte; eine Stunde, bevor die Sonne aufging.

Skar war nicht von Anfang an dabei. Er hatte Yar-gan und die Krieger geholt und hierher geführt, hatte das Schiff aber trotz der grausamen Kälte bereits nach wenigen Augenblicken wieder verlassen und oben an Deck eine einsame Wache angetreten. Nicht, weil er sie für nötig gehalten hätte. Helth und die Eiskrieger würden nicht kommen, das wußte er. Nicht, solange das Kind noch nicht geboren war.

Sie hatten zwei weitere Tote auf dem schmalen Eisbalkon in der Wand zurückgelassen, ein dritter Mann war auf halbem Wege gestolpert, von dem schmalen Felsband abgekommen und ins Wasser gestürzt. Er war nicht einmal mehr an die Oberfläche gekommen. Die anderen warteten unten im Schiff in einem kleinen Verschlag dicht neben der Kammer, in der Yar-gan und Gowenna verzweifelt um Velas Leben kämpften. Die meisten schliefen, aber er hatte, bevor er hier heraufgekommen war, einen kurzen Blick zu ihnen hereingeworfen und gesehen, daß ein paar von ihnen mit offenen Augen dalagen und gegen die Decke starrten.

Skar hatte versucht, sich in die Gedanken dieser Männer zu versetzen, nachzuempfinden, welche Enttäuschung, was für ein grausamer Schock der Anblick der erstarrten Schiffe für sie gewesen sein mußte, aber es war ihm nicht gelungen. Vielleicht irrte er sich auch, und vielleicht waren sie viel zu erschöpft, um überhaupt noch etwas anderes als Müdigkeit zu empfinden.

Mit der Dämmerung begannen graue Schatten in die Höhle zu kriechen, und die Kälte wurde quälender. Skar stand auf und begann auf Deck auf und ab zu gehen, um das taube Gefühl aus seinen Gliedern zu vertreiben. Er konnte die Hafeneinfahrt jetzt deutlich erkennen, und sie war noch größer, als er angenommen hatte. Selbst einer der gewaltigen thbargschen Kapersegler hätte bequem unter dem steinernen Bogen hindurchlaufen können, ohne ihn auch nur mit der Mastspitze zu berühren; ein Schiff von der Größe des Dronte oder der SHAROKAAN mußte winzig und verloren darunter aussehen.

Er wandte sich ab, wickelte sich enger in seinen Mantel und nahm seine unruhige Wanderung wieder auf. Das Geräusch seiner Schritte klang überlaut auf dem steinernen Deck und mußte überall im Schiff zu hören sein. Der Wind hatte sich während der letzten Stunden gedreht und fauchte nun direkt in die Höhle hinein, peitschte die Wellen und riß schaumige Spritzer aus der Wasseroberfläche. Eine seltsame Stimmung überkam ihn. Es war die Stunde zwischen Nacht und Tag, die Zeit, in der die Dunkelheit nicht mehr ganz und das Licht noch nicht völlig herrschte – die Stunde der Entscheidung. Er wußte, daß nicht mehr viel Zeit blieb. Wenn die Sonne aufging, würden sie kommen: der Dronte, Helth oder die Eiskrieger, vielleicht alle drei. Die Vorstellung hätte ihn überwältigen müssen, aber er empfand nichts als eine absurde Heiterkeit bei dem Gedanken, daß sich irgendwann in den nächsten Stunden das Schicksal seiner Welt entscheiden würde, daß nur noch wenige Augenblicke bis zu dem Moment fehlten, nach dem Recht oder Unrecht, Gut oder Böse über Enwor herrschten.

Gut oder Böse... Er lachte, lautlos und sehr bitter. Wieso maßten sie sich an, zu entscheiden, welche Seite im Recht war? Nur weil sie Menschen waren, weil dies *ihre* Welt war? Weil es die Laune eines Gottes oder bloßer Zufall – was das gleiche sein mochte – gewollt hatte, daß zuerst die Menschen und dann die Sternengeborenen ihren Fuß auf den Boden dieser Welt setzten? Was hatten sie ihr gebracht, *ihrer* Welt? Eine Geschichte voller Krieg und Leid und Tod, voller Hunger und Schmerzen, voller Unterdrückung und Folter, eine...

Laß das, du Narr! dachte er streng. Gedanken wie diese führten zu nichts und nirgendwohin, außer in den Wahnsinn. Es war vollkommen egal, welche Seite im Recht war. Vielleicht waren die Sternengeborenen – einer höheren Gerechtigkeit zufolge – das bessere Volk, vielleicht waren sie es, die Menschen, die im Unrecht waren und Leid über die Welt brachten, und vielleicht würden sie irgendwann, nach weiteren tausend Jahren Krieg und Morden voller Entsetzen begreifen, daß die Sternengeborenen nicht als Eroberer, sondern als Boten der Götter gekommen waren, um das Universum von einer Pest zu befreien, die sich Mensch nannte. Für ihn, für Gowenna und Vela und die Männer dort unten spielte nichts von alledem eine Rolle. Sie würden kämpfen, solange sie lebten, einfach, weil sie Menschen waren.

Er hörte Schritte, drehte sich langsam um und erkannte den dunkelhaarigen Matrosen von Bord der SHAROKAAN. »Du schläfst nicht?« fragte er leise.

Der Mann schüttelte den Kopf und kam näher. Seine Hände zitterten vor Kälte und Erschöpfung, und als er sprach, klang seine Stimme wie die eines alten Mannes. »Nein, Herr«, sagte er. »Gowenna schickt mich, um Euch zu holen.«

»Das Kind?«

Der Mann nickte und wollte sich umdrehen, aber Skar hielt ihn mit einem raschen Griff zurück. »Wie ist dein Name?« fragte er.

Der Mann schien verwirrt. Er sah Skar unsicher an, schüttelte abermals den Kopf und machte einen Schritt auf die Treppe zu, blieb dann aber erneut stehen. »Gajan, Herr«, sagte er.

»Gajan.« Skar nickte. »Warum bist du nicht bei den anderen und ruhst dich aus, Gajan?« Er erinnerte sich jetzt, daß Gajan einer von denen gewesen war, die nicht geschlafen, sondern mit offenen Augen gegen die Decke gestarrt hatten.

»Warum? Nun...« Der Matrose zögerte, sah zur Ausfahrt hinüber und starrte ins Leere. »Wozu, Herr?« fragte er leise. »Der große Schlaf kommt früh genug. Dann ist Zeit genug, auszuruhen.«

»Der große Schlaf«, wiederholte Skar nachdenklich. »Nennt ihr Freisegler so den Tod?« Gajan nickte, und Skar fuhr fort: »Das klingt... gut. Besser als Tod. Friedlicher.«

»Das ist es, Herr«, bestätigte Gajan leise. »Wir fürchten ihn nicht.«

»Aber ihr wißt, daß wir keine Chance mehr haben, lebend von dieser Insel herunterzukommen?«

Gajan nickte, als hätte er ihm eine Selbstverständlichkeit mitgeteilt. »Natürlich, Herr. Wir wußten es, als die SHAROKAAN sank.«

»Und trotzdem seid ihr mit mir gekommen?«

»Ihr seid Rayans Nachfolger, Herr. Sein Befehl gilt auch über seinen Tod hinaus. Und es liegt nicht in unserer Hand zu entscheiden. Wenn es der Wille der Götter ist, daß wir alle hier und heute sterben, so wird es geschehen.«

Skar antwortete nicht mehr. Gajans Worte waren überraschend sanft gewesen, aber auch sehr bestimmt, und er spürte, daß es keine leeren Phrasen waren, sondern daß der Mann an das glaubte, was er sagte. Für ihn, Skar, gab es keine Götter, und wenn, so nur zornige Götter, Götter, die Tod und Schmerzen und Leid brachten, aber wer war er, daß er diesen Männern ihren Glauben und das letzte bißchen Hoffnung nehmen durfte? Plötzlich beneidete er Gajan beinahe um seinen Glauben. Es mußte schön sein, an ein Weiterleben nach dem Tod – oder wenigstens eine göttliche Fügung, eine höhere Gerechtigkeit oder was auch immer – glauben zu können. Er konnte es nicht.

»Noch ein Wort, Gajan«, sagte er, als der Matrose weitergehen wollte.

Gajan blieb abermals stehen und sah ihn an. »Ja?«

»Nur eine Frage«, murmelte Skar. »Und ich bitte dich, sie mir ehrlich zu beantworten.« Seine Stimme versagte ihm den Dienst, er schluckte, schmeckte bittere Galle auf der Zunge und fuhr erst nach sekundenlangem Schweigen fort: »Habe ich versagt?«

Gajan sah ihn an, schwieg.

»Ich habe es, nicht wahr?«

Der Matrose nickte. »Ja, Herr«, antwortete er. »Das habt Ihr.«

Skar ließ seinen Arm los, wandte sich mit einem Ruck um und nickte knapp. »Ich danke dir«, schloß er. »Du kannst gehen. Sage Gowenna, daß ich... komme.«

Er wartete, bis Gajans Schritte auf dem harten Boden verklungen waren, dann drehte er sich abermals herum und stieg die steile Treppe hinab. Ein leises, wimmerndes Stöhnen und ein Schwall warmer Luft wiesen ihm den Weg. Gowenna hatte die Feuer zu größerer Glut entfacht und weitere Schalen aufgestellt; nach der grausamen Kälte an Deck war es hier unten beinahe zu warm, obwohl an den Wänden noch immer Eis glitzerte. Skar ging langsamer als nötig gewesen wäre, und am Ende des Ganges blieb er noch einmal stehen und zögerte unmerklich; fast, als könne er das Geschehen aufhalten, indem er einfach die Augen verschloß und sich wie ein Kind unter eine Decke verkroch, um die Ungeheuer aus seinem Traum auszusperren. Aber er war kein Kind, und dies war kein Traum. Mit einem resignierenden Kopfschütteln ging er weiter.

Es konnte nur noch wenige Augenblicke dauern. Vela war wach, ihre Augen waren einen Spaltbreit geöffnet, und ihr Körper wurde in immer rascherer Folge von heftigen, krampfartigen Wehen geschüttelt. Ihre Hände waren verkrampft, die Fingernägel fuhren mit kratzenden Geräuschen über den steinharten Boden, einige waren abgebrochen und blutig. Es war keine leichte Geburt. Gowenna hatte sich hinter sie gekniet und stützte ihren Oberkörper, so daß sie halb sitzend, halb liegend mit weit gespreizten Beinen und angezogenen Knien dahockte. Trotz der Kälte glänzte ihre Haut vor Schweiß, und als Skar näher herantrat, sah er, daß aus Velas Mund und Nase dünne, hellrote Blutfäden sickerten. Er erschrak. *Sie stirbt!* dachte er entsetzt.

Er wollte noch näher herantreten, aber Gowenna hielt ihn mit einem raschen Kopfschütteln zurück. Er blieb stehen.

Gowennas Hände strichen beruhigend über Velas Haar. Sie beugte sich vor, flüsterte der Errish etwas ins Ohr und tauschte einen raschen Blick mit Yar-gan. Der Sumpfmann kniete vor Vela nieder und machte sich an ihrem Leib zu schaffen; Skar konnte nicht erkennen, was er tat. Er wollte es auch gar nicht wissen.

Die Situation kam ihm immer absurder vor. Gowenna hatte diese Frau gehaßt, mit jeder Faser ihrer Seele gehaßt. Sie hatte sie bis ans Ende der Welt gejagt und unvorstellbare Entbehrungen auf sich genommen, um sie zu stellen und ihre Rache zu vollziehen – und jetzt hielt sie sie im Arm, schaukelte sie wie ein fieberndes Kind, flüsterte ihr beruhigende Worte ins Ohr und kämpfte mit der gleichen verzweifelten Kraft um ihr Leben, mit der sie sie vorher verfolgt hatte.

Skar wußte nicht, wie lange es dauerte – Sekunden, Minuten, vielleicht Stunden. Er stand einfach still da, wie ein unbeteiligter Zuschauer. Die Krämpfe, die den Körper der Errish durchrasten, wurden stärker, und nach einer Weile kamen die Wehen so schnell hintereinander, daß die Pausen dazwischen nicht mehr wahrzunehmen waren. Es war nicht das erste Mal, daß Skar die Geburt eines Kindes miterlebte, aber er hatte noch nie eine Niederkunft gesehen, die so voller Schrecken war wie diese. Vela begann zu schreien und sich zu winden, so heftig, daß Yar-gans und Gowennas vereinte Kräfte kaum ausreichten, sie zu halten. Sie blutete aus Nase, Mund und Ohren, und ihr Atem wurde von einem rasselnden Geräusch begleitet.

Sie starb, als der Kopf des Kindes sichtbar geworden war.

Ihr Körper bäumte sich in einem letzten qualvollen Zucken auf, und über ihre Lippen kam ein Schrei, der nichts Menschliches mehr hatte. Dann erschlaffte sie. Der Blick ihrer weit geöffneten, blutenden Augen brach.

Gowenna schrie auf, warf sich mit einer verzweifelten Bewegung über ihren Leib und begann zu pressen, und Skar drehte sich endgültig um. Übelkeit stieg in ihm hoch. Er sah nicht mehr, was geschah, aber er hörte Laute, schreckliche Geräusche, die er nie wieder vollkommen vergessen sollte und die nichts mehr mit einer normalen Geburt gemein hatten. Gowenna rief etwas, das Skar nicht verstand, Yar-gan antwortete in der gleichen Sprache, dann sah er den Sumpfmann aus den Augenwinkeln aufspringen, zu den Feuerschalen stürzen und einen Dolch aus der brennenden Kohle ziehen. Seine Klinge glühte rot, und der lederbezogene Griff schwelte bereits.

Skar schloß die Augen, preßte die Stirn gegen die Wand und schlug die Hände vor die Ohren. In seiner Brust begann sich wieder dieser Druck aufzubauen, ein Gefühl, als würde eine Stahlfeder bis zum Zerreißen gespannt, immer weiter gespannt, immer und immer und immer weiter...

Er schrie auf, als ihn Gowenna an der Schulter berührte. Ihre Hand war feucht und warm, und Skars Übelkeit wurde unerträglich. Mühsam kämpfte er den Brechreiz nieder, der in seiner Kehle emporstieg, drehte sich um und sah Gowenna an. Ihr Gesicht wirkte erschöpft und müde, aber in ihren Augen stand ein seltsames Flackern, ein Ausdruck, den er nie zuvor an ihr gesehen hatte.

»Komm.«

Skars Herz begann wie rasend zu hämmern, als er neben ihr auf Vela und Yar-gan zuging. Der Sumpfmann kniete neben der toten Errish und drehte ihm den Rücken zu, aber die Haltung seiner Schultern verriet Skar, daß er etwas in den Armen hielt. *Es schreit nicht,* dachte er. *Kinder schreien, wenn sie geboren sind. Es schreit nicht. Es muß tot sein.* Aber gleichzeitig spürte er, daß es nicht tot war, daß es lebte und genau in diesem Moment erwachte, zum ersten Mal so etwas wie einen bewußten Gedanken formte, die Welt, in die es geboren worden war, mit unsichtbaren Händen betastete und befühlte...

Er blieb stehen. Er wollte nicht weitergehen. Mit einem Male hatte er Angst, unsägliche Angst, die nächsten Schritte zu tun und das Kind zu sehen, aber Gowenna schob ihn mit sanfter Gewalt weiter.

Yar-gan richtete sich auf, als er neben ihm stehenblieb. Das Kind lag in seinen Armen, unendlich klein und verloren in den gewaltigen Pranken, die sich der Sumpfmann von Del geliehen hatte.

Es war ein ganz normales Kind, klein und mit dem zerknautschten Greisengesicht der meisten Neugeborenen, noch voller Blut und Schleim, und Skar fragte sich bestürzt, was er erwartet hatte. Ein Monster? Ein spinnenköpfiges schwarzes Ding mit Krakenarmen und Pferdefuß und Vampirzähnen? Es war ein normales Kind. Es sah normal aus, und es *war* normal, das wußte er, ganz plötzlich. Er spürte die Macht, die hinter der Stirn dieses winzigen Wesens schlummerte, aber gleichzeitig wußte er – und es waren genau diese Worte, die er dachte, Worte, über die er noch vor Augenblicken gelacht hätte –, daß es unschuldig und rein war wie alle Neugeborenen, und daß, wenn es böse werden würde, *sie* es waren, die das Böse in seine Seele pflanzen würden.

Zögernd streckte er die Hände aus, nahm das Kind entgegen und legte es ungeschickt in seine Armbeuge. Ein leises, seltsam friedlich klingendes Seufzen kam über die Lippen des Knaben, und ein sonderbar fremdes Gefühl von Frieden ergriff von Skar Besitz.

Yar-gan und Gowenna wichen lautlos von ihm zurück. Er sah, wie der Sumpfmann an seinen Gürtel griff und sein Schwert zog, und er hörte das leise Kratzen hinter sich, als Gowenna dasselbe tat, aber er achtete nicht darauf, sondern blickte weiter wie gelähmt auf das Kind in seinen Armen herab, *sein* Kind, ein Stück von ihm, ganz gleich, wie man es sah. Seine Hände regten sich, griffen mit einer Bewegung, die es noch nicht beherrschen dürfte, in die Luft und suchten nach Halt. Dann hob es die Lider. Ihre Blicke trafen sich.

Und Skar hatte das Gefühl, in einen Abgrund zu stürzen.

Es dauerte nur wenige Sekunden, aber als es geschah, schienen es Ewigkeiten zu sein.

Skar wußte nicht, was es war. Er hatte niemals etwas Derartiges erlebt oder davon gehört, ja, nicht einmal geglaubt, daß es möglich wäre. Es war eine Vereinigung, etwas, als würden ihre Seelen sich berühren und miteinander verschmelzen, mehr noch, es war, als wären er und dieses Kind eins, nur zwei Teile eines gewaltigen Ganzen, das getrennt worden war und sich jetzt wieder zusammenfand in einem erlösenden, freudigen Aufschrei. Er spürte die Gedanken des Kindes – es war kein Denken wie seines, sondern ein behutsames, noch unsicheres Tasten und Erforschen, und er spürte die ungeheure Macht, die diese Gedanken hätten, wäre ein Bewußtsein hinter ihnen, das sie lenkte. Eine

Macht, die fähig war, diese Welt zu zertrümmern. Es war die gleiche Kraft, die auch ihn trieb, das Ding in seinem Innern, das er seinen Dunklen Bruder getauft hatte und das doch sein größter Feind war, aber es war tausend-, millionenmal stärker, ein gewaltiger Vulkan gegen das Flackern einer Kerzenflamme.

Und es war *leer.*

Wo in ihm dieses böse Flüstern, die zynische, berechnende Stimme des anderen, finstern Skar herrschte, war in dem Kind nichts. Es war stark, ungeheuer stark, eine Waffe, wie Gowenna gesagt hatte, aber es war auch gleichzeitig unschuldig, leer und bereit, geformt und gelenkt zu werden.

Für einen unendlich kurzen Moment spürte er die Verlockung. *Nimm ihn!* wisperte die Stimme in seinem Inneren. Sein Dunkler Bruder sprang ihn an wie ein Raubtier, das bisher geduldig in seinem Versteck gelauert und auf den Moment gewartet hatte, in dem es zuschlagen konnte, in dem er unaufmerksam war und seine Deckung vernachlässigte, verletzbar wurde. *Nimm ihn,* wisperte sie. *Du wirst Macht haben, Skar. Unglaubliche MACHT! Niemand wird dich mehr aufhalten können.* Die Stimme wurde lauter, machtvoller, zwingender. *Nimm ihn!* drängte sie. *Es ist leicht, Skar. Noch ist es leicht.* Er wußte, daß sie nicht log. Sie waren eins, für diesen Moment, ein einziger Geist in zwei verschiedenen Körpern, und es war ein Augenblick, der sich nie mehr wiederholen würde. Er konnte die Kraft dieses Kindes in sich aufnehmen, sie mit der flüsternden Stimme in seinem Innern vereinen, und er würde die Macht haben, von der sein Dunkler Bruder sprach: Niemand und nichts würde ihm mehr widerstehen können, nicht einmal mehr Helth oder der Dronte.

Aber er wußte auch gleichzeitig, daß das Flüstern in seiner Seele dann zu einem machtvollen Schrei werden, daß sein Dunkler Bruder endgültig und unwiderruflich Gewalt über ihn erlangen würde. Unsterblichkeit und vielleicht Unverwundbarkeit gegen den Preis seiner Menschlichkeit.

Was nutzt sie dir, deine Menschlichkeit? wisperte die Stimme. *Was hat sie dir bisher genutzt, wobei hat sie dir geholfen? Was wirst du vermissen? Liebe? Es gibt niemanden, der einen Satai liebt, Bruder. Und selbst wenn – es wäre ein geringer Preis. Du hättest die Macht, diese Welt zu retten. Du und ich und dieses Kind, wir können Enwor zu ei-*

nem Paradies machen. Wolltest du das nicht immer? Ist es nicht das, was die Satai schwören in ihren geheimen Zeremonien? Kriege und Not und Ungerechtigkeit zu beseitigen? Du kannst es, du –

Skar schrie. Für einen schrecklichen Moment glaubte er seinen Dunklen Bruder mit Velas Stimme reden zu hören, und plötzlich wußte er, was mit ihr geschehen war, welcher Art die Verlockung gewesen war, die ihr den Untergang gebracht hatte.

Er taumelte, brach in die Knie und spürte, wie der Geist des Kindes mit einem lautlosen Schrei vor dem Schmerz und der Dunkelheit zurückschreckte, die plötzlich zu ihm hinüberflossen, wo vorher Liebe und Vertrauen gewesen waren.

»Gowenna«, wimmerte er. »Hilf... mir...«

Er sah die Gestalt der Errish wie einen verzerrten Schatten vor sich auftauchen, versuchte nach ihr zu greifen und verfehlte sie. Gowennas Hände preßten sich gegen seine Schläfen, nicht flüchtig und sanft wie vorhin, als sie seinen Dunklen Bruder das erste Mal zurückgedrängt hatte, sondern mit schmerzhafter Kraft; und diesmal war es kein Verjagen, keine Warnung mehr, sondern ein vernichtender Hieb, mit aller Gewalt geführt.

Hinter seiner Stirn schien ein Vulkan auszubrechen. Er sah Flammen, und für den Bruchteil einer Sekunde fühlte er unerträglichen Schmerz.

Yar-gan sprang im letzten Moment vor, als Skar das Bewußtsein verlor und das Kind seinen Armen entglitt.

Er mußte lange bewußtlos gewesen sein. Skar spürte, daß Zeit vergangen war, viel Zeit, und er spürte, daß irgend etwas geschehen war, während er reglos hier gelegen hatte. Das erste, was er fühlte, war Wärme. Er lag neben einem Feuer; seine linke Gesichtshälfte und die Hand brannten unter der Hitze der offenen Flamme, die andere Körperhälfte war taub vor Kälte. Dunkelrotes Licht sickerte durch seine geschlossenen Lider. Der Boden unter ihm vibrierte im Rhythmus der Wellen, die gegen den versteinerten Rumpf des Schiffes anrannten, und er hörte Stimmen. Die Stimmen zahlreicher Männer. Aufgeregte Stimmen.

Skar blinzelte, hob die Hand über die Augen, um sie vor der Hitze der Flammen und dem grellen Licht zu schützen, und setzte sich halb auf. Der Raum verschwamm vor seinen Augen, als er sie vollends öffnete, und hinter seinen Schläfen machte sich ein dumpfer, unangenehmer Druck bemerkbar.

»Du bist wach. Gut.« Gowenna kniete vor ihm nieder, sah ihn einen Herzschlag lang besorgt an und lächelte. Er konnte nur den schmalen Streifen über den Augen und Nasenwurzeln ihres Gesichts erkennen; der Rest war hinter einem grauen, seidig glänzenden Schleier verborgen. Der gleiche Stoff bedeckte ihren Kopf, die Schultern und den ganzen Körper, soweit ihn Skar sehen konnte. Selbst ihre Hände steckten in hautengen Handschuhen aus dem gleichen Material. Auf ihrer Stirn glänzte ein winziger fünfzackiger Stern aus Silber. Die Kleidung einer Errish. Und der Stern einer *Margoi.*

»Was ist... wie lange war ich bewußtlos?« fragte er verwirrt. In seinem Kopf drehte sich alles. Bilder blitzten hinter seiner Stirn auf, aber er war nicht in der Lage, sie zu ordnen und einen Sinn darin zu erkennen.

»Nicht lange. Eine Stunde, vielleicht weniger«, antwortete Gowenna. »Yar-gan hat –«

»Sag es mir nicht«, unterbrach sie Skar und hob die Hand an den Kopf. Der Druck verschwand, aber dafür erwachte ein dünner, quälender Schmerz hinter seinen Augen. »Ich will gar nicht wissen, was er mit mir getan hat.« Er stöhnte. »Was ist geschehen?«

»Das Kind –«

»Lebt es?« fragte Skar hastig dazwischen. Der erschrockene, besorgte Ton in seiner Stimme überraschte ihn selbst, und wie zur Antwort erschien ein neuerliches, amüsiertes Glitzern in Gowennas Augen.

»Es lebt, und es ist gesund«, beruhigte sie ihn. »Noch. Du hast gesiegt, Skar.«

»Gesiegt...«, wiederholte Skar. *Gesiegt?* Er konnte sich nicht einmal erinnern, gekämpft zu haben. Geschweige denn gesiegt.

»Versuche nicht, es zu verstehen«, sagte Gowenna, als hätte sie seine Gedanken gelesen. »Was du getan hast, war richtig, und das allein zählt. Manchmal handeln wir auch, ohne zu denken. Das Kind lebt, und seine Kräfte sind gebannt, wenigstens für den Moment. Alles andere muß die Zukunft bringen.« Ihre Art zu reden kam Skar sonderbar vor. Gowenna sprach normalerweise nicht so gestelzt, und es schien ihm, als hätte sie sich diese Worte genau überlegt; vielleicht, um irgend etwas, das er darin zu hören glaubte, gerade *nicht* zu sagen. Aber er war noch viel zu benommen, um wirklich darüber nachzudenken.

Gowenna stand auf, bückte sich noch einmal und streckte ihm die Hand entgegen. Skar griff nach kurzem Zögern danach und zog sich auf die Füße. Wieder fiel ihm auf, wie stark diese zierliche Frau war.

»Wo ist es?« fragte er.

»Das Kind?« Gowenna deutete mit einer Kopfbewegung auf ein in Decken und Felle eingedrehtes Bündel zwischen den beiden Feuerschalen und hielt ihn mit einer raschen Handbewegung zurück, als er sich herumdrehen und hingehen wollte, bückte sich selbst danach und nahm es mit einer Behutsamkeit auf, die Skar bei ihr zuallerletzt erwartet hätte. »Es schläft«, sagte sie. Sie sprach unwillkürlich leiser. »Laß es schlafen. Wenigstens merkt es während dieser Zeit nicht, was geschieht.«

Skar sah sie scharf an. »Was ist los?« fragte er. »Irgend etwas stimmt nicht, oder?«

Gowenna wich seinem Blick aus. »Es ist alles in Ordnung«, wiederholte sie. »Es ist nur...« Sie seufzte, fuhr sich mit der Hand durch das

Gesicht und lockerte den Schleier ein wenig. Instinktiv drückte sie das Fellbündel mit dem Kind fester an sich, als müsse sie es selbst gegen ihn beschützen. »Was diesem Kind fehlt, ist das gleiche wie uns«, fuhr sie nach einer hörbaren Pause fort. »Wir haben keine Milch, keine sauberen Tücher, kein heißes Wasser.«

»Dann wird es sterben«, murmelte Skar.

»Nicht unbedingt. Ich... kann einen Sud aus Cuba-Nüssen bereiten, mit dem es ein paar Tage überleben könnte. Und es gibt noch andere Möglichkeiten.« Sie schüttelte den Kopf. »Nein, das ist es nicht.«

»Was dann?« fragte Skar. Erst jetzt fiel ihm auf, daß sie allein waren. Yar-gan war verschwunden, und auch Velas Leichnam war nicht mehr da. Er war froh. Er hatte einen kurzen Blick auf sie erhascht, bevor er die Besinnung verlor. Gowenna hatte das Kind aus ihrem Leib herausgeschnitten, nachdem sie gestorben war.

Erneut kamen ihm die Stimmen und das hastige Trappeln von Schritten zu Bewußtsein. Das Schiff hallte von ihnen wider. Die gesamte Besatzung mußte an Deck sein, den Geräuschen nach zu urteilen.

Gowenna deutete seine stumme Frage richtig. »Es ist soweit, Skar«, sagte sie.

»Helth?«

»Der Dronte«, unterbrach Gowenna leise. Ihr Blick flackerte. »Er... kreuzt vor der Hafeneinfahrt, seit die Sonne aufgegangen ist. Er kommt nicht näher, aber...«

»Aber er läßt uns auch nicht heraus«, vollendete Skar den Satz, als Gowenna im Sprechen innehielt.

Sie lachte bitter. »Womit auch?« fragte sie. »Auf einer treibenden Eisscholle vielleicht?« Sie seufzte, schwieg einen Moment und starrte zu Boden. Als sie weitersprach, schwankte ihre Stimme. »Mein Gott, Skar, diese Schiffe waren meine letzte Hoffnung. Ich habe gebetet, daß es sie gibt, daß dieser Hafen nicht leer ist, und jetzt...«

»Vielleicht waren es die falschen Götter, zu denen du gebetet hast«, bemerkte Skar dumpf.

»Oder die falschen, die meine Gebete erhörten«, antwortete Gowenna.

Skar ging an ihr vorbei, öffnete die Tür und trat auf den Gang hinaus. Die Geräusche von Stimmen und Schritten wurden lauter, und von oben drang gelbes Sonnenlicht in das trübe Rot der Flammen. Er hörte, wie Gowenna ihm folgte, widerstand im letzten Moment der Versuchung, sich herumzudrehen, und ging mit raschen Schritten weiter.

Die Dämmerung war endgültig gewichen, als er an Deck trat. Die Sonne stand wie ein einzelnes rotes Auge direkt unter dem höchsten Punkt der Hafeneinfahrt; ihre Strahlen fielen fast waagerecht in die Höhle und ließen die drei Schiffe überlange Schatten werfen. Das Wasser wirkte nicht mehr so klar wie bei Nacht, und Skar sah, daß sich am Ufer eine fast armdicke, grauweiße Schicht aus Kalk und Muschelablagerungen gebildet hatte. Dieses eisige Meer war nicht immer so tot gewesen wie jetzt.

Er ging zum Heck des Schiffes, stieg die kurze Leiter zum Achteraufbau hinauf und trat an die Reling. Nach Gowennas Worten hatte er halbwegs erwartet, den Dronte wie einen schwarzen Todesengel dicht vor der Einfahrt hocken zu sehen, aber er war sehr weit entfernt, nicht viel mehr als ein dunkler Punkt, der in gleichmäßigem Takt auf den Wellen auf und ab hüpfte. Selbst wenn er alle Segel setzen und zusätzlich rudern würde, mußte er eine Stunde oder länger brauchen, um die Höhle zu erreichen. Für endlose Minuten stand Skar reglos da und blickte aufs Meer hinaus, und obwohl der Dronte unendlich weit entfernt war, glaubte er jede Einzelheit, jedes winzige Detail seines bizarren Leibes zu erkennen. Er versuchte, etwas von dem alten Haß in sich zu entdecken, aber er war nicht mehr da. Der Anblick des Dronte bedeutete ihm nichts mehr. Er konnte nicht einmal mehr einen Feind in ihm sehen.

Nach einer Weile wandte er sich wieder um, stieg vom Achterdeck herunter und sah sich nach Yar-gan um. Gowenna war ebenfalls an Deck gekommen, das Kind, das sie noch immer in den Armen hielt, schützend an sich gepreßt; er ignorierte sie, ging an ihr vorbei und sprach einen der Matrosen auf den Sumpfmann an.

»Euer Kamerad ist dort oben, Herr«, antwortete der Mann mit einer Kopfbewegung zu einem der zahllosen Höhleneingänge in der Wand. Skar blickte in die angedeutete Richtung und entdeckte eine steile, direkt in den Fels gehauene Treppe, die zu der mannshohen Öffnung hinaufführte.

»Allein?« fragte er.

Der Matrose nickte, versuchte vergeblich, seinem Blick standzuhalten und senkte schließlich den Kopf. »Ja, Herr«, bestätigte er halblaut.

Sein demütiger Tonfall versetzte Skar beinahe in Rage, aber er beherrschte sich und fuhr in ruhigem, sachlichem Ton fort: »Und was will er dort?«

»Das... weiß ich nicht, Herr«, antwortete der Freisegler. »Er wollte schon längst zurück sein. Ich... kann ihn holen, wenn Ihr es befehlt.«

»Dieser –«

»Er sucht, Skar«, sagte Gowenna laut. Skar wandte sich zornig um und starrte sie an. Sie stand im Schatten des Decksaufbaus, so daß er ihr Gesicht nicht erkennen konnte, aber es war etwas in ihrer Stimme, das ihm nicht gefiel.

»Und wonach?« fragte er gepreßt.

Gowenna hob in einer kaum merklichen Bewegung die Schultern. »Einem Fluchtweg, einem Versteck... vielleicht nach einem Schiff. Cor-ty-cor ist groß. Es kann noch andere Höhlen geben.« Ihre Worte waren gelogen. Sie wußten beide, wonach Yar-gan in Wahrheit suchte.

»Natürlich«, knurrte er. »Und in einer davon steht ein geflügeltes Pferd, das uns sicher nach Elay zurückbringen wird. Was glaubt dieser Narr damit zu erreichen, daß er sein Leben wegwirft?« Mit einer wütenden Bewegung fuhr er herum, stürmte über das Deck und sprang vom Schiff herunter. Gowenna rief ihm irgend etwas nach, aber er achtete nicht auf ihre Worte, sondern lief mit weit ausgreifenden Schritten auf die steinerne Treppe zu. Sein Mantel behinderte ihn. Er zog ihn aus, schleuderte ihn achtlos von sich und begann mit dem Aufstieg.

Es erwies sich als schwieriger, als er befürchtet hatte. Die Stufen waren kaum breiter als zwei nebeneinandergelegte Hände und zum Teil vereist; ein einziger unbedachter Schritt konnte einen Sturz auf den Felsen oder in das eisige Wasser des Hafenbeckens und somit den Tod bedeuten. Er wurde langsamer, blieb auf halber Strecke stehen und ließ sich gegen die Wand sinken, um Atem zu schöpfen. Die kalte Luft brannte in seiner Kehle, und als er den Fehler beging, nach unten zu sehen, wurde ihm schwindelig.

Aber sein Zorn fegte die Erschöpfung und das Schwindelgefühl noch einmal hinweg. Er stieg – etwas vorsichtiger und wesentlich langsamer – weiter und erreichte nach wenigen Minuten keuchend und schweißgebadet den Stolleneingang. Die Stufen endeten einen Meter unter dem runden Loch. Skar richtete sich behutsam auf, griff mit beiden Händen nach oben und zog sich mit letzter Kraft an dem spiegelglatten Fels hinauf. Das Schwindelgefühl kam zurück; er brach in die Knie, als er versuchte, sich im Inneren des mannshohen Stollens aufzurichten.

Dunkelheit umfing ihn. Der Wind war draußen vor der Höhle zurückgeblieben, und es war überraschend warm. Skar wartete, bis der Schwächeanfall vorüber war, stemmte sich vorsichtig hoch und lauschte. Er glaubte Schritte zu hören, war sich aber nicht sicher, und irgendwo weit, sehr weit vor ihm heulte der Sturm wie ein schauriger Chor.

»Yar-gan?« rief er laut. Seine Stimme hallte als verzerrtes Echo von den gekrümmten Gangwänden zu ihm zurück, dann hörte er das Rascheln von Stoff.

»Er gibt uns eine Gnadenfrist«, hörte er Del irgendwo in der Dunkelheit vor sich antworten. Er strengte seine Augen an, aber die Zeit war noch zu kurz, als daß sie sich an das bleiche Schattenlicht hier drinnen hätten gewöhnen können.

»Er spielt mit uns. So wie beim ersten Mal.« Yar-gan tauchte aus der Dunkelheit des Stollens auf, trat neben ihn und blinzelte aus zusammengekniffenen Augen in das grelle Licht, das die Höhle hinter Skar erfüllte. »Wir könnten die Ausfahrt erreichen, ehe er hier ist«, murmelte er.

»Was soll das?« fragte Skar wütend. »Was tust du hier, Yar-gan? Was du vorhast, ist sinnlos!«

»Wir könnten es schaffen«, wiederholte der Sumpfmann, als hätte er Skars Worte gar nicht gehört. Ein eigenartiger Ausdruck von Spannung lag auf seinen Zügen.

Skar setzte zu einer scharfen Entgegnung an, aber ein weiterer Blick in Yar-gans Augen ließ ihn verstummen. Er wußte plötzlich, daß der Sumpfmann auf alles vorbereitet war, was er sagen könnte, die Antwort auf jede Frage, jedes Argument schon parat hatte, ehe er es aussprechen würde. Statt der wütenden Antwort, die ihm auf der Zunge gelegen hatte, drehte er sich herum und sah nachdenklich an dem schmalen Felsgürtel entlang, der das Wasser des Hafenbeckens säumte. Die Gestalten der Männer unten auf den Schiffen wirkten winzig wie Spielzeuge. Einige von ihnen sahen zu ihm und Yar-gan hinauf. Ihre Gesichter waren nicht mehr als helle Farbflecke gegen das schwarze Holz der versteinerten Planken. Es war schwer, in dieser gewaltigen Höhle Entfernungen zu schätzen, noch dazu von ihrem erhöhten Standpunkt aus, aber es konnten kaum mehr als zwei Meilen sein.

»Und dann?« Skar deutete mit einer Kopfbewegung auf das offene Meer hinaus. Der Dronte war von hier oben aus deutlicher zu erkennen. »Willst du schwimmen, oder hoffst du, daß wir dort draußen ein Schiff finden – als Geschenk der Götter gewissermaßen?«

Yar-gan ignorierte seinen beißenden Tonfall. »Die Küste ist unübersichtlich«, antwortete er ernsthaft. »Er kann unmöglich Jagd auf einzelne Männer machen. Wenn wir uns verteilen, dann haben ein paar von uns eine Chance durchzukommen.«

»Und zu erfrieren«, fügte Skar hinzu.

Yar-gan wollte auffahren, aber Skar brachte ihn mit einem eisigen Blick zum Verstummen. »Ich werde nicht mehr weglaufen, Yar-gan«, sagte er ruhig.

Der Sumpfmann starrte ihn an. »Was heißt das?« fragte er lauernd.

»Ich habe nachgedacht, Yar-gan. Über vieles.« Skar deutete auf den Dronte. *Täuschte er sich, oder war er bereits näher gekommen?* »Wir können nicht ewig vor ihm fliehen, weder vor ihm noch vor Helth. Früher oder später wird er uns stellen.«

»Später ist mir lieber«, knurrte Yar-gan. »Diese Höhle ist eine Todesfalle, Skar. Eine einzige Breitseite seiner Feuerkatapulte reicht, sie in einen Vulkan zu verwandeln.«

»Wenn er das wollte, hätte er es schon hundertmal tun können«, widersprach Skar heftig. Er wußte selbst nicht, warum – aber Yar-gans logische Überlegung ließ Zorn in ihm aufsteigen. Dabei spürte er ganz genau, daß es nichts als die ganz persönliche Art des Sumpfmannes war, mit der scheinbaren Ausweglosigkeit ihrer Situation fertig zu werden. Er hatte Angst, und er tat das einzige, was er konnte, um sie zu bekämpfen: er dachte logisch, analysierte ihre Lage und ihre Möglichkeiten und versuchte, einen Ausweg zu finden. Und er war hier, weil er auf seine kalte logische Art eine Möglichkeit gefunden zu haben glaubte. Aber sie war falsch.

»Und was willst du tun?« fragte Yar-gan ruhig.

»Das gleiche wie du«, antwortete Skar. »Warten. Wir bleiben hier und warten.«

»Auf wen?« fragte Yar-gan. »Auf Helth? Auf den Dronte?«

»Auf wen wartest du?«

Yar-gan machte eine ärgerliche Handbewegung. »Auf niemanden, Skar. Ich bin hierher gekommen, um nach einem Ausweg zu suchen. Ich –«

»Hast du ihn gefunden?« unterbrach ihn Skar.

»Nein. Dieser Gang führt ins Nirgendwo. Zurück nach Cor-ty-cor. Aber es gibt viele solcher Stollen. Wir werden einen Weg aus dieser Falle finden.«

»Warum sagst du nicht *ihr*, Yar-gan«, sagte Skar ruhig. »Das ist es doch, was du meinst. Die Geschichte, die du den Männern erzählt hast, mag sie täuschen, aber mich nicht. Du hast nicht vor, uns zu begleiten.«

Yar-gan starrte ihn an, sagte aber nichts. Er wirkte unsicher.

»Du wartest auf Helth«, fuhr Skar nach einer sekundenlangen Pause fort.

»Und wenn?« Yar-gans Frage klang trotzig. Aber es war gar nicht mehr seine Stimme, und Skar begriff bestürzt, daß es auch nicht mehr Yar-gan war, mit dem er sprach, sondern *Del.*

»Es wäre ein sinnloses Opfer«, antwortete er. »Sinnlos und dumm dazu. Helth wird es nicht wagen, uns anzugreifen, solange wir zusammenbleiben. Du tust ihm nur einen Gefallen, wenn du dich ihm allein stellst.«

»Glaubst du?« fragte Yar-gan spöttisch.

»Ich *weiß* es«, entgegnete Skar, plötzlich wieder zornig. »Was glaubst du zu erreichen, wenn du ihm Gelegenheit gibst, uns einen nach dem anderen auszuschalten, du Narr?«

»Vielleicht Zeit«, sagte Yar-gan ruhig. »Vielleicht die Zeit, die ihr braucht.« Er schüttelte den Kopf. »Mein Entschluß steht fest, Skar. Ich bleibe. Er ist irgendwo in der Nähe, und ich spüre, daß er diesen Weg nehmen wird. Ich werde mich ihm stellen.«

»Er ist stärker als du«, behauptete Skar. »Hast du den Kampf schon vergessen? Es hätte nicht viel gefehlt, und er hätte dich getötet.«

»Das war etwas anderes. Ich war überrascht, und ich hatte keine

Gelegenheit, meine Kräfte zu sammeln und einzusetzen. Vielleicht besiegt er mich trotzdem, aber nur vielleicht.«

»Und vielleicht auch nicht«, versetzte Skar. »Aber falls er dich *vielleicht* doch schlägt, dann bist du *vielleicht* tot, Yar-gan.«

»Du sprichst nicht mit Del«, antwortete der Sumpfmann trotzig. »Der Tod schreckt mich nicht, Skar. Er bedeutet für mich nicht dasselbe wie für euch.«

Skar schlug zornig die flache Hand gegen die Felswand. »Was du mit deinem Leben machst, ist mir gleich, Yar-gan«, antwortete er aufgebracht. »Aber du bist kein unbeteiligter Zuschauer, der gehen kann, wenn es ihm beliebt. Ich kann es mir nicht leisten, dich zu verlieren. Solange wir beide am Leben sind, haben wir eine Chance. Ich brauche dich! Und ich verlasse mich nicht darauf, daß du *vielleicht* stärker bist als Helth. Ich will dieses verdammte Monster genauso gerne umbringen wie du, aber wir werden warten, bis sich eine bessere Gelegenheit ergibt.«

»Dazu ist keine Zeit«, widersprach Yar-gan erregt. »Begreifst du denn nicht, Skar? Er hat uns in Ruhe gelassen, solange das Kind noch nicht geboren war, das stimmt – aber was denkst du dir denn, *warum*? Weil er uns *gebraucht* hat, Gowenna, dich und mich. Jetzt wird er kommen und sich holen, was er haben will.«

»Dann erwarten wir ihn«, antwortete Skar wütend. »Aber unten auf dem Schiff, nicht hier.«

»Wovor fürchtest du dich eigentlich, Skar?« fragte Yar-gan. »Um wen hast du Angst? Um mich – oder um Del?« Er lachte, aber der Laut klang fast abstoßend in Skars Ohren. »Del lebt«, fuhr er fort. »Und er wird auch weiterleben, wenn mir etwas zustoßen sollte. Du brauchst keine Angst um ihn zu haben, wenn es das ist, Satai.«

Seine Worte taten weh. Skar starrte in hilflosem Zorn den Sumpfmann an. Für einen Moment war er kurz davor, sich auf ihn zu stürzen und mit Fäusten auf ihn einzuschlagen. Aber natürlich tat er es nicht. Es wäre genau das gewesen, was der Sumpfmann erreichen wollte.

»Geh jetzt!« fuhr Yar-gan fort. »Geh zurück zu Gowenna und deinem Kind und beschütze sie. Ich komme schon allein zurecht.«

Skars Hände begannen zu zittern. Mühsam drehte er den Kopf und starrte aus brennenden Augen aufs Meer hinaus. Der Dronte *war* näher gekommen. Das gewaltige fünfeckige Hauptsegel blähte sich, und

Skar konnte die schaumigen weißen Streifen rechts und links seines Rumpfes erkennen, wo die Ruder in raschem Takt ins Wasser klatschten und ihm zusätzliche Geschwindigkeit verliehen. Er kam näher; viel, viel schneller, als Skar geglaubt hatte.

Auch Yar-gan hatte es bemerkt. »Geh jetzt«, sagte er noch einmal. »Wenn du zu lange zögerst, dann wird das, was ich hier tue, umsonst sein. Aber die Schuld daran trifft dann dich!«

Aus dem Stollen wehte ein leises, boshaftes Lachen zu ihnen heraus. Skar erstarrte für eine halbe Sekunde, fuhr dann mit einer blitzschnellen Bewegung herum und riß das Schwert aus dem Gürtel.

Aber Yar-gan war schneller. Seine Hand zuckte hoch, legte sich wie eine stählerne Klaue um Skars Handgelenk und drückte seinen Arm herunter. Gleichzeitig drängte er ihn zurück, auf die Wand und den Ausgang zu. Skar versuchte verzweifelt, ihm Widerstand zu leisten, aber der Sumpfmann schob ihn so mühelos zur Seite, als wäre er ein kraftloses Kind. Er hatte vergessen, *wie* stark die Bewohner der grünen Hölle Coshs waren.

Erneut ertönte dieses leise, meckernde Lachen, dann hörte Skar Schritte, die irgendwie mühsam klangen und von einem Geräusch begleitet wurden, als würde ein Stück nassen Leders über Felsen geschleift. Ein Schatten erschien vor der gekrümmten Tunnelwand.

»Sehr gut«, lobte Helth spöttisch. »Bravo. Es tut mir beinahe leid, daß ich euch nicht länger zusehen kann.« Seine Stimme klang röchelnd und war kaum zu verstehen, und hinter Skars Stirn blitzte die irrsinnige Erkenntnis auf, daß es sich mit zerschnittenen Stimmbändern nicht sehr gut sprach.

»Ich sollte euch mehr Zeit geben«, fuhr der Vede fort. »Vielleicht würdet ihr euch dann gegenseitig umbringen. Aber leider bleibt mir nicht sehr viel Zeit.« Seine Stimme wurde hart. »Und euch auch nicht.«

Skar unterdrückte im letzten Moment einen Schrei, als Helth näher kam und ins Licht trat. Der Vede hatte sich auf grauenhafte Weise verändert, schlimmer, viel, viel schlimmer als beim ersten Mal, als sie ihm wieder begegnet waren. Seine Haut war schwarz und tot, nichts als abgestorbenes Gewebe, von tiefen, zerfransten Kratern zerfurcht und faulig. Dels *Shuriken* hatte eine grausame Wunde in seinen Leib gerissen und ihn geöffnet; ein handgroßer Fleischfetzen hing herunter wie ein schwarzer Lappen und erzeugte bei jedem Schritt das schreckliche patschende Geräusch, das Skar gehört hatte, und sein Schädel war waagerecht bis in die Mitte gespalten, die Augen leer, blutige blinde Löcher, hinter denen schwarzer Nebel zu wogen schien. Von einem Teil seines linken Arms war das Fleisch gefallen; die Hand und der Oberarm bis zum Ellbogen waren noch erhalten, dazwischen sah Skar nichts als blanken, schwarz gewordenen Knochen. *Wieso lebt er noch?* dachte er entsetzt. *WIESO LEBT ER NOCH!?*

Yar-gan atmete hörbar ein, ließ seine Hand los und trat der furchtbaren Erscheinung einen Schritt entgegen, blieb aber sofort wieder stehen. Seine Hände zitterten, und Skar konnte sehen, wie sich seine Muskeln unter dem Stoff seines Mantels spannten. Selbst dieser eine Schritt schien ihn unendliche Überwindung gekostet zu haben. *»Daijdjan«*, flüsterte er. »Du bist...«

Die grausame Karikatur eines menschlichen Grinsens verzerrte die gespaltenen Lippen des Veden. »Es hat lange gedauert, bis du es gemerkt hast, Bruder«, kicherte er. »Für eine Weile habe ich schon gefürchtet, du würdest unwissend sterben.« Erneut kam seine Art zu reden Skar falsch und völlig unnatürlich vor. Er hatte seine Menschlichkeit nicht nur äußerlich verloren. Das Ding, das ihn beherrschte, versuchte menschliches Verhalten nachzuahmen, aber es gelang ihm nur sehr mangelhaft. Seine Lippen bewegten sich nicht beim Sprechen, die Worte schienen eher irgendwo in seiner Brust zu entstehen als in seinem Kehlkopf.

Helth machte einen Schritt auf den Sumpfmann zu und duckte sich ein wenig. Seine Arme pendelten lose vor dem Körper; die Hände öffneten sich und sahen plötzlich aus wie tödliche Raubvogelklauen.

Yar-gan spannte sich. Sein Atem ging plötzlich ganz ruhig. Er wich ein winziges Stück zurück, spreizte leicht die Beine, suchte auf dem unsicheren Boden nach festem Stand und machte seltsame, flatternde Bewegungen mit den Händen vor der Brust.

»Du willst wirklich kämpfen?« fragte Helth spöttisch. »Du weißt, daß du keine Chance hast, einen Kampf gegen mich zu überleben, Bruder. Warum gibst du nicht auf? Und du –« Er hob den Kopf und starrte Skar aus seinen leeren schwarzen Augenhöhlen an, »– Satai? Gebt mir, was ich haben will, und ihr könnt gehen. Euer Leben bedeutet mir nichts.«

Skar erwachte endlich aus seiner Erstarrung. Mit einer wütenden Bewegung stieß er sich von der Wand ab, packte sein Schwert mit beiden Händen und trat neben den Sumpfmann. »Aber mir«, sagte er leise. »Du –«

Der Stoß kam so schnell, daß Skar die Bewegung nicht einmal sah. Yar-gans Hand traf ihn mit grausamer Wucht gegen die Brust, trieb ihm die Luft aus den Lungen und ließ ihn haltlos gegen die Wand taumeln.

»Verschwinde, Skar«, zischte der Sumpfmann. »Flieh! Ich versuche ihn aufzuhalten!«

Helth schrie wütend auf und warf sich mit einer übermenschlich schnellen Bewegung auf den Sumpfmann. Yar-gan tat so, als würde er zurückweichen, trat plötzlich mit einem überraschenden Schritt zur Seite und ließ den Veden über sein vorgestrecktes Bein stolpern. Seine Linke krachte in Helth' Nacken, während er mit der anderen Hand sein Schwert zog und zu einem tödlichen Hieb ausholte.

Aber sein Gegner war mindestens ebenso schnell wie er. Er stolperte zurück, versuchte aber nicht, den Sturz abzufangen, sondern warf sich im Gegenteil noch weiter nach vorne, kam mit einer eleganten Rolle auf die Füße und gleichzeitig aus der Reichweite von Yargans Schwert. Die Klinge zischte wirkungslos durch die Luft.

Der Kampf dauerte nur wenige Sekunden. Skar beobachtete die beiden ungleichen Gegner mit einer Mischung aus Schrecken und morbider Faszination. Er konnte nicht im einzelnen erkennen, *was* Yar-gan und Helth taten; ihre Bewegungen waren so schnell, daß sie im grauen Dämmerlicht selbst zu huschenden Schatten zu werden schienen. Yargan versuchte Helth mit seinem Schwert zu treffen, aber der Vede wich immer wieder im letzten Moment zur Seite oder zurück und schlug die Klinge ein paarmal sogar mit der nackten Hand beiseite. Der rasiermesserscharfe Stahl hinterließ tiefe Schnitte in seinem Fleisch, aber der Vede schien keinen Schmerz mehr zu spüren.

Und dann war es vorbei. Helth tauchte mit einer blitzschnellen Bewegung unter einem Hieb Yar-gans hindurch, hämmerte ihm die geballten Fäuste vor die Brust und trat gleichzeitig nach seinem Knie. Yar-gan taumelte, fiel gegen die Wand und rutschte mit haltlos rudernden Armen an dem feuchten Fels zu Boden. Helth schrie; laut, triumphierend und so schrill, daß Skar schmerzhaft die Hände gegen die Ohren schlug, ein Laut wie der Schrei einer übergroßen Grille, nicht wie der eines Menschen. Yar-gan wälzte sich zur Seite; seine Bewegungen waren deutlich langsamer und schwerfälliger als bisher, kaum noch schneller als die eines Menschen, dachte Skar erschrocken. Er stand auf, blieb eine halbe Sekunde taumelnd und nach Atem ringend stehen und hob sein Schwert zu einem weiteren Schlag.

Diesmal wich Helth dem Hieb nicht mehr aus, sondern fing die Waffe mit der bloßen Hand auf. Seine Hand zerfiel unter dem Biß der Klinge zu davonwirbelnden grauen Flocken, aber unter dem toten Fleisch kam kein Knochen zum Vorschein, sondern etwas Schwarzes, Glitzerndes, eine fürchterliche dreifingrige Klaue aus glänzendem Horn oder Chitin, die sich in einer fast spielerischen Bewegung um die Schwertklinge schloß und sie zerbrach.

Yar-gan stieß ein ungläubiges Keuchen aus, prallte zurück und starrte auf den zersplitterten Stumpf des Schwertes. Seine Augen weiteten sich. Helth griff abermals an. Sein Arm traf den Yar-gans und schmetterte ihn beiseite; der Schwertstumpf klirrte zu Boden, und der Sumpfmann taumelte abermals gegen die Wand. Helth' Faust ballte sich zum tödlichen Hieb.

»DEL!!« Skars Stimme überschlug sich. Er schrie, warf sich nach vorne und trieb den Veden allein durch die ungestüme Wucht seines Anpralls von seinem Opfer zurück. Helth taumelte; sein Hieb ging ins Leere, und für eine halbe Sekunde kämpfte er sichtlich um sein Gleichgewicht. Skar setzte ihm nach, stieß ihm die flachen Hände in die Seite und versuchte, nach seinem Standbein zu treten, um ihn vollends zu Boden zu schleudern. Helth fegte seinen Fuß beiseite und schlug ihn mit der anderen Hand vor die Brust.

Skar ging mit einem erstickten Schrei zu Boden. Ein unerträglicher Schmerz raste durch seinen Körper und lähmte sein Atemzentrum. In einer Bewegung, die mehr Reflex als bewußtes Handeln war, stemmte er sich auf die Knie, verkrampfte die Hände vor der Brust und sank abermals nach vorne. Für einen Moment wurde ihm schwarz vor Augen. Wie durch einen blutigen Schleier sah er Helth' Fuß auf sich zurasen, drehte den Kopf zur Seite und hob in einer schwächlichen, langsamen, viel zu langsamen Abwehrbewegung den Arm. Helth' Fuß traf nicht sein Gesicht, sondern streifte nur seine Schläfe, aber schon diese fast flüchtige Berührung reichte, Skar hoch- und zurückzureißen und meterweit durch den Stollen zu schleudern. Er überschlug sich, prallte gegen Felsen und Eis, sein Gesicht schrammte mit grausamer Wucht über rauhen Stein, dann krachte er gegen die Wand und lag still. Der Schmerz verebbte. Er bekam wieder Luft, aber gleichzeitig brodelte schwarze Bewußtlosigkeit wie ein betäubender Nebel in seine Gedanken. Er versuchte sich hochzustemmen, aber seine Arme waren kraftlos und schwach.

»Stirb, Satai!« kreischte Helth' verzerrte, unmenschliche Stimme. Skar hob mühsam den Kopf und sah den Veden auf sich zukommen, die Hände zu asymmetrischen, gierigen Klauen geöffnet, seine Gestalt wirkte verzerrt und verdreht, auf unmögliche Weise zusammengestaucht und *falsch,* und er war nicht sicher, ob es nur die Schwäche und die Schmerzen waren, die seinen Blick verschleierten. »Stirb, Satai«, krächzte Helth noch einmal. »Fahr zur Hölle!« Seine Stimme bebte vor Haß, dem gleichen abgrundtiefen Haß, den er Skar vom ersten Tag an entgegengebracht hatte. Er war nicht mehr Helth und schon gar nicht mehr Mensch, aber etwas von seinem Haß war auf dieses *Ding,* in das er sich verwandelt hatte, übergegangen, ein winziger Teil des alten Helth lebte noch. Mit einem irrsinnigen Kreischen zerrte er Skar auf die Füße, schleuderte ihn gegen die Wand und rammte ihm das Knie in den Leib. Skar krümmte sich, aber Helth riß ihn abermals hoch, warf ihn gegen die Wand und schlug nach seinem Gesicht.

Ein Schatten tauchte hinter dem Veden auf, umschlang seinen Oberkörper mit den Armen und hob ihn wie ein Spielzeug in die Höhe. Helth brüllte vor Zorn und Wut, schlug sinnlos in die leere Luft und strampelte mit den Beinen. Yar-gan riß ihn herum, stemmte ihn mit einer gewaltigen Kraftanstrengung noch höher und verstärkte gleichzeitig den Druck seiner Arme. Skar konnte nicht mehr richtig sehen; Blut verschleierte seinen Blick, und er nahm nur noch Schatten und tanzende Schemen wahr, aber er hörte, wie Helth' Rippen unter dem gnadenlosen Druck nachgaben und brachen. Helth schrie, und diesmal war es ein Laut des Schmerzes.

»Lauf, Skar!« keuchte der Sumpfmann. Seine Stimme war ein heiseres Krächzen, verzerrt vor Anstrengung und Furcht. Er drehte sich, Helth wie in einer grausigen Umarmung an sich gepreßt, schleuderte den Veden hin und her wie eine Katze eine gefangene Ratte und versuchte so zu verhindern, daß er die Beine auf den Boden bekam und

SCHABERICH 5/84

seine unnatürliche Kraft voll zum Einsatz bringen konnte. Seine Muskeln *(Dels Muskeln!!)* spannten sich wie dicke knorpelige Stricke unter der Haut. Aus seinem Mund lief Blut.

»Lauf endlich, du... Idiot!« keuchte er. Helth begann wie ein Irrsinniger zu toben. Dels Umarmung hielt, aber unter den zerbrochenen Rippen des Veden mußte etwas sein, das härter als Stahl war. Seine linke Hand krallte sich in Dels Mantel und riß tiefe blutige Wunden in sein Fleisch. Del schrie, warf sich zurück und riß Helth erbarmungslos mit sich. Der Vede bäumte sich auf. Sein Körper spannte sich wie eine Feder, krümmte sich auf ganz und gar unmögliche Weise und entspannte sich wieder mit einem hörbaren, krachenden Laut. Dels Griff lockerte sich nur für den Bruchteil einer Sekunde, aber dieser winzige Zeitraum genügte dem Veden. Mit einer letzten, gewaltigen Kraftanstrengung sprengte er die tödliche Umarmung des Sumpfmannes vollends, stürzte sich zu Boden und fuhr mit einem wütenden Zischen herum. Seine Arme zuckten hoch. Seine rechte, menschliche Hand verkrallte sich in Dels Kehlkopf und zermalmte ihn, die andere holte aus, traf seinen Schädel und schleuderte ihn zurück, die gekrümmten Hornklauen bohrten sich wie tödliche Dolche tief in sein Gesicht.

Es war das zweiten Mal, daß er Del sterben sah, und irgendwo in Skar zerbrach etwas.

Er schrie, so hoch und spitz und laut, daß der Ton einen grellen Schmerz durch seinen Schädel jagte, und er spürte, wie das *Ding* in seinem Inneren den Schrei annahm und erwiderte, wie es aus seinem Versteck in den finsteren Abgründen seiner Seele emporquoll wie ein Sturmwind, aber diesmal wehrte er sich nicht, sondern ließ es geschehen, registrierte, wie es seine Gedanken und seinen Willen davonfegte, seinen Körper in eine Puppe verwandelte und mit einem einzigen, schmerzhaften Schlag Besitz von ihm ergriff. Er sprang auf, bückte sich nach seinem Schwert, warf sich nach vorne und rollte über die Schulter ab, auf Helth zu und an ihm vorbei, trat ihm die Beine unter dem Leib weg und sprang abermals hoch, alles in einer einzigen, fließenden Bewegung, erfüllt von einer Kraft, die so groß war wie die seines Gegners und vielleicht größer.

Und so finster.

Helth fiel, stemmte sich hoch und griff mit seiner schrecklichen linken Klaue nach ihm, aber seine Reaktionen erschienen Skar mit einem

Male lächerlich langsam. Fast spielerisch wich er aus, fegte Helth' Arm mit einem Tritt zur Seite und schlug ihm mit einem einzigen gewaltigen Hieb seines Schwertes den Kopf von den Schultern.

Eine halbe Sekunde lang blieb Helth in einer grotesken, kauernden Stellung hocken, dann kippte er langsam nach vorne und zur Seite und blieb reglos liegen.

Aber nur für einen Moment.

Irgend etwas geschah mit seinem Körper. Das Licht reichte nicht aus, um zu erkennen, was, und vielleicht wäre es auch im hellen Sonnenlicht nicht zu erkennen gewesen, weil es etwas absolut Fremdes war, das nicht auf diese Welt und nicht in dieses Universum gehörte, etwas, das sich dem menschlichen Begriffsvermögen entzog und von dem nur ein schwacher Schatten sichtbar war, ein winziger Zipfel des wirklichen Geschehens, das aus den Dimensionen der Alpträume und des Wahnsinns stammen mochte. Er veränderte sich, schrumpfte, begann sich auf unmögliche Weise in sich zu drehen und zu winden, das Fleisch begann zu verdorren, da und dort zu zerlaufen wie eine braunschwarze, zähe Masse. Helth' Leib zuckte, wand sich hier- und dahin, kroch wie ein schwarzer blinder Wurm über den Boden, eine Spur aus Finsternis und zerbröckelndem totem Fleisch hinter sich lassend. Sein Brustkorb platzte auseinander, gab den Blick auf die darunterliegende Höhlung und das *Etwas* frei, das darin herangewachsen war wie ein Parasit, der seinen Wirt allmählich von innen heraus aufgefressen und ausgehöhlt hatte, etwas Schwarzes, Käferartiges mit dünnen Spinnenbeinen und -armen, kopflos und glänzend wie lackiertes Eisen, umgeben von einer Aura finsterer Macht und Fremdheit, böse, böse, böse...

Skar stand wie gelähmt da und starrte aus ungläubigen geweiteten Augen auf das unglaubliche Bild. Das Ding in Helth bewegte sich nicht wirklich, aber es lag auch nicht wirklich still, sondern tat irgend etwas dazwischen, das sein Gehirn nicht richtig erfassen und verarbeiten konnte. Es schien zu zucken wie ein Schmetterling, der noch nicht die Kraft hatte, seinen Kokon vollends abzustreifen und die Schwingen zu entfalten, aber Skar spürte, wie seine Macht wuchs, mit jeder Sekunde, jedem Atemzug. Er konnte es noch immer nicht richtig erkennen, und er war dankbar dafür.

Das Schwert entglitt seinen Händen. Er fühlte, wie die Kraft aus ihm wich, wie sein Dunkler Bruder zurückprallte und floh, wie ein Tier vor dem Feuer flieht, tödlich verwundet durch die flüchtige Berührung der finsteren Aura, die das Ungeheuer umgab. Velas Worte fielen ihm ein: *»Sie versuchten, ein Wesen zu erschaffen, das gleichermaßen zu beiden Welten gehört.«* Er stöhnte, wollte die Fäuste ballen, aber selbst dazu fehlte ihm plötzlich die Kraft. Sein Dunkler Bruder und dieses Ding vor ihm waren gleich. Es war ein Teil *ihrer* Welt, den er in sich trug, das Erbe der Sternengeborenen, das seinen Vorfahren eingepflanzt worden war und das sie weitergegeben hatten –, das *er* jetzt an seinen Sohn weitergegeben hatte!! –, nicht das Erbe der Alten. Er war bereit gewesen, sein Leben zu opfern, um dieses Ding zu vernichten, den Kampf aufzugeben und sich seinem Dunklen Bruder für immer auszuliefern, der Preis dafür, einmal, ein einziges Mal, seine volle Macht zu spüren und einsetzen zu können, aber selbst dieser letzte Ausweg war ihm verwehrt, er konnte die Kraft, den Fluch, mit dem er geschlagen war, nicht gegen ein Wesen einsetzen, das selbst Quell der gleichen Kraft war. Er hatte es versucht und sich ihrer bedient, aber es war nur ein kurzes Flackern gewesen, nicht mehr als ein Irrtum, ehe das Ungeheuer in ihm erkannte, daß der andere nicht sein Feind, sondern sein Herr war.

Wieder lief diese seltsame zuckende Nicht-Bewegung über Helth' geschundenen Körper. Seine Klaue kratzte über den Fels, tastete in einer suchenden, unsicheren Bewegung hin und her. Das Ding in seinem Leib versuchte sich zu befreien, aber es war noch nicht stark genug.

Skar wich mit einem halb erstickten Schrei zurück, als er sah, wie sich der zerfetzte Torso Zentimeter für Zentimeter in die Höhe stemmte. Langsam, unsicher und schwankend kam der (wie hatte Yargan ihn genannt? *Daij-djan?*) hoch, blieb einen Moment wie eine groteske kopflose Marionette auf den Knien hocken und stand, wie von unsichtbaren Fäden gezogen, auf. Seine Hände zitterten suchend dicht vor seinem Körper in der Luft.

Er ist blind! dachte Skar. Die Verwandlung war noch nicht vollständig abgeschlossen gewesen, das Ding noch auf Helth' Sinne angewiesen, um ihn zu sehen, zu hören und zu handeln. Die tastenden Hände wiesen einen Moment in seine Richtung, glitten weiter und verharrten zitternd, suchend wie die Fühler von Insekten, machten kehrt und wiesen wieder auf ihn. Helth machte einen schwerfälligen Schritt. Ein

Teil seiner linken Schulter löste sich auf, darunter kam glänzendes schwarzes Horn zum Vorschein.

Der Anblick riß Skar endgültig aus seiner Erstarrung.

Mit einem verzweifelten Satz wich er vor den tastenden Händen zurück, duckte sich zur Seite und schob sich, den Rücken eng gegen die Wand gepreßt, auf das Tunnelende zu. Die dürren Klauenhände folgten seiner Bewegung, aber sie taten es langsam, unsicher, hielten immer wieder an, suchten. Helth' Körper klaffte auseinander wie ein loser Mantel, als er sich schwerfällig umdrehte, aber Skar konnte das Ding in ihm noch immer nicht richtig sehen. Er wollte es auch nicht. Alles, was er wahrnahm, war etwas Dunkles, Horniges, eingehüllt in ein Netz dünner schwarzer Fäden wie geschmolzener Teer.

Er war nicht mehr als fünf, vielleicht sechs Schritte vom Ende des Stollens entfernt, aber sie schienen zu einer Ewigkeit zu werden. Helth folgte ihm, aber er wich immer wieder von der richtigen Richtung ab, tastete hierhin und dorthin, wie ein Tier, das Witterung sucht. Skars Angriff war zu früh gekommen, vielleicht nur Augenblicke, aber zu früh.

Skars Fuß stieß plötzlich ins Leere. Er blieb stehen, preßte sich noch fester gegen die Wand und drehte den Kopf, um nach hinten sehen zu können. Die Wand fiel senkrecht hinter ihm in die Tiefe, fünfzig Fuß weit auf beinharten Fels und tödlich kaltes Wasser. Skar blieb für die Dauer von zwei, drei Herzschlägen reglos stehen, ehe er sich vorsichtig auf die Knie sinken ließ. Helth kam näher. Seine Hände fuhren in beschwörend anmutenden Gesten durch die Luft, und die Bewegung wirkte plötzlich ziellos. Skars linker Fuß glitt ins Nichts, rutschte ein Stück an der glasglatten Wand hinab und fand die oberste Stufe der schmalen Felstreppe.

Er wußte selbst nicht, woher er noch die Energie nahm, aber irgendwie schaffte er es, auch das andere Bein von seinem sicheren Halt zu lösen und sich für einen Moment nur mit der Kraft seiner Arme an den eisigen Fels zu klammern. Er wollte schon erleichtert aufatmen, als Helth im gleichen Moment zu laufen begann, in dem Skar sein Körpergewicht verlagert und Halt auf der schmalen Steinstufe gefunden hatte. Ein zischender, unmenschlicher Laut drang aus seiner Brust, vielleicht die Art, in der dieses Wesen seine Wut herausschrie. Seine Arme peitschten wie dünne scharfe Waffen herab und hackten nach

Skars Gesicht. Skar duckte sich, drohte das Gleichgewicht zu verlieren und warf sich mit einem verzweifelten Ruck herum und zurück. Helth' Klaue streifte seine Schulter und riß einen handgroßen Stoffetzen aus seinem Hemd.

Skar ließ auch den letzten Rest von Vorsicht fahren und lief los. Die Stufen waren wie schmale glatte Spiegel unter seinen Füßen, und der Abgrund zerrte mit unsichtbaren Händen an ihm. Seine rechte Hand, mit der er sich an der Wand abstützte, war nach Sekunden zerschunden und blutig.

Vom Deck des Schiffes wehte ein vielstimmiger, entsetzter Schrei zu ihm hinauf. Skar blickte hastig nach hinten und sah, wie Helth gleich einer grotesken vierbeinigen Spinne hinter ihm aus dem Stollen kletterte, die oberste Stufe erreichte und mit traumwandlerischer Sicherheit hinter ihm herstürmte.

Der Anprall riß ihn von den Füßen.

Er taumelte, der Boden kippte vor ihm in die Höhe, und das Meer schien wie ein gewaltiges gieriges Maul nach ihm zu schnappen. Die vereiste Steinstufe rutschte unter seinen Stiefeln weg; die Treppe schüttelte ihn ab wie ein lästiges Insekt. Skar griff instinktiv nach hinten, bekam Helth' Arm zu fassen und riß ihn mit sich. Sie stürzten. Skar sah das schmale Felsband am Fuße der Wand wie eine steinerne Faust auf sich zurasen, versuchte sich noch im Sturz zu drehen und schloß im letzten Moment die Augen.

Das Wasser des Hafenbeckens war wie eine Glasscheibe, durch die er aus fünfzig Fuß Höhe hindurchstürzte. Ein grausamer Schlag traf seinen Körper, trieb ihm die Luft aus den Lungen und füllte seinen Mund mit Salzwasser. Er sank wie ein Stein, tief, unglaublich *tief*, schrammte über etwas Hartes, das unter der Wasseroberfläche verborgen gewesen war und fühlte, wie ihn die unsichtbare Faust der Strömung ergriff und wieder nach oben drückte. Er versuchte zu atmen, aber sein Kehlkopf verkrampfte sich, als Salzwasser statt Luft in seine Luftröhre drang. Die Strömung wirbelte ihn herum und hämmerte aus allen Richtungen gleichzeitig mit unsichtbaren Fäusten auf ihn ein, aber sie trug ihn auch weiter nach oben. Er brach durch die Wasseroberfläche, versuchte zu atmen und wurde wieder herabgesogen, ehe er seine Lungen mit Luft hatte füllen können.

Die Kälte begann ihn zu lähmen. Skar ruderte verzweifelt mit den

Armen, bekam irgendwie den Kopf über Wasser und sog gierig die Luft ein, aber er fühlte, wie seine Glieder rasch und beinahe schmerzlos erstarrten. Er hatte nicht mehr die Kraft zu verhindern, daß er wieder mit dem Gesicht unter die Wellen geriet. Er schluckte Wasser. Rote und grüne Ringe begannen vor seinen Augen zu tanzen. Seine Beine waren taub, seine Haut ein Panzer aus Eis, der sich mit phantastischer Schnelligkeit in seinen Körper hineinfraß, das letzte bißchen Kraft aus ihm heraussaugte und ihn tötete.

Plötzlich war in seinem Inneren Wärme, eine wohltuende, verlokkende, unglaublich *angenehme* Wärme, die allen Schmerz und jeden Rest von Angst und Verzweiflung davonspülte. Seine Gedanken begannen sich zu verwirren. Es war der Tod. Das Ende. Er wußte es, aber er wehrte sich nicht mehr. Alles, was er fühlte, war ein schwaches Erstaunen darüber, daß es so angenehm war.

Irgend etwas klatschte neben ihm ins Wasser, tauchte in einer sprudelnden Wolke aus Luftblasen unter und stieß mit einer eleganten Bewegung wieder zu ihm hinauf, aber Skar beachtete es nicht mehr. Er merkte kaum, wie rauhe Hände nach ihm griffen, ihn auf den Rücken drehten und auf das Schiff zuzogen.

Er verlor nicht das Bewußtsein, aber er versank in einem Dämmerzustand zwischen Wachsein und Koma, in dem er alles, was um ihn herum vorging, weiter wahrnahm, aber nicht in der Lage war, die Eindrücke richtig zu verarbeiten oder gar darauf zu reagieren. Die beiden Matrosen, die ihn aus dem Wasser gefischt hatten, wollten ihn unter Deck tragen, in den hinteren, geheizten Raum des Schiffes, aber Skar wehrte sich dagegen und machte ihnen irgendwie – mit Gesten und Kopfschütteln und leisen, erstickten Lauten – klar, daß er an Deck bleiben wollte, und so beschränkten sie sich darauf, ihn in einen windgeschützten Winkel vor dem Achteraufbau zu setzen und ihm die nassen Kleider vom Leibe zu ziehen und ihn trockenzureiben.

Er fieberte. Die Hände, die über seinen Körper strichen, ihn massierten und mit schmerzhafter Kraft das Leben in seine Muskeln zurückzwangen, taten weh, und die beiden Männer erschienen ihm wie Folterknechte. Etwas berührte seine Lippen, erst sanft, dann, als er nicht reagierte, mit gnadenlosem Druck, zwang seine Kiefer auseinander; eine bitter schmeckende, heiße, unerträglich heiße Flüssigkeit füllte seinen Mund und lief brennend in seine Kehle. Er hustete, krümmte sich voller Qual auf und kämpfte mit aller Macht darum, die Augen offenzuhalten. Er war gefangen in einem schmalen, von Schatten und quälenden Visionen erfüllten Grenzbereich, zwischen Bewußtsein und Schwärze, und wenn er dazu fähig gewesen wäre, hätte er um den Tod gebettelt, geschrien, daß sie ihn in Ruhe sterben lassen sollten.

Seltsamerweise funktionierte sein Zeitgefühl weiter. Ein Teil seiner Sinne war gestört, gelähmt von der Kälte und der dumpfen Furcht, die sich wie ein schleichendes Gift in seinen Gedanken eingenistet hatte; die Männer waren graue Schatten mit zerfaserten Rändern, die Berührung ihrer Hände trotz der Schmerzen, die sie ihm zufügten, unwirklich, aber der andere Teil arbeitete dafür mit einer seltenen Klarheit: Er hörte jedes Wort, das an Deck gesprochen wurde, und er spürte die sanften, gleichmäßigen Vibrationen, mit denen sich die Wellen an der Bordwand des versteinerten Schiffes brachen, mit jeder Faser seines Körpers. Der Wind war kälter geworden und fauchte mit ungebrochener Kraft in die gewaltige Höhle, und für einen Moment glaubte er den Dronte zu sehen, ein gewaltiges schwarzes Ungeheuer, das auf die Höhle zuschoß, das Feuer der Hölle hinter seiner Reling und das Segel gebläht von einem Sturm, den er selbst entfacht hatte. Er versuchte, sich zu bewegen. Seine Glieder gehorchten ihm, aber es war ein schmerzhafter, unglaublich mühsamer Prozeß. Er brauchte Minuten, um sich auf die Knie zu erheben, und seine ganze Kraft, um nicht erneut zurückzusinken. Ein weiterer Schatten erschien vor ihm, ein wenig grauer als die anderen, kleiner und schlanker, und als er sich mit der Hand über die Augen fuhr und die Tränen wegwischte, erkannte er Gowenna. Sie preßte ein winziges, in grobe Wolldecken eingeschlagenes Bündel an ihre Brust. »Was ist passiert, Skar?« fragte sie. »Wo ist Del?«

Skar stemmte sich weiter hoch und griff nach ihrer Schulter; sie wankte unter seinem Gewicht, fing sich aber sofort wieder und gab den Männern neben sich einen Wink. Skar wurde auf die Beine gehoben, stand einen Moment aus eigener Kraft und taumelte gegen den Mast. Allmählich klärte sich sein Blick, und die Kälte, die ihn bisher gelähmt hatte, hielt ihn jetzt wach.

»Was ist geschehen?« fragte Gowenna noch einmal. Ihre Stimme war wie ein Schrei, zu dem ihr die Kraft fehlte.

»Tot«, murmelte Skar. Er konnte kaum sprechen. Seine Zunge war taub, und ein Teil seines Körpers schien nicht mehr zu existieren. Er fühlte seine Hände, die rauhe Oberfläche des Mastes in seinem Rükken, das Brennen seiner Gesichtshaut, sonst nichts. Mühsam hob er die Hände vor das Gesicht und sah die grauen Flecken von Erfrierungen auf seiner Haut.

»Er ist... tot«, sagte er noch einmal. »Helth hat... hat ihn umgebracht.«

Gowenna fuhr sichtlich zusammen. Natürlich hatte sie es gewußt, sie und jeder einzelne Mann an Bord, im gleichen Moment, in dem sie Skar allein aus der Höhle kommen sahen und das Spinnending hinter ihm, aber seine Worte schienen ihr den Schrecken erst richtig zu Bewußtsein zu bringen.

»Helth...«, flüsterte sie. Skar konnte ihr Gesicht nicht erkennen; sie trug noch immer den seidigen grauen Schleier, der nur ihre Augen frei ließ, aber er war sicher, daß sich ihre Lippen beim Sprechen nicht bewegten. Sie starrte ihn an, drehte sich wie unter einem inneren Zwang um und schaute in Richtung der Höhle. Skar folgte ihrem Blick.

Helth war nicht ins Wasser gestürzt wie er. Sein Körper lag am Fuße der schmalen Steintreppe, verrenkt, zerrissen und zusätzlich zerschmettert von dem fünfzig Fuß tiefen Sturz.

Aber er lebte.

Er bewegte sich nicht, sondern lag vollkommen still, ein zusammengestauchtes, verdrehtes dunkles Bündel, das nichts mehr mit einem menschlichen Körper gemein hatte, und trotzdem war Leben in ihm, Leben oder etwas anderes, Finsteres. Er schien zu pulsieren, und etwas Dunkles, Unsichtbares kroch langsam über das schmale Felsband auf das Schiff zu.

»Bei allen...!« Gowennas Stimme versagte. Sie fuhr herum, so heftig, daß das Kind in ihren Armen erwachte und leise zu wimmern begann, starrte Skar aus weit aufgerissenen Augen an und wollte etwas sagen. Ihre Lippen zitterten unter dem dünnen Schleier. Skar schien es plötzlich, daß die Haut rings um ihr verletztes Auge wieder glatt und unversehrt war. Aber nur für einen Moment. Dann verging die Illusion, und er sah wieder das erloschene blinde Auge und den erstarrten graubraunen Schmerz unter ihm. Es war nur Blendwerk. Aber sie waren am Ende aller Täuschung.

Skar löste sich langsam vom Mast, trat auf Gowenna zu und berührte ihre Wange. Sein Blick streifte das Kind auf ihren Armen, und wieder verspürte er dieses seltsame, fremde Gefühl der Zärtlichkeit. Wie beim ersten Mal schreckte er davor zurück, versuchte es zu verdrängen und wegzuleugnen, und wie beim ersten Mal spürte er, daß er es nicht konnte. Und gleichzeitig hatte er Angst. Eine so tiefe, schmerzende Angst wie selten zuvor in seinem Leben. Dieses Kind war weder gut noch böse, sondern unschuldig und bereit, geformt zu werden, aber allein der Gedanke, wozu es einmal werden *konnte*, ließ ihn innerlich aufstöhnen. Und es gab nichts mehr, was sie dagegen zu tun in der Lage waren.

»Ich glaube«, begann er, ganz leise und so ruhig, wie er konnte, »diesmal haben wir verloren, Kiina.« Seine Hand glitt an ihrer Wange herab, fand die dünne Spange, die den Schleier hielt, und löste sie. Es war undenkbar, hinter den Schleier der *Margoi* zu blicken, ein todeswürdiges Verbrechen allein der Gedanke daran, aber Gowenna ließ es geschehen, ohne sich zu wehren. Ihr Gesicht zuckte, und er sah, wie sie mit aller Macht gegen die Tränen ankämpfte.

Sie benahmen sich immer noch wie die Kinder, dachte er. Beide. Gowenna und er. Sie belauerten sich gegenseitig, warteten auf ein Zeichen von Schwäche, nur um endlich selbst schwach sein zu dürfen.

»Gowenna«, murmelte er. »Ich –«

Sie hob die Hand, brachte ihn mit einer entschiedenen Geste zum Schweigen. »Nicht, Skar«, bat sie. In ihrem Auge glitzerte eine Träne, ihre Stimme zitterte, aber sie war trotzdem fest. »Ich mag keine großen Abschiedsszenen«, fuhr sie fort. »Stell… stell dir vor, wie albern wir uns vorkommen müssen, wenn wir doch überleben.« Sie versuchte zu lachen, aber es mißlang kläglich.

Skar drehte sich um und sah nach Westen. Der Dronte war da. Er war herangekommen, zehnmal so schnell, wie er gefürchtet hatte, ein titanischer schwarzer Schatten, der schäumend und lautlos auf die Hafeneinfahrt zuschoß. Das Segel war bis zum Zerreißen gebläht, die schwarzen Ruder peitschten wie wirbelnde Insektenbeine das Wasser, und hinter seiner Bordwand glühte ein hellrotes, flackerndes Höllenauge.

Etwas fehlt noch, dachte er. Es war noch nicht komplett, ein winziges Steinchen des Mosaiks fehlte noch, damit alles einen Sinn ergab.

Eine seltsame, unnatürliche Ruhe begann von den Männern Besitz zu ergreifen. Ihre Stimmen verklangen, eine nach der anderen, versikkerten im Murmeln der Brandung und im Heulen des Windes, und Skar spürte ohne hinzusehen, wie sie stehenblieben, stumm und mit einer Ruhe, um die er sie für einen winzigen Moment beneidete, dem näher kommenden Dronte entgegenstarrten. Ein paar Hände griffen nach Schwert oder Schild, aber es waren nur leere Gesten. Sie wußten, daß es kein Entkommen mehr gab. Sie waren am Ende der Welt; es gab keinen Ort mehr, wohin sich sich flüchten konnten.

Reglos sah er dem Dronte entgegen. Er wuchs heran, schnell, unglaublich schnell, sprang mit einem gewaltigen Satz aus dem Licht der Vormittagssonne hinein in die Höhle, wie ein bizarres Ungeheuer aus den Abgründen der Zeit, das Wasser pflügend und weiße Gischt wie einen Schleier hinter sich herziehend, und Skar wußte, daß Helth hinter ihnen erwachte, genau in diesem Moment, da sich das *Ding* in seinem Inneren regte, tastend, noch unsicher, aber endlich Herr seines Körpers, endlich erwacht und im Vollbesitz seiner Kräfte.

»Skar...« Gowennas Stimme bebte, brach. »Wir... wir müssen hier weg. Das Schiff wird explodieren, wenn... wenn er es trifft.«

Das Höllenfeuer hinter der Reling des Dronte begann heller zu lodern; eine winzige Sonne, die das Wasser mit roter und goldener Glut überzog. Das schwarze Schiff schoß heran. Die Ruder hoben sich aus dem Wasser, bildeten einen Moment lang ein waagerechtes Spalier neben seinem Rumpf und senkten sich wieder, nur auf einer Seite und gegen den Takt, den sie bisher geschlagen hatten. Der Dronte zitterte, legte sich in einer schwerfälligen, ungeheuer kraftvollen Bewegung auf die Seite und schwenkte herum, so scharf, daß sein Heck ein Stück weit unter die Wasseroberfläche gedrückt wurde und der Bug sich aufbäumte, so daß sie den langen, mit hornigen Widerhaken versehenen Rammsporn sehen konnten.

»Wir müssen hier weg!« keuchte Gowenna noch einmal. Ihr Gesicht war grau vor Furcht. Sie wich einen halben Schritt zurück und preßte das Baby so fest an sich, daß es erneut zu schreien begann. »Die Schiffe werden brennen wie...«

»Laß es sein, Gowenna«, unterbrach sie Skar leise. »Es hat keinen Sinn mehr.« Und in Gedanken fügte er hinzu: *Wenigstens wird es schnell gehen.*

Er wandte sich um. Helth *(Helth??!)* war aufgestanden. Sein Körper war vollends zerfallen, das Ding, das in ihm herangewachsen war, hatte ihn abgestreift wie einen leeren, vertrockneten Kokon und war, nach Jahrtausenden, vielleicht Jahrmillionen, die es geduldig gewartet und gelauert hatte, zu neuem, eigenem Leben erwacht. War es das, dachte er matt, wogegen die Alten gekämpft hatten? War dieses schwarze glitzernde Ding, das sich seinen Blicken immer noch auf geheimnisvolle Weise entzog, ein Sternengeborener, oder war es nur eine weitere Waffe, ein Diener wie der Dronte und die schwarzen Kolosse aus Tuan? Es fiel Skar schwer zu glauben, daß dieses Wesen, das nur aus Haß und Vernichtungswillen zusammengesetzt war, wirklich ein Teil jener Rasse sein sollte, die Städte wie Cor-ty-cor oder Urcoun erschaffen hatten, daß es überhaupt wirklich *lebte* und nicht künstlich gemacht war: eine Waffe, ein Ding, das zum Töten und Morden gut war und zu sonst nichts. Eigentlich nicht mehr als das Schwert an seiner Seite.

Die Kreatur richtete sich auf, schattig, finster und wabernd, in einen Mantel aus Furcht und Dunkelheit gehüllt. Sie war nicht groß. Skar hatte Helth fast um Haupteslänge überragt, und das Ding war noch ein gutes Stück kleiner als der Vede, der es geboren hatte; trotzdem wirkte es auf unbestimmte Art gewaltig.

Irgendwo weit, weit unter ihm bewegte sich etwas. Skar löste seinen Blick von der Erscheinung, versuchte das Halbdunkel im hinteren Teil der Höhle zu durchdringen und glaubte etwas zu sehen, war sich aber nicht sicher. Ein weißes Blitzen und Schimmern wie von Eis. Eis oder –

»Satai! Errish!« Die Stimme war in ihren Köpfen, ein Ton wie ein Messer, der Skar und Gowenna und die Männer wie unter Schmerzen aufstöhnen ließ, ein Echo aus einer Welt, die fremd und vor einer Million Jahren untergegangen war. *»Das Spiel ist aus! Gebt mir, was mir zusteht, und ihr könnt gehen!«*

Das Blitzen wiederholte sich, kurz und hell, ein Lichtstrahl, der sich auf einer niedrigen Balkonbrüstung aus Eis brach und über die gigantischen, hoch aufgerichteten Gestalten dahinter strich. Gestalten aus Eis, die so fremd waren wie dieses schwarze Etwas dort unten und doch gleichzeitig vertraut. Skar wußte, daß es unmöglich war, aber für einen Moment glaubte er, trotz der großen Entfernung ihre Gesichter zu erkennen, Gesichter, die jetzt vollständig ausgebildet waren und ihn aus schimmernden gläsernen Augen musterten. Eine Vision blitzte durch seine Gedanken, ganz kurz nur, aber so heftig, daß er erneut aufstöhnte: Er war noch einmal oben auf der Eismauer, sah die Flammen, die wie gierige rote Hände zu ihm hinaufleckten, und erlebte noch einmal mit, wie Brad in die Tiefe gerissen wurde und mit dem brennenden Leib des Dronte verschmolz.

»Satai!« stöhnte die Stimme in seinem Schädel. *»Eure Zeit ist um! Gebt mir das Kind!«*

»Hol es dir, du Bastard«, flüsterte Skar.

Das Ungeheuer starrte ihn an. Es hatte keine Augen, aber Skar fühlte, wie es ihn musterte, ihn durchdrang, bis in den verborgensten Winkel seiner Seele blickte und seine geheimsten Gedanken und Wünsche erkannte.

»Wie du willst«, flüsterte es. Und dann noch einmal, und so laut, daß die gewaltige Höhle unter den Worten zu zittern schien: *»WIE DU WILLST, SATAI!«*

Skar wandte den Kopf. Der Dronte hatte seine Drehung vollendet und kehrte ihnen jetzt seine Breitseite zu. Sein schwarzer Leib schien im Rhythmus langsamer, schwerfälliger Atemzüge zu pulsieren. Etwas Dunkles, Fremdes und gleichermaßen beinahe erschreckend Vertrautes berührte Skars Seele. Das schwarze Schiff zitterte. Seine Ruder senkten sich ins Wasser, um seinen Katapulten freie Schußbahn zu gewähren.

Helth stieß einen krächzenden Laut aus und hob die Arme. Seine dunkle Aura wuchs, raste wie eine schwarze Flutwelle auf das Schiff zu und erreichte die ersten Männer. Neben ihm schrie Gowenna in nackter Todesangst auf, fiel auf die Knie und warf sich schützend über das Kind.

Hinter der Reling des Dronte erwachte ein blutigrotes Auge zu flammendem Leben, stieg, sich wie eine feurige Knospe entfaltend und eine junge Sonne gebärend, bis unter die Höhlendecke auf und senkte sich mit tödlicher Zielsicherheit auf den *Daij-djan* herab.

Der Dronte schoß mehr als ein Dutzend Breitseiten auf den Veden ab. Der rote Feuerball am Fuße der Felswand wuchs schon nach den ersten Treffern zu einer brodelnden, gelb und weiß gleißenden Halbkugel aus Licht und unerträglicher Glut heran, und die Hitze steigerte sich binnen weniger Minuten so sehr, daß Skar und die Männer zuerst zurück- und schließlich von den Schiffen heruntergetrieben wurden, um dem feurigen Atem des Dronte zu entgehen. Sie flohen den schmalen Felsgürtel entlang auf die Hafenausfahrt zu, aber die Hitze holte sie ein, ließ das Eis rings um sie herum schmelzen und hüllte sie in einen Mantel aus Wärme und Rauch und dem Geruch brennender Felsen.

Sie legten fast eine Viertelmeile zurück, ehe Skar endlich das Zeichen zum Anhalten gab und die Männer einer nach dem anderen erschöpft zu Boden sanken. Auch Skar ließ sich keuchend gegen die Wand sinken, bettete die Stirn auf den Unterarm und rang einen Moment mit geschlossenen Augen nach Luft. Neben sich hörte er Gowenna wimmern. Sie war auf die Knie gesunken; ihr Gesicht war verzerrt vor Schmerzen und Furcht, und auf dem Rücken ihres grauen Gewandes waren dunkle Brandspuren. Auch Skars Umhang war angesengt, und auf seinem Handrücken war eine kleine, aber heftig schmerzende Brandblase.

Er drehte sich um, hob schützend den Arm über die Augen und blinzelte in die grelle Glut. Auch die Schiffe waren in Flammen aufgegangen. Das steinharte Holz brannte wie Schießpulver. Die schwarzen Rümpfe schienen hinter dem Vorhang aus waberndem weißem Licht zu zucken und sich zu winden, und für einen winzigen Augenblick hatte Skar das bedrückende Gefühl, dies alles schon einmal erlebt zu haben. Von dem Ding, in das sich Helth verwandelt hatte, war nichts mehr zu sehen; wo es gewesen war, brodelte eine weiße, unerträglich grelle Feuerkugel, eine künstliche Sonne, in deren Kern es heiß genug sein mußte, selbst Stein zum Schmelzen zu bringen. Helth konnte nicht mehr leben.

Und trotzdem feuerte der Dronte weiter. Immer und immer wieder entluden sich seine Feuerkatapulte, schickten brodelnde Kugeln aus Licht und Tod auf die Reise und schürten das Inferno weiter; selbst als der Felsen schwarz wurde und zu bersten begann und das Wasser unter seinem Fuß im Widerschein hellroter Lava leuchtete. Dampf wallte hoch und versuchte den Blick auf die Szene zu verschleiern, aber die unaufhörlichen Druckwellen der Explosionen fegten die Schwaden schneller auseinander, als sie sich neu bilden konnten.

Raserei, dachte Skar. Das war kein geplanter, taktisch wohl überlegter Angriff mehr, wie sie ihn von dem Dronte kannten, sondern eine Raserei, das Toben eines Wesens, das nach einer Ewigkeit des Wartens seinem Todfeind gegenübersteht.

Er versuchte, die schimmernden Gestalten der beiden Eiskrieger am anderen Ende der Höhle auszumachen, aber das Meer aus Licht, das zwischen ihm und ihnen loderte, blendete zu sehr. Seine Augen begannen zu tränen. Er drehte sich um, ging in die Hocke und streckte die Hand nach Gowenna aus. Ihr Blick flackerte, irrte unstet zwischen dem Dronte und der lodernden Feuerkugel hin und her und bohrte sich schließlich in den seinen. Er sah, daß die Angst darin nicht erloschen, sondern nur einem neuen und vielleicht schlimmeren Schrekken gewichen war. Sie preßte das Kind noch immer an sich, aber es war jetzt keine Geste des Schutzes mehr, sondern fast so, als würde sie sich an ihm festklammern, verzweifelt nach dem ersten lebenden Wesen greifend, das in ihrer Nähe war.

Behutsam beugte er sich weiter vor und nahm ihr das Kind aus den Armen. Es schlief weiter, unberührt von all dem Schrecken, der es umgab, und für einen Moment spürte Skar fast so etwas wie Neid, Neid auf die kindliche Unwissenheit und Unschuld, die es noch hatte. Beides würde ihm nur zu früh genommen werden.

»Skar...«, murmelte Gowenna. »Was...«

»Jetzt nicht, Gowenna«, bat Skar leise. »Ich... erkläre dir alles, später.« *Soweit ich es selbst begreife,* fügte er in Gedanken hinzu. Soweit er den Mut haben würde, es zu begreifen. Sich einzugestehen, wie recht Gajan, der dunkelhaarige Mann aus der Besatzung der SHAROKAAN, gehabt hatte.

Er schloß die Augen, atmete tief und hörbar ein und richtete sich auf. Der warme Hauch des Feuers hüllte ihn ein und weckte wieder die

Schläfrigkeit in ihm, und diesmal kostete es ihn seine ganze Kraft, ihr zu widerstehen, der flüsternden Verlockung nicht nachzugeben und sich einfach auf den harten Fels sinken zu lassen, um einzuschlafen. Sein Blick glitt über die ausgemergelten Gestalten, die ihn und Gowenna umgaben. Wie viele waren es noch? Zwanzig? Nicht einmal zwanzig, dachte er bitter. Nicht einmal zwanzig von mehr als einem halben Hundert, die zusammen mit ihm losgezogen waren. Gajan hatte recht – er hatte versagt, wenn auch anders, ganz anders, als der Freisegler ahnen mochte. Er dachte an seine und Gowennas erste Begegnung mit den Eiskriegern, eine Million Meilen und Jahre entfernt am Ufer des eisigen Sees auf der anderen Seite der Insel, und der Schmerz in seiner Brust wurde schlimmer.

Waren sie wirklich alle gestorben, nur weil er zu blind – zu *dumm* – gewesen war, die Wahrheit zu erkennen?

Gowennas Hand legte sich auf seinen Unterarm. Ihre Haut war eisig, und er konnte fühlen, wie ihr Puls jagte. Mühsam riß er sich vom Anblick der Freisegler los, drehte sich halb herum und blickte in die Richtung, in die Gowenna wies.

Der Dronte hatte das Feuer eingestellt. Das rote Lodern hinter seiner Reling war erloschen. Sein Rumpf pulsierte noch immer, aber die Bewegung war jetzt langsamer, irgendwie schwerfälliger und mühsam. Erschöpft.

»Skar – was... was geschieht hier?«

Skar antwortete auch diesmal nicht. Er versuchte zu lächeln, aber seine Lippen waren taub und versagten ihm den Gehorsam. Er hätte es wissen müssen, spätestens in dem Moment, in dem er Helth oben in der Höhle gegenüberstand und seinen Haß spürte, den Haß des Dinges in ihm. Er war ein Teil des echten, ursprünglichen Helth. Dieser zornige junge Narr hatte ihn gehaßt, weil er ihm die Schuld für den Tod seines Vaters und seines Bruders gegeben hatte, und etwas von diesem Haß – etwas von Helth – war mit ihm verschmolzen. Etwas, das über den Tod hinaus Bestand gehabt hatte. Der *Daij-djan* war zu einem größeren Teil Vede und Mensch gewesen, als er selbst gewußt hatte.

O ja, er hätte es wissen müssen. Zumindest Yar-gan hätte er retten können, wenn er nicht so blind gewesen wäre.

Der Dronte bewegte sich, stemmte die Ruder ins Wasser und

schwenkte, schwerfällig und doch voller ungeheurer Kraft und Wildheit, herum. Der stumpfe Bug richtete sich auf Skar und die Männer aus, und die Ruder schlugen mit einem mächtigen, klatschenden Schlag ins Wasser. Er kam näher, aber er tat es langsam, unendlich langsam und vorsichtig, als fürchte er, die verängstigten kleinen Wesen, auf die er zusteuerte, durch eine unbedachte Bewegung zu verschrecken.

»Er ist nicht unser Feind«, sagte Skar, als er den neuen Schrecken in Gowennas Augen sah. »Nicht mehr.« Und leise und nur für sich fügte er hinzu: *Schon lange nicht mehr.*

Gowenna starrte das näher kriechende Schiff aus schreckgeweiteten Augen an. Ihre Lippen bebten. »Er...«

»Wir haben uns geirrt, Gowenna«, fuhr Skar leise fort. »Er ist nicht das, wofür wir ihn hielten. Er ist nicht wirklich böse.« *Sowenig, wie das Kind in seinen Armen böse war.*

Gowenna verstand nicht, und Skar sah, wie einige der Männer in ihrer Nähe die Köpfe hoben und ihn ansahen. Es kam ihm unpassend vor, in diesem Moment irgend etwas erklären zu sollen, aber er fuhr trotzdem fort: »Er ist nicht mehr als ein Werkzeug, Gowenna. Eine Maschine, wenn du so willst.«

»Aber Helth –«

»Helth hat uns gehaßt«, sagte er. »Mich, dich, Del – und ich glaube, sogar seine eigenen Männer. Das Ding, das Besitz von ihm ergriffen hat, hat diesen Haß geerbt.«

»Aber er war ein Teil des *Dronte!*« keuchte Gowenna.

»Und trotzdem war er er selbst«, antwortete Skar. Er sah auf, blickte dem Dronte entgegen und gewahrte, wie die gewaltigen, weiß schimmernden Gestalten hinter seiner Reling auftauchten. »Ein Teil von ihm lebte weiter«, sagte er, so leise, als wären die Worte nur für ihn selbst bestimmt und nicht für Gowenna und die Männer. »Und *er* war es, der Gewalt über *Daij-djan* – ist das das richtige Wort?« Gowenna nickte, und Skar setzte von neuem an: »Er war es, der Gewalt über ihn erlangte, nicht umgekehrt. Etwas von ihm ist mit dem Ungeheuer verschmolzen.«

So wie etwas von seinem Bruder mit dem Dronte verschmolzen war. Es hatte gedauert, endlos lange gedauert, und Skar schauderte innerlich bei dem Gedanken an den lautlosen verbissenen Kampf, der sich in diesem gigantischen bizarren Wesen abgespielt haben mußte. Aber letztlich hatte Brad gesiegt. Der Dronte war nicht mehr als ein Werkzeug, erschaffen von Wesen, die mit den Urkräften der Schöpfung gespielt hatten, aber Brad hatte *gelebt*.

Und am Schluß hatte das Leben den Sieg davongetragen. So wie es am Ende immer gewinnen würde. Skar wußte plötzlich, warum die Sternengeborenen untergegangen waren, trotz all ihrer Macht. Der Dronte würde weiter seine ruhelosen Kreise über die Weltmeere ziehen, aber der Schrecken der Ozeane war besiegt, für immer.

Gowenna starrte ihn an. Sie verstand nicht, aber das machte nichts. Er hatte Zeit, ihr alles zu erklären, und sie hatte Zeit, es zu verstehen. Der Weg zurück nach Anchor war weit. Weit und kalt.

Er richtete sich auf, sammelte noch einmal Kraft für die letzten Schritte und ging dem Dronte entgegen. Die blitzenden Gestalten hinter seiner Reling blickten wie seelenlose Statuen auf ihn herab. Er sah in ihre Gesichter, und obwohl er genau wußte, daß es unmöglich war, glaubte er für einen winzigen zeitlosen Moment ein Lächeln über die aus Eis geformten Züge huschen zu sehen.

Brads Züge.

»Kommt«, sagte er mühsam. »Gehen wir nach Hause.«

Wenige Schritte neben ihnen berührte der Dronte mit einem leisen Knirschen den schmalen Strand. Einer der riesigen Eiskrieger erwachte aus seiner Erstarrung, trat von dem niedrigen Deck herunter und machte eine einladende Geste. Gowenna wurde bleich vor Schrecken, aber Skar lächelte nur, ging an ihr vorbei und trat dem weißen Giganten entgegen.

Er war der erste, der an Bord des Dronte ging, müde und mit langsamen, schleppenden Schritten, aber hoch aufgerichtet und einen Zipfel seines Mantels schützend über das hilflose Bündel in seinen Armen gebreitet.